我的工作是
惡魔

The Witchstone

Henry H. Neff
亨利・內夫 著

陳思華 譯

獻給那些堅持不懈的人。

「收穫總是甘甜，即使來自於欺騙。」

——索福克里斯（Sophocles）

Contents

第一章　拉斯洛　8
第二章　督察　21
第三章　食罪者　36
第四章　錐克佛家族　45
第五章　獨家優惠　57
第六章　詛咒條款　66
第七章　車諾比　72
第八章　塵封的信件　80
第九章　離家出走　94
第十章　鬆餅爵士　99
第十一章　狄米崔　109
第十二章　回聲　119
第十三章　公園漫步　130
第十四章　繼續漫步　142
第十五章　阿爾法　152
第十六章　出境　161
第十七章　菲爾　172
第十八章　阿爾卑斯山　186
第十九章　捉迷藏　198
第二十章　客房服務　212

第二十一章　難以抗拒的慾望　226
第二十二章　永恆之城　242
第二十三章　貝拉絲卓夫人　259
第二十四章　失落的魔法師　276
第二十五章　抵押品　287
第二十六章　奧古斯都飯店　298
第二十七章　戰，還有逃　312
第二十八章　安傑洛神父　322
第二十九章　帶人類去上班日　340
第三十章　謎題揭曉　352
第三十一章　月見草公主　368
第三十二章　神聖數字七　379
第三十三章　痛苦不堪　389
第三十四章　公爵　402
第三十五章　劍與矛　415
第三十六章　信　427
尾聲　435
銘謝　447

拉斯洛

八百歲的惡魔，是整座地獄裡績效最差的「詛咒守護者」。他的工作是專責管理「錐克佛詛咒」。本來打算一輩子鬼混度日，直到新任上司決定大砍冗員，要求他在六天內達成以人類痛苦值為指標的績效，否則將他熔解殆盡，丟回地獄原始湯。

瑪姬・錐克佛

十九歲的詛咒持有者。家族詛咒使她父親喪失人的外貌，她也正在迅速變異。為了挽救一家人，瑪姬只好接受自己家族的「詛咒守護者」伸出的援手，儘管這雙手以收割人類痛苦為目標……

第一章　拉斯洛

不錯嘛！拉斯洛想，比大多數徘徊在紐約地鐵的騙子好多了。拉斯洛看著三人各司其職時，F線列車正緩緩駛過市郊。他們是常見的三人一夥：年輕小子、暗樁，再加一個把風人。

年輕小子看上去二十來歲，留著少許鬍碴，滿臉青春洋溢。暗樁是偽裝成辦公室職員的中年婦女，她對細節的掌握令拉斯洛心生佩服：沒有婚戒、孩子做的通心粉手環、好穿的平底鞋，儼然是一個努力賺錢維持開銷的單親媽媽。

把風人的打扮不重要，他唯一的工作是在麻煩發生時打信號。這個人實在不起眼過了頭；年約六十的乾癟老頭，穿著起毛球的開襟衫。拉斯洛長啜一口奶昔，看著這位老先生假裝翻閱雜誌。只有同行才會注意到他。

遊戲進行得很順利。三人團夥的目標是前一站上車的比利時遊客，三對拎著購物袋，彼此用荷蘭話閒聊的夫婦。年輕小子迅速上前，滑進最近的座位，將一個托盤連帶三個紙杯放到腿上。他拿出一顆鷹嘴豆大小的紅球，放到中間紙杯的下方，想引起那群遊客注意。調換紙杯順序後，他鼓吹車廂乘客猜看看球在哪個位置。一個面色紅潤的大塊頭和他的妻子附耳嘀咕一番，惹得後者輕笑出聲。大塊頭指向其中一個紙杯，年輕小子掀起紙杯露出下方的紅球，引起遊客一陣歡呼。他接著把一張二十美元的紙鈔放到托盤上，問他們想不想來點好玩的？

比利時遊客擺擺手，表示不感興趣。一旦涉及金錢，對方就會展現卓越的技術，紙杯會快到看不清，基本上跟用猜的沒兩樣。還是算了，他們是來觀光的沒錯，但可不傻。

這時候就輪到暗樁出場了。她在下一站上車，假裝跟著月臺候車的乘客魚貫而入，實際上一直在隔壁車廂窺看。她在那群比利時遊客旁坐下，看了眼手表後，嘆了口氣。其中一人朝她投去詢問的眼神。

「快遲到了，」暗樁解釋道：「我女兒生病了。」

對方露出同為母親的安慰笑容；她是過來人。

年輕小子朝暗樁吹了聲口哨。「小孩病了？那就贏點錢，買點好吃的。」

暗樁沒搭理。

「來嘛，」年輕小子催促道：「選一個。」

暗樁瞥向托盤，用一種警惕、不置可否的神情，看著年輕小子移動紙杯。對方停手後，她伸直蜷曲的小指，指向一個紙杯。沒想到紙杯拿起來後，小紅球滾了出來。

年輕小子咕噥一聲。「眼力不錯。」說著，他放下方才那張二十美元紙鈔。「要玩點新花樣嗎？」

暗樁雙手抱胸。「你去煩別人吧。」

「這樣吧，」年輕人說：「妳贏了，這二十元歸妳。我贏了，妳不會有任何損失。」

暗樁瞄向那群比利時遊客，揚起眉毛像是在問：他是認真的嗎？

面色紅潤的大塊頭開口，操著一口濃重的口音。「別答應他，」他警告道：「他會騙人。」

暗樁同意。她時常搭乘地鐵往返各地，這些騙子**總會**使詐。即便如此，她還是被勾起了興趣。暗樁微微牽動嘴角，裝出猶豫不決的樣子。拉斯洛差點鼓掌叫好，她十有八九是為了圓百老匯的舞臺夢來到紐約。

暗樁以探詢的眼神看著年輕小子。「我贏了就能拿到二十元？」

「對。」年輕小子說，面帶微笑等對方點頭。

暗樁同意了。

這次紙杯移動更快，卻也不是太快。年輕小子把紙杯排成一列，暗樁選了一個，球滾了出來。當年輕小子交出那張二十美元時，一旁的比利時遊客紛紛替她歡呼。

暗樁高興得臉都紅了。「只是運氣好啦。」

年輕小子聳聳肩。「要加碼嗎？」

此時，那位比利時母親碰了碰暗樁的手臂。「快把錢收起來。」

暗樁看似要聽從這個明智的建議，憂心忡忡的臉卻閃過一抹少女般的笑容。「但為什麼不玩？」她疑惑道：「就算輸了，我也沒損失呀。」

暗樁用贏來的二十美元下注。紙杯變換位置，她再次找到了球。現在她手裡握有兩張皺巴巴的二十美元紙鈔。除了年輕小子外，每個人都開心不已。他悶悶不樂，但堅持玩下去。

遊戲繼續進行。暗樁沒有每輪都贏。一旦她選錯紙杯，大嗓門男人就會大聲嚷嚷：球明明就在那裡！

豬養肥了就等著被人宰，拉斯洛心想。那個大嗓門就是頭豬，每一群人裡總會有一個這樣的傢伙。

暗樁的收穫不菲。當列車抵達先驅廣場時，她已經賺了一百美元，對自己的好運欣喜若狂。她抓起東西，向比利時遊客道別，建議年輕小子另謀出路，便下了車。拉斯洛饒有興致地看著她假裝加入湧向出口的人群，隨時準備閃進隔壁車廂，等待另一隻肥羊出現。

鈴聲響起，車門喀的一聲關上。拉斯洛看了一眼表情陰沉、正在收拾托盤的年輕小子。

大嗓門男人發出輕笑。「輸光了？」

年輕小子抹了抹鼻子。「少管閒事，大叔。」

那名比利時佬掏出一張一百美元新鈔，與他同行的男性友人在旁起鬨。「再來一把？」他問。

年輕小子搖搖頭。「不，我不玩了。」

對方掏出第二張百元紙鈔。「你可以把錢賺回來。」大嗓門煽動道：「來嘛。」

年輕小子的語氣聽起來心不甘情不願。「好吧。」

拉斯洛努力憋笑。圈套已經設下。年輕小子把球藏在紙杯下方並移動紙杯。大嗓門仔細看著他的動作，急於讓朋友刮目相看。紙杯停下來後，他伸手指向中間的紙杯。

「那裡！」

紙杯拿起，底下卻沒有球。比利時佬驚訝得張口結舌。

「球在哪？」他追問。

年輕人打開右手邊的紙杯。球滾出，轉了一圈才停下來。比利時佬的臉在被朋友打趣後變得更紅了。他狠狠地把百元鈔塞進年輕小子手裡。

「再來。」他要求道。

年輕小子欣然同意。不到五分鐘，大嗓門便輸了五百美元，並懇求他一臉震驚的妻子把錢包裡所有現金都拿來借他。

拉斯洛喝了一口奶昔。這些騙子玩也玩夠了，該是他大顯身手的時候。

年輕小子在他走過來時抬頭看了一眼，拉斯洛掏出一張一百美元紙鈔。

「我也來一把。」

年輕小子露出打量的目光。這個不請自來的人身穿價值不菲的西裝，但可能因為穿著睡覺的關係，有很多皺褶。年紀不大，不到三十歲，樣貌完全是好萊塢明星等級的英俊，儘管那雙藍色眼睛布滿血絲。年輕小子把視線移到拉斯洛的帽子上。他搔了搔耳朵，惱怒地瞪了把風人一眼，彷彿在說：**你怎麼沒注意到這傢伙？**

「你是警察？」他開門見山地問拉斯洛。

「不是。」

「我問了，你就得老實說。」

拉斯洛打了個呵欠。「沒這種事，你到底玩不玩？」

年輕小子看著他手上的一百美元。這人也是頭豬，只不過渾然不覺罷了。

遊戲開始了，拉斯洛很快輸了一把。他把那張百元鈔票遞給對方，又再掏出兩張一百美元。

年輕小子雀躍地拍起手來。「各位先生、女士，現在我們來了一位真正的**玩家**！那頂帽子在哪買的？超酷的，看起來很像那種老派偵探。」

新的一輪遊戲開始時，拉斯洛喝了一口奶昔。

這種騙人下注的賭博遊戲由來已久，可追溯至古希臘時期。幾乎人人知道其中有詐，這種遊戲只能騙到過度高估自己能力的人。幸好，百分之百的男性都屬於此類。這個遊戲對大嗓門而言就像魔咒，在暗樁進行遊戲時，大嗓門清楚地向每個人傳遞「他是聰明人」的信號。聰明人不會被這種雕蟲小技騙。他會死盯著那顆球不放，他的眼睛很**利**，能看出騙子的手微微抽動，將球彈到第二個紙杯下方。騙子試圖耍詐，但早已被聰明人發現。聰明人是不可能上當的……

不用說，聰明人錯了。

聰明人沒料到自己**能**發現這些小動作，這使他信心大漲；誤以為這個騙子的手法或許快到**別人**看不出來，卻騙不過**他的**眼睛。然後，年輕小子會以同樣的手法加上細微的變化重複操作。等聰明人確信自己看穿把戲後，年輕小子只要把球捏在手心裡，藏到其他地方就行了。轉變發生在須臾間——如此迅速流暢，目標根本察覺不到問題。聰明人**從**不選擇第三個紙杯。

直到現在。

「那。」拉斯洛說。

年輕小子猶豫了。拉斯洛不知道他會不會耍手段，但對方忍住了。

「狗屎運。」他咕噥道，隨即拿起紙杯，露出下方的球。「繼續？」

「當然。」

在下一輪遊戲中，年輕小子提高了難度，加入各種即興的假動作。當他停下來後，拉斯洛冷靜地指向第二個紙杯。

再次答對。拉斯洛對年輕小子的迷惑視而不見，目光移至窗外。列車進站了，他要在這一站下車，便伸手索取贏得的賭金。

「我到站了。」

年輕小子的下巴肌肉微微顫動。「還以為你是真正的**玩家**呢。」他抱怨道：「最後一把？贏了翻倍，輸了歸零，賭不賭？」

「你先拿錢出來。」

年輕小子亮出一把鈔票，拉斯洛點點頭，大嗓門狠狠地捶了一下他的肩膀，令他皺起眉頭。

「哈！」比利時佬叫道：「你吃定這小混蛋了！」

年輕小子翻了個白眼。「唉，看來有人忘了我賭的是**他的**錢。」

大嗓門沒理他，擠過來想看清楚些。其他乘客也慢慢靠了過來。年輕小子收起戲謔的表情，在設置遊戲時，眼神變得冰冷，宛如爬蟲動物般銳利。

這次，他毫不掩飾自己的技巧，紙杯蜂鳥般飛快移動，快得肉眼難以捕捉。停手後，年輕小子雙手抱胸，挑釁地盯著他的對手。

「選吧，呆瓜。」

拉斯洛手指敲了敲下巴。「哼嗯……我猜那裡。」

他指向中間紙杯。年輕小子眼底閃過一抹精光，拿起紙杯，暗自發笑。「抱歉啦，老兄，你——」

話未說完，一顆紅球從杯底滾了出來。

車內爆出一陣歡呼聲。拉斯洛無視周圍的躁動，他實在玩得太開心了。「有問題嗎？」他愉悅地問。

年輕小子沒有回答。他的困惑很合理。球不該出現在那個紙杯下方；事實上，球不該出現在**任何**紙杯下方。那顆球仍握在他手裡，巧妙地夾在拇指與食指之間。要嘛他真的瘋了，要嘛就是這位他原以為的待宰羔羊加了第二顆球進來。不可能，就連Houdini動畫軟體也沒辦法做出這樣的特效。沒有人做得……

年輕小子渾身一僵。

沒、有、人。

他抬起脖子看向拉斯洛。雙方目光交會，彼此突然心領神會，急速而猛烈。年輕小子移開視線。

「我聽過你。」

「真開心。付錢吧。」

年輕小子動作僵硬地把手伸進夾克，拿出鈔票。他舉起那一疊鈔票，彷彿神聖祭品般地獻上。

拉斯洛只拿走他贏得的部分。列車停下後，他把剩下的鈔票扔回托盤上，額外多給一張五十元美金，以減輕對方的打擊。下車前，他又抽了張五十元遞給大嗓門的妻子，第三張則塞給一臉困惑的把風人。至於那位暗樁，拉斯洛在經過她所在的車廂時，脫下帽子向她致意。

拉斯洛邊竊笑，邊從地鐵出口的樓梯出來，進入十月和煦的天氣中。他把喝完的奶昔杯丟進垃圾桶，信步朝第五大道走去。

在這種時候，他就是喜歡當惡魔。

不到一小時後，他將改變主意。

拉斯洛的工作地點位於中城，這裡曾經是個惡名昭著的地方，對面有一座新歌德式教堂。教堂就近在咫尺令拉斯洛感到好笑，他有時候會想，若是教堂院長知道對面公司是誰開的會作何感想。那可憐的傢伙八成會氣到中風。

在過去輝煌的時代，這棟建築的大廳以擁有日本雕塑家設計的波紋鋼板聞名。但自從疫情期間大廳重新裝潢後，拉斯洛便懶得再走這條路，而是直接穿過卸貨碼頭，途經成群正在休息的建築工人。當他一陣風似地走過時，沒人抬頭，也沒人看見他閃進一扇過去不曾注意、今後也不會發現的門。關上門，拉斯洛踏進一部老式電梯。據建築局稱，這部電梯並不存在。

其目的地同樣沒有登記在冊。

電梯面板只有一個按鈕，拉斯洛按下按鈕。電梯搖晃了一下，而後猛地動了起來，發出類似金屬運轉的聲音。拉斯洛一臉不悅地搭乘電梯往下。真該有人給這該死的東西上油。

電梯下降的過程緩慢，拉斯洛用口哨吹著法蘭克·辛納屈的歌打發時間。電梯終於停下來後，他已身處曼哈頓下方三百多公尺的位置，位於構成該城市的地下世界，宛如迷宮般的隧道和水路之間。

這種深度的空氣沉甸甸的，十分寒冷，拉斯洛通常會圍一條羊絨圍巾。火炬的光芒照亮黑暗的甬道，在不斷飄來的混合污水和海水腥臭味下隨著微風搖曳。火光映出一個圓柱拱門的輪廓，上面雕刻的銘文足以難倒眾多學者，唯有少數敢於研究魔法禁書的已故學者能解讀出來。該文字的歷史比蘇美文還悠久，翻譯後如下所述：

遠古地獄詛咒守護者協會
約西元前五〇三六年
——吾等的觸手永無止境，吾等的掌控永垂不朽——

拱門下方矗立著兩扇高大的玻璃門，上面沾滿手印，從「可能為人類」一直排到「絕非人類」。拉斯洛正要推開門，拱門兩側的柱子突然冒出兩張希臘面具般的詭異臉孔。

「你遲到了。」其中一張臉說。

「噢，滾啦。」拉斯洛愉悅地說。

「沒必要罵人。」另一張臉抱怨道：「訓斥你是我們的職責。」

「你們是被定罪的靈魂。」拉斯洛提醒他們。「唯一的職責就是承受永恆的折磨。更何況，你管我什麼時候來？你們真的會因為我遲到而不爽嗎？」

「會。」其中一個靈魂輕蔑地說：「我們會不爽。」

「那就表示我有在好好工作呀。」

拉斯洛眨眨眼，推開了門，把那兩個身處地獄的靈魂拋在身後。他的外表在跨過門檻時發生了變化——不只是服裝，而是整個人。從身材高䠷、有著一頭亂髮的投資銀行家，變成了身材高䠷、有著一頭亂髮的惡魔。一身鈷藍色的皮膚、月光石的眼眸，以及家貓般的利牙。

他一腳踏入的地方不是那種有著硫磺坑，四周擺滿刑具架的房間。那種景象早已過時。不只地獄其他設施，協會內部也與時俱進，美國分會採取了辦公室的形式，設有小隔間、日光燈和飲水機。在這裡，偶爾會遇到被詛咒的靈魂卡在影印機裡的情況，但這些都是例外。

平時，辦公室裡總是鬧烘烘的，大家都忙著尋找犯下罪惡的靈魂，今天卻異常安靜。拉斯洛將原由歸結為午餐時間。

「噗呲！」

他轉過身，發現一隻有著歐式尖吻鮫噩夢般駭人的臉孔，從衣帽間探出頭來。拉斯洛硬生生忍住拔腿就跑的衝動。

「你好啊，克拉倫斯。」

這個有著鯊魚頭的生物將一根手指豎在嘴前，或者說，壓在他那醜陋且突出的吻部。他示意拉斯洛跟上。

拉斯洛在心裡嘆了口氣。克拉倫斯總是為工作發愁，哀嘆感情生活，或是無法好好享受週五的歡樂時光。然而，他今天似乎比平時還焦躁不安。拉斯洛走進衣帽間時，注意到這位同事眼睛紅紅的，有些浮腫，便在心裡做好再次為他做心理治療的準備。

「克拉倫斯，你剛才在哭？」

鯊魚點點頭，從背心口袋摸出一條手帕。當克拉倫斯擤鼻涕時，拉斯洛不禁欣賞起他這位同事的手表——一只古董寶璣表。

克拉倫斯重新折起手帕，把頭湊過來。「大事不好了。」他低語道。

「怎麼了？」

「上頭派人來審核。」

拉斯洛強忍住呵欠。「克拉倫斯，你有攝取足夠的纖維質嗎？」

鯊魚頓了一下。「應該有，我有吃某一種營養品。」

「吃兩種吧。你需要好好休息，小伙子。上頭派人來已經不只一、兩次了。你知道該怎麼做：他們問問題，我們撒謊，他們開開心心地走人。」

「但以前來的只是小官，」克拉倫斯說：「這次來的是**督察**！」

拉斯洛眨了眨眼睛，更仔細地打量克拉倫斯的表情。這位古怪同事說的是真的嗎？督察屬於八階惡魔，是整個體系中的最高層級。拉斯洛和克拉倫斯都是低階的三階惡魔——僅僅是公務員和專員等級。他們有幸擁有肉身，但這也沒什麼了不起的，因為這些身體大部分是他們從二階惡魔晉升時，利用現有材料東拼西湊而成。以克拉倫斯為例，他的身體是由一隻擱淺的歐式尖吻鮫和身體已經腐敗的高地羊湊成的。這可憐的傢伙花了一大筆錢買古龍水遮蓋身上的臭味。

拉斯洛壓抑住驚訝。「他們為什麼要派督察來？」他喃喃自語道。

克拉倫斯揮了揮雙手。「不知道！我只知道我要被熔解了！」

「嘖，」拉斯洛說：「你從不請病假，負責的詛咒也很有趣。」

鯊魚垂下他的頭。「不有趣了。」克拉倫斯抽泣地說：「我是說，好吧——我承認，注定要在海上生活是個令人滿意的詛咒。船隻破舊、地圖殘破不堪，折磨我的客戶肯定輕而易舉。但時代變了，拉斯洛，時代變了。」

「什麼意思？那家人至今仍然受到詛咒，不是嗎？」

「是啊，」克拉倫斯嘆氣道：「但如今，其後代都只是一遍又一遍搭乘豪華郵輪，他們的生活就像一場盛大派對。老實說，我很羨慕他們。」

拉斯洛挑起一邊眉毛。「難道沒有禁止進行奢侈海上旅行的條款嗎？」

克拉倫斯開始踱步。「沒有。你可能以為有。老實說，我甚至覺得他們根本不再介意自己被詛咒了。當我順道過去想用颱風或食人族的故事嚇唬他們時，他們還哄然大笑。你有在自助餐排隊時被人嘲笑的經驗嗎？」

「沒。」

「實在太丟臉了。我太過慌張，讓偽裝變得一團糟。一些孩子把我逼到甲板上。其中一個開始大叫：『寶可夢！寶可夢！』並堅稱我是她光明正大抓到的。害我不得不跳海。」

眼前的惡魔哽咽得上氣不接下氣，拉斯洛伸出手來穩住他。

「你是一個盡責的守護者，克拉倫斯，你我都很清楚，更重要的是，**他們**也明白。」克拉倫斯只能點頭，眼淚幾乎要奪眶而出。拉斯洛握住這隻鯊魚潮溼而軟趴趴的雙手。他拍了拍他同事的手腕。

「振作起來，老友。當你離開衣帽間時，我要看到你抬起你那榮耀的尖吻。只要對督察如實以告就好了。郵輪發明又不是你的錯。」放開克拉倫斯後，拉斯洛拍拍他的肩膀，一溜煙地跑了。

他進入辦公區域，沒時間喝咖啡，或跟會計部那個新來的身材火辣女助理調情。拉斯洛直奔他的辦公室，除了他以外，只有少少幾位守護者有自己的辦公室，保有些許隱私能讓他好好整理思緒。

上頭為什麼要派督察來？

拉斯洛一邊匆匆走著，一邊掃視大片辦公隔間，尋找他私人助理的身影。當他走至她的辦公桌前時，只見桌上放著吃了一半的火雞總匯三明治。這下確定了，一切都完了，史皮格女士從不離開她的工作崗位。

拉斯洛溜進他的辦公室，把帽子扔到衣架上，一屁股坐在椅子上。電話上的留言燈閃個不停。當他伸手去按時，一個東西撞上窗戶。拉斯洛轉過身，拉開百葉窗，看見一隻巨大短吻鱷，嘴裡叼著一隻老鼠。

拉斯洛重重地敲了下窗戶，這些下水道的鱷魚已經成了大麻煩。好幾百隻鱷魚潛伏在更深的地道中，慘白如牛奶，目盲如鼴鼠。看樣子，這些野獸沒有視力也能享受大餐，窗外那隻鱷魚體型就跟一輛凱迪拉克一樣龐大。

拉斯洛再次敲打玻璃。「滾開！你在這邊我沒辦法思考。」

短吻鱷將牠粗糙的身軀轉向面對窗戶。拉斯洛用更粗魯的話驅趕牠。那隻爬蟲類狼吞虎嚥地吃完牠的午餐後，譴責地看了他一眼，便搖搖晃晃地走進黑暗中。拉斯洛剛放下百葉窗，史皮格女士便衝了進來。

「你去哪了？有個督察去了柴契爾的辦公室！」

「我知道。」拉斯洛淡淡地說：「對了，那隻短吻鱷又出現了，變得很莽撞。」

「別管什麼鱷魚了。有個**督察**來了。」

「妳說過了，而且我很好奇妳為什麼沒有提醒我？讓我要從克拉倫斯嘴裡聽說這件事。」

史皮格女士冷冷地說：「看一下你的手機。」

拉斯洛看了，卻發現手機沒電。「原來如此。」他說：「好吧，拉張椅子來，我們制訂一下策略。」

他的助理七隻眼睛都翻了白眼。「**好主意**，我想我們絕對可以在你去面會前想出什麼妙招。」

「面會？」拉斯洛說：「什麼時候？」

「十分鐘前。」

他看了看他的新手表。「妳在開玩笑吧。」

「我沒開玩笑，你那手表哪兒來的？」

拉斯洛把那只寶璣腕表塞進口袋。「遺產拍賣。妳有我的報告嗎？」

「真的還是偽造的？」

「偽造的。」

他的助理拿起一本皮革對開資料夾。雙雙急忙趕往主管辦公室，拉斯洛維持立姿，史皮格女士則以蛇尾蠕動而行。拉斯洛跟隨在側，追問她資訊。兩人壓低了聲音交談。

「來的督察是誰？」

「瑪里尼斯．安德羅沃。」

「沒聽過。」

「他才新上任不久。聽說他們把他從六階惡魔提拔上來，肯定很能幹。」

拉斯洛露出一抹邪笑。能幹也好，成績優異也罷，不管他是怎樣的人，他們全是一丘之貉。關鍵在於要懂得奉承，讓他們感覺自己很聰明且技高一籌，然後暗示他們其他不稱職的地方，有一些棘手的問題需要他這樣的「行家」處理。這跟騙局遊戲沒什麼兩樣，一點誤導就能帶來極大功效。

抵達主管辦公室門前時，史皮格女士把報告遞給拉斯洛。她幫他撫平領帶，表情忽然柔和下來。

「別耍小聰明，這位督察沒在開玩笑，斯庫拉和柯茲羅斯基已經進去了。」

史皮格女士湊上前說：「**他們一直沒出來！**好好匯報，忘掉『一點誤導就能帶來極大功效』這種屁話吧，否則你會摔得屁股開花。」

「然後呢？」

拉斯洛臉脹得通紅。史皮格女士又知道他屁股什麼了？不管怎樣，她還不曾見識他在地鐵展示的法術。

他拍了拍口袋裡那捲鈔票，感受其令人安心的圓弧觸感。「恐怕我無法苟同妳的意見，史皮格女士。」

拉斯洛手裡拿著報告，轉身大步邁向柴契爾辦公室門口。她請他進去，他帶著最耀眼的微笑走進門內。

片刻之後，他差點要暈過去。

第二章

督察

以惡魔年紀而言，拉斯洛是個初生之犢；他誕生於中世紀的惡魔「嬰兒潮」；不過，八百年也不算微不足道。拉斯洛曾見證第四次十字軍東征、文藝復興和工業革命。但若干世紀以來，他還從未見過惡魔被熔解的畫面。

直到現在。

熔解用的坩堝就立在角落，那是一個由堅固的三腳架支撐的工業漏斗。漏斗的金屬部分因受熱而發光，焦黑的噴嘴連接至一個刻有發光符號的梅森密封罐中。目前罐子是空的。

桌上的梅森罐則裝了東西。

桌上一共有兩罐，皆裝著冒泡的黏液。罐裡的黏液時不時會反抗重力從邊緣滲出，彷彿試圖逃跑；然而，每當黏液觸及罐子的印記時，那些符號就會發出惡狠狠的紅光，黏液隨即往後撤退。驚恐萬分的拉斯洛倚著門框撐住自己。眼前的景象令他作嘔，卻無法移開視線。而且，他一直忍不住去想哪個罐子裝的是斯庫拉，哪個是柯茲羅斯基。

柴契爾單調的口氣令他回過神來。「你哪天不遲到，偏偏選今天。」

這位有著一張蟾蜍臉的四階惡魔站在收納矮櫃旁，手裡拿著一疊文件。一名陌生人坐在她的辦公桌後。陌生人身材魁梧，穿著一身猩紅色的長袍，獅子般的頭部長了一圈恍如鬃毛的白色火焰。柴契爾女士做出一個恭敬的手勢。

「拉斯洛，很榮幸為你介紹瑪里尼斯・安德羅沃爵士閣下。現在詛咒守護者協會由他管轄。」

拉斯洛用指節碰觸自己的額頭說：「幸會。」

督察冷淡地瞥了柴契爾一眼。

她清了清嗓子。「與高階惡魔面晤，按禮儀需鞠躬。」柴契爾用一如往常平淡的語氣說道，但以拉斯洛對她的了解，可以從她外突的眼睛中看出警告的意味：**給我跪下，你這白癡**。

拉斯洛單腳屈膝。「呃，抱歉，我們通常遇不到四階以上的大人物。很榮幸見到你，閣下。」

安德羅沃用貴族般的濃厚嗓音回道：「再往下。」

「什麼？」

這位督察比出一個往下的手勢。拉斯洛立刻讀懂他的意思並照做。直到拉斯洛把臉朝下趴在地上，雙臂無力地貼在身體兩側，像個為了買麥片而在超市地板耍賴的小孩。

「可以了。」督察終於鬆口。「起來吧。」

拉斯洛站起身來，在他把沾在褲子上的纖維拍掉的同時，安德羅沃翻開一份檔案。

「你是九百二十三號詛咒守護者。」他說。

「我也叫〇〇七。」

「你在開玩笑嗎？」

拉斯洛咳了一聲。「只是想緩和一下氣氛，閣下，因為我實在沒法不去注意角落的**坩堝**和桌上那兩**罐**……」

聞言，安德羅沃抓起其中一個罐子，用像捕手手套般大的手托住罐身，裡面的內容物瑟瑟發抖。

「這些惡魔是廢物，九二三號。」督察面無表情地說：「現在這個部門歸我管，我想知道誰**有用**，誰**沒用**。」他放下罐子。「為什麼遲到？」

有那麼一奈秒，拉斯洛考慮實話實說。然後本能占了上風。他站得挺直，挺起胸膛，回道：「我在跟敵人交戰。」

督察揚起一邊眉毛。「說明一下。」

「在一所八年制的牧區學校，閣下。我突然現身嚇唬修女。我知道這並非我的職責範圍，但我發現有機可趁，覺得有必要挺身而出。」

「我明白了，你很有工作精神。」

「正是如此，閣下，**恰如其分**。」

「那些修女呢？」安德羅沃說：「她們有什麼反應？」

拉斯洛直勾勾地盯著牆上某個法蘭德斯乳酪販的肖像畫，或說他自認為是法蘭德斯乳酪販的肖像畫。他每次撒謊的時候，都覺得直直盯著背景某個東西很有用，可以藉此避免視線游移，增添一分真誠。「兩名修女把自己關在禮拜堂內，第三名修女是個意志堅強的老鳥，名叫芙蘭西絲修女，她用一顆蘋果砸我，並開始背誦主禱文。」

安德羅沃咕噥道：「很勇敢嘛。」

「是啊。還好我接住蘋果砸了回去，禱文還沒念完，便打中她的頭。然後我一路追她到自助餐廳，一邊對她大聲咆哮，一邊冷眼睥睨她進行威嚇。」

督察滿意地點點頭。「結果呢？」

「待我展示我的力量後，就離開現場叫了輛計程車，卻倒楣碰上新手司機，最後跑到皇后區。」

「下次，搭地鐵。」

拉斯洛向他鞠躬。「好主意，閣下。」他瞄了一眼柴契爾，看她對他的說詞是否買帳。他的主管依樣畫葫蘆，目光凝視遠處，表情強忍著厭惡。

安德羅沃朝一張扶椅示意。「別拘束，坐吧，九二三號。」

拉斯洛很樂意坐下來，即使會跟融化成一灘液體的同事對到眼。距離這麼近，他才發現其中一個罐子的黏液帶有紫色基底，那肯定是柯茲羅斯基。

「你希望我把他們拿走嗎？」安德羅沃問。

「不用了。」拉斯洛說：「但他們之後會怎樣？你要……**喝掉**嗎？」

督察勾起嘴角。「把這些遊手好閒的傢伙吸收進我的體內？不，他們會被扔回原始湯裡。」

「但他們負責的詛咒——」

「會重新指派人手。」督察簡短地說：「我打算讓事情回歸正軌，九二三號。曾幾何時，這個協會是地獄體系最有價值的珍寶。」他大手一揮，彷彿眼前有座想像中的宮殿。「亞特蘭提斯！黑死病！拿破崙戰爭！COVID的假新聞！每件大事都是透過精心謀劃與勤奮管理詛咒的結果。這些守護者以偉大而光榮的規模散播世間苦難，現在我們再來看看**你的**詛咒……」

「是的，閣下？」

安德羅沃往後靠在椅子上。「說明一下。」

「長話短說還是從頭講起。」

「長話短說。」

拉斯洛十指交搭。「這個嘛，我的詛咒稱不上是亞特蘭提斯，但確實有它的魅力存在。該咒語追溯自十七世紀，當時英國派遣一位名叫安布羅斯．錐克佛的治安法官去調查在殖民地中流傳的巫術謠言。當他穿越卡茨基爾山脈時，這位治安法官聽說了一個起初被荷蘭籍的拓荒者稱為Heksenwoud的地方。」

「那是什麼意思？」安德羅沃咕噥道。

「女巫之森。」

「挺切合的。」

「確實如此。反正，當地人告訴治安法官，有個女人自他們有記憶起便一直住在女巫之森。錐克佛前去調查，發現她在森林裡『展示卑劣的巫術』，便將她綁在木樁上燒死。」

安德羅沃忍住沒有打呵欠。「挺有中世紀味道的嘛。」

「確實如此。」拉斯洛說：「但那個女巫並未安靜離世。她在遭火焚身之際，對錐克佛及其後裔施加了詛咒。錐克佛詛咒就此誕生。」

督察查看他的報告。「上面寫說你並非最初的守護者。」

「是的，閣下。先前是某人負責的——叫什麼羅勒還是琉璃苣的，頗像香草的名字。反正，因為他擅離職守，我便接手他的工作。」

安德羅沃寫了一些筆記。「詛咒的條件呢？」

「沒什麼特別的。若要打破詛咒，錐克佛的後裔必須完成女巫的咒語。」

「要是沒完成呢？」

拉斯洛停頓了一會兒，以創造戲劇張力。「會變成怪物。」

「真的怪物，還是只是比喻？」

「真的怪物，閣下。貨真價實。」

安德羅沃啪噠地吐出他前端分岔的舌頭。「很有趣嘛，變化什麼時候開始？」

「剛成年的時候。從各方面看來，錐克佛家的孩子看起來與常人無異，但到了四十歲，你絕對猜不出他們曾是人類。」

「聽起來挺像樣的。」

「是呀，閣下，我運氣好。」

但安德羅沃沒在聽。這位督察用手指敲著桌子，粗大的眉毛皺了起來。「那這個詛咒要怎麼維持下去？」

「什麼？」

「如果他們變成了怪物，為什麼這個家族至今尚未滅亡？怎樣的傻瓜才會嫁給錐克佛家的人？」

「啊，」拉斯洛說：「這就是這個詛咒的美妙之處。該詛咒包含一個永久條款，能讓錐克佛家的人在完全變成怪物前繁衍後代。二十歲時，大多數人都有一到兩個孩子。他們的伴侶從來不是當地人，也不會留下來定居。他們被附加某種媚術，直到詛咒的新持有者出現，媚術才會消失。」

「很聰明嘛。」

「是的。」

督察回到他的筆記。「你上次去拜訪這一家人是什麼時候？」

拉斯洛搜尋他的記憶。他依稀記得有一年夏天，他搭乘的一輛巴士半路拋錨，他不得不冒著被蚊子叮咬的風險尋找起司堡。他走了十分鐘，果斷決定放棄，便跟幾個嬉皮共乘計程車回到紐約。旅程還算有趣，他記得，雖說那傢伙一直在彈吉他。很少有什麼比寫歌的嬉皮還糟的事了，但至少有大麻可抽。

他咳了一聲。「有幾年了。」

安德羅沃挑起火紅的眉毛。「兩年？三年？」

「三年吧。」

「為何間隔那麼久？」

拉斯洛擺弄著拇指。「詛咒的條款會自動生效，那女巫很厲害。」

督察皺起眉頭。他又記下一些東西。「我懂了。那最近一次錐克佛家的人試圖破除詛咒是什麼時候？」

拉斯洛的笑容僵住了。「你是說確切年份？」

「如果你想的起來的話。」督察口氣生硬地回答。

「呃，具體日期有點模糊，不過是在亨利．福特開始販售福特T型車的時候。那玩意兒滿街都是，過馬路總是會有一臺福特T型車呼嘯而過。當然不是真的**呼嘯而過**啦，而是以一個還行的速度緩慢前進。我只想說，我討厭那輛該死的車。」

安德羅沃轉向柴契爾問：「妳會不會覺得九二三號講話很沒重點？」她點點頭。督察打開一個資料夾，拿出一張圖表面向拉斯洛。拉斯洛吞了口口水。扔出數據準沒好事。

「你知道這是什麼嗎？」安德羅沃問。

「這是一張MM&D圖表，閣下，追蹤凡人痛苦與絕望值。」

「沒錯。注意到藍線和紅線有什麼不尋常的地方嗎？」

拉斯洛瞇起眼睛。「藍線呈波浪狀，紅線則是……我沒看到紅線。」

「看底下。」

他花了好一會兒才看到在水平軸底部有一條細細的紅線。「看到了。」拉斯洛誇讚道：「直得很漂亮。」

「漂亮？」督察低聲說：「這個詛咒的絕望值低到可以忽略不計，九二三號。你的詛咒持有者在上個世紀一直處於中等痛苦和可以忽略不計的絕望中。」

拉斯洛皺起鼻頭。「這樣……**不好**嗎？」

督察把圖表扔到一旁。「很差勁。顯然你的詛咒持有者已經習慣他們的不幸。他們的希望早在好幾世紀以前就消失得無影無蹤。當然，你也發現了問題在哪。」

他鄭重地點了個頭。「確實，但我還是想聽聽你的意見。」

安德羅沃眯起眼睛。「你的詛咒持有者沒有希望。如你所知，**失去**希望的過程會產生絕望。一個人不能失去他們沒有的東西，九二三號。除非有什麼造成改變，否則詛咒產生的絕望將保持停滯。」

拉斯洛眨了眨眼。「這樣……也不好？」

「**對！**」督察怒斥道：「你他媽的有什麼毛病？」

「我可能生病了吧，流感季節快到了。」

「惡魔不會得流感。」

「那我就安心了。」

安德羅沃皺起鼻頭。「回歸根本，」他低吼道：「痛苦和絕望是很重要的資源，九二三號。只有靈魂才更有價值。絕望使我們**強大**，使人類變得**脆弱**。產生絕望正是這個協會成立的初衷。不然為什麼我們要管理詛咒？」

「為了降低失業率？」

安德羅沃盯著拉斯洛。最後，他嘆了口氣，揉了揉他的口鼻。

「這一點也不複雜。」他疲倦地說：「我們建立人類的希望，然後突然奪走他們的心靈支柱；我們引誘凡人，再魅惑他們，驅使他們做出邪惡的行為。我們反覆做這件事，這是惡魔的基本知識。」

「是的。」拉斯洛說，他在內心對自己裝傻輾壓對手的能力感到滿意。

「說回你的詛咒，」安德羅沃說：「你對你的績效有何看法？」

「數據一致。」

「一致的可怕。」

「這話好傷人。」

「你的績效幾乎低到不能再低了。」

拉斯洛舉起雙手。「我承認有改善的空間，但我得為自己辯護，我確實襲擊了那些修女，這該算點成績吧。」

「啊，對。」督察冷冰冰地說：「那些活潑的修女。」他轉向柴契爾。「把我的助手叫進來。」

他的主管迴避拉斯洛詢問的目光離開辦公室。他強忍著坐立難安的心緒，把手汗擦在褲子上，假裝對房內的裝飾很感興趣。書、活頁夾，還有角落的通風口……

安德羅沃輕笑出聲。「在計畫逃跑路線？」

拉斯洛將他的注意力從通風口上移開。「我為什麼要逃跑？」

督察沒有回答，因為柴契爾帶了六名他不認識的惡魔回到辦公室。他們排成一排，拉斯洛警戒地看著他們。這六個惡魔外表截然不同：是由各種鳥類、黃鼠狼和渾身疥瘡的豺狼屍體拼湊而成的三階惡魔。他們站在那兒，神情狡猾，甚至有些垂頭喪氣。沒人和拉斯洛對視。

「認得他們嗎？」安德羅沃問。

「不認識。」

督察彈了個響指。這些惡魔隨即掩藏在一陣煙霧中，顯現出六名比利時遊客的身影。

拉斯洛強忍著嘔吐的衝動。

不要慌，他堅定地告訴自己，**什麼都不要承認**。這一直是謊言被揭發時最好的策略。死不認帳，讓對方以為他們瘋了。

「現在呢？」安德羅沃問。

拉斯洛禮貌性地眨眨眼，一臉困惑。「抱歉，還是沒印象。」

「得了吧。」安德羅沃怒斥道：「他們已經跟了你好幾天。你不是在捉弄人類，就是在商店順手牽羊、賭博，或是去公園曬日光浴。」

拉斯洛看了看自己的指甲，說：「那些都是不實指控，你有證據嗎？」

扮演大嗓門「妻子」的女惡魔拿出一個**iPad**，展示拉斯洛人類形態時的照片。她手指滑動，一張張揭露正在享受第四杯馬丁尼的拉斯洛，勾引房東妻子的拉斯洛，以及典當各種贓物的拉斯洛。當她滑到拉斯洛抱著一袋話匣子餅乾在沙灘毯上打盹的照片時，安德羅沃已經看夠了。

「怎樣？」他說：「還有什麼要辯解的嗎？」

拉斯洛不屑地看向那群假比利時人。「我只想說三階惡魔背叛自己同袍實在很可悲。我被叫過很多糟糕的稱呼，但沒人能叫我告密者。」

那些假比利時人愧疚地面面相覷。

「是啊，我們都很敬佩你的道德標準。」安德羅沃冷冰冰地說：「守護者九二三號，你不配擔任此職務，你疏於管理，坐實自己的無能。比你能幹的惡魔卻以更少的過錯遭受責罰。在我做出判決前，你有什麼話要說嗎？」

他的話讓拉斯洛的心臟猛地顫動。他的目光飄到坩堝燒得焦黑的金屬部分和發光符文上。他聽說這種刑罰的過程十分痛苦，肉體熔化成液體後，精華會透過類似榨汁機的裝置榨出來。**我就免了吧**。拉斯洛在恐慌之下，打出他最後一張、也是最絕望的牌。

他傾身向前，以惡狠狠的目光盯著安德羅沃，這是他在面對餐廳領班及收銀員時會用的眼神。「雖然我很不想這麼說，」他陰狠地說：「你知道我是誰嗎？」

督察查看他的檔案。「如果我沒看錯，你是詛咒守護者九百二十三號，一個滿口謊言的智障，令整個協會蒙羞。」

拉斯洛不耐煩地擺擺手。「不，」他說：「我說的不是我，別管**我**是誰，你知道我**父親**是何人嗎？」

督察安靜了好幾秒鐘。拉斯洛仔細審視眼前這個人高馬大的獅人和那頭火焰鬃毛。安德羅沃的目光閃過一絲玩味。

「我很清楚你父親是誰。」

拉斯洛雙臂抱胸，彷彿事情已塵埃落定。「那你就知道我跟你們這種從原始湯中撈出來的可憐拼湊怪不一樣。」他朝房裡其他三階惡魔偏了偏頭。「我是由母體**誕生**，閣下。擁有純正的**血統**。」

「那又如何？」

「你沒辦法碰我！」拉斯洛回嘴道：「敢惹我，在罐子裡冒泡的人就是**你**。」

督察咬著嘴唇，顯然陷入沉思。「那還滿苦惱的。但倘若你說的是真的，或許你可以解釋一下這個。」

他把一封信從桌子那頭滑了過來，拉斯洛小心接過信，瀏覽這封用打字機打成的訊息。

瑪里尼斯爵士：

吾接獲汝的報告，閣下的發現證實了吾的擔憂。請閣下自行處置，吾只要求能給吾兒一週證明自身價值。倘若他失敗了，任憑處之。

拉斯洛驚恐地看著信上蓋著他再熟悉不過的父親的印章。更糟的是，信上的簽名十分潦草，彷彿這封信不過是夾在一堆繁瑣文書工作中的其中一份文件。他裝作若無其事地把信從桌面滑回去。安德羅沃將信放回文件夾中。

「那麼，」督察說：「不如我們彼此幫個忙，把問題解決掉？」

拉斯洛用拇指潑掉黏在他那雙Gucci皮鞋上的灰塵。「不是說給我一週的時間嗎？」他語氣克制地問：「信上說我有一週的時間證明自己的能力。順便問一下，信上說的是地獄週，還是人間週？」

這個問題的答案很重要。在地獄，標準的一週只有六天而非七天。路西法一向不喜歡週日。

「**地獄**週。」督察回答他的問題。「但有何用處？你有好幾個世紀證明自己的能力，難道你認為多那一週會有差嗎？」

「還是有可能。我該怎麼做？」

安德羅沃檢視起自己的爪子。「我並非不講道理的惡魔。讓我想想……」他沉思半晌。「好吧，九二三號。如果你可以獲得一個凡人的靈魂、提升那位凡人的痛苦與絕望值，或者阻止某個詛咒被打破，我就再給你一次機會。」

拉斯洛頓時目瞪口呆。「但、但那不可能啊。」他結結巴巴地說：「我只是一個三階惡魔，我的能力不足以在一年內完成這些事，更別說才給我一個地獄週。看在撒旦的分上，我甚至不會傳送術。我都搭地鐵！」

「我們知道。」

拉斯洛雙手合十，擺出請求的姿勢。「借我一些力量。」他央求道：「像是五階的召喚術，甚至是四階的法術也沒關係。給我一個反抗的機會！」

督察闔上他的文件。「你確實得到了機會。心懷感激吧。守護者九〇一號和八七七號可沒有大公為他們求情。當然，如果你想放棄這個機會，我保證會迅速無痕地處置你。下週情況可能就不會那麼順利了，我很忙，而眾所皆知坩堝很容易故障……」

「你在威脅我嗎？」

安德羅沃聳了聳肩。「你意下如何？」

桌上突然出現一張羊皮紙，以銅版體書寫約定的條款。旁邊出現一枝鋼筆，以及一個煮蛋器大小的沙漏。裡頭的沙粒十分纖細，發出不祥的紅光。拉斯洛從椅子上站起來，拿起筆。他研究著眼前的文件。

「惡魔契約。」他欽佩地說：「我一直想試試看。」

安德羅沃微微一笑。「立契約很好玩，可惜要五階惡魔才做得到。」

拉斯洛測試了筆，墨水在沾到紙時發出沙沙的聲響。「我聽說你在升到五階時獲得各種全新福利。」他若有所思地說：「新的能力，新的肉身，只要你想換——」

「甚至是新的名字。」督察得意地補充道：「任君挑選。」

拉斯洛猛地抬起頭來。「等等，抱歉，我沒聽錯吧，你自己**選**了瑪里尼斯．安德羅沃這個名字？」

「確實如此。」他的嗓音低沉。

「我的拉丁文早已生疏，但這個名字的意思不是『邪火吃人魔』嗎？」

他頓了一下。「是啊，那又如何？」

拉斯洛把注意力拉回合約上，他的簽名十分華麗。「沒什麼。這是一個**很棒**的名字，一點也不俗氣。」房間霎時籠罩了一層陰影。督察出奇地動也不動，此時此刻正用一種心不在焉、近乎掠奪性的目光注視著拉斯洛。拉斯洛放下筆後，不禁納悶自己是否太多嘴了。別說是坩堝，現在他就要被面前那張IKEA吸墨墊給吞噬殆盡。督察臉上浮現一絲不善的笑容。他從椅子上站起來。

拉斯洛仰起脖子。天啊，安德羅沃體型巨大，有兩百七十公分嗎？還是三百公分？不管高兩百七十還是三百公分，都絕對有資格加入尼克隊。他本想順勢開個玩笑，卻在感受到睪丸縮回腹部時，不經意地打了個冷顫。加上膽汁湧入食道，頓時打消他對自己是否太得寸進尺的疑慮。他的身體正產生某種殘酷且詭異的變化，他只希望不要波及他的臉。

安德羅沃現在凌駕於房內每個惡魔之上，渾身散發出狠毒的氣息，大家只能愣愣地盯著他。拉斯洛被他凶狠的目光釘在椅子上。當督察開口時，嗓音帶著一種沙啞的顆粒感，彷彿他貴族般的外表像汰換的皮膚剝落。傑奇博士已不復存在，留下來的只有邪惡的海德先生。

安德羅沃繞過桌子，站在嚇呆的拉斯洛面前。「你有親眼看過惡魔被熔解嗎？」他用粗嘎的嗓音輕聲說。

拉斯洛張口想回答，卻什麼也說不出來。

安德羅沃的笑容擴張到了詭異的程度，一滴唾液在柴契爾心愛的土耳其地毯上燒出一個洞。「我想也是，」他說：「不然你不會這麼薄唇輕言。你知道自己需要什麼嗎？」

拉斯洛輕輕地搖頭。

「立威。」

安德羅沃猛地伸出一隻手臂，抓住扮演大嗓門的三階惡魔。他用力掐住這個瘦小惡魔的咽喉，將他整個人從地上提起來，後者開始像從泰晤士河捕獲的鰻魚般扭動身軀。他的大手一捏，大嗓門的身體便瞬間癱軟。安德羅沃捏斷他的脖子了嗎？顯然沒有，因為那個惡魔設法轉過頭，一臉驚恐地看著坩堝，漏斗正迅速升溫。上方的金屬已變成熾熱的橙色，周圍的鑲版開始冒煙。

拉斯洛很想閉上眼睛，但他怕這樣會讓安德羅沃找到理由割開他的眼皮。於是他眼睜睜地看著接下來三分鐘又四十七秒發生的事。

他看著安德羅沃把大嗓門舉到漏斗上方；看著他放手讓大嗓門盤旋在發光的金屬上方，被某種邪惡的力量固定住，將大嗓門一點一點地拉進漏斗中，其飢渴難耐的大口正慢慢吞噬它的受害者。

坩堝花了兩分鐘的時間，才吞進惡魔的下半身。大嗓門自始自終都在尖叫，他淒厲的叫聲幾乎可與閹伶的歌聲媲美。其尖叫聲遠比眼前的畫面還恐怖。最後，就連安德羅沃也厭倦了大嗓門的裝腔作勢，扭下這名惡魔的頭。尖叫聲很快被督察啃咬頭顱發出的嘎吱聲所取代，就像在吃蜜脆蘋果一樣。

儘管令人作嘔，拉斯洛仍不由得羨慕起安德羅沃牙齒。

啃咬大嗓門的頭骨並未讓安德羅沃感到吃力——八階惡魔的下顎能像吃奶油般地鑿穿骨頭。拉斯洛卻連吃側腹牛排都覺得費力。

當大嗓門最後的肉體消失，坩堝開始發出怪異的嘶嘶聲。片刻後，藍灰色的污泥從漏斗的噴嘴流出。汁液起先是零星的細流，在惡魔精華流入梅森罐時，變成漿狀噴湧而出。當最後一滴液體流光後，坩堝發出不雅的呻吟聲，讓拉斯洛想起先前在懺悔節遇到的一位雞尾酒女侍。

最終，這臺可怕的機器戛然而止，金屬冷卻下來，變成深黑色。

沒人說話，也沒人敢動。

唯一的聲響來自安德羅沃，他正在品嘗大嗓門剩下的腦幹。

然後，這位督察擦了擦嘴，露出笑容，從架上取下梅森罐，拿到燈下審視裡頭的東西。無論他看到了什麼，肯定很吸引人，因為他一口氣喝下罐裡的精華。

可憐的大嗓門。活了幾個世紀最後卻成了一杯能量飲料。

安德羅沃在吸收大嗓門的精華，將其轉變成自己的能量時，身體微微顫抖。藉由吞噬自己的同類（三階惡魔的魔力不多，卻也不容小覷），使他的力量比剛才增強一點。這就是惡魔的做事方式。

但以地獄的行事法則而言，一切都是要付出代價的。柴契爾拖著腳步走到文件櫃前，拿出一份冗長又複雜的表格，一式三份。

「那是什麼？」安德羅沃問。

「食用員工報告。」柴契爾鼻音濃厚的回答。「任何吞食員工的精華而非歸還原始湯的惡魔，將從工資裡扣掉同等金額。」

「這規定當然不適用於我身上，我是督察。」

然而，他遇到了對手。柴契爾是官僚制的產物，一生都在執行官僚機關訂下的永無止盡的規則。「你可以向高級議會申訴。」

「我會考慮。」安德羅沃低語道：「畢竟，議會裡有人期待收到我的消息。」當他坐回柴契爾辦公桌後的座椅上時，目光落到拉斯洛身上。「那麼，九二三號，你現在對自己的處境有更清楚的認識了嗎？」

拉斯洛幾乎啞了嗓子。「是的，閣下，我非常明白了。」

「很好。」安德羅沃說。他在合約上簽下署名，然後將印章壓在從羊皮紙冒出來的蠟上。他把文件放到一旁，翻過沙漏，遞給拉斯洛。

「六天。」他輕聲說：「六天後，你就是我的了。」

拉斯洛接過沙漏，僵硬地朝他鞠躬。即使他嚇得尿濕了褲子，還是希望自己能體面地走出門外。一離開房間，他便緊張地拔腿衝刺。

當他回到自己的辦公室時，發現史皮格女士正在將他的東西裝箱。「妳在幹嘛？」拉斯洛喘著氣問。

他助理的觸手驚訝地僵住了。「你沒有被熔解？」

「沒有。」拉斯洛憤怒地說：「我人還在，謝謝。他們給了我時間翻轉命運。」

「多久？」

「六天。」

史皮格女士繼續手上動作。拉斯洛避開她，急忙地走向文件櫃旁的保險箱。他蹲下身轉動旋鈕，喀擦一聲，保險箱開了，裡面放著一個黑檀木製的盒子，上頭有一個用股骨雕刻而成的提把，外觀就像一套古老且詭異的雙陸棋組。拉斯洛將盒子拿出。

史皮格女士抬起頭。「你不該把那東西帶出辦公室。」

「現在是非常時期。」拉斯洛說。他提起盒子，站起身，從衣帽架上抓起他的氈帽。當他準備轉身離開時，發現歐氏尖吻鮫在門口徘徊。

「嗨，拉斯洛，你看到我的手表了嗎？我不知道放哪去了，會計部的伊絲特覺得——」

拉斯洛衝出門，歐氏尖吻鮫趕緊散避。這位藍皮膚的惡魔急沖沖地奔向電梯時，辦公室內的實習生四處亂竄，他像抱著足球般將公事包護在臂彎下。在這一片混亂和抗議聲中，傳來一個熟悉的聲音，聲音來自史皮格女士。

「**我要提出辭呈！**」

第三章

食罪者

天空下起毛毛細雨，瑪姬・錐克佛看見馬路上緩緩駛來一輛車。無論是司機還是乘客都面露不安地看著四周委靡的樹木及店面。對於那些不經意來到紐約暮光村的人來說，這樣的表情不算罕見。很多人湧入卡茨基爾山是為了一睹迷人的木屋和古早的建築，眼前這個看似被上帝遺棄、死氣沉沉的地方又是哪？

司機看見瑪姬，試探性地揮揮手。當對方把車子慢慢開到她身邊停下來時，她禮貌性地點頭回應。車窗降下來後，瑪姬手指向前方。

「十四公里。」她說。

司機眨了眨眼睛。「什麼？」

「到下一個村莊還有十四公里，你也可以掉頭走高速公路。」

男人笑了一下，露出在暮光村難得一見的一口好牙。他穿的件粗呢西裝外套，簡直在大聲高喊著我是**教授**。

「妳怎麼知道我們迷路了？」他問。

「亂猜的。」

車上乘客湊近她的……男朋友？還是丈夫？她手上沒有戒指。「這裡是哪裡？」她問：「我的手機收不到訊號。」

「這裡是暮光村。」瑪姬回答：「人口共一百九十三人——不對，一百九十二。」她漫不經心地說著，又把目光拉回馬路對面、座落於松樹林間的小屋。窗戶蒙上黑色的布，整棟屋子籠罩著寂靜而悲涼的氛圍。

瑪姬看了看，前門依然緊閉著。她摩娑著冰冷的手臂，希望她的客戶動作能快一點。天色漸暗，她把雨傘忘在卡車上。而她忘記帶的不只那把雨傘。瑪姬暗罵自己笨，她討厭被母親說中事實的感覺。

「教授」說了些什麼，瑪姬回頭看了他一眼。

「什麼？」

「加油站，」他重複剛才的話：「我們快沒油了，我不想被困在這裡。妳別見怪。」他隨即補充道。

就算男人稱暮光村為輻射糞坑，瑪姬．錐克佛也不會覺得難過。她聳了聳肩，表示無所謂。「前面有家厄爾加油站，但他們應該沒開，今天大部分店家都關門。」

教授的女友湊過來，小聲說：「這裡是**艾美許社區**嗎？」

「不是。」瑪姬說：「艾美許鎮很古雅。」

女人的笑容消失了。「那、這是怎麼一回事——」她指著瑪姬穿的服裝：襯裙外加圍裙，質樸的背心和一身直筒洋裝。

瑪姬摸了摸辮子上的亞麻頭巾。「這是工作服。」

「殖民時期重演活動？」教授問。

「類似。」

「殖民者會穿Converse的球鞋嗎？」

瑪姬低頭看著從裙子下方露出的球鞋。除了她弟弟外，這雙鞋可能是這個世界上她最寶貝的東西了。這是她在救世軍義賣會找到的寶藏。「不會。」她坦承道：「這是一種自由創意。」

「我同意。」教授說：「這樣時尚多了。」

瑪姬幾乎要嗤之以鼻。她根本不在乎什麼時尚。

馬路對面傳來聲響，小屋的門打開了。一道不祥的身影出現在門口，他向瑪姬招了招手。

她吐出嘴裡的口香糖。「我該走了。」她對那對情侶說：「很高興跟你們聊天。」

瑪姬過馬路時沒有回頭。如果她回過頭，可能會忍不住想知道那兩人的來歷；如果他們在交往，又是怎麼認識的；那位教授是教什麼科目。想這些毫無意義。那輛車就這樣停在路邊，車上的人無疑對她突然離開感到不解。瑪姬在走向史凱勒家小屋的半路上聽見他們把車掉頭，沿著來時的路返回。離開暮光村，離開她的生活。

瑪姬專注地看著周遭環境。在雜草和碎石路上，留有雨水和樹脂的氣味，還有水沖過石頭的聲音。史凱勒家的門廊就在前頭，腐爛的地板在瑪姬踩過時陷了下去。木板嘎吱作響的聲音令她想起父親的警告。

進去。

出來。

回家。

她抬頭看了眼擋在門口的身影。法羅牧師相貌堂堂，身材高眺，過著清心寡慾的生活，那張臉像極了消瘦的西班牙畫家艾爾．葛雷柯。瑪姬一直畏懼這個男人，甚至在她擔任此職務前便是如此。他一身西裝，搭配羅馬領，與其說他是一個人，不如說更像一座紀念碑。一座有著淡色眼珠、單薄嘴唇、神情總是蘊含怒氣的大理石雕像。瑪姬站在他面前，垂下頭，等著教義問答開始。

牧師說話的模樣好似站在講道壇前。「這棟屋子是遭喪之家。」他吟誦道：「誰將入內？」

「低等，」瑪姬麻木地回答：「卑劣、飢餓之人。」

一根瘦骨嶙峋的手指戳向她的額頭。「汝身上有該隱的印記，陌生人，在我虔誠的眼裡，就如鮮血般猩紅。汝邪惡否？」

「邪惡如薩溫女巫，狡猾如奸詐的耶洗別。」

牧師在胸前劃了個十字。「那我何以同意一頭狼混進羊群中？」

瑪姬抬起頭，迎上那道不贊成的目光。「死者的罪孽在呼喚我，為此我將大飽口福，這是我的權利，使靈魂不受玷污。」

牧師擤了擤鼻子，似乎在衡量她的回答，隨即退到一邊允許她入內。

她快步走過，沿著泥濘的長地毯進入飯廳。幾十名臉色凝重的成年人圍在釘著窗板的牆邊。他們靠著牆站成一排，共圍了三、四圈，他們一動也不動，整個房間散發著汗水和老舊羊毛的臭味。他們的注意力全集中在瑪姬身上。

瑪姬的注意力則在那具屍體上。

亞拉伯罕·史凱勒先生躺在桌上，一對蜂蠟蠟燭照亮他的輪廓。這位死者身穿結婚時穿的灰色西裝，繫上在卡特斯吉爾買的領帶。生前，史凱勒先生是個可怕的人——喜歡開著那輛雪佛蘭車尾隨並騷擾當時還年幼的瑪姬。死後，他卻顯得莊重：鬍子刮得乾乾淨淨，稀疏的白髮向後梳，露出藍灰色的額頭。放在他眼皮上的硬幣在燭光的照映下閃閃發光。他的胸前放著一小條粗製的黑麵包，上面灑了許多鹽。

瑪姬在桌前唯一的椅子坐下，把放上頭的信封袋收進口袋。她環顧四周，視線掃過在牆邊排排站、一張張恬淡的臉。她可以背出他們每個人的名字，甚至他們刻在暮光村教堂墓地墓碑上祖先的姓名：史凱勒、魯伊特、格魯特、菲什基爾、李文、斯米茨、法羅和穆德。好幾世紀以前，他們的祖先在這片荒野一隅定居，建了一座木板教堂，在山林間勉強謀生。他們的後代從未離開。

他們也被禁錮在這裡，瑪姬想。這個想法幾乎讓她產生了同情。然後她的目光落在他們手中握著的石頭上。

進去。

出來。

回家。

瑪姬拿起史凱勒先生胸口的黑麵包，舉在空中，她的聲音清楚且毫不動搖。

「我賦予汝安詳與寧靜，親愛的逝者。不讓汝在巷弄、荒野或草地上遊蕩。為保汝安息，我將把汝的罪惡轉移到我身上，以我的凡人靈魂做交換，阿門。」

瑪姬撕下一小塊麵包，就著面前那杯紅酒嚥了下去。她有條不紊地吃著，用誇張的動作咀嚼，使大家都能看見亞伯拉罕·史凱勒的罪孽已被徹底消除。吃完後，瑪姬折好餐巾，把椅子往後推。當她站起來時，椅腳刮過地板發出刺耳的聲響。

瑪姬動也不動地站在原地好長一段時間。她低垂著頭，視線轉向別處，小腿像短跑選手般繃緊。

一個叫聲打破了寧靜。「滾出去，惡魔！」

瑪姬拔腿狂奔。身後爆發一陣喊叫及咒罵聲，伴隨追趕而來的腳步聲。一塊石頭從她頭頂飛過，砸碎了相框。

她衝出前門，向左轉朝屋旁的一條小溪奔去。村裡的一些孩子早已埋伏著，從一堆舊輪胎的後方跳出，一邊扔著各自的「暗器」，一邊像野蠻人般嚎叫。一塊石頭擊中瑪姬的耳朵，滲出鮮血，她未停下腳步。

碰！碰！

更多石頭呼嘯而過，將附近樹木的樹皮削落。瑪姬敏捷地跨越冰冷的小溪，穿著步鞋的腳選擇了最穩妥的一條路徑。一過河，她便把注意力放在前方樹木茂密的斜坡上。抵達斜坡底部後，她便像山羊般迅速而穩健地直衝上陡峭的地形。

追趕她的人紛紛半途而廢。暮光村裡沒有人的腳程贏得過瑪姬．錐克佛，他們清楚得很。

瑪姬抵達坡頂後，靠在一塊巨石上抹去耳朵上的血跡。她呆呆地站了一會兒，氣喘吁吁地盯著下方被薄霧籠罩的村莊。待呼吸恢復後，她繼續朝另一邊往山下跑，在碎石路上曳足滑行，拐了個彎朝她停放葛蕾蒂絲的地方前進。

葛蕾蒂絲是卡車的名字，是錐克佛家傳的一輛歷經七十年行駛經驗的福特老爺車，保險桿上掛著同樣型號的運馬拖車。破舊的外殼、加固過的框架，窗戶則貼著瀝青紙，彷彿一艘有著四個輪子的戰艦，早已沒了往昔的神采。

當瑪姬跑到車旁，身後響起一陣得意的歡呼聲。

她轉過身，眼見兩個年輕人從冷杉樹林間走出。乍看之下，魯伊特兄弟可能會被誤認為雙胞胎。兩人有類似的淡金色亂髮，淺如礫石般的眼眸，肉肉的嘴唇上方是長滿雀斑的鷹勾鼻。亞伯二十二歲，威廉比他大一歲，體格也更壯碩。但在瑪姬看來，亞伯的手段更殘忍，她的目光落在他握在手中、比雞蛋還大顆的石頭上。

瑪姬一如既往不願表現出恐懼。恐懼意味著軟弱，軟弱可能會讓他們陷入瘋狂。她啐了口唾沫，冷漠且輕蔑地看著他們。「遊戲結束了，你們錯過在史凱勒家的機會了。」

亞伯舉起石頭。「誰說的，婊子？」

「我說的。」瑪姬解開頭巾，整齊地折了四折，放進口袋。「遊戲只進行到我離開村莊為止。在那裡扔石頭，我會乖乖逃跑；在這裡扔，我會打斷你的手。」

兄弟倆猶豫地對看一眼，直到威廉察覺一個顯而易見的事實。「我們有兩個人。」

「那我就打斷你們兩個的手。」

瑪姬陰鬱、篤定的口吻讓魯伊特兄弟一時慌了神。他們只在村裡見過她：溫順而古怪，那個住在女巫之森裡的悲慘錐克佛家的瑪姬。當有人從旁偷看她時，瑪姬總是迅速地躲開。如今，他們面前的女孩既不害羞，也不膽怯。這個瑪姬讓他們感到陌生。

四周颳起了風，樹林搖搖晃晃，天空下起了雨。瑪姬仔細地觀察兄弟倆。他們的身材比她壯碩，但他們是村子出身的白嫩小子，瑪姬則是在山野間長大的野丫頭。

她的思緒回到十年前，碰到兩個金髮男孩的時候。

瑪姬之所以記得這件事，因為那是她第一次一個人造訪這座村莊。當時她拜託爸媽讓她騎著他們在她生日送她的二手自行車去拿信。他們最終經不住她的哀求，瑪姬便獨自出發，沿著小路滑行，這個新獲得的自由讓她感到飄飄然。

當她抵達暮光村，瑪姬看見魯伊特兄弟坐在他們父親開的雜貨店外。兩個男孩看起來與她年齡相仿，當他們朝她揮手時，她停下自行車跟他們打招呼。她才放下腳撐，兄弟倆的母親便衝出雜貨店，像拿著戰斧般揮舞著掃帚，對「錐克佛家的婊子」大吼，要她離兒子遠一點。瑪姬嚇壞了，趕緊踩著踏板離開。她的臉因羞愧而發燙，但當時的她還太小，不明白那是什麼感覺。回到家後，她撒謊說那裡沒有信。爸媽沒有追問，她父親只是點點頭，走到門廊上，坐在那裡凝視菜圃。直到夜幕降臨，他才進門來。

事過境遷。

純真善良的小男孩已不復存在，取而代之的是一對面露邪笑的暴徒。大了十歲，也多了十年的體格，渾身充斥著他們祖先流傳下來的戾氣。

說時遲，那時快，亞伯扔出了石頭。

瑪姬往下一躲。石頭從她身旁飛過，擊中了拖車，發出槍響般的聲音。威廉也扔出石頭。這次狠狠地集中瑪姬的左手臂，劃破她的袖子和手臂。兄弟倆哈哈大笑，四處尋找更好的彈藥。

瑪姬隨即撲到他們身上，只要有機會，就對他們拳打腳踢，甚至用咬的。她的狠戾令魯伊特兄弟大吃一驚。她將亞伯打倒在地，用膝蓋抵住他的背，同時把威廉的手臂往反方向扯。威廉發出痛苦的呻吟，胡亂揮舞另一隻拳頭，揮到她的身體，將她撞離亞伯身上。亞伯從地上爬起，試圖補她一腳，但瑪姬扭過身子，抓住他的腳，讓他一屁股摔到地上，下一秒鼻子便被她一拳打歪。

亞伯後退一步，手摀著臉，鮮血透過他的指縫滲了出來。瑪姬一轉過身，威廉便用肩膀撞擊她，使她跌入灌木叢裡。他想將整個人壓上來，但瑪姬往旁邊一滾，手肘擊中他的顴骨。

令她驚愕的是，威廉似乎沒有反應，他的眼神變得異常空洞，瞳孔出奇地放大。他用髒兮兮的手摸索著瑪姬的襯衫，試圖抓向她的胸部。

「**滾開！**」

她再次揮動手肘打他，卻沒有什麼效果。瑪姬不斷地發動攻擊，威廉的眼睛腫得不像樣，但他似乎根本沒注意到。他嗑藥了，一定是這樣。暮光村的人對鎮痛劑奧諾美並不陌生。

就在此時，瑪姬的耳朵出現耳鳴，像某種蜜蜂或蚊子飛過的聲音。她搖搖頭想把聲音甩掉，這陣嗡鳴卻越來越大聲。

樹枝斷掉的聲音從左側傳來。瑪姬轉過頭，看到亞伯已經站起身，搖晃著身子朝她走來。他的臉上除了斑斑血跡，也露出和他哥哥一樣可怕的表情。他心不在焉地摸索著腰帶，想把它從牛仔褲上扯下來。

瑪姬的動作變得狂暴。

站起來。她告訴自己。**起來呀！**

然後**砰**地一聲巨響！一切靜止下來。

三個人猛地轉過頭。拖車搖晃了起來。

砰！

第二個聲響更大聲，使整個車身都在晃動。令瑪姬沮喪的是，拖車開始翻覆。她猛地把威廉從身上推開，跑向拖車，用身體撐住拖車的一側，裡面有什麼重物像抓狂的熊般笨重地移動。

瑪姬用手拍打車身，透過氣孔氣急敗壞地朝裡面說道：「住手！停下來，你會傷到自己！」

車內傳來沙啞、粗嘎地回答，掩沒在風聲中。拖車在乘客挪動時發出噪聲。當框架重新落到堅實的車身上時，鐵鏽被抖落。瑪姬緩緩地吁了口氣，轉過身看見魯伊特兄弟正盯著她。他們的衣服沾滿泥巴，瑪姬滿意地發現她打斷了亞伯的鼻梁，威廉的左眼則腫得睜不開。震驚之餘似乎讓他們從頭腦恍惚的狀態下清醒過來，威廉的手顫巍巍地指向拖車。

「裡、裡面有怪物。」他結巴道：「我聽到了！」

瑪姬蹙起眉頭。「回家去。」

亞伯抹去下巴上的血跡。「妳攻擊我們！妳**咬**了我！我如果告訴大家錐克佛家的人**咬**我——」

瑪姬往前一步。「去說啊。告訴全村的人！如果有人有意見，他們知道去哪找我們。」

魯伊特兄弟溜走了。瑪姬看著他們下山逐漸縮小的身影，抬頭看了一眼沿著山脊線延伸、低垂拖曳的雲絮。不出意外，即將有一場暴風雨會席捲這裡。

彷彿回應她的期許，一道閃電劃破了天空，緊接而來的是一聲驚雷。瑪姬匆匆走向葛蕾蒂絲。她爬進駕駛室，關上車門，躺在椅子上，抱住胸口，聞著卡車內龜裂的皮革和菸草令人舒緩的氣味。拖車裡沒有任何聲音或動靜，四周是如此安靜，這場暴風雨就像一首搖籃曲。瑪姬把注意力放在外頭傳來的雨聲，努力把魯伊特兄弟的事從腦海中抹去。他們空洞的神情，漫不經心地用手扒著她的身體……

操他媽的混蛋。

她坐起身來，撥開一縷髮絲，緩慢地滑進駕駛座，轉動車鑰匙，等待葛蕾蒂絲的引擎甦醒過來。這輛卡車十分不情願地運轉起來。瑪姬踩下離合器，打入一檔，慢慢駛出避車道。

瑪姬謹慎地放慢速度行駛，部分原因是由於這場暴風雨，但主要原因是葛蕾蒂絲本身。雖然它通常能跨越難關，但畢竟也是輛老車了，有很多毛病，需要使足馬力才能把拖車拖到山坡上。當她開著車緩慢前進時，瑪姬弓著背，雙手分別放在十點鐘和兩點鐘的方向。她耳朵和手臂上的傷口都傳來劇烈刺痛，但她把痛楚拋諸腦後，正如她父親教她的一樣。

開了快一公里路後，她來到馬路盡頭的一片高大的樹林，彷彿出自童話故事。樺樹、橡樹、杉樹、山毛櫸、鵝耳櫪和楓樹，這些樹木長得如此碩大，樹與樹的間隔非常近，形成一道難以穿透的樹籬，像個鋸齒狀的王冠環繞著山頂。

其中只有一個縫隙：約三公尺高的狹窄缺口，旁邊還有一塊飽經風吹雨打的告示牌，牢牢地釘在柱子上。

警告
私人財產
禁止進入
入侵者將被~~射殺~~吃掉

最後一個字是用紅色噴漆寫的，這種破壞行為自瑪姬出生前就行之有年。當地的青少年在喝了酒或無聊時，就會來找他們麻煩。錐克佛家從未費心更換告示牌。一方面是他們不再重視家族的名聲；另一方面則是，這個警告很可能是真的。

在卡茨基爾偏鄉出生的人，無論男女老少都知道，進入女巫之森是個禁忌，會招致厄運。想要證據，只要看看錐克佛一家就知道了。很久以前，他們的祖先便膽大包天越過那道林線，其後代至今仍為此付出代價。暮光村所有村民，不管多麼大膽、醉酒或愚蠢，都不會越過這個告示牌。

然而，對瑪姬而言，這個告示牌不會讓她恐懼。對她來說，這塊牌子就是一塊歡迎的門墊，提醒她已經到家了，可免受那些想傷害她的人的攻擊。她駛著葛蕾蒂絲進入缺口，毫不猶豫地向前衝。若瑪姬知道女巫之森究竟住著什麼，可能會重新考慮一番。

第四章

錐克佛家族

駛過樹籬，距離農舍就只剩八百公尺。這條小路沿著溪流及其分支、深色瀑布和長滿山梨樹的山丘蜿蜒而過。

瑪姬邊開車，邊心不在焉地想著碘酒、縫傷口等一連串等著她處理的問題。魯伊特兄弟會怎麼跟他們的父母說？她又要怎麼跟自己的父母解釋？現在，農舍就在前頭，那是一棟有著復折式房頂的深色建築，兩側分別是穀倉和幾塊菜圃，前窗點著一盞煤油燈。

錐克佛一家住在離電網好幾公里的地方，因此沒有電或任何公共設施。他們在幾年前修過一臺廢棄的燃煤發電機，機器運作不到一個禮拜就停了，從此沒再換過新的。現代事物為女巫之森所厭棄。如今，錐克佛一家唯一使用的科技是裝電池的收音機，而且也只有在吹西風時收得到訊號。

瑪姬把車停在穀倉旁，還未踩煞車，一道手電筒的光束便劃破雨幕，從門廊照過來。光在她臉上停留了一會兒，才掃過拖車側面，停在被亞伯用石頭砸凹的板金上。

這下可好了，她想。抓起雨傘，打開車門，她跳下駕駛室。一個聲音大喊，卻隨即被雷聲掩蓋。瑪姬把臉轉向門廊的方向。

「什麼？」她喊了回去：「我聽不見。」

她母親不耐煩地擺擺手，回到了屋裡。

真那麼急的話，妳大可以來幫我，瑪姬煩躁地想。手臂的疼痛讓她不禁皺起臉來，接著她趕緊走向一個獨輪推車，將它推到拖車後方。打開拖車門的時候，她做好準備迎接隨之飄來的氣味，一股化學物質加上腐肉、令人作嘔的惡臭。

「我們到家了。」瑪姬開心地說。

遠處角落某個東西挪動了一下，拖著身軀往出口移動，把一團團潮溼的稻草全推到一旁。那東西移動得很慢，伴隨著急促的呼吸聲。當它出現在黯淡的燈光下時，瑪姬不願移開視線。她的目光緩慢地描繪眼前畸形的軀體，以及它原本樣貌的悲傷提示：扭曲的脊柱、沒有關節的指頭融合成塊，剩下的一隻獨眼閃著精光；那東西穿著工作服，雖然六月才改過，但早已不合身。瑪姬蹲下身子，牢牢托住父親的胳膊，一腳踩在拖車的保險桿上，隨著一聲悶哼，把他扛了起來。

他就像一隻章魚掉到拖網漁船的甲板上似的，渾身軟趴趴地落入獨輪推車的凹槽裡。

聽到「啪」一聲，瑪姬不禁縮了一下。「會痛嗎？」

比爾・錐克佛在獨輪推車裡扭動身軀，雨水滴在他發燙的皮膚上冒出冉冉蒸氣。他試著回答，但說話變得困難，使他顯得焦躁不安。他使力說出的隻字片語含糊不清，瑪姬只聽到「控」這個字。

「唉，」她說：「我也失控了。我們快走吧，不然茶要冷了。」

他的身體一陣抽搐。這是他笑起來的模樣，她父親一直很有幽默感。令人不安的晃動平息下來後，比爾・錐克佛靜靜地躺在獨輪推車上，認命地把自己交到女兒手上。瑪姬垂下目光凝視面前那張面目全非的臉。嘴唇不見了，臉部肌肉變得緊繃，即使面無表情也像一顆骷髏頭咧開了嘴。但僅剩的那隻眼睛，即使患有白內障，仍然傳達著許多情感。從他的眼底深處，瑪姬感受到了無限的信任。

她強擠出的一個笑容，轉眼便淡去。

一年前，她的父親還可以自己爬上輪椅，和她的弟弟胖仔下西洋棋，也可以用手執棋、聊天。甚至每次聽廣播聽到洋基隊輸球時，還能開心得歡呼。瑪姬的父親出於某個原因很討厭洋基隊，她猜是洋基隊的隊服是細條紋的緣故。

那段日子感覺已恍如隔世。

她父親的骨頭變得疲軟，就連保持直立都很吃力，更別說刷牙或下棋了。很快，他的外貌將不再像是人類。身體上的異變令人心碎，但他的心理狀態更讓瑪姬徹夜難眠。據她所知，她父親的心智基本上沒有受到任何影響。比爾．錐克佛清楚地**知道**自己的變化，這才是最殘酷的地方。

但瑪姬現在沒空憂慮這件事。要一人把父親弄進屋裡是件吃力的事，關鍵在於用足夠的力道衝上斜坡，其衝力才能將獨輪推車推上門廊。瑪姬試了兩次才成功，接著再把父親轉移到門邊的輪椅上。待他坐穩，瑪姬便將他推進屋。

屋裡空間狹長，天花板低矮，橫梁裸露在外，壁爐檯的瓷磚被燻得焦黑。四周牆壁一片光禿禿：沒有照片，沒有鏡子，只貼著幾張孩提時代的畫作。餐桌旁的爐床有個水壺正在燒，瑪姬的弟弟喬治（從他出生那天起，她就叫他胖仔）正在研究一本破舊的地圖集。他的眼鏡映出爐火的光，讓他看起來像一隻勤奮好學的甲蟲。他焦急地看了瑪姬一眼。

媽在生氣。他用嘴型說。

他才剛說完，母親便從食品儲藏間走出。伊莉莎白．坎貝爾．錐克佛看了眼渾身狼狽的瑪姬，把目光轉向她的丈夫。直到現在，瑪姬才注意到自己的襯衫沾著血。錐克佛太太走過來，示意她讓開。

「我可以幫妳。」瑪姬說。

「妳已經幫得夠多了。」她母親語氣生硬地說：「去考喬治地理。」

瑪姬沮喪地看著她父親被推進屋子後方。浴室門關上後，瑪姬坐到胖仔身旁，她弟弟親暱地靠了上去。

「妳髒死了。」他說。

瑪姬拿過地圖冊。「我知道。匈牙利的首都？」

「布達佩斯。發生什麼事了？」

「你說布達佩斯？」

胖仔用手朝瑪姬比劃，彷彿她本人就是個行走的犯罪現場。「我是說在史凱勒家。」

瑪姬一臉不在乎地說。「跟平常一樣，直到我發現有人埋伏在葛蕾蒂絲旁。歐洲最長的河流？」

「窩瓦河，其次是多瑙河。誰呀？」

「魯伊特兄弟。」

胖仔的表情頓時變得像喝到發酸的牛奶一樣。「那兩人真是豬頭，不是那種可愛的小豬，是臭豬，他們家的雜貨店也一樣臭。幸好妳沒事。」

瑪姬凝視著爐火。「幸運的是他們。埃特納火山在哪裡？」

「西西里島。妳說他們幸運是什麼意思？」

「意思是我這輩子從未這麼生氣過，他們比你『發現』我的日記那時還慘。」

「日記事件」發生在五年前，十四歲的瑪姬大膽地在日記中抒發自己的私密想法。當她發現胖仔邊翻她的日記邊偷笑時，便發誓再也不會犯相同的錯誤。她狠狠地打了他的屁股，導致手掌痛了整整一小時。

胖仔如瓷器般湛藍的眼珠驚訝地眨了眨。「比我還慘？騙人的吧？」

瑪姬給他看了看她紅腫的指關節。「什麼都別說，」她警告道：「我知道這樣很蠢。」

現年十一歲的胖仔早已能掌握輕描淡寫的說話方式。「真棒。」

瑪姬翻頁，看著一張地圖。在這本老舊的地圖集裡，南斯拉夫尚未解體。「一點也不棒，」她反駁道：「那兩個白癡會向家人告密，他們的父母會去跟法羅牧師抱怨。」

「不一定呀。」胖仔若有所思地說：「這樣他們就得承認自己被一個女生痛揍的事。他們大概只會說是他們互打吧。」

瑪姬打從心底希望事實如他所述，理智卻清楚不是如此。「還發生別的事。」她喃喃地說：「更糟糕，爸他……」

聽見他們的母親從浴室大喊「換人」的時候，胖仔揚起眉毛。

「等下跟你說。」瑪姬說著，快步走過走廊，朝她母親所在的浴室門口走去。瑪姬就像一隻犯錯的獵犬悄悄經過她身旁，在爪足浴缸邊緣坐下。

瑪姬的母親抓起一把凳子，檢查她耳朵上的傷口。與此同時，瑪姬也在觀察媽媽。

不知為何，二手衣穿在伊莉莎白．錐克佛身上竟能如此優雅。她高中剛畢業不久就懷上瑪姬，人生從此偏離正軌。「山裡的廢物。」在她決定生下小孩，而非進入達特茅斯學院就讀時，她顯赫家族的人丟下這麼一句話，從此與她斷絕關係。

瑪姬從未見過外祖父母。他們住在康乃狄克州的一座繁榮小鎮，從不寄生日卡片來。瑪姬還知道她母親本打算主修歷史，畢業後或許會去當老師。

瑪姬能證明她母親是個好老師，但她或許可以成為一名更好的醫生。她的動作熟練、有把握，不曾遲疑或嚇到，只是迅速評估該做什麼，以及最佳的處理方式。錐克佛太太轉向洗手檯，伸手去拿被胖仔稱為「魔鬼藥水」的棕色瓶子。

母親在替她耳朵上的傷擦藥時，瑪姬沒有退縮，但這不代表碘酒沒刺激性。每次觸碰都像被黃蜂刺到一樣。

清完傷口後，她母親幫她擦了抗生素軟膏。瑪姬安安靜靜地坐著讓她擦藥，欣賞她優美的頸部曲線、清秀的五官和良好的骨相。瑪姬在小的時候，非常希望能看起來像媽媽，甚至會模仿她的一舉一動，試圖像她一樣說話。但這麼做吃力不討好。她母親是坎貝爾家的人，身上沒有流一滴錐克佛家的血。坎貝爾家族與生俱來就擁有紅褐色的頭髮、黃褐色的眼睛和當人類的權利。

瑪姬就沒那麼幸運了。她靈敏且強壯，聰明又能幹，但她的髮色是灰褐色的，眼睛則是鋼青色。瑪姬永遠沒辦法像她母親一樣，而她做為人類的日子已屈指可數。

錐克佛太太把毛巾放在一旁。「妳在想什麼？」

「沒什麼。」瑪姬撒了謊。

瑪姬曾願意敞開心扉。年幼的她什麼事都與媽媽分享。她們會在整理菜圃或晾衣服時聊天；在她們私下取名「百畝森林」的地方散步時，會順手摘下薊花和錫杖花。錐克佛太太是袋鼠媽媽，瑪姬是小荳，喬治出生後，就充當小豬的角色。

一切都在瑪姬十歲時破滅了。

法羅牧師通知錐克佛一家，瑪姬將接替她父親成為村中的食罪者，因為教堂的會眾希望汰換她父親。只要他保持順從，安分守己，他們願意對他的外表視而不見——雖然他做到了村人的要求，但她父親遭受折磨的嚴重程度，令村人忍不住懷疑他外表的改變是吸收太多罪孽所致。要是以後他的服務喪失效果怎麼辦？他們的靈魂會面臨危險嗎？

村人已經無法忍耐下去，是時候讓瑪姬繼承錐克佛家的衣缽了。

她母親非常震驚，自願取代女兒的位置，但法羅牧師不肯讓步：傳統食罪者必須擁有錐克佛的血統。一個月後，牧師威脅聯繫當局，要求搜查錐克佛家的財產。這些年來發生多起奇怪的失蹤案件，也許是時候有人介入調查了……

威脅起了作用。瑪姬自此成為暮光村新一代的食罪者。

錐克佛一家與整個村子的關係恢復以往的惡劣——伊莉莎白．錐克佛的身上卻起了某種變化。有什麼悄然消逝。

隨著年齡增長，瑪姬想知道是不是某種本能或防禦機制使她母親陷入沉默。她說不上來，但無論原因為何，結果很清楚。她母親把剩下的母愛和感情都留給了胖仔，只給胖仔。

「好了，」錐克佛太太說：「我剛聽了妳父親說的，現在來聽聽妳的解釋。」

瑪姬聳聳肩。「沒什麼好說的，魯伊特兄弟在卡車旁埋伏我，我們打了一架。」

她母親的反應很謹慎，她所做的一切都很有分寸。

「**打了一架**，」她複述道：「難道妳不覺得這麼做並非明智之舉嗎？」

瑪姬的臉色脹紅。「他們拿石頭丟我。」**而且不只丟我石頭**，她在心裡補充。

「今天應該有很多人朝妳丟石頭，妳有跟每個人打架嗎？」

「丟石頭是在村裡。到了山上，魯伊特兄弟就不該這樣做。」

「或許如此，但妳可以不理他們。妳可以直接上車回家。那兩兄弟不會越過告示牌。」

當下瑪姬決定不要提起威廉在地上對她上下其手的事，還有兩兄弟那副空洞飢渴的表情。說了也沒用，她母親總會想盡一切辦法把錯算在她頭上。只要瑪姬沒有逗留，什麼事都不會發生。

「當然，妳沒有開車離開。」她母親繼續說：「如果妳有，就會顯得妳很理智；相反的，妳允許他們激怒妳，妳給了那些村民藉口，讓我們的生活從此變得更艱難，還在過程中危及妳父親的安全。記得我跟妳說帶他一起去不好嗎？」

「記得。」瑪姬生氣地說：「我也記得是他**求**我帶他去的，爸已經一年多沒出門了。原諒我這麼為**他**著想，覺得**他**可能想換個環境。」

「這樣啊，那在妳決定跟那兩個男孩打架時，妳有想過妳爸爸嗎？」

「還**男孩**咧，媽，他們是攻擊我的成年人。叫他們『男孩』聽起來好像我們是在操場打架。」

她母親直視她的眼睛。「回答我的問題。當妳決定打架的時候，妳有想過妳爸爸嗎？」

瑪姬猶豫了。嚴格來說，她沒有。當時她被魯伊特兄弟氣到根本什麼也沒想。

「妳爸爸真的撞了拖車嗎？」她母親追問道：「他真的差點把車撞翻嗎？」

那直白的目光令瑪姬坐立難安。「對。」

「我知道了。也許下次妳會虛心地聽從我的建議。給我看看妳的手臂。」

「我自己來。」瑪姬說。

「別耍脾氣，妳縫不到自己的手肘。」

瑪姬來不及反駁，她母親便捲起左手的袖子。當她看見袖子下的畫面後，臉頓時毫無血色。

傷口很醜，肯定需要縫針，但那不是她母親嚇到的原因。她驚嚇的原因來自傷口下方的皮膚，那是一塊約五公分大、呈現皮革狀的紅斑。乍看很像胎記，但靠近一看，就會發現那塊皮膚上爬滿半透明的小纖毛，宛如海葵一般晃動。纖毛盲目的律動給人一種噁心的感覺。

瑪姬動也不動地坐著，她母親一言不發地盯著那塊印記。

「什麼時候有的？」最後她問。

瑪姬移開視線，重提那天的情景毫無意義：她在這個月稍早發現這塊粉色的斑，壓的時候會痛，當斑點暗沉成塊後，那些噁心的東西便長了出來。瑪姬匆匆跑到屋外，躲進女巫之森深處。她吐了一遍又一遍，在一片寂靜中放聲尖叫，叫到喉嚨發痛為止。她母親不需要知道這件事，她也不會想知道。

瑪姬終於回答問題時，聲音聽來冷漠且近乎陌生。「兩週前。」

「那妳打算什麼時候告訴我？」

她聳聳肩。「不知道，可能慢慢找時機吧。」

「我知道了，喬治知道嗎？」

瑪姬輕輕地搖了搖頭。片刻後，她發現母親握住她的手。

「我們都知道這天遲早會來。」伊莉莎白．錐克佛輕聲說：「我們會設法解決。給我幾天想想怎麼告訴妳弟弟，他一定很難接受。」

瑪姬幾乎要笑出聲來。**胖仔很難接受？那我呢？**

她安靜地坐著讓她母親為她處理傷口。上好藥後，她母親從矮凳上站起來，收拾急救箱。瑪姬還坐在原地，她全身貫注地想著剛才發生的事。她母親的聲音讓她回過神來。

「什麼？」

「我問妳一件事，我要妳誠實地回答我。」

「問吧。」

「剛才我幫妳父親處理傷口的時候，他情緒變得激動，一直說他失控了，怕自己會傷到別人。」她頓了會兒。「甚至傷到妳。」

瑪姬感覺胃一陣難受。「他只是有點煩躁。」她很快回答：「控制不了自己。」

她母親點點頭。「所以他才怕，瑪姬，他控制不了自己。妳爸爸和我討論了很久，覺得是時候他搬到穀倉裡住了。」

瑪姬難以置信地瞪大眼睛。「搬到穀倉？那太荒唐了。他從未傷害我——他絕不會傷害我們任何一個人！」

「我也相信他不會。」她母親說：「但他自己都不敢保證。他最近晚上一直作惡夢，他不跟我說他夢到什麼，但那些夢讓他很不安。我猜……我猜他擔心那些夢會成真。」

瑪姬繃緊下巴。「他絕對不會。」堅定地說：「**絕不。**」

她母親的語氣和緩許多。「罹患狂犬病的狗也不想咬牠的家人，瑪姬，牠控制不了自己。所以我再問妳一次？妳父親失控了嗎？他嚇到妳了嗎？」

許久，瑪姬都無法開口回答這個問題。

她母親點點頭。「我想也是。收拾一下，把在史凱勒家收的錢放到罐子裡。這筆錢來得剛好——煤油快用完了。去拿些柴來，我要來準備晚餐。」

「好，」瑪姬說：「但還有一件事。」

她母親剛走到門口，停了下來。

「我在村裡碰到一名教授，」瑪姬接著說：「至少看起來是這樣。他和他女友迷路了，為他們指路的時候，我就在想——」

伊莉莎白．錐克佛抿起唇。「我們談過這件事了。」

「不用一整天，」瑪姬趕緊道：「我可以邊去瓦薩學院或壬色列理工學院上課，邊去餐廳打工，甚至可以在那裡租一間公寓——」

「然後把妳在村裡的工作丟給喬治？」她母親打斷她的話。她從來不明言食罪者這個名稱，總用委婉的說法表示。

「怎麼可能，」瑪姬說：「只要有人死了，我會立刻回家。我絕不會讓胖仔接手，妳怎麼可以**說**——」

「現在不行。」

「為什麼？」瑪姬因為挫敗顯得焦慮。「每次我提起這件事，妳都不願多談，只會說『現在不行』。那根本不算答案。」

「妳想聽答案？」她母親說：「看看妳的手臂。」

「我十九歲了，我有權過我自己的生活，就算剩沒幾年。照顧胖仔不是我的工作。」

「喬治是妳弟弟。」

「對呀，他是我弟弟，不是我兒子，而且他也不是小孩子了，不需要整天有人照顧。」

「但妳父親**需要**。」錐克佛太太提醒她。「所以我才要妳留在這裡，停止那些毫無意義的幻想。說真的，瑪姬，我現在沒力氣跟妳吵這個。麻煩妳去拿些柴火，我有事要忙。」

說完便丟下瑪姬獨自一人坐在浴缸邊，靜靜地看著自己纏著繃帶的手臂。她把手伸進口袋，拿出在史凱勒家收取的信封袋。裡面放著三張對折的二十美元紙鈔，瑪姬再三確認是不是漏數了，結果並沒有，史凱勒的遺孀少給她四十美元。

「這可真是**太棒了**。」她把信封扔到一旁，朝臉上潑了潑水後，才檢查那身連身裙。一側接縫處被狠狠撕開，前襟沾著威廉的手印，彷彿紅腫的瘀傷般惹人注目。僅僅一眼就讓瑪姬想放聲尖叫，想把這件裙子燒掉。

不過，她什麼也沒做，只是站在原地，若有所思地凝視著洗臉盆裡的水。冷靜下來後，她走進臥室，換上運動衫和牛仔褲。

在她走到前門時，胖仔從地圖集抬起頭來。

「繼續考我地理嗎？」他滿懷希冀地問。

「等會兒。」瑪姬說，穿上一雙工作靴。

胖仔故作唉聲嘆氣道：「但我們去歐洲旅行時會怎樣？我們會迷路！會四處亂轉！一無所知！」

打開門，瑪姬瞥了她弟弟一眼。「最好是，反正也不會成真。」

「去歐洲？」

「任何事。」

胖仔埋頭到他最愛的地圖集上。

外頭仍是狂風暴雨，空氣變得溼黏軟滑。瑪姬倚著柱子，凝視遠方環繞她家的那圈樹林。在月光的襯托下堪稱絕境，一個掩藏在魔法面紗後方的童話王國。

美麗的幻象隨著起風而消散。風從森林的東邊吹來，瑪姬盡可能避開不去那個區域。冬天，森林東邊瀰漫著香甜的氣味，卻暗藏一股腐爛的惡臭，彷彿從屍體上長出梔子花。

她的祖父和錐克佛家族過去十二代的祖先都埋葬在該區域的森林中。六十一座墓碑圍繞著標示著女巫之森中心的山丘，以及矗立在山丘上方那座令人毛骨悚然的紀念碑周圍。天氣晴朗時，可以藉由從樹冠灑下的陽光辨識出一些墓碑輪廓，但自去年一月以來，瑪姬就沒去過那裡，因為她聽見墓碑下方有東西向她低語。

瑪姬下樓到穀倉的柴堆拿木頭。這棟建築散發著潮溼的氣味，只有空蕩蕩的畜欄裡堆著顏色黯淡的舊乾草。女巫之森不適合馴養動物。好幾世紀以來，錐克佛家族設法取得的任何牲畜都會發狂，無一倖免。不用一個星期，這些牲畜就會開始無意識地驚慌大叫，到後來拿頭去撞柵欄門。

穀倉裡有十二間畜欄，但只有最裡面的三間使用過。柵欄鍍上一層金屬，並用鐵條加固。瑪姬抱著一捧柴，往最近的一間畜欄望去。

那是個在堅硬的黑土上直接挖出的坑，約有兩百五十公尺寬，深度是其兩倍。坑洞邊緣放著生鏽的水桶和繩子，還有一把搖椅、幾個破損的提燈，以及一整疊毀損嚴重的老舊平裝書。瑪姬的目光掃過眼前景象，心頭泛起陣陣厭惡。她無法忍受讓她爸爸住在這樣的地方。

「絕對不行。」她低語道，然後帶著木柴離開了。

Ψ

晚餐很安靜。她父親留在自己的臥室裡，折騰一天已經累壞了。瑪姬、胖仔和他們的母親在燭光下用餐，吃著自製麵包蘸著胡蘿蔔燉菜。胖仔兩次試圖緩和氣氛，問他們世界史，卻只得來兩雙疲憊的目光。正當他想再來一點冷知識炒熱氣氛時，一個聲音把他們嚇了一跳。

門外傳來敲門聲。

餐桌上沒人敢動，只是目瞪口呆地面面相覷。

自從上次法羅牧師登門拜訪，提出讓瑪姬擔任新一代食罪者後，他們家已經十年不曾有訪客了。

有敲門聲就表示門廊上有人。門廊上有人就表示有人冒險穿過女巫之森邊界那塊告示牌。這不可能啊，沒人敢越界。那肯定是樹枝掉落，或鳥撞到門的聲音……

但敲門聲再次響起，且比剛才更有力，堅持不懈。

到底會是誰？

瑪姬的腦海閃過一個答案：**魯伊特家的人**。

她母親顯然也有相同的想法。她站起身，取下放在壁爐上方掛鉤的獵槍，往槍管裝了兩發子彈。

「哪位？」她喊道，聲音緊張戒備。

敲門聲瞬間變得猛烈。

錐克佛太太用獵槍抵住自己的肩，慢慢地靠近大門。「湯姆．魯伊特，給你三秒鐘離開我家土地。」

「請開一下門。」一個男人的聲音說。

門外傳來的聲音明顯不是湯姆．魯伊特，聽起來頗有涵養，溫文儒雅。見鬼了，暮光村沒人會這樣說話。

「你是誰？」錐克佛太太喊道：「如果你是來做人口普查的，我已經寄過去了。」

「噢，拜託——我**不是**人口普查局的。」

一頭霧水的伊莉莎白．錐克佛看了眼她的兒女，然後拉開門閂。前門一打開，瑪姬探過身瞥見門廊上站著一個英俊得不像話的男人。

他穿著深色西裝，戴著一頂老式寬檐帽。要不是他弓著背，雙腿呈內八，這身打扮會顯得十分優雅迷人。瑪姬看向他拿在手上的東西，他一手提著黑色公事包，另一手則抓著吃了一半的墨西哥捲餅。

眼前的景象讓錐克佛太太目瞪口呆。「你是誰？」

陌生人舉起手中的墨西哥捲餅向她打招呼。「我叫拉斯洛——我想跟你們借個廁所。」

第五章
獨家優惠

錐克佛太太將獵槍靠在臂彎上。「你沒看到告示牌嗎？」

「嗤，」這名訪客說：「告示牌是給**局外人**看的，我是**局內人**。噢，我跟你們是一夥的，我是來提供幫助的。」

「他瘋了。」錐克佛太太喃喃說著，才又對他說：「你對我們一無所知。」

「是嗎？」他手指點了點下巴，用瑪姬感到冒失的態度打量著她。「妳沒有錐克佛家的血統，不然妳現在看起來就會像是從地窖爬出來的東西，但我敢說妳老公就沒那麼幸運了。讓我猜，他現在變得像人形蛋捲躲在暗處，我猜對了嗎？」

錐克佛太太又驚又氣地倒抽一口氣。「你怎——」

「聽著，女士，如果妳不告訴我廁所在哪，妳家門廊就要倒大楣了。」

「房子後面的白樺樹旁有廁所！」

「真古老。」他說：「我馬上回來。」男人隨即提著公事包，快步走遠了。

錐克佛太太關上門，轉向她的兒女。

「我是在作夢，還是那是真的？」

「是真的。」胖仔果斷地說。

伊莉莎白．錐克佛遲疑了一下，把門閂插上，再次回到桌邊。她沒有把獵槍掛回牆上，而是橫擺在自己腿上，愣愣地盯著爐火發呆。瑪姬從未見過她母親如此茫然的表情。

「要叫爸起來嗎？」她問。

她母親眨了眨眼。「什麼？當然不行。我不知道他會對陌生人的來訪作何反應。」

「他會是政府派來的嗎？」胖仔說。

「不會。」

瑪姬回想方才男人的衣著。「FBI呢？他戴的帽子有點像FBI會戴的那種。」

她母親搖了搖頭。「絕對不是。」

「妳怎麼那麼肯定？」

「他的鞋子。」

瑪姬沒有注意那位先生穿什麼鞋，她實在很好奇怎樣的鞋子會妨礙一個人成為聯邦探員。

她正想繼續追問時，她母親舉起手。「我要好好想一想，瑪姬。」

三人靜靜地坐著，直到門外傳來一陣輕快的敲門聲。

「我回來啦——」一個耳熟的聲音喊道。

當門內沒人應答時，來者轉動門把。「你們剛沒在聽我說話嗎？」他不耐煩地說：「我是來提供幫助的！」

最後，錐克佛太太起身走至門邊。「你幫不了我們，」她說：「沒人幫得了。」

對方的回答滿是諷刺。「噢，我不知道原來我在跟真正的詛咒大師說話，那我這就走了，代我向烘蛋怪問好。」

胖仔轉向瑪姬。**什麼是烘蛋怪**？他用口型問。

她在嘴前豎起一根手指。

「我沒說我是大師。」錐克佛太太聲音顫抖地說：「只是——」

男人咕噥一聲。「我又不是要推銷妳分時度假房產，女士。詛咒有辦法破解。」

「這個詛咒不行。」

「每個**詛咒**都可以，這是合約的一部分。聽著，我就不多說我在你們戶外廁所幹了什麼，那可能會構成戰爭罪。至少我能幫你們打破那個讓親人變成早餐主菜的詛咒。」

錐克佛太太渾身僵硬。「請不要開玩笑，比爾很痛苦！」

「所以妳才要聽我說。」男人據理力爭。「聽著，我千里迢迢來這裡提供你們一個獨家優惠，但優惠已經到期，時間不多了。」

她咬了咬下唇，轉向瑪姬和胖仔。「你們覺得呢？」

瑪姬舉起她纏著繃帶的手臂。「我們有什麼損失嗎？」她一語中的地問。

胖仔聳聳肩。「我投瑪姬一票。」

錐克佛太太慢慢地呼出一口氣，打開了門。外頭，他們的訪客正倚著一根柱子，檢查他的指甲。

錐克佛太太疑惑地打量他。「你不是記者？」

男人咧嘴一笑，讓瑪姬聯想到狡猾的狐狸。「記者？天啊，我寧願從事零售業。我在詛咒企業工作，我是要來提出一項對所有人都好的提案。只要處理得當，這週過後你們就能擺脫詛咒，我想你們都能接受吧？」

「當然。」錐克佛太太說：「抱歉——你說你叫拉瑞？」

笑容頓時消失。「拉斯洛。」

「抱歉。請問貴姓？」

他面露不悅。「叫拉斯洛有什麼問題嗎？」

「沒有，你有名片嗎？」

男人笑出聲來。「怎樣，妳要上網查我的名字嗎？你們家甚至沒有管線。更何況，這比任何名片都有用。」他舉起他的公事包。「看！」

瑪姬的母親注視著公事包。「那裡面是雙陸棋嗎？」

拉斯洛一臉受辱的樣子。「不是，這跟雙陸棋毫無關係。太太，我帶來的是錐克佛詛咒的資料，正本。所有條款、狀況，妳想得到的，都在這裡面。」

瑪姬越聽拉斯洛講話，就越不喜歡這個人。他太浮誇，太喜歡裝熟，他說的每一句話都帶著沾沾自喜和居高臨下的感覺，彷彿他的到來對他們而言就是個天大的恩賜。當他被請進門時，瑪姬看了眼他的鞋子。

這個人絕對不是FBI。

但至少拉斯洛還知道要脫帽子。他一邊用帽子搧風，一邊環視這間農舍，稱讚它很有「鄉村特色」，然後開始閒話家常，說起他在某個週日看居家樂活頻道緩解宿醉，那對夫婦（拉斯洛不知道為什麼他們會結婚，他覺得女生有更好的選擇）在達奇斯郡改建一棟房屋。不知道錐克佛一家有沒有考慮更換防濺牆？換新的防濺牆會帶來奇蹟。只要加入一點流行色，大膽而活潑的配色，就能讓這間破屋煥然一新……

錐克佛太太要瑪姬和胖仔自我介紹。他們介紹完後，這位訪客不再閒聊，禮貌地朝他們敬禮。

「瑪格麗特和喬治。」他低語道：「真高雅呀。」

「叫我胖仔。」

「卻又如此親民。」拉斯洛從善如流地說。那雙耀眼的眼眸轉向瑪姬。她從未見過如此純淨的矢車菊藍，他的虹膜彷彿時尚雜誌上修過的一樣。「妳呢？」他問：「有什麼可愛的暱稱嗎？」

「叫我瑪姬就好。」

訪客微微一笑，顯然在打量瑪姬。他把注意力轉回到她弟弟身上，後者幾乎為他的言談舉止深深著迷。

「想聽我的建議嗎，年輕人？」

胖仔挺起胸膛。「想，先生。」

拉斯洛宛如舞臺旁白般低語道：「捲餅千萬不要吃最後一口！記住了。」

「好的，先生。」

「真乖。」

那傢伙居然還摸亂胖仔的頭髮。瑪姬原以為他知道要閃避，但他卻只是露出一種憨笑。她自己在十一歲時，在看人這方面已經變得很敏銳。不過話說回來，她也是不得已。

這個叫拉斯洛的人太過花言巧語且諂媚。瑪姬仔細地觀察他，尋找電線或隱藏式攝影機。間諜和記者身上總是帶著那種東西。

拉斯洛發現她的視線。「看來有人準備好談正事了。」

他不再多說，坐到餐桌的主位，把公事包放在髒兮兮且凹凸不平的桌面上。瑪姬近距離看著公事包，感到一陣不安。那東西十分古老，還有一個精致而小巧的象牙或骨製提把。側面是黑色帶有螢光的材質，上面刻著錯綜複雜且古怪的圖形和符號。瑪姬不知道那些符號代表什麼意思，但中間的圖像卻出奇地熟悉。她見過這輪廓無數次了，就在農舍東邊那片詭異的森林，凌駕於他們祖先墳墓上方、那顆露出地表的岩石上。

當地人稱其為魔法石。

瑪姬指著公事包。「這個包從哪來的？誰告訴你魔法石長什麼樣子？」

「沒有人。」拉斯洛說：「我從來沒聽過什麼魔法石。抱歉，瑪姬，但我感覺妳對我有些懷疑。請放心，這包包裡的東西和我的提議都是真的。」

「你說的提議是什麼？」錐克佛太太問。

「我剛說了，我在詛咒部門任職。」拉斯洛答道：「我的公司不會施咒，但一旦詛咒生效，就要進行管理。我們是一家老公司，淵源悠久，但《華爾街日報》上找不到關於敝司的報導。我們喜歡保持低調。」

「你是魔法師嗎？」胖仔興奮地問。

拉斯洛露出一個輕鬆的微笑。「你喜歡的話，魔法也是交易的一部分。」

錐克佛太太面露不安。「你們公司有名字嗎？」

「當然。」拉斯洛說：「官方名字是『遠古地獄詛咒守護者協會』，但念起來很拗口。大部分都簡稱為協會，隨妳怎麼叫。重點是我們確實存在，而敝人是你們的詛咒守護者。」

錐克佛一家子全盯著他。

「我們的**什麼**？」瑪姬說。

「你們的詛咒守護者。」拉斯洛重複道：「案件編號B217，又名錐克佛詛咒，分派給本人。雖然我很榮幸接手這個案子，但很遺憾敝司最近在清理古老的庫存，你們的詛咒現在被標記為終止。」

「終止？」錐克佛太太說：「意思是詛咒破解了？」

「不是。」拉斯洛說：「恰好相反。終止代表還有六天我就會被重新分配任務。一旦發生這種情況，你們的詛咒就不會再有正式的守護者，你們將永遠被困在其中。」

「但你剛說所有咒語都可以破解。」

「我說的是所有**詛咒**都可以破解。」拉斯洛反駁道：「如果沒有守護者確保所有條款和狀況符合，那麼嚴格來說，詛咒就不再是詛咒，不過是一個惹人厭的咒語罷了，但相反地，詛咒能夠——也會永遠持續下去。」

「那太不公平了。」瑪姬說：「你被重新指派任務又不是我們的錯。」

拉斯洛攤開雙手。「我贊同。但規矩不是我定的。就在今天早上，我老闆說：『拉斯洛，錐克佛一家已經好久沒嘗試打破詛咒了。他們對現狀很滿意，我不能把你的才能浪費在死胡同上。在我解除你的職務前，你有六天的時間讓錐克佛詛咒結案。』我便馬上動身來到這裡，至少我可以給你們一個翻身的機會。」

「這對你有什麼好處？」錐克佛太太問。

拉斯洛眨了眨眼。「什麼？」

她從最初有人來訪的驚訝中回復過來，態度變得直接且實際，更像瑪姬每天相處的那個人。

「你說你的提議對**雙方**都有好處，」她說：「**你**能得到什麼？」

「啊，」拉斯洛泰然自若地說：「這問題問得好。事情是這樣的，你們家的詛咒被打破後，我就能因為讓該詛咒運轉起來而受到讚揚，代表我能獲得可觀的獎金和晉升。所以我剛才說雙贏完全沒錯。」

瑪姬把手肘撐在桌上。「那你之前為什麼沒來幫我們？」

「抱歉，」拉斯洛說：「我是不是走錯，走到證人席了？」他乾笑一聲，接著說：「讓我回答妳的問題，瑪格麗特——」

「瑪姬。」

「好，瑪姬。答案很簡單，我很忙，你們的詛咒也不是我經手的唯一案件。聽過雷克雅維克老鼠男孩和托皮卡恐怖事件嗎？」她搖搖頭，胖仔倒是一臉著迷的樣子。「這兩個事件都很有名。」拉斯洛說：「而這些只是我經手案件中的其中兩件。我沒辦法照顧所有人，而且坦白說，打破錐克佛詛咒從來不是我的職責，而是你們的工作。你們偷懶又不是我的錯。」

「偷懶？」瑪姬驚呼道：「我根本不知道這是**可以**破解的！我以為這是某種家族遺傳疾病。我還是第一次聽到這是個詛咒，更別說還有人在管理。詛咒守護者到底是幹嘛的？」

她瞪著這位不請自來的客人，眼神充滿質疑的光芒。這個混蛋怎麼敢大搖大擺走進來說他們不盡責！這個叫拉斯洛的人**見過**她爸爸嗎？他真的認為瑪姬不會費盡心思去實現她認為有用的方法嗎？憤怒油然而生，他們的訪客卻只是打了個呵欠。她從未見過有人可以如此自滿和不屑一顧，像一隻貓剛從午睡甦醒過來。

「聽著，」他說：「我們可以整晚互相指責。或許我英俊、聰明又謙虛，但我並不完美。如果這麼說能讓妳好過一點的話，我承認我本來可以更——該怎麼說？**積極**主動溝通。開心了嗎？」

「不。」

男人看了眼他花俏的手表，用手指敲了敲表面。「我們只剩下六天時間，但如果妳想浪費時間擺架子，請便吧。」他看向錐克佛太太。「我看我還是離開比較……」

當他推開椅子站起來時，瑪姬沒有阻止他。這個叫拉斯洛的人滿口謊言，胖仔或許看不出來，但實在一目了然。這傢伙大概是某間小報的記者，頭條報導往往是外星人綁架事件和奇蹟精力湯的廣告。他甚至可能不叫拉斯洛，本名也許是史蒂夫或蘭斯。她覺得他跟蘭斯很搭。

他拎著公事包，緩慢地朝門口移動。瑪姬忍著笑意，自邦妮・格魯特在自己丈夫的葬禮上哭泣以來，她很久沒見過如此拙劣的表演了。

錐克佛太太從椅子上起身。「請不要離開，拉斯洛。瑪姬無意冒犯你，她只是說話比較直。」

「不知道跟誰學的。」瑪姬嘀咕道。

她母親警告地瞪她一眼，才趕緊走過去攔住他。「我們想了解更多關於這項優惠的資訊。請坐，拉斯洛。真的很感謝你遠道而來。要不要來一杯茶？」
拉斯洛欣慰地笑了笑。「那就麻煩妳了，除非妳家有口味更強烈的東西。」
「你想喝什麼？」
「龍舌蘭？」
「哈！」瑪姬嗤之以鼻。「還真夠專業的！」
「瑪姬！」錐克佛太太斥道：「夠了，向客人道歉。」
「我不要！那傢伙就是個騙子，他打從一開始就在說謊。說他是什麼『詛咒守護者』？別笑掉我大牙了，太可笑了！」
瑪姬感覺到胖仔戳了戳她的肩膀，但她窮追不捨。「所以是誰向你透露我們的消息？」她對拉斯洛步步緊逼。「魯伊特家？所以你才知道我家的事，對不對？你聽說了一些事，便一路開車到這裡，騙我們向你提供一些低俗小報的獨家新聞，你說說看呀，詛咒守護者……**我猜對了嗎？**」
瑪姬覺得用最後那句話來回擊拉斯洛嘲笑她父親像歐姆蛋相當漂亮。她往後靠到椅子上，雙臂抱胸，等待對方回應，沒想到後方卻傳出另一個聲音。
「誰……？」一個口齒不清的聲音說道。
瑪姬轉過頭。她父親在走廊上，弓著背坐在輪椅上。那隻獨眼在陰影下閃爍著光芒，宛如月亮般渾圓皎潔，牢牢地鎖住拉斯洛的身影。
「誰……？」他重複道，發出瑪姬無法辨識的喉音。他激動地把輪椅搖得嘎吱作響。「**誰！**」
比爾．錐克佛自己推著輪椅往前。瑪姬從椅子上跳起來，攔在輪椅前面，按住扶手。「只是推銷員啦，爸，他要走了。」
她父親的手臂或許有些變形，力量卻大得驚人。接下來的一幕，就像一隻兔子試圖擋住一隻橫衝直撞的犀牛般荒謬，瑪姬被推著往後滑。
「放……開。」她父親氣喘吁吁地說。

瑪姬的母親和胖仔趕緊上前幫忙。拉斯洛試探性地舉起一隻手。

「錐克佛先生，」他說：「比爾？**比利？**你冷靜一點……」

然而，錐克佛先生絲毫沒有冷靜的跡象。儘管全家人竭盡全力擋住他，他的輪椅還是像坦克開過泥濘般穩步前進。拉斯洛頻頻往後退，直到背抵在門上。

然後瑪姬的父親猛吸了一口氣。他身上那股蠻力便如潮水般退去。當瑪姬感覺到他身體軟下來時，也跟著鬆開了手。

比爾·錐克佛一動也不動，他坐在輪椅上喘著氣，那隻灰綠色的眼睛不再鎖在拉斯洛身上，反而盯著他盾牌般舉在胸前的黑檀木公事包。他的態度出奇地安靜，甚至有些敬畏。他一開口，聲音便因激動而哽咽。這是幾個月來，瑪姬第一次聽清楚他說的話。

「你是詛咒守護者嗎？」

第六章　詛咒條款

眼前這個被稱為爸爸的生物長得比拉斯洛想像的還噁心，像極了一團由肌肉和人體組織扭曲而成的大山，裝上一隻眼睛，鼻梁好似融化的蠟燭，嘴部腐爛而裂開，宛如死了兩週的屍體。此時，生物本人坐著輪椅狠狠地往前衝，他的家人緊緊攔住他，彷彿海星試圖阻止駁船前進一樣。拉斯洛發現自己被逼到門邊，背抵著門，脈搏快得像在跳倫巴。「爸怪」的視線在他和公事包之間游移。

「你……冷靜下來了嗎？」拉斯洛問。

爸怪的回答像是沙啞的氣聲。「你……守護者？」

「詛咒守護者？」拉斯洛說：「呃，對，我是。」他不滿地瞪了瑪姬一眼。

瑪姬沒理他。「爸，你為什麼不告訴我們這個人的事？」

爸怪看向他的女兒。「不相信……」他聲音刺耳。「好多年沒來……」那隻可怕的眼睛又轉向拉斯洛。

「為什麼？」

拉斯洛掏出口袋巾擦了擦額頭，試圖重新展示他的魅力。「我為什麼來？很簡單。我來這兒的目的是要結束這場鬧劇。錐克佛先生，我的老闆想要抹去你們的詛咒紀錄。我要向你說聲抱歉，看來你已經受夠了。我正打算和你們洽談，這位年輕的小姐卻指控我是騙子。」

拉斯洛揚起下巴，一副受盡迫害的模樣。被點名的人小聲地嘟囔了句他沒聽見。若是看見她變成怪物，拉斯洛會很開心。

「要是**瑪格麗特**允許我繼續，」他陰陽怪氣地說：「我很樂意解釋。」

錐克佛太太扶起一張被翻倒的椅子。「不管怎樣，請坐吧。」

拉斯洛再次像總督般地坐在主位上。等其他人也就座後，他把黑檀木公事包放到面前，清了清喉嚨。

「我剛說了，這裡面放著錐克佛詛咒的正式文件，有我們在下週四前打破詛咒所需的東西。一般來說，我不給人線索，但非常時期需要非常策略。我在某個地方讀到過。」

「希波克拉底？」錐克佛太太說。

「幸運餅乾。總而言之，我的意思是，雖然我無法替你們打破詛咒，但我可以眨眼提示你們，在背後推你們一把。我給你們配方，但你們必須自己動手。」

錐克佛太太焦慮地看向自己的丈夫。「我們要做什麼？」

拉斯洛解開公事包的鎖扣。「讓我們看看吧？」打開公事包後，錐克佛家的兒子（笨仔還是鈍仔，隨便啦）皺起了臉。

「噁，」他說：「味道真噁心。」

「這是詛咒。」拉斯洛說：「臭是應該的。」

他手伸進箱內，拿出三個卷軸，像荷官一樣把卷軸攤開在桌上。離他最近的一卷繫著一條寫著「Incantatio」的紅色緞帶。拉斯洛拿起卷軸，像拿起高希霸雪茄一樣放到鼻子下方聞了聞。

「原始咒語。」他低聲說：「上面有血、硫磺和少量柑橘的味道。」他對著瑪姬揮舞卷軸。「想聞聞看嗎？」

「不用了，上面寫什麼？」

拉斯洛展開羊皮紙，瞄了眼咒語，隨即認真地看了起來。**三卷都是這樣嗎？**他掃過上面密密麻麻的文字，內心的不安越來越強烈。母音也太多了吧，世界上任何語言都不該有那麼多母音啊。一點也不文雅。這個女巫為什麼就不能選擇拉丁或希臘文這種常見的語言呢？

「有問題嗎？」錐克佛太太說。

「沒有。」拉斯洛說：「只是……呃，你們有人剛好會高地德語嗎？」

在場七隻眼睛全部盯著他。

拉斯洛重新捲起卷軸。「問題不大。誰知道什麼『不懂辛勞不懼煩』的女巫詩啊？要我說，他們根本自命不凡，這些女巫都以為自己是詩人。」

「但那咒語裡會不會有我們需要的訊息？」錐克佛太太表示疑惑。

「我想不會，」拉斯洛說：「不過別擔心，我認識一個人對這東西很有研究。稀有品種，十足的書呆子。何況目前我們只需要這個寶貝。」

他拿起第二個卷軸揮了揮，上面繫著的絲帶寫著「Materia」。「這才像話，」他說，仔細看了看內容。「寫的是古英語，簡單……」

惡魔再次陷入沉思。

「你還好嗎？」胖仔說。

拉斯洛瞥了他一眼。「當然。」他喃喃道：「一切都很好，好得不得了。」

「但你臉色很難看。」

「會嗎？首先、不，只是這份清單比我記得的要**複雜**許多。」

在他回答時，他發現瑪姬正目不轉睛地盯著他。他不喜歡那雙鋼青色的眼睛。太精明了。正當他想要杯水來喝時，女孩從他手中搶過卷軸。

「嘿，」拉斯洛說：「還給我。」

「這是錐克佛詛咒，」她回嘴道：「我們有權親眼看看。」

「瑪姬。」錐克佛太太語氣警告地說。拉斯洛不懂她何必多此一舉，顯然她女兒翅膀早就硬了，就算尚未離巢，心也不歸她管了。過不了多久，她就會每天吃泡麵度日，拖欠房租，偷鄰居的Wi-Fi來用。

果不其然，瑪姬無視她媽媽的警告，早已看起卷軸來。「我們需要這清單上的東西。」她急切地念道：「汝之所愛、汝之所憎、汝之發現、汝之宿命……」她眉頭深鎖。「『聖人血軀』？」

拉斯洛翻了個白眼。凡人真是一無所知。「就是聖髑。」他翻譯道。

「『國之財富』……」

「王室珠寶。」

「『創造之火』？」

「魔法物品。」他打了個呵欠。

瑪姬環視桌邊眾人，面露沮喪。「王室珠寶？魔法物品？要去哪才能找到這些東西？」

拉斯洛把卷軸拿回來。「讓**我**來操心吧。你們不妨對我尊敬一點，畢竟我是惡魔。」

在場的男孩興致盎然地坐直身體，調整他的眼鏡。「惡魔！你騙人。」

「沒騙人。」

瑪姬哼的一聲。「**惡魔？**拜託。如果你是惡魔，證明給我看啊。」

拉斯洛饒有興致地回敬她一聲冷笑。「聽好了，小野貓，我不需要『證明』什麼。妳是小學生嗎？聽著，現在在妳眼前的是貨真價實的三階惡魔，不用謝。」

男孩現在用一種惴惴不安的目光打量著他，讓拉斯洛感覺自己就像某種外來種蝴蝶似的。「惡魔一共幾階啊？」胖仔追問道：「三階很高嗎？」

「不重要。」拉斯洛很快答道：「**重點**是我們要打破把你們爸爸變成邋遢喬肉醬三明治的詛咒。」他舉起卷軸給所有人看。「我承認這份清單不是你們平常會買的東西，但我也不是平常人。我會告訴你們哪裡可以找到這些東西，你們只需要蒐集齊全，照女巫的配方去做就好了。」

「那女巫的配方在哪？」瑪姬說：「就我看到的，那只是一份清單。」

拉斯洛咂了下舌，更仔細地瀏覽卷軸，不得不承認女孩說得對，上面沒有任何類似配方的東西。他接著查看第三卷也是最後一卷卷軸，上面標示著「Cruciati」。不妙，上面只說明了詛咒的懲罰。

拉斯洛放下卷軸。目前有三件事讓他煩惱。其一是這個敏銳又麻煩的瑪姬，再來就是她那讓人不寒而慄的弟弟，一臉想把他釘在軟木板上收藏的樣子。第三就是他自己。拉斯洛覺得自己在拜訪這些鄉巴佬前，真該先檢查一下公事包裡的東西。現在他不得不臨場發揮，幸好，臨場發揮是他拿手好戲。

然而，當他準備開口時，拉斯洛發現兩人的母親注視著他。「幹嘛？」他問。

「你真的是惡魔嗎？」
「對，有什麼問題嗎？」
「大概有。」
拉斯洛往後靠回椅背，十指交叉。「所以現在妳是想說妳對惡魔有意見？」
「大部分人都會有吧？」
「聰明人可不會。」拉斯洛說：「只要了解我們不過是一群擁有自由思想，不喜歡任人指揮的存在，就不會這麼想。說真的，惡魔跟那些先驅移民沒什麼不同，你們每年感恩節還紀念那群死人呢！怎麼沒見你們紀念**我**呢？」
胖仔舉手問：「萬聖節算嗎？」
拉斯洛無視那個笨蛋，直勾勾地盯著他們的母親。就算錐克佛太太覺得他的話很有說服力，臉上也不曾表現出來。
「我們怎麼知道能不能相信你？」她問。
拉斯洛聳聳肩道：「沒辦法。但請相信我，我來這裡不是出於好心。雖然打破詛咒會帶給我一些好處，但遠遠不及你們的收穫。難道妳不想讓妳丈夫恢復原狀，錐克佛太太？得知妳蠻橫的女兒和胖胖的兒子倖免即將降臨的厄運，難道不會讓妳睡得更好嗎？現在我給你們這個機會。難道你們要因為我是個**惡魔**，就放棄這個機會？抱歉，但那實在有點歧視。」
她會買帳嗎？拉斯洛無法得知。這位女士簡直可以參加撲克臉競賽。最終，她嘆了口氣。
「好吧。」她說：「假設我們拿到清單上所有東西，又該做什麼？我的意思是，這個女巫的目的到底是什麼？」
拉斯洛搓著手。「以解決問題為導向，我喜歡。鑑於文件沒有紀錄，我猜目的是為了那個叫『魔法石』的東西。上面有字嗎？神祕的銘文？」
「我們不會靠近魔法石。」瑪姬說：「那片樹林感覺很不對勁。」

拉斯洛理解地點點頭。「對詛咒物來說，那很常見。我們城裡人會說這叫『膽戰心驚』。」

錐克佛太太抿起嘴。「不是會讓人**膽戰心驚**，拉斯洛先生。那石頭很詭異，給人一種邪惡的感覺。」

一個聲音響起，說出的話因為舌頭腫脹而口齒不清。「他們……在召喚我。」

大家的目光都轉向錐克佛先生。在他們討論的過程中，他一直安靜地坐在一旁，雙手交疊放在腿上。現在，那雙手正扭著他的襯衫下襬。

「誰在召喚你，比爾？」他妻子問。

男人使勁地擠出幾個字。「錐克佛……夢！」

拉斯洛打斷這個插曲。「很正常。」他說：「詛咒不會因為死亡而消失，我口齒不清的朋友。若凡人能通過**死亡**終結詛咒，那每個人都會找離家最近的懸崖去跳了。」

瑪姬．錐克佛的臉色頓時變得慘白。一時間，她渾身的尖刺消失了，看起來變得年幼、脆弱，彷彿內心的火花已然熄滅。**很好**，拉斯洛心想。也許現在她會尊重他一點。

女孩轉向她父親。「所以他們還在受折磨嗎？爺爺、戴夫叔叔和其他人？即使生前受苦那麼久，死後**還是**不能安息嗎？」

是時候施加一些壓力了，拉斯洛心想。「安息？」他笑了笑。「噢，那是不可能的。我剛說了——死後折磨，是詛咒的標準配置，甚至可以說是基本款。你們應該看看那些奇特的詛咒，我辦公室就有個詛咒——」

瑪姬一拳敲在桌上。「我們必須了結一切。」

好啦，火花又燃起了，拉斯洛自我解嘲，本能地感到焦躁；瑪姬打斷了他最喜歡的故事，一個有著驚人反轉的可怕故事。還有什麼比遇上勇敢的人類更慘的呢？大概沒有。話又說回來，也許她的勇氣可以派上用場。這女孩想當英雄。是呀，在她內心某個隱蔽的角落，她**渴望**成為英雄。那他可不能剝奪這個年輕女孩的夢想……

惡魔跟著用拳頭敲了下桌子。「阿門！各位先生、女士，那**正是**可以解放這個家族的勇氣。去瞧瞧魔法石吧，我有預感我們將不虛此行。」

第七章 車諾比

最終成行的只有三人。

魔法石附近的土地溼軟，輪椅難以行走，所以「爸怪」和男孩留守家中，拉斯洛則和錐克佛家的女人帶著提燈和手電筒前往一探究竟。這位媽媽還帶著獵槍，讓拉斯洛有些不自在。獵槍或許傷不了高階惡魔，但對付像拉斯洛這樣的三階惡魔綽綽有餘。他是在鍍金時代於漢普頓犯下的搶劫案中得知此事。

拉斯洛帶著念舊的心情回想事發經過。是的，他因為中彈摔到兩層樓外的玫瑰叢中；而且，在美國參議員及其最信賴的捐款人面前揮舞雙臂和尖叫並不能增強自尊心。但整體而言，那一晚十分美妙，從女高音、眾多明星，再到香檳，當然啦，拉斯洛不得不落荒而逃，還被霰彈槍擊中屁股，但那時沒有人威脅要**熔解**他。沒有什麼督察向他提出不可能的要求，或迫不及待看他變成一灘軟泥，而且還是獲得上頭的正式許可！

拉斯洛到現在仍不敢相信他父親會允諾安德羅沃這麼做。

他敲了敲放在外套內袋的沙漏，似乎沒什麼能干擾沙子流動。不管是將其顛倒、側翻，或施點小法術都沒用。裡面差不多有九千顆沙粒，絲毫不受重力影響。就算拉斯洛把這該死的玩意兒扔到外太空也沒用。每過一分鐘，就會有一粒沙盡忠職守地落入蒐集槽中。等最後一粒沙落下後，他的時間也走到了盡頭。

拉斯洛複習他的計畫。回想起來，或許他應該偽造一些文件，讓破解詛咒看起來輕而易舉。但另一方面，那可能會適得其反。錐克佛一家比他想得還精明，或許會因為解決方法太容易而心生疑慮。

無論如何，木已成舟：瑪姬看到了清單，也知道那是怎樣的一份清單。他必須盡快和狄米崔談談。若說誰知道怎麼獲得珍奇的異國物品，那肯定是狄米崔。

一個聲音打斷他的思緒。女孩本人就走在他旁邊，手上的提燈從下方照著，讓她看起來很像一隻長相邪惡、或至少是拉長了臉的大野兔。拉斯洛低頭朝她微笑，不知道當她發現自己的夢想被他踩在腳下時，那張臉會出現什麼表情？

「妳說什麼？」他說。

「狄米崔是誰？」

「誰？」

「狄米崔。」瑪姬說：「你一直念著這個名字。」

「沒什麼。」拉斯洛說：「只是一個朋友。」他伸長脖子環顧四周。「那個魔法石在哪？這地方根本是一片沼澤，我的鞋都髒了。」

瑪姬垂下視線瞥了眼他的Gucci鞋。「真可惜。」

「不遠了，」錐克佛太太說：「小溪過去再走一段路就到了。」

拉斯洛凝視著前方快一百公尺遠的地方，月光照得水面波光粼粼。後面是一片漆黑的樹林，就連拉斯洛那雙看得比人類適應光譜還廣的眼睛也無法穿透。

然後他感覺到了。

空氣中傳來的震動是如此強烈且出乎意料，將拉斯洛釘在原地。他驚訝地瞄向另外兩人，看看他們是否也感覺到了。兩人一臉疑惑地看向他。

「蚊子。」他說，拍了下脖子。

但這不是什麼蟲子。拉斯洛感到全身一陣酥麻。他的本能要他馬上轉身，沿著來時的路回頭。這個念頭很誘人，直到他想起「大嗓門」在熾熱的漏斗中熔化時發出的尖叫。他別無選擇，只得繼續往前走。

然而，他每走一步，都感覺正深入大海，一步步踏進力量不斷增強的海浪中。他的皮膚不再刺痛，而是像曬傷似的時不時抽痛。無論在樹林裡的是什麼，感覺不只有魔力。

彷彿輻射爆炸。

危險至極。

雖然感覺不安，拉斯洛卻也被勾起好奇心。而好奇心（拉斯洛將她描繪成一個身材豐滿的紅髮女郎）是他永遠也無法抗拒的東西。幾世紀以來，好奇心讓他不僅傷身又傷心，讓他受到羞辱、破產，甚至被戴上鐐銬。儘管遭受無數背叛，拉斯洛依然深愛著她。好奇心使生活變得有趣，對擁有永恆生命的惡魔而言這並非小事。無論好奇心令他挫敗多少次，他依舊會聽從她的呼喚。

而現在好奇心正在呼喚他。

那片樹林裡到底有什麼？自他父親最後一次受封以來，他就未曾感受這樣的力量。他一走到溪流分支旁，身上每一條神經都在發燙。通常，拉斯洛不是很喜歡流動的水。正如大多數魔物，流水同樣會令他感到無常和迷失。現在他幾乎不受流水的影響，拉斯洛已徹底被激起了好奇心，根本不在乎自己的Gucci鞋沾滿了泥巴。某個不尋常——不，該說是**獨一無二**的東西就在前頭，拉斯洛迫切地想親眼瞧瞧。

當他們戰戰兢兢地走近那片樹林時，月光消失得無影無蹤。提燈的黃色光暈照過樹幹和樹叢。地面凹凸不平，堆著累積數百年光陰的落葉。錐克佛家母女皆用手摀住鼻子。過了一會兒，拉斯洛便知道她們這麼做的用意。一股瘴氣從土壤滲出，黏膩的甜味和死亡腐爛的氣味混合在一起。他伸手拿出手帕。

前方出現更多溪流分支，在樹林中形成一個網絡。他們踏過昏暗的溪水發出潺潺水聲。有些地方可以一躍而過，其他則需要動手攀爬，而這正是瑪姬・錐克佛的專長。拉斯洛在氣喘吁吁抱怨時，她像隻小鹿般輕盈地跳到河對岸，讓他很想伸腳絆倒她。

最後一條小溪的堤岸是目前遇到最陡的。就在拉斯洛快爬上去時，他抓的那棵樹突然失去抓地力，被他連根拔起。他猛地撲向上方一塊石板，緊緊抓住石板溼黏的底部，拚命踢著腳尋找立足點。提燈在他眼前晃來晃去，錐克佛太太伸手拉他，直到他站穩為止，拉斯洛咕噥著道了謝，靠在石板上喘氣，其表面布滿凹坑和粗糙的鑿痕。

艾蜜莉・錐克佛
一七八一——一八二七

拉斯洛轉過頭，看到石板宛如斷牙般突出於地表上。十幾塊石板圍繞著一個陰森的紀念碑形成數個同心圓。紀念碑座落於一個山丘上，爬滿了枯枝和交纏的灌木叢。拉斯洛目瞪口呆地看著眼前情景，驚愕得說不出話來。

他沒想到魔法石居然如此碩大。

魔法石聳立於離他最近的墳墓上方，彷彿從地底爆發出地面上的一塊約十二公尺高的黑色巨石。拉斯洛的視線掃過它飽受摧殘的形狀和尖頂，無法判斷這顆巨石的形狀是渾然天成，還是某種藝術幻想之作。他只知道，望向魔法石的瞬間，一股前所未有的恐懼向他襲來。

這是某種石雕嗎？聖壇？拉斯洛選擇一條蜿蜒的路徑走上那座山丘，以便更好地將其全貌盡收眼底。從某個角度看，這個魔法石宛如一隻骷髏手；從另一面望去，則像是一整組異國風笛，或海底出土的史前海洋生物。這東西完全令他摸不著頭緒，這到底**是**什麼東西？

「怎麼樣？」錐克佛太太心懷期待地問。

拉斯洛清了清嗓子。「肯定不是貝尼尼的作品。」

「但這**是**什麼？」瑪姬追問道：「那女巫想幹嘛？」

好問題。拉斯洛向錐克佛太太借來手電筒，繼續繞著魔法石移動。蒼白的光束顫抖地掃過巨石扭曲的形狀和表面。拉斯洛對這個魔法石沒有絲毫喜愛；一切都感覺不對勁。他用手機拍了好幾張照片，上頭沒看到任何文字或符號，但底層更具建築風味的區域，爬滿了藤蔓植物。他轉向瑪姬。

「你會幫忙嗎？」

「幫個忙，把那些清一下吧。」

拉斯洛沒理她，繼續他的調查。瑪姬據理力爭，但她母親已開始動起手來。最終，瑪姬也一起幫忙，兩人合力很快便清理掉下方的藤蔓，清下來的藤蔓被堆在一側發臭的土墩上。這股氣味和周遭環境令他回到過去盜墓的日子，那段短短的時間他四處瞎混，和當地一所醫學院做了幾筆交易。惡魔重新調整手帕位置，手電筒再次照向錐克佛母女清開的部分，表面覆蓋著苔蘚和塵垢，但上面似乎沒有——

等等。

拉斯洛走向前，拉扯外圍尚未清除的樹藤，幾乎毫不費力就扯斷了，露出下方一連串字母和符號。可惜，這段銘文磨損嚴重，拉斯洛根本無從解讀，雖說他也不是什麼語言學家。

「這裡，」他喊道：「把這些藤蔓清掉。」

在錐克佛母女扯掉藤蔓的同時，拉斯洛用手電筒掃過周遭樹林，樹林的氛圍正在改變。空氣中瀰漫著一股能量，不同於魔法石脈動產生的原力。更富有情感且人性化，帶著一絲警戒和惡意。

「快點。」他說，又拍了張照片。

更多藤蔓被扯掉後，一個直徑一、兩公尺左右的粗製大碗，或說大盆露出。拉斯洛看到這一幕，不禁渾身發抖。從他的位置看，那東西就像一張由石頭雕成的原始大嘴。他拍了另一張照片。

「那是什麼？」錐克佛太太說，不安地看著那東西。

拉斯洛聳聳肩。

「**你**不是應該知道嗎？」瑪姬說。

「聽著，」拉斯洛說：「我負責很多詛咒，妳不能期待我記住每個細節。站過來一點，這樣我才可以拍到妳。」

「為什麼要拍我？」瑪姬說。

「當量尺。」她配合上前讓他拍照。當他拍照時，不遠處響起一聲痛苦的嚎叫，嚇得拉斯洛差點跳起來。

「那是什麼？」他輕聲說：「狐狸？」

瑪姬和她媽媽一動也不動，就像一對受驚的母鹿。嚎叫聲再次響起，這次是從不同方位傳來。拉斯洛轉過身，試圖找出聲音來源。

從他右邊傳來第三聲哭喊，接著又一聲來自他身後。冰冷的霧氣從地面裊裊升起。錐克佛母女從魔法石旁往後退，拉斯洛也一樣，很快被身後的墓碑絆倒。當他四肢攤開躺在泥土地上時，一聲類似幽靈的尖叫從墓碑傳出，聲音嘶啞，震耳欲聾。

「**有鬼！**」拉斯洛放聲大叫：「我們被鬼包圍了！」

他從地上爬起來，做出任何明智的惡魔在面對超自然現象時都會做的事。逃之夭夭。

儘管拉斯洛熱愛享樂和抽菸，但他一直是個不錯的跑者。從錐克佛家農舍到魔法石大約八百公尺的路程，他只花了不到三分鐘便跑完全程。一回到那間屋子，他便發現錐克佛家的男人，正確來說是爸怪和尚未突變的準怪物正等在門廊上，焦急地望向樹林的位置。

拉斯洛在一陣咳嗽後，朝他們揮手。

「他們人呢？」男孩問：「我媽媽和瑪姬呢？」

「在……後……面。」拉斯洛喘著氣說。

「他們沒事吧？」男孩追問道：「我們聽見聲響。」

拉斯洛吐出一口痰。「他們沒事，全都沒事！雖然有像幽靈尖叫的聲音，但那都是正常現象，完全正常。等等——我得打個電話。」

男孩又說了些什麼，但拉斯洛沒有理他，逕自打給他的諮商師。

努斯鮑姆醫生曾警告他不要打去她家裡，但事出緊急，沒人告訴他錐克佛詛咒還涉及厲鬼！拉斯洛把電話貼在耳邊，不耐煩地等電話接通。當他發現電話不通時，看了眼螢幕。**沒有信號**。

「我靠。」

「我剛說啦，」胖仔說：「手機在這裡打不通。」

「是啊，」拉斯洛喃喃道：「當然不通，怎麼會通？現在不過是二十一世紀。」

「抱歉。」

拉斯洛忍了一會兒，才看向他。「呃，只是出於好奇，魔法石**是**什麼？」

男孩還來不及回答，一個聲音便從拉斯洛身後傳來。「**你**難道不知道嗎？」

在他轉過身時，瑪姬和她媽媽便從陰影下走出來。錐克佛太太再次舉起獵槍，這次把槍管對準了他。

「哎呀呀，」她說：「看來你還真是實話實說呢。」

「聽我說，」拉斯洛說：「很抱歉我嚇壞了，但我其實特別討厭鬼，我有次去西藏，然後——」

瑪姬厭惡地瞪了他一眼，稍微比劃著拉斯洛的臉。

惡魔趕緊用手摀住臉。「幹嘛？鼻屎？天啊，我鼻屎露——」

「你的偽裝掉了，白癡。」

什麼？拉斯洛用手機的相機功能當鏡子。果不其然，當他看向螢幕時，一個儀容雜亂的藍皮膚惡魔正回看著他。

「噢，真是尷尬。」他承認道，並恢復他的人類偽裝。「不過，至少你們知道我不是記者了。」他乾笑幾聲。

錐克佛太太用槍瞄準他。「對，」她說：「你是惡魔。」

拉斯洛舉起雙手。「冷靜點，好嗎？我可以解釋——」

她扳動獵槍的撞鎚發出喀噠一聲。「少講廢話，」她斥道：「**你是誰，為什麼來這裡？**」

拉斯洛忍著不去看獵槍的槍管。「我說了，我的名字叫拉斯洛，我是你們的詛咒守護者。上述說的都是真的。我可能稍微扭曲了我來這裡的**原因**。」他倉促地對目前情況提出可信的解釋，也就是用半真半假的事實充實他的說詞。「事實上，上頭派了個新老闆來，一個不折不扣的混蛋，那傢伙直接跟我把話挑明。長話短說，結論就是我有六天的時間解決你們的詛咒，不然我就會被熔解。」

「熔解？」胖仔問：「什麼是熔解？」

「我會被熔化成一灘泥。」拉斯洛解釋道：「毀壞，徹底消滅。所以說真的，我們在同一條船上。我們只有到週四前的這段時間能破除詛咒。如果詛咒沒破解，你們會變成怪物，我會被烤焦。更準確來說，會變得像思樂冰。」

「我們怎麼知道你說的是實話？」錐克佛太太問。

拉斯洛從外套裡拿出安德羅沃的沙漏，舉起來給她看。「看到這個了嗎？當沙子漏完時，我就完了，你們打破詛咒的機會也是。不管你們願不願意，我們需要彼此。」

瑪姬開口：「但你有什麼**本事**？」她冷冷地問：「你似乎對這個詛咒一竅不通，連魔法石**是**什麼都不知道！」

「但我知道要問誰。」拉斯洛繼續說：「我也知道要去哪裡蒐集那些東西。**妳**知道聖髑和王室珠寶哪裡有嗎？」

瑪姬張了張嘴，隨即又閉上。

「我想也是。」拉斯洛說：「聽著，我們一開始就出師不利，那是我的錯，我向你們道歉。妳會生氣我可以理解，但生氣不能改變現狀。我能提個建議嗎？」

錐克佛太太沒有回以微笑。「說吧。」

「我們先好好睡一覺，我會在村裡找個旅館住，天一亮就回來。然後我們討論一下，看你們是否決定抓住這唯一解決問題的機會。」

「如果我們不答應呢？」錐克佛太太說。

拉斯洛雙手一攤。「反正我已經比我老闆的手下先走一步了。」

瑪姬．錐克佛指著他的黑檀木公事包。「你要把文件留下來。」

拉斯洛放下公事包。「拿去吧。」

錐克佛一家進屋召開簡短會議，最終決定接受拉斯洛的提議。錐克佛太太回到門廊說出他們的決定，她目光往下看著拉斯洛，獵槍隨意地擱在欄杆上。

「七點到這裡來。」她說：「別遲到。」

「遵命，太太。」

拉斯洛深深一鞠躬，轉身走向樹籬。當他的身影被夜色吞沒時，那宛如電影明星般的俊俏臉龐露出了笑容。錐克佛一家可以盡情吊他胃口，但不管願不願意，他們終將入局。遲到？別作夢了，拉斯洛可不會遲到。

事實上，他會提早好幾個小時到。

第八章 塵封的信件

惡魔離開後，錐克佛一家再次聚集在餐桌上。拉斯洛的公事包就像定時炸彈般放在桌子正中央。

儘管瑪姬想趕快打開公事包，仔細檢查裡面的內容，但現在不是著急的時候。她母親恢復以往處變不驚的樣子。她泡了茶，並拿了條毯子蓋在瑪姬的爸爸身上，後者正坐在輪椅上，盯著壁爐裡快熄滅的火光。

一如往常，最後是胖仔打破了沉默。「有人想過今天會碰到惡魔嗎？」

沒人回答。

「我沒想過。」他繼續說：「感覺有點嚇人，尤其當他的偽裝掉下來的時候，但也滿棒的。」

「喬治，」錐克佛太太說：「見到惡魔一點也不棒。」

「但他是來幫助我們的啊。」

「是嗎？我覺得他是為了幫他自己。」

瑪姬見縫插針。「但結論是一樣的，不是嗎？」她說：「我們**都**需要打破這個詛咒。」

「妳自己也說他根本不了解魔法石，」她母親回道：「而且妳也看到他對鬼魂的反應，不管他是不是惡魔，他都嚇壞了。」

「我是看到了，」瑪姬說：「所以我才覺得他說的是實話。拉斯洛並**不想**來這裡，他不在乎這個詛咒，或是我們所有人。如果他在乎，之前就會聽過他了。」

「沒錯。」錐克佛太太說：「這也是我們不能相信他的原因。瑪姬，很抱歉，但妳沒有見過這世界的真實面貌。」

「這不是因為我不想。」瑪姬生氣地說。兩年前，她借了葛蕾蒂絲去「跑腿」，偷偷跑去京斯頓的一所高中參加SAT學術評量測驗。當成績單寄到家裡來時，瑪姬以為她母親會感到很驕傲，結果卻是受了一頓關於誠實與坦誠的訓話。

她母親立刻聽懂她的言下之意。抿了抿唇，攪拌那杯茶。「我的意思是，這個世界上到處都是像拉斯洛那樣的騙子，讓我來應付他。」

「**妳**來？」瑪姬說：「抱歉，但妳不是在開玩笑吧？」

「我很認真，請問你有什麼問題嗎？」

「有，」瑪姬說：「很大的問題。讓一個**沒**被詛咒的人幫被詛咒的人做決定實在太荒唐了。原諒我說粗話，但這真太他媽的荒唐了。」

胖仔面露震驚，瑪姬感到一絲愧疚。她本來不想提高音量，尤其不想當著弟弟的面說髒話。

他們的母親陷入沉默。

「妳覺得我沒被詛咒？」她靜靜地說：「妳以為我沒受到影響？」她指著桌上的公事包。

瑪姬呼了口氣。「這不一樣。」她疲倦地說：「對不起，媽，但我們不一樣。」

「妳說得沒錯。」伊莉莎白．錐克佛說：「我只能在一旁看著自己的家人受苦，雖然我可以縫合傷口，卻無法消除妳的痛苦。我甚至不能幫忙分擔——法羅牧師不允許我這麼做。或許我沒辦法親身體驗妳的痛苦，瑪姬，但永遠不要當作我沒有受到傷害，我同樣受其奴役。」

奴役這個詞引發她新一波憤怒。瑪姬隔著桌子瞪著她母親，心想一個如此聰明伶俐的人怎麼會蠢成這樣，這就是所謂的不允許自己有錯吧。

她母親看到她的眼神，雙臂抱胸，準備接受反駁。「妳不同意？」

瑪姬差點氣笑了。「妳才**沒**被奴役，媽！妳還不懂嗎？妳不需要在這裡，妳隨時想離開就離開，沒有東西會跟著妳，妳的血裡什麼都沒有。只要妳想，妳隨時可以回去康乃狄克州，妳可以忘了我們所有人——」

「夠了。」

她母親絲毫沒有提高音量，瑪姬卻覺得自己像被甩了一巴掌。她默默地坐著，指甲陷入掌心，對於即使她已經十九歲了，她母親還是能讓她感覺像個小孩感到羞愧。當她再次開口時，語氣和緩許多。「我想說的是，妳有選擇，我們沒有。」

「對，」她母親回答。「我可以一走了之——但我**選擇**留下來。」她頓了下，「妳可以不喜歡，瑪姬，但我希望妳能尊重我的選擇。現在我們可以達成共識了嗎？」

過了一會兒，她說：「可以。」

一陣尷尬的沉默隨之而來。胖仔的目光在兩人之間游移。「那我們要怎麼做？」他問。

錐克佛太太平穩地吸了一口氣。「先看看公事包裡的東西吧，瑪姬，把它推過來。」

瑪姬照做了，滿意地看著她母親拚命想打開鎖扣。不管怎麼開，她的手指都會從金屬上滑開，彷彿鎖扣被塗上某種潤滑的物質。她一連試了三、四次，還是無法抓住。第五次她試著先墊一層洗碗巾，還是沒用。

「我猜，」瑪姬說：「也許只有**被詛咒**的人能打開這個公事包。」

她母親警告地瞥了她一眼，但還是舉手投降。「好吧，」她說：「妳來開。」

瑪姬很樂意效勞。她抓住骨製的握把，把公事包放到腿上，牢牢地抓住鎖扣，或說試著抓住，卻跟她母親一樣沒能打開，胖仔也是。

「太奇怪了，」他說，邊搓著他的食指和拇指。「上面就像塗了一層看不見的油。」

瑪姬咕噥了一句。「也許拉斯洛是唯一能打開它的人。」

「也許妳說對了，」錐克佛太太說：「我們就更有理由不相信他了。」

「為什麼？」胖仔說。

「因為他要不是知道我們打不開而沒告訴我們，就是他自己也不知道。」她母親回答。「他不是狡猾，就是一無所知，也可能兩者都是。」

瑪姬用手指敲著桌子。「那妳覺得他為什麼要來這裡？」

錐克佛太太喝了口茶。「我不知道，瑪姬，但我不喜歡這樣。這個拉斯洛說他是詛咒守護者，但我很難相信，他跟另一個人完全不像。」

瑪姬停止敲桌的動作，猛地抬起頭來。「**什麼另一個人？**」

瑪姬後來不禁回想這是否就是她的人生真正起變化的時刻。不是在那個發現前臂出現斑塊的清晨，甚至不是拉斯洛敲門的那一刻。而是**這個**當下，瑪姬看到她母親臉上露出驚慌和自責的神情。

在伊莉莎白．錐克佛記憶所及，這還是她第一次疏忽。

瑪姬語氣依舊冷淡。「什麼另一個人？」她平靜地問道：「另一個詛咒守護者？」

錐克佛太太沒有回答，反而用探究的目光直直盯著瑪姬的父親。比爾．錐克佛在他的位子上動了動，與妻子對視一眼後，幾乎難以察覺地點了個頭。

她對胖仔說：「喬治，回房間去。」胖仔發出他一貫的抗議，但這次他母親沒有假意順從。「這件事沒得討論。」

「為什麼？」他問。跟瑪姬不同的是，胖仔每次發問都能得到答案。

「因為有些事不適合十一歲的小孩聽。快去，喬治，我沒力氣跟你吵。」

胖仔嘟囔著「年齡歧視」，但態度仍軟化下來，返回他位於屋簷下方的小房間裡。瑪姬知道他會折回來躲在樓梯轉角偷聽，但他們的母親精得很，只要他想耍花招就會被識破，並被趕離現場。他最終別無選擇，只能坐在自己房裡，拿起一本破舊的《海角一樂園》看了起來。

當她確定胖仔已經走遠，聽不到他們的談話後，錐克佛太太去到農舍後方，走下臺階進入地窖，很快搬著一個早已褪色的雪松木箱回來，重重地放到桌上。再次開口時，她沒有看向瑪姬。

「妳要明白我們不是想誤導妳，我們是想保護妳不受傷害。」

「什麼傷害？」

她母親轉向她。「有希望是好事，瑪姬，但同時也很危險。希望奪走了大衛的命。」

瑪姬眨了眨眼。大衛．錐克佛是他爸爸的弟弟，瑪姬對她這位叔叔沒什麼印象。他在她出生前不久死了。「戴夫叔叔？妳說他是出車禍去世的。」

「那是騙妳的。」她母親簡略地說：「我們不想讓妳知道更令人難過的真相。他是自殺的，瑪姬。我們不想讓妳和喬治知道這件事。」

瑪姬緩慢地消化她說的話。「那現在為什麼又告訴我？」

她母親拍了拍桌上的箱子。「這就是我們隱瞞真相的原因。」

瑪姬的目光在她的雙親間游移。「我還是不懂，那跟戴夫叔叔有什麼關係？」

她母親回答的口吻近乎平淡。

「大衛發現這個的當天上吊自殺了。」

一股令人恐懼的寒意籠罩著瑪姬。當她看向拉斯洛的公事包時，感覺就像看著一個包裝精致的炸彈，彷彿一把手術刀或匕首。這個雪松木箱不過是一個箱子，卻因為她母親的說詞更增添一抹凶兆。現在，這個箱子就像一具被鏟子翻過身來、腐爛發臭的死屍。瑪姬突然感到一陣反胃。

「裡面放了什麼？」她輕聲問。

她母親垂下視線凝視箱子。「過往。」她回道：「對於錐克佛詛咒，拉斯洛有他的一番說詞，但我們也有我們所知的真相。日記、簡報，甚至是原來那個詛咒守護者的信件。反正都是些留存下來的東西。部分文件已破損，恐怕其他早已遺失或被毀掉了。」

瑪姬盯著她的父母，內心的氣憤和興奮交加。「你們為什麼不告訴我？」

她母親的語氣很溫柔。「妳看了就會明白。如果我們做錯了，瑪姬，那都是出於愛。」

說完，她便推著丈夫離開，留下瑪姬獨自檢查箱裡的內容。

瑪姬換了個位子，坐到背對壁爐的座位上。背後傳來的暖意令她感到安心。

這東西到底對戴夫叔叔做了什麼？他在裡面發現了什麼？瑪姬這時才想起她叔叔過世時才十八歲，比她還小一歲。她盯著那個箱子越久，越感到危機四伏。或許這是潘朵拉的盒子，世上所有邪惡都被關在那個鎖扣後方。

正如潘朵拉，瑪姬也無法抵抗誘惑。

箱上的鎖扣早已生鏽，但硬拉幾次便鬆開了。當瑪姬掀開箱蓋時，一股潮溼的蔬菜味撲鼻而來，彷彿這個箱子曾悶在受潮的老蘿蔔和高麗菜下方。她並沒有在箱裡找到任何潘朵拉瘟疫或毒蠍，而是一綑用蠟封住的文件，還有薄薄一疊用麻線綁在一起的紅色信封。部分文件的紙頁微微燒焦，看起來發脆易破，瑪姬擔心它一碰就會碎掉。她小心地將信放到桌上，然後取出木製托盤上的各種物品。

瑪姬把取出的東西像博物館展覽排列：一條髮辮項鍊、一個縱帆船貝雕、一個粗製的木娃娃、一個沒有光澤的茶匙、有七顆牙齒的人類下顎骨、一塊繡著殘詩的亞麻布、一張死去的幼孩身穿西裝的銀版照，以及一枚西班牙八里亞爾幣披索，邊緣有被啃咬的痕跡。

從哪開始好呢？

瑪姬決定先看文件，這些日記按時間順序排列包在塗著油蠟的帆布中，上面還有被煙損壞的痕跡。最上面那一則以古老的字體寫在發黃的牛皮紙上。

一六六六年一月十三日

暮光村，國王陛下

紐約省

自我於「女巫之森」除掉女巫以來已有兩月，無人比她更適合處以火刑。就算是霍普金斯或斯特恩都不曾定義此類巫術。

該女巫的罪行涉及她住處附近一座巨石，在當地為某種極其駭人且罕見的結構。我親眼目睹她在該巨石前舉行儀式，吸引墮落群眾的邪神崇拜。我當機立斷。女巫於翌日被燒死，無須任何審判——無論她那吐出蛇信的嘴說什麼都無法使我動搖。我發誓要為國王陛下清除這片土地上所有巫術和羅馬教徒，我兌現了我的誓言。

同時也深感恐懼。

當火勢蔓延到女巫的肉身時，我聽見她在火葬堆上喃喃自語。那女人沒有發出一聲哭喊，也不曾把目光移開，我永遠忘不了她祈禱完後眼中流露出的滿足。

我害怕厄運已然降臨我身上。

這並非迷信；是某個惡魔告訴我的。他自稱巴西利。在她被燒死當天夜裡，他在我的夢中現身，頭上長著角，外表與一隻豺狼無異，卻像乞丐般曳足而行，手上提著一個黑檀木和骨製的公事包。我得知：我，安布羅斯．錐克佛，現在受到了詛咒，而眼前這個醜陋的生物將成為我的「守護者」。我的命運將被女巫之森及位於其中心的邪物所束縛。女巫的苦差事落到了我頭上。失敗的代價高昂。某種疾厄在我的血液中沸騰。即使在我撰寫此信時，也能感覺它在我體內肆虐。巴西利說唯一補救的方法就是完成女巫的咒語。這是魔鬼的交易，無庸置疑。安布羅斯．錐克佛或使自己得救，抑或保護他人免受某個邪惡陰謀侵害。

如此簡單的選擇是我唯一的考量；然，並非如此。巴西利十分得意地告訴我，詛咒會蔓延至我一族的血脈。只要女巫的任務尚未完成，該詛咒就會傳給我的子子孫孫。只要想到亨利、愛德華或就連老天都會憐惜的小夏洛特得承受這樣的折磨，就讓我無法忍受。

所以我心不甘情不願地成為女巫的門徒。我竭盡所能蒐集她的所有物，這些物品加上守護者的建議，為我指引了方向……AJD

一六八八年五月九日

父親去世後已過十年。身為兒子的我理當哀悼，我卻無法喚起太多情感或同情。這一切皆由父親一手造成。他是我不得不離開哈佛，以及愛德華出國尋找解開詛咒之方的原因。上帝保佑愛德華──他是我們唯一的希望，因為只有他仍可以在公眾面前現身。我祈求父親的指示具有價值，與此同時，我仍被關在這棟悲慘的屋子裡，在黑暗中寫下這份手札，身體上下布滿淋巴腺腫。瑪莎表現得很堅強，寶寶是我們唯一的希望，巴西利在她出生後，曾冒失地獻上他的「祝賀」。我把他的信丟進壁爐裡，那張破爛的紙卻沒有著火。我不會再冒險激怒他，因為那名守護者令我恐懼。有時候夜裡，我會幻想他就在我們身邊，看著我們，沉醉於我們的痛苦中。至於泰絲，她四肢健全、健康強壯，舉手投足都像極錐克佛家的人。當然，我老想著今後等待著她的命運。把一個生命帶到這個世界上，令她接受屬於我的命運是不可原諒的。我滿心悔恨，又被一股難以言喻的衝動所驅使，某種渴望播種以擴大家族血脈的強烈慾望。瑪莎肯定是瘋了才嫁給我，或許她也受到蠱惑。看看我自己，我擔心她也是如此。她已經談起要回去她波士頓的家人身邊。寶寶在樓下嚎啕大哭，瑪莎和麗茲在田裡工作，她是唯一有勇氣留下來的傭人。我得自己哄泰絲，天曉得她還能忍受我的樣子多久……HJD

一七二九年十二月十三日

我正在變異。不是長出折磨父親和夏洛特姑姑那樣的腫瘤。我的變化更糟，也更怪。我的夢裡全是血。血腥的河流蜿蜒穿過女巫之森。我強烈渴望找個男伴……我言盡於此。我的手臂已經無法像以前那樣動作，左手變得畸形，呈現爪狀。雖然左手殘廢，力量卻大得驚人。愛麗絲．史凱勒看到我的手從披肩伸出來，隨即放聲尖叫。我難以抑制想掐死她的衝動。親愛的上帝，我好怕，我得向守護者尋求解釋。也許巴西利可以解釋為什麼我會被選中承受如此怪異的折磨……泰瑞莎．D

一七五八年四月二十六日

昨日，我奪走了一條性命。我想這是我第一次殺人。他朝我撲來時我正在樹林裡，他是一名毛皮獵人。我的出現讓他嚇一跳，便舉起步槍。我走了兩步便追上他。那匹馬試圖逃跑，但我將其撲倒，可憐的傢伙。我狼吞虎嚥地吃了好幾個小時，但我仍舊很餓。堆積如山的肉遠遠不夠……

約翰上週回來時帶了一條項鍊，那是他跟一個捕鯨人買的。他說那是一個酋長的項鍊，來自南海某座島嶼的國王。約翰相信這條項鍊能奏效。他還聽說塞勒姆附近埋藏著魔法，打算下個月去那裡一趟。約翰對他的成功很高興，導致我無法向他坦承我的罪行，那會使他崩潰。至於那名獵人，我把他的遺骸埋在魔法石附近。魔法石讓我變成這副模樣，理應替我保守祕密。——湯瑪斯

一七六七年七月十九日

我們擔憂的事情發生了。今天湯姆殺死了一名村民，法羅家的人在山裡撿到一隻迷途羔羊。放羊的男孩死了，我和保羅將他埋葬。湯姆躲在穀倉裡哭，我已很久沒見到叔叔光裸身體的樣子了。該景象令我難過，沒有人會將那副模樣稱為人類。我確實很難相信他曾經也是人。他背上長了一些東西，就像棺材蠕蟲似的。我應該會作惡夢。湯姆今年五十歲，我才二十三歲，不知道我還能剩下多少平靜的日子。可憐的傢伙，還有法羅家那可憐的男孩，他身體僅剩的極少部分埋入了地下。村民會怎麼做，我猜不出來，家中的男丁正準備抵抗暴力。——薇拉．D

一八一八年九月二十六日

今天我把母親鎖在穀倉裡。必須這麼做不可，她的心神不穩，最近還展現出狡猾的一面，讓我感到不安。我必須把她騙下樓，快速拉起繩索。這可不簡單，我的手臂仍因為班．魯伊特的葬禮疼痛不已。該死的村民，我不在乎教父怎麼說——我們才不是山中惡靈。上帝想要罪人，暮光村裡多得是。卡洛琳帶來壞消息，巴西利說印地安腰帶沒用——上面沒有任何魔法，我們必須從頭來過。為了其他人，我努力保持勇敢，但我的信念正在消失。要是安布羅斯錯了呢？萬一女巫的詛咒不過是場騙局，一個令地獄

惡魔得意忘形的大笑話，我也不會感到驚訝。我不相信那個守護者。——以賽亞・D

日記一共有幾十篇，每個人都單獨附上令人不安的快照。總地來說，他們編織出一幅黯淡的藍圖，令瑪姬難以閱讀下去。然而，其中有些模式讓她無法忽視。

起初，好幾世紀前，錐克佛一家會在症狀變嚴重前積極嘗試破解詛咒。他們騎馬穿越全國，或乘坐商船和捕鯨船四處遊走。這些旅程將他們帶往世界各地。

婆羅洲、范迪門地、印度、挪威、祕魯。

有的死在國外，有的帶著一些骨頭或傳聞中的魔法容器回家，全都是為了滿足女巫的要求。但沒一個有用，巴西利是這麼說的。這些錐克佛家的人一一病倒，眼睜睜地看著自己的人性逐漸消失。生下新詛咒持有者的外來者也一一拋棄家庭，回到他們當初受到誘惑的地方，無論是波斯頓、普洛維登斯、費城、奧爾巴尼……徒留他們的後代，被錐克佛的血脈束縛在魔法石上。

內戰結束後，日記少了很多。一八六八年，二十九歲的菲利普・錐克佛顯然發瘋了，燒毀莊園內好幾棟建築以及大部分家族紀錄，包括安布羅斯・錐克佛關於女巫咒語及如何破解的原始紀載。

瑪姬仔細檢查留下來的文件，找尋任何可能遺漏的蛛絲馬跡，但什麼也沒有。

最初的詛咒守護者信件並未透露太多資訊。每封信都以辦公室格式書寫，並傳達相同的訊息：

請容我代表遠古地獄協會對安布羅斯・錐克佛的血脈後裔誕生表示祝賀。貴子女已被登記在我們的名冊當中，並根據施法者的指示持有錐克佛詛咒。

吾等的觸手永無止境，吾等的掌控永垂不朽

第七百八十六號守護者巴西利

最後一篇日記寫於一九一九年一月二十三日，從字跡來看，這篇日記源自於某個處於異變末期的人。瑪姬稍微能辨識出的內容如下：

走開。必須……求你。走、走……送我走～～～夢……不能留……求求……我愛你……我愛……上帝——求求你。開。不想……愛～

瑪姬盯著那張紙好一會兒，才和其他信放在一起。她拿起那塊下顎骨，在手上翻了過來，檢查牙齦線上細密的裂縫。怎麼有人可以拿到、更別說保存這麼可怕的物品？他們相信這東西有魔法嗎？這塊下顎骨是屬於某位使用它宣揚聖命的宗教領袖嗎？

接著，她檢查那張銀版照片。瑪姬仔細看了看死去孩童沒有聚焦的雙眼。這是一個令人心碎的畫面。這個男孩還不到四歲，她記得胖仔在那個一天到晚睡覺的年紀，頭髮總是亂糟糟的。當他握住她的手時，他的手指就像麵團一樣柔軟。瑪姬無法想像失去他的感受。她很好奇照片中的孩子是誰——她某個親戚，也許是她某個遠房叔伯，也許他是菲利普的兒子，那個失去理智、將一切全數燒毀的錐克佛家族後代。

當瑪姬注意到她母親靠著一根柱子，若有所思地看著她時，壁爐裡的火早已熄滅一段時間。

「妳全看過了嗎？」

瑪姬點點頭。

「我能坐下嗎？」

瑪姬不反對。

她母親在她對面的椅子坐下，輕輕地接過瑪姬手中的銀版照片。她稍微看了下照片中的人，然後把照片放到箱後她看不見的地方。

「妳有很多疑問。」
「對。」
「我會回答我所知道的。」
瑪姬努力尋找適當的說詞。最終，她只能說：「**為什麼？**」
「為什麼我不讓妳知道箱子的事？」
瑪姬試圖保持語氣平靜。「妳為什麼留下來？」
伊莉莎白．錐克佛沒有立刻回答。她把桌上各種物品擺正並一一排列，就像在櫥窗內展示一樣。
「因為我有了小孩。」她最後說：「因為妳爸爸需要我，我從不是一個逃避責任的人。瑪姬，丟下一切離開不是我的本性。」
「是沒錯，但妳曾希望自己離開嗎？」
瑪姬的母親嘆了口氣，一時間看起來老了十歲。「我要拒絕回答妳這個問題，為人母親偶爾會這麼做，總有一天妳會明白。」
瑪姬訕笑了一聲，戳著她纏著繃帶的手臂，感覺皮膚在她的觸摸下變得灼熱。「我絕不會把這個傳給別人，絕對不會。老實說，我不懂妳為什麼要留下來，也不懂妳為什麼要生第二胎。」
伊莉莎白．錐克佛不發一語。
瑪姬觀察她的臉色。「妳是否後悔生下我們？」
情緒在她母親眼中不斷變換，然後她垂下了嘴角。
瑪姬感到一陣內疚。她根本不是在問問題，不過是惡語傷人罷了。「無所謂，」她最後說：「反正我們已經在了。」
「妳在這裡，」她母親說：「這個箱子也是。」她指著雪松木箱。「我們是不是不該給妳看這裡面的東西？」
「不是，」瑪姬認真地說：「我想知道真相，就算真相很可怕，或毫無希望也沒關係。」

錐克佛太太手往桌上那堆可怕的物品一揮。「全都在這裡了，真相。就在妳面前，妳有什麼想法？」

瑪姬思索著桌上的物品。「我覺得這裡不是全部。」

她母親點點頭。「我檢查這個箱子好多次了，想找看看有沒有什麼——任何可能有用的東西。但什麼也沒發現，瑪姬。都沒什麼用。雖然這裡面的東西能指引某個人走上某條路，卻無法幫助他達成目的。如果過去真有什麼指示或『秘方』能打破詛咒，也已經遺失了。」

「但拉斯洛——」

「他不知道。」她母親打岔道：「妳不知道當他說自己是詛咒守護者時我有多高興。終於，我們或許能得到一些解答！但這個拉斯洛……」她搖搖頭。「說他『令人失望』還太客氣了，至少巴西利能掌控一切。」

瑪姬看著那疊紅色信封。「他發生什麼事了？」

「不知道。一九一八年，伊蒂絲．錐克佛出生後，巴西利就不再來信了。」

「真怪。」瑪姬說。她猶豫了一會兒，不確定是否要跟媽媽說她的煩惱。「妳有沒有發現詛咒越來越嚴重了？」

她母親神色驚慌。「什麼意思？」

「第一個被詛咒的人只是生病，亨利和愛德華．錐克佛，身上長了瘡或瘋瘋之類的病。到後來，錐克佛家的人才變成……」瑪姬頓了下，無法逼自己說出**怪物**這個詞。「而且發生的時間越來越早，」她補充道，翻看早期的紀錄。「亨利出現異變時正在哈佛教書，當時應該二十多歲，也許三十好幾了。」瑪姬舉起她受創的手臂。「我才十九歲。」

「這是個好問題。」伊莉莎白．錐克佛說：「也許拉斯洛知道原因。」她看了眼壁爐架上方的時鐘，已經過了午夜。「睡一會兒會好一點，妳都看完了嗎？」

「暫時看完了。」

兩人開始把東西放回箱裡。瑪姬把下顎骨擺回托盤上。

「所以戴夫叔叔讀了這些信後決定……了斷一切？」

「妳父親在穀倉發現他。」她母親輕聲說：「他不知道大衛發現箱子的事。妳也知道，妳爸爸試圖把它藏起來。內疚讓他幾乎崩潰。他們不是同個母親生的——妳爸只比他大一週，但大衛永遠是他摯愛的弟弟。妳爸非常疼愛他。」瑪姬的母親苦澀地搖搖頭。「就好像照顧他是比爾的責任。」

瑪姬低頭看著那些信。「現在我看到信了，妳是不是怕……？」

這個問題說到一半，既尷尬又懸而未決。錐克佛太太把東西都收進箱子後，目光銳利地注視她的女兒。

「我是不是怕**妳**會『了斷一切』？不，瑪姬，我不怕。妳不是那樣的人。」

「因為我太強悍？」

她露出一抹淺笑。「因為妳太固執。」

第九章

離家出走

瑪姬並不打算睡覺，她蜷縮在黑暗的房間裡，下巴抵著膝蓋，等待夜色加重。

她對這棟農舍內的聲響瞭若指掌——腳踩在地板上的嘎吱聲；外面風大時，樹枝刮過屋頂的聲音；胖仔就在隔壁房間輕聲打鼾，他的鼾聲熟悉又令人安心。瑪姬有想過去看看他，但不能冒著吵醒他的風險。如果吵醒他，他就會想知道關於箱子的事，包括裡面的內容和她的計畫……不行，她沒辦法好好跟他道別。有太多事情要做，時間不夠了。

瑪姬從小的時候，就很相信自己的直覺。她能感覺什麼時候該加快儀式速度，並奪門而出；她一眼就知道哪些哀悼者真的對她抱持強烈的惡意。她的覺察力源自於本能，而瑪姬的直覺告訴她拉斯洛是個騙子；個性狡猾、油嘴滑舌，是個道貌岸然的偽君子，這點毋庸置疑。

但拉斯洛**曾是**錐克佛家的詛咒守護者，這或許是他們唯一的機會。

那些家族紀錄雖不完整，卻加深了她的決心。錐克佛家在很久以前便開始解開女巫咒語的任務。的確，他們失敗了，而且最終被詛咒吞噬。但他們嘗試過，不是嗎？一個人所能做的不過如此。

每個人都**必須**這麼做。

瑪姬把她要帶的東西在燭光下擺好。東西並不多，惡魔說他們只有六天時間，瑪姬不覺得她會有時間參加任何慶典。一些內衣褲和T恤、一件額外的胸罩、幾雙羊毛襪、一件能保暖的毛衣和一條捲起來的毛毯。洗漱用品只帶最低限度：梳子、髮圈、緊急用衛生棉條、牙刷、牙膏、一條體香膏和幾支護唇膏。最後，她還帶了一個手電筒、兩本阿嘉莎·克莉絲蒂的小說，以及她在十四歲那年生日收到的多功能工具組。

她檢查錢包。裡面有三十美元和一張駕照，照片中的年輕女子一副不願在公家機關逗留的樣子。沒有任何金融卡或信用卡。她的心思飛向廚房餐具櫃上的罐子。她當然不會把錢拿光，但也不能只帶三十美元就出發。

樓下，月光從廚房的窗戶射進來。當瑪姬走向錢罐時，她感覺就像聚光燈跟著小偷移動似的。她打開罐蓋，裡頭有一把皺巴巴的鈔票。瑪姬拿出兩張二十美元和一個五美元紙鈔。她無法逼自己拿更多錢。如果七十五美元都不夠用，那一百塊也沒用。若東西很貴，就叫那惡魔買單，管它惡不惡劣，反正他那雙鞋看起來也不便宜。

回到樓上，瑪姬看了眼放在床頭的時鐘。一點三十七分。她母親通常早上五點起床，那時她早已走遠了。

她草草寫了張便條——**該做的事就不能逃避，愛妳**。隨即把紙條塞到胖仔房門下。屋內出奇地安靜。瑪姬背起她的包包和詛咒公事包，偷偷溜下樓，走出前門，彷彿亡靈般悄悄關上門。

她的腳步輕快，在秋月照拂下離開。從她家需花半小時才能到達村裡。拉斯洛會在暮光村唯一可住宿的地方，厄爾加油站附屬的一間小旅館。找到他並不難，那地方只有兩個房間。

當瑪姬抵達通往樹籬缺口的小路時，感覺渾身戰慄不已。她深入樹林，融進一片漆黑中，手臂因為期待而刺痛。她真的這麼做了嗎？千真萬確。一旦越過樹林，瑪姬就要離開女巫之森，奔向來世：前去尋找答案，尋覓治方，尋求希望。

她已正式繼承祖先的衣缽，她會在他們失敗的地方實現目標。

假如她真的打破詛咒會發生什麼事？她父親會變回她記憶中的那個人嗎？她的生活會因此恢復正常嗎？瑪姬覺得這個想法很荒謬。正常？她從未有過正常的一天，更遑論正常的生活了。聽起來簡直是天方夜譚。

她穿過最後一座行人天橋，一縷月光從宛如舞臺布幕的樹林間的縫隙灑下，那裡是女巫之森的邊界。

她走向前去，眺望位於錐克佛王國外的世界。夜深人靜，整座山林就好似墓地般安靜，沒有貓頭鷹或昆蟲的叫聲，也沒有生物在灌木叢下方覓食。沉睡的卡茨基爾山的面貌一覽無遺。

再過去呢？老實說，瑪姬不知道。這十九年來，她從未冒險離家超過六十公里的距離。

她鼓起勇氣，繼續穿過那塊告示牌，沿著蜿蜒的鵝卵石小徑下山。當她快到第一個彎道時，聽到了一個聲音，頓時止住腳步。

一輛卡車正朝她駛來，發出低沉洪亮的引擎聲。瑪姬立刻想起魯伊特家那輛道奇車。她躲到山楂樹叢後面，保持不動。

一對車頭燈繞過彎道，那輛車緩緩駛向**禁止進入**告示牌。她鬆了一口氣，那不是卡車，而是一輛舊轎車。車身很大、顏色淺，車頂還連著某個奇怪的東西。瑪姬嘖的一聲，上面那是巡邏燈嗎？

車子從她身旁駛過，停在離告示牌約十公尺遠的地方，在原地空轉了幾秒鐘才關掉引擎。車燈照亮了樹林，讓瑪姬能看得更清楚。她呼出一口氣。那不是警車，而是一輛計程車。駕駛座的門打開來，一個菸頭飛了出來，司機也跟著下車。瑪姬立刻認出那個修長的身材。

拉斯洛。

她滿頭霧水，默默地看著惡魔伸了個懶腰，呼吸著夜間空氣，心不在焉地抓了抓胯部，隨即慵懶地走到計程車後方，打開後車廂，扔掉裡面的各種物品，包括刮冰器、一加侖雨刷液、啤酒罐、一大疊舊報紙和一些垃圾。看來惡魔不在乎亂丟垃圾。

拉斯洛停下來，翻起他發現的一本雜誌。他直接翻到中間摺頁看了起來，低聲吹了個口哨，然後把雜誌扔到駕駛座上。惡魔回到後車廂前，抖了抖一條破爛的毯子，鋪在裡面。

當拉斯洛拿出兩個工業尺寸的洗衣袋時，瑪姬從她的藏身處出來，悄悄走上前。他吹了聲口哨，把袋子舉到月光下，顯然很滿意，隨即把袋子放到肩上，朝樹籬開口走去。

瑪姬一言不發地跟著他進到樹林，走了約六公尺後，才拍拍他的肩。

拉斯洛大叫一聲，跳進一旁的杜松叢中。樹叢中傳來一陣騷動後，他的臉出現在瑪姬的手電筒光束中。

「天啊！」他壓低聲音說：「妳這人怎麼回事？我要被嚇到心臟病發了！」

「惡魔有心臟嗎？」瑪姬冷冷地說：「你在幹嘛？」

拉斯洛從樹叢裡爬出來，拍拍沾在衣服上的落葉。「當然有啊——惡魔心。但這不是重點，重點是**妳**在這幹嘛，幹嘛跟蹤我？」

「問問題的是我，」瑪姬說。她對著洗衣袋示意。「那要幹嘛？」

惡魔把洗衣袋藏到身後。「沒什麼，什麼也沒有。」

「放屁。」瑪姬說：「你要綁架我們，你想把我們裝在麻袋裡！」

「我沒有，我嚴厲譴責這種毀謗。」

「你可以把袋子收起來了。」瑪姬說：「因為是**我**要綁架**你**。」

「妳說什麼？」

「你聽到了。」瑪姬說：「我要綁架你，而你要幫我解開詛咒，就這樣。」

這是第一次，拉斯洛似乎無話可說。他吸了吸鼻子，在某個動物匆匆穿過灌木叢時，把視線從她身上移開。

「你還一直傻站著幹嘛？」瑪姬說：「你說我們要分秒必爭。」

惡魔的手反射性地摸了摸內側口袋，瑪姬知道他把沙漏放在那裡。他咂了下舌。「確實。」

「那我們還在等什麼？」

拉斯洛瞄了眼錐克佛家房子所在的方向。「那個小傢伙呢？」

瑪姬驚訝地說：「胖仔？他才十一歲。」

惡魔冷笑道：「這國家做得最爛的一件事就是頒布童工法。小孩能做得事多了。」瑪姬嗤之以鼻。「聽著，相信我。第一，他們不會問問題，而且小孩的手非常適合撬鎖和疏通重型機械。我在約克郡見過一個小孩，他們叫他蟲子，然後——」

瑪姬打斷他。「絕對不行。況且，胖仔只會拖累我們的速度。」

「好吧。」拉斯洛說：「但他也是錐克佛家的一份子，有個後備方案也不是什麼壞事……」

「為了什麼？」瑪姬說。

「為了不可預見的情況，公主殿下。死亡、肢解之類的。」

「那些都不會發生在我身上。」瑪姬說，語氣充滿鋼鐵般的自信，但不確定是想說服拉斯洛，還是她自己。「不管怎樣，我們都在浪費時間，快點。」

拉斯洛跟著她回到車旁。

「這是真的計程車嗎？」瑪姬問。

「對。」

「你從哪弄到的？」

「跟一個好友借的。」惡魔回答，拿起車鑰匙。「我開車，還是我的綁架者要載我一程？」

「看情況。」瑪姬說：「你打算帶我去哪？」

「城裡。記得我提過的那個狄米崔嗎？他是我們要去見的人。」

瑪姬側過臉問他：「他真的是人嗎？」

「上次見還挺人模人樣的。」

「我的意思是，他是**人類**嗎？」

「只是比喻啦。把妳包包給我。」

瑪姬在拉斯洛接過她的背包時，看了眼計程車後車廂內部鋪著的毯子。「所以，你本來想把我們兩個人塞進那裡？」

惡魔把她的背包和兩個洗衣袋一起扔進去後，關上後車廂。「妳可能會更喜歡後車廂，」他說：「乾淨多了。」

當瑪姬打開後車門時，眼前的景象讓她覺得他或許沒說錯。她爬進車裡，看著用布膠帶貼補的車椅和詭異的污漬皺起臉來。

「坐到前面來。」拉斯洛從駕駛座說：「我不是司機。」

瑪姬搖了搖頭，她更喜歡他們之間有防彈玻璃隔開。「我坐後面挺好的，謝謝。」

「隨妳便。」

拉斯洛轉動鑰匙。引擎頓時發出轟鳴，震得門鎖嘎吱作響。他打開車頭燈，倒車迴轉。

當車子顛簸下山時，瑪姬沒有回頭。回頭看有什麼意義呢？她已經做出選擇，唯一的路就是勇往直前。

第十章　鬆餅爵士

拉斯洛為自己的好運感到心花怒放。不僅省去綁架一個不情願的詛咒持有者的麻煩，瑪姬還留下字條，表明她是自願出走的。可惜弟弟沒能一起來；拉斯洛看得出來，他是那種討好型的人，或許可當作控制他姊姊的籌碼。不過，他不會抱怨。到目前為止，一切進行得很順利。

就連一路開往曼哈頓的路程也很平順。天氣很好，交通順暢，也沒有來自後座的叫聲。起初，那女孩不肯消停——城裡是什麼樣子？每個地方都像這輛計程車一樣髒嗎？狄米崔知道他們要去找他嗎？但拉斯洛很快轉到談話性廣播電臺。不出幾分鐘，瑪姬便靠到車門上，好似在篷車上打盹的流浪漢。拉斯洛懷念流浪漢統治車站的那段時日，他們總能逗得他哈哈大笑。

當他們抵達包厘街時，拉斯洛把車停在消防栓旁，傳簡訊給這輛計程車的車主。瑟吉動作快的話，就能趕在拖吊車前將車開走，若來不及……那也不是拉斯洛的問題。惡魔不會浪費時間去找合法的停車位。

車外，一道陽光照亮天空，勾勒出東河沿岸高樓大廈的輪廓。目前街上人煙稀少，只有慢跑的人、垃圾車和一些宛如《悲慘世界》的人物拖著腳步四處撿破爛。拉斯洛在想，不知道瑪姬的父母起床了沒？錐克佛太太會報警嗎？拉斯洛感到懷疑。她要怎麼跟警察說？她成年的女兒和一個惡魔私奔了？絕對不會被當一回事。

抱歉啦，瑪姬媽媽。妳得等事情告一段落。恐懼和內疚會將妳活活吞噬。等我們回來後，妳就會願意……

一個聲音自他身後響起。「你幹嘛笑？」

拉斯洛瞥了眼後視鏡，看見瑪姬揉著睡眼惺忪的雙眼。他聳了聳肩。

「作了個美夢。」他輕描淡寫地說：「要去吃點東西嗎？我餓死了。」

當瑪姬站在街上時，她打了個呵欠，伸了下懶腰，用後腳跟轉了個圈，將整座城市的風光盡收眼底。

「城裡比我想的還安靜。」

「過一小時後再說吧。」拉斯洛去拿她的背包，打開後車廂後又迅速關上。

瑪姬看向他。「怎麼了？」

拉斯洛看了她一眼，回到後車廂，又看她一眼。怎麼會這樣？**什麼時候**的事？他的思緒飄回在女巫之森時，有隻動物從他們身邊匆匆掠過。牠是往車的方向跑嗎？思考一番後，拉斯洛確定他的猜測。他輕笑出聲，這個狡猾的小毛頭……

「是什麼？」瑪姬說：「怎麼了？」

拉斯洛暗暗感謝宇宙，命運確實眷顧著他。「妳自己看吧。」他再次打開後車廂，退後一步，讓瑪姬看清裡面的情況。她探過頭，發現裡面放了不只一個背包，而是兩個。

外加一個男孩。

胖仔躺在裡面，像隻昏昏欲睡的鼴鼠對他們眨眨眼。一頭金髮亂如鳥巢，眼鏡歪斜地掛在臉上，帶著一臉傻笑。拉斯洛打量著那張天真無邪的圓臉。這孩子真的很像不倒翁。長著雀斑的臉上還帶有嬰兒肥的痕跡，一點也不像他的硬漢姊姊。當拉斯洛想著兩人的差異時，男孩試探性地揮了揮手。

「嘿。」他說。

瑪姬花了幾秒鐘才找回自己的聲音。「胖仔，我對天發誓——你他媽的在這裡幹嘛？」

男孩以責怪的目光看她。「妳不該那樣說話。」

「很多事我都不該做。」

「我知道。」胖仔雀躍地說：「所以我是來幫妳的！」

拉斯洛在街上左顧右盼。「先換個地方再說話，小孩待在後車廂往往會引人側目。」

胖仔從後車廂爬出來，拍了拍沾在褲子上的碎屑，目瞪口呆地看著這座城市。「哇，外面的風景好多了。」

瑪姬猛地把他的注意力拉回來。「你是怎麼知道我要走的？我很小聲。」

「沒**那麼**小聲。反正，我看妳檢查那箱子時，就知道妳要幹嘛了。」

「你怎麼會看到？媽叫你回房間去。」

她弟弟哼了一聲。「對呀，所以我等了十五分鐘，又溜回來。妳甚至沒往上看，一直在看信。」

「恭喜喔，忍者兵。」胖仔微微鞠了個躬。瑪姬轉向拉斯洛說：「我們得送他回家。」

「我不回去。」胖仔說：「你們需要我！」

「我們不需要。」瑪姬直截了當地說：「你是小孩，這件事可能很危險。爸和媽更需要你。」

「他們可以放我幾天假。反正，這個詛咒只能由**錐克佛家**的人親手打破。拉斯洛不能幫我們，誰知道妳要怎樣才能拿到珠寶和魔法聖物。妳需要幫忙，而只有一個人能幫妳。」

瑪姬只是瞪著他。

「呃，那個人就是我。」胖仔清楚明瞭地說：「Moi。就是法文的『我』。」

「我知道 moi 是什麼意思，你不能跟我們去。」

「我要去。」

「你才十一歲。」瑪姬說。

「對。」他說：「所以很討厭，因為如果我再大一點，我身體就更壯，也更能幫助別人。但來不及等我長大了。我們的時間只剩不到一週，瑪姬。這是我唯一能幫助妳和爸的機會。大概還有我自己。妳不能不給我這個機會，那不是妳能決定的。」

說的很好嘛，拉斯洛想。這小子成功地傳達出恐懼和自豪兩者混合令人憐愛的感覺，夾雜著渴望得到姊姊的認可。對方會允許他留下嗎？拉斯洛不曉得。瑪姬繼承了她母親宛如人面獅身像莊嚴的臉孔。她要嘛給她弟弟一個擁抱，要嘛狠狠教訓他一頓。

最後，她只是轉向拉斯洛說：「胖仔得回家。」

惡魔看了眼他的手表。「我看看喔，回去暮光村要八到九個鐘頭，那還是在妳爸媽沒有報警的情況下。

最好的情況是損失一天。」

「一天就一天。」瑪姬說：「我不要帶他一起去，太危險了。」

拉斯洛嘆了口氣，朝路過的慢跑者點頭打招呼。「妳也看到清單了，殿下。時間並不充裕。」

「或許他可以搭公車回去？」瑪姬說：「最近的車站在哪？」

拉斯洛笑了起來。「港務局？還以為妳想確保他安全呢。」

她閉上眼睛，輕罵道：「媽永遠不會原諒我的。」

「我會跟她說是我要來的，」胖仔說：「我會發誓跟妳無關！」

「最好有用。」

拉斯洛在這時發話了。他越早讓兩人開始移動，瑪姬就越難甩掉她弟弟。雖然胖仔很煩人，但他是籌碼，一個唾手可得的備用方案，以防他姊姊失敗。

「聽著，」他說：「如果你們要吵，就去某個暖和、可以填飽肚子的地方吵。胖仔，你在後車廂待了一整晚，我想你肯定餓壞了。我們去吃早餐怎麼樣？」

男孩對他可說是畢恭畢敬。「遵命。」

「喂，」瑪姬說：「別跟他『遵命』，胖仔，他是**惡魔**耶。」

拉斯洛推著胖仔到人行道上。「別管她，你很紳士，富有涵養。瑪姬嘛——另當別論。」

瑪姬沒有行禮。

當他們三個走在一起時，拉斯洛不確定他是否見過比這兩人更格格不入的傢伙。才走不到三公尺，胖仔就停下腳步，呆呆地望著四周建築，或堆積在柵狀水溝蓋上的垃圾袋。街上的噪音、氣味，以及三名站在乾洗店外共抽一根菸的中國伙計——全都讓胖仔興奮不已。瑪姬同樣也在四處張望，只不過她會避開拉斯洛的視線。

由於他們所在位置離華人區很近，拉斯洛實在很想來盤港式點心。但這時間唯一有營業的是家小餐館。進去後，他帶著錐克佛姊弟坐進由表皮裂開的人造沙發圍出來的卡座。拉斯洛坐在面對門口的位子。一名服務生把三份菜單扔到桌上。

「要喝什麼？」她說。

「咖啡，」拉斯洛說：「奶精多一點。」

胖仔詢問地看向他。「我可以點可樂嗎？我一直很想喝。」

「點吧。」

男孩咧開了嘴。「請給我一杯可樂。」

服務生轉向瑪姬問：「妳呢？」

「給我水就好，謝謝。」

當她離開去準備飲料時，瑪姬湊近了說：「在我們決定胖仔的去留前，我想知道一下整體計畫。比如，計畫是什麼？」

拉斯洛往後靠到椅背上。「計畫就是要打破你們的詛咒，殿下。但鑑於那玩意兒有點神祕，我們首先要去拜訪我的朋友狄米崔，聽聽他有什麼想法。」

「那我們要去哪裡找他？」

「離這裡幾條街而已，」拉斯洛說：「他在布魯姆街開了一間當鋪。」

胖仔看著他們兩個。「什麼是當鋪？」

「一個不入流的地方，一些形跡可疑的人會去那裡賣垃圾。」瑪姬回答。

拉斯洛翻了個白眼。「真夠刻薄。反正，我們就是要去那裡。狄米崔在這業界行走已久。如果他幫不了我們，也會認識幫得上忙的人。」

服務生送來飲料後，他們跟著點了單。胖仔和瑪姬各點了份鬆餅，拉斯洛則點了一盤雞蛋、培根、吐司和薯條。惡魔接過奶精，開始剝開奶精球，一個接一個加進咖啡裡。

胖仔喝了一小口可樂，隨即像紅酒鑑賞家般猛地灌下一大口。「棒呆了。」他表示。

瑪姬把話題拉回來。「萬一狄米崔幫不了我們呢？到時候怎麼辦？」

「一件一件來。」拉斯洛說：「我們先把話說清楚。」

「什麼話？」

「主導一切的人不是妳，公主殿下，是我。妳對詛咒或魔法一無所知，也不知道去哪才能找到我們需要的東西。我不是在跟妳商量，一切我說了算，妳可不可以當個乖人類服從命令，不要每五分鐘就吵我一次？」

瑪姬一臉冷淡又隱忍的表情，胖仔仍專注喝他的可樂。

當服務生走過來把早餐端到他面前時，拉斯洛靠到椅背上。「妳的回答呢？」

「你所謂的命令是指什麼？」瑪姬問。

惡魔搖晃著辣醬。「看情況。妳能做什麼？有什麼擅長的嗎？」

瑪姬聳聳肩。「跑步、打架，我覺得我觀察力滿強的。」

「噢，是嗎？我們進來時，餐廳有幾個客人？」

「八個。」瑪姬立刻回答：「櫃檯前三個人，卡座四個人，領檯旁的座位還有一個戴口罩的男人。」

拉斯洛咕噥道：「狗屎運。你呢，胖仔？有什麼隱藏能力嗎？」

男孩剛好在切鬆餅，像切割寶石般精確。他抬起頭來。「有呀，」他說：「我是英雄。」

拉斯洛險些把咖啡噴出來。「**英雄**？名叫胖仔？願聞其詳。」

「我還不是英雄啦，」男孩謙虛地說：「但我有自信能成為英雄。」

他週二就要死了，拉斯洛心想。「呃，那很棒啊。你覺得自己終究會成為英雄的具體契機是什麼？有什麼技能或特質是我需要知道的嗎？」

「嗯，我知道很多呀。」胖仔思考道：「百科全書我已經記到O開頭，我現在在學三角學，我看了十一遍《魔戒》，包括《精靈寶鑽》。」

「很好。」拉斯洛說：「如果我們遇到需要說精靈語的情況，你就可以翻譯。」

男孩一鞠躬，隨即開始滔滔不絕地說一些輕飄飄且詩情畫意的字詞。

拉斯洛皺起眉頭。「你在說什麼？」

「精靈語，」胖仔驕傲地答道：「辛達林方言，意思是**我是來救你的**。」

拉斯洛決定把他的死期挪到週一。

「所以我們要做什麼？」瑪姬說：「我還是覺得胖仔不該跟來。會有多危險呀？」

惡魔擺弄著大拇指。「我也無法確定，但我想會需要跑，也許還需要一點戰鬥，但大多是用**偷**的。」

胖仔的臉垮了下來。「偷？」

「沒錯。」拉斯洛說：「除非你有祕密寶庫，不然就會牽涉到一些偷竊行為。魔法、珠寶和聖髑？沒人會直接把那些東西交出來。」

胖仔繼續吃他的鬆餅。「偷竊聽起來不太像英雄做的事。」

「少自欺欺人，」拉斯洛說：「所有英雄都會偷。阿爾戈英雄不是『借用』金羊毛，殺死巨人的傑克不過是豌豆莖小偷。柏修斯還偷了梅杜莎的頭。」

「噢。」胖仔說。

「還有伊底帕斯，他偷了他媽——」

瑪姬瞪了拉斯洛一眼。

「重點是，」拉斯洛總結道：「你說一個英雄的名字，我就能告訴你他偷過的東西。」

「而且**我們**要親自動手。」瑪姬說：「我是說，難道你就不能幫我們把東西偷來嗎？」

「我看起來像小偷嗎？」拉斯洛說。

「像。」

惡魔狼吞虎嚥地吃著一條培根。做為無須擔心膽固醇的惡魔，他堅持只要有機會就吃。「聽著，即使我有這方面的技能，也不能直接把東西交給你們，詛咒持有者必須親自動手。」

服務生為胖仔送來另一杯可樂。

「所以，」拉斯洛說：「既然我們已經解決了問題，你們能認真發誓會乖乖服從命令嗎？」

胖仔立刻回答：「當然。」

瑪姬瞪了他一眼。「我還沒決定要讓你來。」

「我要去呀。」他說，喝了口可樂。「我都在這兒了！」

瑪姬嘆了口氣，目光掃向拉斯洛。「你也必須發誓。」

惡魔洗耳恭聽。「說吧。」

她盯著桌面，彷彿桌板掌握著她的機運。「你必須發誓你會幫我們，」她說：「你不會像在魔法石那一樣逃跑。我們要確定你會跟我們同甘共苦。」

「像**護衛**一樣！」胖仔叫道。

「護衛？」拉斯洛說：「這是第一點，可以。還有嗎？」

「還有，」瑪姬說：「如果我發生什麼事，你必須帶我弟弟回家。」

這個沉重的要求似乎打得胖仔措手不及。他放下可樂，用探究的目光看向他的姊姊。「但什麼事也不會發生，」他認真地說：「我們會沒事。」

瑪姬的注意力仍放在拉斯洛身上。他差點就要出言嘲諷，但她眼裡蘊藏的某種情緒令他打住。最終，他只是點了點頭。「我想我能做到。」

「不，這樣不夠，你必須發誓。」

「好，我發誓。」

「也許你該對著聖經發誓？」胖仔提議道。拉斯洛盯著他，男孩頓時臉一紅。「抱歉，我猜你不喜歡那本書。好吧，至少用這個發誓。」

胖仔把一張護貝菜單滑過桌面。拉斯洛接過菜單並舉起右手。「我以葛斯東區餐館之名，隆重發誓會協助瑪姬和喬治．錐克佛完成其任務，充當他們的護衛。而且我會負責將喬治．錐克佛，也就是胖仔，在其姊姊發生不幸後，安然無恙地送到家。」拉斯洛放下菜單。「這樣可以了嗎？」

「好極了。」胖仔說：「現在只剩取名字了。」

「我們有名字了。」瑪姬直白地說。
「我是說出任務時的名字，就像騎士那樣！」
拉斯洛非常想來根菸。「好，我命你為鬆餅爵士，瑪姬嘛——」
「我就不用了。」
鬆餅爵士對自己的頭銜不太滿意，但正當他準備抗議時，拉斯洛的電話響了。他看了眼號碼，舉手示意大家安靜才接起來。「你收到我的訊息了。」他說。
電話那頭是個帶有東歐口音的柔和男人嗓音。「一大早耶，拉斯洛。」
「我知道，但我有麻煩，需要你的專業知識。」
對方頓了下。「專業知識可是很貴的。」
「我明白。」
對方吸了吸鼻子。「什麼時候？」
「現在。」
「真那麼急嗎？」
拉斯洛摸了摸放在他外套內的沙漏。「對。」
「好吧。」
拉斯洛轉過臉去，壓低聲音不讓錐克佛姊弟聽見。「還有一件事，我會帶幾個人類過去。」
「我不買人類。」
「他們不是商品，他們是和我一起的，一個女孩和她弟弟。」
「你收養了他們？」
「沒有，你到底以為我是誰？」
電話那頭傳來笑聲。「你是拉斯洛。」
拉斯洛用手圈住電話。「我沒綁架任何人，」他生氣地低聲說：「若有誰是受害者，那就是我！」

「為何？」

「我和兩個人類糾纏不清，其中一人還說精靈語。」

「挺有趣嘛。正宗精靈語還是托爾金自創的？」

拉斯洛哀號一聲。「不要連你也一樣。」

拉斯洛收起手機，向服務生招手。當她拿著帳單過來時，他把一張五十美元新鈔放在桌上。對方看了紙鈔一眼，把視線移回拉斯洛身上。「還要別的嗎？」

「這裡的派好吃嗎？」

服務生轉身察看收銀機附近的玻璃罐。「還可以。」

拉斯洛搖搖頭，把帳單和錢一起遞給她。她帶著找的十五美元回來，拉斯洛又給她十元當小費。服務生向他道了謝，開始收拾桌面。他們拿了東西後走出店外。

走過半個街區後，瑪姬瞄了拉斯洛一眼。「你搶他們的錢。」

他嗤之以鼻。「妳在說什麼？」

「那個服務生找你付五十美元的零錢，但當她轉身看派時，你換成二十美元的鈔票。」

拉斯洛挑起一邊眉毛。「哎呀，」他說：「還真是觀察力驚人呢。」

「三份餐點只付五美元，」瑪姬說：「你真該感到丟臉。」

「是十五美元。」拉斯洛糾正道：「妳忘了我慷慨的小費。」

「但還是偷。」

「噢，拜託，」拉斯洛說：「她很開心，我們也開心，沒人受傷呀。」

「只到他們結算前。」瑪姬說，停下來嚴肅地看著他。「不要再偷東西了，除非是為了解除詛咒。」

拉斯洛嘆了口氣，選擇遷就她。「如妳所願，殿下。現在準備一下，待會妳就要見到第二個惡魔了。」

第十一章 狄米崔

他們要去的地方僅距離三個街區遠，但瑪姬早已精疲力盡。不是因為走路或帶上胖仔的額外壓力，而是她一路上不斷遭受感官轟炸。曼哈頓已然甦醒，早上的通勤正如火如荼地展開。各種身材、體型、膚色的人圍繞著他們，無論是步行、騎自行車、開車的人都蝸牛般緩慢前進。在她牽著胖仔的手，穿梭在迎面而來的人潮時……喇叭、電鑽、警報聲，全都不絕於耳。姊弟倆宛如彈珠般被人海推擠著，沒人皺眉，也沒人發火，只是一個勁兒地往前走。這讓瑪姬很不舒服，彷彿他們倆是一對過街老鼠在人的腳底下亂竄，是很令人作嘔沒錯，但還不至於太放在心上。

她母親發現他們不見了會怎麼樣？瑪姬走了是一回事，胖仔呢？她決定把這個問題拋諸腦後，她現在沒辦法想家，要跟上拉斯洛的步伐就夠難了。

當前，她只能把注意力放在他的那頂帽子上。當他以優雅得令人煩躁的樣子漫步在人流中時，那頂帽子就在前方上下晃動。他拐彎走進布魯姆街，對一名穿著瑜珈褲、正在溜狗的女子脫帽致意。女人微微一笑，真的停下腳步轉而跟著拉斯洛進入那條街。

瑪姬走過她身旁，說：「他是惡魔。」

女人困惑的表情讓她感到一絲滿足。瑪姬發現，這些紐約人並非全能，他們或許看起來更時髦或世俗，但他們跟暮光村那些蠢蛋一樣可笑。那條瑜珈褲就是典型的例子，穿了還不如不穿。

前方，他們發現拉斯洛在消防局和越南咖啡館中間一棟骯髒的建築物前等著。跟布魯姆街其他建築不同，這棟房子的外觀毫不起眼，顯然是來自更早且更堅韌的時代遺跡。當拉斯洛抬起防盜格柵門時，胖仔突然止住腳步。

「我們要進去那？」胖仔說。

「對，」拉斯洛說：「有什麼問題嗎？」

胖仔看著斑駁的油漆牆面和緊閉的窗戶。「看起來很嚇人。」

拉斯洛猛地打開門。「我沒說我們要去麗茲飯店，快進來，鬆餅爵士，任務還在進行中呢。」

他們進入一個大約六公尺深、滿是灰塵的昏暗空間，四處都是書架和玻璃櫃，陳列著舊硬幣、喇叭、一戰時的防毒面具和各種老式娃娃。最後面的展示櫃放著手表和工具組。櫃檯後方的厚重黑色布簾擋住了店面後方的視線。

空氣中瀰漫著一股霉味，像是陳腐的氣味和某種化學物質的混合。瑪姬和胖仔探頭一看，一列靠近天花板的模型火車突然發出嘟嘟聲，行駛於環繞整個房間的高架軌道時，兩人都嚇了一跳。

隨著火車消失在隧道中，布簾後方傳來一個聲音。那個聲音粗啞，帶著濃厚的口音。「拉斯洛？」

「正是。我們能進去嗎？」

「可以、可以。」聲音說：「我把咒語解開了。」

拉斯洛看了瑪姬和胖仔一眼，像是在說：**看吧，沒什麼好擔心的**。然後把櫃檯像一座迷你吊橋般抬起來。錐克佛姊弟揹著背包從下面鑽進去。

當瑪姬跟著惡魔進入如絲綢般柔軟的布簾後方時，感覺耳邊傳來碰的一聲。不會痛，卻讓她嚇了一跳。她身後的胖仔叫了一聲。顯然，他也聽到了。

布簾後方的空間比瑪姬想的還大。房間裝潢華麗，富有異國情調的植物和色彩繽紛的地毯，富麗堂皇的燈具在深色鑲板上灑下金色的光芒。高大的書櫃沿著兩旁牆面延伸，中間走道的桌子上陳列著各種奇特的物品。盡頭一張更大的辦公桌前坐著一個年紀較長的傢伙，沐浴在銀行燈的燈光下。他用一個溫和的手勢示意他們上前，瑪姬稍微放鬆下來。不管這個狄米崔是何方神聖，看起來都不像怪物。

當他們排成一列穿過琳瑯滿目的桌子時，瑪姬忍不住瞄了一眼那本紙頁泛黃、用皮革裝訂的鴻篇巨帙；裝滿卷軸的陶罐、硬皮燒杯和用過的煉金儀器。某種詭異的六肢生物鉸接骨骼。胖仔捏了捏瑪姬的手，示意她看向一個魚缸，發光的鰻魚在裡頭追逐形成奇妙的圖案。

兩人一惡魔走近後，房子的主人站起來迎接他們。狄米崔沒有比瑪姬高多少，手臂瘦長，身前的大肚腩使襯衫鈕扣繃緊。男人把襯衫塞進高腰長褲裡，繫上一條結實的皮帶。他的頭上沒有頭髮，卻長著斑點，兩側的鬍鬚豎了起來。在瑪姬看來，狄米崔就像退休的老船長和會計師的綜合體。他看上去不太可能是惡魔。但話說回來，她一開始也以為拉斯洛是記者。

狄米崔的眼睛閃閃發光地看著錐克佛姊弟。「兩位叫什麼名字呀？」

「我是瑪姬．錐克佛，先生，這是我弟弟喬治。」

房子的主人點點頭。「我是狄米崔，很高興認識你們。」

瑪姬臉紅了起來。從來沒人這麼禮貌地跟她說話。她不知道該作何反應，只能尷尬地行了屈膝禮，然後驚恐地看著胖仔做出匪夷所思的鞠躬姿勢。

狄米崔咧開了嘴。「真有禮貌，他們跟你在一起幹麻，拉斯洛？」

「別被她騙了，」拉斯洛說：「瑪姬那張嘴可厲害了，但我們在努力互相幫助擺脫困境。」

「什麼困境？」

「他們的家族詛咒。」

狄米崔眨了眨眼睛，顯然感到困惑。「人類的詛咒跟你又有什麼關係？」

拉斯洛舉起黑檀木公事包。「我是他們的詛咒守護者。」

老惡魔笑著晃了晃手指。「別開玩笑了。」

「我沒開玩笑，」拉斯洛說：「他們被詛咒了，我是他們的守護者。我們只有到週四這段時間可以破除咒語，不然他們就會變成怪物。更重要的是，我會被熔解。」

狄米崔的笑容淡去。他重新坐回椅子上，再一次審視他的來客。瑪姬感覺自己被一臺古老的X光機進行徹頭徹尾的檢查。她注意到他的目光不只一次流連在她纏著繃帶的手臂上。最後，狄米崔按下桌子下方的按鈕，擴音器傳來一個睡意濃厚的聲音，粗聲粗氣地喃喃低語。房子主人和藹地回應，加上聽起來像是訓斥的話。聲音咕噥地回嘴，隨即掛斷電話。狄米崔示意他們在桌子對面的椅子上坐下。

「我想，」他說：「我該從頭了解到底怎麼回事。」

瑪姬和胖仔坐在一旁，聽拉斯洛給狄米崔講述情況。這位當鋪老闆沒有打斷。拉斯洛說了十分鐘後，一部分牆面的鑲板往內旋動，出現一個長了狗臉外加青蛙腿的生物。牠有三隻眼睛，戴著一頂報童帽，推著一輛裝滿銀製茶器和一盤薑味餅乾的餐車走了出來。生物呆呆地盯著眼前的人類，在狄米崔的催促下，才匆匆向他們敬禮。送完茶後，牠又蹦蹦跳跳地原路返回。

當鋪老闆倒茶時，牆面再次打開，三隻眼睛在黑暗中閃閃發光。狄米崔轉身把茶匙扔向那面牆。牆面又關了起來。

「抱歉呀，」狄米崔邊幫瑪姬倒茶邊說：「我想讓尼希基離開，但我怕牠會橫死街頭。」

「如果你需要幫忙，可以雇用我啊，」拉斯洛說：「若你還記得，我曾表示願意助你一臂之力。」

狄米崔看上去被逗笑了。「我記得，但現在我知道你有工作了。你也真是的，拉斯洛，竟瞞著我這樣的祕密。」

「你也沒問啊。」

「我現在問了，你想要什麼？不要妄想騙我老狄。」

「他滿口謊言，」瑪姬插嘴道：「剛才還騙一個服務生。」

「我給她豐厚的小費耶。」拉斯洛生氣地說。

狄米崔對錐克佛姊弟微笑。「告訴你們一個關於你們這位詛咒守護者的祕密吧。」

瑪姬和胖仔向前傾身。

「你們的守護者是個貴族，」狄米崔說：「他出身名門，卻毫無天賦。同時還是個無賴、敗家子、貪圖基礎快樂的人——」

「喂！」拉斯洛出聲道。

狄米崔豎起一根手指。「但他有一顆善良的心。當然，拉斯洛不願承認這一點。他喜歡假裝自己和他家人一樣冷酷無情。但我們這些同伴看得比他明白。」

拉斯洛翻了個白眼。「如果我真的那麼好，你為什麼不給我一份工作？」

「因為你會偷東西。」

「我當時破產了，走投無路。」

「那我就該雇用一個走投無路的小偷？」

「拜託，我才不會偷**你**的東西。」

狄米崔嘆了口氣。「你是不是忘了莫內那件事？」

「誰都會犯錯啊。」

「沒錯。」狄米崔說：「而你犯了錯，所以讓我再問你一遍，你想要什麼？」

拉斯洛煩躁地擺弄他的茶杯，偷偷瞥向錐克佛姊弟。「也許我們該私下談。」

「不行，」瑪姬脫口而出。「這是**我們的**詛咒，不管拉斯洛怎麼說，我都要在場。」

拉斯洛瞪著她。「好啊，」他語氣不善地說：「我說了。我有大事要宣布，那就是我不知道從何開始。高興了嗎？我是一個不知道怎麼打破自己負責詛咒的詛咒守護者。」

「真希望你在我綁架你以前就如實告知。」

惡魔擺擺手。「噢，得了吧，是**我**綁架**妳**。」

「或許，」狄米崔溫和地說：「我最好親眼瞧瞧。」

拉斯洛不悅地瞪著瑪姬，然後把詛咒文件塞到狄米崔懷裡。當鋪老闆熟練地小心檢查起烏檀木公事包，將包包轉來轉去，接著用鑑識珠寶的放大鏡研究上面的雕刻。最後，他放下放大鏡，喝了口茶。

「看起來是真的。」

「那還用說。」拉斯洛生氣地抱怨。

狄米崔將手放在他的大肚腩上：「那你就會知道生效中的詛咒公事包只有守護者本人能開啟。」

瑪姬瞪著拉斯洛。

「他在我們家的確開過。」胖仔主動交代。

「好極了，」狄米崔說：「也許他能幫個忙再開一次。」

「噢，花樣真多。」拉斯洛嘟囔了句，把茶放到狄米崔的辦公桌上，解開公事包的鎖扣。「噹噹！官方守護者大駕光臨。」

狄米崔從一個瓶子擠出某種溶液清洗雙手。「看來真是如此。我承認這還是有點令人難以置信。」

「那是為什麼呢，請容為我解答？」

當鋪老闆用手帕擦了擦手。「因為詛咒守護者是份嚴謹的工作，不適合紈褲子弟和半吊子。」

「我才不頑固，狄米崔。」

瑪姬搖搖頭，拉斯洛真的是個白癡。

狄米崔透過他的鏡片觀察其中一個卷軸，發出一聲咕噥，這代表他可能發現了什麼。「這很耗時間，」他喃喃道：「帶人類去看嘟嘟車，人類喜歡嘟嘟車。」

幸好拉斯洛對帶他們去看「嘟嘟車」沒興趣的程度不亞於瑪姬，這讓她鬆了一口氣。他們反而去參觀店內其他更有趣的商品。胖仔逕直走向武器區，瑪姬則認真瀏覽各式各樣的書籍和物件。大部分的書都是她不熟悉的語言，但也有一些英語標題的書，像是《進階變狼術》、《加勒比海的氣候咒語》和《數位時代的隱匿術》。最後一本書引起了瑪姬的興趣，直到她翻開書，看到一個需要用到章魚腦漿的配方。還是算了吧。

她接著移向一個擺滿釜鍋的桌子。其中一個燃著藍色的火焰，瑪姬卻沒看到在燒的東西。她打開鍋蓋，往裡頭看，發現那是一鍋冒著泡的紅鏽色液體，還有十幾個拳頭大小的東西在液體中載浮載沉、燉煮和……**跳動**？

其中一個物體輕輕地撞上另一個，翻了過來，露出切斷的動脈。與此同時，湯裡的心臟仍在自行跳動，並滲出液體。瑪姬感覺膽汁湧到了嘴裡。她試著把蓋子蓋回去，卻嘩啦一聲掉到地上。她匆忙彎下身去撿，卻被另一隻手捷足先登。

瑪姬跟一個滿臉疙瘩、個頭不高的少年對到眼，他戴著一頂鴨舌帽，身上繫著圍裙，詭異地咧開嘴。他是從哪冒出來的？她一臉震驚且反感地看著男孩看向鍋裡，攪拌了下這鍋心臟湯，用手沾湯嘗了一口。他滿意地點點頭，示意瑪姬嘗看看。瑪姬頓時往後退。

男孩聳了聳肩，重新蓋上鍋蓋，穿過天鵝絨布簾去到店前。過了一會兒便傳來防盜柵格門升起來嘎吱作響的聲音。

想必是當鋪開門營業了。

男孩回來後發現瑪姬仍一臉驚愕。他上下打量著她，腳掌前傾，鼻孔不住抖動。

瑪姬皺著臉。「你幹——你在**聞**我的味道嗎？」

男孩再次歪著嘴笑，這次帶著一種睥睨的姿態。瑪姬正想叫這傢伙滾開時，他突然挖了挖鼻孔，把挖出來的東西吃下肚。

她發出厭惡的聲音。

狄米崔從桌前抬起頭。「尼希基！要我說多少遍不要那樣！」

男孩悄悄地走去替棕櫚樹澆水。瑪姬現在才認出這個弓形腿、走路搖搖晃晃、油膩膩的紅髮上戴了一頂小帽子的傢伙，就是替他們送茶的三眼生物！她走去告訴拉斯洛。

「那孩子就是剛才的狗臉，那裡還有一個大釜，裝著仍在跳動的心臟。」

「這裡可不是沃爾瑪百貨。」拉斯洛說，繼續看著廚房置物架上一排排塞著軟木塞的試管。他拿起其中一個試管，舉到一旁的壁燈附近。

「你在幹嘛？」

惡魔輕輕搖晃試管，凝視裡頭的東西。「想找一個好的。」

瑪姬踮起腳去看。「這是什麼？」

「一些古老咒語，有時候會發現力量強勁的咒語。」

瑪姬想起方才看到的書。如果不出意外，魔法給她的印象就是極具學術性質和系統。「你難道不應該看看那是什麼咒語嗎？」

拉斯洛翻了個白眼。「還真是好主意呢，殿下。可惜，這麼做必須解開封印，一旦解開封印，魔法就會消失。說不定妳會被變成蠑螈。」

「那為什麼不貼上標籤？」瑪姬問：「做事也太草率了。」

「狄米崔也不知道這些是什麼咒語。」拉斯洛邊說，邊把試管放回架上。「咒語獵人捕捉到散落在外的零星魔法便會將其裝瓶。大多數都沒什麼用，但誰知道呢。」

瑪姬看向一排排試管。「這些咒語很危險嗎？」

「我也希望如此。」

「那我買一個來試試，」她說，掏出錢包。「帶點魔法在身上或許會有用。這些咒語多少錢？」

「幾千塊一管。」

瑪姬收起錢包。

她晃向把臉貼在發光鰻魚缸玻璃上的胖仔，後者滿懷興奮地開口。

「不覺得很棒嗎？」

瑪姬點了點頭。「我喜歡牠們的顏色。」但她的注意力很快便飄向一個桌子，上面放著看似鳥籠的東西，鳥籠上還蓋著佩斯利花紋的圍巾。她掀起離她最近的一角，期待看到什麼奇異的事物。

相反的，她發現自己跟一個身高不超過三十公分、瘦骨嶙峋的人形生物四目相接。它臉上布滿皺紋，穿著油膩的衣服，看起來就像一個身材瘦小乾癟的管家；它一身綠色皮膚，抓著鳥籠的小手是帶刺的黑爪。籠內的地上散落著袖珍紙牌。

「買下我。」它用一種突兀的男中音說。

瑪姬嚇得往後縮。「什麼？」她喘著氣說：「不要——我才不會買你！」

生物面露怒色。「為什麼？我會做飯、打掃、割喉，還會滅證，我甚至會做窗戶。」

「聽起來很棒，但我目前沒這打算。」

小人咕噥一聲，坐下來繼續玩牌。瑪姬放下蓋住鳥籠的圍巾，轉向胖仔。「你聽到了嗎？」

她弟弟仍被鰻魚吸引。「什麼？沒有……噢，但願我也能在這樣的店裡工作。」他期盼地說：「不付我薪水也可以。」

「這樣你就要跟尼希基當同事，他可是會挖鼻孔。」

「沒關係呀，我不介意挖鼻孔。」

瑪姬皺著臉轉過身去，另一個奇特的景象映入眼簾。

有個客人走進店裡——一個身穿毛領大衣的貴婦，手裡提著一個精致的手提包，裡頭探出一隻貴賓犬的頭。尼希基正向她展示各式各樣的古董鐘表和獎章。鑑於瑪姬早已看過店內所有商品，那些在她看來不算稀奇古怪。然而，吸引她注意的是掛在附近柱子上的一面鏡子。

鏡子表面因歲月流逝變得混濁，上面卻照出尼希基真正的狗頭型態。不只尼希基，那位客人的身體在鏡中雖然沒有產生變化，她的頭卻呈現出一臉跋扈的鯰魚。鬍鬚在她撫摸自己的寵物時抽動，她的寵物也不是貴賓狗，而是一隻下顎明顯前突的爬蟲類。

又是惡魔？這座城市裡到底住了多少惡魔？瑪姬幾乎要笑出聲來。就在一天前，惡魔對她來說還是某種不可能存在的生物。現在她已經親眼見過好幾個了，沒有一個是她想像中充滿暴戾的怪物。這讓她莫名的鬆了口氣，甚至感到有些不真實。不知道惡魔是不是都住在有電梯和警衛的大樓裡，也不知道警衛清不清楚那位住在頂樓的女士的真面目是隻鯰魚。

大概不知道吧，瑪姬心想。不過話說回來，或許那個警衛也是惡魔；或許整棟公寓的住戶都是惡魔。她的思緒飄向那面鏡子，難道鏡子可以照出惡魔的真面目？應該不是每面鏡子都可以；瑪姬很確定她曾從計程車的後視鏡和餐館櫃檯後方的鏡中看過拉斯洛的樣子。兩次他看起來都是人類的模樣。

這鏡子有什麼特別的嗎？狄米崔有不同的樣貌嗎？如果有，這面鏡子會照出他的真面目嗎？如果她換個位置站，或許就能找到答案。

但在她去找狄米崔時，才發現這位當鋪老闆早已離開位置。他不再坐在辦公桌前，而在一樓某間舒適的小辦公室裡。門開著，她可以看到他坐在裡頭，檢查詛咒文件，電腦螢幕的光照亮他的臉。這個惡魔眉頭深鎖，和善的臉上露出煩惱的表情。

像是察覺到她的視線，狄米崔抬起頭。兩人眼神交會，他示意瑪姬去找拉斯洛和胖仔來。她聽從指示，兩人一惡魔同時擠進那個放滿箱子和舊文件櫃的辦公室裡。狄米崔對面只有一張椅子，拉斯洛理所當然地快速坐下。

「怎麼樣？」他愉悅地問：「書呆子力量要來拯救世界了嗎？」

狄米崔看向瑪姬說：「親愛的，麻煩把門關上。」

她把門關上時，感覺胃整個糾結在一起。無論狄米崔發現了什麼，肯定讓他震驚不已。

她回過身看到他拉著自己一邊鬍鬚，彷彿在思考從何說起。「我從未看過這種東西，」他平靜地說：「太不尋常了。」

「什麼？」瑪姬說：「什麼沒看過？」

狄米崔嚴肅地注視著她，敲了敲面前的黑檀木公事包。「你們的詛咒被竄改過。」

第十二章 回聲

拉斯洛強忍著尖叫的衝動，他現在最不需要的就是自亂陣腳。

「什麼意思？」他說：「詛咒怎麼可能被人竄改？」

狄米崔兩手一攤。「這個詛咒的文件有所殘缺。我以前賣過這種東西，拉斯洛，正宗的詛咒公事包開價很高，但前提是不能缺頁。這份文件並非如此。」

拉斯洛翻看那堆文件。「缺了什麼？」

「最後的儀式。」

「那是什麼？」瑪姬問。

「每個詛咒都由四個部分組成。」狄米崔解釋道：「incantatio、materia、ritus和cruciati，用英文來說，就是用以祈禱的咒語、破解詛咒所需的材料、執行的儀式和詛咒持有者的懲罰。這裡面包含三份必要文件，唯獨缺少儀式。你知道原因嗎？」

拉斯洛整個人癱在折疊椅上，咬著嘴唇，清楚地察覺瑪姬正瞪著他看。他到底做錯了什麼，才落得今天這種地步？「不知道。」他說：「昨晚是我第一次打開這該死的文件。」

「那你怎麼知道這個詛咒的具體資訊？」狄米崔問。

拉斯洛翻閱他的記憶。「協會邀我入職時安排了一次培訓。就是跟很多人握手、喝雞尾酒、聽一些寒暄的廢話。老闆簡單地向我介紹詛咒的流程，帶我去看我的辦公室——位於角落，外加一位助理，真是多謝了。從那以後，他們似乎就不管我了。」

「那是多久以前？」

拉斯洛鼓起臉頰。「為什麼大家都那麼喜歡問日期？我不知道。那時候哈定剛當選總統，那傢伙的眉毛很讚。」

狄米崔嘟囔了句。他總是哼哼唧唧的，用輕微不滿的目光打量別人，彷彿對方領帶沾到湯似的，簡直讓拉斯洛抓狂。

「所以你從未見過上一任守護者？」

「沒有。其他老鳥說這個羅勒還是琉璃苣——管他叫什麼，突然就不來公司了。他要嘛死了，要嘛曠工。」

狄米崔又抱怨了句，還邊揉著額角。真會裝模作樣。

「拉斯洛，」他有氣無力地說：「我們知道儀式部分缺失，我們也知道，只有官方守護者能打開仍在生效中的詛咒公事包。如果你所說屬實，我知道你沒說謊，因為你騙不了我，那麼一定是你的前任打開了公事包拿走儀式的部分。你剛才說那個惡魔神祕地消失了，協會選擇誰來代替他工作？一個臭名昭著的花花公子，絕對會窩在辦公室裡呼呼大睡，把工作丟給助理，然後將薪水浪費在無數的惡習中。你不覺得很奇怪嗎？」

「聽你這麼一說，確實有些奇怪。」

狄米崔再次猛地按起額角。

「聽著，我不是笨蛋，」拉斯洛坦承道：「我知道我不**配**這份工作，但我以為是我爸在幕後操縱。靠關係有什麼問題？」

「問題可多了。」狄米崔咕噥了句。「但我問你，你父親以前私底下有做過這種事嗎？從你告訴我的情況看來，這似乎不符合他的作風。」

拉斯洛不自在地動了一下。事實上，他父親除了在他債臺高築到可能玷污家族名譽的地步時會為他付清債務外，從未為他做過任何事。上次拉斯洛因為需要一些資金偷溜回家，父親給了他錢，並警告他不要再回家要更多錢。拉斯洛拿走了現金，連帶一箱本該在紀念路西法的盛宴上使用的金湯匙。他很快把金湯匙變賣掉，為自己買了一輛邁巴赫。那輛車卻在六個月後被收回。

他父親從未提起那次竊盜的事，但拉斯洛忍不住想那是否就是安德羅沃那封回信的根本原因。信上的訊息到現在仍令他不寒而慄：**請閣下自行處置……倘若他失敗了，任憑處之……**

「你說得對，」拉斯洛承認道：「他不是這樣的人。」

「唉，」狄米崔說：「儀式文件遺失，我不可能猜出所需的儀式為何。就算我猜得出來，這個詛咒需要的材料也沒那麼容易取得。好幾世紀以前，聖髑和王室珠寶還很多，當時有很多國王和王國！甚至還有三位教宗。現在呢？」他做了個無奈同情的手勢。「能告訴我關於魔法石的事嗎？當然，這兩個孩子肯定知道一些事。」

他期盼地看向錐克佛姊弟。

「魔法石位於我家附近的樹林中，」瑪姬說：「除非必要，否則我們不會去那裡。我們家族祖先就埋在魔法石四周，那裡是個很陰森的地方。」

拉斯洛轉過身。「**陰森？**那些亡靈在**尖叫**，狄米崔，我差點嚇得拉屎了。你知道我超討厭鬼的。」

「我知道。」

拉斯洛繼續不著邊際的東拉西扯，彷彿現在是每週二下午三點鐘的諮商時間，他就躺在努斯鮑姆醫生的沙發上。「實在太慘了，狄米崔，我在那裡，四周都是鄉間鬼魂，魔法石上還鑿出一個巨碗，就跟祭壇一樣。太毛骨悚然了——你真該親眼瞧瞧。」說完，他猛地坐起身來。「等等，你**可以**看呀！」

拉斯洛拿著手機，滑掉幾封簡訊，點進照片應用程式，找到他在找的東西後，把手機塞給狄米崔。當鋪老闆瞇起眼睛一臉沒把握地看著手機裡的影像，然後把照片傳送到電腦裡。幾秒鐘後，照片便出現在螢幕上，畫面雖然變大了，但仍相當暗，呈現顆粒感。

「那時光線不佳。」拉斯洛說。

「這問題可以解決。」狄米崔說。他用一個圖片處理程式跑圖。跑完的圖明顯更清晰，有些部分出現原始照片中看不見的顏色。狄米崔點著螢幕。

「這位女士是誰？」

「我們的媽媽。」胖仔說。
「長得很典雅，」狄米崔說：「臉蛋很美。」
「別管她了，」拉斯洛不耐煩地說：「魔法石怎麼樣？知道上面銘文寫什麼嗎？那裡太黑，我看不清楚。」
狄米崔眼底閃過一絲玩味的光芒。他揚了揚眉毛。「你現在知道寫什麼嗎？」
「你幹嘛，要我猜謎嗎？」拉斯洛不滿道：「所以才要問**你**呀！」
狄米崔輕輕笑了笑，放大藤蔓被清掉的部分。即使放大畫面，他也必須靠很近，他球狀的鼻子幾乎碰到螢幕。拉斯洛看著當鋪老闆解讀那些神祕文字時，嘴唇無聲地動著。
不久，狄米崔從螢幕前飛回地面，使他的椅子撞到文件櫃，把一旁的蕨類植物撞翻。盆栽摔倒在地，花盆碎成數十塊。
當鋪老闆的臉上映著詭異的光澤，目光仍盯著螢幕上的影像。
「天啊，怎麼了？」拉斯洛說。
狄米崔轉向瑪姬。「這座巨石從哪來的？」他追問道。
「我、我不知道。」她結巴道：「它一直在那裡。」
這位惡魔回頭看了眼螢幕。「不，」他說：「我覺得並非如此。」
拉斯洛的心跳加快。認識這麼久以來，他從未見狄米崔如此心煩意亂過。「怎麼了？那東西是什麼？」
狄米崔看了眼錐克佛姊弟。「我們不該在他們面前討論這件事。」
拉斯洛用拇指指向門口。「出去吧，人類。」
「我不走，」瑪姬說：「不管有什麼問題，我都想知道。」
胖仔也表達同樣的想法，但他的雙手在顫抖。
狄米崔坦然地看著錐克佛姊弟。「我的懷疑可能會嚇到你們。」
瑪姬擠到拉斯洛前面，伸出手臂，扯下繃帶，拉斯洛在她的臂彎附近看到一條縫線。縫線下方是更讓人不安的畫面；那是一塊橢圓形斑點，跟木星上宛如暴風圈的紅斑相似，表面細微且詭異地蠕動。

大家都盯著那東西。

「我就要變成怪物了。」瑪姬平靜地說：「這塊斑每天都會變大，蠕動越來越頻繁。我沒有感染寄生蟲；我正在**成為**寄生蟲。不管你要說什麼，都不會比那更讓我害怕。」

胖仔擠到拉斯洛前，想看清楚一點他姊姊的手臂。男孩的臉色頓時變得像屍體一樣慘白。他的聲音近乎沙啞。「什麼時候變這樣的？」

瑪姬摩娑他的肩膀。「幾週前。」

她弟弟的聲音聽起來快哭了。「會痛嗎？」

「還好，」她溫柔地說：「現在還不痛。抱歉讓你在這種情況下知道這件事，胖仔。我本來想私下跟你說的，但我必須讓狄米崔知道。他需要知道情況。沒必要掩飾任何事——我們沒時間了。」

狄米崔仔細地查看瑪姬手臂上的印記，拉斯洛驚訝地發現，狄米崔似乎也開始掉淚。這位當鋪老闆煩躁地吸了吸鼻子，抹去剛才的眼淚。「他們為什麼要來？」他自言自語道：「我不該牽扯其中。」

「但你**已經**牽扯進來了。」瑪姬說：「你懂得比拉斯洛還多，真希望**你**是我們的詛咒守護者。」

拉斯洛覺得這些話相當沒禮貌和傷人，他提出抗議，但沒人理他。狄米崔重新包紮瑪姬的手臂。「我也希望我是，」他溫和地說：「孩子不該為大人的罪過付出代價。」

「真感動。」拉斯洛冷笑道：「我和你那碎了一地的蕨類植物倒是有些問題，是什麼讓你這麼焦躁？剛才你幾乎都要後空翻了。」

狄米崔低頭看著泥土塊和陶盆碎片。「抱歉，」他說：「我太失禮了。」

「去你的『失禮』，那到底**是**什麼？」

當鋪老闆轉身看向螢幕上的影像，百般不情願地開口：「你有聽過失落的魔法師嗎？」

「什麼，你是說使用乳香和沒藥的那些傢伙？」

狄米崔搖了搖頭。「不，他們是在你誕生前就在亞歷山卓生活的一群魔法師。甚至在**我**誕生前便已存在。他們一共有七位，據說他們的力量十分強大，存在本身對惡魔就是種威脅。當然，這是不被容許的。地獄領主紛紛拋開他們的私人恩怨，聯合起來追捕魔法師。五名魔法師被徹底消滅，另外兩名則失去蹤跡。」

「發生什麼事了？」拉斯洛說：「他們去哪兒了？」

狄米崔輕笑道：「那是一個謎團。沒人知道失落的魔法師後來的去向。當然有謠言這些巫師自我毀滅、逃到另一個維度，或被天堂所歡迎……」狄米崔擺出一個不屑的手勢。「眾說紛紜——比貓王死因還誇張。大部分都很荒謬，但也有一些至少有點可能性。其中一個說法源自一名乞丐，他聲稱自己的祖先是魔法師的僕人，堅稱失落的魔法師**從未**離開——他們就藏在眾目睽睽之下，猶如蒼蠅被保存在琥珀中。當亞歷山卓被摧毀時，這些石頭沉入城市港口。而失落的魔法師依然存在，躲在他們的聖殿中，等待門徒將其復活的那一天。」

拉斯洛盯著站在他面前的惡魔。「你相信這段說詞？」

狄米崔嚴肅地豎起一根手指。「我沒說我相信，我是說這個說法有其可能性。如果你想了解多一點魔法師的事，應該去問問住在羅馬的貝拉絲卓夫人，她是真正的專家。」

「夫人？她很辣嗎？」

「她已經五千歲了。」

「那就是不辣了。」

瑪姬開口：「謠傳從何時開始？」

狄米崔思索道：「一千年前吧，可能更早。」

「若是如此，港口不是早就被調查過了嗎？」瑪姬說。

拉斯洛打了個響指。「賓果！狄米崔，我在九十幾公尺外便感覺到那座巨石，那石頭就好比車諾比核災，不會沒人注意到。」

「所以它的力量很強。」狄米崔說，證實他的直覺。

拉斯洛笑了起來。「說『強』還客氣了，這更證明了我的觀點。沒有人能忽視那東西的存在，尤其是它這些年來又只在沉在某個港口。」

「有道理，」狄米崔說：「但那石頭有沒有可能被施法，令魔法師的敵人無法察覺呢？如果它沉入水中，上面的遮蔽魔法是否會隨著時間的推移而減弱？水和魔法不得相容，拉斯洛，你很清楚。如果地獄領主在石頭被發現前就停止追捕呢？倘若好幾世紀後，魔法師的門徒從港口打撈出其中一顆『聖杯』——會發生什麼事？門徒肯定會讓沉睡其中的魔法師復活，但這並不容易；巨石被施以的魔咒很強，防護咒語需要時間解除。那要去哪裡進行如此艱難的工作呢？不能是埃及，太多惡魔了。歐亞大陸的情況也好不到哪兒去。門徒必須將他們的導師藏在一個安全之地，敵人絕對猜不透的地方。然後他們靈光乍現……新大陸！」

拉斯洛猛地鼓起掌來。「天啊，你真應該去寫小說，狄米崔。三流的驚悚芭樂小說之類的，有英雄救美情節的那種。」

狄米崔並沒有被他的話逗笑。「我打從心底希望這全是我虛構的，但我的直覺不這麼認為。」

「拜託，」拉斯洛罵道：「你不覺得你說的有那麼一丁點誇張嗎？」

狄米崔用手指著螢幕上的巨石。「**那**並非出自卡茨基爾山脈。黑曜石的原產地不在該地，拉斯洛，在亞歷山卓附近卻很常見。石頭上的銘文是古希臘語和古拉丁語，正是在使用馬其頓語源的羅馬城市中可能聽到的語言。古拉丁語於公元前七十五年絕跡，因此我們可以假設這些銘文的雕刻時間更早。至於希臘語則是亞歷山卓的方言，一直到公元前四世紀才被使用。

「綜合以上證據，可得知這個力量強大的工藝品上的銘文源自亞歷山卓，與失落的魔法師消失的時期相吻合。我們也不能忽略，有人認為這個『魔法石』十分重要，設法令其飄洋過海運到山上。告訴我，拉斯洛，你覺得這是巧合嗎？」

拉斯洛吹了聲口哨。「這遠遠超過書呆子的程度了，你是個他媽的學者耶。」

「我更喜歡當『當鋪老闆』。」

胖仔看向狄米崔。「所以你的意思是我們住在一個埃及巫師旁，而那個人被困在石頭裡數千年了？」

狄米崔沉重地點點頭。「對，孩子。你家族的詛咒讓我更加確定。」

「為什麼？」瑪姬問。

當鋪老闆十指交叉。「很明顯，這個『女巫』——不管她是誰，將其一生奉獻給這座巨石。她認為她的任務至關重要，甚至可說神聖可期。我們怎麼知道？很簡單，在她死前，她用自己的靈魂交換，以確保該任務能持續下去。」

「那是真的嗎？」瑪姬顫巍巍地說：「真的有人可以做到那種事嗎？」

「是啊，」狄米崔說：「凡人的靈魂一直是施咒的代價，而這個女人心甘情願地獻出自己的靈魂。倘若她無法完成她的任務，就會強迫指控她的人代替她完成。詛咒令他別無選擇。他越晚完成任務，所遭受的折磨就越多。假使他失敗了，詛咒就會傳給他的子孫。」狄米崔悲傷地指著瑪姬的手臂。「唉，最終到了現在。」

拉斯洛呆呆地望著狄米崔。「你的推理比那個比利時偵探強多了——他叫什麼名字？」

「白羅。」狄米崔說。

「就是他。」拉斯洛說：「聽著，你的推理很有趣，但有一個問題。就算我們找到所有材料，還是不知道怎麼運用。」

「對，」狄米崔惱火地說：「而也許比起說笑，你更該問為什麼儀式部分的文件會缺失。或許你的前任曾調查石頭的起源，那些調查使他喪命。又或者他取走儀式部分的文件是為了阻止強大的敵人捲土重來。」

拉斯洛咂了下舌。「你覺得他擋下了災禍。」

狄米崔雙手朝上，無奈地說：「我不知道！我只是說有可能。現在我不管了。我經營一家安靜的小店，這是我喜歡的生活方式。這個魔法石……缺失的儀式……全都是來自黑暗的回聲，令我恐懼，拉斯洛。你怎麼能把這些東西帶到我這兒？」

「欸，我又不知道我帶來的是什麼。**所以**我才來找你呀。」

「那你就不該來！」狄米崔吼道：「現在，如果你不介意，我要刪除這些影像，擺個蕨類盆栽，然後喝一杯。我打算忘了你來過的事。」

拉斯洛想了想。「那你要喝很多才行。」

「別開玩笑了。」狄米崔說著，從抽屜裡拿出一個罐子，裡面裝著一些紅色膠囊。「記憶洗滌劑，」他說：「吃一顆可以消除一小時的記憶，我想吃三顆應該夠了。」

他在手心裡數著膠囊。

「這樣有點太極端了吧。」拉斯洛說。

「這種作法在我這行很常見。你以為你是第一個帶著我不想知道的祕密來我這兒的傢伙嗎？哈！你該感謝我，可有人願意花一大筆錢買魔法石的祕密呢。」

「噢，你絕對不會出賣我啦，」拉斯洛說：「我們交情那麼久了。」

狄米崔為自己倒了杯白蘭地。「凡事都有極限，快走吧，趁我改變心意以前。」

「等一下，」拉斯洛說：「我們還是得拿到那些材料。如果連材料都沒有，那沒有破解詛咒的儀式也沒差。你知道要去哪找聖髑或王室珠寶嗎？還是魔法物品？比魔咒試管還正當，但看管不怎麼嚴的東西？」

當狄米崔把膠囊丟進嘴裡，並灌下一口白蘭地時，拉斯洛發出一聲慘叫。要是他打算把剛才他們討論的事全忘了，那要怎麼幫他們？

當鋪老闆放下酒杯，拍了拍胸口。「放心，」他說：「膠囊還有幾分鐘才會生效。我可能知道附近有某個魔法物品。尼希基的部落就住在中央公園，你知道蘭布洞穴嗎？」

拉斯洛點點頭。「知道，在湖邊用牆隔開的地方。」

「沒錯。尼希基不愛自己的族人。他告訴我他們從祖國帶來一件寶物——一個神奇的粥鍋。他要我幫他去偷那個鍋，只為了出口惡氣。天曉得我已夠他溫飽了。偷鍋的事就交給你了。」

拉斯洛的思緒已開始飛速運轉起來。「那個洞穴，」他若有所思地說：「入口會被隱藏起來，我們會需要鑰匙……」

狄米崔點點頭。「那附近有個推著餐車的男人在賣熱狗。你不可能錯過——他每天都在那裡。一個醜陋的矮子。他是該部落的守衛，帶著部落巢穴的鑰匙。如果你動點腦，說不定他還會洩露洞穴入口讓你知道。」

「還有嗎？」拉斯洛說。

「有，**不要**吃他賣的熱狗。」

拉斯洛很想問原因，但想想還是決定不問了。

狄米崔從椅子上站起來，走過來握住錐克佛姊弟的手。「親愛的，我得向你們告別，希望我們能再次見面。雖然我不會記得你們，但你們會記得我狄米崔，如此便能重新建立起關係。」

然後惡魔轉向拉斯洛，擁抱他。「再見了，我的朋友。好好做事。如果你沒辦法不惹事，也不要太壞。」說完，狄米崔試探性看了拉斯洛一眼，讓他有些尷尬。他總能看出拉斯洛是否對他坦承以待。當鋪老闆毫無疑問地懷疑這件事背後有什麼不正當的理由，但干涉他人並非惡魔的本性，就連狄米崔這樣個性溫柔的惡魔也是如此。他只能試著喚醒拉斯洛善良的一面，臨別時拍了拍他的肩膀。「好好照顧他們，好嗎？」

「好啦、好啦，」拉斯洛說：「藥效開始了沒？」

「噢，開始了。我的頭變得非常——那叫什麼，**刺痛**。非常刺痛。」

「所以你什麼都不會記得？」狄米崔搖搖頭。「這樣的話——」拉斯洛從口袋拿出一把魔咒試管和一罐仙靈精華。「——我得跟你借用這些。」

當鋪老闆皺起眉頭。「我不借消耗品。」

拉斯洛把瑪姬和胖仔趕到門口。「記在我帳上，老狄，盡量別忘了！」

狄米崔罵了聲，拉斯洛邊竊笑，邊催促錐克佛姊弟離開。

此時，店裡著實熱鬧不少。瑪姬和胖仔抓著自己的背包匆匆走著，盡量不去撞到正在競標尼希基從籠子放出來的一群契約妖精的顧客。他們轉過頭來，看到瑪姬和胖仔都顯得很驚訝。他們對人類敬而遠之。

當兩人一惡魔跌跌撞撞來到布魯姆街上時，拉斯洛還在笑個不停。

「**終於！**」他大叫道：「我終於弄到他了！噢，狄米崔，這可憐的呆瓜。」

瑪姬揹起背包。「不敢相信你連朋友的東西都偷。」

拉斯洛竊笑道：「我知道，我知道，妳想說我很惡劣之類的**廢話**。但我們需要這東西。說到這個……」

他遞給錐克佛姊弟一人兩個魔咒試管。「只可用於緊急狀況。拔掉軟木塞，任其飛揚。」

胖仔面露困惑。「你是說扔掉軟木塞？」

「扔試管，愛因斯坦，試管。你也可以直接砸碎。」

男孩用嘴型「噢」了一聲。拉斯洛提起詛咒公事包，朝史普林街的地鐵站走去。錐克佛姊弟走在他身旁。

「但扔出試管後會發生什麼事？」胖仔問。

他們三個穿過勿街。「不知道，」拉斯洛說：「這正是有趣之處。」

男孩饒有興致地看著那些小玻璃瓶。「它們會爆炸嗎？」

「有可能，」拉斯洛說：「務必確保是在其他人身上爆炸。」

「什麼其他人？」瑪姬問。

拉斯洛一把攬過她的肩膀。「我們要搶的那些狗頭人！」

第十三章 公園漫步

瑪姬有些疑問。事實上，她有一堆問題想問，但她沒有在拉斯洛帶著他們蜿蜒穿梭於街道時開口。四周洶湧的人潮依然很震撼，她卻不再想閉起眼睛和堵住耳朵。她正在適應外面的世界。何況，她現在滿腦充斥著新的資訊。

她多麼希望狄米崔是他們的詛咒守護者！若是由他來管理的話，情況就不會變得這麼糟。他會更早就發現儀式缺失，並追查到底。狄米崔不僅知識淵博，又彬彬有禮和友善。瑪姬不禁納悶作為惡魔他是否是個例外，還是過去惡魔的形象總被描繪得過於籠統？

拉斯洛在各方面都有所短缺，除了身高和個性傲慢這兩方面。她看著他隨心所欲地漫步，眼神警戒而不懷好意，唇角始終勾著一抹壞笑。他的人類型態或許很英俊，沒必要否認這點，但她知道這一切都是幌子。關於他的一切都是假的，華而不實，全都是偽裝。狄米崔更像葛蕾蒂絲，或許又老又破，卻很牢靠。

拉斯洛瞥向她。「我知道妳在想什麼。」

瑪姬咳了一聲。惡魔也會讀心術嗎？

「妳想尿尿。」他得意地接了下去。「自我們上路以來，妳就沒有去過廁所。妳的膀胱快爆炸了，但妳羞於說出口。我說對了嗎？」

「說對了。」

「妳運氣很好，轉角處有間像樣的廁所。乾淨且通風良好，也沒有使用那種廉價的單層隔板。」

「好極了。」

拉斯洛用手指夾了張二十元紙幣。「帶鬆餅一起去幫我買杯奶昔。我得打幾通電話。」

「是鬆餅**爵士**。」胖仔提醒他。惡魔聳聳肩，早已專注在他的手機上。

瑪姬接過錢，趁路上剛好沒車時催促胖仔過馬路。兩人前往一家遮陽棚上寫著**桑葚甜點**的商店。當他們走進去時，瑪姬透過窗戶看見他們的倒影。有一會兒，她以為那兩人是陌生人——一個邋遢的年輕女生和一個身穿破爛衣服、揹著後背包的小孩。瑪姬暗暗嘆了口氣。她和胖仔看上去不像什麼沒見過世面的鄉巴佬，根本就是無家可歸的流浪漢。

當她推開門時，門鈴叮噹作響。瑪姬環顧四周，立刻愛上這個地方。這間商店不大，但非常吸引人。裡頭有一張圓形的大理石桌，四周擺著裝滿甜點的玻璃罐，空氣中瀰漫著溫暖的肉桂香氣。一個留著棕色短髮、腰間繫著粉紅色圍裙的中年婦女正在櫃檯擺放糕點。她抬起頭來，對他們露出微笑。

「需要幫忙嗎？」

瑪姬在牛仔褲上擦了擦手掌。她為什麼這麼緊張？「妳好，我們可以借一下廁所嗎？我保證我們會買東西。」她補充道。

女人笑了起來。「沒問題，廁所就在轉角。」

「謝謝。」瑪姬說，帶著胖仔匆匆繞過桌子。當她打開廁所門時，他先她一步衝了進去。

「我很急！」他大叫一聲，把門關上。

瑪姬想起早上他喝了那麼多可樂，鐵定快憋死了。

她沒有在門口等，反而回到店前。店老闆同情地對她笑了笑。

「小傢伙搶先一步？」

「對呀，我能點杯奶昔嗎？」

「當然可以，杯型呢？」

瑪姬看了看黑板上的手寫字。「中杯吧，我朋友沒有說他要多大杯。」

女人點點頭，走到冷藏櫃前，裡頭的不銹鋼盤上陳列著十幾種不同口味的冰淇淋。「妳是哪裡人呀？」

瑪姬臉紅了起來。「很明顯嗎？」

女人把巧克力舀進金屬杯裡。「妳是說從外地來的？噢，那沒什麼大不了的。這座城市有一半的人都來自外地。」

瑪姬研究那桶焦糖。「我們是從北方來的，很小的村莊，妳絕對沒聽過。」

女人笑了起來。「我來自懷俄明州的一個小鎮，妳也絕對沒聽過。」

瑪姬頗有興趣地看著她。「妳千里迢迢來到這裡？」

「我滿十八歲的那天，想看看這個世界是什麼樣子。」

「然後呢？」

「我還在這裡。對了，我叫蘇西。」

「我叫瑪姬。很高興認識妳。」

「我也是。」蘇西說。她把金屬杯放到調理機上，打開開關，機器開始轉動。胖仔從廁所回來，看起來明顯鬆了口氣。

「在這兒等，」瑪姬對他說：「我幫拉斯洛點了奶昔。」

瑪姬把她的背包交給胖仔，便進去廁所鎖門。她坐下來尿尿，心想如果她家有一個真正的廁所，而不是戶外廁所該有多好。上完廁所後，她沖了馬桶並洗手，仔細地把洗手檯擦乾。那老闆人太好了，瑪姬不想在廁所留下任何污漬。

她回來後發現胖仔正嚼著一串洋甘草。

「你從哪裡拿的？」他們沒有多餘的錢買糖果。

「是我不好，」蘇西說：「這孩子看起來嘴很饞，我就給他吃了。」

「噢，」瑪姬說：「希望他有跟妳說謝謝。」

「他說了，我們胖仔是個小紳士呢。」

「我是呀。」胖仔附和道。

蘇西已經把奶昔倒進一個粉紅色的杯子裡。

瑪姬趕忙過去付錢。「要給妳多少錢？」

「九塊錢。」

瑪姬的眼睛瞪得老大，幾乎要掉出來。「一杯**奶昔**九塊？」

蘇西笑了笑。「歡迎來到紐約，為了感謝妳跟我聊天，我少收妳一塊錢。」

瑪姬把拉斯洛的二十美元遞給她，蘇西找了她零錢，附上一張打了一個孔的粉色小卡。

「再集九個，就可以獲得一個免費贈品。」

瑪姬看著那張集點卡。「真好，但我們只會在這裡待幾天。」

「那在妳離開前跟我打聲招呼吧，我們鄉村姑娘必須團結起來。再見嘍，胖仔！」

胖仔舉起他的洋甘草向她示意。

錐克佛姊弟離開桑葚甜點店時明顯感覺比剛來時好多了。到了店外，他們發現拉斯洛在人行道上煩躁地走來走去，似乎在跟人爭論什麼的樣子。他一看到他們，對著電話那頭說了幾句便掛斷。

「你們怎麼那麼久？」他說。

「是你叫我們去上廁所的。」瑪姬提醒他。「你的奶昔，還有找的錢。不客氣。」

拉斯洛把錢放進口袋，然後拿起奶昔。「這是什麼杯型？」

「中杯。」

惡魔的臉色凝固。「**中杯？**噢，天啊，瑪姬，給妳一個人生忠告。只有優柔寡斷的女人才會買中杯，要嘛大杯，要嘛不買。」

「你又沒說要多大杯，」她反駁道：「我只能用猜的啊。」

「好吧，下次請猜**特大杯**。我這副身體需要穩定的糖、鹽和脂肪供給。」

「你有糖尿病嗎？」胖仔問。

惡魔拽過男孩的甘草糖，咬下一大塊。「有可能，謝謝你的關心，胖仔。至少有人關心我的健康。」

瑪姬把甘草糖搶回來，還給她弟弟。

「下次你想喝奶昔，可以自己去買。你剛在跟誰講電話？」

惡魔面露戲謔的神色。「呼呼！妳不會是那種愛管閒事的人吧。」

「我才不愛管閒事。」瑪姬說了反話。「但我有權利知道你是否把我們在狄米崔那裡得知的事告訴別人。關於魔法石的資訊聽起來很重要。」

拉斯洛環顧四周。「**確實**重要，這就是為什麼我要禮貌地請妳閉上妳的大嘴巴。」

「那你剛在跟誰講電話？」

惡魔沒有回答她。瑪姬在去史普林街的一路上都在追問他，但拉斯洛就是不肯鬆口。到了地鐵入口，他們的詛咒守護者便頭也不回地走下階梯。

錐克佛姊弟猶豫了半晌。在他們看著下方的未知世界時，人潮成群結隊地經過。胖仔緊緊抓著瑪姬的手，都要把她的手指握疼了。紐約有太多令人不安的景象，但至少也有熟悉的畫面——藍天、白雲，偶爾還會出現樹木。但地鐵呢？腳下的地面在震動，隨之而來一股溫暖而刺鼻的空氣，好像進入某個野獸或冥界守衛的巢穴。

一個聲音從下方傳來。「控制中心呼叫錐克佛。快下來，錐克佛……」

瑪姬和胖仔互看了一眼，而後走下階梯。到了底下，兩人踏進一個光線昏暗的大空間，有著低矮的天花板，人群排著隊慢慢穿過金屬十字轉門。瑪姬四處尋找拉斯洛的身影，發現惡魔正隨意地倚在售票機上。他拍了拍手。

「真棒！我家鄉巴佬終於抵達恐怖的地鐵站了。」他瞄了眼附近的柱子，裝作大吃一驚的樣子。「那是**塗鴉**嗎？我的天啊，我們最好撤退！」

「噢，閉嘴啦。」瑪姬怒道：「你倒是修變電箱給我看啊。」

拉斯洛咧開嘴，慢悠悠地晃過來。「不錯嘛，野丫頭，挺會回嘴的。」

他領著他們來到十字轉門前，用一張塑膠卡片通過讀卡機。瑪姬先進去，再來是胖仔，拉斯洛殿後。通過轉門後，他們來到一個人潮擁擠的月臺，大家都在等下一班車。好幾百人全穿著毛衣和夾克，或盯著手機，或只是對著某個點發呆，彷彿等地鐵為他們在路面忙碌的生活提供一個喘息的機會。瑪姬覺得觀察紐約人的言行舉止比在家鄉有趣。在暮光村，每個人看起來都極其類似，一樣的講話方式，甚至連想法都一樣。瑪姬掃視整個月臺，不曾發現有哪兩個人長相相似，而她一個也不認識——

唯獨一個例外。

瑪姬愣了一下。離他們約九公尺處站著她在狄米崔店裡看到的主婦，她在鏡中的倒影是鯰魚的型態。而現在，她就在那裡，提著她精美的手提包。那隻「玩具貴賓」正從包包拉鍊處往外偷看。瑪姬用手肘推了推拉斯洛。

「幹嘛？」他說。

她壓低聲音說：「這裡住了多少你的同類？」

他聳聳肩。「好幾千吧。妳幹嘛講話那麼小聲？」

「因為那裡有一個惡魔。」瑪姬嘴型不變地說：「拉小提琴的男人旁有個戴著花俏帽子的女人，她剛有出現在狄米崔店裡。」

拉斯洛看了過去。「那個帶狗的老太婆？妳確定？」

「對！尼希基向她展示鐘表時，我在鏡中看見她的倒影，發現她的真實面貌。那女人看起來像是一隻鯰魚，那隻可愛的小狗也**不是**真的狗。」

胖仔拉了拉瑪姬的袖子。「發生什麼事了？」

拉斯洛示意他們安靜。當他開口時，瑪姬察覺到一絲緊張的氣氛。「跟著我下月臺，」他簡短地說：「別回頭看。」

錐克佛姊弟照著他的話做。走了三十公尺左右後，他們停了下來，像方才一樣隨意站著。

拉斯洛冷漠地盯著前方。「妳的鞋帶掉了。」他說。

瑪姬看了眼她的Converse球鞋。「沒有啊。」

「**恰好相反**，殿下，蹲下來重新綁好，然後看那傢伙還在不在。」

「但——」

「拜託，聽我一次。」

瑪姬一頭霧水，惱火地單膝跪下擺弄她的運動鞋。當她重新綁好鞋帶後，瞄了眼月臺。鯰魚女士仍站在小提琴手旁邊，讓她鬆了口氣。她身材微胖，一身花俏帽子和大衣，等著前往上城區的六號線列車。

「她沒有動。」瑪姬站起來時說。

拉斯洛只是點點頭，好像他們只是在討論天氣。

「我們為什麼要這麼偷偷摸摸？」胖仔說：「有人在跟蹤我們嗎？」

拉斯洛依然沒有回答，反倒注視著那輛發出刺耳聲響飛馳進站的列車。車子停下來後，幾名乘客下了車，他們隨即擠了上去。列車上異常擁擠，瑪姬很快便發現揹著露營包的人在地鐵不是很受歡迎。有的皺起眉頭，有的出聲抱怨，甚至斜眼看他們或是惡狠狠地瞪視。

還好，瑪姬早已對這些行為免疫——這是當食罪者少有的好處之一。不過，現在她幾乎沒辦法把臉從隔壁乘客的腋窩下移開，當然也無法脫下背包。可憐的胖仔幾乎擠進一個女人的胸前，後者卻完全沒有注意到他尷尬的處境。至於拉斯洛，他顯得十分輕鬆，臉上掛著一副淡然的表情。瑪姬真希望有東西滴到他身上。

列車喀擦喀擦地往前行駛。期間乘客上上下下，一直到了大中央總站後，很多乘客下了車，他們終於有座位可坐。瑪姬接過胖仔的背包，把兩人的背包放在腿上，讓他可以更舒服地坐在座位上。拉斯洛依然站著，偶爾會不經心地掃視車子周圍。瑪姬猜他是在掃視鯰魚女士的蹤影，但到處都沒看到她。

然而，到了五十一街，瑪姬確實注意到某個人。那是一個剛走上火車的年輕人，站在離拉斯洛三公尺遠的位置。她試著不著痕跡地打量他。對方可能比她大五到十歲，一身深色牛仔褲和時髦的西裝外套，讓她覺得像在藝文領域工作的人。至少在京斯頓圖書館的雜誌上每個藝文人士都是這副打扮。這名男子和地鐵上其他人一樣，都在忙著發簡訊，直到他突然停下來看向瑪姬。她尷尬地笑了笑，對自己被抓個正著感到窘迫。

對方卻對她報以微笑，就在此時，瑪姬感覺自己的顱底傳來一陣酥麻感，這個感覺很快變成令人愉悅的蜂鳴，就像在鬧烘烘的蜂巢裡嗡嗡叫。不到十秒，蜂鳴就蓋過地鐵的喧囂聲。胖仔對瑪姬說了些什麼，但瑪姬沒理他，她同樣無視繃帶下隱隱發痛的手臂。她只想繼續吸引這個年輕人的注意力，跟他交談，建立關係。

車廂突然傾斜，幾名乘客在列車驟停時失去平衡，其中就包括那名年輕人，他一直專注地看著瑪姬，導致鬆開扶手。他腳一滑，雙方視線不再接觸，往後撞到一名女子身上，撞掉了她手中的購物袋。女子用西班牙語對著他大吼大叫，男子這才回過神來，站穩腳跟後，連聲向她道歉。

當列車駛進六十八街車站時，男人困惑地看了一眼瑪姬，門一開便匆匆下了車。

瑪姬的內心忽然湧現一股炙熱而大失所望的憤怒，宛如閃電般熱烈且忽強忽弱。這股感覺很快便消失了，只留下熾熱的餘溫。瑪姬呼出一口氣，用手摸了摸額頭；她的額頭正在發燙，**剛才那感覺到底從哪來的？**

她瞄了一眼胖仔，發現他正忙著欣賞車廂內的廣告，她鬆了口氣。至於拉斯洛，這個惡魔仍面露無聊和冷淡的表情，像極一隻居高臨下的貓忍受跟一群老鼠待在一起的樣子。瑪姬雙手交叉放在腿上，安靜地坐著，讓內心那股騷動陷入憤憤不平的沉默中。

當列車駛進七十七街車站時，拉斯洛要他們收拾東西，此時仍深感焦慮的瑪姬十分樂意照做。下了車，再爬上樓梯，他們一下重見光日，像離洞而出的鼴鼠般眨著眼睛。

錐克佛姊弟跟在拉斯洛身後經過一家醫院，沿著一條通往中央公園的單行道往前。這個街區比市區還安靜，也較不繁忙。

當他們進入公園時，瑪姬環顧四周，感到驚訝不已，彷彿有人把整座女巫之森搬到了曼哈頓市區。或許沒有那麼荒無人煙且雜草叢生，但放眼望去皆是一片碧綠。她在拉斯洛帶著他們走進一條慢跑者必經的小徑時，追上他的腳步。

「聽好了，」他說：「我們的目標很簡單，偷走那個鍋，然後把魔法物品從清單上劃掉。狗頭人並不聰明，但我們仍需行事迅速、機靈應對。」

胖仔問了瑪姬一直想知道的問題。「呃，狗頭人到底是什麼？」

拉斯洛看著胖仔的眼神彷彿在看一個傻子。「誰會沒聽過狗頭人？」

「我沒聽過。」瑪姬說。

「日耳曼哥布林，」拉斯洛不耐煩地解釋道：「潛伏在洞穴和礦井中、長相醜陋的妖精。天殺的，尼希基就是狗頭人！」

「那個有三隻眼睛的狗？」胖仔說。

「沒錯。」

胖仔看起來鬆了口氣。在一般狀態下，尼希基的體型跟讀幼稚園的小孩差不多。「所以牠們不危險嘍？」

拉斯洛笑了起來。「偷竊更符合牠們的習性。不過話說回來，若逮到機會，牠們也很樂意割斷某人的喉嚨。」

胖仔的臉登時變得像燕麥片一樣白。

「那我們要怎麼做？」瑪姬直截了當地問：「我的意思是，因為詛咒守護者的規則，我想你不會出手幫忙。」

「我的確不能直接動手偷鍋，」拉斯洛贊同道：「但我也不會讓那些小畜牲把你們剁成肉醬。反正，事情不會演變到那種地步。對付狗頭人有一個訣竅……」

拉斯洛在他們步入樹林深處時分享他的祕訣。城市的景色逐漸向後退，一直到摩天大樓看起來就像崗哨或瞭望塔，眺望著異國的土地時，他們已被綠油油的草地和雄偉的樹木包圍，陽光透過淡黃色的秋葉縫隙灑落。他們經過一群高中同班同學，所有女孩都穿著同樣的毛衣站在噴泉邊，他們的老師手指著一個天使雕像。拉斯洛在去跟攤販買午餐前朝天使比了個中指。

瑪姬一直在看那群女生，心想不知道就讀貴族學校、擁有同學、穿著制服並參加戶外教學是什麼感覺。她看的書中都把高中描述為人一生中最美好的時光。

她的袖子被人拉了下。

「妳怎麼看拉斯洛的計畫？」胖仔說。

瑪姬瞄了一眼正和攤販閒聊的惡魔。「不知道，我以前又沒做過這樣的事，但願他的技倆有用。話說回來，我一直在想，也許你留在這裡等比較好。」

胖仔的臉一沉。「妳不是認真的吧？我想幫忙。如果遇上麻煩，我就用魔法。」她弟弟拿出拉斯洛給他們的其中一個魔咒試管。

她看著試管裡閃爍的霧氣。「我們根本不知道這是什麼魔法。」

「嘿！」

他們轉過身，看到拉斯洛抱著飲料和三明治匆匆走過來。「把那玩意兒收起來，」他斥道：「你不能在公園拿著魔法亂揮。」

他一把拿走胖仔手中的試管，把飲料和食物塞到他們懷裡。在姊弟分三明治的同時，拉斯洛把魔咒試管舉起來對著陽光。

「嗯……」他沉思道：「這魔法看起來滿帥的，最好還是我拿。」

「但那是我的。」胖仔抗議道。

拉斯洛給了他另一管。「這個小可愛更適合你。」

胖仔學著拉斯洛的動作把拿到的新試管舉到陽光下。這個魔咒沒有旋轉或閃閃發光，內容物反而是凝結在底部，呈現褐色的色調。在瑪姬看來，這個咒語就像是把屁裝到小瓶子裡。

他把試管塞回給拉斯洛。「我不想要這個。」

「太遲了，不能交換或回收。」

胖仔一路上悶悶不樂地走到蘭布漫步區，一個樹木茂盛的區域，顯然很受賞鳥人士歡迎。這裡的路較狹窄，拉斯洛帶著他們來到湖畔旁的岩岸。他們在石拱門附近找了張長凳，邊吃午餐，邊看著一個男人在一個色彩繽紛、帶有雨傘的餐車後方賣熱狗。男人令瑪姬聯想到侏儒妖，狡猾且煩躁難耐，布滿皺紋的臉上掛著一雙炯炯有神的大眼。她發現每當有人走近時，他會很快堆起笑容，但如果對方沒有買任何東西，那張臉會瞬間變得陰沉。

「那就是狗頭人？」她小聲說。

拉斯洛舔掉手指上的辣醬。「對，不要被他的人類偽裝騙了，他很惹人厭。至於那些熱狗，八成是松鼠肉。」

瑪姬皺起臉來，扔掉剩下的三明治。

「我們什麼時候行動？」

話音剛落，拉斯洛便咧開嘴，用手背打翻瑪姬的飲料。瓶子落到地上，冰茶灑到她的褲子上。瑪姬猛地站起來瞪他。

「哎呀，」他面無表情地說：「去問問咱們的狗頭人隊長有沒有餐巾紙，絆住他，什麼都不要買。」他拿出一張十美元紙鈔。瑪姬接過錢，大步走向攤販。攤販老頭看了眼她的牛仔褲，遞了幾張餐巾紙過去。

「謝謝，」瑪姬說，邊擦著牛仔褲上的污漬邊說：「你還有這個嗎？」她舉起那瓶桃子冰茶問。

男人說話帶著德國口音。「沒有，但我有賣檸檬汁，妳喜歡檸檬汁嗎？」

瑪姬滿喜歡檸檬汁的，但假如她嘗了他手裡揮著的特調飲料，她就完蛋了。第一，瓶子上沒有任何標籤；第二，瓶裡的液體是混濁的黃綠色。

「不用了。」她說：「呃，你有賣什麼口味的零食？」

男人聞了聞，瞇起眼睛看著上方用線掛著各式各樣的太空包。「零食、零食……我看看，有黃色圓形的、橘色三角形的、椒鹽脆餅，還有——」

「噢！」瑪姬叫道：「那是糖果嗎？」

男人低頭看了眼巧克力。「呃，對，這個含有巧克力和**豆科**——呃，花生，這個是太妃糖，這個……」

拉斯洛慢慢地繞到推車後，走向垃圾桶。扔完垃圾後，轉身示意瑪姬走人。

「對了，」她說：「我想了想，還是不要了，謝謝。」

攤販老闆的笑容消失了。「妳不買東西？」他抱怨道：「我還借妳餐巾紙耶？給我滾！滾開，妳這討厭的女孩，骯髒的小**婊子**……」

拉斯洛慢悠悠地走過來。「抱歉，你剛才罵我姪女什麼？」

男人轉過身，眨著眼睛看著他。「呃，沒有，我什麼都沒說！」

瑪姬雙臂抱胸。「他說謊，他罵了我一頓，因為我什麼也沒買。」

拉斯洛傲慢地瞥了小販一眼。「是嗎？我想警察可能會想聽聽這件事。給我等著，我們馬上回來。」

拉斯洛上下打量這位涉及公然侮辱的男人，把胖仔叫過來，然後帶著錐克佛姊弟迅速沿著小路離開。當他們拐過彎後，拉斯洛讓他們在原地等一會兒，隨即折回拱門附近的小路。一到那裡，拉斯洛便帶著他們走下用岩石鑿出來的窄梯。

下了階梯，他們發現男人站在一堵石牆前。邊翻口袋邊用德語憤怒地碎念。錢幣和皺巴巴的紙巾掉在地上，以及各種死去的齧齒動物。拉斯洛用鞋子碰了碰一隻渾身僵硬的灰松鼠。「哼，我就知道。」

男人轉過身，發現拉斯洛拿著一把巨大的老式鑰匙懸在他眼前。

「在找這個嗎，*mein Freund?*（我的朋友？）」

第十四章
繼續漫步

熱狗小販果真爭強好鬥。從拉斯洛抓住他的那一刻起，他便不斷吐口水，咒罵聲不斷，但最終還是成功將他面朝上翻倒在地，坐在他的胸口上。這名狗頭人不停扭動身體，仍沒法起身。拉斯洛扔給瑪姬一捲電工膠帶。

「你從哪兒弄到這個的？」她問：「你是想用這個綁架我們嗎？」

「不想回答。把他的嘴貼上，好嗎？」

瑪姬照做了。不到一分鐘，她便讓那張臭到不行的嘴完全閉上，順道固定住他的手腕和腳踝。當她完工後，他們的俘虜一動不動地躺在落葉上，安靜地用眼神怒瞪著他們。瑪姬閃過一絲自我懷疑，要是他們犯了一個天大的錯誤怎麼辦？萬一這個討厭的老頭就只是個討厭的老頭呢？

片刻後，她不再有此疑慮。

老頭的皮膚開始出現斑點，他的下巴變得突出，繃緊了膠帶。隨即那張臉出現了讓人震驚的變化：額頭上的第三隻眼，像布滿血絲的大理石般在直豎的眉毛間浮出來。不到三十秒，小販便成了一個長相醜陋的人形生物。有著一雙爪子和明顯的狗臉。

拉斯洛檢查固定牠的膠帶，然後轉向胖仔，後者已退到了階梯旁。「過來，我要你試試我教你的技巧。」

男孩堅決地搖頭，不禁發出一聲嗚咽。

「聽著，」拉斯洛說：「如果連對被綁起來的狗頭人你都做不到，那我們進去後要怎麼辦？」他指著那片滿是塗鴉的牆壁。

胖仔哀求地看著瑪姬。

她聳聳肩。「是你自己說要來的，如果想要別人照顧你，就該待在家陪媽。」
瑪姬知道她的話很傷人，但她不想感到內疚，柔軟無法替他們帶來需要的東西，柔軟會害死他們。
胖仔離開階梯旁，慢慢靠近這位眼睛瞪得老大的俘虜。他鼓起勇氣，站在狗頭人旁邊，目不轉睛地盯著那隻突出、宛如大理石的第三隻眼。幾秒鐘過去，什麼也沒發生；然後瑪姬注意到其瞳孔開始收縮。
「很好，」拉斯洛說：「你鎖定了目標，牠在抵抗，但請保持專注。」
狗頭人的瞳孔變得越來越細，直到剩下一根頭髮的寬度。然後反轉方向，瞳孔迅速擴張，整個虹膜頓時變得像滴了墨水般的漆黑且富有光澤。牠開始抽搐，就像一隻在作惡夢的狗。拉斯洛戳了戳牠的肋骨，沒有反應。
「我不是說了嗎？」他說：「只要知道訣竅，狗頭人就會像奶油泡芙一樣不堪一擊。現在，我們可以把牠打扮成小波比了。」
「我拒絕，」瑪姬說：「牠這個狀態會維持多久？」
「幾分鐘吧，一旦中斷目光接觸，牠們最終會恢復過來，但眼睛仍會模糊不清。」
瑪姬看了眼石牆。「裡面會有多少狗頭人？」
惡魔聳聳肩。「大概二十到三十吧。」
胖仔焦急地發出一聲驚呼。「我、我覺得我無法催眠三十個狗頭人。」
拉斯洛將一些樹葉踢到他們的俘虜身上蓋住。「你不用催眠牠們。狗頭人是夜行性生物，我們只需要偷偷潛入，找到鍋後，再悄悄出來就行了。」
瑪姬把他們的背包藏起來，走過去檢查牆壁。「我沒看到鑰匙孔。如果不知道孔在哪，有鑰匙又有什麼用？」
此時，拉斯洛拿出一袋起司泡芙。錐克佛姊弟一頭霧水，靜靜地看著惡魔開始用雙手擠壓袋子，把裡面的東西壓碎，直到徹底碎成細末。
胖仔看起來很沮喪。「我本來要吃的。」

拉斯洛沒理他，打開袋子，倒了些細小的橘色粉末到手掌裡。惡魔蹲在牆邊，一鼓作氣吹著粉末，使其形成一圈旋狀的雲。當粉末消散，一旁的牆壁覆蓋一層細致的人造起司——除了逃過瑪姬眼睛的偽裝孔洞。

她吹了聲口哨。「聰明。」

「老把戲了，」拉斯洛說，他把鑰匙插進去。「準備好了嗎？」

瑪姬握緊胖仔的手。「勇敢一點，記住這也是為了爸爸。」她弟弟眼眶泛淚，但報以堅定的微笑。

拉斯洛看了看他們倆。「好了，一旦進去，就只能靠你們自己了。不要說話、不打噴嚏，也不要咳嗽、放屁或拉褲子。魔法只能在緊急情況使用。」

「知道了。」瑪姬說。

隨著動手的這一刻臨近，她發現自己躍躍欲試。

在地鐵上發生的事——尤其當那個男人離開時她內心湧現的憤怒，使她的肌肉緊繃，渾身充滿能量，渴望釋放。這跟她從事食罪工作時腎上腺素上升的情形沒什麼不同。或許她這十年來不斷躲避被石頭砸，就是為了此刻作準備。

她害怕嗎？當然，但瑪姬．錐克佛對這股恐懼並不陌生。幾乎從她剛誕生這個世界上時，這股恐懼就一直伴隨著她，讓她在很早便學會怎麼應對。

偷竊狗頭人是錯的嗎？瑪姬不知道，也不關心。她的需求更重要。

拉斯洛轉動鑰匙發出喀喀聲。

一塊與花園門尺寸大小相似的石板往內旋動，與此同時，污穢的空氣滲了出來，像是混合陳舊垃圾和溼漉漉的狗騷味，令人作嘔。胖仔連忙摀住鼻子，瑪姬跪在地上，將頭探了進去。

前方是一條凌亂的通道，由一串閃爍的聖誕彩燈照亮。當瑪姬的眼睛適應裡頭的光線後，她屏住了呼吸。有東西在遠處凝視著她，那是一張巨大且蒼白的臉，暗紅色的唇帶著一抹微笑。

瑪姬盯著那張噩夢般的臉，等著對方動作。一會兒後，她才意識到是閃爍的燈光帶來浮動的錯覺。那張臉只是張照片，一張裱了框的海報，就擺在垃圾堆上。

她緩緩呼出一口氣，爬了進去，其他人則尾隨其後。

洞穴內的天花板還算高，所以他們可以蹲著行走，不用匍匐前進。瑪姬四處張望，裡面每一寸牆面和天花板都貼滿垃圾：街道標誌、傳單、運動廣告布條和舊車牌，彷彿一件隨便拼湊的裝置藝術。當他們繼續安靜往前時，瑪姬盡量不看向盡頭那張若隱若現的照片。

隧道在海報擺放的地方轉彎，很快出現一個洞穴，掛了更多節慶彩燈，四處堆滿金屬廢料、拆卸的電話亭和壞掉的街機遊戲。瑪姬無法判斷這些狗頭人是否真的會使用這些物品，或者只是像喜鵲一樣有蒐集癖，喜歡用亮晶晶的東西裝飾巢穴。

一隻手突然扣住她的手腕，讓她嚇了一跳。瑪姬轉過頭發現拉斯洛正低頭看著她。他的眼睛在一片漆黑中閃爍著淡淡的光芒，猶如兩堆發著藍光的餘燼。他示意她注意電話亭後方的陰影。瑪姬瞇起眼睛，看見後方是一個從牆壁鑿出的凹洞。一條纖細的手臂懸在上頭，長滿亂糟糟的毛髮。其帶爪子的手痙攣般地抽搐了一下。

拉斯洛豎起一根手指在唇前，示意他們**安靜**。

還用你說，瑪姬心想。目光越過惡魔，她發現胖仔正盯著凹洞處，一臉被噎住、驚愕的表情。瑪姬揮手吸引他的注意力。

你還好嗎？她用口型說。

胖仔眨了眨眼，勉強豎起大拇指，扶了下眼鏡。瑪姬的心一沉，她弟弟還沒準備好面對這樣的挑戰，他還太小，也太軟弱。早在他們發現他躲在後車廂時，就該直接把他送回家。

她指著門口，要他**去外面等**。胖仔搖搖頭。除非瑪姬動手將他拉出去，也無計可施。話說回來，胖仔可能會跟她爭辯，如果他們吵得聲音太大——就根本不可能快速且平安無事地行竊。

瑪姬回過頭，重新專注於眼前的任務。

進去。

出來。

回家。

穿過洞穴進入另一條隧道，延伸大約十公尺後，分成兩條岔路。左邊的通道光線昏暗，是一條往下的斜坡。瑪姬感覺那裡的空氣潮溼，不知是否通往湖底；右邊的通道更寬，也相當平坦，一側堆放著桶子和板條箱。通道延伸了大約十公尺後，便向右彎，一旁的岩壁在某個光源照射下閃閃發光，看起來火光閃爍的樣子，而火就意味著廚房。如果那裡是廚房，說不定就能找到魔法粥鍋……

他們偷偷溜過通道時，瑪姬回頭看了一眼，胖仔就像一隻受驚的小鹿跟在後頭。瑪姬驚慌的發現，他手裡緊緊握著一根魔咒試管。

這孩子會炸死自己。

正當瑪姬想叫他把試管收起來時，前方突然傳來一陣犬吠般的咳嗽聲。她猛然回頭，只見轉角處映出一個身影。

一道影子正朝他們走來。

瑪姬回頭想看看他們的詛咒守護者是否有任何策略，卻發現對方不見蹤影。他的消失實在教人吃驚，讓瑪姬不自覺往後退了一步，在黑暗中一陣摸索。

拉斯洛消失了。

沒時間想了，因為那道影子已繞過轉角，在離他們不到六公尺的地方停了下來。瑪姬動也不動地杵在原地。

來者是個身高不足九十公分的狗頭人，繫著一件碎花圍裙。眼前的畫面出奇地可笑，瑪姬差點沒笑出聲。然後她看到了牠的犬齒，以及牠凝視著通道時那個茫然又令人毛骨悚然的野性眼神。

不要動，她對自己說，**屏住呼吸**。

狗頭人又咳了一聲，然後啃起自己的腋下，突然失去平衡，朝一側晃去，單膝跪到地上，一聲惱怒的咆哮聲傳來。

牠喝醉了！她這才意識到。

瑪姬推著她弟弟躲到板條箱裡，跟著把自己擠進兩個散發霉味的啤酒桶中。她馬上發現自己蹲在一個水坑裡，聞起來更像尿味而非百威啤酒。沒時間另外找躲藏處了，於是她摀住鼻子等待。運氣好的話，這股刺鼻的騷味能蓋住他們的氣味。

瑪姬豎起耳朵聽著那個生物拖著腳走過通道，慢慢地接近，以單調的節奏用德語喃喃自語。

烤蛋糕呀烤蛋糕，
麵包師傅高喊道，
誰希望烤個好蛋糕，
必須準備七種材料，
蛋和油，
糖和鹽……

狗頭人搖晃著身軀走了過去，朝瑪姬的方向看了一眼。然而，他在走到胖仔的藏身處時停下腳步。狗頭人臉上閃爍著不安的藍色光芒。

瑪姬皺起眉頭，胖仔打開魔咒試管了嗎？

狗頭人環視著眼前的板條箱，露出了牙齒。

「*Ein menschliches Kind!*（一個人類小孩！）」牠咆哮道：「*Was machst du hier?*（你在這裡做什麼？）」

瑪姬聽見她弟弟驚恐的聲音。「抱、抱歉，我聽不懂德語，但我們真的很需要你們的粥鍋。」聽到這裡，她咬緊牙根。

狗頭人歪著頭。「*Den Haferbrei-Topf?*（粥鍋？）」

「如果你說的是『粥鍋』，那就對了，可以借我們嗎？」

狗頭人毫無準備會聽到如此懇切的要求，目瞪口呆地盯著胖仔，然後突然大笑起來。「你在開玩笑嗎？」

牠用英語說。

「我沒有開玩笑，先生，我們真的需要那個鍋子。」

當胖仔回答時，瑪姬看見那個狗頭人搖晃著身體，姿勢慢慢放鬆下來，瑪姬才意識到她弟弟的目的。

很好！催眠牠！快點……

但狗頭人卻突然像甩掉耳朵裡的水一樣甩了甩頭，把手伸進圍裙的口袋，拿出一把去骨刀。

「*Betrüger!*（騙子！）」

當牠去抓胖仔時，瑪姬從她的藏身處跳出來，從附近的板條箱抓起一個麻袋。狗頭人在她揮舞麻袋時轉過身，約九公斤重的進口泰國香米便甩向牠醜陋的吻部。

狗頭人像被斧頭砍到般摔倒在地。胖仔從藏身處爬了出來，愣愣地看著那不省人事的生物，然後抬頭看向瑪姬。「那一擊帥呆了。」

瑪姬檢查了下通道，沒有其他狗頭人的跡象。「把牠綁起來吧。」

兩人迅速分工合作，使用附近袋子裡找到的電線和繩子。不出兩分鐘，昏迷不醒的狗頭人就被綁起來，堵上了嘴，藏在一箱沙丁魚後方。

「拉斯洛呢？」胖仔小聲問。

「不知道。」瑪姬邊說邊排好板條箱。「可能逃走了吧，他是慣犯。不管怎樣，我們沒時間擔心他，還有在那東西爆炸前收起來。」

胖仔低頭看了眼魔咒試管，藍色的光芒照亮四周牆壁。他把小瓶子收起來。「我只是想隨時做好準備，我不知道它會發亮。」

瑪姬越過沙丁魚箱看向狗頭人。「走吧，我不知道牠多久會醒來。」

他們繼續沿著通道往前，拐過轉角，進到後方的一個大洞穴，約十八公尺寬，正中央是一個營火坑。瑪姬左顧右盼尋找狗頭人的蹤跡，但她只看到木桌和長椅，污跡斑斑的屠宰檯和堆滿破盤子的洗碗槽。上方的晾衣繩上吊著好幾百隻死松鼠、老鼠和鴿子。

胖仔發出厭惡的聲音。

沒看到粥鍋。在亂糟糟的洞穴中，瑪姬發現一臺舊冰箱上有一個玻璃櫃。

「從那裡開始找吧。」她低語道：「那是這裡唯一不是垃圾的東西。」

兩人像老鼠一樣在洞穴裡奔走。瑪姬搬來一張長椅，爬到冰箱上，搜查櫃子裡面，但只發現瓷釉的啤酒杯。

「粥鍋長什麼樣子？」胖仔在下方小聲問。

瑪姬關上櫃子。「不知道，就是鍋子。很舊，所以別管任何看起來現代的東西。」

一個溫潤的嗓音自他們身後響起。「妳說這個？」

錐克佛姊弟轉過身，看到拉斯洛拿著一個咖啡杯，上面以閃亮的粉紅字體印著**時髦辣媽**。

瑪姬試圖壓抑自己的怒氣。「**你去哪兒了？**」

「四處走走。」他回答，朝她舉起杯子。「在通道裡靈活地移動，就跟棒球員迪馬喬一樣。」

瑪姬從椅子上爬下來。「滾開，你真他媽的沒用。」

「沒用？**正好相反**。我去做了偵查，所以我知道除去這個洞穴，有二十二個狗頭人在呼呼大睡，還有另外八個在我們沒有經過的通道裡。只有一個四處活動，多虧了妳，牠現在不省人事。我們的行動暢行無阻。」

「但粥鍋在哪兒？」胖仔小聲說：「這裡簡直就是垃圾場。」

「這個嘛，」拉斯洛說：「我不能直接**告訴**你答案，那是作弊。但如果我想找一個魔法粥鍋，就會搜尋某種十七世紀的工藝品。若要進一步猜測，我會說可能是銅製品，上面煮著粥，並放在溫暖的地方。」

錐克佛姊弟一致轉向中間的營火坑。

那裡，一個銅鍋半埋在冒煙的原木和餘燼中，鍋蓋有凹痕，還有一個把手，可以懸掛在火上。瑪姬立刻原諒了拉斯洛，這惡魔雖然膽小，但也並非一無是處。她從冰箱上下來，快步走到火坑旁。

「等等，」拉斯洛低語道：「先確保那是真的。」

「**怎麼做？**」

「哎呀，我不知道，可能叫它煮點粥試試。」

瑪姬嘆了口氣。她徑直踩進坑裡，蹲下身子，模仿阿拉丁神燈那樣把手放在鍋子上揮了揮。「呃，煮點粥吧。」她輕聲說，又急忙加了句：「拜託。」據她所知，魔法鍋類十分敏感。

無事發生。

拉斯洛惱怒地咬著牙說：「那鍋只聽得懂德語，傻瓜。」

瑪姬強忍著不跟他吵。「是嗎？那德語的『粥』怎麼說？」

胖仔走了過來，蹲到她身旁。他仔細研究眼前的鍋。「那個狗頭人剛才說 *Haferbrei-Topf*。」他小聲說：「我想——」

鍋子開始嘎吱作響，彷彿內部正發生輕微的地震。幾秒鐘後，熱騰騰的粥便從鍋的側面冒了出來，彷彿火山爆發流出岩漿般，一團團糊狀物撞到煤炭發出嘶嘶聲，散發著燕麥香味的蒸氣。

「好極了，」拉斯洛說：「帶著鍋，我們走！」

鍋柄很燙，瑪姬拉下袖子蓋在手上去握鍋把。鍋子雖然不重，但粥還是持續湧出。瑪姬拿著粥鍋走向拉斯洛，在背後留下一條熱氣騰騰的粥道。

「要怎麼讓它停下來？」

惡魔聳聳肩。「我怎麼知道？」

「德語的『停止』怎麼說？」胖仔問。

拉斯洛嚴厲地指著鍋子說：「*Halt.*」

指令沒有效，粥噴湧的速度反而更快了，好幾公升的粥溢到地板上。瑪姬盯著那團亂七八糟的糊狀物。

「我們不能這樣帶著鍋走。」

「沒辦法了，」拉斯洛說：「出去後我會打給狄米崔。尼希基應該知道指令是什麼，走吧。」

他大步走向來時的通道，瑪姬跟在後面，手裡拿著鍋，與他保持距離。他們才走不到十步，便聽到一聲慘叫，伴隨著令人不安的撞擊聲。轉過頭後，瑪姬發現胖仔癱在溼滑的地面上，周圍都是摔破的盤子。他們四目相接。

「對、對不起。」他結巴地說：「粥——」

瑪姬還來不及反應，整個洞穴便響起可怕的叮噹聲，彷彿有人用鐵鎚敲打洗臉盆似的。拉斯洛急忙走到拱門前，往外張望。

他很快縮了回來，轉向滿臉驚愕的錐克佛姊弟說：「有人來了。」

第十五章　阿爾法

瑪姬拚命四下張望。「有別的出口嗎？」

「沒看到，」拉斯洛說：「我們得擋住牠們。」

她小心地放下冒著熱粥的鍋，跟拉斯洛一起跑到木頭餐桌旁。他們齊力把那張巨大的桌子翻倒，試著把它從地上拖過去，卻只拖動十五公分的距離。

「不行。」瑪姬氣喘吁吁地說：「太重了。」

奔跑的腳步聲從他們進來的通道傳來，另一頭則響起類似狗吠和嚎叫的聲音。瑪姬視線掃過洞穴每一處牆壁和角落。無處可逃，也沒時間躲藏。他們只能投降，或戰鬥。拉斯洛讓錐克佛姊弟倆遠離拱門。

「小心背後躲好，」他說：「我會蒙混過關。」

瑪姬抓起粥鍋，叫胖仔爬到其中一臺冰箱頂部。他爬上最近的冰箱，瑪姬就防守姿勢站定位，手裡抓著在砧板上找到的一根堅硬的擀麵棍。至於拉斯洛，他漫步到營火坑旁，漫不經心地站在那裡，凝視著煤炭。

狗頭人分別從兩邊的通道湧入，牠們身形各異，矮的、胖的、渾身疥瘡和穿著睡衣。有的揮舞著鎚子和刀子，其餘傢伙更多的是拿著非正統的武器，像是通管條和掃帚。牠們擠滿了房間，用德語連珠砲般地咆哮。幾名狗頭人朝錐克佛姊弟走去，但大多數則將站在火坑旁取暖的優雅身影圍得水泄不通，不斷發出吠叫。

拉斯洛輕蔑地審視這群傢伙。狗頭人不知道該怎麼應付這個冷靜自持的入侵者。牠們的叫囂聲逐漸消失，最後只剩偶爾幾句罵聲。當一個狗頭人用高爾夫球桿戳著拉斯洛時，惡魔轉過身來，狠狠地反擊回去，對方的叫聲令瑪姬嚇了一跳。那生物蹣跚地往後退，然後摔倒在地。房間內一片寂靜，唯一的聲音來自瑪姬腳下不斷冒出熱粥的鍋子。

「我簡短說明一下，」拉斯洛說，帶著居高臨下的語氣。「這是搶劫，我的同伴需要你們的粥鍋，你們要把鍋奉上。乖乖配合，我們就滿意地離開；若是惹麻煩，我就會把你們剁成肉醬。」

一個穿著不合身四角內褲的狗頭人走上前。「我們不聽人類的命令！」

「誰說我是人類？」

在他說話的同時，拉斯洛的皮膚慢慢加深成鈷藍色，眼睛閃著光芒。一個身形肥胖的狗頭人驚恐地指著他。

「*Es ist ein Dämon!*（他是惡魔！）」

拉斯洛咧開嘴，露出像貓一般的利牙。「沒錯，*mein Schatz.*（親愛的。）我是惡魔。既然知道我是惡魔，而你們只是一群平庸、渾身跳蚤的雪納瑞，就該在我失去耐心前退到一邊去，懂了嗎？」

一個壯碩的狗頭人上前來。「*Was ist dein Rang?*（你什麼階級？）」

「什麼？」拉斯洛說。

「你的階級？」狗頭人用英語重複道：「你的惡魔階級！」

這個問題似乎讓拉斯洛亂了陣腳。「這不是你該關心的事吧？重要的是我很強大，不容別人干涉。」

其他狗頭人紛紛開口。

「他在說謊！」

「這個惡魔沒有力量！」

「他們連鍋子都控制不了！」

隨著這一聲，所有人目光都轉向瑪姬。溫熱的粥已淹到她的腳踝。狗頭人哈哈大笑，拉斯洛開始感受到來自四方的壓力。

「**退後！**」惡魔吼道，他掄起拳頭，揮舞著一根魔咒試管。其內容物在火光下閃爍著不祥的光芒。狗頭人警戒地看著試管。「這裡面裝的是地獄之火，再往前踏一步，你們將燒成灰燼！」

「呸，」一個狗頭人唾罵道：「這個惡魔在虛張聲勢，抓住他！」

「我警告過你了！」

拉斯洛把試管砸在洞穴的地上。玻璃碎成一地，釋放出一個搖搖晃晃、籃球大小的氣泡。氣泡內滿是閃亮的氣體。狗頭人紛紛往後退，當氣泡慢慢往上飄時，牠們接連伸長了脖子。而後氣泡碰到天花板，發出輕微的爆炸聲，隨即噴出一串紅色火花。眾人全神貫注地看著火花緩慢盤旋降到地面，最後發出一聲微弱的氣聲消失，像是在說抱歉。

瑪姬閉上眼睛。**我們死定了**。

事態迅速升級。

狗頭人立刻朝拉斯洛蜂擁而上。瑪姬聽見他們的詛咒守護者發出尖叫求救，但她也無能為力——另三名狗頭人包圍了她。一名狗頭人揮舞著乾草叉，另外兩名狗頭人試圖抓住她的手臂，其中一名用乾草叉刺向她。還好地上的粥使牠們打滑，她設法抓住乾草叉的手柄，搶了過來。狗頭人對她破口大罵，隨即被她用擀麵棍打得腦袋開花。瑪姬再次狠狠地敲了牠一頓，然後開始攻擊其他人。

當其他狗頭人衝上前時，胖仔像個細心的機尾砲手提醒瑪姬。

「左邊一個！」

「右邊兩個！」

源源不絕的粥成了她的防護。為了靠近瑪姬，狗頭人必須穿過溫暖且溼滑的護城河。如果牠們動作太快，就會滑倒；太慢則會正面迎上擀麵棍。

碰、**碰**、**碰**。每當硬楓木製的擀麵棍打到亂糟糟的毛皮上時，瑪姬都會發出驚呼。已有七個狗頭人仰面倒在地上，處於意識不明的狀態。

但狗頭人不斷湧上，瑪姬慢慢後退靠到冰箱上。牠們跨過倒下的同伴，露出凶狠的牙齒。她的發出充滿痛苦的喘息聲。她朝離她最近的狗頭人攻擊，對方卻用警棍敲擊她的指關節。擀麵棍從她手中滑落，掉進了粥裡。

宛如皮革般粗糙的手抓住她的手腕，其他狗頭人則抓住她的腳踝，把她拖過地面。

在瘋狂的咆哮和咒罵聲中，瑪姬聽到一個驚恐的聲音大叫。

「**住手！**」

狗頭人遲疑了半晌。叫聲來自胖仔。瑪姬轉過頭，看見她弟弟蜷縮在冰箱上方，手裡緊緊的握著魔咒試管。火光自他的眼鏡反射。

「**放開她！**」他叫道：「放開她，不然我就要用這個了！」胖仔展示他手上發光的小瓶子。

狗頭人笑彎了腰，抓住瑪姬的狗頭人持續把她拖向火坑。

其他狗頭人開始嘲笑胖仔。「來啊！」牠們叫道：「讓我們看看你的力量，孩子！給我們看看另一個煙花！」

胖仔拔掉軟木塞的瞬間，無數藤蔓般的繩子從試管中衝出，伸向泥淖抓住狗頭人的脖子。鳥類和囓齒動物的屍體如雨點般從上方掉落，狗頭人像是布娃娃般被來回鞭打。牠們被狠狠地抽了一頓，隨即被拍到一面牆上。

然後，發著藍光的卷鬚將牠們固定在牆上，那些卷鬚全來自胖仔手中的小瓶子。

「**哈！**」胖仔開心地大叫。

瑪姬驚訝地掙扎著站起身。「你怎麼**辦到**的？」

胖仔向她投以高興的眼神。「不知道！」

瑪姬身後傳來一聲乾咳。「如果你們不忙的話，我需要拉一把。」

她轉過身看到火坑旁一個捲起的地毯冒著煙，拉斯洛懊惱的臉從中探出來，額間和臉龐黏著一簇打結的劉海。

她吹了聲口哨。「真想有臺照相機。」

「真幽默。但鑑於妳沒有，我又快像興登堡號一樣升空了，或許妳可以……幫我打開地毯。」

瑪姬幫他擺脫束縛，拉斯洛站起身來，拍了拍西裝上的灰塵。這名惡魔怒視著被釘在牆上的那群狗頭人。「這衣服是義大利製的，你們這些白癡。」

狗頭人沒有道歉。

他轉向胖仔。「你能保持……剛才那不知道是什麼的攻擊？」

瑪姬的弟弟點點頭。「應該可以。」

「很好。鄭重聲明，你剛剛用的是**我的**咒語。」

「但我們交換了，這是你給我的。」

「**還是我的！**」拉斯洛吼道，然後轉向瑪姬。「拿好鍋子，要走了。」

她無能為力地指著源源不絕冒出的燕麥粥。

「對喔。」他轉向最近的狗頭人，一個釘在他們上方約三公尺處的牆上，個頭嬌小纖細如蘆葦的傢伙。

狗頭人舔了舔嘴唇，眼睛尋向幾個被困在洞穴牆上、口鼻呈現白色的狗頭人。瑪姬猜牠們是部族裡的長老。年長的狗頭人搖搖頭，用粗嘎的嗓音回答。

「牠們說什麼？」拉斯洛問。

年輕的狗頭人有些膽怯地說：「我只能告訴阿爾法。」

「阿爾法？誰是阿爾法？」

狗頭人的目光越過他看向胖仔。「我們部族崇尚阿爾法，藍火之主。我們請求您寬恕，只願為您遣使。」

矮小的狗頭人在牠可動的範圍內深深低下頭。

胖仔的臉脹得通紅。「噢，你真好，我接受道歉。」

狗頭人殷切地抬起頭。「我們能送你松鼠作為禮物嗎？」

「呃……不。」胖仔說：「但也許你可以告訴我該怎麼讓鍋子停止生出粥。」

狗頭人咧開嘴。「只要說『*Ich bin so satt*』就可以了，意思是『我吃飽了』。」

鍋子開始發出嘶嘶聲，正如蒸氣從火車頭往外溢出似的，然後慢慢消失。鍋子疲倦地嘆了口氣，粥不再從鍋頂滲出來。

「還有什麼吩咐嗎？」狗頭人問。

「很多，」拉斯洛插嘴道：「先為我們準備肥皂和熱水，還有真誠地道個歉。」

這些都可以奉上，對方回覆道，但前提是阿爾法得提出要求。看來事態演變成狗頭人真心將胖仔視為牠們的正當主人了。男孩把木塞塞回試管，卷鬚隨即消失成濃煙。四十名狗頭人摔在洞穴的地上，其中一名落在涼掉的粥裡，所有人都揉著脖子，敬畏地看著胖仔。

其中一名狗頭人小心翼翼地靠近瑪姬。「阿爾法之姊，有什麼我們能為妳做的？」

瑪姬盯著那名狗頭人。**阿爾法之姊**？她用擀麵棍敲暈了七個狗頭人，胖仔不過是拔開軟木塞而已。她不想在意這種小事，但被這麼叫實在有點不爽。不過，話說回來，現在他們最該避免的就是讓狗頭人發現胖仔只是個普通小孩，因為使用了隨機魔法而誤打誤撞擊敗牠們。

瑪姬要了一條毛巾。

狗頭人衝出去執行她的吩咐，回來時帶著一盒蓬鬆的浴巾，毫無疑問是偷來的。瑪姬擦掉鞋子和牛仔褲上的粥，拉斯洛則命令兩個狗頭人擦亮他的Gucci鞋。

「我希望鞋子閃閃發亮，」他吩咐道：「在你幫我擦鞋的同時，不會碰巧知道去哪裡可找到聖髑或王室珠寶吧？」

狗頭人邊幫他拋光鞋頭，邊抬起頭來。「珠寶？」

「**王室**珠寶。」拉斯洛重複道：「戒指、權杖之類的。雖然我知道跳蚤項圈和咀嚼玩具更適合你們，但問問也無妨。」

一個狗頭人看向旁邊的同伴。「*Herzogshut?*（公爵冠冕？）」

同伴點點頭。「*Jawohl. Herzogshut.*（對，公爵冠冕。）」

另一個在拖地的狗頭人抬起頭來，問：「*Herzogshut?*」

「*Herzogshut.*」其他狗頭人紛紛表示贊同。

拉斯洛看著牠們你一言我一語。「*Herzogshut*到底是什麼啊？」

但在「阿爾法」開口詢問前，狗頭人不會透露任何資訊。胖仔開口後，牠們才透露在歐洲還有另一個狗頭人部族，英語稱為辛巴克族，牠們聲稱很久以前偷了一頂王冠。那頂王冠被稱為*Herzogshut*，討人厭的辛巴克族人總會在部族聚會上炫耀：弱不禁風的狗頭人會四處尋找小飾品和松鼠，強大的辛巴克族卻偷走了列支敦斯登的公爵冠冕！

拉斯洛咬著嘴唇。「列支敦斯登……聽起來像某種油煎香腸。」

「但那不是香腸，」胖仔糾正道：「那是一個講德語的小國。」

「你說什麼？」

「一個講德語的小國，位於阿爾卑斯山的主權公國，根據神聖羅馬帝國皇帝查理六世的法令於一七一九年成立。」

拉斯洛的下巴掉了下來。「那是一個**國家**？」

「對，但非常小。」胖仔說：「只有四萬居民。」

惡魔盯著他，神情中夾雜著敬意和厭惡。「你怎麼知道這些？」

對狗頭人而言，答案顯而易見。他們齊聲吟唱：「**阿爾法！阿爾法！阿爾法！**」

瑪姬在喧鬧聲中大喊。「胖仔喜歡看地圖集，」她向拉斯洛解釋：「無聊看著玩。」

惡魔嘆了口氣。「我什麼時候成了書呆子吸引機了？所以那地方有王室？」

「當然，」胖仔說：「由列支敦斯登親王統治。」

此時，拉斯洛搓了搓手。「真是太棒了！」他驚呼道，叫齊聲吟唱的狗頭人停下來。當牠們安靜下來後，他轉向其中一位長老問：「在哪裡可以找到這群辛巴克族？」

狗頭人看起來幾乎為他感到尷尬。「在列支敦斯登，*Herr Dämon.*（惡魔先生。）」

「對、對，我知道，」拉斯洛嘲諷道：「我是說**具體**在哪裡？你們的『阿爾法』需要去那裡。」

牠們在一張宣傳吉他課程的廣告單背面畫了粗略的地圖。拉斯洛研究了一下，詢問更多細節，看了看手機上的時間。當他發現螢幕破掉後，罵了一聲，拿起手機給狗頭人看。

「你們欠我一支手機。」他說：「不是那種山寨貨，而是價錢可觀的豪華手機。瑪姬，帶上鍋子，我們要走了。」

離開說得簡單。狗頭人全族懇求牠們的阿爾法留下來繼承他應得的領袖地位。胖仔對敵人很大度，但堅決拒絕留下來。他宣稱這是他的職責所在，倘若有機會，一定會回來拜訪。與此同時，狗頭人必須停止向毫不知情的公眾販售松鼠肉。

當他們離開時，瑪姬提及被他們綁起來並堵住嘴巴的兩個狗頭人，但這些族人並未表示不滿。

他們一回到公園，拉斯洛便打了幾通電話。瑪姬和胖仔跟著他在湖邊漫步，看他邊罵邊哄電話那頭的人。

「妳覺得他在幹嘛？」胖仔問。

瑪姬凝視著西方，天空呈現藍色和橘色漸層。「大概在買機票吧。我聽到他說什麼『頭等艙』。」

胖仔興奮地跳了起來。「我們真的要去歐洲嗎？」

「大概吧，」瑪姬說：「但我不知道要怎麼去。我們沒有護照。」

胖仔停止蹦蹦跳跳。「辦護照要多久時間？」

「好幾個月。」瑪姬說：「還需要準備很多文件，出生證明之類的。」

「但我們沒有那種東西啊。」

「是啊。」瑪姬說：「但我感覺拉斯洛有辦法解決這個問題。不管怎樣，之後再擔心這件事吧。多虧有你，我們才拿到這個魔法粥鍋。剛才幹得好啊，你真是太棒了。」

胖仔咧開了嘴，用腳踢了一塊石頭。「我就拔開軟木塞，大叫一聲。」

瑪姬把他拉進懷裡。「反正成功啦，這才是最重要的。」

前方，拉斯洛一邊倒退，一邊示意他們跟上，耳朵仍貼在電話上。瑪姬和胖仔跟著他出了公園，來到一條大馬路上，旁邊矗立著一棟宏偉的博物館。

他很快地招了輛計程車並爬上車，催促著錐克佛姊弟。「快、快，我們要趕飛機。」

「哪個機場？」司機在瑪姬猛地關上車門時問。

拉斯洛用手摀住手機。「甘迺迪。」

司機點點頭，對著一輛轎車按喇叭，示意對方讓路。另一輛車的司機拒絕配合，兩人頓時吵了起來。

瑪姬無法想像在曼哈頓開車的情景，她轉向拉斯洛說：「只是跟你說一下，我們沒有護照。」

「別擔心。」他喃喃回道，繼續小聲講電話。「對……好，下貨艙，白色箱型車……」

瑪姬噘起嘴唇。他有聽見她的話嗎？「但拉斯洛——」

惡魔沒理她。不只如此，他竟然用手壓在她臉上讓她閉嘴。瑪姬轉過頭面向窗外。他們的司機像瘋子一樣猛按喇叭。

她的目光越過車外混亂的交通，看向中央公園。在那裡，一切異常平靜——行人騎著自行車、慢跑、沐浴在秋日的陽光下，幸福地沒有意識到腳下住著一群傳說中的怪物。牠們的魔法鍋正安全地放在瑪姬的背包裡。

當她看到一個女人推著嬰兒車時，臉上露出了笑容。他們真的辦到了！重點是他們同時還獲得下一個要找東西的線索。這是瑪姬．錐克佛記憶中第一次允許自己抱持一線希望。

但就在希望浮現之際，一個身影引起瑪姬的注意。這個身影就站在最近的燈柱旁，一動也不動的樣子異常引人注目。她不會認錯那位女士的帽子或外套，或是從包包探出頭來偷看的那隻玩具貴賓狗。在計程車駛離時，她的視線對上瑪姬。

瑪姬突然有種想揮手道別的衝動。

鯰魚女士露出微笑。

第十六章　出境

拉斯洛一直很喜歡機場。應該說不是**機場**本身，而是航空旅行。過去，人們在飛行前都會盛裝打扮。一襲西裝搭配細領帶或時髦的洋裝，喝著烈酒，還穿著硬皮鞋。飛行使人著迷。時至今日，鄰座的人沒有穿背心、戴頸枕就該偷笑了。拉斯洛才在甘迺迪機場待了二十分鐘，就看到三十幾個這樣打扮的怪東西，每個頸枕都連著一個低能的白癡。

惡魔嘆了口氣。時尚標準大概已經倒退，但不可否認的是，現代機場擁有更好的商店和設施。他現在就坐在一家商店入口外的長椅上，一名店員正在幫胖仔挑選一套新衣服。有兩個人類旅伴已經夠難受了，更何況是兩個穿著破爛、沾了滿身粥的人類。

瑪姬很快就挑好衣服，胖仔卻想「嘗試各種選擇」。那孩子站在三面鏡前，看著自己的新造型傻笑。拉斯洛不得不承認他的行為很可愛，但照此情形，他們會在這裡待上一個小時。但時間也沒那麼重要，因為他們要搭的是晚上九點的班機。

「所以我們要怎麼做？」一個聲音自他右手邊傳來。

拉斯洛又認真看了下瑪姬，她現在穿著一件黑色毛衣和牛仔褲，乾淨的白色運動鞋，外面套了件休閒西裝外套，並圍著一條同款的圍巾。拉斯洛打量的並非什麼新打扮，而是一個截然不同的人。她看起來幾乎可稱得上時髦。

「什麼？」他說。

瑪姬和他一起坐到長椅上，開始把她的舊衣服塞進塑膠袋裡，接著把塑膠袋跟她新買的備用衣服裝進隨身攜帶的行李箱中。新行李箱是他們在甘迺迪國際機場第二個採買的東西。第一個是在機場停車場從一輛不起眼的箱形車拿到的護照。
「所以，」瑪姬說：「我們要怎麼處理『鯰魚女士』？」
拉斯洛重新把視線拉回到觀察人類上。「我已經向某人打聽了。」
「狄米崔？」
「不是。狄米崔吃了那些紅色小藥丸，完全忘了我們找過他的事。」
「那誰在調查鯰魚女士？」
拉斯洛向兩位路過的空服員眨了眨眼。「我的同伴，克拉倫斯。」
「他很厲害嗎？」
「他是最棒的。」
「那克拉倫斯會怎麼做？」她口吻調皮地問：「在惡魔電話簿裡查詢『鯰魚』？」
「這妳就不用操心了。有沒有人說過妳很囉唆？」
「有沒有人說過你很無能？」
拉斯洛笑了起來。「真好笑。昨天妳還在卡茨基爾山閒蕩，如今妳有了新衣服、一本護照、炙手可熱的線索和一張飛往歐洲的機票。妳甚至拿到一個魔法粥鍋。這一切拜誰所賜？我。我甚至沒提對付狗頭人的英雄事蹟。」
「對付狗頭人的是胖仔，你尖叫著求饒。」
「那是一種手段，」拉斯洛嗤之以鼻。「是誰給胖仔魔咒試管的？誰從狗頭人那兒拿到鑰匙的？誰找到鑰匙孔和粥鍋的？面對現實吧，殿下，我是我們之中的ＭＶＰ。沒有我，妳只能待在木瓜村修奶油攪拌機。」
「暮光村。」
「隨便啦。」拉斯洛準備迎接另一次反駁，但什麼也沒有。相反的，瑪姬只是安靜地坐在他身邊，擺弄自己的袖子。
「你說的對。」她最終說：「沒有你的幫忙，我們現在不會在這裡，也不會離打破詛咒更近一步。我不該罵你無能，謝謝你。」

拉斯洛嚥下準備好反擊的話，轉而看了眼手機。「不客氣。」他說，努力壓下笑容。他正緩慢而穩步地贏得瑪姬的信任。她不是天生就容易相信人的類型，但相信會到來，希望也會紛沓而至。安德羅沃低估了他。

他父親也是。

「克拉倫斯有傳來消息嗎？」瑪姬問。

「沒有。」拉斯洛說：「但那沒什麼，克拉倫斯動作不是很迅速。」

「但你說他是最棒的。」

「對，最會服從命令。」

瑪姬鼓起臉頰。「那他到底在做什麼？」

「偵查。在辦公室裡四處打探。如果鯰魚女士是我老闆派來的，就會有書面紀錄，支款單之類的。」

瑪姬驚訝地眨了眨眼睛。「地獄也有文書工作嗎？」

「文書工作本身**就是**地獄。」

瑪姬把頭湊過來，低聲說：「但要是鯰魚女士**不是**你老闆派來的呢？萬一雇用她的另有其人？」

拉斯洛訕笑道：「別鑽牛角尖，她還能為誰工作？」

「不知道，也許和魔法石以及那群巫師有關。」

「魔法師。」

「隨便啦，你不覺得有可能嗎？」

「不太可能。」拉斯洛說：「據妳所說，在我們掌握儀式文件缺失和那些埃及巫師的情報前，鯰魚女士就已經在狄米崔店裡了。」

「魔法師。」

「隨便啦。」

「但那就是我的意思。」瑪姬說：「如果她早就在店裡了，為什麼要跟蹤我們，莫非是她無意間聽到了什麼？」

拉斯洛搖搖頭。「她一直跟蹤我們，這就說明她是職業的。如果她是職業的，就代表有人在我們去找狄米崔前就派她來。唯一能做到這件事的傢伙就叫瑪里尼斯．安德羅沃。」

「他就是你老闆？」拉斯洛點頭。瑪姬吹了聲口哨。「這名字真不得了。」

「就是啊。」拉斯洛在胖仔匆匆跑過來時站起身，後者的臉因興奮而發紅。

「看起來怎麼樣？」他殷切地問。

拉斯洛打量這個男孩：新的鞋子、襪子、牛仔褲和毛衣，還有一件超多口袋的外套。「看起來值三百塊。」

事實上，如果算上額外的襯衫、運動褲和內褲，大概要四百美元。經過護照、行李箱、機票和瘋狂購物後，拉斯洛幾乎花了一萬美元。這還不包括胖仔正迅速升級的汽水癮。他暗罵一聲，付錢給店員。

「小孩嘛，」他說：「既討厭又需要照顧，但至少他們是用錢堆出來的……」

在拉斯洛看來，這是很棒的雙關語——簡短又富有智慧，而且是他臨場發揮想出來的。店員只是遞給他一張收據。拉斯洛覺得她是素食主義者，也許是雙魚座。

當他轉身朝錐克佛姊弟走去時，胖仔正在向瑪姬展示他的新外套。

「這有一個藏起來的帽子，」他說，拉開領子的拉鍊。「還有很多口袋可以放我的武器和咒語。」

「冷靜點，梅林，」拉斯洛說：「沒有人會在機場揮舞咒語，讓那些試管通過安檢可不容易。」

「我一直想問，」瑪姬說：「你把試管藏去哪了？」

拉斯洛直直地盯著她。「妳真想知道？」

然後是一陣沉默。

過了一會兒，他走進航廈，手上晃著一個裝著錐克佛詛咒公事包的袋子，瑪姬和胖仔跟在後頭，拖著他們的行李，其中一個裝著粥鍋——作為去瑞士「拜訪一些朋友的伴手禮」。

當他們快走到門口時，拉斯洛的手機震動起來。他低頭一看，螢幕上顯示一個陌生的號碼，於是擺擺手示意錐克佛姊弟先走。

克拉倫斯的聲音像一把刀猛地刺穿他的耳膜。「**拉斯洛！**」

「是我，不要鬼吼鬼叫。」

「**我沒辦法控制！我太害怕了！**」

拉斯洛遠離人潮。「冷靜點，你現在在哪兒？」

「**沙龍！**」

拉斯洛靠在自動販賣機上，揉著雙眼。「克拉倫斯，告訴我你只是借用他們的電話。」

「美甲讓我放鬆！」

「好，冷靜下——」

「**別叫我冷靜！我兄弟有危險了！**」

兄弟？拉斯洛花了點時間才意識到克拉倫斯說的是誰。當他想通這點後，感到很尷尬。任何情報，無論多有價值，都不值得他承受如此重擔。他不得不強忍著不要掛電話。

「克拉倫斯，振作一點，你為什麼這麼煩躁？」

拉斯洛不耐煩地聽著克拉倫斯大聲數數字讓自己鎮定下來。當他數到十的時候，他歇斯底里的尖叫已經放緩，變成吸鼻的抽噎聲。

「你被跟蹤了。」克拉倫斯小聲說。

「我知道，」拉斯洛說：「安德羅沃的手下。」

「對！今天早上，我偷偷溜進柴契爾的辦公室裡，在收納櫃上看到一個東西，就是上面放著她假裝澆花的那盆乾燥蘭花的櫃子。」

「我知道，」拉斯洛冷酷地說：「你看到什麼了？」

「一個標籤寫著『拉斯洛』的馬尼拉文件夾，我想內容可能跟你有關。」

「聰明，還有呢？」

「我準備打開的時候，柴契爾進來了。她上下打量我一番，用她眼睛的瞬膜眨了下眼。我說：『嗨！』然後她說：『你在我辦公室幹嘛？』只是她原話是你他媽……」

拉斯洛皺起眉頭。柴契爾想對付他？「那你怎麼回？」

「我嚇壞了！我說我們已經一起工作九十七年了，是時候好好了解一下彼此了。」

「不會吧。」

「**我說了！**」

「**噓！**」拉斯洛制止他大叫。「冷靜，拜託，那她怎麼回？」

克拉倫斯的語氣變得悶悶的。「你們有熱蠟短靴嗎？」

「**什麼？**」

「抱歉，我剛在跟美甲師說話，她叫希薇亞，服務超棒。」

拉斯洛用頭撞著自動販賣機。「克拉倫斯，我沒有說你不重要，但我們可以回到我身處險境這話題上嗎？」

「好，呃，柴契爾說什麼她還沒吃午餐，我聽懂了她的暗示，就說：『我們去時代廣場那家餐廳怎麼樣？』你知道，就是有巨大霓虹燈和洋蔥的那家餐廳。然後她換上人類的偽裝，走到另一個收納櫃，上面放著小貓照片的那個，然後拿了她的錢包！」

拉斯洛忍不住催促克拉倫斯繼續說。「所以你們一起去吃午餐……」

「對。當餐廳服務生帶我們進入一個卡座時，我感到全身濕冷。你知道我感到焦慮時就會渾身變得濕冷。」

他確實知道。「我知道。」

「因為我太煩躁了，所以點了一大盤大波斯菊來平復我的心情，柴契爾也點了一份，還有三盤洋蔥圈、蜜汁鮭魚和不加細蔥的馬鈴薯皮，因為她不喜歡吃蔥。」

拉斯洛咬牙切齒地問：「然後呢……？」

「我們**聊了天**，拉斯洛！我們聊了好幾個小時！」

「所以……？」

「我從未感覺如此活力四射！跟另一個朋友舒服地待在一起——」

拉斯洛的語氣變得慎重。「克拉倫斯，我要殺了你，我會把手穿過電話線，掐住你柔軟的脖子，然後——」

「好啦、好啦！抱歉，當我們深入聊天後，我問：『拉斯洛是被解雇了嗎？』然後柴契爾說：『哈！他想得美。』然後我說：『為什麼這麼說？』她說：『他要被熔解了。』然後我說：『真的嗎？』她回：『對。』我又問：『為什麼？』她說：『安德羅沃已經為他鋪好路了。』然後我說——」

「**給我直接說重點！**」

「安德羅沃憎恨你。」克拉倫斯直截了當地說：「但他更恨你父親。他派了一群人跟蹤你，奉命報告你的一舉一動。他同時也在調查你管理的詛咒，以及巴西利擅離職守後，你是如何得到這份工作的。他覺得很可疑。」

我也覺得，拉斯洛心想。他毫不避諱地回道：「克拉倫斯，柴契爾有沒有提到我們在這座城市可能拜訪的人或地方？」

克拉倫斯聽起來很受傷。「你來這裡沒找我？」

「我有點忙。」

「她什麼都沒說，但『我們』是誰？」

「我和我的詛咒持有者在一起。說來話長，但我等下要搭紅眼班機前往歐洲。我們正在蒐集能幫助他們打破詛咒的東西。」

克拉倫斯的聲音變成驚恐的語氣。「你在**幫**你的詛咒持有者打破詛咒？這是禁忌，拉斯洛！那——」

「不是我的本意。我知道規則，克拉倫斯。我沒有要幫錐克佛一家**打破**詛咒，我只是**誤導**他們。」

「但為什麼要這麼做？」

拉斯洛看著自己的指甲。「還不明顯嗎？我要讓他們擁有希望，這樣我就可以一下拉掉他們腳下的地毯。你看！痛苦和絕望便瞬間產生了！」

電話那頭傳來一聲肅然起敬的抽氣聲。「噢，天啊，太棒了，拉斯洛！你真是天才，又如此**邪惡**……」

拉斯洛欣賞著自動販賣機中自己的倒影。

「你真好心，克拉倫斯，但這沒什麼大不了。誘惑凡人是我們的職責，驅使他們做出邪惡的行為，有人會說這是惡魔的天性。」

「這地方真該讓你來管理。」

「我同意。」拉斯洛說：「但首先我得先保住小命。所以安德羅沃的手下有什麼消息嗎？他們只是在監視，還是打算破壞我的計畫？」

「破壞——還有更慘的！」克拉倫斯喊道：「柴契爾說他將不惜代價。」

此話一出，拉斯洛反而覺得受寵若驚。「我曾近距離看過他的手下，沒什麼特別的。一打五可不是小菜一碟，但我遇過更大的困境。」

「是**六個**，」克拉倫斯氣急敗壞地說：「有六名手下！」

拉斯洛在腦海描繪出被安德羅沃叫進柴契爾辦公室的「遊客」。「本來是六個沒錯，但其中一個在我面前被熔解了，你不會相信有多臭。」

「安德羅沃又派了另一個，」克拉倫斯小聲說：「一個專家。某個賞金獵人或刺客。柴契爾對此非常不滿。」

拉斯洛咧嘴一笑。「這個柴契爾老傢伙，我就一直知道她會支持我。」

「不是，是因為那刺客開價昂貴。」克拉倫斯說：「讓假期預算跟著縮減。」

他的笑容頓時消失。「我明白了，呃，柴契爾有沒有提到那個刺客的名字或長相？會不會碰巧長得像鯰魚？」

「不知道，但柴契爾說他們是真正的殺手。」

「我想那就是派出刺客的目的。」

拉斯洛聽見另一頭傳來手拍動的聲音。「我不是那個意思！」克拉倫斯叫道：「她說一旦這個刺客出手，目標將**無**一倖免！所以我才那麼煩躁。」電話那頭的歐式尖吻鮫試圖冷靜，卻冷靜不下來，頓了一會兒又說：「**我最好的朋友就要死了！他會痛苦地死於非命。而且我還是找不到我的手表！**」

拉斯洛把手機拿離耳邊，看了眼手腕那支寶璣表的時間。「克拉倫斯，別叫了，」他說：「我得掛了。如果你有任何關於安德羅沃的消息，我是說**任何事**，立刻向我匯報。你現在還有跟柴契爾見面嗎？」

另一頭的歐式尖吻鮫高興地說：「**週六我們要去看雙場電影！**」

「很好。繼續挖掘消息，隨時通知我。」

「**小心——**」

拉斯洛掛上電話，閃進一家哈德遜新聞機場免稅店裡買了幾樣東西。方才談到關於希望的話題讓他突發奇想。

幾分鐘後，他發現錐克佛姊弟逗留在登機口附近，一副昏昏沉沉的樣子，一名空服員宣布飛往蘇黎世的航班即將開始登機。

拉斯洛戳了戳瑪姬的肩膀。「上飛機再睡，我要妳寫個東西。」他拿出兩張貼了郵票的明信片和原子筆。「快速給你們爸媽寫封信，跟他們說你們很好，一切進展順利。」

胖仔打了個呵欠，拿了一張明信片。瑪姬挑了挑眉，但拉斯洛截住她的話頭。

「妳想讓他們知道妳很安全，不是嗎？知道我們幹得好？」

瑪姬伸手去拿另一張明信片。「大概吧。」

拉斯洛看了眼胖仔快速動著的筆。「別激動，莎士比亞，剩下的你可以回家再跟他們說。」

等姊弟倆寫完後，已經到了開始登機的時間。

拉斯洛把明信片硬塞給一對老夫婦，他們的班機剛從多倫多抵達。加拿大人以可靠聞名，拉斯洛知道他們一到下榻旅館就會把明信片寄出去。運氣好的話，幾天後就會寄到錐克佛家了。拉斯洛為自己喝采。不是每個惡魔都有辦法同時激發兩地人類的希望。

「旅客施密特，」擴音器傳來一個聲音。「旅客L．施密特，請前往售票櫃檯報到。」

拉斯洛花了一秒鐘才意識到廣播叫的就是他。偽造身分總是這點危險，常常會忘了自己的名字。他帶著詢問的目光快步走至登機櫃檯。

「拉斯洛．施密特？」櫃檯人員問。

「對，」他說：「有什麼問題嗎？」

女人微微一笑。「沒有，我們已批准您的座艙升等。」

拉斯洛呼出一口氣。「噢，謝天謝地，我差點就要去擠經濟艙了。」

她垂眼看了下電腦螢幕。「我看您跟一位瑪格麗特．施密特和喬治．施密特同行，是嗎？」

「對，我的姪子、姪女。」

「請問您也想幫他們升等嗎？班機座位沒有很滿。」

拉斯洛回頭瞄了眼錐克佛姊弟。「不用了，」他說：「坐頭等艙對他們來說太浪費。說起來，頭等艙的酒都是免費的吧？」

當櫃檯人員幫拉斯洛列印新的登機證時，拉斯洛沾沾自喜地想著計畫終於開始有了眉目。他已經獲得一樣極具挑戰的材料，現在正在前往第二樣材料的路上，還在辦公室安插了一名間諜。雖然跟克拉倫斯相處很累，但只要他能吸引柴契爾的注意力，那麼聽他講那些會讓人尖叫的無聊瑣事也是值得的。柴契爾不僅了解安德羅沃的計畫，還可能對錐克佛詛咒和最初的守護者發生何事有深入的了解。

巴西利十有八九已經死了。但除非見到屍體，不然無法確定，而即便到那時候，還要檢查他的脈搏才是明智之舉。拉斯洛對此再清楚不過了。幾個世紀以來，他曾與幾名債主玩過這種花招。他無法定巴西利是死是活，但他確實嗅到可疑的味道。

「抱歉，」身後傳來一個氣喘吁吁的聲音。「你好了嗎？」

拉斯洛轉過身看見一男一女，大約五十歲出頭，除了臉色脹紅、略顯慌張外，外表平淡無奇。顯然他們剛在整棟航廈裡狂奔。

拉斯洛拿著他的新登機證。「請吧。」

他與這對夫婦擦身而過，返回去找錐克佛姊弟，告訴他們該去排隊了。拉斯洛猶豫了一會兒，打開公事包，取出一本雜誌，以及通過安檢後塞進口袋的魔咒試管。

他瞥了眼正在和售票員講話的那對夫婦。在機場，匆忙奔走趕飛機的情形司空見慣。這麼多年來，有成千上百個人從拉斯洛身邊擦身而過，希望自己有更充裕的時間。

但到目前為止，這些人沒有哪個身上散發著硫磺的氣味。

這兩個人都是惡魔。

第十七章

菲爾

瑪姬從未坐過飛機，新奇感使她心中的憤怒減輕不少，因為他們的詛咒守護者在頭等艙盡情享受，她和胖仔的座位則在最後一排靠近洗手間的位置。拉斯洛隨便編了個藉口，表示只有一個人可以升等，那純粹是胡說八道。這架班機有一半座位是空的。

胖仔一點也不介意，對他來說，這架波音七八七客機就是個夢幻仙境，一個飛行樂園，從上方的置物櫃到安全帶，一切都是新發現。不到五分鐘，他便試了機上所有按鈕，對著嘔吐袋竊笑，還幫航空安全示意圖上的每個角色取了名字。瑪姬很羨慕他對什麼都充滿了興趣，這是一種超能力，正如他在疲倦或無聊時能秒睡一樣。

當飛機升空到巡航高度時，他開始發揮第二種能力。在飛行的兩個小時間，胖仔一直蜷縮著靠在窗戶上，輕聲打呼，餐桌上放著一小杯薑汁汽水。

瑪姬沒有她弟弟的天賦。她癱在靠走道的座位上，雖然渾身疲累卻難以入睡，只得默默祈禱飛機引擎的嗡鳴能帶她進入夢鄉。祈禱也沒有用。每當她眼皮垂下時，對父母的思念就會襲來，隨之而來的愧疚感也驅走了她的一絲睡意。

媽媽會原諒她嗎？如果只有瑪姬一個人離開的話，或許有可能，但胖仔也在就不用說了。喬治是她的心肝寶貝，是家裡唯一一個目前為止還保持完整無瑕的人。無論他是否不請自來，瑪姬都將他引誘到危險之中。從瑪姬讓他跟著而非直接送他回家的那一刻起，她就成了拉斯洛的共犯。

現在瑪姬已完全清醒，把注意力放在前方的螢幕上。電視被轉到關於格陵蘭鯊的節目。旁白以生硬的英國腔介紹格陵蘭鯊這個不尋常的生物：體型巨大、行動緩慢，而且神祕莫測，壽命可長達數百年，而非幾十年。但真正吸引瑪姬的不是牠們的長壽。

而是牠們身上的寄生蟲。

每當寄生蟲出現在畫面上的時候，都會讓她感到坐立難安——那些蠕蟲般的生物，附著在鯊魚的眼球上，吃掉牠們的眼角膜使其失明。瑪姬對格陵蘭鯊感到同情，這些可憐的傢伙肯定知道有什麼不對勁，卻又無能為力。牠們無法驅除或甩掉寄生蟲，唯一能做的就是緩緩遊過冰冷的深海，等待眼前失去光明的那一刻到來。

瑪姬碰了碰毛衣下方纏著繃帶的手臂。對此她再理解不過了。

「打擾一下？」她抬頭看見一個女人站在走道中間，等著上廁所。對方年約中年，一頭金髮參雜著些許白髮，肩上綁著一件學院風的米白毛衣。

女人拿著一包航空公司出的餅乾。「妳想不想吃這個？我老公不喜歡薑味餅乾。」

滿頭霧水的瑪姬接過餅乾。「我弟弟應該會想吃，謝謝。」

「你們兩個是自己出來旅行嗎？」

「不是，我們的叔叔在頭等艙。」

女人不確定地笑了笑。「他讓你們兩個自己在這兒？」

「他有點……特立獨行。」

一個男人從洗手間出來，擠到女人身旁。

「我們坐第八排，如果妳有什麼需要幫忙，就來找我們，我叫凱西。」

「謝謝，凱西，妳人真好。」

女人笑了笑走進洗手間，關上門後便出現**使用中**的標誌。瑪姬把餅乾放到胖仔的托盤上，然後將螢幕切換到追蹤航班進度的頻道。在閃爍圖示的四周顯示一片藍色的海洋，他們還有幾個小時才會抵達目的地。

閉上眼睛，瑪姬試著整理思緒。

如果拿到那個叫什麼帽的東西，他們還要取得聖髑。就算他們成功拿到那東西，也只剩幾天的時間蒐集一般的材料，並弄清楚該如何運用。瑪姬的思緒一而再再而三地回到兩個主要問題上：

為什麼儀式部分會缺失？

缺少儀式，他們還能打破詛咒嗎？

瑪姬沒有任何答案，但她知道如果他們不試試看，成功的機會為零。她深吸了一口氣，緩慢將空氣呼出。

一次走一步吧，慢慢前進——

正當瑪姬開始放鬆下來時，她的頭突然爆發劇烈的疼痛。

彷彿被閃電劈中似的，瞬間一陣灼熱的刺痛傳來，讓她至今經歷過的所有痛楚都相形見絀。

瑪姬的脊椎變得僵硬。她向後仰，雙手抓住扶手，身體劇烈顫抖，好像被綁在電椅上一樣。

這股疼痛逐漸難以忍受——她的右眼窩出現一種高溫灼燒的陣痛。她想起格陵蘭鯊，但她發誓這股痛楚絕不是寄生蟲造成的，而是一根長金屬螺絲釘插進她的大腦。感覺極為真實，銳利的尖端旋轉擠壓刺進她的眼球，直至切斷視神經。

瑪姬的脊椎和渾身肌肉已緊繃到瀕臨崩潰的地步。她想要尖叫——**需要**尖叫；但她的舌頭緊緊抵住上顎，所以只能猛烈抽搐，在椅背上翻來覆去，並在無形的閃電越竄越深的同時，忍受難以想像的痛苦。

劇痛像出現時那樣突然消失了。

就好像有人按下開關，痛苦瞬間像雨水從擋風玻璃滑落般褪去。瑪姬氣喘吁吁地用顫抖的手摀住右眼。她的手指摸索著整個眼窩，輕柔且帶著些微試探。沒有摸到金屬螺絲，除了眼瞼下方傳來輕微搔癢外，什麼也沒有。

正當她用餐巾紙擦拭額頭時，一陣噁心的感覺令她衝進洗手間。

瑪姬猛地關上門，門一鎖好，便立刻吐了出來。

吐出來的是她的晚餐：定價過高的雞肉捲、時令水果和聖沛黎洛氣泡水。

她把頭髮向後撥，又一陣膽汁湧上來時，渾身顫抖地對著洗臉盆大吐特吐。她抹了抹嘴巴，環顧浴室，視線掃過日光燈和小小的洗手檯，聞著尿液和空氣清新劑混和在一起的味道。她慢慢站起身來，飛機遇到亂流，她的膝蓋微微顫抖。瑪姬倚著洗手檯站穩身體，往臉頰上撥了水後，看向鏡子。鏡中的倒影看起來很陌生。

她的右眼發生了某種超現實的異變，她所能做的就是湊近鏡子看清楚自己的變化。首先是虹膜，以前帶有些許藍色，現在卻布滿金色的斑點。這已經夠奇怪的了；然而，她的右瞳孔不再是圓形的黑洞，而是呈現垂直，彷彿貓的瞳孔一樣，周圍布滿一圈駭人的血絲。

這變化不僅是怪異；是根本不像人類。

這不是真的，醒醒，瑪姬！醒來，妳這白癡——妳是在作夢！

彷彿作為回應，她感覺左手臂傳來一陣抽動。雖然不覺得痛，卻感覺繃帶下方的皮膚又熱又緊繃。她脫下毛衣，解開襯衫袖口的釦子，把繃帶解開。一會兒後，她不自覺發出一聲尖叫。

她的詛咒印記在她的注視下發生變化，其猩紅色的邊緣變得模糊且呈現纖維狀。那塊色斑有目的地邊湧動，邊向外擴散，彷彿墨水在沾溼的紙上渲染。不到一分鐘，色斑便爬滿瑪姬整段前臂。色斑邊緣再次凝固，皮膚開始變硬，類似裂縫和鱗片狀的皮革。纖毛慢慢湧現，猶如半透明的沼澤蘆葦從鱗片的間縫冒出來。

她小聲向上帝或任何神明祈求，但沒有被聽見。就在纖毛綻放的同時，她手肘白嫩的軟肉處，出現一個膿瘡。

瑪姬驚恐地看著膿瘡越擴越大。她能**感覺**膿瘡裡有東西擠壓著她的皮膚。當膿瘡長到類似鷹嘴豆大小時，便開始破裂，流出冒泡的膿液。瑪姬乾嘔了聲，但已沒東西可吐的了。

她抓起一把紙巾，把分泌物擦掉，凝視膿瘡破掉後留下的坑疤。

一條蟲子從洞裡竄了出來。

瑪姬不禁發出尖叫——但很快便用力咬住下唇，把嘴唇都咬出血來。她正要發出另一聲尖叫時，門外響起了敲門聲。

「哈囉？」一個男人的聲音。「裡面有人嗎？」

還好她鎖了門。「有！」

對方頓了一下。「妳……還好嗎？」

「我很好，謝謝！」

她看回手臂，強忍著噁心，驚訝地看著蠕蟲緩慢地向前移動。蟲的身體是乳白色的，頭的那一端似乎在感知空氣中的氣味。雖然很噁心，她的思緒卻毫無情感投射，想著萬一這條蟲不是寄生蟲呢？萬一牠是瑪姬自己的一部分呢？

她必須找出答案。

她的動作變得近乎冷漠。她從口袋裡拿出一枝原子筆，彎下腰趴到小小的洗手檯上，戳著她已經變黑的皮膚。當筆靠近時，蠕蟲往後退去，然後在瑪姬戳向洞口時，牠完全縮了進去。她深吸一口氣，將筆尖插進洞裡。洞口滲出一滴血，順著筆管流了下來。瑪姬再次往裡頭戳，更多的血冒出來，像糖漿一般濃稠。

她持續戳著，直到水槽裡濺滿深紅色的血滴。是很痛沒錯，但這與她的眼睛方才經歷的劇痛比起來，幾乎沒有感覺。瑪姬全神貫注地刺著自己手臂的肉，伴隨著微妙的律動，彷彿陷入夢境中。她再次用力按壓，感覺蟲子退得更遠，躲到她的手肘附近。

瑪姬的臉色變得陰沉。「你可以逃，」她喃喃地說：「但你躲不了。」

她咬緊牙關，把筆戳進洞裡。一陣疼痛襲來，但她強忍著停手的衝動，反而越刺越深，直到感覺挖不出任何東西。令人作嘔的黃色膿液滴在一灘混濁的血水中，在洗臉盆中淤積，發出腐臭的氣味，讓她想吐。

瑪姬開始過度換氣。

她的呼吸變得短淺，但她無法停下來。她像撬棍一樣拿著筆，感覺筆尖已經戳到骨頭。汗水滑落她的下顎，但她仍然使勁地戳，直到皮膚裂開，撕出一條快三公分寬的鋸齒狀缺口。

她身體激發的腎上腺素蓋過了疼痛。

大口喘著粗氣，她把筆丟進洗臉盆裡，開始用手指去挖傷口，把參差不齊的肉推到一邊，鮮血汩汩地冒了出來。

瑪姬用手肘扳開水龍頭開關。水柱的沖刷讓她感到刺痛，但當傷口上的血被沖走時，她可以看到肌肉、肌腱和長在下方骨頭上的某個東西。**天啊**——那蟲子不是什麼寄生蟲，而是出自她身體的一部分。

而且不只一條。

沖洗傷口後，她發現骨頭上長出一些較小的蟲子，就像從樹枝上冒出的嫩芽。她抓著洗手檯，再次乾嘔出聲。

又是一陣敲門聲，比剛才還大力。

一個不耐煩的聲音說：「你好？」

瑪姬擦掉下巴沾到的膽汁和唾液。「有人了。」

「對，」男人暴躁地說：「但妳已經在裡面十五分鐘了……」

瑪姬的頭越來越昏沉，儘管洗手間裡有風扇，但眼前的景象和氣味還是讓她難以負荷。她艱難地喘著氣。

門外又敲了幾聲。「小姐——」

瑪姬用手肘撞了下門。「**走開！**」

敲門聲戛然而止。

她喘著氣，把頭靠在鏡子上。她這麼一吼，門外那混蛋可能會去叫空服員來。她該說什麼？她要如何解釋她的眼睛，或任何關於她手臂的事？

萬一航空公司報警怎麼辦？更糟的是，萬一他們叫來醫生並發現她的祕密怎麼辦？儘管如此，她仍必須在他們過來前止血，剛才發生的事不能被人發現。

她抓了一把衛生紙，緊緊地按在前臂上。衛生紙立刻被血浸溼，瑪姬把溼透了的衛生紙拿開後，驚訝地發現皮膚已經癒合。線狀的細絲從邊緣浮現，將凹陷縫合，陷入完好的皮膚中。比任何縫合手術都更整齊地閉合傷口。

目瞪口呆的瑪姬擦拭著剩下的血跡。她的皮膚癒合到只剩下原來的洞口。過了一會兒，那條蟲探出頭來，好像什麼事都沒發生過一樣。

又是一聲敲門聲。

「還是有人！」瑪姬說，把染血的衛生紙扔進馬桶。

「我是空服員。」一個女生聲音說：「妳還好嗎？」

瑪姬往手臂潑了更多水，蠕蟲就像捲尺一樣往回捲。「我很好，」她頓了下：「聽著，我真的很抱歉，但我還需要幾分鐘。」

女人的語氣頓時充滿關懷。「親愛的，妳需要幫助嗎？需要我幫妳找人來嗎？」

瑪姬閉上眼睛。為什麼他們就是不能讓她一個人待著呢？這是這架飛機唯一的洗手間嗎？**要尿去別間！**

「呃，我弟弟睡著了，我們的叔叔在頭等艙，不需要打擾——」

空服員的聲音瞬間精神抖擻。「妳叔叔是不是長得像保羅．紐曼的那個人？」

瑪姬不知道女人在說什麼。「呃……大概吧？」

「我馬上回來。」

「我真的沒事——」

但空服員已經走遠了。

瑪姬瘋狂地擦拭洗臉盆裡的血跡和膽汁，然後她注意到沾滿嘔吐物的馬桶。如果她動作快的話，也許可以在空服員回來前，一頭栽進馬桶裡把自己沖出飛機外。雖然機率很低，但也許值得一試……

門外**再次**傳來敲門聲。這次，伴隨著她再熟悉不過的詼諧嗓音。「最好是好事。」

「走開！」瑪姬說：「我沒要他們叫你來！」

「聽著，那位女士以為妳的結腸要爆炸了，告訴我她想錯了。」

「才不是那樣。」

「那是怎樣？」

瑪姬猛地打了個寒顫。「我在**變化！**」

拉斯洛好一會兒沒有回答。「好吧，我從未解釋過這種事，但聽好了。瑪姬，當人類長到一定歲數時，他們的身體會經歷一連串尷尬但有趣的變化，醫生稱之為——」

「你他媽的能閉嘴嗎？」

「好吧。」

「外面還有其他人嗎？」

「沒，大家都逃走了。」

瑪姬把門打開一條縫，看到她的詛咒守護者就站在門外，一臉好笑的表情。她指著自己的右眼。「**你看！**」

拉斯洛打了個呵欠。「**那**就是妳躲在這兒的原因？擁有性感的貓眼？滾石樂團主唱傑格可想要得不得了呢。」

「是嗎？」瑪姬說：「那**這個**呢？」

她又把門打開幾公分，讓拉斯洛看到她臂彎附近的洞。

對方又打了一個呵欠。「在上面貼阿斯匹靈。」

就在此時，那條蟲子又鑽了出來，就像一條從洞穴探出頭來的鰻魚。拉斯洛好奇地揚了揚眉毛。

「噢，你好啊，」他低聲說：「你有名字嗎？我猜你叫賴瑞？或者叫菲爾。你的名字絕對是菲爾。」

「它沒有名字，我也不想取！」

拉斯洛聳聳肩。「妳要我怎麼做？有人忘記自己被詛咒了嗎？」

瑪姬不自覺地抽泣起來。她猛地關上門，再次鎖上。「你什麼都不用做，我只想讓它停下來！」

十秒過去，門外又傳來敲門聲，這次溫和許多。

「開門，殿下。」

「不要。」

「開門嘛，一個小縫就行。」

瑪姬猶豫了一會兒，才打開一個小縫，一根糖果棒從門縫伸了進來。

「這是什麼？」

「巧克力棒，它是三角形的，而且很好吃。」

瑪姬皺起臉來。「誰會在廁所裡吃巧克力？」

「好吃到妳會嚇到。」

「我不要吃。」

巧克力棒縮了回去，取而代之的是一副名牌太陽眼鏡。

這東西瑪姬倒是用得上。鏡框對她來說太大了，但鏡片完全遮住她的眼睛。更好的是，沒人看得出來她哭過。

當瑪姬終於從洗手間出來時，拉斯洛還等在門外。

「看起來怎麼樣？」她試探性地問。

惡魔眨了眨眼。「像偷偷摸摸的巨星，或宿醉很嚴重，看妳怎麼想。」

瑪姬試圖擠出笑容。她回到座位，驚訝地發現拉斯洛也擠了進來，坐到她和胖仔間的位置。

「你不用跟我們坐一起沒關係。」瑪姬說。

「噢，沒事，」他輕鬆地說：「誰不想坐在廁所旁那排的中間位置呢？」

瑪姬坐了下來，繫上安全帶。空服員趕緊走過來。「一切都還好嗎，親愛的？我們很擔心妳。」

「我沒事，抱歉在裡面待這麼久。」

「沒事，兩位有需要什麼嗎？」

拉斯洛立刻回道：「給我來杯氣泡酒，我姪女要……」

「水。」瑪姬說。

「我馬上來。」空服員說。

「還有，」拉斯洛說：「謝謝妳來找我，丹妮絲，妳人真好。」

當惡魔咧嘴一笑時，丹妮絲的臉色染上令人震驚的粉紅色。她開始滔滔不絕地表示這是她的榮幸，還有她真不應該多嘴，但有沒有人說過他很像好萊塢巨星保羅．紐曼？不是《大審判》裡的保羅．紐曼，而是《夏日春情》裡的保羅．紐曼。拉斯洛承認他可能聽過一、兩個人這麼說過。丹妮絲用力點頭，開口想再說些什麼，然後看了眼瑪姬，迅速閉上嘴巴。那位女士轉過身，幾乎是用衝的去給拉斯洛準備一杯「好東西」。

瑪姬此生從未見過如此令人費解的場面。「你對她做了什麼嗎？」她低語道：「魔法之類的？」

「是呀，」拉斯洛說：「長得像保羅．紐曼的魔法。」

「那才不是魔法。」

「過幾年妳就知道了。」

瑪姬沒有回答。丹妮絲帶著飲料回來，並提到她的結婚戒指是「擺脫怪胎」的圈套。旋即又匆匆離開，撫平圍裙，臉脹得通紅。

拉斯洛瞄了一眼胖仔。「小傢伙睡了多久？」

「幾個小時。」

拉斯洛戳著胖仔的肩膀。「還真是睡得不省人事。」

「這是他的天賦。」

「大概吧，」拉斯洛邊說，邊喝了一口香檳。「妳應該跟他學學，睡一下對妳有好處。」

「有隻該死的蟲在我手臂裡，我哪還睡得著？」

拉斯洛承認道：「是呀，對此我感到很遺憾，妳不該受這種痛苦。」

這個惡魔真的在可憐她嗎？瑪姬已有好多年沒有哭過了，她也不打算一個晚上破例兩次。她開口回答，語氣很緊張。「但假如我**確實**罪有應得呢？」

拉斯洛瞥了她一眼。「妳不會燒死一個女巫卻沒告訴我吧？」

「沒有，但所有的罪孽……」

「什麼罪孽？」

「我吃下的罪。」瑪姬輕輕地說：「那是我們的工作，為了謀生。當村裡有人過世時，錐克佛家的人必須吃掉他們的罪。過去九年來，一直是我在負責。」

她描述整個食罪儀式，包括屍體、麵包、追逐和扔石頭。

拉斯洛搖搖頭，打消她的疑慮。「胡扯，妳說的那些都不會讓一個人變邪惡。」

她的語氣很輕，幾乎帶著懇求的口吻，使她厭惡起自己。「你確定嗎？」

「相信我，妳是有一些問題，但吃掉一塊發霉的麵包不包含在內。」

瑪姬猶豫道：「還有別的。」

「說吧。」

她摩娑著水杯，然後雙手交叉放在腿上。「我還小的時候，我媽媽得了闌尾炎不得不住院，當時爸爸的病還沒嚴重到好幾天不能照顧我們。胖仔還只是個嬰兒，一天晚上他醒來覺得耳朵痛。不管我們怎麼做，他都不停地哭鬧，所以第二天我們把他裹在布裡，步行到村裡買藥。」

「妳爸可以走路？」

「不太方便，」瑪姬說：「但慢慢來還是可以拄著拐杖移動。當時是夏天，但他戴著帽子，穿著長外套，這樣別人就不會看到太多他的樣子。他不想嚇到任何人，他說這樣沒問題。」

拉斯洛咕噥道：「我猜結果並不好。」

瑪姬顫抖著手喝了口水。

「發生什麼事了？」拉斯洛說：「全村的人都出來了？」

瑪姬點點頭。

「拿著乾草耙和火把？嘴裡喊著『殺了怪物，殺了怪物』之類的？」

「不是。」

「那他們做了什麼？」

瑪姬吞了口口水。「**什麼都沒做！**」她輕聲說：「他們只是排成一列站在路邊圍觀。當我們離開時，他們跟了上來。我們花了幾個小時才回到家，期間爸爸摔倒過幾次，每當他摔倒時，那些村民都只是冷眼旁觀。他們看著他受苦，讓一個九歲的小孩揹著嬰兒上山，一路跟我們到告示牌的地方為止。」

「所以你們順利到家了？」

「對，」瑪姬承認道：「但當天晚上我告訴爸爸我**討厭**那些村民，每個人都討厭。」

「誰不討厭呢？」

「我爸。他說他們是因為害怕，人在害怕時會做出蠢事。他說，害怕讓他們『忘記寬容』，我永遠也忘不了這句話。他說我可以感到生氣，但我不能討厭他們。那些村民迷失了方向，我們可以幫忙將他們導回正軌。」

拉斯洛露出好笑的表情。「是嗎？那結果如何？」

「沒用。」瑪姬悶悶不樂地說：「那時的我討厭那些混蛋，現在我也討厭他們。」她嚴肅地看向拉斯洛。「不知道這樣是否會讓我變成一個邪惡的人？」

惡魔冷哼了一聲。「邪惡？才不會，這會讓妳變**正常**。我無意冒犯妳爸爸，但他期望太高了。妳雖然很愛回嘴，但又不是殉道者。那些混蛋應該慶幸妳只是討厭他們，要是我爸就會把他們變成人體麻花捲。」

儘管想像的畫面很恐怖，瑪姬還是笑了。「這麼說你爸是個大人物嘍？狄米崔說你出自『名門』。」

「那是謠言。」

「我不知道惡魔也有家人。」瑪姬說：「你有兄弟姊妹嗎？」

「四個哥哥，兩個姊姊，本人是老么。」

「所以你是幸運的老七？」

拉斯洛抿了一口香檳。「沒人會說我幸運。」

「你跟他們感情好嗎？」瑪姬問：「我是說，你的哥哥和姊姊。」

「這是幹嘛？問答二十題遊戲嗎？」

「我好奇嘛，我遇到的惡魔不多。」

拉斯洛聳聳肩。「不，我們沒那麼相親相愛，我才八百歲，所以我比他們年輕了大概五、六百歲吧。我的哥哥、姊姊對我來說更像叔叔、阿姨輩，而且他們也不是那種溺愛孩子的類型。」

「他們也是詛咒守護者嗎？」

聽到這裡，拉斯洛居然笑出聲來。「妳是認真的嗎？詛咒守護者是種**職業**，貴族從不工作，他們統治著大片領地，獵殺瀕臨滅絕的物種，並以創意的手法謀殺敵人。只有僕人才需要工作。」

「那為什麼**你**有工作？」

「很簡單，我不是貴族。」

「但——」

拉斯洛打住她的話。「他們把我踢掉。」他解釋道：「說來話長，妳聽了會覺得無聊。」

「我不覺得無聊啊。」瑪姬說。

「我開玩笑的，故事可精采了。」

「但你不會告訴我。」

「答對了。順道一提，我要偷你弟弟的餅乾。」

「吃吧，他自己的已經吃掉了。這是一個女士給他的。」

「我們新認識的朋友丹妮絲？」

「不是她，另一個乘客。」

拉斯洛的態度改變了。「哪個？」

瑪姬站起來觀察四周座位。「沒看到，」她說，重新坐回座位。「噢，等等，她說她坐第八排。」

拉斯洛咂了下舌。「看看我說得對不對，某個坐在前三十排座位的女士千里迢迢來這裡上廁所，重點是她還帶了餅乾，以防可以隨機送給別人？」

瑪姬點頭。「有問題嗎？」

「看情況，那位女士是不是穿著一件棕褐色的毛衣，臉像優格一樣白。」

瑪姬頓時目瞪口呆。「你怎麼知道？」

拉斯洛露出一抹邪笑。「她是惡魔，她的『老公』也是，我在登機前看過他們。來看一下這些餅乾吧。」

拉斯洛把餅乾從胖仔前方的托盤拿走，撕開包裝紙的一端，將裡面的東西倒在他的托盤上。兩片薑餅滑了出來，上面印有航空公司的商標。

「看起來沒問題呀。」瑪姬說。

拉斯洛關掉頭頂的燈，雙手捧著餅乾，使其處於光線昏暗的手掌凹槽中。他盯著餅乾看了幾秒鐘，然後把餅乾翻面，隨即露出微笑。「我想也是。」

「什麼？」瑪姬說。

「餅乾被施了咒。」

「你怎麼知道？」

「魔法符號，」他回答：「人類看不見，但我可以在黑暗中看見魔法符號的痕跡。這個餅乾是追蹤器，另一片吃下去後會讓你吐個一到三天。」

「但為什麼？」瑪姬說：「惡魔為什麼要對付我們？」

拉斯洛將餅乾放回包裝袋中。「對付妳？錯了。他們為安德羅沃工作，是為了殺我而來。但我們要給這個大白癡一個寶貴的教訓。」

「是嗎？什麼教訓？」

「找更好的打手來。」

第十八章 阿爾卑斯山

拉斯洛驚訝地發現，瑪姬和胖仔並非他遇過的「最糟糕旅伴」，這個頭銜要頒給某個自大的混合健身迷，他在飛往新加坡的航班上不斷宣揚跳箱的好處。

錐克佛姊弟好多了。胖仔可以在橫跨大西洋的航班上呼呼大睡，瑪姬也不是健談的人。更重要的是，這兩個人是某個惡作劇的一環，就拉斯洛而言，這點可加了不少分。

惡作劇從他們抵達瑞士開始。首先，拉斯洛在他們的護照上塗上一層新鮮的仙靈精華，在瑪姬的眼皮上也抹上淡淡一層，以加快他們通過海關的速度。然後他把注意力轉向安德羅沃手下塞給錐克佛姊弟那包被施咒的餅乾上。

下了飛機後，他們發現那群手下就潛伏在海關的另一側。「老公」假裝買咖啡，「凱西」則向瑪姬揮手——後者也揮了揮手，但注意力似乎全在胖仔身上。胖仔吃力地往前走，手摀著肚子發出呻吟。

就在這時，一臉關心的凱西急忙跑過來。「還好嗎？妳弟弟看起來病了。」

「我不知道，」瑪姬說：「我從沒見過他這樣。」

凱西立刻向拉斯洛自我介紹，說她認識一位優秀的醫生，人剛好「就在蘇黎世」。拉斯洛回答這是**私事**，也是**家事**，他自己會處理，十分感謝。

他們隨即離開大樓，一臉焦急和憤怒的凱西把行李扔進一輛正在等候的計程車裡。

拉斯洛告訴司機帶他們去最近的醫院。他們下車後，兩人一惡魔便去附近一個公園溜達。他們把追蹤餅乾切成碎片，餵給一群興致高昂的鵝吃，拉斯洛接著叫了第二輛計程車前往列支敦斯登。

胖仔興奮地幾乎頭暈目眩。「接下來呢？」

拉斯洛靠在真皮座椅上。「接下來就好好放鬆，孩子。邊放鬆邊欣賞風景。」

窗外的景色很美，即便以拉斯洛厭世的標準來看也是如此。遠處阿爾卑斯山高聳著，山坡在白雪皚皚的尖峰襯托下呈現光滑的銅色，景色十分壯觀。但瑪姬沒有心情欣賞風景，她盯著拉斯洛。

「你覺得會有用嗎？」她問。

拉斯洛看了她一眼。「他們唯一追蹤到的東西長著鳥嘴和砂囊。當我們的朋友在瑞士浪費時間時，我們已經在列支敦斯登隨音樂搖擺了。所以放鬆一點，那些壞蛋正在浪費生命追鵝，誰都不知道我們的目的地。」

「中央公園的狗頭人知道，」瑪姬一針見血地說：「萬一鯰魚女士審問他們怎麼辦？他們**明確**地知道我們要去哪，而且——」

「我們可以等下再談。」他小聲說。司機從後視鏡一臉疑惑地看著他們。「這是我們之間的玩笑，」他解釋道：「跟電視節目有關。」

「我不知道那是什麼節目，」司機用帶著口音的英語說：「但我喜歡《六人行》，菲比很好笑。」

拉斯洛點頭。「大智若愚。」

司機拍著方向盤表示同意。「沒錯！就跟《唐吉訶德》的桑丘．潘薩一樣！」

「我深有同感。」

美國電視節目話題讓男人開心地打開話匣子。當他們抵達列支敦斯登時，沒有任何邊境站或安全檢查，只有穿越萊茵河時看到令人心生愉悅的歡迎標誌。他們似乎正在進入某瑞士小鎮。

但這裡**不是**小鎮，拉斯洛提醒自己。列支敦斯登是一個**國家**，一個擁有君主的國家，該君主遺失了王冠！王冠的位置就在他的口袋裡，畫在一張寫著合理價格的吉他課程傳單上！

惡魔得意地笑了起來。

「幹嘛？」瑪姬說。

「沒事。」他嘆了口氣。「只是在十月某個涼爽的日子進到阿爾卑斯山，突然發現整個宇宙都在幫你忙。」

當他們抵達瓦杜茲時，拉斯洛請司機把他們送到國家博物館。那是一座外表樸素的建築，街道兩旁佇立著商店、政府辦公室和一座教堂。

瑪姬揹著背包，抬頭凝視這座俯瞰整個小鎮的城堡。「說說看我們為什麼要來博物館？」

拉斯洛向司機揮手道別。「做調查。」

正如其名，博物館展示著所有列支敦斯登的事物。這是拉斯洛在飛行途中進行研究時發現的，他也發現原版的公爵冠冕在好幾世紀以前就已消失，但他們以某個古老插畫為模型，委製了一頂複製品。根據維基百科，列支敦斯登居民在法蘭茲·約瑟夫二世親王的七十歲大壽時將該複製品作為禮物送給他。他這個惡魔對自己的七十歲生日毫無印象，但可以確定沒收到什麼公爵冠冕。話說回來，對中世紀的人而言，不需要公爵冠冕就可以很快樂，有牙齒和一間小屋足矣。

博物館空間不大，他們很快就找到要找的東西。公爵冠冕是一頂非常典型的王冠，幾乎跟卡通會出現的一樣。盒裡是一頂紅色天鵝絨的帽子，外面套著鑲滿珠寶的圓箍，圓箍上豎立著八片黃金葉子。前方標示牌寫著該設計是仿照奧地利王冠；但拉斯洛對其歷史背景毫無興趣，反倒是帽上鑲著的寶石和珍珠更吸引他。

這些迷人的小傢伙，他心想，透過玻璃注視著寶石。等他們拿到真正的公爵冠冕後，他就會把這些精挑細選的首飾裝進口袋。畢竟，詛咒材料並沒有明說該物品需要處於怎樣的**狀態**。他瞄了一眼錐克佛姊弟。

「你們認得出來嗎？」

「這很難沒看見。」胖仔說。

瑪姬同意他說的。一名解說員提議帶他們去看深受遊客歡迎的野豬標本，但遭到拒絕。離開博物館後，他們在附近的咖啡館買了三明治，並將隨身攜帶的物品扔進置物櫃中，然後徒步往東北方移動。經過瓦杜茲城堡後，他們看了看地圖，沿著一連串步行小徑進入阿爾卑斯山。

說列支敦斯登是個小國還算客氣。沿途所經路標上標示的距離單位不是公里，而是**步行**所需的時間。到達辛巴克族的洞穴要約莫九十分鐘，主要因為地形嚴峻的緣故。身為在山裡長大的孩子，瑪姬和胖仔顯然習慣爬陡峭的山。但身為都市仕紳，拉斯洛並不怎麼習慣，常常需要休息來喘口氣。

「怎麼了？」胖仔在拉斯洛第四次停下時問。

「沒事，」拉斯洛喘著氣說：「只是在欣賞風景。」他把手往山谷一甩。「不覺得很美嗎？」

瑪姬調整一下背包。「你一個惡魔身體怎麼會這麼弱？」

拉斯洛抹了下額頭。「妳竟敢這樣說我。我在曼哈頓上最好的健身房。」

「是嗎？那你去那裡都在幹嘛？」

「喝奶昔。」

「運動呢？」

拉斯洛思索了半晌。「橢圓機算嗎？」

「當然不算。」

拉斯洛不怎麼喜歡成為笑柄。儘管如此，瑪姬說得也有道裡。他必須跟橢圓機和那些愚蠢的彈力帶道別了，能量奶昔也是。拉斯洛坐在一塊岩石上，決定吃完午餐後就要展開新的健身生活。

他開始分發三明治，然後將剩下的魔咒試管放在一片苔蘚上。總共有四個：猩紅色的霧氣、紫色的蒸氣、珍珠色的閃爍物和紅赭色的污泥。拉斯洛自己拿了薄霧和閃爍物，把蒸氣和污泥留給錐克佛姊弟，胖仔自然而然地拿到後者。

「為什麼你拿兩個？」瑪姬問拉斯洛：「要拿兩個的人應該是我，我是唯一一個還沒用過魔咒的人。」

拉斯洛咬了一口三明治。「活該，這些寶貝是我偷的，所以是我的。」

「呃，我一直在想，」胖仔小心翼翼地說：「你有魔力嗎？」

拉斯洛差點噎到。「什麼？」

男孩指著惡魔收起的魔法武器。「我是說你自己的魔力，不是試管的魔咒。」

拉斯洛彈開一隻頑固的甲蟲。「一、兩招吧，」他說：「沒什麼厲害的，只有一些消失和產生幻覺的魔法。」

瑪姬嚼著洋芋片。「所以你在蘭布洞穴就是這樣消失的啊。」

他咧嘴一笑。「妳應該看看妳當時的臉，在我來看就是驚呆了。真令人欣慰。」

「**驚呆？**」瑪姬說：「相差甚遠，**憤怒**才是。不要再隨便丟下我們了。」

「噢，我覺得那種事不會發生，」拉斯洛篤定地說：「辛巴克族和那些紐約狗頭人比起來根本就是一群軟蛋。話雖如此，做好準備總歸沒有壞處。」

他彎下腰，撿起一根沉重的棍子遞給瑪姬。「拿著，迪馬喬。」

她用手掂量棍子的重量。「他不是洋基隊的嗎？」得到點頭回應後，才說：「我爸討厭洋基。」

拉斯洛聳聳肩。「搖擺喬的揮棒是我見過最漂亮的，即使失手，也能讓觀眾獲得高潮。」

「什麼是高潮？」胖仔問。

瑪姬狠狠地瞪向拉斯洛，後者一時啞口無言。「心曠神怡的意思。」他回道，隨即咬了口三明治。

幸虧在胖仔提出更多問題前，他的手機響了起來。他看了一眼號碼，放下三明治，接起電話。「嘿，克拉倫斯，你絕對猜不到我在哪。」

「**你在列支敦斯登！**」

拉斯洛差點摔了手機。「你怎麼知道？」

「你得離開那裡，」克拉倫斯哀求道：「他們就要過去了！」

「飛機上那些混蛋？我們在蘇黎世甩掉他們了。」

克拉倫斯平靜地吸了一口氣。「我不知道你說的什麼混蛋，但刺客顯然揍了中央公園那些狗頭人一頓，而且——」

「**你好啊！**」

突然傳來的問候聲讓拉斯洛大吃一驚，反射性地在當作野餐椅的石頭上翻了個跟頭。他站起身，手仍抓著手機，看著站在上方小路的一個陌生人，並得出兩個結論。首先，來者**不是**刺客；第二，他是一個有精神問題的怪胎。

那人站在他們上方小路約九公尺遠的地方，雖然上了年紀，但仍身體硬朗，留著灰色的鬍鬚，戴著一頂阿爾卑斯山帽，穿著名副其實的皮短褲。從那雙生動的眼睛和勾起的唇角看來，他就像個蹣跚現身來祝福他們有個美好一天的土地神。他舉起手杖，重複一遍問候語，並晃了晃垃圾袋，裡面裝著罐頭和瓶子。

拉斯洛把手機拿到耳邊。「克拉倫斯，我再回電給你。我們遇到了某個山怪或隱士，不排除是食人族。」

「好吧，但——」

拉斯洛掛斷電話，看著那名陌生人沿著小路朝他們走來，用德語開心地自言自語。當他抵達他們的野餐地點時，男人在一塊岩石上坐下，脫下一隻靴子，然後把靴子裡的鵝卵石和松針倒出來。

「需要幫忙嗎？」拉斯洛說。

男人看著他們。「*Sie sind Amerikaner?*（你是美國人嗎？）」

「對，美國人。」

這個外來者咯咯地笑了起來，繼續一股腦兒地說著德語。當拉斯洛表示他們聽不懂時，陌生人聳聳肩，主動說要分他們一根用蠟紙包著的香腸吃。拉斯洛和錐克佛姊弟婉拒了，然後安靜地看著他用小刀把香腸仔細地切塊，並拿起掛在脖子上的扁酒瓶喝了起來。吃完飯後，他把沒吃完的部分扔回包包裡，主動提議幫他們帶走垃圾。

「呃，好。」瑪姬邊說，邊把包裝紙遞給他。「謝謝。」

男人摘下帽子，查看帽子上的羽毛，似乎發現缺了什麼。他皺起眉頭，把羽毛從帽帶上取下來，然後從襯衫口袋拿出另一根羽毛換上，接著詢問他們是否願意和他一起下山。

「抱歉，」拉斯洛說：「我們要走另一條路。」他指著山頂。

男人的笑容消失了。「*Hoch?*（上面？）」

「呃，*jawohl,*（對，）」拉斯洛說：「*Hoch.*（上面。）」

男人用力地搖著頭。「*Nein, darfst du nicht. Das ist Unsinn. Der Berg ist gefährlich. Nicht gut nach Sonnenuntergang.*（不，你不行這麼做。這是無稽之談，山頂很危險，日落後會很糟糕。）」

拉斯洛大概理解他的意思。「謝謝你的忠告，但我們沒事。*Auf Wieder sehen.*（再見。）」

老先生指向西邊，太陽在山谷上投下戲劇性的陰影。拉斯洛同意地點點頭。確實非常漂亮。

「*Nein,*（不，）」男人吼道：「*Die Stunde der Tiere kommt! Ach tung. Tod auf Flügeln. Nachtkrapp!*（動物出來活動的時候到了！很危險。死亡之翼，夜鴉！）」

男人最後一句大吼令拉斯洛皺起眉頭。他不知道Nachtkrapp是什麼意思，但這個字聽起來很邪惡。胖仔已經對高潮一詞感到疑惑不解，眼前這人還張開雙臂，繞著圈跳來跳去，緊咬著牙，喉嚨發出怪異的聲音。

胖仔戳了戳拉斯洛。「呃，他在幹嘛？」

「不知道，但我覺得那瓶子內裝的可能不是礦泉水。」

陌生人繼續他詭異的表演，時不時從喉嚨發出嚎叫，然後又是一聲尖叫。「*Nachtkrapp!*（夜鴉！）」

拉斯洛受夠了他不斷鬼吼鬼叫。「先生，有孩子在呢。」

表演戛然而止，那人懷疑地看著拉斯洛。「*Du bleibst?*（你要留下來？）」

「我這輩子從未*bleibst*（留在）某地，再見。」

老人瞇起眼睛。「*Was?*（什麼？）」「再見，先生！」拉斯洛猛地回道。他指著那名老人，又指向山下，並重複這個動作好幾遍。**走吧**，**混蛋**，**快滾**。他的意思簡單明瞭，就算戴著羽毛帽的白痴也能理解。

老先生搖搖頭，在胸口劃了個十字，拉斯洛情不自禁覺得他被針對了。「*Sie sind ein dummer Mann und werden sicherlich gegessen,*（你這個傻子一定會被吃掉的，）」他低聲嘀咕道：「*Möge Gott diese armen Kinder beschützen.*（願上帝保佑這些可憐的孩子。）」

拉斯洛擺擺手趕人。「對，對，快走吧。」

那人脫下帽子，繼續沿著小路下山，沿途都在自言自語。錐克佛姊弟焦急地看著他離去的背影。

「你覺得他剛才在說什麼？」瑪姬問。

「可能在唱山歌吧？」拉斯洛說：「誰管他，他大概喝醉了。」

「但願我會說德語。」胖仔若有所思地說。

「你會說英語，又是書呆子，這就夠了。走吧。」

那老頭確實是某間精神病院的病人，但他說對了一件事：距離日落沒剩多久了，辛巴克族人將開始活動。

他們加快步伐，繼續往上走，朝手繪地圖上標示的**阿爾卑斯山**山峰前進。抵達岔路口後，他們沒有往左或往右轉，而是筆直向上走，正如狗頭人指示的那樣。

爬坡很單調乏味，午後的微風徐徐吹來，席捲整座樹林，把松針吹向山谷。錐克佛姊弟時不時停下腳步欣賞下方遠處的城堡。

終於，氣喘吁吁的拉斯洛抱住一叢灌木。「就在前面，」他喘著氣，手指向前方。「看到那棵樹了嗎？那就是入口。」

「你確定嗎？」瑪姬說，轉頭去看。

「經過岔路口約一百八十公尺處還有別的枯樹嗎？」

「沒有，但那些狗頭人真的會跟我們說實話嗎？」

「妳認真的嗎？」拉斯洛說：「牠們絕對不會告訴『阿爾法』錯誤的方向。」

胖仔臉紅了起來。「我也覺得牠們不會。」

「計畫是這樣的。」拉斯洛恢復平時說話的語調。「我會進去查看狀況，一旦安全，就來接你們進去。**瞭嗎？**」

胖仔點頭，然後問他「瞭嗎」是什麼意思。

「跟『高潮』一樣意思。」瑪姬瞪了拉斯洛一眼，接過他遞給她的公事包。

惡魔獨自前進。他精疲力盡，但阿爾卑斯山的空氣十分振奮精神，他也急著離開列支敦斯登。雖然克拉倫斯總是慌慌張張，但這次他的聲音聽起來是真的嚇壞了。假如真有刺客尾隨的話，可能會嚴重危及他的計畫。

那棵枯樹十分巨大，是一棵古老的長青樹，應該好幾年前就倒下了。樹倒在斜坡上，樹幹被陽光曬得發白。當拉斯洛慢慢走近時，發現山上有一個被層層樹枝掩蓋的裂縫。他環顧四周，沒有看見哨兵的蹤影。很合理，辛巴克族和蘭布洞穴的狗頭人不同，牠們不是生活在繁榮的大都市中，治安較為寬鬆。

拉斯洛悄悄閃到樹枝下，從洞口往裡面窺探。屋頂是由一團苔蘚和細小的樹枝搭建而成，地面則是光滑的石頭，往下深入黑暗中。他吸了一口氣，隨即摀住鼻子。這世上任何樹枝都無法掩蓋狗頭人的惡臭，比E線列車還臭氣熏天。

捨我其誰呢。拉斯洛雙腳懸空坐在石頭上，以腳先著地的姿勢滑入洞穴中。下方是一個通往四面八方的隧道，附著在牆面的螢光蕈發著光。天花板很低，他必須彎腰才能前進，但往好的方面看，螢光蕈具有迷人的迷幻效果。

打了個響指，拉斯洛的身影隨即消失在隧道中，就像他在蘭布洞穴所做的一樣。

這種能力在三階惡魔中算相當基本。褪色並非真正的隱形，但通常意味著同樣的效果。拉斯洛並未**消失**，而是**逐漸淡去**，成為不易被注意的形態。跟隱形不同的是，適當的褪色可以延伸至超越視覺的感官。瑪姬在洞穴伸手時，實際上摸到了拉斯洛的外套，大腦卻沒有意識到。

當然，褪色能力有其限制，它在光線充足的地方幾乎沒用；若已經成為注意焦點也不會發生效用。儘管如此，它仍是便於行事的詭計，多次讓拉斯洛死裡逃生。

他迅速在洞穴中搜尋，有些洞裡擺著桌子或床，有些則放滿贓物，甚至還有幾個警衛室，裡面放著布滿灰塵的武器和鑿石挖出的水井。

拉斯洛在探索過程中看到許多東西。

但就是不見辛巴克族人的身影。

他不僅沒有發現任何狗頭人；而是根本沒有牠們出沒的痕跡。眼前的情景令拉斯洛想起黑死病。在黑死病盛行的時代，空蕩蕩的村子和城鎮並不罕見。在某些情況下，當地人會為了躲避疾病而遠走異地。但更多時候，他們哪裡也不去，只是待在家，通常是躺在床上，在各種腐爛狀態下煎熬著。

拉斯洛從未搶劫那些住家——莊園也是。那時的情景實在太過悲慘。

他檢查另一個洞穴，隨即將這裡標記為廢棄巢穴。不管出於什麼原因，辛巴克一族已經放棄牠們的巢穴，尋找更美的世外桃源。

拉斯洛嘆了口氣，在一張不大的長椅上坐下。他的計畫取決於能否將錐克佛一家的希望推向顛峰，而他不得不速戰速決。現在公爵冠冕之行看起來是個徹頭徹尾的失敗。

拉斯洛邊思考，邊掏出安德羅沃的沙漏，放到膝蓋上。下方的凹槽已聚積一堆紅色小沙粒。另一粒沙正從斜坡滾落。當拉斯洛看著沙粒落入下方的沙堆時，突然意識到時間是最強大的力量。沒有一個惡魔，就連他所向披靡的父親，也無法阻止時間的穩步前進。

拉斯洛不再皺著臉，他深吸一口氣，循著原路返回。他在離入口約三十公尺處找到錐克佛姊弟，兩人藏在一棵樹後面。

惡魔攤開雙手。「運氣不好。」

瑪姬的目光越過他，看向洞穴入口。「什麼意思？你發現了什麼？」

「什麼也沒有，」拉斯洛說：「這地方荒廢了。」

「公爵冠冕呢？」胖仔邊擦著眼鏡邊問。

拉斯洛彎下身，用指節敲了敲男孩金燦燦的腦袋。「這裡面有裝東西嗎？辛巴克族消失了，小鬼。牠們離開了，肯定會把王冠一起帶走。」

瑪姬站了起來。「但牠們會去哪裡？」

拉斯洛聳聳肩。「誰知道？牠們大概會穿著成套的速比濤泳褲在里維埃拉開派對吧。」

「你每個地方都找過了？」

惡魔咬著嘴唇。「沒有。」他承認。「但裡面就像狡兔窟一樣，到處都是坑道。我不用每個地方都找就知道狗頭人不在。」

瑪姬從背包裡翻出手電筒。「我要進去。」

拉斯洛在她面前揮揮手。「妳聽見我的話了嗎？這是白費功夫。」

「我們還有其他選擇嗎？下山去？回家？放棄我們唯一能打破詛咒的機會？不管辛巴克族在或不在，這裡是唯一我知道可能有王室珠寶的地方。」

拉斯洛掃視整個地平線。「很快就要天黑了。」
「那很重要嗎？你說裡面是空的。」
在姊姊的帶動下，胖仔也拿出他的手電筒。
惡魔雙手一攤。「好吧，你們想浪費時間去洞穴探險，請便。但若是雙手空空回來可別哭。說定嘍？」
「好。」瑪姬說。她把背包揹上，一手拿手電筒、一手拿棍子，神情冷峻地往洞穴入口走。胖仔跟在後頭。
兩人爬進去，滑下石板，拉斯洛尾隨其後，在錐克佛姊弟探索他早已勘查過的洞穴時，哼著小曲娛樂自己。這兩人還真是樸實的可笑，用手電筒東照西照，探索井底，彷彿《哈迪兄弟》似的。
拉斯洛看了看手表，快六點了。截至目前為止，他們探查的程度已比他更深入，且沒有發現任何狗頭人的蹤跡。沒有食物、生火的痕跡，就連糞便都成了化石。他把一個擋路的糞便化石踢開。「就說了，這地方早空了。」
瑪姬從前方的拱道用氣音說話：「看看這個隧道，這裡比其他洞穴大一點。」
拉斯洛不情願地走上前，發現瑪姬說的沒錯。說**大一點**還算客氣。在這條拱道裡，他第一次能像個體面的惡魔般站直身子。他伸展了下背，沿著這條通道看去，不只空間寬廣，兩邊牆面還覆蓋類似象形文字的雕刻。拉斯洛很驚訝，誰想得到狗頭人竟然如此文明？
「你覺得這條通道會通到哪？」胖仔問。
拉斯洛的興致再次被點燃。「某個重要地點，」他低語道：「現在開始不要說話。」
他離開錐克佛姊弟，率先前往通道盡頭。這條拱道矗立著兩扇沉重的青銅門，使絞鏈支撐不住往下垂。
正當拉斯洛準備冒險往前時，他的腳踢到某個物體。
一顆骷髏頭就在他腳邊。
骷髏頭約莫一顆葡萄柚的大小，長著令人不安的犬齒，頭骨上還有一個相當大的洞。懸掛在骨幹上的五塊椎骨就好像尾巴一樣。

拉斯洛環顧四周，視線所及無任何股骨、肋骨或骨盆的蹤跡。他差點笑出聲來。當然找不到啦！完好無損的狗頭人遺骸實在太過正常。那是給**其他**詛咒守護者看的——那些擁有慈愛的父親，老闆又很寬宏大度的傢伙。

錐克佛姊弟也走了過來。拉斯洛一邊檢查門上破損的鍍金層和絞鏈，一邊示意大家安靜。什麼東西有辦法造成這種損害？攻城槌？

心情越發不安，他朝後方的房間望去。

他花了點時間才理解眼前的狀況。

這個洞穴是他們迄今為止碰到最大的一個，寬約二十五公尺，上方的穹頂或許有寬度的一半高。地面覆滿和隧道一樣的發光蕈，照亮房間內均勻散布地上的乾草堆。

至少看起來是這樣。定睛一看，才發現這些「乾草堆」是由無數個頭骨和骨頭精心排列、像土墩一般的棚屋。

他們是進入某個墳地或納骨塔了嗎？他用那雙惡魔的眼睛穿透昏暗的房間，看到高檯上有一張皮革躺椅。拉斯洛不禁佩服，那張躺椅讓他聯想到一邊吃水牛城辣雞翅，一邊看《週一足球夜》打瞌睡時的情景。辛巴克族的眼界則大多了，那張躺椅是一個王座。

有東西占據了王座。起初拉斯洛並未注意到那具骸骨，因為骨架很小，像一個任性的孩子般癱在上頭。那具骸骨少了一條手臂和小腿，但頭骨確實還在。

其上就戴著公爵冠冕。

第十九章 捉迷藏

「在那裡，」拉斯洛低語道：「就在那傢伙頭上。」

視線穿過洞穴，瑪姬看到一個石頭高檯上擺著一張皮椅。皮椅上有一具骸骨，它的頭往後傾，視線直勾勾的對著掛在天花板上那塊破爛的黑色橫布。她依稀看見骸骨頭上有**某個東西**，具體是什麼卻說不上來。

她壓低聲音問：「你確定就是那個？」

「當然，」拉斯洛說：「妳覺得這些傢伙會有幾頂王冠？」

瑪姬環顧房內的骨頭堆。「你覺得整個部族都在這裡嗎？」

拉斯洛嚴肅地點頭。「我敢打包票辛巴克族全死光了。」

「如果牠們全死光了，為什麼我們還要小聲說話？」胖仔說。

如此聰明伶俐的小孩，肯定會忽略一些顯而易見的事實。「因為有人**殺**了牠們，」瑪姬低語道：「還把牠們的骨頭堆成山。」

胖仔做出一個「噢」的嘴型。「妳覺得會是誰？」

「我怎麼知道？」

「噓，」拉斯洛說：「聽著，作為詛咒守護者，我不能出手幫忙，你們之中要有人去拿。」

瑪姬的目光再次落到椅子上的那具骸骨上。「我去拿，但你要跟我一起。」

惡魔嗤之以鼻。「不可能。」

「你答應要保護我們。」

「對啊，」胖仔說：「你發過誓！」

拉斯洛拉長了臉。「用一本菜單。但好吧，不過妳要快點，我不喜歡這個地方。」

男孩點點頭，準備好他的魔咒試管。

「你在幹嘛？」瑪姬小聲說：「你要待在這兒。」

她弟弟指著光線昏暗、滿是灰塵的通道。「這裡？一個人？我才不要。」

拉斯洛拿出一個自己的魔咒試管。「我們全都去，但在裡面要保持**絕對安靜**，假裝我們只是三隻老鼠悄悄偷走一塊切達起司。」

在瑪姬看來，他們真的如同老鼠一般，匆匆穿過房間，在骨堆間選擇一條好走的路。她小心翼翼不要碰到骨堆，並盯緊胖仔不讓他靠近任何可能崩塌或破碎的東西。地上零星散落著一些骨頭，但大多都是碎塊，很容易就可避開。

儘管方才保證要保持安靜，瑪姬還是覺得他們發出了極大的噪音。整個房間出奇地安靜，每次呼吸和摩擦衣服的聲音都非常明顯。她無法拋開一股他們即將大難臨頭的感覺。她不斷停下來回頭，確保後方沒有東西偷偷接近。

抵達高檯後，他們走上淺淺的臺階，平躺在椅子上的那具瘦小骸骨映入眼簾。王冠上少了幾顆珍珠，天鵝絨有些破損；但毫無疑問，這就是列支敦斯登王國失傳已久的王冠。

瑪姬的心情從恐懼轉為興奮。兩天就到手兩個寶物，他們就要打破那該死的詛咒了。她的腦海閃過對未來的憧憬，她的眼睛和手臂恢復正常，父親也變回原來的樣貌。這種事真的會發生嗎？瑪姬不曉得，但她可以有所期望。

現在，她嚴肅地告訴自己，**專注於眼前的任務**。

拉斯洛朝瑪姬點頭，示意她拿起公爵冠冕。她小心翼翼地從狗頭人的頭骨上取下王冠，試圖將王冠塞進她的背包中。不行，她背包裡已經放了粥鍋，沒空間可塞了。她把背包放到地上，指示胖仔轉過去，讓她能夠把王冠塞進他的背包中，用衣服蓋著。王冠放好後，她拉上夾層的拉鍊，把他轉回來，咧嘴一笑。

胖仔報以微笑，看向他們的詛咒守護者。**可以走了嗎？**

拉斯洛點頭，把瑪姬的背包遞給她。與此同時，一道低沉的聲音劃破一室寧靜。

「帶我飛向月球……」

歌聲來自拉斯洛的褲子口袋。放下瑪姬的背包，他匆忙地翻著褲子口袋拿出手機，猛地點著螢幕。音樂戛然而止，取而代之的是一個焦慮的聲音透過擴音器傳來。

「你一直沒打來！我以為刺客——」

拉斯洛邊罵邊按下手機側邊的按鈕。這次，手機關機了。

室內再次恢復寂靜。沒人敢動，他們渾身僵硬地杵在高檯上，驚愕地面面相覷。瑪姬瞪著拉斯洛，後者一反常態地露出窘迫的表情。**她弟弟這麼拚命保持安靜，這個白癡竟然忘記把手機關機？真不敢相信**。她有股衝動想拿棍子把這個惡魔痛扁一頓。

但瑪姬壓下這股衝動，仍保持不動和絕對的安靜，豎起耳朵傾聽是否有危機發生的跡象。十秒過去，然後是二十秒。沒有東西在一丘丘詭異的骨堆下爬行，或從上方滑落，洞穴仍是一片靜謐。

拉斯洛呼出一口氣。「我的錯，」他低語道：「走吧——」

有什麼從天花板掉了下來。

落到了那具骸骨身上，發出溼漉漉地啪一聲。瑪姬盯著那個東西，試圖從其發光的輪廓看出原始的形狀。那是山羊的一部分嗎？一隻羊？

一顆剝了皮的頭顱落到一旁。

絕對是一隻羊。

他們紛紛伸長脖子往上看。天花板上的橫布開始搖搖欲墜，幾根黑色的長羽毛飄落地面。瑪姬盯著洞穴屋頂，感覺喉嚨發乾，動彈不得。

她這才意識到那破爛的橫布實際上是好幾隻巨大生物的翅膀，此時因為身體的韌帶牽動而向下晃。

看著那群生物被發光蕈照亮的輪廓，瑪姬差點尖叫出聲。

她抓住胖仔的手臂，輕輕把他拉離那群生物的行經方向。兩人跌跌撞撞地遠離王座，拚命想與這些奇怪的生物保持距離。不一會兒，瑪姬發現她鑄下大錯；為了讓胖仔遠離牠們，她沒有讓他走下高檯，反而將他推到王座後方的凹洞裡。現在他們被困住了，與進來時的通道隔開。

當她轉身準備移動時，發現有三隻羽毛亂糟糟的生物安靜地落到高檯上。即使降到地面上，牠們仍低垂著頭，將臉藏在摺起來的羽翼下方。牠們蹲踞在地上，像極了三個身披黑袍，在默默禱告的僧侶。

身後傳來一個細微的聲音，顫抖地說：「瑪姬，我好怕。」

她點點頭，手往後伸，拍了拍胖仔的手臂。「我也是。」

拉斯洛在房間某處喊叫，產生的回音讓人很難猜出他的位置。「你們兩個，待著別動。」

說得好像我們有選擇一樣，瑪姬心想。她清了清嗓子，試圖找回聲音。「拉斯洛，那到底是什麼？」

「不知道，」他回道：「但我數到三就趴下。」

瑪姬還來不及發問，這些生物便站直身體。牠們高得離譜——至少有兩公尺高，瘦弱的軀幹上覆蓋著暗黑色的羽毛。上肢像是蝙蝠，好幾層皮革般的皮膚連接著骨關節；腳又長又細，張開的腳尖有十五公分長的爪子。這已經夠嚇人的了，但牠們的臉……

這些生物的面貌彷彿出自波希畫作中的夢魘：形似烏鴉，強而有力的鳥喙，兩側各有八隻乳白色的眼瞳，正牢牢盯著錐克佛姊弟倆，透露出飢餓、陌生、深不可測和冷酷之感。

瑪姬心中湧出一股不同以往的恐懼。

她並非害怕攻擊或對峙；那種情況她早已經歷多次。這次的感受更加原始且令人不寒而慄。這些離她六公尺遠的生物不在乎瑪姬．錐克佛是誰，或她為什麼會出現在這個洞穴裡。牠們僅僅是想吃她罷了。

「一！」拉斯洛喊道。

「二！」

其中兩隻朝錐克佛姊弟靠近一步，瑪姬把她的背包放到地上。

這些生物現在離他們僅有三公尺。牠們的身形立於錐克佛姊弟上方，巨大且令人毛骨悚然，猶如童話故事中的凶惡生物打量著眼前的獵物。瑪姬緊緊握住手中的棍子。

「三！」

一道磷光在洞穴中炸開的同時，瑪姬和胖仔立即撲倒在地。該生物往後退了好幾步，猛地轉過頭看著新現身的敵人。

十幾隻發光的蝴蝶在洞穴裡翩翩起舞，然後在一陣粉紅色的閃光中消失。

拉斯洛毫不掩飾自己的情緒。「媽的。」

沒錯，瑪姬心想。她一躍而起，在其中一隻生物轉過來用嘴狠狠啄向她時，舉起棍棒。其尖利的鳥喙像保麗龍般戳穿木棒，從瑪姬手中拽下來。牠展開翅膀，站直身體，縮回脖子準備給予致命一擊。

身後突然傳來東西破碎的聲音。很快，一道紅色的火焰從她耳邊呼嘯而過，猛地撞在那隻生物胸口，將牠撞飛起來；那隻生物頓時像一隻被風捲起來的麻雀，在半空中翻滾。當火焰消失後，牠全身被燒得只剩下半隻鳥喙，啪地一聲掉到高檯上。

瑪姬驚得說不出話來，轉過身發現胖仔渾身僵硬地站在原地。他的手仍維持把試管砸在地上的姿勢，碎玻璃散落在他的腳上，他則喘著粗氣。拉斯洛不悅的嗓音從房間某處響起。

「**你到底怎麼做到的？**」

姊弟倆都摸不著頭緒。但現在沒時間討論這個問題，因為剩下兩隻生物明顯對同伴被燒成灰燼感到憤怒。其中一隻從高檯上跳下，大概是衝著拉斯洛去的；另一隻則筆直朝瑪姬的弟弟走去。

瑪姬抓住胖仔的手臂，把他拉到一旁，避開那隻生物的啄擊，使其撞上後方的牆面。這一躲讓兩人在王座附近跌成一團。當胖仔倉促地從地上爬起來時，瑪姬已衝向她的背包。她一把抓住揹帶，怪物的四隻爪子登時抓在背包上，差點刺穿她的手。

瑪姬在另一隻腳落下前滾到一邊。她站起來，朝胖仔大喊，要他沿著通道出去。

那隻生物緊接著朝她撲來，在她躲開後，一頭撞到狗頭人的王座上，把躺椅連同上面的骸骨撞下高檯的階梯。就在怪鳥掙扎著站起身時，瑪姬躍過牠的頭，追著她弟弟後頭奔去。

他們邊逃，瑪姬邊想著拉斯洛和另一隻生物的去向。她大喊惡魔的名字，但沒有回音，只能繼續往前跑。

攻擊他們的那隻生物已重振旗鼓，緊追在後。當牠沿著兩側滿是雕刻的長廊追過來時，爪子踩在石頭上嘎吱作響。

追上胖仔後，瑪姬隨即將注意力轉向另一個同樣危險的目標。

縮小。

這是他們唯一的機會。他們永遠也跑不過那隻生物。牠的腿更長、步伐更快，但如果他們能躲進連胖仔都必須蜷縮爬行的隧道中，或許能取得先機。

瑪姬拋開走大條通道的想法，大喊要胖仔轉往右邊的隧道。這跟他們來時的路一樣，她想往入口逃。現在他們最不該做的就是盲目選擇未知的路。無論他們的嚮導是否跟上，他們都必須從這些洞穴逃出去。

胖仔鑽進較窄的隧道口，瑪姬想跟上去，但後方猛烈的一擊將她撲倒。她整個人摔到地上，撞到堆放在拱門旁的板條箱。這一撞使她肩膀一陣痠麻，但當生物再次攻擊時，她滾到一旁，使其撞到牆上。板條箱炸裂開來，碎塊四處飛濺。那隻生物躺在一片狼藉中，氣喘吁吁地四處摸索搜尋瑪姬的蹤影。瑪姬則拚命爬著，希望能逃到安全地帶。當一隻爪子刺穿她的腳時，她大叫起來，仍奮力向前爬，一瘸一拐地躲到拱門下方。

胖仔蜷縮在三公尺外的地方，身體緊貼著牆面，彷彿可以就此隱身。他臉色蒼白，渾身僵硬，叫他也沒有回應。瑪姬拉住他的手腕，拖著他往前走。後方傳來生物將巨大身軀硬生生擠進通道時發出的粗嘎叫聲。

「別停下來，」瑪姬說：「無論發生何事，都繼續往前走。」

胖仔的聲音微弱的幾乎聽不見。「我以為妳被抓住了。」

「還沒。」

「但——」

「**閉嘴，快走！**」

他們跑了起來，動作矯健且拚命沿著隧道往前跑，穿過儲藏室和工作坊。期間不斷聽見怪鳥追趕的聲音，牠的爪子刮過石頭，喉嚨發出一種近乎可笑的尖鳴聲。牠時不時會發出某種嘶啞的叫聲，響徹整個洞窟。瑪姬在想牠是否在呼喚同伴。

最後的叫聲來自十分鐘前。現在這隻生物悄然無聲地追趕他們，憑藉恐怖而執著的意志力往前蠕動。忙不迭地趕路加上恐懼，讓胖仔開始吃不消。當錐克佛姊弟進入另一個房間後，他整個人癱倒在地，大口喘著氣。

「我走不、」他喘著氣說：「我走不動了。」

瑪姬用力地搖著他。「你必須走，起來！」

「我不——」他的話因咳嗽變得模糊不清。

她一隻手摀住弟弟的嘴巴，把他從通道拉到一個昏暗的角落，那裡疊著好幾張生鏽的小床，類似狄更斯小說中的孤兒院會出現的床。

「噓！安靜一點，不然會被聽到！」她口氣急促地小聲說。

但胖仔無法控制自己。汗水有如露珠爬滿他的臉和手，整個人不由自主地顫抖著。

就在此時，瑪姬感覺在這個惡夢般的迷宮某處，再次傳來那可怕的尖鳴。她焦急地看向她弟弟。胖仔走不動了，她也不可能抱著他穿過需要彎腰或爬行的通道。

瑪姬的目光瘋狂地掃視整個洞穴。箱子和儲物箱太小，沒辦法藏人，牆上的凹洞也一樣。她只能用一條發霉的毯子蓋住他，祈禱不要被發現。她把他的背包拽下來，將他癱軟的身體面對牆，只要他保持不動，毯子就能蓋住他整個人。而如果上帝夠仁慈，狗頭人的臭味或許可以掩蓋她弟弟身上的氣味。

瑪姬把三個儲物箱疊起來，躲在後面翻胖仔的背包。裡面沒什麼派得上用場的東西，只有公爵冠冕和一些捲起來的衣物。她的魔咒試管被她留在王座房的背包裡。她想著那個小瓶子被塞在一個拉鍊夾層中以便使用的畫面，不禁暗罵了句。

瑪姬不知道在箱子後面蹲了多久，她豎耳傾聽黑暗中傳來的任何聲響。洞穴已恢復墓地般的死寂，比任何叫聲或尖鳴都讓人感到不安。

現在她才意識到方才的老人一直試圖警告他們，他詭異的行為其實是在模仿在黑暗中獵捕他們的怪物——夜鴉。

拉斯洛真是蠢到家了，她再次罵道。他應該要聽得懂，而且沒有藉口——一個八百歲的惡魔該有大把時間去學一些德語。起碼要能聽懂當地人警告有怪物出沒的程度。

隨著時間一分一秒地流逝，瑪姬的身體變得僵硬。周遭石壁散發出的潮溼寒意慢慢滲進她的骨子裡，她按著雙腳試圖使其恢復力氣，感覺鞋子裡有一塊黏稠的血漬。她幾乎不覺得痛，重點在於還能不能跑。現在找找其他武器也沒什麼壞處，她冒險打開胖仔的手電筒，利用些許光線照向堆疊的床架和物品。那裡肯定有什麼是能拿來用的。

她確實發現某個物品。角落有一個長約一公尺半的木架，上面的掛鉤掛著許多帽子。吸引她目光的不是那些帽子，而是架子頂部的金屬桿子。那根桿子轉入下方底座，或許可以拆下來。

瑪姬關掉手電筒，環顧儲物箱四周，朝他們來時的通道張望。通道口看起來就像一個石鑿的血盆大口。她全神貫注地看著那個黑洞，確認沒有任何東西爬出來後，便爬到架子旁開始轉開金屬桿。

當她快把金屬桿卸下來時，頸後突然一陣發麻。

整個房間變得莫名空曠許多，空氣驟然變冷，彷彿身後開啟一條裂縫。再轉一下，瑪姬終於把那根堅固的桿子拆了下來，並轉身面向通道口。

有什麼爬了進來。

渾身僵硬的瑪姬滿是畏懼地看著那個生物悄無聲息地從狹窄的通道衝出來，一旦從坑道脫身，便盤踞原地。牠在黑暗中蹲伏了一會兒，嗅著空氣中的氣味，才拖著腳往前，牠的翅膀像一件破爛的斗篷在石頭上拖行。瑪姬的視線落在了小床，以及她弟弟裹在毯子裡隆起來的身軀。

別動，瑪姬在內心暗中祈禱，**不要喘氣……**

就在此時，遠方一個叫聲迴盪在洞穴裡，極其哀戚且不像人類的聲音。那隻生物把頭轉向通道。牠蹲低身體，緊張而戒備，似乎準備衝回狹窄通道。

快走，別來煩我們……

彷彿聽見她的心聲似的，那生物把頭伸進通道裡，從喉嚨發出好奇地嗡鳴。瑪姬躡手躡腳地往後退，躲在儲物箱後方，把桿子緊緊抓在劇烈跳動的胸前。躺在三公尺外的胖仔，從裹著他的毯子向外張望，從他震驚的表情看來，顯然還未意識到洞穴裡有另一個生物的存在，瑪姬豎起一根手指在唇前。

他點點頭，隨後眼睛因驚恐而張大。瑪姬能預測接下來會發生什麼事，拚命地搖頭。

不行！你不能——

但沒有用。她弟弟的咳嗽聲打破了寧靜。

那隻生物很快地從隧道退出來，並轉過身，撞翻一張凳子。當牠四肢著地向前爬行，直直朝胖仔躲藏的地方前進時，爪子刮過石頭發出聲響。

瑪姬沒有猶豫，她從箱子後方站起來，把桿子靠在肩上，準備抵擋怪鳥的攻擊。

猛烈的力道使她跌到床上，頭撞到了床柱。當她暈眩地躺在一片殘骸中時，金屬欄杆被撞得叮噹作響。聲響停止後，瑪姬注意到附近傳來水流的聲音。有人用力拉著她的手，在她上方，一個模糊的身影慢慢變得清晰起來。

胖仔。

她的感官恢復清晰。粗糙的羽毛掃過瑪姬的臉頰，她往後縮了一下，差點撞倒她弟弟。她站了起來，看著那隻怪鳥趴在一堆扭曲的鐵桿中。瑪姬方才抓著的那根尖頭桿從前面刺穿牠的後背，剛好位於肩胛骨下方。那隻生物發出嘶啞的叫聲，掙扎著喘氣。怪物伸長那張猙獰的鳥臉凝視著她，八隻眼睛空洞無物，難以讀懂情緒。牠再次發出嘶鳴，伸出一隻爪子抓向瑪姬的腳踝。

胖仔把她拉開。「快，」他懇求道：「這是我們逃跑的機會！」

瑪姬點頭，突然感到一陣噁心。嘔吐物濺在床的殘骸上，怪物四肢糾結的躺在裡頭。吐出來的殘渣在空氣中留下苦澀的氣味，也讓她清醒過來。瑪姬從翻倒的儲物箱下方取出胖仔的背包，牽起他的手繼續往前。

「拉斯洛怎麼辦？」胖仔說。

「我們現在擔心不了他，必須趕緊離開這裡。」

逃跑是她唯一的目標。她需要重獲天日，呼吸新鮮的空氣，逃離這個野獸的巢穴。她決定從現在起討厭列支敦斯登這個國家。

身後傳來金屬碰撞的聲音。兩人匆匆向前走，拖著胖仔的背包，靠著瑪姬對走過哪條通道的記憶往前。當他們抵達軍械庫時，她從架上抓起兩根短矛。胖仔不發一語地接過他的武器。

他們穿梭在隧道中，左彎右拐。當出現疑慮時，就選擇看似通往正確方向的那條路。瑪姬沒有停下來聽後方追趕的聲音，前進才是最要緊的。

進去，出來，回家。

胖仔小聲地說了句話。「什麼？」她問。

「走哪邊？」

直到這時，她才發現他們到達一個十字路口。大多數房間只有兩條路，這個房間卻有五個通道。她很快研究每個洞口，在記憶中搜尋可能通往正確方向的蛛絲馬跡。她不確定地回頭瞄了眼來時的路，心想他們是否拐錯了彎。

從黑暗某處又傳來一聲尖叫。

瑪姬拔下一根頭髮。

「妳在幹嘛？」胖仔小聲問。

瑪姬抓住頭髮的一端，走到一個拱門前，看著頭髮朝拱道微微飄動。在胖仔疑惑的眼神下，她在下一個拱道重複相同的動作。第三個拱道的氣流明顯更強，將頭髮吹往瑪姬的方向。

「這邊。」她說。

身後又傳來一聲尖叫，比之前還大聲。瑪姬和胖仔穿過洞穴往前邁進，前方涼爽且新鮮的空氣使他們精神振奮起來。

兩分鐘後，他們抵達入口，爬上石板。

從那棵枯樹的枝葉中出來時，兩人發現口中呼出的氣在吹過山腰的寒風下凝結成霧。瑪姬停下腳步仰望星空，無數的星星閃耀著，浩瀚無垠。

他們安全了。若現在只有她一個人，可能會哭出來。

「走吧。」她說，兩人隨即沿著崎嶇的地形爬到下午等待拉斯洛的地方。

「我們要再走遠一點嗎？」胖仔說：「萬一那東西跑出來怎麼辦？」

「我覺得不會，我可能戳破了牠的肺。在迷宮般的隧道中追趕我們是一回事，但在外面？」她把手往開闊的山間一揮。「媽的，我們可以隨便跑。」

「妳用不著說髒話。」

「我是成年人，剛剛還用帽架刺了一隻怪物，我想罵髒話就罵。像是現在我腳他媽的**痛死**了。」

瑪姬打開手電筒照向自己的腳，傷口的直徑有十分硬幣那麼大，而且她看得出來，傷口比目測還深。她的腦海閃過家中的藥櫃，要處理這個傷口可不只需要碘酒。

「我真的很抱歉，」胖仔說：「但我還是不喜歡妳罵髒話。」

他的認真讓瑪姬不由自主地笑了。「知道了。對了，你的眼鏡破了。」

胖仔點點頭，把眼鏡拿起來，月光照在上面露出一條滿大的裂縫。「那東西撞過來的時候破掉的。暫時還沒關係，我可以用另一邊看。」他重新戴上眼鏡，靠在瑪姬身旁，瞇著眼睛看向山洞口。「妳覺得拉斯洛會沒事嗎？」

「但願如此。不管怎樣，我們都需要他。」

「而且他**滿**好笑的。」胖仔說。

「是啊——但重點是，他有錢和我們的護照，沒有這些東西，我不知道我們回不回得了家。」

「我們為什麼要回家？我們拿到王室珠寶啦！」他舉起背包，輕輕地晃了下，露出一個迎合的笑容。

瑪姬的內心一沉，她討厭戳破他的美好幻想。

「你忘了一件事。」

胖仔的笑容僵住了。「什麼？」

「**另一個**背包。被我丟在王座房了。」

那張圓滾滾的小臉漸漸爬上理解的神色。「粥鍋！」

瑪姬只能點頭。在逃亡的過程中，她根本無暇想別的事。現在，扔下背包這件事讓她的心口破了大洞，就在她剛建立起的希望上。他們剛剛朝破解詛咒邁出一大步，又完整地退了回去，或許還倒退一步，考慮到他們在列支敦斯登浪費的時間。

拉斯洛到底去哪兒了？

錐克佛姊弟緊緊依偎在一起。隨著汗水慢慢變涼，他們緊張地瑟瑟發抖。胖仔緊緊抓住瑪姬的手臂，就像小時候那樣。山洞裡沒有傳來叫聲，除了風呼嘯而過的聲音外，沒有任何聲響。

在他們等待之際，瑪姬回想了王座房的狀況。她在腦海描繪出她的背包放在高檯上的畫面，當時她把手伸向背包，但當那個生物的腳爪落下時，又猛地把手縮回來。當然，不能完全怪她自己——那純粹是反射性動作，但她確實在想，她的行為是否注定了此刻的命運。倘若失去打破詛咒唯一的機會，逃過那些怪物的魔爪又有什麼意義？

瑪姬忽地轉向胖仔。「你能自己回鎮上去嗎？」

他眨了眨眼。「我幹嘛要自己回去？」

「可不可以？」

「可以吧，但——」

她站起來，抓起從洞穴裡拿來的其中一根短矛。「我要回去，我知道背包放在哪裡。」

「但那些生物——」

「——不在王座房裡。牠們不會想到我們會折返，回去太蠢了。」

胖仔也這麼想。

「但我們需要那個鍋，」她直截了當地說：「沒有鍋就沒有機會。況且，我們也不能拋下拉斯洛。」

她弟弟考慮了一會兒。「妳覺得他會回來找我們嗎？」

瑪姬試著用受傷的腳踩地，測試負重程度。「不重要。我們跟他不一樣。」

「那我也要去。」

「**不行**。」瑪姬尖銳的語氣讓胖仔措手不及。「不行，我說真的。你留在這裡，如果一小時後我沒回來，你就回鎮上去。找警察幫忙，或敲門求助。必要時把人叫醒，告訴他們你需要幫助，要求跟美國大使館談話。」

「為什麼？」

因為書上都是這麼寫的。「因為他們會帶你回家。」

胖仔看起來一副換氣過度的樣子。「但我要怎麼說？我要怎麼解釋——」

「你是我認識最聰明的人，」瑪姬鼓勵他。「你會想辦法的。但願事情不會發展到那一步。」

「但——」

她吻了下弟弟滿是汗水的金髮。「我愛你，胖仔，但現在我需要你閉上嘴，照我說的去做。你不能跟我一起去，討論結束。」

胖仔從她的語氣中感受到真正的沉重，這次他沒有爭辯。反之，他抱住自己的姊姊，抬頭看著她，臉上的表情帶著強烈和無盡的愛

瑪姬沒有回頭，艱難地走上斜坡。她知道她弟弟會像一隻被丟棄的小狗般注視著她離開。她的目光緊盯著山洞口那棵樹。在月光的照拂下，其枝幹細長的奇形像是一隻乾枯的昆蟲，攀附在山腰上。後方則是一棟恐怖之屋。她握緊手中的矛。

就在她快走到那棵樹旁時，樹枝折斷的聲音使她渾身一僵。有東西從洞穴出來了。

她無處可藏，只得動也不動地蹲在荊棘和岩堆間。運氣好的話，她會被誤認為一叢灌木。

又是啪的一聲，瑪姬將短矛握得更緊。

一個人影搖搖晃晃地從陰影走出來，因為咳嗽而彎下腰，一隻手握著手機，另一手則提著一個背包。

瑪姬站了起來。「拉斯洛！」

惡魔示意要她稍等一會兒，讓他咳完。當他咳出痰後，便一屁股坐在一塊岩石上，開始擺弄手機，瑪姬

急忙跑過去。
「你還好嗎？」她問：「那些傢伙死了嗎？」
「不知道，不在乎。」拉斯洛把電話舉到耳邊，擦掉黏在下巴上的唾沫，瞄了一眼她手中的矛。「妳這是幹嘛，扮演祖魯人？」
「這是武器，白癡，我要去救你。」
他嘲諷地哼了一聲。「噢，是嗎？二十分鐘前妳在哪？我的衣服髒透了，我的那個還被啄了。」
瑪姬皺起眉來。「**那個**？」
「我的蛋蛋，親愛的；就是睪丸、陰囊——」電話裡傳來一個女人的聲音。他坐了起來。「喂？呃，*sprichst du Englisch?*（妳會說英語嗎？）會？好極了。我要你們最好的房間，今天晚上。要有很多大理石、客房服務和像水龍帶的坐浴桶。」惡魔揉了揉脖子，聽著那頭的女人提供幾個選擇。「皇家套房聽起來很棒，」他說：「噢，我到的時候，要送上一桶香檳和一個玩得開的按摩女郎的電話號碼……」
瑪姬聽著拉斯洛提供他的信用卡號碼，表情變得越來越難以置信。
「你是要開派對嗎？」她諷刺地問。
惡魔用手遮住電話。「是葬禮。」
「誰的？」
他把背包扔給她。「我的。」
瑪姬彎下腰撿起背包，上面的帆布已被撕裂，很多地方都被刺穿。當拉斯洛訂好飯店後，她拉開主夾層的拉鍊，在衣服中間發現魔法粥鍋皺成一團的殘骸。
瑪姬當場哽住，說不出話來。
「*Haferbrei-Topf*...（粥鍋……）」
她滿懷希望地靜靜盯著鍋，但鍋裡卻沒有冒出蒸氣，破爛的邊緣也沒有粥滾滾湧出，一滴也沒有。
粥鍋毀了。

第二十章 客房服務

當拉斯洛站在某家五星級飯店套房的浴室裡，享受恢復活力的淋浴時，時間已近午夜。

抵達飯店的過程十分艱辛。首先，他們必須徒步走下那座充滿苦難的山，拿回他們寄放的行李。接著在氣氛緊張而沉默的旅程中返回瑞士，在那裡諮詢一位做事謹慎且收費昂貴的醫生，幫瑪姬被刺穿的腳做檢查。縫了九針後，再搭另一輛車抵達最終目的地：可俯瞰整個蘇黎世的世界級度假勝地。

拉斯洛將錐克佛姊弟安置在最便宜的房型後，回到自己的套房。入住皇家套房是一種愚蠢的放縱行為，而且他負擔不起，但這有又什麼關係？他都快死了，而且不是什麼輕鬆的死法，他會被扔進鐵漏斗中熔解，然後像要扔掉的重量杯一樣被扔回原始湯。他的精華會在那裡和其他普通惡魔融合在一起。可能要過一千年，才能重生為惡魔的最低型態——卓魯德，比阿米巴原蟲好不了多少。拉斯洛嘆了口氣，他會懷念擁有兩隻對生拇指的日子，做事方便多了。

比方說，他可以用手把安德羅沃的沙漏拿出來，重新繫上毛絨浴袍。拉斯洛因為單純喜歡飯店浴袍，在過去輝煌的時期偷了不少，但他確實希望腰帶不要老是鬆開。本來像卡萊·葛倫一樣昂首闊步，腰帶卻突然鬆開，導致浴袍敞開，讓一個逍遙自在的銀幕男神頓時成了胸毛捲曲的白斬雞。總有一天，會有某個天才發明自束式浴袍大賺一筆。

只可惜，那個天才不會是拉斯洛。錐克佛任務已是一灘死水，連帶他的絕妙計畫都跟著泡湯。繼續裝下去毫無意義。他的策略需要有堆積如山的希望。事情本來朝這個方向發展，但現在就像那些粥一樣流淌殆盡。

拉斯洛從客廳的窗戶往外看，喝了一大口香檳王。這裡的景色和氣泡酒皆是一絕，但就他此時的心情而言，實在沒辦法好好欣賞。他看了一眼手表，快兩點鐘了，他叫的人隨時會來。

他拿著遙控器，打開套房中大得離譜的平板螢幕，直接用滾輪滑到成人娛樂選項。他選了一部電影，心不在焉地看著片頭播放。

門外響起敲門聲。拉斯洛把遙控器扔到一旁，慢慢朝門口走去，猛地打開門。

「**妳**一定就是海爾嘉……」

他的話音突地止住。站在他面前的不是身高一八二、身材姣好，講著一口流利英語的奧地利女郎，而是兩個拖著行李、討人厭的美國鄉巴佬。

「噢，天啊，你們想幹嘛？」

「誰是海爾嘉？」胖仔問。

「沒什麼，」拉斯洛說：「一個朋友。」他探出頭，視線穿過面前的人類往走廊一掃。

「讓我們進去。」瑪姬說。

拉斯洛用手臂擋住門口。「不可能，滾吧。」

「很**重要**。」

「海爾嘉也是。」

但瑪姬．錐克佛可沒那麼容易打發。她從拉斯洛的手臂下方鑽過去，進入房間，胖仔也跟在後頭，當他一雙眼直勾勾地盯著水晶吊燈看時，差點撞到一座雕像。「哇，你一個人住這兒？」

「對，而你不能留下來。」

但胖仔已經把鞋子踢到一旁，走過姊姊身旁。「這是什麼音樂？」他問：「你在看什麼嗎？」

拉斯洛的眼睛頓時瞪大。他衝向胖仔，在拐過轉角時用手肘將男孩推開，然後撲向遙控器。抓起遙控器後，他猛地按按鈕，在音樂戛然而止時鬆了口氣。放下遙控器，拉斯洛吐出一口氣，轉身準備為他把男孩推去撞榕樹盆栽道歉。

他發現胖仔站在三公尺遠的地方，一臉困惑地盯著電視。「這是什麼？」

拉斯洛發出一聲慘叫。他根本沒有成功把電視關掉，只是按了暫停而已。

就在此時，瑪姬走進房間，她的目光立刻掃向電視螢幕。「胖仔，摀住眼睛！」

但胖仔不為所動。反而用一種好奇夾雜著驚奇的表情盯著凍結的畫面。「那個人是在送披薩嗎？」

拉斯洛停止尖叫。「他拿著披薩嗎？」

「對。」

「那就是了。」

「但他沒穿褲子呀。」胖仔說。

為什麼遙控器按鍵這麼複雜？「南加州的天氣很熱。在矽谷，人們可以選擇要不要穿褲子。」他終於找到關鍵按鈕並按下，螢幕驀地變黑。拉斯洛小心翼翼地把遙控器放在茶几上。

「你這個變態。」瑪姬說。

拉斯洛雙臂抱胸。「不好意思喔，我有說要**找**人陪嗎？」

門外再次響起敲門聲。

瑪姬咂了下舌。「很顯然，你有。」

「你們兩個待在這裡。」惡魔命令道，急忙去開門。這次他先從貓眼看了下外面。

即使透過魚眼鏡片也無法令外頭的金髮女郎美貌失真。他把頭髮往後一梳，試圖找回先前的魅力。「妳一定就是海爾嘉……」

女人點頭，打量著他。「哎呀呀，」她低語道：「真是英俊的客戶呢。」

「被妳逮到了，」拉斯洛說，他越過肩膀往背後看了一眼。「呃……我這裡可能有點小失誤。」

海爾嘉的笑容頓時僵住。「失誤？」

「一點小問題。」拉斯洛換句話說：「無傷大雅，沒什麼兩個成年人解決不了的事。」

「什麼問題？」

他清了清嗓子。「我的姪子和姪女在這裡。」

對方的笑容消失了。「*Schwein!*（變態！）」她壓低聲音罵道：「*Schweinehund!*（下流！）」

拉斯洛還來不及解釋，性感的海爾嘉便踩著細跟高跟鞋，配上亮片摩擦的聲音大步離開。當拉斯洛提出要幫她叫車時，她甚至沒有停下腳步。海爾嘉輕蔑地笑了一聲，告訴他他們公司有他的信用卡資料；客戶肯定會願意付叫車的費用，以及一大筆法郎補償她的時間和麻煩。淒涼的拉斯洛眼睜睜地看她走遠。

當她走進電梯後，惡魔默默返回套房，開始盤算起殺了房內那兩個人類的計畫。

瑪姬的頭從榕樹後方探出來。「海爾嘉呢？」她一臉天真地問。

拉斯洛狠狠地瞪著她，大步走回客廳，發現胖仔從迷你吧檯拿了一包餅乾。

「把那放回去。」拉斯洛說。

「但我好餓！我們還沒吃晚餐。」

彷彿計算過似的，男孩的肚子咕嚕叫了起來。拉斯洛一邊咕噥，一邊抓起客房服務菜單，叫了兩個漢堡、松露薯條、一隻烤雞和三盒大衛杜夫雪茄。接著把菜單扔給錐克佛姊弟，瑪姬點了鮭魚，胖仔則叫了白醬燉小牛肉，他此生從未吃過小羔牛，這給他一種「冒險」的感覺。

下單後，拉斯洛把電話放回話座上，眼神中充滿不耐煩。香菸還要一會兒才送來。他拿起香檳，坐回他的扶椅上。「所以，」他說：「是什麼重要的事讓你們非得毀了我的約會不可。」

聽到**約會**一詞，瑪姬挑起一邊眉毛，但只是說：「粥鍋壞了。」

拉斯洛以一種諷刺且居高臨下的態度搖晃著酒杯。他再次湧上殺人的念頭。「我知道鍋壞了，」他冷冷地說：「我也在場。我的小弟弟被啄後，是我把鍋撿回來的。」

胖仔發出竊笑。

「對，」瑪姬說：「所以我們失去了魔法物品，就覺得——或**假設**再繼續找下去也沒用。但假如事實並非如此呢？」

拉斯洛疲倦地擺擺手。「直接說重點吧。」

「要是我們能再找到另一個魔法物品呢？」

「很棒啊，」拉斯洛說：「要從亞馬遜還是百貨商場訂？」
「講酸話對事情毫無幫助。」
「那還真可惜，」他惱火地說：「妳好像覺得魔法物品很容易取得，拿到鍋又得到新情報算我們運氣好。我們不會再那麼走運了。」
胖仔插嘴道：「我們的計畫不是靠運氣，而是計算過的風險評估。」
「是嗎？」拉斯洛灌了一大口香檳。「好吧，說來聽聽，要怎麼才能拯救我——呃，**我們的**小命？」
姊弟倆異口同聲地說：「貝拉絲卓夫人。」
拉斯洛腦袋一片空白。「誰？」
「貝拉絲卓夫人。」瑪姬重複道：「狄米崔之前跟我們提過她，記得嗎？那個對魔法師頗有研究的遠古惡魔？」
拉斯洛沉思了半晌，他確實依稀記得狄米崔提過某個符合這倒胃口描述的人。「她怎樣？」
「狄米崔說她住在羅馬。」
「然後……？」
瑪姬用那個「你真的那麼笨嗎？」的眼神看著拉斯洛，讓他覺得很惱怒。**她**能在十一分鐘內完成〈週一填字遊戲〉嗎？他可不覺得。
「好吧，」她繼續說：「如果貝拉絲卓夫人真的活了幾千年，那她就可能有一些魔法物品，不是嗎？而且羅馬離這裡也不遠。」
胖仔拿出一張火車時刻表。「門房給了我們這個，現在出發今天就可以到羅馬！」
拉斯洛的目光在錐克佛姊弟身上游移。
「你們有誰見過五千歲的惡魔？」他冷冷地問。
眼前的人類承認他們沒有見過。
「聽我一句——他們不像本人這麼善良可愛，與他們相比，我甚至連可怕都擦不上邊。」

瑪姬的視線瞟向他的浴袍。「實在難以置信。」

「我的意思是，」拉斯洛繼續說：「貝拉絲卓夫人不會就這麼開門請你們進去欣賞她的收藏品，她很可能會吃了你們。」

胖仔反倒被激起了興趣。「惡魔真的會吃人嗎？」

「看是誰，有些惡魔是魚素主義者。」

「我們不是要求她施捨，」瑪姬說：「我們有價值不菲的東西可以交易。」

拉斯洛挑了挑眉。「妳的**靈魂**嗎，瑪姬？我不知道妳還有靈魂。話說回來，我不確定被詛咒的靈魂是否會被接受——畢竟已經受損了嘛。甚至可能有留置權。」

「我沒有打算要出賣靈魂。」

「那妳就沒有她想要的東西了。」惡魔聳聳肩說。

「我們有啊。」

「是什麼？願聞其詳。」

「我們知道失落魔法師的下落。」

拉斯洛往後靠到椅背上，用整整一分鐘對錐克佛姊弟的提案進行評價。不知道該對他們的決心感到詫異，還是震驚於其天真。儘管如此，他大腦的齒輪仍在加速運轉。最後，他咂了下舌。

「妳的提議——」

「充滿啟發！」瑪姬喊道。

「——荒謬至極。」

胖仔面露失望。「你覺得行不通嗎？」

「我沒那麼說，」拉斯洛答道：「**可以**做到，**可能**有用，但這是一場極危險的賭注。」

「比和那些羽毛怪物玩捉迷藏還危險？」瑪姬說。

「更甚。一切都取決於這位……什麼夫人？」

「貝拉絲卓。」

貝拉絲卓夫人。拉斯洛在心裡反覆念著這個名字。在他看來，上了歲數的人不該有這麼性感的名字，會讓人誤解，很不洽當。他的思緒被又一次敲門聲打斷。門外站著一位中年男子，身旁是一輛放滿蓋盤的推車。惡魔潦草地簽下自己訂房的名字，看了眼男人的悲慘制服，給他雙倍小費。

拉斯洛把一個個大淺盤和胖仔額外點的汽水擺到桌上，隨即抓起一個起司漢堡吃了起來。瑪姬則狼吞虎嚥地吃著她點的魚。

「那，」她說：「你覺得羅馬行值得一試嗎？」

拉斯洛把胖仔的手從他的薯條上拍開。「大概吧，我得聯絡一下狄米崔，了解一下這位夫人的情況。」

「但狄米崔根本不記得我們去過呀。」胖仔叉起一塊小牛肉。

拉斯洛聳聳肩。「沒差，我會跟他說我偶然聽見這個名字，猜測他們可能有過交集。」

瑪姬喝了一口水。「我還以為你會很興奮，你幹嘛那麼擔心？」

「擔心？」拉斯洛說：「我何必擔心大搖大擺闖進一個遠古惡魔的巢穴，要拿寶貴情報交易魔法物品這種事？她還必須當場交出物品，然後在未來的某一天我們把情報告訴她前，她什麼也拿不到？這有什麼好擔心的？」

胖仔看著眼前的一人一惡魔。「我不懂，為什麼要等呢？我們為什麼不能直接告訴她？」

瑪姬頓時明白他的意思，並用會讓狄米崔自豪的方式揉著額角。「拉斯洛說得對。」她嘆了口氣。「我們不能洩露魔法石的位置，至少當下不行。」

「為什麼？」

「這位夫人是惡魔，胖仔，如果她在我們打破詛咒前便聲稱魔法石是她的，甚至偷走魔法石怎麼辦？」

拉斯洛假裝敲響一個隱形的鈴。「**叮咚叮咚**，答對了！」

惡魔打開一包大衛杜夫雪茄，點起一根菸，放錐克佛姊弟繼續用餐，自己則溜到露臺上思考。他在躺椅上坐下，凝視著蘇黎世那座著名湖泊上倒映的燈光。

錐克佛姊弟確實給出一個有趣的點子。那位夫人所在地離這裡不遠，幾乎肯定有他們需要的東西，他們也確實掌握了可能讓她覺得有價值的情報。但這麼做有風險！一旦她得知魔法石的存在，就沒辦法阻止她從他們尖叫的口中打聽位置。對此拉斯洛毫不懷疑；惡魔的年紀及其力量息息相關，當然也有例外。但一般說來，惡魔活得越久，就可能越強大。這才說得通；他們有更多時間提升地位，獲得凡人的靈魂，甚至吞噬其他惡魔的精華。

拉斯洛吐出菸圈，撥通狄米崔的私人號碼，卻直接轉進語音信箱。拉斯洛斜眼看著他的手機，又撥了一次，再次聽到電話那頭傳來沙啞而熟悉的聲音。「這是敝人的電話，如果你想留言，等待嗶一聲……」

拉斯洛掛掉電話，凝視著遠方的蘇黎世湖。不接私人電話不像狄米崔的作風。異國貿易商無論白天還是晚上都必須聯絡得到才對。他看了眼時間，現在紐約時間還不到晚上七點。他深深吸了一口菸，打起精神撥通另一個電話。電話剛撥通便被接起來。

「喂？」一個顫抖的聲音說。

「克拉倫斯，是我。」

另一頭發出高興的尖叫聲。「**拉斯洛！**你還好嗎，你——」

拉斯洛聽到背景傳來管風琴的樂聲。「克拉倫斯，你在哪？」

「康尼島。安妮塔在我半歲生日準備的驚喜——」

「誰是安妮塔？」

「柴契爾長官。」

拉斯洛搜尋記憶。「我以為她叫思朵戈。」

「她更喜歡安妮塔。」

「誰不是呢。安妮塔現在在你旁邊嗎？」

「沒有，她去補妝了。」

「很好，聽著，我有個問題。你有沒有聽過一個叫貝拉絲卓夫人的人物？」

「名字真好聽，她是義大利人？」

「她是惡魔，你這白癡。她住羅馬。」

克拉倫斯聽起來很受傷。「我怎麼會知道？反正聽起來她已經入境隨俗。我沒印象，但我對內幕毫不知情。也許她會出現在《地魔錄》上。」

「什麼？」

「《地球惡魔名錄》，就是你剛進公司拿到的那本厚厚的紅皮書啊。」

拉斯洛試圖回想一個世紀前那個記憶模糊的夜晚，他只記得拿到一些名片、一盒圖釘和超過他需求的鉛筆。「呃，是喔，我沒帶在身上。」

「噢，現在網路都可查閱《地魔錄》了。」克拉倫斯雀躍地說：「有個入口網站，使用者界面做得很棒，還有手機版呢。當然你得建立一個使用者帳號，然後——」

「克拉倫斯，你可以直接幫我查一下嗎？」

「當然可以，但——**天仙下凡啊！**安妮塔回來了！」

「找個藉口離開。」

克拉倫斯的聲音帶著一絲驚慌。「我該說什麼？」

「隨便。」

電話那頭的歐式尖吻鮫發出明顯把手機塞進口袋的聲音，語氣顯得慌亂。「噢，嗨，甜心——妳看起來真漂亮！抱歉——我尿急。」

話音剛落，便響起克拉倫斯匆忙的腳步聲，隨之而起的是硬幣相互撞擊的聲響。時不時傳來「唉唷！」的聲音，加上倉促的道歉聲。不一會兒，拉斯洛便聽到「碰」的一聲，門關上了，門閂也接著拴上。

「好了。」克拉倫斯氣喘吁吁地說。

「還真是從容不迫。」拉斯洛說：「你現在在哪？」

「男廁，最後那間。」電話那頭出現長長的停頓。「天啊，拉斯洛，你真該看看這裡，就像水管爆裂一樣。」

「別管廁所怎樣了，」他吐出一口煙霧。「查一下貝拉絲卓夫人。」

「怎麼寫？」

「噢，看在——」

「好啦、好啦，給我一點時間連上暗網……說到暗網，你曾在絲路買過東西嗎？上面有最棒的維他命……」

拉斯洛沒有回答。克拉倫斯繼續說：「進入《地魔錄》，輸入使用者名稱……有了，然後是我的密碼……」

拉斯洛豎起耳朵。「是什麼？」

「我**不會**把我的密碼告訴你！」

「我猜裡面十有八九有『安妮塔』的拼音。」

對面傳來一陣憤怒的抽噎聲。「是Anita666。」克拉倫斯咕噥道：「但我掛上電話後就會立刻改掉密碼，現在讓我查查這位夫人……」

拉斯洛在露臺來回踱步，等克拉倫斯查閱資料。他回頭看向客廳，錐克佛姊弟已經吃完晚餐，決定一起解決掉拉斯洛的薯條。他忍不住偷笑。幾個小時前，他們還被困在地下死亡迷宮裡，現在卻幹起分贓食物的勾當。人類確實很有韌性。

有那麼一下子，拉斯洛幾乎要為自己即將對他們做的事感到內疚。內疚感稍縱即逝。

電話那頭再次響起克拉倫斯的聲音。「天啊……」

拉斯洛停止踱步。「查到什麼了嗎？」

「很多，而且很糟糕。」

「什麼意思？」

「意思是你不該去惹這位女士。她是真正的犯罪大佬，拉斯洛。她涉足各個領域，包括走私、靈魂交換、暗殺……上面說她涉嫌與十幾名高官，甚至一些惡魔議會成員的失蹤有關！」

「這些都記錄在《地魔錄》裡？」
「對！」
拉斯洛嘲笑道：「那都是假的。」
「為什麼？」
「因為階級制度會出手，這就是原因。」
「可能吧。」那頭的聲音充滿質疑。
拉斯洛側頭看了一眼手機。「你不同意？」
「我的意思是，**或許**你說的對，但也許是上頭覺得找她麻煩不值得。你知道她幾歲嗎？」
「不少於五千歲。」
「對呀！」克拉倫斯尖叫道：「那就表示她是地球上最古老的惡魔之一。她的力量會很可怕，拉斯洛！幾乎跟你父親一樣！拜託告訴我，你說要聯繫她不是認真的。」
「我或許是。」
「**為什麼？**」
「因為我需要某樣東西，克拉倫斯。」
「到底是什麼讓你這麼想要？」
拉斯洛簡單地向克拉倫斯講述破解錐克佛詛咒所需的材料，以及他們在中央公園獲得的粥鍋如何在列支敦斯登被毀了。
「反正那鍋子對你來說也沒什麼用。」克拉倫斯說。
拉斯洛把香菸丟到欄杆外。「沒用？為什麼？」
「那是E級物品，也就是被施法的珍品，只比小販賣的廉價飾品好一點。」
「那又怎樣？」
「這個嘛，」克拉倫斯說：「跟詛咒有關的事物都需要C級以上的物品是常識啊。」

「**常識？**」拉斯洛驚呼道：「誰會知道那種事？」

「規章制度手冊第三十六頁。」

拉斯洛點起另一根香菸。「讓我猜，新生訓練時他們給了我一本？」

「對，封面是牛血的顏色，聞起來有屠宰場的味道。」

拉斯洛閉上眼睛，腦海依稀浮現在澤西市，他下班後去看傑克・登普西在拳擊賽上痛扁喬治斯・卡彭蒂爾的畫面。那位法國拳擊手根本沒有贏的機會。

「隨便啦，」他說：「上面有這位夫人的地址嗎？」

克拉倫斯緊咬著牙關。「拉斯洛，拜託……」

「到底有沒有？」

在多次警告後，電話那頭的同事才心不甘情不願地提供聯繫這位夫人的方式。整個過程異常無趣，但拉斯洛把方法記了下來，然後詢問有沒有關於安德羅沃手下身分的消息。

「沒有。」克拉倫斯說：「一點也沒。」

「那個鯰魚女士呢？她也在《地魔錄》上嗎？」

克拉倫斯開始咳嗽。「拉斯洛，我得離開廁所了，這味道……」

「像個男人好嗎？」

「我不是男人，我有部分歐式尖吻鮫的基因，我的嗅覺很靈敏！」

「拜託，兄弟，就快速查一下，你知道換作是我也會幫你的。」

兄弟這個詞似乎重新激起克拉倫斯力量。「好吧，我看看可不可以用外型查詢。」

「這就對了嘛。」拉斯洛說，目光追尋著慢慢消散的菸圈，他現在真的很需要來杯雞尾酒。雞尾酒和海爾嘉。甜美可人的海爾嘉……

「抱歉，」克拉倫斯說：「有個外型類似雀鱔的惡魔住在巴拉圭，東海有很多鯉魚外型的惡魔，但沒有看到鯰魚。你確定她不是石斑魚？有個形似石斑魚的惡魔在Google工作。」

「算了，」拉斯洛說：「謝謝你幫我查，我得掛了。」

「**小心點，拉斯**——」

掛斷電話後，拉斯洛靠在露臺欄杆上抽完菸。等他回到套房，發現錐克佛姊弟已經吃掉大半盤薯條，胖仔看起來昏昏欲睡。

拉斯洛思索著剛剛得到的訊息。情況並非毫無希望，甚至還有點機會。那位夫人聽起來是個不僅僅能提供魔法物品的角色。她顯然很危險，而且不太服從上層。這樣的惡魔擁有他所不能及的人脈和資源，如果他處理得當——運用他本身的魅力等等——對於一個可能需要隱蔽行蹤、英俊瀟灑的年輕惡魔而言，那位夫人或許可以成為寶貴的盟友。

年長的女性總是難以抵擋拉斯洛的魅力。他回憶起十七世紀引誘一位哈布斯堡王族女性的過往。她長得並不好看，戴著假髮，臉上滿是肝斑，有著一雙懶散的眼睛和遺傳自家族血脈的下巴。哈布斯堡下巴看上去挺恐怖的，彷彿鼻子長在鐵砧上。那個週末並不愉快，但他還是堅持了下來，不是嗎？他知道自己在做什麼。

但那位夫人會幫他嗎？

拉斯洛想不出她不幫他的原因。除了他帥氣的外表和魅力外，他還有三張王牌。其一就是魔法石，另兩個則坐在房間裡的沙發上。

當拉斯洛悄悄回到套房時，胖仔已經靠在他姊姊身上睡熟了。瑪姬看了他一眼，將一根手指豎在嘴唇前，對房裡的燈示意。惡魔隨即明白她的意思，把燈調暗。她把枕頭塞到胖仔頭下，然後走到拉斯洛身旁。

他指著幾乎掃蕩一空的薯條盤說：「那是我的。」

瑪姬眨了眨眼。「我們給你留了三根。所以怎麼樣？我們要去羅馬嗎？」

「大概吧，我要去酒吧思考一下。」

「我懂了。你思考的時候總會喝酒嗎？」

「對。」

「好吧，」瑪姬說：「那我跟你一起下去。」

拉斯洛咕噥道：「留妳的小弟弟一個人在這裡？」

「他不小了，他今年十一歲，而且熟睡在一個豪華到我怕會弄髒廁所的飯店。他還擊敗了狗頭人，燒死一隻怪物。與其說他跟著我們很安全，不如說我們跟著他安全多了。」

拉斯洛看向睡在沙發上的人類男孩，瑪姬說得有道理。他還是不知道為什麼胖仔可以成功使用魔咒試管，拉斯洛卻只能弄出泡泡和蝴蝶。他轉向瑪姬問：「喝過馬丁尼嗎？」

「我看起來像喝過馬丁尼的樣子嗎？」

拉斯洛打量著她。「妳看起來更像是會喝自家釀酒的人。但不管這個了，鄉巴佬，準備一下，我們五點下去。肯定會很有趣。」他笑了笑，走進臥室換衣服。

當然，他根本不需要思考，他和錐克佛姊弟會搭十點的車前往羅馬。拉斯洛只是想喝一杯而已——並且找機會把某些幸運的人類放倒。海爾嘉拒絕了他，所以他得物色其他人。是男是女，或兩者兼具都無所謂。對他來說，皮囊不重要，只要精力旺盛就好……最好已婚。拉斯洛喜歡已婚人士；他們很懂得感恩！

如果瑪姬想跟他一起感受這裡的氛圍，他也沒意見。她已經是個成年人了，可以做出自己的選擇。事實上，拉斯洛就指望她這麼做呢。

第二十一章 難以抗拒的慾望

瑪姬的手掌在牛仔褲上抹了抹，這很快成了她的習慣動作。明明應該好好放鬆的，為什麼她這麼緊張？她這就坐在瑞士阿爾卑斯山區一家頂級夜店的私人卡座裡。

不是說她去過別家夜店可以比較，而是這場所實在教人驚嘆，有嵌入式照明和一個波浪狀的長吧檯，看起來像是用一整塊孔雀石雕刻而成。不知架設在哪的喇叭放著電子舞曲，ＤＪ穿著紫色西裝，戴著耳機，隨著音樂節拍搖擺，做ＤＪ該做的工作。這地方**確實**符合瑪姬心中的想像，但……

「有什麼問題嗎，殿下？」

瑪姬抬頭看了一眼拉斯洛。這個惡魔就坐在她對面，神態輕鬆，從他游刃有餘的樣子看來，他可能是夜生活的守護神吧。他已經第二杯馬丁尼下肚，送酒的服務生因為和拉斯洛對視稍長的時間，一張臉脹得通紅。他拿起用精美牙籤插著的橄欖，放進嘴裡。

「不要叫我『殿下』了，」瑪姬說：「我不喜歡這個稱呼。」

拉斯洛的臉上浮現一抹壞笑，但當他發現她是認真的時候，笑容便消失了。「好吧，」他說，把目光轉向她面前的飲料。「要來點別的嗎？馬丁尼對初學者太難了。」

「沒關係，」她答道：「我可以。」

「妳不用勉強。」

「我**想**喝。」

拉斯洛舉起雙手。「妳說了算。或許妳會嚇一跳，但來這地方的目的是玩得開心。」

「是嗎？還以為來這裡是幫你做出決定。」

「決定好了，」他說：「我們要去羅馬。」

瑪姬興奮地坐起身子。「真的嗎？」她說：「你要加入？」

「我們搭十點的火車出發，」拉斯洛說：「這個點子很瘋，我們可能會死得非常悽慘，但也只剩這個辦法了。」

「謝謝，大概吧。」

拉斯洛點了個頭。「既然這可能是我們在地球上的最後一晚……乾杯。」惡魔用他的杯子碰了下瑪姬那杯酒，慵懶地抿了一口，他的目光掃向坐在吧檯前及在他們座位附近聚集、穿著氣派的客人。

瑪姬稍微抿了口馬丁尼，當溫熱的伏特加漫進整個口腔時，強忍著不皺起眉頭。她放下酒杯，往後靠到椅背上，試著放鬆肩膀。或許這地方讓她覺得很不自在，但至少她的腳好多了，詛咒印記也沒有發作的跡象，而且她的眼皮還抹著大量的仙靈精華。那真是個好東西。

抵達飯店後，她檢查了蘇黎世醫生為她處理的傷口，發現已經用不上縫線；她的傷口已經癒合，就跟在飛機上她手臂的狀況一模一樣。她又喝了一口馬丁尼，決定把那次可怕的搭機經驗拋諸腦後。她現在最不該想的就是在她皮膚下方生長或繁殖的東西。

她硬擠出一個笑容。「那在這種地方玩得開心的祕訣是什麼？」

拉斯洛聳聳肩，環視整個吧檯。「取決於妳想幹嘛。」

「什麼意思？」

他把目光轉回瑪姬身上。「會來這裡只有三種原因。」

「太棒了，」瑪姬說，將學習精神貫徹到底。「是什麼？」

拉斯洛豎起一根手指。「第一：找人上床。」

她臉色脹紅，擺擺手要他跳過。「直接說第二吧。」

「好吧，第二個原因就是說服別人只要妳想，隨時**可以**上床。通常很受新婚夫妻和開馬自達MX-5的男人青睞。」

瑪姬幾乎不敢再追問下去，但她還是問了。

拉斯洛舉起他那杯雞尾酒，對著燭光端詳起來。「第三個原因嘛，品嘗雞尾酒並思考生命偉大的奧祕。」

「真的嗎？」

「不，是為了上床。」她忍俊不禁。惡魔自己也輕笑起來，又嚼了一顆橄欖。「金錢、衣服、汽車、珠寶，不過是漂亮的裝飾，讓其他人相信妳就是那個能與之交配的對象。人類可能會自欺欺人，說是要出去跳舞或跟老友聚會，實際上卻是為了獲得性高潮。他們可以盡情否認，但這是不加掩飾的事實。」

瑪姬不自在地動了動身體。「你說得我們好像動物一樣。」

「你們是啊，」拉斯洛愉悅地說：「但你們同時擁有靈魂，這就是為什麼我的同類會覺得人類如此難以抗拒。說真的，當動物也不是什麼壞事。人類一旦裝模作樣，就會出現麻煩。」

瑪姬開口的同時，背景音樂變成重低音舞曲。「什麼意思？」

惡魔聳聳肩。「法律懲罰自然本能；政府和教堂強迫人民成為不是自己的樣子。真是太可笑了。數十億自我厭惡的傻瓜艱難度日，相信自身存在就是一種罪。一切不過是為了滿足某個敏感、權力無邊的當局要求，而進行的忠誠度測試罷了。信不信由妳，但上帝似乎和差不多妳這年紀的壞女孩有許多共通點。」他搖了搖頭，「而人類卻說惡魔狂妄自大。」

「噢，你確實很自大呀，」瑪姬說：「事實上……」

但拉斯洛的目光早已越過她的肩，落在六公尺外那桌的一男二女身上。瑪姬轉過頭，發現他們都擁有可以拍電影或登上雜誌的美貌。三人的視線緊盯著拉斯洛，熱烈到足以燃起熊熊烈火，讓瑪姬很想躲得遠遠的。其中一個長相令人驚豔的黑人美女——她肯定是個時裝模特兒——調皮地朝惡魔揮了揮手。

拉斯洛的臉上綻放笑容。「噢，這個性感的美人兒。」他喃喃地說：「我絕對要把妳……」他舉起酒杯回禮。

瑪姬感覺周遭的氣氛變了，彷彿一股電流在他們之間流竄，令人不安，而且——她紅著臉坦承，也有點興奮。

瑪姬看過關於那方面的書，也偷偷看過那種電影，在京斯頓目睹情侶在公共場合親熱，但她從未見過有人這麼明目張膽、厚顏無恥地表達自己的慾望。她剛才可能一直坐在兩團交會的鋒面中間。

看著另一個女人，瑪姬心中不禁升起一股憤怒。「她怎麼知道我們不是一起的？」她說：「不是說我就會……」

拉斯洛把視線從那位美艷女郎身上移開，手伸過桌面，憐憫地拍拍瑪姬的手。「石頭都看得出我們不是一起的，而且我不認為那位女性是會喜歡爭奇鬥艷的類型。」

瑪姬「嗯」的一聲表示同意，不確定自己是該覺得受到侮辱還是鬆一口氣。不管怎樣，她現在就是個電燈泡。她趕緊看下時間。「或許我該去看看胖仔。」

「噢，不用啦，」拉斯洛說：「那孩子就在上面幾層樓，而且妳也留了字條。他如果有什麼需要，就會打電話來，先別急著打退堂鼓。我還以為鄉下來的丫頭想見見世面呢。」

瑪姬環視了一下夜店，才勉強點點頭。

拉斯洛打量著她。「妳幾歲了？十八？」

「快二十了。」

他吹了聲口哨。「是時候出來走走了。打破詛咒卻過著無聊透頂的生活有什麼意義？拜託，小妞，拿出勇氣來。」

瑪姬再次強顏歡笑，但什麼也沒說。她凝視著面前那杯馬丁尼，意識到自己有多渴望找到歸屬之地。這個世界上肯定有能讓她放鬆，並感覺像家的地方。

假如可以不再感到害怕和焦慮會是什麼感覺？不用每天處於懷疑或痛苦的狀態中？天知道她試過了。這麼多年來，瑪姬跑了數不清的路，辛苦地上下山直到肺發出悲鳴，視線變得模糊。目的很簡單，就是為了讓身體疲憊不堪，使她的大腦別無選擇，只得陷入無夢且毫無干擾的酣睡。天啊，這讓她成了什麼？

她用手指摩娑玻璃杯的邊緣。「我能問你一個問題嗎？」

「儘管問吧。」

「如果你可以成為任何人，你想成為誰？」

拉斯洛眨了眨眼。「什麼？」

「我是說，你一直都想當詛咒守護者嗎？」

聽到這裡，惡魔以瑪姬從未見過的方式笑了。不帶任何諷刺或表演成分，只是單純被逗笑。她剛才看到的是真實的拉斯洛嗎？瑪姬說不上來，但無論是不是，比起先前那個油嘴滑舌、自信滿滿的花花公子，她更喜歡這個他。拉斯洛臉上掛著苦澀的微笑，放下手中的馬丁尼，十指交叉，一副安靜沉思的模樣。

「我就當你不想了。」瑪姬說。

惡魔冷冷地看了她一眼。「姑且說我在為妳打氣吧。」

「什麼意思？」

「當妳破除咒語後，我們**都**能從錐克佛詛咒中解放，我本人確實心中有些盤算。」他停頓了下。「妳有什麼想法嗎？」

瑪姬猶豫了會兒。「我不想亂立死旗，要打破詛咒還早呢。」

惡魔挑了挑眉。「妳伴隨一個有效**詛咒**而生，卻在擔心那些微不足道的迷信？說嘛，讓我笑一笑，瑪姬．錐克佛接下來打算做什麼？」

她呼出一口氣，盯著天花板上五彩繽紛的燈光好一會兒。

瑪姬曾經費了好一番功夫才獲得普通教育發展證書，並參加大學入學考試，但她覺得她去考試只是想向她母親證明她有能力離開。其實內心深處，她知道一切都不會改變——無論是她父親的身體，或逐漸出現在她身上的症狀。

她是否真的想過自己可以擁有不同的生活？不是不切實際的白日夢，而是認真的思考。要是他們真的打破了詛咒呢？要是不再有任何東西將她束縛在女巫之森中呢？要是瑪姬可以離開暮光村，永不回頭呢？

正當她思考這個問題的時候，瑪姬發現她左手臂的繃帶底下有些癢。是巧合嗎？還是錐克佛詛咒在提醒她，它仍然存在，目前沒有脫離宿主的打算？她揉捏著手臂，按壓使她皺起眉頭。

「我不知道之後要做什麼，」她平靜地說：「我考慮過上大學，但或許找個工作更合理。不管做什麼，都不會留在暮光村。」

「那，」拉斯洛說：「如果妳需要任何建議就跟我說吧。我住過世界各地，可以告訴妳哪裡適合隱藏行蹤。例如，巴巴里海岸不列入考慮。」

她不禁露出笑容。「呃，我不確定那地方現在還叫這個名稱。」

「噢，他們應該維持原名，我從未被這麼粗魯對待過。隨機搶劫、扒光衣服，還被扔在的黎波里附近等死，他們還牽走我的駱駝——」

「我想像不出你騎駱駝的樣子。」

拉斯洛又吃了一顆橄欖。「別想比較好，我受夠了駱駝。」

「那是多久以前的事？」

惡魔目光落在遠處，試圖回憶。隨即掰著指頭數起來。「十八世紀初，」他最後回答：「也許是十七世紀，我一直不怎麼擅長記年代。」

「而你還不到八百歲，」瑪姬打趣道：「想想那位夫人會是什麼感覺。」

「算了吧，我可是盡最大的努力不去想她，這些寶貝就是為了這個目的存在的。」拉斯洛舉起一杯馬丁尼，一口氣喝下剩下的酒，然後朝他的愛慕者伸出一根手指。

美艷女郎有些不耐煩，準備朝拉斯洛扔更多冰塊。

瑪姬把一個方形冰塊從桌面上彈走。「還真咄咄逼人。」

「妳說她『咄咄逼人』，我倒覺得『乾脆俐落』，介意我去一下……？」

「去吧。」瑪姬嘆了口氣。她很清楚無論如何他都會去。

拉斯洛優雅地離開卡座。「妳真是個小蜜桃。」

蜜桃？瑪姬心想更難聽的綽號有很多，像是酸蘋果或臭杏果，但被說蜜桃讓人有點生氣。桃子果實飽滿，味道溫順，經久不衰。是那種某人花一整天準備晚餐，期待他人現身的餐桌上會出現的水果。瑪姬不覺得自己像桃子，她不知道自己像什麼，但絕不是桃子……

瑪姬喝著馬丁尼，閉上眼睛，讓音樂淹沒她。現在放的這首歌比前一首還喧噪，更加刺耳。排山倒海的能量侵入她的大腦，有效地沖刷掉她的思緒，讓她沉溺於音海當中。該節奏就像一把大槌，沉重而無情，宛如機器般的原始律動。

瑪姬閉著眼睛又喝了一口。馬丁尼越來越對她胃口了，其實沒有那麼難以入口，一點也不難喝。

當她睜開眼睛時，發現那個DJ正在看她。他指著她並露出笑容，身體仍隨著音樂搖擺。她垂下視線，那笑容是什麼意思？他是在表達友善嗎？還是在跟她搭訕？或者，作為一個完美的娛樂專業人士，他只是很高興有人欣賞他的音樂？他在轉盤上調了些東西，身體依舊擺動；他的動作不會過於浮誇或忸怩不安，而是一種流暢、輕鬆的節奏。天啊，他看起來真酷。

和那樣的人交談會是什麼感覺？或者，她允許自己深入想像——**親吻**這樣的人呢？她從未接吻過，更遑論跟一個身穿紫色西裝的性感歐洲DJ。她有那個勇氣嗎？

當然沒有。

瑪姬笑了出來，又喝了一口馬丁尼。她的腦中開始出現輕微的嗡嗡聲，跟她和魯伊特兄弟纏鬥時聽到的聲音一樣。雖然有些煩人，但樂音稍微掩蓋這個聲音。不管怎樣，這聲音都不是在地鐵時那胡亂騷動的蜂鳴，**那**又是什麼呢？那時候那可憐的傢伙幾乎已經沉淪，而她不過是看著他而已。

她又抿了一口酒，這次試著細細體會酒精滑下喉嚨的感覺。

瑪姬其實從未把自己看做一個**女人**，至少與性方面擦不上邊。她從未想過別人會覺得她有吸引力或令人嚮往，但她現在正在散發魅力。而她發現自己還挺喜歡的。

一名熟女嘗試跟DJ交談，姿勢輕挑地往前傾，展現她的乳溝。瑪姬吞了口口水，低頭看了看自己的胸部。**不算太差嘛**，她對自己說，**大小適中的B罩杯**。DJ會很開心。肉毒桿菌和矽膠沒有讓他驚嘆，他更喜歡會讀懸疑小說、穿著合身內衣、駕車每公里時速達五分鐘的天然女孩。

瑪姬嘆了口氣，再次閉上眼睛，其實DJ喜歡什麼根本不重要，她不想跟他成為死黨——她想要觸碰他、親吻他、感受他的體溫，那才是令人難為情的事實。

拉斯洛是對的，這讓她覺得很煩，但他確實沒說錯。當瑪姬自私地擁有自己的慾望時，不由得湧現難為情的感覺，甚至覺得羞愧。**這太荒謬了**，她想，**性不該讓人覺得羞恥**。那是一種完全自然的慾望，幾乎是每個生物根深柢固的本能。

但瑪姬的焦慮沒有消失，她的腦袋依然嗡嗡作響。

一切都太難懂了，而瑪姬完全沒有經驗。最好讓情況簡單一點，她只專注聽音樂，讓音樂將她的思緒帶往另一個興奮的境界。現在這樣就夠了。她會一邊享受酒精，一邊沉浸在音樂之中。重點是她不用跟任何人說話。

「妳好？」一個聲音傳來。

一個男人坐到她的對面，不是那個性感的ＤＪ，而是一個三十幾歲的白人男性，穿著一件正裝襯衫塞入褲頭裡，領帶沒有繫上，反而像條鰻魚般掛在脖子上。他的打扮說明一件事：**我雖然穿襯衫，卻是來玩的**。瑪姬剛才有注意到他在吧檯跟幾個看起來是同事的男子一起拍照，引起相當大的騷動。

他把前額的一綹棕髮撥開。「我可以坐這裡嗎？」瑪姬聽不出他的口音。

她朝方才坐著俊男美女的那桌望去，人早已離開。

「妳的朋友走了，」男人說，意味深長地敲了敲鼻梁。那手勢是什麼意思？「要再來一杯嗎？」

她這才發現她的酒杯已經空了。她在這裡坐了多久啊？

陌生人用流利的德語朝一個服務生示意，後者滿懷期待地看著瑪姬。「點吧，」男人說：「我們一起算。」

她嗡嗡作響的腦袋催促她答應，但瑪姬拒絕了。「不了，謝謝。」

陌生人看起來像是從未聽過這麼掃興的回答。「現在才兩點半耶！來一杯嘛……」

但瑪姬再次拒絕，服務生大步離去。

「妳是什麼反娛樂人士嗎？」男人不滿道：「靠，妳一定是英國人。」

「不是。」

「**美國人！**」他咧開嘴，露出過小的牙齒，讓他整個人看起來就像個巨大嬰兒。「太棒了，」他說：「我超愛美國的。對了，我叫揚。」

「伊莉莎白。」

「妳怎麼會來蘇黎世？跟妳一起的那個人是誰？」

「一個家族朋友，」瑪姬淡淡地說：「我們來這裡是為了家族生意。」

揚笑了起來。「噢，你朋友是真男人！妳有看到他跟誰一起嗎？妳知道那是誰嗎？」

「我猜是某個名人。」

他說出女人的名字，彷彿這就足以解釋她的身分。瑪姬覺得那名字有些耳熟，但僅是聳聳肩。

「天啊，」揚說：「妳一定不常出門。」

「說不常還太客氣了。」

他繞過長條沙發坐近了一點。瑪姬沒有移動，即使他的古龍水入侵她的鼻腔也不為所動。她注意到他襯衫下面有顆釦子鬆開了，露出白皙的肚子，皮膚柔滑且無毛。他的臉距離她只有幾公分，滿臉通紅且油光滿面。他水潤的眼睛幾乎沒有睫毛，呼出的氣異常刺鼻，不是難聞，只是有點陌生。他的手輕輕拂過她的手。

「我一直在看妳。」他說，語氣中暗示著這是對她的恭維。他笑的時候，下巴向前突出，露出那些微小牙齒。在他的笑容背後，瑪姬感受到一絲敵意和權威，不知道揚是否意識到他討厭女人。

她也想知道為什麼她不避開他的觸碰。

但她不知道，瑪姬仍好好地坐在桌邊。無論她剛才在怕什麼——怕一個人喝醉，怕這個令人討厭的男人——都被她腦中越來越響的嗡鳴掩蓋。也許她需要再來一杯馬丁尼。在她腦中胡亂飛舞的蚊子對此表示贊成，迅速加入的蜜蜂也持相同意見。

她看著揚喝完他的酒。「Patrón.」他喊道。培恩龍舌蘭。所以那就是他身上味道的來源。他再次提出要請她喝一杯，這次瑪姬答應了。

馬丁尼一送來，她便開始喝了起來，聽著他喋喋不休地說著工作的事。與此同時，她腦袋中的嗡嗡聲越來越強烈，跟在地鐵的情形一樣；她的大腦，現已成了名副其實的蜂巢，充斥著不容忽視的呢喃和細微的暗示。不知為何，揚的聲音成功地穿透這些雜音，進到她耳裡。

揚是一名銀行家。他和他的團隊一直在準備某個提案，累得像狗一樣——「他媽的狗」這是他的原話。該提案是首次公開募股，什麼意思她也不懂。他的銀行得標了，揚是團隊的負責人。他表示這是「一場他媽的**巨大勝利**」。整個團隊留在蘇黎世慶祝，他的兩個同事還坐在吧檯，看起來一臉不爽和困惑。第四位組員是哈佛商學院畢業——剛才吐得一塌糊塗回自己房間休息了，真是個小鬼。

揚偶爾會因為得不到回應而停下來；瑪姬太專心聽那陣蜂鳴，沒有聊天的興致。

最後，這位銀行家吸了吸鼻子，看了一眼面前的酒，彷彿礙了他的眼。「我們應該去柏林的，」他喃喃地說：「蘇黎世**爛透了**。」他的臉色瞬間變得陰沉，把酒杯往桌面一敲。

揚突然失去動力，她腦袋的嗡嗡聲擔心他可能會離開。那樣不行，蜂群正在躁動，它們不在乎瑪姬是否覺得眼前的人足夠吸引她，揚只是達成目的的手段。

瑪姬挪了過去，用肩膀蹭了蹭他的肩。「你從哪裡來的，揚？」

他雙眼疲憊地盯著ＤＪ。「烏特勒支，去過嗎？」

「沒有。」

「我看不懂妳，伊莉莎白，妳不愛說話，對超模不了解，卻在週日晚上來**這裡**喝酒。妳是什麼外星人嗎？」

「或許吧。」瑪姬承認道。她露出微笑，把手覆上揚的手背。

他呆愣地眨了眨眼。「說真的，妳是職業的嗎？」

「職業？」

「就是妓女啊。」

「不是，」她直率地說：「我不是**職業**的，揚。我不要你的錢，我只是喜歡你，很喜歡你。」

瑪姬聽著自己說話的聲音，就好像聽見一個陌生人在說話一樣。有什麼東西在用她的聲音說話，她肯定是蜂群。

有另一股力量在掌控她的身體，而她的意識——也就是自我控制權——被轉移至副駕。瑪姬不確定自己是否願意放棄控制權，但她在這件事上別無選擇。

她腦袋中的蜂群有著鋼鐵般的意志，它們知道自己要什麼。

揚拍了拍自己臉。「我要清醒一點，這週真他媽的漫長啊。」他坐直身子，突然轉向瑪姬。「跟我來。」

「去哪？」

「洗手間。」

她輕挑地挑了挑眉。「需要我幫你撒尿嗎？」

笑聲再次傳來——笑得像個被寵壞的大男孩似的。「哈！沒錯，我需要幫忙，只要妳乖乖的，」他斜眼看著她說：「我就讓妳幫我扶著。」

瑪姬離開沙發座，跟著揚走過吧檯，穿過兩片天鵝絨窗簾中間，進入一條昏暗的走廊。走廊上有三扇紅色的門，其中一扇半開著，門內是光線昏暗的洗手間，擺了舊照片做裝飾的架子上燃著薰香。

揚把門關上後鎖上。

「那……」

瑪姬把他推到門上，將身體貼了上去。揚驚呼一聲，隨即吻了她，將舌頭伸進她的嘴裡。她有一部分的意識覺得這個動作令人反感，極具侵略性，但蜂群不在乎。

此刻似乎不屬於她的雙手解開了男人的皮帶，揚發出一聲低吼，把手抓向她的胸部，一隻手伸進她的衣服和胸罩底下。她的大腦冷漠地旁觀這一切。

揚對她做的事絲毫無法讓人感到愉悅或激起慾望。但她也不需要。詛咒需要持有者；任何貢品都可以。

瑪姬把手指移到他的胯下，拉下拉鍊。揚發出呻吟，身體靠在門板上，使門框嘎吱作響。他身材高大，超過一百八十公分，但瑪姬力氣驚人地把他拉起來，推到對面的牆上。一個相框從架子上掉下來摔碎了。

瑪姬把他的領帶纏到手上，順勢將他的頭拉低，使他的耳朵與她的嘴巴齊平。「安分一點。」她低語道。

「唉唷！」揚把手從瑪姬的衣服下拿出來，輕輕地碰著他的耳垂。他的手指沾到一點血跡，咧開嘴把血舔掉。「妳咬我啊，小婊子？」他笑著試圖握住瑪姬的手。「去我房間吧。」

她掙脫他的手，退後一步，把外套脫掉，扔到裝有擦手巾的籃子裡，接著解開襯衫釦子。她開口時，聲音低到自己幾乎聽不見。該聲音沉迷於肉慾並主宰一切，厭倦了玩遊戲。

「我們不去你的房間，揚。我對親熱沒興趣，我想要你操我，現在照我說的做。」

揚立刻服從。儘管他愛說大話，但他是那種服從指揮就能達到高潮的人。即使瑪姬不明白，蜂群也有所覺察。他輕輕搖晃著身體，解開褲子的釦子，脫到膝蓋上。接下來是內褲，他站在那裡，就像一個等待體檢的大男孩。瑪姬瞥了眼從他襯衫下擺露出來慘白的生殖器。

她咂了咂舌。「這樣不行唷，揚，你不覺得我漂亮嗎？」

揚往下看，像測試故障的燈泡般輕拍他的分身，沒有起任何反應。「靠，」他喃喃道：「放心，有時候就會這樣……」

他彎身翻了翻褲子口袋，直到拿出一個像菸盒的東西。打開後露出一個捲起來的塑膠袋，裡面裝著幾撮白色粉末，還有一個小金屬管，揚把金屬管遞給瑪姬。「一口菸斗，」他說：「好東西，沒有臭味。」

她沒有拿，聽從蜂群的指引。

揚聳聳肩，擰開金屬管的蓋子，將其塞入鼻孔。他猛地吸一口氣，隨即腳步踉蹌地後退，差點被馬桶絆倒。他背靠著牆，眨了眨眼睛，臉上慢慢露出笑容。

瑪姬低頭看著他勃起，任務達成。

幾秒鐘後，他悶笑出聲，搖晃著身體朝她走了幾步，褲管卡在腳踝捲成一團。他把她推向洗手檯，扯下她解開釦子的襯衫。

瑪姬解開自己的牛仔褲，把褲子往下拉，靠在洗手檯上，揚則拍打她的乳房。她以超然的態度旁觀事情發展，彷彿在看別人身上發生的事。然而，瑪姬內心有部分知道並非如此。

這個近乎赤裸的女孩就是**她**——瑪姬．錐克佛，這一切並非什麼虛幻的夢境……而是一場非常真實、親身經歷的惡夢。

她試圖說出自己的感受，但蜂群不聽。她腦中的蜂鳴已經達到某種瘋狂和狂熱的境界。揚現在整個人壓在她身上，發出野豬般的低吼。這個莽夫試圖把瑪姬抱起來坐在洗手檯上，卻又差點跌倒。瑪姬替他節省力氣，撐起自己坐了上去，把背靠在鏡子上。揚開始笨拙地扯著她的內褲，瑪姬抓著洗手檯保持平衡。

門外突然有人敲門。

「有人了！」揚邊吼邊用力撞向瑪姬。當他快進入她的身體時，突然停下動作。「靠，我沒帶保險套。」

「沒關係，」煥然一新的瑪姬插嘴道：「我有吃避孕藥。更何況，我想感受你……」

「對，但——」

她抓住揚的頭髮，渾身激情地吻他。這次，是**她**把舌頭伸進**他的**嘴裡，雙腿像老虎鉗般夾住他，使揚更靠近她的蜜田。她從前臂的詛咒印記感受到一股強烈的喜悅，來自於在她皮膚下方拉扯、扭動的蠕蟲。揚呻吟著，向前挺進臀部。但不知為何，那個白癡卻錯失機會。

門外再次傳來敲門聲。

瑪姬渾身滾燙，當汗水從她乳房中間流下來時，感覺自己每一根神經都在燃燒。揚準備轉向門口，但她緊緊抱住他。

「別管他們！」她低語道：「別管他們，**操**我……」

敲門聲越來越大聲，揚睜開他的眼睛。有那麼一會兒，在瑪姬緊緊拽住他的頭髮時，他眼神迷濛地盯著她，然後目光移向她的左臂。

這位銀行家的眼睛頓時張大。他瘋狂地想掙脫，但瑪姬用雙腿緊緊將他夾住。他一臉驚恐地盯著她手臂上的繃帶。繃帶彷彿隨脈動鼓脹，繃緊到快要斷裂的地步。

突然一陣撕裂聲，瑪姬手臂上的觸手衝破了繃帶。現在已有十二隻，每一隻都超過三十公分長，上面長滿倒刺。觸手瘋狂地扭動，隨即纏住揚的脖子，把他驚恐的臉拉向瑪姬。

當兩人鼻頭接觸時，她呼出一團刺鼻的黃色霧氣。揚吸入那團氣後，感覺呼吸一陣窒塞。幾秒鐘過去，他的瞳孔放大到非人類的程度，當瑪姬握住他勃起的陰莖，將其引至她的私密處時，他順從地站起身。她腦袋的蜂群已準備爆發，嗡嗡聲成了咆哮，目的非常清楚。

詛咒必須滋養。

詛咒必須存活。

錐克佛家族將生生不息！

就在此時，洗手間的門打了開來。

觸手立刻鬆開揚，縮進瑪姬的前臂。銀行家掙脫了兩者的束縛，重重地摔倒在地。

瑪姬腦中的嗡鳴平息下來，本人的意識也慢慢浮出表面。她腦袋一片混沌，氣喘吁吁，茫然地看著站在門口的人。

拉斯洛？

惡魔閃進門內，把洗手間門關起來並鎖上，走過去用鞋尖輕推某個東西。他的聲音異常冷靜。「這人是誰？」

她坐起身來，心想：**我為什麼會坐在洗手檯上？**然後看到一個人高馬大、身材擁腫的男人四肢攤開躺在地板磁磚上，褲子和內褲捲在腳踝處。直到那時，瑪姬才意識到自己近乎全裸。她無聲地發出尖叫，從洗手檯上下來，試圖遮住自己的身體。

拉斯洛嘆了口氣，轉身面向牆壁。「別緊張，」他語氣平淡。「十分鐘前的事我都沒看見，我只看到觸手。我承認那倒是頭一次見。」

瑪姬的心臟怦怦地直跳，拉起牛仔褲——當她穿起褲子時，才發現前臂的繃帶不見了。在她不斷擴大的咒印裡，出現十二個直徑跟鉛筆差不多大的洞。

瑪姬深深吸了一口氣，強迫自己看向躺在地板上的男人。「我的天啊，」她輕呼道：「我到底做了什麼？」

拉斯洛也轉過身看著地上的男人。「先別管妳做了什麼。首先，我們得處理一下這傢伙，他是誰？」
「我、我不知道，」瑪姬結巴地說：「他好像叫湯姆？他說他是銀行家。」
「我猜那藥是他的？」
拉斯洛指著地上那袋白色粉末。
瑪姬搜尋她的記憶，卻是一片空白。「一定是他的，絕對不是我的。」
「當然，」拉斯洛說：「我看妳也不像是癮君子。妳先打起精神來，『湯姆』交給我處理。」
當拉斯洛開始清理現場時，瑪姬把剩下的衣服穿上。她的胸罩半脫，內褲也被撕破了。她看到自己左邊乳房上有咬痕，雙手不停顫抖，設法把襯衫扣起來，又發現她的西裝外套蓋在一籃未用過的毛巾上。接下來的二十秒，她頻頻往臉上潑冷水，試圖沖掉嘴裡的血腥味和酒味。關掉水龍頭，她轉過身，驚恐地看了一眼被拉斯洛慢慢放到馬桶上的陌生人。
是我做的嗎？
她茫然地看著拉斯洛把男人像櫥窗裡的人型模特兒一樣擺好姿勢，坐在閉蓋的馬桶上，目光呆滯地盯著天花板。他的褲子仍留在腳踝處，一隻手放在他光裸的胯下。最後，拉斯洛拉起男人的皮帶，鬆鬆地繫在他的脖子上。
「你在——」
拉斯洛豎起一根手指，然後檢查男人的脈搏。接著心滿意足地撿起那袋古柯鹼，連同金屬盒和金屬管一起放在旁邊的架子上。然後把洗手檯、鏡子，和她以及那名男人可能碰觸到的任何表面擦乾淨。
最後，拉斯洛重新折好毛巾，放回乾淨的毛巾堆中。「要走了嗎？」
瑪姬盯著眼前的景象，不由得注意到地上躺著裱框的照片，玻璃上有一條裂縫。「我們真的要這樣丟下他離開嗎？」
惡魔評價自己的傑作。「這沒什麼啊？一個男人到洗手間嗑藥，然後自慰；他不是第一個這麼做的人，也不會是最後一個。除非妳有更好的主意，我們得走了。」瑪姬沒有回答，他隨即用手肘頂開門，朝大廳張望。「沒人發現，快走。」

瑪姬把目光移開，跟著拉斯洛走進走廊。她的手臂在發痛，雙腿仍不斷顫抖。

天鵝絨窗簾後方傳來音樂的震動聲，引發她混亂的記憶，就像透過扭曲的玻璃看到影像一樣。**帥氣的DJ，她坐在豪華的沙發椅上，跟剛才被他們扔在洗手間裡的男人交談，他的名字不叫湯姆，而是揚；他的舌頭探進她的口腔，微彎的手掌探索著她身體每一寸皮膚——**

「我覺得我要吐了。」

拉斯洛正忙著對付洗手間的門把。聽到她的話，趕緊走過去，一把摟住她的肩。「不，沒人會吐。」

「你確定？」瑪姬說，迫切地希望他說得對。

「當然，在我們回房間以前，妳得振作起來，然後妳就可以盡情地吐了，再洗個熱水澡，把這一切全忘了。」

瑪姬回頭瞄了眼洗手間的門。「那他呢？」

「銀行小子不會記得任何事。如果他還記得，我保證他不會告訴任何人。」

她默默地點頭，在他們穿過夜店走向電梯時，強忍著淚水。還好，電梯裡沒人。

他們沉默地搭乘電梯。當電梯開始慢下來時，瑪姬這才開口。

「那是我的初吻。」

她的情緒平淡，語氣毫無起伏，僅僅是她為了理解整個過程而做出的一個簡單事實陳述。她不期待拉斯洛回應，儘管如此，惡魔仍看起來有些愧疚。他伸出手，將她的手握在自己手中。一人一惡魔就這麼看著彼此映在電梯門上的倒影。

「不要告訴胖仔。」瑪姬聲音顫抖地說。

「我不會。」

「別再那樣丟下我。」

當門打開時，拉斯洛握緊她的手。「不會了。」

第二十二章

永恆之城

瑪姬只睡了幾個小時，拉斯洛就把他們叫起床，並趕往火車站。昨晚他們一回到房間，她便把牙刷了三遍，洗了個熱水澡，用毛巾把全身擦乾淨。之後，她坐在浴缸邊緣，麻木地看著自己手臂上擴大的咒印，心想自己的體內到底還潛伏著什麼。

她曾親眼目睹父親的退化，她一直都知道類似的命運正等著她。但在過去，這個事實都只是一個抽象的概念，是她有一天必須面臨的問題。現在那一天來臨了，而除非瑪姬搞錯，不然她的症狀出現得比她父親還早，也更嚴重。

瑪姬善於劃分事情。她在心裡想像一個小盒子，將昨晚的記憶放進裡頭。即便她這麼做，一些細枝末節仍會像她試圖遮掩的祕密一樣浮出表面。瑪姬希望那個人沒事，不管那個人多令人討厭，都不該承受發生在他身上的事。

整件事唯一讓人欣慰的是胖仔在那段時間裡睡得不省人事。她弟弟根本不知道瑪姬和拉斯洛曾離開房間，那孩子確實天賦異稟。

她把內心的盒子封閉起來，拋諸腦後，重新包紮手臂，試著睡一會兒。

現在，在開往羅馬的火車上，她欣然接受這種急需派上用場的消遣。紐約地鐵完全比不上這輛通往義大利半島、線條流暢的紅色子彈列車，米蘭轉乘月臺十分繁忙，但瑪姬被各式各樣的人和風俗文化所吸引——熱鬧的家庭、獨來獨往的學生、滑手機的生意人。單一個地方就聚集這麼多人潮。她發現她並未被這樣的畫面嚇到，反而開始振奮起來。

然而，這趟旅行也有一個小瑕疵——拉斯洛為胖仔買了一副仿冒的名牌眼鏡，以替換他在列支敦斯登弄壞的眼鏡。那副眼鏡是店裡唯一度數符合的眼鏡，但鏡框大得離譜，色彩繽紛，使他和展示圖片中的創作歌手艾爾頓．強驚人地相似。瑪姬覺得她弟弟看起來很滑稽，胖仔本人卻很開心。

搭上義大利列車後，他們要求面對面的座位。拉斯洛幾乎是倒頭就睡，胖仔埋頭苦讀他拜託惡魔買給他的義大利旅遊指南。至於瑪姬，她重看了他們的詛咒文件，試圖忽略左前臂傳來的抽痛。正當她讀到材料的部分時，突如其來的刺痛令她咬緊牙關。

胖仔從介紹高架渠那頁抬起頭來問：「怎麼了？」

「沒事。」她撒謊道。她可以感覺那些觸手在她皮膚下方蠕動和纏繞，時不時拉緊繃帶，讓她從手臂到肩膀都麻掉了。

胖仔瞄了眼材料清單。「妳都記住了嗎？」

瑪姬閉上眼睛，輕聲複誦道：「『汝之所愛、汝之所憎、汝之發現、汝之宿命、聖人血軀、國之財富，最後則是創造之火。』」她張開眼睛。「背起來很簡單，但我們還是不知道該怎麼運用這些東西。我們需要儀式。」

「也許那位夫人會知道。」

「也許吧。」瑪姬說。她的目光越過胖仔，山脈和小鎮的風光從窗外一一掠過。

「妳覺得他們會收到我們的明信片嗎？」

她眨了眨眼。「什麼？」

「我說爸媽。妳想他們收到明信片了嗎？」

「沒有吧，才幾天而已。」

「我們應該再寫一張，」胖仔若有所思地說：「跟他們說阿爾卑斯山、松露薯條和高架渠的事。」他指著他的書。「妳知道有些高架渠已有兩千年的歷史了嗎？而且到現在還在使用中，真是太不可思議了。」

他的熱情讓瑪姬笑了，但她忍不住想雖然高架渠很古老，對貝拉絲卓夫人而言卻是一種新科技。從人類開始在底格里斯河流域的淤泥留下文字時，這個惡魔就已在地球上行走。跟她比起來，拉斯洛簡直就跟新生兒沒兩樣。

而後者就在他們對面打瞌睡，頭靠在窗戶上。對於一個即將遭到湮滅的存在來說，他看起來相當平靜。瑪姬不禁納悶他在夜店把她丟下後去做了什麼，不管是什麼，似乎頗有成效。

昨晚當他們一鼓作氣闖進他的房間時，拉斯洛正陷入一種自憐自艾的情緒中——脾氣暴躁，愛挖苦人，決定出去好好放縱一番。等他們提出拜會那位夫人的計畫後，他提出質疑，並決定去露臺抽菸。

抽菸回來的拉斯洛明顯變得較樂觀。

在夜店的拉斯洛近乎熱情洋溢——無論他偷溜去做什麼。他向她坦露的心聲，實際上也救了她。儘管如此，他還是一個惡魔，她無法完全相信他。

他一定有所隱瞞。

像是讀到她的心思，拉斯洛睜開一隻明亮的藍眸。他們對視了好一段時間，變成一場意志之戰。

惡魔率先眨了眨眼。「妳在想什麼？」

瑪姬一臉不動聲色。「我只是在想那位夫人的事，不知道她是什麼樣子。」

拉斯洛拿出一條薄荷糖。「曼陀珠？」

「不用了，謝謝。」

「真不吃？這可是會『給你好心情』呢。」

「我聽不懂你在說什麼。」

「隨便妳，」拉斯洛把一顆糖塞進嘴裡，伸了個懶腰，往後躺到椅背上。「我沒見過這位夫人，但我和一些大惡魔打過照面，他們出席我父親的聚會，撒旦、瑪門、莉莉絲、彼列……一堆老傢伙，他們應該供應西梅干才對。」

胖仔從書上抬起頭。「我喜歡西梅干，我們家聖誕節會吃。」

「我很遺憾，」拉斯洛說：「我的意思是，這位夫人可能是個古板的人，期待我們親吻她布滿皺紋的手。除非她向妳搭話，不然不要開口，讓我來說。你們兩個就坐在那裡，裝出……人類的樣子就好。」

「要怎麼做？」

「裝成匱乏、愚蠢和脆弱的樣子。我爸就喜歡那樣，凡人令他覺得高高在上，那位夫人也不會有什麼差別。」

「所以你父親到底**是**誰？」瑪姬問：「你從沒提過他的名字。」

拉斯洛看了看他們兩人。「是嗎？我以為我說過。」

錐克佛姊弟搖了搖頭。

「我父親是巴爾，」拉斯洛說：「或者該稱呼他巴爾**大人**，我猜你們聽過他的名字。」

胖仔歪著頭說：「我聽過別西卜，兩者有關係嗎？」

話甫出口，惡魔的臉色頓時沉了下來。他傾身向前，用一根手指戳著胖仔的頭。「讓我把話說清楚，根本沒有『別西卜』，我可以因為你這樣說告你。」

胖仔面露尷尬。

「你在說什麼啊？」瑪姬說：「就連我也聽過別西卜。」

「噢，但妳沒聽過**巴爾**？暴食大公？」

「沒有。」

「喪屍之王？」

「抱歉。」

「痛風傳播者？」

瑪姬不確定地笑了笑。「真的有這種說法嗎？」

拉斯洛聳了聳肩，把目光移向窗外。「這稱號很新，」他承認道：「好的頭銜老早就被用掉了。」

「但你父親和別西卜有什麼關係？」胖仔問。

拉斯洛懷疑地瞄向錐克佛姊弟。「我說了，**根本**、**就**、**沒有**、**別西卜！**」

「好吧，」瑪姬說：「照你說的，那為什麼我們會聽過別西卜的名字，而非巴爾呢？」

「妳真的想知道？」惡魔一臉像是吃到檸檬的樣子。「好吧。」他嘟囔道：「那我說了。這一切全始於一位大人物，就叫他萊特布萊吧，他不喜歡我爸稱自己為巴爾．澤布，意思是『高屋之主』，我們都覺得這名字十分平常且優雅，但萊特布萊覺得我爸變得過於自負。所以那混蛋做了什麼呢？他開始向以色列人散布謠言，說我父親的名字實際上是巴爾．西卜，也就是『蒼蠅王』的意思，也可以說是『糞便之王』。大家都覺得這很**可笑**。」拉斯洛表現出某種貴族式的和藹。「『晚安呀，巴爾．西卜！』……『你覺得如何，巴爾．西卜？』……『我不小心揍了你的一個子民，巴爾．西卜，希望你不要介意，老友……』」

惡魔說到一半，陷入了暴燥的沉默中。

胖仔舉起手問：「我有問題，地獄有蒼蠅嗎？」

拉斯洛狠狠地瞪了他一眼。「你覺得呢？**地獄**欸。」

附近一名乘客放下她的飲料，看著他們。

拉斯洛怒視著她。「喝妳的氣泡水吧，小姐。」

她皺起眉頭，移開視線。

瑪姬一臉同情。「好吧，抱歉我問你這個問題，我沒想到你會這麼生氣。」她頓了下，「提醒我不要問你母親的事。」

拉斯洛看起來悶悶不樂。「我媽只是他的眷屬，大概是魅魔吧，我從未見過她。」

「所以你的哥哥、姊姊……？」

「噢，我們的母親都不一樣，我爸從未結婚，大家都覺得他想娶萊特布萊的女兒。」

「為什麼？」瑪姬說：「報復他造謠他的名字嗎？」

「我完全不覺得意外。但他可能是為了離王位更近，『大公』這頭銜雖好，但畢竟不是『王』。」

胖仔神情嚮往。「地獄聽起來有點好玩。」

「如果你喜歡看肥皂劇，」拉斯洛冷冷地說：「地獄就像《錦繡豪門》，充滿魔法和謀殺的版本。」

「《錦繡豪門》是什麼？」瑪姬問。

「八〇年代的肥皂劇，想像一下一群富人穿著可笑的衣服在錦鯉池裡大搞偷情和角力。」

她莞爾一笑。「我會想看。」

拉斯洛張了張嘴想回答，但止住話頭，又仔細看了看她。他手伸進口袋拿出偷來的仙靈精華罐。「在那隻眼皮上抹一下，妳看起來有點像**驅魔人**。」

瑪姬大驚失色地問可否借他的手機當鏡子，眼前的影像讓她啞口無言。她的右眼發生了巨大變化，整個虹膜呈現淡黃色，瞳孔則像是蛇眼一般細薄。

她單手摀住嘴巴。

拉斯洛開始小聲唱起歌來。「**變、變、變——變身……**」

胖仔探過身想看一眼，但瑪姬把他推回去坐好。「不准看。」她警告道。她轉過身，用那罐蠟狀精華液蓋在她的眼瞼及其周圍，皮膚開始感到陣陣刺痛。

「別擦太兇，」拉斯洛說：「一點點就可持續很久。」

「現在看起來怎麼樣？」她問，把罐子和手機還給他。

「呃……就跟平常一樣？」她弟弟說。

「當然一樣啦，」拉斯洛嘟囔道：「她幾乎塗了一大坨。」惡魔舉起罐子。「這不是護唇膏。如果用完了，就會被海關攔下來。」

「要是我長得一副怪模樣早就被攔了。」瑪姬說。

拉斯洛擺擺手打消她的疑慮。「我只是要妳不要一下用那麼多，如果妳覺得自己看起來像怪胎，那妳應該看看克拉倫斯那鬼樣。」

擴音器宣布他們將在十五分鐘內抵達羅馬特米尼車站。

「你對這城市的交通很熟嗎？」瑪姬說。

拉斯洛聳聳肩。「算熟吧，我在十七世紀時在這裡消磨了一段時間。還是十五世紀，米開朗基羅什麼時候死的？」

胖仔查閱他的旅遊指南。「一五六四年。」

「不管怎樣，」惡魔繼續說：「米基在的時候我就在，幾世紀後我又回來參加《生活的甜蜜》首映會。」

「那是電影嗎？」瑪姬說。

拉斯洛嘲笑道：「是的，親愛的，很經典。首映會當天很熱鬧，有人向導演提出決鬥的要求。」

「為什麼？」胖仔問。

「為了製造一些噱頭，我猜。」

「那為什麼不好？」

他的問題讓惡魔覺得很有趣。「因為人類會因為任何新奇或有趣的事物感到興奮。世界如此有趣，你們卻只想讓自己被鞭打成傻瓜，瘋狂至極。千萬不要做這種事，胖仔。」

「我不會。」他堅決地說。

拉斯洛突然坐起身來。「事實上，說到鞭打讓我想起一件事。」

「什麼？」瑪姬說，語氣有些狐疑。

「羅馬代表梵蒂岡……梵蒂岡的意思就是教宗。」

瑪姬擺擺手要他說重點。「而教宗代表——」

「**牧師！**」拉斯洛氣急敗壞地說：「修女。一堆神職人員。每個地方都有教堂，噴泉式飲水機裡裝的可能還是聖水！」

「好，我知道了，你不用這麼歇斯底里。」

「我沒有**歇斯底里**，羅馬是禁區！我帶你們深入敵區，你們應該幫我按摩腳底、用棕櫚葉給我搧風。」

胖仔一臉困惑。「如果羅馬這麼危險，那貝拉絲卓夫人為什麼要住在這裡？」

但拉斯洛早已生起悶氣。他雙臂抱胸，凝視著窗外，陰鬱的表情破壞了他那張堪稱好萊塢等級的長相。

他一直維持這個表情直到他們推著行李穿過特米尼車站。瑪姬眼花撩亂地欣賞車站中庭和明亮的香水及時裝廣告，無暇顧及他的心情。

他們剛離開人潮，胖仔便拉了拉她的手肘。「我想尿尿。」

瑪姬環顧四周，發現十八公尺遠的地方有男廁。她弟弟扔下背包，小跑過去。她碰了碰拉斯洛。「跟他一起去。」

惡魔冷笑一聲。「然後呢？教他如何對準馬桶？是妳一直堅持不要把他當小寶寶的……」他目光越過瑪姬的肩膀，露出不安的表情。「我改變主意了。」他低語道，隨後以輕快的步伐朝廁所走去，腋下夾著他的黑檀木公事包。

他態度轉變的原因很快有了答案：一群天主教神職人員正穿過車站大廳，帶頭的是一位頭戴深紫色帽子，身穿深紫色長袍的年邁神父。他拄著拐杖，幾名旅客匆匆過來向他致意。老者低垂著頭傾聽，然後獻上祝福。瑪姬這才發現那名老神父看不見，同時意識到自己正杵在他們行進的路徑上。

抓起行李，瑪姬閃到一旁。

當他們快走過她身旁時，那位耆老停下腳步，彷彿撞上一個無形的障礙。他轉過身來，用混濁的眼睛注視著站在報攤旁的瑪姬。他銳利的眼神令人震撼，讓她想起了狄米崔，那注意力就像X光機一樣敏銳。這名神父的表情在好奇和警戒中間搖擺不定。過了一會兒，他朝她走來，隨從也很快追了上來，他們看起來跟瑪姬一樣困惑。

老神父在走到她觸手可及的地方停下來。他的聲音柔和而莊嚴，音色因歲月而變得沙啞。

「*Hai una macchia su di tem, signorina,*（妳身上有著污點，小姑娘，）」他輕聲說：「*Hai un pesante onere.*（妳的負擔很重。）」

「抱歉，」瑪姬說：「但我聽不懂。」

這並未阻止他開口。「*Sei troppo giovane per questo onere,*（妳還太年輕，無法受此重擔，）」他繼續說：「*Non è colpa tua. Non chiudere il tuo cuore a Dio. Sei ancora sua figlia.*（這不是妳的錯。不要向神關閉妳的心，妳仍然是祂的女兒。）」

她尷尬地笑了笑，發現人潮正圍過來。這名老神父邁開步伐往前走，手指輕觸她的臉頰，低語道：「*Roma*

è la città eterna. Urbs Æterna. Devi stare attenta, signorina. Le cose vecchie vivono qui. Vecchi appetiti. Rimani fedele a Dio.（羅馬是座永恆之城。請務必小心，小姑娘。這裡充滿古老的事物、古老的慾望。要忠於上帝。）」

說完，他為她獻上祝福，隨後繼續趕路。他的隨從尾隨其後，不只一人不安地回頭瞥向瑪姬。人群逐漸散去，除了一個穿著藍色連帽衫，外搭一件西裝外套的男子沒走。他尚未開口，她就知道他是美國人。

「妳沒事吧？」他問：「妳看起來有點嚇到。」

「我沒事。」她把一些頭髮別在耳後。「只是聽不懂他在說什麼。」

年輕男子微微一笑，推了推他的眼鏡，瑪姬覺得他戴起來很好看。

這名青年跟揚完全不同，不知為何，她腦中的那些呢喃和嗡鳴也保持安靜。她注意到他有著一頭黑髮，下巴冒出些許鬍渣，溫暖的棕色眼睛閃爍著幽默的光芒。他多大了？年紀看起來跟她差不多，他的連帽衫上用淡藍色的字母寫著**哥倫比亞**。

「你是學生？」

「看起來很明顯吧，」他指著身上的運動衫，略顯尷尬地說：「但我這學期要待在這裡，我爸媽覺得我應該『拓展視野』。妳呢？」

「只是來觀光。你知道剛剛那神父說什麼嗎？」

「哥倫比亞」笑了。「神父？他是主教，看他穿帶紫色的祭服就知道了。我的義大利語不好，但我聽他說什麼羅馬是永恆的，充滿古老的事物和慾望。噢，還有他希望妳小心，並忠於上帝，所以……我想妳應該注意自己的行為。」

青年伸出手指上下擺動，隨即意識到這動作看起來有多蠢，然後把手插進口袋裡。瑪姬樂於發現不是只有她感到緊張。

他朝她身旁示意。「他是？」

瑪姬低頭一看，發現胖仔一副開心不已的模樣站在她手肘邊。

「我是胖仔。」他回答。

「我喜歡你的眼鏡。」

「謝謝，這是名牌。」

「看得出來。」哥倫比亞說。

「所以你是誰？」

「傑森．柏曼。胖仔是個有趣的名字，大名是？」

「喬治。你在騷擾我姊姊嗎，傑森？」

年輕人無奈地看了瑪姬一眼。「我……沒那個意思。」

瑪姬低頭瞪著她弟弟。「不要這麼沒禮貌。一個神父停下來跟我說了些話，他——傑森翻譯給我聽。對了，拉斯洛呢？」

「在某個攤位。他說他只要待在那裡就可以『減輕壓力』。」

她皺起臉來。「知道了。」心想不知道她的魔咒試管能不能把她弟弟傳送到另一個宇宙去。

傑森清了清喉嚨。「所以你們會在羅馬待多久？這裡有很多家義式冰淇淋，但我覺得我找到最好吃的一家——」

「我們不會待很久。」瑪姬說，隨即對她生硬的語氣感到窘迫。

「噢，」傑森說：「太可惜了。我是說，如果胖仔想一起來也可以，我不在意。」

瑪姬不禁露出微笑。不可否認，跟這個年輕男生交談有一種愉快的感覺，輕鬆而愜意。雖然無法抹去昨晚恐怖的經歷，但多少有點作用。唉，為什麼胖仔要這麼早回來？為什麼就不能給她五分鐘的時間單獨跟與她同齡的人聊天呢？不是在夜店碰見喝得醉醺醺的銀行家；也不是來自暮光村，從小就被教育要憎恨錐克佛家的人。一個**不錯**的**普通**人。

「你人真好。」她由衷地說：「但我覺得我沒辦法去。」

傑森看起來準備離開，然後停下腳步，稍微冷靜一下。「聽著，我通常不做這種事，但我能跟妳要電話號碼嗎？因為妳看起來真的很好。我的諮商師說我不能這麼害羞，她說我必須說出自己想要的東西，我現在真的很想要妳的電話號碼。也許我可以打給妳，跟妳聊天之類的……」

「你連我叫什麼都不知道。」她在弟弟偷笑時說。

傑森面露尷尬。「該死，我完全忘了問。天啊，我感覺自己像個白癡。」

「我不覺得你是白癡，我叫瑪姬。」

傑森重複一遍她的名字，好像對這名字的發音很滿意。「那、瑪姬，我之後可以打電話給妳嗎？」

「我也想給你，但我沒有手機。」

他顯然很驚訝，但沒有追問原因。「好吧，那電子郵件呢？」

瑪姬感覺自己想找個洞鑽進去。「呃，我不常使用電子郵件，我爸媽是那種……該怎麼說？」

「守舊人士？」

「類似。也許你可以把**你的**連絡資訊給我……」她不想表現得無禮，但她同時不想說謊。她很清楚自己絕對不會打給傑森或寫郵件給他。他們再也不會相遇，他就像她在史凱勒家守靈日當天遇到的那對情侶一樣——令人著迷，但不能沉溺其中。

她帶著一種濃重的焦慮看著他把自己的名字、電子郵件和手機號碼寫在一張從筆記本撕下的紙上。傑森把紙對折後遞給她，露出像是知道自己被拒絕的笑容。「再見了，瑪姬。」

「再見，傑森。」她看著對方大步走向車站出口，沒有回頭。

「那魯蛇是誰？」

瑪姬轉過身看見拉斯洛正擦著手上的水。

胖仔頓時進入播報模式。「他叫傑森．柏曼，就讀哥倫比亞大學。他向瑪姬要電話，因為他的諮商師說這對他有幫助。」

惡魔哼了一聲。「是啊，一個美國學生到義大利感受這裡的文化，學習一點藝術史。他長鬍子了嗎？我敢說他有。那種稀疏的八字鬍？」

「他**沒有**鬍子。」瑪姬駁斥道。

「但他的確需要刮一刮。」胖仔說。

她彈了下他的耳朵。「閉嘴。」

取笑瑪姬似乎讓拉斯洛心情變得愉快。他暗自輕笑一聲，拎起一個行李箱，帶著他們往出口走去。「不知道妳幹嘛這麼敏感，上大學的怪胎四處搭訕，這很常見。」

瑪姬用輕快的步伐走著。「他才不怪，他人很好。」

「拜託，我只看了他一眼，就知道他聽《門戶樂團》的歌，還會寫讓人難為情的詩。燈心絨西裝外套？哪個年輕人會穿燈心絨？」

「心地好的年輕人。」

「還有**諮商師**，」拉斯洛提高音調。「天啊，妳的品味真差！」

瑪姬瞥了他一眼。「你不也看諮商嗎？」

「那不一樣，我是真的有毛病。」

「對，因為你是混蛋。」

惡魔笑著帶他們步出車站大廳，街道兩旁停滿計程車。「走吧，我們搭──我的天，你他媽的在**開玩笑吧！**」拉斯洛瞬間轉向，把一頭霧水的錐克佛姊弟推回車站大廳。「快走，」他命令道：「不要用跑的，別回頭看，**只管往前走**。」

「怎麼了？」瑪姬的聲音很焦急。「你看到什麼了？」

「在機上遇見的朋友。」

瑪姬加快了腳步。「**什麼？**凱西？」

拉斯洛點頭。「她和『老公』就在外頭。」

「你確定是他們？」

他默不作聲，只是催促他們穿過跟曼哈頓一樣擁擠的大廳。

「但那不可能呀，」她氣喘吁吁地說：「他們怎麼會知道我們在羅馬？」

「不知道，」拉斯洛低語道：「但肯定不是好事。」

他們三個從側門出去，跑過半個街區後叫了計程車。拉斯洛把行李扔進後車廂，告訴司機將他們載到露克雷琪亞夫人那裡。司機點點頭後踩下油門。

瑪姬轉向拉斯洛，低聲問：「露克雷琪亞夫人是誰？我以為我們要去找那位夫人。」

惡魔正忙著傳簡訊給某個人。他憤怒地點著螢幕發送簡訊，接著檢查他們是否被跟蹤，他的腿彷彿電鑽般瘋狂抖動。

拿出兩根香菸後，他遞給司機一根，司機高興地接過去。拉斯洛點了香菸，深深地吸了一口，立即朝瑪姬的臉呼出一口氣。她咳起嗽來，用手搧了搧空氣，他心不在焉地道歉，把車窗降低了些。

目前瑪姬有更值得擔心的事。「凱西怎麼會知道我們在車站？有誰知道我們要來羅馬嗎？」

當司機對著前頭一輛突然插進來、小得可笑的轎車按喇叭時，拉斯洛又吸了一口菸。他的聲音有些窘迫。「只有克拉倫斯。」

「那，」瑪姬乾脆地說：「我們就知道是誰背叛你了。」

他搖搖頭。「不，克拉倫斯絕不可能那麼做。」

「為什麼？因為你嗅起他的忠誠？」

拉斯洛舉起他的手機，上面是一條簡訊。

克拉倫斯，你背叛我了嗎？

什麼!?我絕不可能這麼做！

「噢，是嗎，那就對啦，」瑪姬諷刺地說：「如果克拉倫斯說他沒有，那他一定是說實話！眾所周知，叛徒是出了名的誠實。」

拉斯洛只是聳聳肩。「克拉倫斯不會說謊。」

司機猛打著方向盤，瑪姬身體一偏撞上胖仔。在羅馬開車就像在跳一首毫無秩序的芭蕾。眾司機齊聚一堂參加一場永無止境的懦夫賽局。與這種瘋狂賽道比起來，曼哈頓簡直就是鄉間小路。當一輛偉士牌朝他們疾駛而來時，瑪姬抓住胖仔的手臂。這條街太窄了，他們會撞上，他們會——

偉士牌從旁邊呼嘯而過，瑪姬呼出一口氣，放開她弟弟。

幸好，接下來的旅程都相安無事。

司機把他們和行李留在人行道上，在一個看起來頗像博物館的建築和一座小公園附近；一名戴著頭巾的老婦人對著一群咕咕叫的鴿子灑碎麵包塊。附近牆上貼著一張海報，宣傳威尼斯宮的某個展覽。一旁的拱門下方站著一個身穿制服的警衛，他正抽著菸，看起來相當無聊。遠處有一些像是政府機關的建築和一個更大的公園，前方的臺階上擠滿享受午後陽光的人潮。

「你確定是這個地方嗎？」瑪姬問。

但拉斯洛沒有回答她，他忙著寫明信片，無暇顧及其他。他皺著眉頭，刪掉幾個字後，再寫上其他的話。胖仔想偷看。「那是給夫人的嗎？」

拉斯洛揮著明信片讓墨水快乾。「這是給露克雷琪亞夫人的。我們把這個給她，她會轉交給貝拉絲卓夫人。」

「露克雷琪亞夫人是誰？」

拉斯洛朝矗立在兩扇窗戶夾角的一座女性雕像偏了偏頭。瑪姬甚至沒有注意到那座雕像。現在她看到了，對雕像奇怪的位置感到不解。

她走近看得更清楚一點。雕像的一隻手臂是斷肢，五官磨損得只剩凹痕。看上去讓人有些不安，彷彿製作尚未完成的洋娃娃。那張臉讓瑪姬想起她在暮光村的餐桌上見過的屍體，與那些亡者嘴巴無法緊閉的模樣重合。

「這個雕像要怎麼聯絡貝拉絲卓夫人？」

「不知道，」拉斯洛告訴她：「但指示是這麼說的。露克雷琪亞夫人是羅馬會說話的雕像之一，據說它們其中任何一個都能向貝拉絲卓夫人傳遞消息。」他伸出手，用口香糖把明信片黏在雕像的懷裡。「好啦！消息送出去了！」

瑪姬以為拱門旁的警衛會出聲制止，但他似乎漠不關心。顯然這個行為並不少見。

胖仔坐在一個行李箱上。「現在要幹嘛？」

「待在這裡，」拉斯洛說：「克拉倫斯說貝拉絲卓夫人會主動聯絡，也可能不會。等妳活到五千歲的時候，就能制定規則了。」

「等一下，」瑪姬說：「我們是照著克拉倫斯的指示？」

「對。」

她難以置信地瞪著他。「背叛你的克拉倫斯？明顯是安德羅沃手下的那傢伙？」

拉斯洛要胖仔把行李推到小公園裡。在他聽從吩咐之際，惡魔不耐煩地看了瑪姬一眼。「我說了，克拉倫斯不會說謊。」

「那安德羅沃怎麼會知道我們在羅馬？」拉斯洛沒有回答。「好吧，」瑪姬接著說：「假設克拉倫斯是無辜的，萬一他的手機被竊聽怎麼辦？如果是**你的**手機被竊聽呢？」

「妳又對監視了解多少？妳住小木屋耶。」

「我有看間諜小說，」瑪姬說：「這雕像就是所謂的『情報點』。」

拉斯洛在行李旁的長椅坐下來。「噢，妳可真棒，給妳一個獎。」

瑪姬在他旁邊坐下。「拉斯洛，如果你老闆的走狗知道我們會來羅馬，他們就可能知道我們的目的。要是每個人都知道這座雕像可以聯繫上貝拉絲卓夫人，你不覺得他們會來這裡嗎？他們可能正在路上。」

他點起另一根菸。「或許吧，」他承認道：「但羅馬有**六**座會說話的雕像，而我隨意選了這座。我們還有時間。」

她感到坐立難安。「要是他們在每座雕像都安排人手怎麼辦？萬一**現在**有人在監視我們呢？」

拉斯洛正要開口回答，隨即轉頭看向身後正在餵鴿子的女人。她坐在長椅上對著電話小聲說話。那雙亮晶晶的眼睛跟瑪姬的視線對上，女人揮舞著圓滾滾的拳頭，伸出食指和小指做出像是犄角的手勢。當她朝瑪姬揮手時，手鐲叮噹作響。

胖仔語帶困惑地說：「她在幹嘛？」

放鬆下來的拉斯洛對他笑了笑。「迴避邪惡之眼，沒什麼大不了的。那沒什麼用。」

但瑪姬很震驚。「她怎麼會知道我眼睛的事？」

「她不知道，」拉斯洛說：「這群舊世界的移民相信每個人都有邪惡之眼。」他回應了女人的手勢，同時用舌頭做些粗俗的舉動。女人蹙起眉頭，收拾自己的東西，前往附近的教堂避難。

他們身後傳來引擎的轟隆聲。一輛龐大的銀色豪華轎車在公園旁停下，拉斯洛和錐克佛姊弟轉過頭來。副駕駛座的門打開來，一個身材高䠷、穿著灰色西裝的黑人男子下了車。他二話不說，抓起他們的行李。拉斯洛跟著他回到車上，瑪姬和胖仔不確定地跟在後頭。

姊弟倆的詛咒守護者朝他們眨眨眼。「沒想到妳還在擔心。」

「你怎麼知道他不是安德羅沃的手下？」瑪姬小聲說。

「簡單，他的手下絕不會開一九六六年的賓士Pullman。」

男人把行李放進後車廂。當他開口時，說得一口純正的英國腔。「你很了解車。」他對拉斯洛說。

他們的詛咒守護者咧嘴一笑。「好兄弟，我了解名車。」

男人打開後車門，示意他們上車。車內的空間十分寬敞，有兩排相對的真皮座椅，還有一個黑色隔板遮住駕駛座。「請坐，」男人說：「諸位的敵人即將抵達，我猜你們想避開他們？」

「猜得不錯。」拉斯洛鼓勵地把瑪姬和胖仔推上車，坐到兩人對面後，立刻檢查起吧檯，裡面備有水晶酒瓶裝的精選烈酒和飲品。

瑪姬驚訝地看著男人跟著坐進後座，就在拉斯洛身旁。豪華轎車緩緩駛動，他的臉宛如雕像似的，皮膚是完美無瑕的藍黑色，絲毫沒有皺紋。男人的髮鬢已然花白，但與他對視的那雙眼睛卻毫無歷經滄桑之感。

他禮貌地點頭，遂移開視線。

「夫人收到了你的消息。」他對他們的守護者說，他的聲音是很殷勤的男中音。「我猜你就是拉斯洛？」

「沒錯。」

「拉斯洛·澤布，」男人確認道：「巴爾·澤布閣下的么子。」

拉斯洛自豪地看了錐克佛姊弟一眼。「沒錯，不是西卜，是**澤布**。」他對他們說，隨即轉向他們的領路人。「拉斯洛·澤布，聽候您差遣。」

「我的榮幸。」

「不客氣。對了，你叫什麼名字？」

「敝人的名字不值一提。」

說著，男人伸手輕拍了下拉斯洛的肩膀。一道光芒閃過眼前，拉斯洛渾身一僵，頓時靠在中央扶手箱上失去意識。他的人類偽裝消失得無影無蹤，彷彿被拔掉了瓶塞，只剩一個面貌英俊的藍皮膚惡魔。他那分岔的舌頭從毫無知覺的嘴裡掉出來。

瑪姬抓住他的手腕感覺脈搏，胖仔倒抽了一口氣。「你對他做了什麼？」

他們的領路人張開手，給他們看握在掌心的一個細小設備。「你們的同伴沒有受傷，」他向她保證。「至於你們——夫人不允許訪客知道她的住處，如果你們想繼續行程，就得戴上這個。」

他遞給她一個像是沒有眼洞的行刑者頭罩。瑪姬絕望地看了拉斯洛一眼，但他已經開始呼呼大睡。她喉頭動了動，他們的領路人耐心等待兩人的回應，神情平靜而專注。

最後，她鼓起勇氣開口：「如果我們不答應，你會讓我們離開嗎？」

男人的笑容深不可測。「妳誤會我的意思了。我從未表示年輕的凡人可以離開，我只是問你們是否想**繼續**行程。」

瑪姬渾身冰冷，先是看了看那個男人，然後把目光移向腿上的頭罩。「所以……離開不是一個選擇？」

「我必須很遺憾地說，是的。」

第二十三章　貝拉絲卓夫人

戴上頭罩後難以判斷方向，而且熱得要死。瑪姬握住胖仔的手，努力讓自己的呼吸穩定下來。她說不出他們開了多久，可能開了兩個小時，也可能是二十分鐘。一路上沒人說話，就連他們的領路人也保持沉默。他們多次改變方向，在最後一次轉彎，感覺車子進入漫長而曲折的下坡路。

最終，豪華轎車停了下來。

瑪姬聽到兩扇門開啟的聲音，然後是腳步聲。當胖仔被拉出去時，他的手從她手中溜走。一雙強而有力的手臂將她從車裡抱起，把她當成行李般對待。她知道現在最好不要嘗試脫下頭罩。

車外的空氣宛如溫室般溫暖溼潤。

「胖仔，你還好嗎？」她喊道，聲音在某個寬廣、帶有穹頂的空間中迴盪。像是另一個洞穴──又或者是石窟；她聽見附近傳來水流的聲音，瑪姬實在受夠了待在地底。

她弟弟的回答來自左手邊某個位置，難以聽出確切方位。

一隻手放在瑪姬的肩膀上。「我會帶著妳走。」領路人在她耳邊說。

他們在堅硬多岩的地形上行走了大約十五公尺，然後登上一連串蜿蜒的階梯，這些階梯似乎是直接由石頭鑿成。瑪姬一度腳滑，當她用手撐住身體時，手掌刮到某個粗糙的表面，摸到溼滑的黏液和水氣。

爬上階梯又過了幾分鐘，四周依然一片寂靜，瑪姬突然記起她應該數一下自己走了幾步。先前她還在跟拉斯洛傳授間諜技巧和情報點，現在卻連基本的知識都沒遵守。必須把所能蒐集到的線索銘記於心，才能成為勇於逃脫的關鍵。

她腦中還能想著這些事，令她感到放心──因為這代表某種樂觀的心態，相信一切尚存希望，他們仍有辦法逃脫。但瑪姬內心深處知道這根本無濟於事，這些傢伙不是簡單就逃得了的。

她在與領路人交談時意識到這一點，對方的冷靜澆熄了她的希望；那份沉著和一貫禮貌的回應。沉著的人一直是最危險的，十年的食罪經驗讓她明白這個道理。但在暮光村，沒有人像這位說話輕聲細語、衣著考究的男人散發出某種獨特的氛圍。如果瑪姬在守靈現場看到他，絕對會立刻轉身離開。死者可以保留他們的錢。

瑪姬走到階梯頂時摔了一跤，領路人扶了她一把，帶著她進入一個較小的空間；知道胖仔隨後跟著進來讓她鬆了口氣，他手伸過來摸索她的手。門關上後，她才意識到他們進了電梯。

電梯移動的過程感覺永無止境，但可能只過了幾分鐘。

門打開後，姊弟倆仍手牽著手，並沿著一條長廊往前。

接著，他們被領進一扇門。瑪姬感覺到一陣微風輕拂，而隔著一層頭罩，她聽見右手邊傳來噴泉的聲音。上方某個位置，有人在練習小提琴的音階。

瑪姬被帶到一張椅子前坐下，頭罩被掀開來。

她發現自己身處一個寬敞的庭院，儘管正值十月，這座花園依舊花團錦簇。胖仔就坐在瑪姬左邊，他們四目相接，看到彼此安然無恙後，皆一臉驚奇地默默打量四周環境。

這是瑪姬見過最漂亮的花園，種著各式各樣的觀賞植物和樹木——藍色的紫藤花、玫瑰叢、柏樹，甚至橄欖，爬滿潔白無瑕的石牆，上方以石柱支撐的露臺則掛滿開花的藤蔓。頭頂上，傍晚的第一顆星在純淨的淡紫色天空中閃爍。

她花了點時間才發覺周遭有多麼安靜。當然，她能聽見噴泉和小提琴的聲音，還有鳥兒和昆蟲輕柔的鳴叫聲，卻沒聽到任何喇叭或車流的聲音，也沒有飛機飛過的轟鳴。他們現在一定身處某個鄉村中。當她全神貫注在四周環境時，一個沉重的東西從她腳背滑過。

瑪姬渾身一僵。那是一條蛇，差不多兩公尺長，琥珀色的鱗片上畫著複雜的圖形，還有一個巨大的楔形頭。

那條蛇的尾尖搖晃著離開後，她才敢喘氣。儘管如此，她仍不敢動作，只敢用目光追隨著牠滑向玫瑰叢旁的夜鶯。那隻夜鶯清楚地看到掠食者，卻沒有試圖飛走。

瑪姬想用氣音讓夜鶯移動，那隻鳥卻頑固地留在原地。她眼睜睜看著，暗自希望那條蛇眼睛不好或腦袋不靈光。

希望落空。

那條蛇攻擊的速度快到眼睛無法跟上，夜鶯旋即消失在蛇身的纏繞中。

然後，瑪姬驚恐的發現，附近的灌木叢和花壇也出現其他蛇類——毒蛇、蝮蛇、身長三公尺半的眼鏡蛇，還有一些她叫不出名字的蛇類。牠們飛快地爬過石板路，彼此扭動著身體匯合在一起，發出嘶鳴和低吼的聲音，向那條捕獲獵物的殺手蛇表示敬意後，便朝著四面八方散開。胖仔從喉頭發出輕微的嗚咽聲。

「沒事，」瑪姬低語道：「只要不發出聲響，牠們就不會來煩你。」

她弟弟發現那隻夜鶯一動也不動，覺得她說得很有道理。

瑪姬清了清嗓子，朝任何可能在聽的人喊道：「這麼做是想嚇唬我們嗎？」

沒有人回答，瑪姬轉頭看向身後。映入眼簾的是更多修剪過的樹雕，以及法翁和薩堤爾的大理石雕像。豪華轎車上的男人早已不見蹤影，現在整個房間顯然只剩下他們兩姊弟。

藏在樹木中間的一盞燈忽然亮了起來，花園裡的其他燈也跟著點亮，散發出金色的光輝，照亮四周的花草樹木。

「瑪姬。」胖仔喚道，聲音帶著恐懼。

她回頭去看出了什麼問題。當她轉過頭後，才發現房間裡不是只有他們兩個人，從一開始就不只有他們。

位於柏樹兩側的藍色紫藤花已然消失，取而代之的是一個女人，坐在一個類似王座的座椅上，左右各站著一位長相相同的女孩。女子看起來三十多快四十歲的年紀，穿著一套時髦西裝，頸部戴著一條項鍊，項鍊上的鉑金吊墜是一條銜著自己尾巴的蛇。那頭烏黑的秀髮編成辮子披在肩上，她的皮膚黝黑，嘴唇豐滿，眼眸就像拋光的翡翠般翠綠。無庸置疑，她擁有瑪姬見過最出眾的外表。

那對雙胞胎和女人並不相似，看起來年約十一、二歲，有著棕色的頭髮，臉色蠟黃。他們的穿著是唯一吸引人的地方：華麗的刺繡綢緞，兩肩是泡泡袖，下身穿著裙撐和錐形的束腰。要是其中一個女孩沒有眨眼，瑪姬可能會把她們當作博物館裡的人型模特兒。

女人的視線在瑪姬和胖仔身上游移，臉上表情既沒有敵意，也沒有表示歡迎，只是充滿好奇。

當她開口時，聲音就像拉絨的布料般，出奇的柔和，還帶著一種難以辨認的口音。「我聽說妳只會說英語。」

「是的，女士。」瑪姬說。

「我不喜歡英語，」女人說：「聽起來很刺耳，令人不快。」

「我很抱歉，女士。」

「為什麼要道歉？」她淡淡地說：「英語是妳發明的嗎？」

「不是，女士。」

女人看向雙胞胎，用明顯的鼻音重複「女士」兩個字。女孩們露出微笑。「不要這麼叫我，」她告訴瑪姬：「我是貝拉絲卓夫人，妳可以稱我為夫人。」

「好的，夫人。」

「你們是誰？你們的同伴在信上沒有提到你們的名字。」

瑪姬吞了口口水。「我的名字是瑪姬．錐克佛，夫人。這位是我的弟弟，喬治．錐克佛，我們是從美國來的。」

「我明白了。你們為什麼來這裡？」

瑪姬看了眼這座豪華宮殿。「我能否問一下我們的同伴？他還好嗎？」

夫人冷哼一聲。「你們的同伴很糟糕，他愛說謊又好色。很多年前，他勾引了一個女孩，使她傷心欲絕。不要跟他扯上關係。」

「恐怕不行。」

女人微微歪著頭問：「妳是在要求我嗎？」

「不是的，女士——我是說，夫人，只是，如果我落得他現在的處境，我也會希望有人幫我。」

那雙毫無歲月痕跡的眼睛閃過一抹精光。「妳很忠誠。」

瑪姬嘆了口氣。「大概是吧，有時候我也希望自己不要這樣。」

「忠誠是很令人敬佩的特質。」夫人說，看了一眼胖仔，神情變得柔和。「那副眼鏡真棒——你在哪裡買的？」

胖仔清了清嗓子。「米蘭。」

「當然了。你品味不錯，喬治。但你和你姊姊一樣忠誠嗎？」

瑪姬的弟弟看起來快要昏倒。「對，夫人，我、我想是的。」

夫人用義大利語嘀咕了幾句，她的侍從看起來被逗笑，但仍保持泰然自若的樣子。「讓我們言歸正傳吧，我猜你們來這裡是想當我的學徒。」

「對不起，夫人，」瑪姬小心翼翼地回答：「妳剛才說『學徒』？」

夫人的笑容消失了。她看著瑪姬，彷彿突然發現她異常愚蠢的樣子。

「學徒，」她重複道：「妳聽不懂這個詞嗎？義大利語是Apprendista——學習並侍奉大師者。你們想學魔法並服侍我，不是嗎？妳想成為我的學徒。」

錐克佛姊弟困惑地面面相覷。「我很抱歉，」瑪姬更加謹慎地說：「但我想這件事有些誤會。」

夫人豎起她修長的手指。「我得拒絕，目前我不收新的學徒，你們的同伴誤導了你們。但我很好奇在美國是誰傳授你們這些技巧的，我知道不是這個叫拉斯洛的傢伙，是偽裝者卡西姆嗎？若是如此，你們決定另覓主人是明智的選擇。」

瑪姬一臉不知所措。「我們不認識什麼卡西姆，我和喬治都是在家學習。」

「我明白了，所以你們的父母是魔法師？」

胖仔突然開口：「不是，夫人，但我們的母親以前的確想當歷史老師。」

現在反倒是夫人陷入困惑。她往後靠在椅背上，帶著一種強烈的好奇心打量著錐克佛姊弟。「我不明白，兩個人類魔法師來這裡不為拜師，是為何事？」

這個問題聽起來很難回答，瑪姬不安地挪動身子。「夫人，我們不是魔法師。」

當那張美麗的臉蛋變得陰沉時，她頓時明白拉斯洛跟他們說過關於遠古惡魔的警告。四周氣氛變得緊張，甚至充滿危險的能量。瑪姬手臂和脖子上的寒毛豎了起來，彷彿有一道電流竄過他們之間，整個庭院泛起陣陣細微的嘶鳴。

瑪姬不敢跟夫人對視，但眼角餘光告訴她，石板路上有什麼正在移動。燈光照在數以萬計滑動的鱗片上，閃閃發光。瑪姬猜不出來有多少隻蛇朝他們聚集過來——至少有上百條，或許上千條也說不定！她能感覺牠們纏繞在她的腳和腳踝上。

夫人豎起一根手指警告。「我只說一次，千萬不要對我說謊，瑪格麗特．錐克佛，明白嗎？」

瑪姬幾乎說不出話來。「是的，夫人。」

都是她的錯。來羅馬完全是她的主意，她是想尋求夫人的幫助並達成某個交易。她不知道拉斯洛目前的處境，但她可以清楚地設想她和胖仔接下來會被如何對待。

雖說拉斯洛之前承諾他會負責交涉，但他現在不知去向；在場的只有瑪姬和胖仔，他們只能靠自己卻鞭長莫及。現在不是展現聰明才智的時候，那是拉斯洛會做的事，但她覺得這麼做無法從夫人那兒取得預期的成效。何況，瑪姬根本不知道什麼時候該表現機靈。論頭腦，她不可能比得過這樣的大人物。她只有一條路可走，那就是直接攤牌。

「我對魔法一竅不通，夫人，但我們來確實是想請求妳的幫助。我的家族已經被詛咒將近四百年了。」

夫人依然神情淡漠。「我不喜歡詛咒，詛咒時常偏離正軌，但那與我無關。這是妳家族和統治階級所謂的協會之間的事。」

越來越多蟒蛇在瑪姬四周遊走，數量多到瑪姬的雙腳完全被掩沒。爬蟲類摩娑著她的襪子，企圖沿著牛仔褲褲管爬上去的感覺讓她想放聲尖叫。

「我理解妳的想法，夫人，但我們來找妳是有原因的。我們相信我家族的詛咒涉及的某個東西或許會讓妳有興趣，我們希望能與妳做個交易。」

夫人的眼中閃過一絲玩味。「你們希望從我這裡得到什麼？」

「我們需要能幫助我們破除詛咒的物品，」瑪姬解釋道：「有魔力的東西，我們聽說妳可能擁有此類物品。」

女人笑了起來。「告訴我，瑪格麗特・錐克佛，妳出賣妳的靈魂了嗎？妳就是這樣獲得魔力的嗎？」

瑪姬再次陷入茫然。「夫人，我真的很抱歉，但我不明白妳的意思。我唯一知道的魔法來自錐克佛詛咒。」

某個東西纏繞在瑪姬的小腿肚上，讓她感到一陣噁心。

夫人仔細地打量她，對雙胞胎小聲地說了句話。兩個女孩點點頭，然後夫人用手指在空中畫了一個符號——隨即在金色的火焰中燃燒殆盡。瑪姬看見一張牛皮紙懸在夫人前方，覆蓋著用紅墨水密密麻麻寫成的文字，底部有兩行空白的簽名格。

夫人滿懷期待地看著瑪姬。

「那是要與我交易靈魂的契約嗎？」瑪姬問。當夫人頷首後，她表示：「不，夫人，我不會交易我的靈魂。什麼都不行。」

夫人的目光移向胖仔。「妳的弟弟呢？我必須承認我從未交易過如此年幼的靈魂。」

瑪姬搖搖頭。「錐克佛家的人不會出賣靈魂。」

這位女惡魔揮了揮手，彷彿這正是她所期待的答案。契約隨即煙消雲散。「那我們就沒什麼好說的了。」

她從王座般的座椅起身。與此同時，蛇群瞬間向前湧動，幾乎淹到了瑪姬的膝蓋。胖仔喊著她的名字，她轉身看見她弟弟的腰部以下已被蛇群掩沒。她還來不及開口，某個東西就滑到了她的腿上。

那是一條肥碩的毒蛇，就跟汽車的蓄電池一樣重。牠攀上她的身體，很快地，牠的舌頭在她緊張的喉嚨前吞吐。

「求求妳，」瑪姬上氣不接下氣地說：「請聽我說完！」

貝拉絲卓夫人低頭看著她。「很高興認識妳，親愛的，但我還有其他約會。很可惜，妳沒有什麼能給我的。」她轉身就走，她的兩名侍從尾隨其後。

「是嗎？」瑪姬幾乎用盡渾身力氣大喊：「**那失落的魔法師呢？**」

女惡魔驀地停下腳步。「妳怎麼可能知道他們？」

停在瑪姬喉頭前的毒蛇似乎也在等她的答案。

「我們知道其中一個魔法師的所在位置！」

夫人與她四目相對。「如果妳在耍我，親愛的，妳會希望我讓蛇群吃了妳。」

瑪姬把頭扭離那條蟒蛇。「我沒耍妳！」

那張美得不可方物的臉上浮現冷酷的笑容。「很好。」

夫人用手背朝前方擺了擺，蛇群立即丟下瑪姬和胖仔，朝各個方向遊走而去，直到完全不見蹤跡。

當夫人再次坐上王座時，整個庭院籠罩著一股令人毛骨悚然的緊張氣氛。

「告訴我，瑪格麗特．錐克佛，妳擅長說故事嗎？」

瑪姬無法撒謊。「不擅長，夫人。」

「那妳必須學會，因為今晚妳要說一個關於失落魔法師的故事給我聽。妳要把妳所知的一切都告訴我，包括妳是如何得知這件事的。這會是妳此生講過最重要的故事，親愛的。妳明白我的意思嗎？」

「是的，夫人。」

「開始吧。」

在瑪姬繪聲繪影地述說故事時，夜色逐漸加深。她向夫人敘述安布羅斯・錐克佛是怎麼來到美國殖民地；怎麼讓一名女子因施行巫術而被燒死，導致她對他的家族施以詛咒。她講述錐克佛家族歷經幾代詛咒，隨著歲月流逝，詛咒的症狀出現得越來越早。她描述那座被稱為魔法石的奇形巨石、四周錐克佛家族的墳墓，以及那些聲音和氣味。最後，瑪姬解釋了拉斯洛和他們的曼哈頓之旅，讓他們相信魔法石可能就是其中一位失落的魔法師。

故事說完，房間陷入了漫長的沉默。

「是誰將這一切串聯在一起？」夫人問。

「我不想說。」

「為什麼？」

「我怕妳可能會傷害他們。」

「啊，」這位遠古惡魔說：「不得不說，妳還真是忠誠。告訴我，妳是從這個傢伙口中得知我的名字？」

瑪姬猶豫了會兒。「是的。」

夫人發出愉悅的輕笑聲。「那麼，狄米崔還好嗎？」

瑪姬渾身的肌肉放鬆下來。她不想透露狄米崔參與其中，卻又害怕說謊。「他很好——至少我是這麼覺得啦。狄米崔對我們非常友善，在我們離開前，他吞下一顆藥丸，這樣他就不會記得我們之間的談話。魔法石——這整個故事，讓他嚇壞了。」

夫人露出苦笑。「男人就愛吃藥，」她頓了會兒：「妳的故事說完了嗎，孩子？」

瑪姬吞了口口水。「不算完全結束。離開狄米崔的店後，我們一直在蒐集物品，也就是能幫我們破除詛咒的材料。我們拿到了一個魔法粥鍋，但在阿爾卑斯山被一些怪物弄壞了。」

怪物似乎引起了夫人的興趣。「怪物長什麼樣子？」

瑪姬反射性地顫抖起來。「像是巨型烏鴉或渡鴉，但走起路來像人類。」

「夜鴉，你們沒被吃掉還真教人驚訝。」

「過程不怎麼愉快。」她直白地說。

「瑪姬用矛刺傷了一隻，」胖仔補充道：「她救了我一命。」

夫人咂了下舌。「忠誠而勇敢，妳擁有的美德越來越多了。真遺憾那個拉斯洛．澤布是妳的詛咒守護者。」

瑪姬暗暗表示贊同。

女惡魔失望地嘆了口氣。「他的父親顯然很討厭他，」她自言自語地說：「支付任何贖金都覺得浪費。」

贖金？瑪姬大膽地發問：「那妳不打算殺他嘍？」

聽到這句話，夫人哈哈大笑起來。「殺了**巴爾．澤布**的兒子？妳瘋了嗎，孩子？巴爾是毀滅的化身，連我都不敢挑戰這樣的人物，我會教訓妳的詛咒者一頓後，把他送走。即便如此，我還是希望能得到報酬。」

「妳要勒索拉斯洛的父親？妳才剛說他是毀滅的化身！」

女惡魔擺擺手打消瑪姬的疑慮。「呵，贖金在我一族間很常見，他的兒子成為我的人質並非我的過錯，那孩子應該要更能幹一點，他很清楚這一點。但現在我知道他兒子是個卑劣的詛咒守護者……而且顯然，他的家族對他沒有抱持很深的期望。」女惡魔敲了敲手指。「這個拉斯洛肯定除了在床上外一無是處……」

瑪姬不知道該說什麼才好。幸好，這位女惡魔似乎沒有期待她的回應。夫人陷入自己的思緒中，雙胞胎則以完美的站姿佇立兩旁，雙手貼在大腿兩側，神情平靜。

最後，女惡魔回過神來，眨了眨眼，看向錐克佛姊弟倆，似乎很驚訝他們還在這裡。「故事還沒說完嗎？」

「不，」瑪姬承認道：「差不多就是這樣了。」

「嗯，我確實滿享受這個故事的。雖然很有趣，但對我來說毫無用處。」

瑪姬坐直身子。「**毫無用處**？抱歉，但為什麼毫無用處？我以為妳對失落的魔法師有興趣，我以為妳想找到他們。」

「這是我最想得到的情報。」夫人同意道：「但很可惜，我有充分的理由相信某個失落的魔法師位於亞洲。」

「那另一個呢？狄米崔說有兩個！」

「沒錯，但另一個不是妳說的魔法石。」

「妳怎麼這麼肯定？」

「因為我知道它在哪裡。」

瑪姬盯著女惡魔。「那、那不可能呀！」

「千真萬確。妳說的『魔法石』並非妳所想的東西。」

「但我們有照片！就在拉斯洛的手機裡——他拍了照，上面刻有銘文！」

貝拉絲卓夫人一副懷疑的樣子。最終，她拿出一部纖薄的手機，按下按鍵。「是我，」她對接電話的人說：「對，我知道我講的是英語。」她頓了一下，「你忘了你的身分，馬塞爾，」瑪姬和胖仔可以隱約聽到電話那頭傳來急促的義大利語。夫人翻了個白眼。「別說廢話了，澤布家的小公子怎麼樣了？」她聽著她的僕人匯報。「很好，」她說：「把他帶過來，還有他的手機。」

電話那頭的馬塞爾持續問問題，但夫人早已失去耐心，把手機扔到噴泉上，撞到一個鼠海豚雕像並沉到水中。「我討厭那些東西，毒害了這個世界。」她滿腹狐疑地看著瑪姬。「妳有嗎？」

「沒有，夫人。」

「很好！離手機遠一點，妳的頭腦會變得——那要怎麼說？一串葫蘆？不是——**一塌糊塗**！對，妳的頭腦會變得一塌糊塗。就跟馬塞爾一樣，我要把他的手機拿走。」

夫人滿懷怒氣地不發一語，等著拉斯洛被帶過來。雙胞胎一動也不動，瑪姬和胖仔焦急地對視一眼。

終於，庭院某處的門打開了，接著是某個東西在石板路上滾動的聲音。

兩名身穿訂製西裝的男子推著一個裝有輪子的鷹架進來。該鷹架約有兩公尺高，支撐著一個鐵籠。鐵籠連著鐵鍊懸在半空中緩慢旋轉。籠子裡的囚犯赤身裸體，由於空間狹小，他被迫彎著膝蓋抵住下巴，使他的頭以一種尷尬的姿勢低垂。夫人的手下把鷹架車推到她面前，使鐵籠不再轉動。

瑪姬發現自己正盯著拉斯洛鈷藍色的屁股瞧。

儘管眼前的畫面有礙觀瞻，但當她看到他們的守護者還活著，並安然無恙時，還是鬆了口氣。籠子微微轉向，一人一惡魔頓時四目相接。

拉斯洛非常鎮定。「以後絕不能提起這事。」

「這裡我說了算，」貝拉絲卓夫人命令道：「你知道我是誰，所以我們就不用自我介紹了。拉斯洛．澤布，你有什麼要說的嗎？」

惡魔扭著身體，以便將囚禁他的對象看得更清楚點。「是的，我有。」他的聲音一如既往溫文爾雅。「我聽說妳是一位上了年紀的女士，可想而知，我以為妳會是滿臉皺紋、老態龍鍾的女性。現在我知道我搞錯了，我欠妳一個道歉，貝拉絲卓夫人。」他的聲音變得溫暖。「妳一點也不老，剛好相反，妳是我見過最性感的女人。」

夫人突然大笑起來，笑到完美無瑕的臉頰上滑落一滴淚才停下。一名侍從遞給她一塊絲綢手帕，她拿來輕輕擦拭眼淚。「這些傢伙總是一個樣。」她向庭院內所有人表示，「一點點奉承，一點點魅力，溜進妳的心裡和床上，最後只會讓妳失望。」

「失望？」拉斯洛頗有自信地說：「我可是學過譚崔瑜珈呢。」

夫人舉起一隻手。在瑪姬看來，就像抓著一顆隱形的球。她對著拉斯洛微笑，接著開始握緊拳頭。鐵籠慢慢收緊發出聲響，當金屬棒以如此緩慢而猛烈的力道擠壓他的肉身時，拉斯洛倒抽一口氣，瑪姬擔心他會就此粉身碎骨。

「求妳住手！」她大喊：「妳在傷害他。」

夫人挑起一邊眉毛。「妳為什麼這麼擔心他的安危？別告訴我……」

瑪姬明白她的意思，頓時厭惡地蹙眉。「什麼？噁！」

「我同意，那太『噁』了。」拉斯洛說：「夫人，妳沒必要——」

夫人的語氣像極了審判官。「你還記得一名叫伊莎貝拉．德．卡斯提諾的年輕女性嗎？」

「呃……我應該記得嗎？」

「她是盧克雷齊亞．波吉亞的侍女。」

「抱歉，我的記性已不如從前，都怪迷幻藥教生提摩西．李瑞。」

女惡魔再次將手指捲曲，斷裂的螺栓如雨點般落在石板路上，金屬發出尖銳的聲音。夫人歪著頭問：「你確定？」

拉斯洛回答得很快。「身高一百五十七公分，棕色頭髮，藍色眼睛，身材不錯，跳舞技巧很糟糕，但在床上熱情四射。」

「這樣好多了，」夫人說：「盧克雷齊亞是我的學生，你這個敗類，她非常喜愛被你引誘的那個可憐女孩。愛上你的那個不幸的女孩……」

「我從未要她愛我。」

「而你離開了她……」夫人繼續說。

「我從未答應要留下來。」

貝拉絲卓夫人嘆了口氣。「承諾是很有趣的事，不是嗎？我們所承諾的，或未曾承諾的，你否認你做過承諾，我看你說的是實話。好是好，但**我**也做出我的承諾，拉斯洛．澤布。我對盧克雷齊亞發誓只要你和我有一天有了交集，我不會忘了伊莎貝拉的事。現在你就在這裡，命運就是這麼幽默，不是嗎？」

「對，而我不喜歡。」

女惡魔打量著他。「我們該拿你怎麼辦呢？」

「我會做出補償，」拉斯洛表示：「我去向她祭拜怎麼樣？對，我會安排一趟前往伊莎貝拉安息地的祭拜之旅。我會向她致意，為她受傷的感情道歉，並歸還一些丟失的傳家寶。」

「一個好的開始，」夫人說：「還有呢？」

「我會委託一家花店，」拉斯洛思索道：「沒錯——接下來的一年內，我每週都會為她的墓地送上鮮花。」

「考慮周全，但十年會更好。」

「可以。」

「還有呢……？」

拉斯洛想了想。「有什麼比一首紀念她的詩歌更能流傳千古呢？」

「你會作詩嗎？」夫人問。

「當然不會。」

「我重申一遍，雖然你很誠實，但這樣是不行的。」

「啊，」拉斯洛繼續說：「但若是我請**真正**的詩人進行創作呢？真正願意為藝術創作犧牲的類型，負債累累，總是穿著高領毛衣。有誰比他們缺錢？那群人中肯定有誰能寫出歌頌她的詩。」

貝拉絲卓夫人點點頭。「很好，我很期待這週你去祭拜和送上第一束鮮花，你有一個月的時間進行委託，並出版一首品質優良的詩。」

當惡魔進行談判時，瑪姬心想不知道拉斯洛是否會透露，在兌現承諾前他很可能會先被熔解。她倒是不意外他什麼也沒說。

最後，夫人滿意地擺擺手，拉斯洛的籠子瞬間化為煙霧。由於沒有任何支撐，他摔到鷹架車上，邊呻吟邊按摩臀部。瑪姬移開了目光。

夫人吩咐她的一名手下為拉斯洛拿一件長袍來。「現在我們回歸正傳，瑪格麗特告訴我，你是她家族的詛咒守護者。他們的詛咒涉及一座紀念碑，你認為那是失落的魔法師之一。她說你拍了照片。」

拉斯洛點點頭。「在我的手機裡。」

一個男人拿出他的手機，瑪姬猜他就是馬塞爾。女惡魔看著了螢幕上的幾條裂痕。

「狗頭人幹的，」拉斯洛解釋道：「不是我。」

夫人翻了個白眼。「密碼是什麼？」

瑪姬把密碼牢牢記在心裡。

不一會兒，夫人用手指滑著螢幕，當馬塞爾湊過來幫她找尋照片的應用程式時，她拍開他的手，要求他交出他的iPhone，隨即將其扔到了噴水池裡。她看著手機下沉，然後把注意力拉回拉斯洛的手機螢幕上。

「這張照片裡的女人是誰？」她問。

拉斯洛聳聳肩。「她長怎樣？」

「金頭髮，上圍傲人。」

「噢，她是海爾嘉，我們本來有個約會。」

夫人蹙起眉頭，擺擺手。「這是什麼？」她舉起手機。

拉斯洛眯起眼睛。「中央公園。」

夫人嘆了口氣。「毫無構圖可言。」

就在夫人慢慢瀏覽五、六張照片後，他開始捍衛起自己的拍照技巧。忽然間，她停止滑動，把手機拿得離臉很近，鼻尖幾乎碰到螢幕。

她的一名手下為拉斯洛帶來一件和服。拉斯洛傲慢地瞪了他一眼，接過衣服，艱難地穿上。與此同時，夫人把手機打橫，眯著眼睛看著螢幕上的影像。

拉斯洛清了清嗓子。「妳可以，呃，用兩指捏住螢幕來縮放。」

「不要命令我。」夫人對他說，但她照做了。過了一會兒，她的表情轉為深深的疑惑。她往下滑看了下一張和下下張照片，目不轉睛地仔細觀察。她的眉頭皺得更深了。

「這不可能。」

「抱歉，但什麼不可能？」瑪姬問。

夫人用手背敲了敲螢幕。「這個！這不可能！」她瞪著拉斯洛，對他搖了搖手機。「你在玩什麼把戲？」

「什麼都沒有！」拉斯洛說：「我對那座巨石一無所知，直到我們跟一個我不想透露名字，因為我怕妳會傷害他的人談過後才知道。」

夫人不耐煩地擺手。「我知道你說的是狄米崔。」

拉斯洛倒抽一口氣，轉向錐克佛姊弟。「你們告訴她了！」

瑪姬搖著頭。「夫人猜到的！」不管怎樣，在經歷過蛇群的折磨後，她不想因為這件事挨罵。

夫人遣散她的手下，只留下雙胞胎服侍。她舉起拉斯洛的手機，指著螢幕上的影像。

「這是你拍的？你親眼見過這個東西？」

「對。」

「有什麼感覺？」

拉斯洛鼓起臉頰。「老實說，我感覺到一股原始的力量，非常強大，這東西就像一顆原子彈。」

夫人的目光飄向瑪姬和胖仔。「你們呢，你們住在這座魔法石附近？還有你們的祖先？」

「對，」瑪姬說：「我們家族從十七世紀起就一直居住在那裡。」

夫人先是低聲跟雙胞胎說了些話，才轉向她的客人。「好吧。」她說：「至少有個謎團解開了。」

「呃，什麼謎團？」拉斯洛困惑地問。

夫人用手勢示意錐克佛姊弟。「他們的魔力來源。他們家族世世代代都在吸取這座巨石的能量，你肯定也感覺到了。」

「當然，」拉斯洛說：「我只是想調查深入一點再下結論。」

夫人發出反感的聲音。「你一定是瞎了。」

「事實上，」他對錐克佛姊弟說：「這**確實**解釋了一些事。」

「例如？」瑪姬說。

「噢，我不知道耶，例如為什麼胖仔拿到的所有魔咒試管最終都**威力他媽的驚人**，我放出飛蛾，他卻能噴出火焰？太不公平了。」

聽到這裡，胖仔不禁莞爾。「我就說我是英雄了吧。」

「閉嘴。」

夫人嚴肅地看向拉斯洛。「你是在說笑嗎？巴爾之子不可能放低姿態去使用那些小魔法。」

拉斯洛很生氣。「不是所有人都像妳一樣力量強大，夫人。」

女惡魔的表情夾雜著輕視和憐憫。「第二個謎團解開了。我一直在想為什麼巴爾大人會允許他的兒子像個奴僕一樣工作。贖金？**哈！**」她啐了一口。「我還得付**他**錢把**你**帶走呢！」

儘管不情願，瑪姬還是不由自主地為拉斯洛感到難過。現在他站在那裡，一絲不掛地用借來的衣服包裹身體，被一個美麗的遠古惡魔當著她默不作聲的侍從面前嘲笑。必須有人為他辯護才行。

不幸的是，那個人就是瑪姬。

「如果沒有拉斯洛，我們永遠不可能走到這一步。」她表示。

夫人打量著她。「我不同意。也許剛才我太急著拒收學徒。我能看見面前的巨大潛力，但這不是當務之急。」她的注意力再次回到拉斯洛身上。「目前有更要緊的問題。若非我弄錯，其中一位魔法師不在西伯利亞，就是你遇到的問題比你想像的還嚴重。」

拉斯洛垂下了頭。「請不要這麼說，我不需要更多問題。」

夫人從椅子上起身。「不要感到絕望，拉斯洛，巴爾之子。我活了漫長的歲月，根據我的經驗，大問題往往會帶來更大的機會。」

她沿著庭院旁的一條小徑快速走著，後面跟著拉斯洛和錐克佛姊弟。他們很快到達一座塔樓——風格簡單、建有城垛的塔樓，約有六層樓高，四周爬滿開花的藤蔓。夫人從長袍裡掏出一把鑰匙開了門，把門扉往內推，然後回頭看向她的客人。

「怎麼樣？」她說：「你們來，還是不來？」

第二十四章

失落的魔法師

拉斯洛和錐克佛姊弟跟著貝拉絲卓夫人走上一道螺旋階梯。拉斯洛不喜歡爬樓梯，他的膝蓋和身體其他部位都很痛，包括他的自尊。那個烏鴉籠就各方面來說都讓他痛苦。

他一直在想夫人剛才的話，關於錐克佛一家自出生以來就一直在吸收魔法能量這件事。回想起來，拉斯洛不得不承認他應該要意識到事情不對勁的。胖仔偶然拿到**兩個**威力強大的魔咒試管不僅機率低，可能性幾乎微乎其微——他自己用過上百個魔咒試管，效果最好的一次是在巴黎朝收銀員扔出一隻生氣的雪貂。雖然扔出雪貂確實有達到目的，但那根本談不上是胖仔那種自我控制造成的爆炸能量。

宇宙真是不公平。

儘管如此，其運作機制仍然很有趣，是胖仔放大了魔咒試管的效果，還是魔咒試管激發了隱藏在他體內的魔法？到底是先有雞還是先有蛋呢？

想到這裡，拉斯洛才意識到他自從火車上吃了一個番茄乳酪三明治後，就沒再進食了。**番茄乳酪三明治**？他在想什麼啊？下次他會點義大利燻火腿。

下次……

距離「下次」的時間不多了。他很清楚這件事，就像癌末病患清楚地意識到自己即將死去一樣。醫生開出什麼療方已不再重要；重點是癌症不會消失，如此明擺的事實讓他渾身發冷。

他驚訝地發現自己竟同情起他的詛咒持有者來了。畢竟，他們也在跟時間賽跑。錐克佛一家人日復一日地生活，清楚地知道自己每天都將離難以言喻的悲慘命運更近一步。瑪姬每天早上醒來會感到何等恐懼啊，不知道有什麼新的厄運在等著她。

說也奇怪，上週之前，他從未認真考慮過時間的事。他擁有大量時間，取之不盡，但現在他的時間已經走到盡頭。如今他的生命是以沙粒計算，每一分鐘就有一粒沙從沙漏中滑落。

說到沙漏，現在剩下多少沙粒了？他最後一次查看，是在他突如其來的昏睡後醒來，發現自己被關在一個看似酷刑室的地方時。環視整個房間，他發現沙漏就放在一個伸縮架上，連同錐克佛詛咒文件和他們的行李。在昏暗的地牢中，閃爍的燈光有如邪惡的心臟般跳動。

該死，拉斯洛多想再有一個星期的時間啊。

再一週的時間，還有換套衣服。華麗的和服實在不符合他的審美觀。

然而，他並不打算抱怨。他可不會忘記當夫人握緊她的手時，烏鴉籠會緊緊圈住他這件事。這棟莊園的女主人很可怕，但即使她表現出輕蔑的態度，拉斯洛還是看得出來她覺得他很有趣。他就需要這樣的機會。

當夫人走到位於他上方的臺階時，他試圖將目光集中在那豐滿的臀部，可惜那對雙胞胎擋住了他的視線。他們實在很毛骨悚然，像在《鬼店》裡不斷現身的女孩一樣。這部電影拉斯洛看了三遍，他試圖把整部看完，但總是在看到浴缸裡的女人那段就放棄了。鬼是這世上最糟糕的東西，就算是假的也一樣。

當他們抵達塔樓的三樓時，夫人停下腳步，打開一扇門。雙胞胎踮起腳尖，親吻女主人臉頰，然後蹦蹦跳跳地跨過門檻。拉斯洛瞥見一條鵝卵石小路，兩側長滿柏樹，被風吹得晃了起來；這條小路通往位於岬角的一座城堡。他想更加一探究竟，但夫人把門關起來，並重新上鎖。

拉斯洛回頭看向瑪姬，想知道自己是否出現幻覺。她震驚的表情讓他確信他沒有看錯。那對雙胞胎確實進入了傳說中的夢幻之城。

「那個，」他說：「我們可以提問嗎？」

「不行。」夫人說，繼續沿著塔樓的階梯往上走。

越往上，階梯就變得越寬；他們爬得越高，塔樓看起來似乎就越大。從一開始，他們必須排成一列往上走，到了第四層樓，他們四個已可以並排前進。隨著樓層升高，不只階梯變得更寬，每層樓的階梯數量也跟著增加。從一樓到二樓只需走不到二十階，而到上面的樓層，至少都要走上一百階，每個階梯的寬度都像教堂長椅一樣寬。

當他們準備爬上最後一層時，拉斯洛已累得像隻貴賓犬般氣喘吁吁。夫人則完全不喘，體力驚人的錐克佛姊弟也一樣面不改色。這實在太讓他煩躁了。他心想是否可以告他的健身房詐欺，他喜歡無聊的訴訟。

當他們抵達頂樓時，提告的想法便消失了。

該空間的形狀是一個巨大六邊形，有著玻璃穹頂，彎曲的側面在離大理石地板上方幾百公尺處交會。六邊形的每一面都是獨立的景觀。拉斯洛見過很多大房子——畢竟地獄到處都是豪宅，但眼前的景象完全是不同的級別。就連他父親的宮殿也不敢說有好幾片天空。

在他最近的記憶中，這是拉斯洛第一次感到敬畏。

那六片天空被匯集到穹頂頂點的肋拱隔開。拉斯洛緩慢地轉身將一切盡收眼底：浩瀚星夜、破曉時分呈玫瑰金色的天空、灰濛濛的午後、白雪縹渺的冬日，以及下著雨的陰天，雨點落在玻璃上。最後一片天空是陰暗而死氣沉沉的紅色，像血液氧化後的顏色。

拉斯洛注視最後一片天空的時間最長，才後知後覺的發現夫人正看著他。

「你想念嗎？」她說。

拉斯洛勾起唇角。「不會。我一直覺得地球更有魅力，我是追求變化的類型。」他指著她手上自己的手機。「順便問一下，我能把那個拿回來嗎？」

夫人沒有把手機還給拉斯洛，而是交給瑪姬。「我把這個託付給妳，親愛的，沒有我的允許不准還給他。」

「好的，貝拉絲卓夫人。」

拉斯洛狠狠地瞪著瑪姬。「唉呀，還以為妳不是馬屁精呢。」

她把手機塞進西裝外套的內側口袋。與此同時，胖仔舉起手發問。

夫人看向他。「這裡不是學校，孩子。」

「抱歉，」他說：「我只是好奇我們有機會進去看看嗎？」

他指向六扇大門中的其中一扇，每一扇門都位於六邊形的一邊。這六扇門就跟其通往的天空一樣迴異。每扇門的中心都有一個獨特的符號。當拉斯洛發現自己一個也認不出來時，決定把去圖書館**辦借書卡**這件事加入自己的待辦清單中。當然，他永遠不會照做，但他**打算**自學神祕符號的念頭還是有些意義。

胖仔感興趣的那扇門位於黎明的天空下，看起來由煙燻玻璃製成，上面有一個銀色的印記。

「不，」她回答：「我們今天不會進入那扇門。但如果將來命運指引你回到這裡，我保證每一扇門你都能去看看。」

拉斯洛輕輕用手肘推了下男孩，朝暗紅色天空下方的門示意。那是一道鐵門，上面刻著一個七芒星。

「我會跳過那扇門。」

男孩不安地看了那扇門一眼。

夫人領著他們走到灰濛濛天空下方的門前。高超過三公尺，為錘紋銅質結構。門中央精致的印記被一條銜著自己尾巴的蛇團團圍住。

他們在門前停下腳步，拉斯洛再次伸長脖子，呆愣地看著那六片對比鮮明的天空。「我得問一下，這是什麼特殊的技術嗎？」

夫人轉向他說：「我不明白你的問題。」

拉斯洛指著上方的穹頂。「妳怎麼做到的？這些天空只是精美的螢幕保護程式嗎，還是這些門實際上會通往那裡？如果真是如此……靠！」

女惡魔的聲音忽地降至冰點。「讓我挑明一點，拉斯洛．澤布，你絕對不能對任何生靈提起這座塔或相關內容，這座塔並不存在。」

拉斯洛深深一鞠躬。「夫人，我向妳保證。」

女惡魔輕笑出聲。「你覺得光**保證**就夠了嗎？」

她示意他靠近一點。猶豫片刻後，他照做了，在夫人用他父親在猶太節慶上使用的語言低聲念出咒語時，警戒地佇立原地。他聽不懂那些古老的語言，正如古英語之於現代倫敦人一樣。

接著，夫人的食指指尖開始發光，宛如鮟鱇魚正在引誘獵物。拉斯洛很想開個《E.T.外星人》的玩笑，但還是忍住了，夫人看起來不像史蒂芬．史匹柏的粉絲，況且錐克佛姊弟也從未接觸過流行文化。那兩人沒見過什麼世面。

夫人身體往前傾，用發光的手指敲著拉斯洛的前額和喉嚨，這兩個部位頓時發出令人愉悅的酥麻感。也許在另一個平行時空，她會是一名出色的按摩師。

他試著讓氣氛保持輕鬆。「如果我不小心說漏嘴呢？」

夫人撫摸他的臉頰。「你沒辦法，親愛的，如果你**試圖**提起關於這座塔的事，就會變成一隻夜鷹，成為我花園的永久居民。」

「是嗎？聽起來也沒那麼糟嘛。」

錐克佛姊弟意味深長地互看一眼，但在拉斯洛追問時什麼也沒說。

夫人對瑪姬和胖仔下了同樣的魔法後，便轉身走向那扇門。她將手掌蓋在門扉的封印上。與此同時，門上的金蛇鬆開尾巴，一溜煙地鑽進那個錯綜複雜、看似一座迷宮的封印符文中。那條蛇繞著一條複雜而精準的路徑，才鑽入迷宮中央的洞口。

拉斯洛吹了聲口哨。「說真的，是誰設計這東西的？」

但夫人的注意力仍集中在封印上。當符文開始發光時，她輕推了一下門，巨大的門扉像花園柵欄門般輕而易舉地向內打開。

夫人跨過門檻，領著拉斯洛和錐克佛姊弟走過一條四周皆是鑲板的走道，通往一座畫廊，規模大到羅浮宮或史密森尼博物館都相形見絀。畫廊外觀看起來比一個足球場還大，上方是帶有壁畫的拱型天花板。朦朧的日光透過遠處牆上的巨大窗戶灑進來，照亮了數千幅畫作和掛毯。

從他們所站位於地面約十公尺高的地方，可以將陳列在畫廊內數量驚人的瑰寶盡收眼底。這個房間與其說是一座畫廊，不如說是一個倉庫。只有幾條小路蜿蜒在無數個箱子和板條箱之間。箱子就像金字塔般層層堆疊，幾乎要碰到天花板。

他們身後傳來一聲悶響，拉斯洛轉身發現門被關上。不久後，畫廊內的氣氛開始產生變化，彷彿整個空間受到封印。他想問夫人發生什麼事，但她已走下樓梯，踏上畫廊的地板。

下到地面後，拉斯洛跟著她沿著一條曲折的路徑前進，書櫃間放滿各種卷軸和皮革書。他打著赤腳踩在冰冷的地板上，周遭的一切都散發著歲月、灰塵和數不清財富的味道。

拉斯洛停下來想看更清楚一點。「那是畢卡索的《格爾尼卡》嗎？」

夫人並未停下腳步。「正是。」

「這不可能是真品吧？」他氣喘吁吁地追上她。

「正是。」

女惡魔領著他們一直走到遠處的一面牆，牆上的窗戶俯瞰著一座古老的城市。這座城市座落於一條蜿蜒的河流上方，河上有一座石橋。拉斯洛掃過這座城市的廣場、街道和屋頂，意識到用**古老**形容已算保守。他沒看到任何車輛、電話線或電波塔。這座城市就像在電影片場或資金充足的文藝復興展上會看到的畫面。他的視線移到河對岸一座看起來陰森恐怖的堡壘，讓他感到有些似曾相識。

「那是……？」

貝拉絲卓夫人頷首。「聖天使城堡，沒錯。」

胖仔把臉貼在窗戶上。「等一下，」他說：「這裡是**羅馬**嗎？」

「千真萬確。」夫人說。

瑪姬和她弟弟一起湊到窗邊。「但我們剛剛還在那裡，車都去哪兒了？這是什麼圖畫嗎？」

「不可能，」胖仔說：「下面有人在動。」

拉斯洛轉向夫人問：「這是哪一年？」

女惡魔把手遮在眼睛上方，凝視著聖天使城堡遠處的一個建築工地，數百名工人在那裡像螞蟻一樣擠在坡道和鷹架上。

「根據聖彼得大教堂的情況看來，我想是十六世紀中葉。」

胖仔差點嚇昏過去。「我們回到**過去**了？」

女惡魔點點頭。「當然。如果有人想從我這兒偷東西，可不只是闖入我的金庫這麼簡單而已。」她對這個想法嗤之以鼻。「他們必須在適當的**時間**進入適當的**地點**。我年幼的朋友，那可沒那麼容易就能做到。」

「容易？」拉斯洛難以置信地說：「根本就不可能。時空門極其不穩，即便有能力造一個，也只能維持幾秒的時間。」

夫人轉向他。「誰告訴你這些的？」她追問道：「那可笑的統治階級？我還以為你不是個會相信他們的傢伙。」

「我是不信。」拉斯洛說，臉色脹得通紅。

她輕蔑地笑了一聲。「是嗎？告訴我，拉斯洛．澤布，你的階級為何？」

拉斯洛感到有些侷促不安。「呃，我想……我是說，如果非說不可的話……也許就差不多是……三階？」

夫人的鄙視顯而易見。「你讓他們打上印記，」她冷笑道：「他們給予你身分，你就接受了？你走在他們為你架好的梯子上？太讓我失望了。」

「在我看來，我爬梯子的能力很差，」拉斯洛說：「以我的血統來說，我少說也要是六階或七階惡魔。」

夫人在他眼前打了個響指。「醒醒吧！受寵的奴隸依舊是奴隸。等你晉升到『四階』時會怎樣？獲得多一點力量嗎？」她露出極其反感的表情。「你的靈魂呢？你難道看不見階級制度的本質嗎？地獄領主親手創造他們曾抵抗過的暴政！」

女惡魔揮了下手，在她的控制下，黑色的窗簾往旁一掃遮住整面玻璃牆。文藝復興時期的羅馬從眼前消失，畫廊陷入了黑暗，只有儲藏室裡幾處點燃的壁燈散發出些許光芒。

夫人大步從拉斯洛身旁走過，來到一座以灰色絲綢覆蓋的高聳物體前。「對於擁有遠見和意志的傢伙而言，沒什麼是不可能的。」

她把灰色絲綢拉開，當那塊絲布落在地上時，一道耀眼的光芒頓時充滿整座畫廊，讓拉斯洛不得不瞇起眼來。夫人下了一個指令，光芒瞬間變暗，只剩下一縷微光。

拉斯洛看著一根像是巨大黑檀木柱底座的東西。頂端已經折斷，只剩下前半差不多六公尺左右的斷柱。顯然有某種力量使柱子扭轉成結構混亂的形狀。

他和錐克佛兩姊弟都安靜地注視著聳現夫人上方的奇異結構，她就像是法蘭克斯坦博士展示著她創造出的怪物。

瑪姬的臉色十分蒼白，指著底座上刻著的符號和文字。聲音低到幾乎聽不清。「另一座魔法石。」

夫人凝視著自己收藏的這座巨石。「我的更漂亮。」

拉斯洛依然持懷疑態度。「這兩座巨石給我的感覺不一樣，」他說：「夫人，先前我在親眼看到魔法石前就能感受到它的存在，現在卻沒有相同的感受。」

「這是正常的，」她說：「這件法器的力量已被用於比釋放魔法能量更有用的用途。你剛才說我不可能製造出傳送門，事實並非如此。」她宛如慈母般的拍著那座紀念碑。

「所以，這就是其中一個失落的魔法師？」瑪姬說。

「千真萬確。站在你們面前的正是尊貴的女祭司。」

「女性的祭司？」拉斯洛說：「我沒聽過什麼女性祭司？」

「是女祭司，」莊園的女主人表示。「每一位魔法師都被世人賦予某個尊號：審判者、浪人、牧羊人、學者、武僧、戰士……而這位是女祭司。她很漂亮，不是嗎？」

拉斯洛注視著眼前飽受摧殘的形體。「很迷人。」

「那妳說的另一個就在西伯利亞的某個角落？」瑪姬說。

夫人點點頭。「浪人，」她說：「我很確定。」

拉斯洛無奈地舉起雙手。「等等，如果有兩個失落的魔法師，其中一個在**這裡**，另一個在俄羅斯，那魔法石到底是什麼？」

「那是個謎，」夫人答道：「你們所說的『魔法石』不應該存在。要嘛是別的東西，要嘛就是我們掌握了第二個不為人知的祕密。」

「第二個祕密？」瑪姬說：「第一個呢？」
女惡魔的臉上流露出激動的神情。「魔法師之戰！」她驚呼道。當她的客人並未露出敬畏的表情時，她嘆了口氣，看向拉斯洛。「巴爾．澤布的兒子知道任何關於他們的故事嗎？」
拉斯洛鼓起臉頰。「我只知道狄米崔告訴我的。他說他們是一個人類巫師的組織，因為激怒地獄領主遭到獵捕，有五個人被毀滅，兩個從未找到。消失的兩人被稱為失落的魔法師，大家都認定他們死了，除了一些怪胎堅稱他們還躲在某個地方等待其信徒將他們復活。大概就是這樣。對我們來說，這完全是一個傳說。」
「沒錯。」夫人說：「而這個傳說是真的──卻省去了某些部分。例如說，你知道這些魔法師是誰嗎？他們的身分為何？」
拉斯洛搖搖頭。「狄米崔只告訴我他們是一群住在亞歷山卓的巫師？呃……妳為什麼這樣看著我？我說錯了什麼嗎？」
「告訴我，拉斯洛．澤布，你以前聽過這些魔法師的事嗎？」
「沒有。」拉斯洛說。
「真奇怪，」夫人說：「一個由人類巫師組成的組織，擁有如此強大的力量，對所有惡魔造成威脅，然而年輕一代的惡魔卻從未聽過他們。為什麼沒有人談論這場戰爭？為什麼這件事是個祕密？」
拉斯洛聳聳肩。「誰知道？也許魔法師讓那些領主狼狽不堪。他們不喜歡那樣──相信我，我親身經歷過。」
「你說得離事實不遠，」夫人嚴肅地說：「如果我告訴你魔法師**並非**人類巫師呢？如果我說他們是反叛地獄，決定與人類結盟的**惡魔**呢？」
「但他們為什麼要那麼做？我是說，人類是我們的謀生之道。」他尷尬地看了錐克佛姊弟一眼。「我無意冒犯。」
「沒關係。」胖仔說。

瑪姬沉默不語。

夫人朝他走近一步。「這群魔法師拒絕接受地獄和階級制度，這是他們的**選擇**。這就是重點！他們參與了大叛亂。他們之中任何人大可在貴族中占有一席之地，但卻沒有這麼做。他們拒絕接受任何關於惡魔該如何生活及服侍何人的法律。除了對知識的渴望，他們不侍奉任何主人——且樂意與那些能吸收知識之徒分享他們的知識。他們在亞歷山卓建立了一所學校，也因此積累了一群追隨者。地獄領主為此感到憤怒，這群魔法師的反抗削弱了他們的權威。這還不是全部。魔法師與凡人分享了禁忌的知識——那些地獄領主更願意為己所用的知識。」

「聽起來好像普羅米修斯，」胖仔說：「從眾神那裡偷了火種獻給人類的泰坦。」

「是的，」夫人說：「但魔法師並非神話，孩子。他們真實存在，並且成了地獄再也無法忽視的問題。所有領主聯合起來向魔法師宣戰。」這位女惡魔凝視著他們上方若隱若現的巨石。「利維坦在紅海吞噬了戰士，莉莉絲及她麾下的鳥身女妖殺死了審判者。瑪門和貝爾芬格將學者撕成碎片，彼列的獵犬則將牧羊人追殺到逃至星光界，最後把他拖回來接受審判。」

「這樣才四個，」瑪姬說：「第五個魔法師發生什麼事了？」

「啊，」夫人說：「故事終於來到這個部分，各領主設法追捕的最後一位魔法師是武僧。他獨自死去，被一個渴望在高級議會占有一席之地、野心勃勃的惡魔殺死。根據傳說，這個惡魔追趕武僧進入撒哈拉沙漠，雙方在沙丘裡對決。他們的戰鬥如此激烈，使沙子融化凝固成玻璃，大地裂出一條巨大的裂縫。戰鬥一直持續到深夜，最後武僧被擊潰，其骨灰隨風消逝。

「勝者回到地獄，貴族為他凱旋歸來歡呼不已，因為武僧被認為是最強大的魔法師之一，僅此一場戰鬥便將他擊敗是一項壯舉。路西法別無選擇，只得獎賞這個惡魔，因為他在惡魔貴族中擁有強大的盟友，而且有許多聲音指責路西法長期忽略魔法師的危害。

「殺死武僧的惡魔被授予領土和頭銜，以及至高無上的獎勵：議會的席次。為了回饋路西法的慷慨，大家一致同意讓魔法師之戰被遺忘，再也不談論這件事，以免招致路西法的怒火。」

拉斯洛不安地動了動。這個故事聽起來很荒唐，但其中某些細節讓他感到不自在。

瑪姬說出拉斯洛心中所想。「我很抱歉，夫人，你是說這個惡魔編造了整個故事？我們的魔法石實際上是他聲稱已摧毀的武僧？」

「讓我們來看看證據，」夫人說：「女祭司就在你們眼前，浪人則在遙遠的東方。對此，我毫不懷疑。在所有被追殺的魔法師中，只有武僧的死亡沒有目擊者。光憑這一點，他就有可能是你們那座魔法石。再來是聲稱殺死他的惡魔之身分。對我來說，這就足以消除所有疑慮。」

「那個惡魔是誰？」瑪姬．錐克佛問。

夫人露出微笑。「巴爾．澤布公爵大人。」

第二十五章　抵押品

夫人的話讓房內陷入一陣死寂。

當她提到那個被賜予的惡魔頭銜時，拉斯洛便猜到了真相。兩千年後的現在，巴爾．澤布已是一位大公爵——不僅僅是地獄七領主之一，也是最能與路西法相抗衡的對手。

起初，當真相被揭發時，拉斯洛實在很想在這個跨越時空來到的文藝復興時期穹頂建築中找張方形沙發，在上面蜷縮成一團。他身心是如此疲倦和空虛，隨便就可以睡上一週、一年，甚至是一整個世紀。

但在拉斯洛內心某處，一個精神深處最陰暗的角落，卻跑出其他念頭。這是有生以來第一次，他想要復仇。

拉斯洛不太會做復仇這種事。復仇帶來的情緒太沉重。長久以來，他親眼目睹仇恨吞噬人類和惡魔；這種情形一多，就成了一種永不滿足的迷戀。何必把時間浪費在會妨礙他追求更多快樂的事情上呢？

但拉斯洛現在的感受遠遠超出了羞辱的範疇。

每一塊拼圖逐漸湊齊，讓過去上百年的光陰全都煥然一新。拉斯洛之所以成為詛咒守護者絕非偶然，狄米崔的直覺很準：前任詛咒守護者巴西利的能力比預期的還強，他過於好奇和勤奮，發現了關於錐克佛詛咒中的祕密，也就是本該被掩蓋的真相。這一發現導致他的死亡，就在他被脅迫交出儀式的部分之後。縱然希望渺茫，那缺失的儀式給了錐克佛一家打破詛咒的機會，同時揭露巴爾骯髒的祕密。

拉斯洛的父親不甘於聽天由命，巴西利一消失，他就利用自己的權力任命一個最無能的替代者——絕對會怠忽職守，對他的詛咒持有者不管不顧，把魔法石丟在卡茨基山生青苔的傢伙。還有比他令人失望的兒子更好的人選嗎？意識到自己成為父親的代罪羔羊後，怒氣在拉斯洛內心席捲成滔天火海。

「所以你**父親**是這一切的幕後黑手？」看見瑪姬用憤怒又夾帶著一絲於心不忍的目光看著他。他的頭腦頓時清醒過來。

他皮笑肉不笑地說：「看起來確實如此，不是嗎？」

「拉斯洛，我很抱歉，」胖仔的聲音傳來，聽起來是真誠地為他感到難過。他走過去坐到沙發上。「你知道這件事嗎？」

惡魔搖搖頭。「我也希望我可以說自己知道一切來龍去脈，但我不知道。我不知道魔法石是什麼——也不知道我其實是我父親精心挑選的傀儡。」他幾乎笑出聲來，「你知道關於撲克牌，有句話是怎麼說的嗎？」

胖仔不知道。

「俗話說：『若你半小時還找不到牌桌上的魚，你就是那條魚。』我在這牌桌上一百多年了，卻他媽的一無所知。對像我這樣的傢伙，他們得想個新詞形容。『超傻瓜』聽起來怎麼樣？太拗口了嗎？」

就連夫人似乎也對他產生同情。「我了解你父親，孩子，你不是第一個被他欺騙的惡魔，整個地獄都相信他殺了武僧，若我沒猜錯，連巴爾大人自己也深信不疑。」

瑪姬抬起頭，從自己的情緒中跳脫出來。「妳為什麼這麼說？」

夫人聳聳肩。「只有相信自己殺死武僧的人才會如此宣稱。這麼做風險太大了；假設武僧現身，這個謊言將不攻自破。根據妳的故事，我敢肯定巴爾是到最近才得知武僧倖存的事——幾乎可以斷言是過去幾個世紀發生的事。如果他及早發現，就會毀掉『魔法石』，守住他的祕密。假如那座石碑無法毀掉，他就會把石碑藏在無人可及的地方。」

「那為什麼他沒有這麼做？」瑪姬問。

「因為你們的詛咒。一旦詛咒啟動，魔法石就變成了詛咒物。這種情況一旦發生，巴爾就無法觸碰它，這超出他的能力所及。」

「但假使他力量那麼強大，為什麼會辦不到？」

「詛咒產生的魔力範圍很小，」夫人回道：「但在這個範圍內，它的力量無可匹敵。儘管巴爾擁有強大的力量，但他仍無法打破你們家族的詛咒，也無法摧毀其中心的魔法石。我不相信如果他想摧毀魔法石，不會什麼都不做。為了達成目的，他必須阻止詛咒被打破。」

拉斯洛的內心世界正在把過去和現在發生的一切打亂並重新洗牌，他心亂如麻，十分專注在自己的思緒中，以至於瑪姬走到他跟前時才發現她。

她的臉上一絲同情也不剩，反而沉著臉，聲音蘊含著不斷攀升的憤怒。「所以我這樣說對嗎？」她怒火中燒。「是你父親摧毀了我的家族？是他殺了巴西利並偷走儀式？我敢說他也是安布羅斯留下的紀錄在那場大火丟失的原因。這一切對他來說就是一個天大的笑話，不是嗎？即使我們拿到所有需要的東西，也不知道該舉行什麼儀式，**錐克佛詛咒無法打破**！而這一切的罪魁禍首就是你**該死的父親**嗎？」

有那麼一瞬間，拉斯洛以為她會對他大打出手。更甚者，他有種奇妙的預感，假如她真的出手，可能還會要了他的命。他必須承認，在夫人暗示錐克佛姊弟可能擁有魔力後，他對他們變得越來越警惕。胖仔用兩個魔咒試管成功地大顯身手，瑪姬遠比他強大。她目睹並經歷過胖仔未曾經歷的事，這體現在她各方面的表現上。況且，她還多吸收了八年的魔法石能量，誰曉得若是那股力量被使用並接受磨練，她會有怎樣的能耐？現在拉斯洛總算明白為什麼夫人會對瑪姬．錐克佛這麼感興趣。

這個發現讓拉斯洛害怕，還有一點忌妒。

拉斯洛舉起雙手，一副哀怨的樣子。「瑪姬，我又不知道。」

「但你應該要知道，」她吼道：「你這**他媽的白癡**！」

惡魔無可辯駁，只好把那雙藍色的手交疊放在腿上，接受對方的訓斥。

幸好，在瑪姬的怒火一觸即發時，夫人開口說：「我有個提議。」

拉斯洛和錐克佛姊弟都一臉期盼地看向女惡魔，後者正懶洋洋地躺在女祭司旁的長椅上，彷彿一隻貓在跟三隻肥美多汁的老鼠交涉。「你們來這裡是因為需要魔法物品，」她說：「以滿足你們詛咒清單上的材料。」

「對，夫人。」瑪姬說。

「剩下的材料為何？」

瑪姬憑記憶背出剩下的材料，夫人認真地聽她列舉，聽完後微微頷首。

「很好，」她說：「我會提供一個滿足你們需求的物品，同時提供如何將這些材料結合的方法，以去除魔法石殘存的結界。我猜我的方法足以取代缺失的儀式。」

「妳怎麼知道？」

「因為妳列舉的詛咒材料跟復活女祭司所需的配方一模一樣。」

瑪姬．錐克佛的臉上流露出驚訝。「抱歉，妳是說妳有另一份儀式的配方？妳其實知道我們該做什麼？」

夫人思索半晌。「這個『女巫』希望你們的祖先完成她的任務，對嗎？」

瑪姬點頭。「這就是這個詛咒的來由。」

夫人轉身對著她身後的紀念碑思索。「那麼，聽起來她似乎已經解開第六層結界，尚未完成第七層就被中止了。我手中握有一份女祭司託付給學徒的精準指令謄本。我們花了一千年才成功解密，不然養小妖魔要幹嘛呢？」

拉斯洛一動也不動地坐在原位，小心翼翼不要流露出興奮的情緒。他從沒想過他們真的能獲得儀式。

他們離開狄米崔的當鋪後，錐克佛姊弟一走進冰淇淋店，拉斯洛便打電話給一位同事。那是一個住在布魯克林的偽造大師——安索。或許他先前搞砸了拉斯洛要賣給狄米崔的莫內作品，但他擁有數百年前的牛皮紙、羊皮紙和紙材。這些都是偽造工藝所需的工具。而「莫內事件」意味著他欠拉斯洛一個人情。

事實上，此時此刻的安索正在準備一個假的儀式，在二十四小時內就會交給克拉倫斯。當錐克佛姊弟得知克拉倫斯打來說在協會的檔案中「發現」一份儀式的副本，難道不會感到欣喜若狂嗎？他們的希望將猛然驟升。

現在，他精心準備的一切都已無關緊要。他們可獲得真正的儀式——或說擁有相同效果的東西。

拉斯洛的大腦充滿騙人的詭計，剛接收到的訊息開啟了一個更宏偉的新可能性。當然，這需要重新計算一番，但他在前方一片凶險的森林中發現了一條路。那是一條危機四伏的窄路，但他有哪次不願冒險呢？

他仔細觀察瑪姬。當夫人講話時，這個女孩舉起雙臂，就像一位球迷在比賽最後絕殺時，滿懷希冀地舉起雙臂。興奮、期待，她整張臉顯得活力充沛。

跟他在夜店洗手間發現的那個近乎赤裸的女孩截然不同。當時的她一臉驚恐、渾身顫抖並感到困惑。拉斯洛的出現救了她，把事情處理好後，匆忙帶她離開現場。猶記得他們在電梯裡，當她凝視著電梯門上他的倒影時，眼神透露出寂寥與感激。

瑪姬．錐克佛明知有詐還是想相信他。如此她才能得到救贖。

拉斯洛努力抑制自己不要笑出聲。**天啊，這場遊戲起了多大的變化……**

此時此刻的瑪姬倒抽了一口氣。「妳有儀式，而且要告訴我們？」

貝拉絲卓夫人的臉上慢慢綻放出笑容。「這不是我的作風，親愛的。作為幫助你們的交換條件，當妳準備打破詛咒時，妳要召喚我，一旦妳完成了儀式，魔法石及其內容物就都歸我了。」

瑪姬沒有一絲猶豫。「沒問題，我們該怎麼召喚妳？」

夫人示意她走近。她走上前，這位女惡魔便從手上取下一枚玉戒指，戴到了瑪姬手上。「叫我的名字，我就會現身。」

瑪姬用她的拇指摩娑著那枚戒指。「這樣就完成交易了？」

「沒有。」夫人冷冷地說：「如果妳成功打破家族詛咒，我會要妳幫我一個忙。」

瑪姬有些遲疑。「什麼忙？」

「要視之後的情況而定。」

這句話將拉斯洛從思緒中拉回來。「瑪姬，」他說：「小心一點，只有笨蛋才會答應簽一份開放式合約——」

夫人猛地轉過身說：**「別插手我的事！」**

瑪姬似乎也對拉斯洛的提醒感到生氣。「我不是小孩了，可以自己做決定。」她對上夫人的視線。「只要這件事只與我個人相關——並且**不**涉及我的靈魂，我就同意。」

「成交。」

拉斯洛在內心憤憤不平。夫人答應得過於迅速，實在不是件好事。她心中早有了打算。

「好了，」這位女主人說：「現在來談談抵押品的問題。」

「抵押品？」瑪姬說：「我不明白。」

拉斯洛冷笑一聲。「夫人要確保妳會如約召喚她。」

女惡魔頷首。「沒錯。鑑於這個女孩和她弟弟都不願抵押自己的靈魂，必須由其他人提供抵押品。」她滿懷期盼地看著他。

拉斯洛在她讓人敬畏的眼神下坐立難安。「妳想從我這兒拿到什麼？」

夫人伸出她的手。「你的**薩基拉**，親愛的。」

他瞪大雙眼。「妳在開玩笑吧？」

瑪姬的視線在兩名惡魔身上游移。「我聽不懂，什麼薩基拉？」

「最接近我心臟的東西。」拉斯洛解釋道：「薩基拉將我的靈魂固定在這具軀殼裡，夫人——我不能沒有薩基拉，我會死的！」

「不會馬上，」她漫不經心地回道：「你們不是還有幾天能打破詛咒嗎？」

「到這週四。」拉斯洛瞄了一眼滿臉熱切的錐克佛姊弟。不知道他們知不知道他是唯一在跟時間賽跑的人。

「那你就沒什麼好怕的了。」夫人向他保證。「我見過惡魔在沒有薩基拉的情況下存活一週的時間。」但**不是三階惡魔**，拉斯洛心想。「瑪格麗特召喚我後，我就會還給你。說定了嗎？」

當拉斯洛感受到瑪姬和胖仔的目光時，他的思緒飛快運轉。沒有夫人的指引，他們根本沒機會打破詛咒。而沒有這個機會——或說沒了這對姊弟相信這種可能性，拉斯洛的整體計畫將毫無意義。

但是他的薩基拉耶！

拉斯洛在很多方面都很自負，但他不會高估自己的實力。失去靈魂後，他不確定自己是否出得去羅馬，更遑論堅持活到週四了。

瑪姬的聲音很堅定。「你欠我們的。」

惡魔閉上眼睛，無奈地點點頭。「好吧，」他說：「我答應了，但首先妳得讓我們看看東西和復活女祭司的儀式說明。」

「當然。」夫人說。女惡魔打了個響指，一個鑲嵌珠寶盒便從卡拉瓦喬的畫作下方飛到她手上。她把盒子放在腿上，打開蓋子，露出一雙帶有襯墊的絲綢拖鞋。

瑪姬饒有興致地看著那雙鞋。「這是什麼？」

夫人用一根手指托起其中一隻鞋。「聽過七里格魔靴嗎？」

「當然聽過。」胖仔說：「在民間故事，只要穿上這種靴子，每走一步就可跨越三十四公里。這雙鞋真的是七里格魔靴嗎？」

她笑了笑。「當然不是！那樣的靴子拿去作解除詛咒的材料太浪費了。這是很久以前以其原型製作的，這雙鞋的製作者稱其為『七桿拖鞋』。」

「桿是什麼？」瑪姬問。

胖仔下意識地回答。「大約五公尺。」

「你怎麼知道？」

拉斯洛提醒瑪姬胖仔曾不假思索地說出列支敦斯登的人口總數。

「我為什麼不知道？」胖仔生氣地說：「我們的地圖有一整套古老的測量衡。白紙黑字寫得清清楚楚！」

瑪姬仔細看了看那雙拖鞋。「所以這雙鞋每一步就可跨越將近三十五公尺？」她自言自語說了句，才抬頭看向夫人。「我能穿穿看確保這雙鞋的效用嗎？」

女主人同意地點了點頭。「購買前總得試用看看。」

拉斯洛咬緊牙關。他當然不能干涉——夫人會讓他把自己的舌頭吞下去——但瑪姬的決定讓他緊張得快要胃穿孔了。無論在天堂、地獄還是人間，都沒有比將來的還禮更高的代價了。他反對純粹是出於原則。

他不安地看著瑪姬脫掉鞋子，把拖鞋套上穿著襪子的腳。她小心翼翼地避免抬起兩隻腳，將身體旋轉九十度，面對與窗戶平行的一段開放式地板。然後，短促的吸吐兩次，舉起一隻腳放到另一隻腳前。

她整個人消失，又幾乎立刻出現在海克力斯的雕像旁。瑪姬轉過身來，面向他們，她的喜悅從距離他們三十五公尺的地方就清晰可見。她朝他們邁出一步，隨即出現在驚訝的胖仔身旁。儘管經歷了這麼多事，拉斯洛發現自己面露微笑。她的快樂很有感染力。

「真的有用！」她彎下腰脫掉拖鞋，無視胖仔表示他也要穿的要求。「這雙鞋可以成為材料嗎？」

「當然，我和妳一樣希望詛咒能被打破。」

「噢，我可不信。」瑪姬微笑地說，把鞋盒還給夫人。

女惡魔輕輕笑了笑。「話別說得太早，親愛的。」她拍了拍凌駕在他們上方的紀念碑。「我的女祭司開啟了我從未想過的大門。倘若強大的武僧在她身旁，她還能發揮怎樣的潛能？」

「等等，」拉斯洛插嘴道：「一旦詛咒解除，魔法石不就會被摧毀嗎？那女巫下咒的目的不就是為了把他救出來？」

貝拉絲卓夫人一臉平靜。「這點小事不勞你操心。」

胖仔清了清他的嗓子。「呃……我們還需要聖髑。」

這個要求立刻被駁回。「我沒有那種東西，但是，」她眨了眨眼，補充道：「我會說你們來對了城市。發揮你們的聰明才智吧，或利用你們的新工具。」她把裝有七桿拖鞋的盒子遞給他，胖仔把鞋盒抱在胸前。

然後夫人轉向瑪姬。在她張開的手心出現一個卷軸，還有一個項鍊。「這上面寫著解開魔法石最後結界的指示，雖然我無法保證跟你們的儀式一樣，但我必須說我毫不擔心。」

瑪姬把兩樣東西捧在手裡，感激地低下頭。「謝謝，那這個項鍊呢？」

「一個禮物，瑪格麗特。忠誠和勇氣應該獲得回報，而妳在困境展現出泰然自若的態度，我很高興見到具有這種特質的女性。如果妳成功打破了詛咒，或許妳會發現這很有用。」

拉斯洛發誓他看到瑪姬的臉紅了起來，把項鍊戴到脖子上。

在他看來，那條項鍊平平無奇：一條銀色鏈子連著一個失去光澤的吊墜，上面是一個女人的肖像。但收到免費的東西總是讓人開心。

女惡魔深深地看了瑪姬一眼。「當時機來臨，妳將召喚我。」

「我會的，夫人，我保證。」

「很好。」那雙貓眼掃向拉斯洛。「現在該取抵押品了。」

拉斯洛不安地點點頭。他安慰自己這只不過是暫時的麻煩，是他整體計畫中的必要步驟。他不斷用各種理由安慰自己，卻不能改變他因害怕而開始冒汗的事實。或許其他惡魔在沒有薩基拉的情況下度過幾天，但他們的階級和力量可能比他還高。三階惡魔能在這個過程中存活下來嗎？

拉斯洛從椅子上站起來，朝胖仔招招手，將一隻手扶著胖仔的肩膀穩住自己。接著用另一隻手解開身上那件可笑的和服。

瑪姬和夫人安靜地看著他動作。拉斯洛眨了眨眼。「永誌不忘，孩子們。」

拉斯洛集中精神，將手伸進體內，畢竟他的真身是一種靈體——他的肉體只是借來讓他進入塵世的物質。他的手分開皮膚、肌肉、軟骨和骨頭，抓住位於胸腔內的薩基拉。

當他的手指碰到薩基拉——一個雞蛋大小、具有凹痕的金屬體時，渾身開始顫抖起來。當他感覺薩基拉在彎曲的手掌中跳動時，發出強烈的呻吟聲。

拉斯洛腳軟了下去，重重地壓在胖仔身上。男孩試圖把他扶正，但只能盡力讓惡魔坐到沙發上。

坐下後，拉斯洛頭腦稍微清楚一點。他身體彎下前，做好心理準備迎接接下來發生的事。

房間內一片寂靜。

提取薩基拉的過程比他想的還難受，最初的痛楚比縫傷口還強烈，而且持續加劇。每一次疼痛都讓他回憶起過去經歷的各種創傷：從最近下體被鳥啄傷，再到坐旋轉木馬時意外被撞到肛門。而且不僅僅是身體上的通苦，整個過程還包括無法擺脫的不適、倦怠和其他與焦慮相關的專業術語。就像讀卡謬的小說一樣。

薩基拉不想從他的身體裡出來，抵抗著拉斯洛最初的拉扯，直到拉斯洛猛力一拉，並伴隨著不由自主地尖叫，它才開始移位。最後還是被拔了下來。

薩基拉就握在他手中，彷彿一顆小而跳動的隕石，其裂縫閃爍著藍色的火焰。他低頭觀察自己的胸口，肉體與骨頭交織在一起，留下一道疤痕，就像對自己傷口自豪的心臟病患一樣。

拉斯洛擦了擦額頭，急促地喘著氣，把薩基拉遞到夫人面前。

她接過該物體。當她的手指碰觸到它的那一刻，拉斯洛開始在沙發上抽動並滑到地板上。**那股劇痛！**感覺像是被跨接電纜鉤住似的。

當夫人將薩基拉放入珠寶盒時，抽搐戛然而止。拉斯洛渾身濕冷，不斷顫抖。他爬回沙發旁，緊緊抓住它，就像抓住救生筏一樣。

胖仔試圖扶他起來，但沒有成功。

拉斯洛擺擺手讓他走開。「我沒事……給我一分鐘就好。」

夫人撫摸膝上的盒子。「謝謝你，拉斯洛．澤布。」她打量著眼前的兩人一惡魔。「我相信交易到此為止了。」

「還沒，」他喘著粗氣說：「我有一個個人的請求。」

她歪著頭。「是嗎？年輕的澤布，你的請求是什麼？」

拉斯洛把臉從錐克佛姊弟倆身上撇開。「是私人請求，夫人，只有妳能聽。」

原本對拉斯洛感到感激又關心他身體狀況的瑪姬突然清醒過來。「不行，」她堅決地說：「夫人，我有權利聽他的請求。」

拉斯洛帶著嘶啞地喘息笑了出來。他不知道自己哪來的力量。「我的心臟被裝在**該死的盒子**裡，妳還不相信我？」

她的臉色變得緩和，一時之間，她感到既猶豫又矛盾。

「我的請求與你們沒有任何關係。」他喘著粗氣說，發揮他的口才。「這是跟**我**有關，是**我**需要的，夫人可以提供的東西。」

「你發誓嗎？」瑪姬焦急地說。

拉斯洛理智線斷裂地脫口而出。「妳認真的嗎？」他設法擠出一句話來。「不是所有事都跟可憐的瑪姬・錐克佛有關！」

她的臉色一下變得慘白。有那麼一瞬間，他覺得自己把話說得太重了。但瑪姬控制住自己的情緒，只是向他點點頭，然後帶著胖仔沿著小路走向畫廊入口。

兩人離開後，拉斯洛拖著疲憊不堪的身軀爬起來，背靠著沙發。夫人低頭看著他，女祭司就矗立在她身後。

她渾厚的聲音聽起來幾乎有一股笑意。「你想從我這裡得到什麼呢？」

拉斯洛告訴了她，並說出原因。

當他說完後，夫人打量了他一會兒，然後跪下來撫平他黏在額頭上潮濕的頭髮。她精致的臉距離他只有幾公分。

「我小看了你，拉斯洛・澤布。」

他硬擠出一絲笑容。「怎麼樣？」

夫人點點頭。「你不像表面那樣簡單，不愧是你父親的兒子。如果你活了下來，我會連絡你，我的組織能任用你。」

拉斯洛清了清嗓子。「我的請求呢？」

她輕輕吻在他的唇上，留下淡淡的茉莉花香。「當然，」她低聲說：「非常樂意。」

第二十六章 奧古斯都飯店

瑪姬、胖仔、拉斯洛離開羅馬的方式跟當初抵達時一樣。等車子停下後，他們才被允許拿下頭套。拉斯洛告訴他們這次搭的豪華轎車是賓利；他們的護衛則是一個身材豐滿、祖母氣質的女人，不知為何渾身散發出威嚇的氣息，比那名皮膚黑亮的男人更讓瑪姬害怕。

在護衛從後車廂卸下行李的時候，瑪姬摸了摸脖子上飽經風霜的墜飾。她為自己贏得這項榮譽感到自豪——因為她沒有被擊倒，還讓自己和胖仔活了下來。他們帶著所有需要的東西離開夫人的住所，還多了額外的收獲。

但代價並不低。

她很快答應夫人的條件；考慮到她眼睛的異變和手臂逐漸蔓延的疼痛，她願意付出任何代價。搭車的過程給她充足的時間考慮各種可能性。她得付出什麼，以及何時需要履行？

瑪姬一如往常地把事情進行劃分。

交易已經達成，目前他們身處納沃納廣場，沒必要在事後批判自己的決定，現在更迫切需要擔心的是拉斯洛的健康。

他們的詛咒守護者看起來一團糟。從他取出薩基拉後，身體狀況就持續惡化。當他們離開夫人的塔樓時，他的惡魔型態看起來非常虛弱，人類皮囊更糟糕：皮膚蠟黃，眼神呆滯，不斷用口袋巾擦拭額上冒出的一層薄薄的汗水。他一邊喃喃自語，一邊慢慢走下賓利車，趕緊進入一家咖啡館，占據一張桌子，店裡的顧客正在享受清晨的陽光。

拉斯洛在用義大利文點菜前，狐疑地瞄了服務生一眼；點完菜後便把他趕走，彷彿無法忍受他一直站在桌邊。惡魔戴著墨鏡，無精打采地坐在椅子上，抬起蠟黃的臉面向太陽。

瑪姬在他旁邊坐下。「你看起來不太好，也許找陰涼一點的座位更好吧。」

「那**妳**應該滾一邊去。」

「你也不用生氣呀。」

拉斯洛裝出比她還尖銳的聲音。「你也不用生氣呀。」

「算了，」瑪姬說：「你就鬧彆扭吧。」

「胖仔，」惡魔聲音嘶啞地說：「你能幫我把墨鏡扶正嗎？本來我可以自己來，但因為我無私地當了回英雄後，現在感覺身體有點搖搖欲墜。」

胖仔把他的眼鏡調正幾公分。

拉斯洛試圖拍拍他的手臂，卻偏移了位置。「你人真好，我永遠不會忘記，在我真的為你們兩個孩子把心臟掏出來後，你手忙腳亂地想扶住我。」

「我不是孩子。」瑪姬生氣地說。

惡魔吸了吸鼻子。「跟我比起來，妳就是個包著尿布的小嬰兒。嗷嗷待哺的幼兒。一個臭小子。」

「小子不是指男生嗎？」

「噢，原來小子**不能**指女生啊？我還以為妳是女權主義者呢。順道一提，我點了一些早餐，妳還沒謝謝我呢。」

瑪姬控制住自己的脾氣。「我又不知道，謝謝你喔。」

「太晚了。」

胖仔把餐巾放在腿上。「謝謝你，拉斯洛。」

「不客氣，小子。」

服務生端來果汁、一杯法式濾壓壺裝著的咖啡，和一籃灑上糖霜的義大利泡芙。他跟拉斯洛說話時，後者僅皺起眉頭。

等男人走後，瑪姬倚著桌面說：「你很沒禮貌耶。」

拉斯洛只是把頭往後仰曬太陽。

今天是十月中一個晴朗的好天氣，傍午的空氣帶著清新的氣息。她將廣場的景象盡收眼底，高聳的方尖碑和水氣瀰漫的噴泉。**如果有機會**，她心想，**我會回到這裡四處閒逛**。這裡的建築和光線與眾不同，新舊交織在一起，比她去過的其他地方都更有家的感覺。

「妳在想什麼？」胖仔邊問，邊舔著手指上的糖粉。

「安德羅沃的爪牙。」瑪姬撒謊道：「他們隨時可能會出現，也許我們不該坐在大庭廣眾之下。」

「妳還真是愛操心，」拉斯洛抱怨道：「妳覺得我為什麼要請他們讓我們在這裡下車？這裡是旅遊中心，小可愛，他們最不可能找的地方就是這裡。看到那個噴泉了嗎？」他抬起虛軟的手指。「那有出現在《天使與魔鬼》裡。」

「我猜你說的是電影？」

拉斯洛盯著她，彷彿她剛是在問地球是不是平的。「那是丹．布朗寫的**驚悚小說**，妳這個鄉下土包子。故事不錯，雖然漏洞百出，但仍富有魅力。劇透提醒：伊旺．麥奎格演的是壞人。」

「他是誰？」

拉斯洛惱怒地挪動身軀。「我的天啊，我受不了了，去租電影來看，你們這些該死的鄉巴佬，該片的導演是朗．霍華，我猜你們應該知道他吧？」

瑪姬笑著搖搖頭。

「很不錯的傢伙，但他罵人跟水手一樣可怕，不能跟他一起出門。」

「挺有趣的，但我們的計畫是什麼？」

惡魔一臉冷漠地看著她。「什麼計畫？」

「取得聖髑，然後回紐約的計畫呀。」

拉斯洛擺擺手。「對啦，在我還沒喝咖啡就叫我動腦。胖仔，你好心一點幫我倒杯咖啡。」

男孩凝視著水壺問：「要怎麼用？」

拉斯洛冷哼一聲。「這是法式濾壓壺，按按鈕就好。雖然我可以自己來，但以我現在的身體狀況，我的手腕可能會碎掉。」

胖仔自動自發照他說的做，按下咖啡機上的按鈕，在上面的濾網將咖啡渣壓到底部時，咧開了嘴。「真酷。」

「可不是嗎？」拉斯洛說：「下週，我們會介紹火和燧石工具。現在把杯子裝滿，加多點奶油。倒完咖啡，把幾顆泡芙塞到我嘴裡。」惡魔指著籃子裡某些像甜甜圈、灑滿糖粉的麵團球。胖仔已經吃掉一些了。

瑪姬讓胖仔去幫拉斯洛倒咖啡，因為她弟弟玩得不亦樂乎，但她拒絕餵他吃泡芙。「不行。」她說，拿起泡芙放到拉斯洛的盤裡。

惡魔瞪著她。「果然某人露出真面目了，知道自己會**點**魔法後，就裝得像示巴女王一樣高高在上。」

瑪姬自己咬了一口泡芙。「所以是因為這樣嗎？」她邊說，邊抹掉沾在嘴唇上的糖粉。「你很忌妒？」

「**忌妒？**妳嗎？**哈！**」

瑪姬為自己倒了杯咖啡。「好吧，我們把事情講開吧。」

「講開什麼？」

「你生悶氣和自怨自艾的原因。」她加了些奶油和糖。「還有你每次假裝在『沉思』時，都會裝出那愚蠢的表情。順道一提，那根本沒用，你看起來就像一隻大比目魚。」

拉斯洛又拿了一顆泡芙。「那大比目魚應該感到榮幸。而且如果我生氣，那是因為我有權利生氣。我遭受電擊，還被關進籠子裡，**才**發現原來我父親在過去一百年裡一直在利用我。還有什麼沒提到的嗎？」他垮下臉。「噢，對！我還把我的**心臟**交給一個罪犯，可能會被她當作滾地球來踢！」

瑪姬語氣緩和了下來。「而我們都很感激你，真的。」

但拉斯洛一開始抱怨就停不下來。「夫人有送**我**禮物嗎？像是鈕扣？還是華麗的筆？沒有，她什麼都沒──」

「但她確實給了你一些**好處**呀，」胖仔說：「你向她要了什麼？」
惡魔瞪著他。「你叫拉斯洛．澤布嗎？」
「不是。」
「那管好你自己的事。」
「喔，」胖仔咕噥道：「抱歉問你這個問題，我可以喝點咖啡嗎？」
「要喝苦艾酒也行，我不在乎。」
在她弟弟問苦艾酒是什麼前，瑪姬趕緊倒了杯咖啡給他，他加了大量的奶油和糖。不意外，他表示咖啡很好喝。
「但我們還是需要擬定計畫。」瑪姬說著，喝完她那杯咖啡。
「還有，你的手機，響一整個早上了。」她從她的西裝外套裡掏出手機遞給拉斯洛，後者看了一眼，又塞回給她。
「六十通未接來電，我沒辦法處理。」
「那你要我怎麼做？」瑪姬說。
惡魔聳聳肩。
瑪姬沒有很多用手機的經驗，但手機感覺不用思考就會用。她打開語音信箱，把手機放到耳邊。語音訊息一開始是顫抖的低語，然後越來越激動。
「拉斯洛，你知道我是誰，回電給我。」
「嘿，兄弟，我你麻吉啦，聯絡我。」
「**總司令**，是我，你的**死黨**，你在哪？」
「拉斯洛，是我，我現在在安妮塔說不該告訴任何人的地方。聽我說，我無意中聽到某個火焰頭跟會計部的芙嘉拉說『目標目前在羅馬』，還有他們應該要『準備最後付款』，我想他們說的是刺——」
「抱歉，被切斷了，我剛說到一半：刺——」

「……我恨這間電信公司，剛沒說完——客。懂了嗎？我重複一次：刺——」

「算了！我討厭這個電——」

「拉斯洛！回電給我！我擔心到要長蕁麻疹了！」

留言並非全來自克拉倫斯，其中一通來自「薩拉托加的蜜雪兒」，另一通是「翠貝卡地下城的菲比」，第三通則是某個叫瑟吉的人打來說，拉斯洛欠他六百美元的油錢、過路費以及把計程車從拖車場贖出的錢。瑪姬在拉斯洛邊喝咖啡，邊吃泡芙時告訴他這些訊息。

「就這些？」他悶悶不樂地問。

她看著手機螢幕。「沒有，還有其他六通克拉倫斯的留言，外加一百九十二封簡訊。」

拉斯洛擺擺手要她把電話拿走。「收起來吧。」

「你確定？克拉倫斯聽起來有點歇斯底里。」

「克拉倫斯一直這樣。」

「好吧。」她把手機塞回西裝口袋中。「但我們要怎麼取得聖髑？我的意思是，聖髑的定義到底是什麼？」

拉斯洛聳聳肩。「一件聖器。通常來自某個聖人，像是聖威爾的腳趾之類的。至聖之物，諸如此類。」

「所以教堂大概可以找到此類東西。」瑪姬說：「梵蒂岡呢？他們不是會有很多聖髑嗎？」

惡魔笑了笑，隨即露出痛苦的表情。「妳瘋了嗎？梵蒂岡的保全等級不是蓋的。」

「那你有什麼主意？」

拉斯洛用餐巾給自己搧風，不管是不是裝的，他確實不太舒服。「我們有從王后頭上扯下王冠嗎？沒有，我們是在列支敦斯登找到遺失的王冠。」他看著剩下的泡芙。「那就是我們要做的。沒什麼花樣或招搖的作法，而是找看看既有的選項。」

胖仔插話道：「網路上有賣聖髑嗎？」

「不知道。」拉斯洛說：「但我得躺一下，不然我會昏倒，拉在褲子上。希望能按順序來。」

瑪姬靠過來看他。「你在開玩笑嗎？」

他摘下墨鏡，他的樣子讓她蹙起眉頭，他的眼球充滿血絲，眼周的皮膚一片青紫，看起來比他們剛進店裡的狀態還糟。

「好吧，」她說，頓時切換至危機模式。「我們來想辦法吧。」

她站起身，視線掃過廣場尋找飯店的蹤跡，在一百公尺左右的地方發現一家飯店。她叫胖仔拿帳單，與此同時查詢飯店是否有空房。雖然沒有空房，但那家飯店卻指引瑪姬去往廣場旁巷弄的另一家飯店。

她衝到那裡，盡可能向櫃檯的職員解釋他們需要一個房間讓她叔叔休息。他們今早才從飯店退房，但他現在人感覺不舒服。不、不用，不用叫醫生。他有糖尿病，以前也發生過類似情況。他只需要休息一下，如果飯店有**任何**空房，她會非常感激。櫃檯的女士聳聳肩，但房間尚未打掃乾淨。無所謂，瑪姬說，那樣就很好了。

瑪姬急急忙忙回到咖啡館，發現胖仔焦急地在拉斯洛身旁走來走去。拉斯洛的身體滑到椅子上，幾乎要從椅子邊緣跌下來。附近幾桌的客人都露出探究又擔憂的目光。

「他沒事。」瑪姬對咖啡館的客人說：「他有糖尿病，只是需要躺一下。」她抓起拉斯洛的錢包，拿出一張一百歐元的鈔票，然後扔在桌上。她吃力地把惡魔的身體推起來。「胖仔，拿他的手機和包包。」

當他們三個離開納沃納廣場時，場面十分壯觀。

他們搖搖晃晃地走進飯店，櫃檯的女士疑惑地看著拉斯洛，並再次詢問他們是否需要醫生。瑪姬搖搖頭，把錢放到桌上，答應她今晚會離開。女士將現金放進口袋後，遞給瑪姬一把二樓房間的鑰匙。

房間不但小，而且十分凌亂。床沒有整理，浴室地板溼答答的，梳妝檯和床頭櫃上堆滿空酒瓶。瑪姬把床罩抖開，扔到床單上，然後幫拉斯洛脫下外套和鞋子。

不出幾分鐘，他便昏睡過去，呼吸緩慢而吃力，發燙的皮膚上頻頻冒汗。

瑪姬將毛巾浸在冷水中，然後蓋在拉斯洛的額頭和脖子上。惡魔已經不省人事，人類的偽裝整個褪去，呈現一種人類和惡魔不斷交替的混合狀態。他的皮膚呈現色彩不均的藍色，牙齒也變尖了。

錐克佛姊弟憂愁地看著他。

「現在要怎麼辦？」胖仔焦急地說。

「讓他休息，來幫我重新打包，我們得減輕行李。」

兩人花了十五分鐘篩選要帶上的東西，只剩下必需品。他們把這些東西全移到背包裡，包括公爵冠冕、七桿拖鞋、夫人給他們的儀式步驟和任何可用來識別他們身分的東西。剩下的東西——額外的衣服、瑪姬的平裝書，甚至是胖仔心愛的旅遊指南——都被扔回留下來的手提箱中。

瑪姬檢查了拉斯洛的手機，現在是週二近午時。他說要到週四沙漏才會漏完，但那是錯的。根據夫人的指示，驅除魔法石結界必須在月出時分到午夜這段時間進行。也就是說週四顯得無關緊要，詛咒必須在週三晚上破解才行。瑪姬停下來想了一會兒，週三就是**明天**嗎？她打開手機的行事曆。毫無疑問，他們姊弟不僅必須在明晚前回到魔法石的所在位置，還必須帶著所有詛咒材料回去。

瑪姬緩和了下呼吸。無論如何，她都不能驚慌失措，恐慌會將他們帶入無底深淵。明智的作法是坐下來解決問題。床雖然被占了，但房內唯一的窗戶旁有一張桌子，上面放了一本便條紙本和一枝筆。好極了。

瑪姬用拉斯洛的手機搜尋從羅馬到紐約的平均飛行時間，然後計算了他們通過海關、搭車和分秒必爭的走路時間。記事本很快被寫得密密麻麻，整個旅程——從抵達羅馬機場到飛回位於暮光村的家，約需要十八個小時，接下來，她搜尋可搭的航班，結果讓她忍不住暗罵。

「怎麼了？」胖仔坐在一旁的地板上問。

瑪姬沮喪地看著手機。「時間不夠。我們完成儀式的唯一機會是明天的月出到午夜，所以必須在今天凌晨兩點前離開羅馬，不然根本來不及。」

「那有什麼問題嗎？」

她把手機遞過去。「飛往紐約的最後一班班機是今晚九點三十分，明天早上八點才會有另一班，但到那時就太晚了。我們必須想辦法在九點三十分前拿到一件聖髑並趕到機場，不然就完蛋了。」她轉著手指上的戒指。「我不知道要怎麼才能辦到這麼困難的事。」

胖仔看了下瑪姬的計算。「妳有把時差算進去嗎？」

「什麼？」

「紐約比羅馬晚六個小時。」

瑪姬幾乎要拍下額頭。她真是個白癡！她太著急了，完全忘記有時差這回事。這讓情況整個轉變，他們可以搭明早第一班班機，而且能準時回到家！她彎下去，猛地把弟弟拉進懷裡。「你真聰明！」

他臉紅起來。「我也這麼想。」

希望重新燃起，他們辦得到。

選好航班後，錐克佛姊弟進行廣泛的聖髑研究。拉斯洛的手機令人出乎意料。雖然他們以前用過京斯頓圖書館的電腦，但相較之下，那些電腦簡直像隻慢吞吞的恐龍。瑪姬不敢相信竟有這麼多資訊被好好整理並有條理地排列。

她和胖仔仔細研究了某個列出全羅馬的聖髑及其位置的資料庫，想出幾個原則：不能選有名的聖髑，因為那些地方可能人潮眾多，保安森嚴；又大又重的聖髑也要避開。一旦篩選出初步名單，便開始找離他們最近的地點，而且如果可以，他們會在線上虛擬探查這些地點。

在找尋資料時，瑪姬感覺自己腎上腺素上升。她對自己在備感壓力的狀況下還能快速且有條不紊的解決問題感到自豪——找到替代壞掉的粥鍋的魔法物品、達成一項涉及魔法且有約束力的交易、照顧一個掏出心臟的惡魔，並追蹤某個聖髑的所在地。成功完成事情的感覺真好。

她審視他們的名單。「你覺得人頭怎麼樣？」

胖仔從手機抬起頭來。「抱歉，妳是說**真的**頭嗎？」

「人頭會隨著時間推移縮小，不是嗎？或許會縮到可裝進背包裡。」

胖仔一副她瘋了的表情看著她。「瑪姬，妳說的是一個人的**頭**。」

「對，」她接著說：「他們再也用不著的頭。」

「但其他人對那些頭抱持著**信念**，那些頭對他們來說很重要。」

她按了幾下筆。「胖仔，現在不是耍脾氣的時候。」

「我沒有耍脾氣，不是這樣，我只是覺得偷一個能帶給那麼多人……嗯，希望的東西是不對的。」

瑪姬再次瀏覽名單。「真讓人感動。」她心不在焉地說：「但如果偷一個發霉的頭骨可以讓爸變回來，我就會去偷。如果那是一種罪，就讓上帝加諸在我身上吧。」

胖仔沒有回答，這從不是一個好現象。瑪姬看到他的目光在那副可笑的眼鏡背後打量著她。他的模樣就像剛離開迪斯可舞廳。

她挑起一邊眉毛。「幹嘛？」

「我也想打破詛咒，」他認真地說：「不是只有妳想救爸爸，而且不只是他——我也希望妳變好！」

瑪姬露出微笑。「我知道。而且我們會達成目的！你一直很棒，胖仔，真的。我知道先前我不想你跟來，但我錯了，我為你感到驕傲。」

「謝謝，」他回道，看起來卻不怎麼高興。「我想說的大概是**我**也想為自己感到驕傲，但我不確定如果我偷了別人在絕望時求助和依賴的東西，我是否還能為自己驕傲。就算那是顆頭骨。」

他的感情很純潔，但瑪姬的耐心快要消耗殆盡。「胖仔，我明白了，真的。如果有什麼美好、和善的方法能達到我們的目的，我絕對排第一個。但情況不允許。記住，夫人的卷軸沒有說我們打破詛咒時，魔法物就會被摧毀。據我們所知，聖髑可能還會好好的！若真是如此，我們在帶著歉意還回去，好嗎？我們只是借用一下而已。」

胖仔仍有所遲疑。「是嗎？但我們不是去商場借東西，而是**教堂**——」

「噢？」瑪姬尖銳地說：「原來**那**就是你的意思？你覺得洗劫教堂不好？」

他垂下頭。「大概吧。」

她大笑出聲。「教堂有什麼特別的？暮光村就有一座。在我進去別人家前，牧師會逼我說自己低賤又卑劣。然後才讓開路，讓我衝進去譴責自己下地獄。你知道我進去前會對自己說什麼嗎？」

胖仔的聲音小到幾乎聽不見。「不知道。」

「進去，出來，回家！」瑪姬說：「每一次我都會說，胖仔。這是我的幸運符，你知道是誰教我的嗎？」

他再次表示不知道。

「爸教我的。因為那次他『進去、出來，回家』的速度不夠快，被石頭砸到眼睛近乎失明。當他摔倒後，他們只是不斷扔石頭。而因為他沒有回家，我和媽就去找，然後在岔路口附近的小溪發現他，他流了太多血，我以為他死了。」

她弟弟的眼睛在眼鏡後方閃著淚光。「噢，瑪姬，我不知道。」

「沒關係，當時你根本還沒出生！但拜託你——」她的聲音頓時變得嚴肅。「花兩秒鐘想一下，你對法羅牧師和村裡發生的事一無所知，是媽保護你不讓你知道，她也沒做錯。但如果你想知道，我們就來談吧。」她的聲音十分堅決。「教會已經折磨我們好幾世紀了。」

「又不是這些教會。」胖仔舉起手機反駁。

「主教座堂和暮光村的垃圾教會沒什麼不同。」

「不一樣。」

「是嗎？」瑪姬說：「有什麼不一樣？更金碧輝煌？有挑高的天井？還是彩色玻璃？如果那些東西很重要的話，那拉斯維加斯就是該死的聖地了。」

胖仔不發一語。一部分的瑪姬想狠狠巴他的頭，讓他嬌生慣養的腦袋清醒一點。

她反倒嘆了口氣，拿起清單。「全都一樣。每座教堂，無論大小。至於那些經營教堂的人？他們表現得好像全知全能，但只要你不遵守規則或符合期望，他們就會對你說：『去死吧，罪人，你將被燒死……』」

「我不喜歡你罵人。」胖仔的聲音聽起來泫然欲泣。

「我沒要你喜歡。」

床上傳來一聲呻吟。瑪姬瞄了一眼拉斯洛，後者自從被放到床上後，就再也沒動過。他雙腳張開，一隻手放在小腹上，姿勢跟跨越阿爾卑斯山的拿破崙沒兩樣。他的外表再度恢復成人類的模樣，但他的臉色白得像屍體，瑪姬戳了戳他的肋骨。惡魔喟嘆一聲，放了一個顫抖的屁。整個房間頓時瀰漫著一股像腐敗雞蛋的味道，或是像硫磺味。

「真討厭，」瑪姬說：「但至少他看起來恢復了一點。好了，班機訂好了。」她從背包裡抓起一條新的繃帶和那罐仙靈精華。「我要去洗澡了，你仔細看一下清單，圈出你的良心覺得可以偷的聖髑。」

胖仔點點頭，沒有看她。

浴室很狹小，只有一個小馬桶、洗手檯和淋浴間，而且不能上鎖。瑪姬在門縫塞了一條溼毛巾，然後脫掉衣服並解開繃帶，接著照了下鏡子。

又出現兩個詛咒印記，一個在瑪姬左胸下方，靠近銀行家留下的咬痕附近，已經擴大成葡萄大小，摸起來溫溫熱熱的。另一個更大的印記在她的肩膀，上面布滿水泡和大量的纖毛。

她靠近鏡子，發現整個左手臂成了猩紅色，布滿十幾個硬幣大小的坑洞。一根粉灰色的觸手突然從一個洞裡伸出來，又迅速縮回洞裡，發出輕輕的吧唧聲。她可以感覺觸手在她的骨頭上移動，感覺其他觸手在其觸碰下變得僵硬，像是一窩專賣鰻魚。最令她噁心的是，這些觸手的動作清晰可見，她可看到她的皮膚鼓起，不斷上下起伏。

她緊閉雙眼。

在腦中將事情進行劃分。

她透過專注於想其他事，強迫自己把這個噁心、關乎內臟的感覺拋諸腦後。她想起傑森，在車站遇到的那個男生，寫著他名字和電話號碼的紙條還夾在她的錢包裡，但其實一切都是白費工夫，她在清錢包時就會把紙條扔掉。

與此同時，她需要好好洗個澡。

這個決定是對的。她把水溫調到涼爽的程度，讓瑪姬覺得很舒服。她站在細密的水柱下方，小心不要讓頭髮淋濕。

之後，她用一條潮溼且磨損的毛巾擦乾身體，很快把衣服穿好，在手臂上纏上新的繃帶，並塗上一些仙靈精華，讓她那雙蛇瞳般的眼睛重新恢復華麗偽裝。不需要照鏡子，她今天已經看夠了。

從浴室出來後，她發現胖仔緊張地坐在桌邊，手裡抓著拉斯洛的手機，彷彿拿著手榴彈一樣。手機開始震動起來。

瑪姬把仙靈精華收進背包裡問：「誰打來的？」

「不知道。」胖仔說：「但對方一直打來。」

「可能是克拉倫斯。」她接過手機，瞄了一眼號碼，電話就掛斷了。「對，是他。」電話再次震動起來，拉斯洛仍躺在床上，處於半昏迷狀態。「他打幾通電話了？」

「七、八通吧。」

瑪姬接了下來。「喂？」

「**謝天謝地，**」一個聲音尖叫著：「等等……妳是誰？」

「我是瑪姬．錐克佛，克拉倫斯，我幾乎可說是認識你。」

「**很高興認識妳，但可以讓拉斯洛接電話嗎？**」

瑪姬豎起一根手指讓想發問的胖仔安靜。「拉斯洛現在無法接電話，有什麼事嗎？」

「**你們有危險了！**」

瑪姬冷哼一聲。「這次又怎麼了？」

「**不是！**」聲音尖叫道：「**你們現在就有危險！他們知道你們在哪！**」

「是嗎？」她冷淡地說：「那我們現在在哪？」

「**奧古斯都飯店！就在納沃納廣場旁！那家飯店在智遊網上評價是二星級！**」

瑪姬抓起記事本，每張頁面的上方都印著一行字，而且是她目前最不想看見的一行字：

奧古斯都飯店

她往窗外看，發現凱西及『老公』腳步輕盈地走在外頭的鵝卵石街道上，掃視著大樓的門牌號碼。
瑪姬晚了一步離開窗邊。
凱西猛地抬起頭，兩人目光交會。有那麼一瞬間，瑪姬看到的不是一個中年婦女，而是一張會讓人想起呲牙裂嘴的豺狼的恐怖臉孔。惡魔衝進飯店，她的同伴緊跟在後。
「**快離開那裡！**」克拉倫斯尖叫道。
瑪姬匆忙跑過胖仔身旁，把手機塞進口袋，鎖上門鏈。她聽見樓下傳來喊叫聲，一個女人用義大利語大吼。
沉重的腳步聲從樓梯間傳來。
「發生什麼事了？」胖仔問。
她才剛把門鏈掛上，就有東西撞上了門。
鏈條突然繃緊，一隻手從狹窄的門縫伸進來，試圖抓住瑪姬的手腕。
那隻手完全不是人類的手。

第二十七章　戰，還有逃

拉斯洛做了一個非常奇特的夢。

他和貝拉絲卓夫人慵懶地躺在路易十四的床上，一起吃著夾有滿滿奶油餡的義大利泡芙，聆聽從一臺古董電木收音機播放的音樂時，節目突然被插播的新聞打斷：列支登斯敦王國消失了。兩名惡魔歡呼雀躍，拿著香檳碰杯，然後把酒放到一旁，開始一場肉慾盛宴……

但這場夢突然扭曲起來。當貝拉絲卓夫人脫下襯裙時，畫面頓時呈現雪花狀，就像一九八〇年代那些亂七八糟的成人頻道一樣。拉斯洛至今仍記憶猶新，他曾花了一整個晚上的時間盯著電視機，試圖在一片雜訊中看清楚乳頭的位置。

等等！畫面回來了。

一個聲音在他耳邊低語。「拉斯洛……拉斯洛……」

「我在這裡，寶貝……我就在這裡。」

「**拉斯洛！**」

惡魔的眼睛瞬間睜開，他看到的不是一對柔軟、香噴噴的乳房，而是戴著艾爾頓．強眼鏡、一臉驚慌的喬治．錐克佛。

「從我的夢裡滾開！」他吼道。

胖仔抓著他的肩膀猛搖。「**起來，拉斯洛！我們被攻擊了！**」

當拉斯洛被拉坐起來時，對眼前骯髒的飯店房間眨了眨眼睛，真是古怪的夢。他們在哪？他開始問問題，但胖仔又搖了他一下，把他的注意力引到瑪姬似乎正在跟什麼激烈對抗的……大門。

門鏈還掛在門上，但已經拉到緊繃。瑪姬用肩膀抵住門，硬生生把門給擋住。

但門瞬間被往後打開，拉斯洛看見破門而入的東西。那東西有著一張可怕的臉——異常醜陋，像是一頭長著疥瘡的發狂豺狼。

這讓他有股熟悉的感覺，為什麼他腦海會浮現F線列車？遊客……

柴契爾的辦公室……

安德羅沃！

哇靠。安德羅沃的手下之一就在門外，發出憤怒的咆哮想闖進來。拉斯洛暗自慶幸，跨物種的臉部辨識能力可是不容小覷的天賦，特別當他還處於半睡不醒的狀態下。

「**起來！**」胖仔又吼了一次。

拉斯洛打了個呵欠。他注意到有人把他的西裝外套折好放在窗邊。真細心！他慢吞吞地把外套抖開，穿上外套後，檢查下沙漏是否還在內袋裡。

那個細心的傢伙還幫他把鞋在床邊擺好。拉斯洛穿上鞋後，有條不紊地繫好鞋帶，就像節目主持人羅傑斯先生那樣。羅傑斯先生是少數讓他敬佩的人類，總是穿著一件羊毛衫，只靠慢條斯理的說話方式就將自己的事業做得風生水起？厲害。

與此同時，現場已演變成一場鬥毆；法國人過去稱其為**搏戰**。門板從絞鏈上被扯下來，豺狼搖晃著身軀走進房間，撞上瑪姬。一人一惡魔開始攻擊對方。拉斯洛簡直不敢相信瑪姬有多麼強悍，無庸置疑，她簡直就是終極格鬥冠軍賽的一員。當她抓住豺狼的脖子，轉過身，把惡魔摔向那張小得誇張的書桌時，他發出歡呼。上漆的木桌頓時爆裂，發出悅耳的撞擊聲，衝擊力大到連窗戶都要震碎。

豺狼目瞪口呆地躺在一片殘骸中。

「妳還是拍地認輸吧。」拉斯洛建議道。

此間，另一名壞蛋也加入戰鬥中——一個身材更加高大的三階惡魔，臉像是一隻憤怒的鸛鳥。他衝進房間抓住胖仔。上天保佑，胖仔試圖攻擊，但拉斯洛甚至不知道那算不算出拳，看起來更像是讓陌生人知道他正在使用公共電話的**禮貌**敲門聲。他多想念公共電話啊，頸枕剛問世時，公共電話就淡出公眾視野了。哪有這麼碰巧的事。

可憐的胖仔。『鸖鳥』把他像一袋山藥般的扛在肩上，準備走出門外。

拉斯洛收回視線，把目光移回窗邊的打鬥。可惜戰鬥已經結束。豺狼被正式擊倒，瑪姬站在他身旁，看起來相當勇猛。

她的目光集中在將她弟弟扛出門外的鸖鳥。

女孩像絕地武士準備使用原力般伸出左手臂。拉斯洛一直都對《星際大戰》的演員深感同情，站在綠幕前假裝擁有神祕力量肯定很令人羞恥。身為茱莉亞學院的畢業生，被迫與後期製作添加的敵人戰鬥，發出哼聲和表情。真是世上錢財不嫌多呀……

幸好，瑪姬．錐克佛不用假裝自己擁有神祕的力量。

她體內擁有真正的力量。

隨著撕裂聲響起，好幾條灰色的觸手從她的手臂猛地竄出，在她的襯衫袖子上留下一片血跡。觸手衝向鸖鳥，宛如抓鉤似的纏繞在惡魔的脖子上，被觸手碰觸到的皮膚開始冒出蒸氣，發出嘶嘶聲，房間頓時充滿可怕的惡臭。

鸖鳥放開胖仔，跌到地板上，掙扎著將觸手從他脖子上扯開，不停地打滾和喘氣。

瑪姬站在快要窒息的惡魔身旁，她抬起腳，用力地踩在他的臉上，一遍遍重複相同的動作。

拉斯洛聽到一聲破裂的聲音後，鸖鳥便一動也不動地倒了下去。

惡魔熱烈地鼓起掌來。「太棒啦！妳簡直就是傑森．包恩……長觸手的傑森．包恩！」

就在瑪姬瞪大眼睛看向他時，觸手縮進她的前臂裡。然後她轉向胖仔，後者正退到牆邊。

胖仔的臉毫無血色。「瑪姬。」他小聲喚她：「發生什麼事了？妳——」

「被詛咒了，」她淡然地說：「現在沒時間驚嚇了，振作起來。」她朝拉斯洛偏了偏頭。「他怎麼了？」

胖仔沒有馬上回答，只是一股腦兒地盯著瑪姬的手臂。

「**別管它！**」她吼道。

男孩眨眨眼。「我、我不知道，我猜他在夢遊。」

「噢，好極了。」瑪姬抓起一個散落的枕頭套，擦了擦手臂和破裂袖子上的血跡，然後穿上外套。把一個背包扔給胖仔後，又揹起另一個。

然後輪到拉斯洛了。

他笑著任由她把自己從床上拉起來。「哇，妳很強耶。」

瑪姬把錐克佛詛咒公事包塞到拉斯洛懷裡，在他面前打了個響指。「醒醒！我們得走了。」

拉斯洛也會打響指，所以模仿她的動作。「帶路吧，小仙子！」

瑪姬厭煩地嘆了口氣，匆匆地下了樓。

到了大廳，他們發現一個女人蜷縮在櫃檯後方，舉著一個十字架。拉斯洛探過身，友好地朝她揮了揮手，錐克佛姊弟才把他拽出門。

奧古斯都飯店前聚集了一小群群眾，皆抬頭看著上方破掉的窗戶。拉斯洛告訴他們錯過了一場精采的戰鬥；瑪姬抓住他的手腕，把他像個不守規矩的小孩般拉走。一開始他很抗拒，但後來發現順著對方會輕鬆得多。

「我們要去哪？」他問。

瑪姬的聲音很緊張。「別的地方，快點。」

拉斯洛吹了聲口哨。「看來**有人**脾氣有點暴躁，我不說是誰。」

他們才走不到十步，錐克佛姊弟便停了下來，瑪姬握住他手腕的手收得更緊了。

一輛送貨卡車拐進一條小巷，露出一個冷靜且平穩地跟在車後的身影，現在正朝他們走來。

拉斯洛用手遮在眼睛上方，想看得清楚一點，又仔細看了看。「嘿！真想不到，是鯰魚女士！」

那擁腫的體型、皮草翻領的大衣，或是那個雙下巴，無庸置疑是她。但這一次，她把「狗」留在了家裡。拉斯洛注意到少了手提包，她的手臂筆直地垂下，並未隨著她的腳步擺動，步履僵硬。

他急急忙忙行了個禮。「歡迎來到我的夢裡！」

鯰魚夫人臉上露出一絲呆板的笑容。她朝他眨了眨眼，持續朝他走來。

他的手臂被猛地一拉，瑪姬腳步一轉，改變了方向，並加快步伐。當他們折返並穿過人群時，拉斯洛大膽地維持平緩的速度，胖仔緊跟在後。

回到奧古斯都飯店前，豺狼外表恢復成睡眼惺忪、頭髮凌亂的凱西，倚在飯店門口。身後，她老公的樣子更加狼狽：頂著一雙熊貓眼和一個像被壓扁的黏土一樣的鼻子。

當拉斯洛和錐克佛姊弟小跑經過他們時，拉斯洛向他們打了聲招呼。

他們跑得越遠，他的夢境就越顯破碎。

他開始喘氣，眼角餘光出現一些斑點。另一方面，瑪姬一直說著「給我醒來，笨蛋！」之類的話。他在一條放著垃圾桶和大垃圾箱的巷子裡停下來。一股惡臭縈繞在他的鼻腔。作夢時聞得到味道嗎？

瑪姬猛地轉向他。「**快點！**」

拉斯洛將黑檀木公事包換到另一隻手。「等等。」他喘著氣說：「我要喘——一下——氣！」他靠在垃圾箱的一側，咳出一些噁心的東西，然後轉向他的同伴。「你們倆有菸嗎？」

瑪姬抓著他的袖子。「拉斯洛，」她說：「我們得**快點**。」

他豎起一根手指示意她耐心一點。

迷霧正逐漸消散。夢境慢慢遠去變成記憶，取而代之的是當下的情況。**我的薩基拉不見了！**他突然意識到這件事，隨即摀住胸口。為什麼他們會在這個髒亂不堪的小巷子裡？為什麼錐克佛姊弟要他像田徑選手傑西．歐文斯一樣到處跑？

「快點！」瑪姬催促道。

「**妳**有失去心臟嗎？」拉斯洛狠狠地說：「給我一分鐘！」

胖仔拉了拉他的姊姊。「我猜他要醒來了。」

拉斯洛張開嘴想要回答，卻吐出一大灘藍色液體，還有尚未完全消化的義大利泡芙。他盯著那攤吐出來的東西沿著垃圾箱側面滑落，隱約看見一輛垃圾車慢慢開了過來。那些收垃圾的傢伙絕對會愛死他。

「**拉斯洛！**」瑪姬急沖沖地指向巷口。

他用空著的手背抹了抹嘴，轉身看到安德羅沃的手下小跑向他們。他和凱西視線交會。「那件毛衣真難看，」拉斯洛說：「妳看起來真像一碗燕麥粥。」

凱西朝他比了個中指。

「現在怎麼辦？」胖仔小聲說：「我們被困住了！」

垃圾車離他們只有十多公尺遠，其側面和巷裡的垃圾箱間隙不超過三十公分。古早時代的巷弄並非為了現代衛生而設計。

拉斯洛試圖讓男孩打起精神。「別擔心，胖仔，他們不過是幾個三階惡魔，跟我比起來差不了多少。妳姊姊打敗他們一次，她可以打敗第二次。」他轉向瑪姬，彷彿向杜賓犬下指令一樣。「上啊，瑪姬！」

她只是看著他。「你到底在幹嘛？」

「我們只是替人辦事，」老公喊道：「把背包給我們，我們就會離開。」

瑪姬態度堅決。「我們什麼都不會給你們。」

「聽見了嗎？」拉斯洛說：「快滾，順便叫其他人也滾。」

凱西及其丈夫愣了一下，轉過身才看見鯰魚女士以悠閒的步伐走來。

凱西舉起一隻手喝令她停下。「我不知道是誰讓妳來的，」她說：「但這是我們的工作。」

鯰魚女士持續朝他們走來，十分柔弱地伸出一隻手，彷彿期待他們能親吻她的手。不一會兒，好幾道紅色的閃電從她的指尖流淌而出，將凱西籠罩在一個能量網中。

凱西整個人隨即爆炸成球體狀的油，濺在她丈夫的臉上。

拉斯洛嚇得差點尿濕褲子。「**搞屁啊！**她根本不是三階惡魔，她是**真正**的惡魔！快，瑪姬——把背包給她！」

鯰魚女士用圓滾滾的小眼睛看著他，她的聲音聽起來虛無縹渺，不像是由物理聲帶發出。「我不是為背包而來。」

「那妳要什麼？」

鯰魚女士露出一個神祕的微笑，繼續往前走，丈夫頓時落荒而逃，以最快的速度離開現場。她看也不看一眼便放走了他。

瑪姬猛地拽住拉斯洛的手臂。「她就是克拉倫斯說的那個人。」

「什麼？」

「她就是刺客！**跑！**」

拉斯洛不用被提醒第二遍。

他衝向垃圾車，大吼著要垃圾車司機把垃圾箱翻倒。司機剛剛目睹一個婦女被變成傑克遜．波洛克的畫，努力想完成他的請求。垃圾車猛地往後退，撞上垃圾箱，讓箱子旋轉起來。拉斯洛利用垃圾箱作掩護，緊貼牆壁，盡量讓越多工業鋼材散落橫在前方，擋住死亡閃電的攻擊。

錐克佛姊弟有跟上嗎？他沒有停下腳步往後看。刺客的目標不是**他們**。

當垃圾車轉向他時，他幾乎就在車子旁邊，差點就被壓在一個受到撞擊而變形的垃圾箱上。輪胎火花四濺，垃圾車緊急剎車發出刺耳的聲響，整輛車幾乎側身擠在垃圾箱和牆面之間，擋住整條巷弄。

拉斯洛一回頭，正好看到一個大約兩千公斤的垃圾箱被炸到三公尺的高空中。

鯰魚女士繼續平靜地跟在他後頭，她的手臂就像白卜庭皇帝一樣延伸。他發誓再也不拿《星際大戰》開玩笑了。

兩個人類身影飛快地跑過他身旁。

「**快走！**」瑪姬叫道。

錐克佛姊弟彷彿接受基礎訓練的新兵一般爬過垃圾車下方，拉斯洛盡可能模仿他們的動作，讓自己貼近地面，拖著黑檀木公事包往前爬。

垃圾車上的人用義大利話彼此互喊。一個人從副駕駛座下來，拉斯洛瞥見一雙運動鞋和藍色牛仔褲，然後——轟！眼前的景象被一道閃光吞噬，只剩下一支冒著煙的Adidas鞋。

另一人放聲尖叫，拉斯洛爬得更快了。然後金屬因為受熱導致爆裂，發出一聲可怕、高亢而刺耳的聲音。一股能量波讓拉斯洛的身體劈啪作響，推動他前進。他彷彿被趕牛的刺棒戳了一下，猛地從垃圾車底下衝出來。

錐克佛姊弟已經爬起身，瑪姬把拉斯洛拉起來後，兩人一惡魔便開始往前跑。沒有目的地也沒有方向——只要**逃**就好！盡可能跑得又快又遠。

他們沿著人潮擁擠的街道狂奔，盡量不撞到任何人。一些路過的行人，竟然也往巷子靠過去一探究竟。

瑪姬大叫要他們趕緊跑，幾個人聽從了她的建議。

他們又跑過四條街，拉斯洛不得不停下來喘口氣。遠處響起警笛聲，他們身後飄著黑煙，天色逐漸變暗，轉向黃昏。拉斯洛皺起眉頭，摸了摸他的西裝外套，整個布料被燒得分岔，邊緣摸起來很燙。

瑪姬仍處於亢奮狀態。「我們得躲起來！」她指著附近一家教堂，隱約傳出的頌歌聲顯示晚禱即將開始。

拉斯洛瞪著她。「妳瘋了嗎？我不能進去**教堂**！」

「為什麼？」

「這是禁忌。我一跨過門檻可能會爆炸，那還算好的咧。」

「刺客絕不會進教堂找你！」

「那她很聰明，因為我不會躲在教堂裡。」拉斯洛說：「你們兩個去吧。」

他擺擺手要錐克佛姊弟往前走，突然意識到自己在發抖。

之所以發抖不是因為那些手下或鯰魚女士，而是因為他失去了薩基拉。自從把薩基拉放到夫人手上後，伴隨著一陣噁心和虛弱，他便感覺到某種……倦怠？漠不關心？也許是感到絕望。

不論是什麼感覺，都一直潛藏在他內心。即使他的嶄新計畫已逐漸成形，卻難以將其整合起來。

惡魔嘆了口氣。也許他留下來等鯰魚女士追上對所有人都好。他毫不懷疑她正尾隨其後。

眼神注視著他。

一隻手抓住他的手臂。他抬起頭，看見瑪姬・錐克佛用一種通常看向迷路孩童和神智不清老人才會有的眼神注視著他。

「我們一起去。」她說。

「你們去，」他對她說：「真的，你們在那裡會更安全，**至聖所**之類的地方。」

她的表情變得凝重。「我們不會丟下你，拉斯洛。」

惡魔冷笑道：「為什麼？妳明明覺得我是混蛋。」

「對，」瑪姬說：「但你是**我們的**混蛋。」

胖仔捏了捏他的手。「沒錯。」

無論是他們感人的忠誠，抑或是他達到巔峰想吐的感覺，都讓惡魔說不出話來。他只是點點頭，跌跌撞撞地向前走，拖著不斷發顫的身體經過教堂。

這種情況持續了五、六分鐘，直到拉斯洛表示要坐下休息。

瑪姬在某個安靜街區的一家裁縫店外找了張長椅，與台伯河僅隔一條街。太陽已經下山，天空呈現暗藍色，偶爾會飄過一片雲遮住最先顯現的星辰。拉斯洛抬頭呆呆地望著星星，燒焦的衣服就像破布一樣掛在身上，呼吸充滿急促的雜音。他現在只想好好睡一覺。

過了一會兒，瑪姬催促他起來。但有什麼意義呢？

鯰魚女士從中央公園一路跟著他們來羅馬。他們甩不掉她的，她把他們當玩具一樣玩弄。拉斯洛在想不知道自己是做了什麼，讓安德羅沃氣到要殺掉他。他的確嘲笑了那個荒唐的名字，但不可能只有他這麼做。更何況，幾個世紀來，他嘲笑的人不計其數，從來沒人雇用**該死的刺客**向他復仇。督察真不懂分辨輕重緩急。

最後，錐克佛姊弟成功地把不斷呻吟的拉斯洛從椅子上拉起來。當他想再次出聲抱怨時，一道紅色閃電摧毀了長椅；長椅直接炸了開來，撞破店櫥窗，熔化的鐵像肉汁一樣滴在展示的襯衫上。

人潮四處逃竄，鯰魚女士的身影再次從一條小巷中出現，電流在她的手指上彈跳。她以同樣慵懶的步伐走著，帶著同樣神祕的微笑，感覺就像被殭屍人形模特兒追趕一樣。

除了逃跑，別無他法。所以他們拔腿狂奔。

他們跑得很快，滿腔憤怒地穿過街道、廣場和小巷，接著來到河邊。拉斯洛很快感覺自己腦袋昏沉，不慎絆到一顆鵝卵石，跌向一塊路牌。

瑪姬抓住他的手臂，胖仔似乎在大喊。

他得去見鯰魚女士，拉斯洛想，**現在馬上……**

惡魔閉上眼睛，準備迎接閃電來襲，將他炸飛。

但什麼也沒有。

他的頭腦開始發昏，他發誓自己正在倒下。當他睜開眼睛時，發現他錯了。瑪姬·錐克佛拖著他走過鵝卵石路，直奔最近的建築物。

拉斯洛沒有抵抗——因為他早已渾身無力。

有人站在那棟大樓門口，瑪姬大喊叫他們讓開。拉斯洛閉上眼睛，一束黃光落在他臉上。一隻手抓住他，把他拽過一個門檻。門砰地一聲關上，他聽到一張椅子或長椅拖過地面的聲音。他感覺有人立於他的正上方，輕柔而急切的用義大利語問問題。拉斯洛聽不清他在說什麼，那人跪在他身邊，抓起他的手——從體型判斷應該是個男人。拉斯洛睜開眼睛，瞥見一個模糊的人影，那人喉嚨周圍繫了條白色衣領。

惡魔眨了眨眼，那個身影越加清晰。他錯得離譜，握住他的手的不只是個男人。

是一位神父。

第二十八章

安傑洛神父

「靠，」拉斯洛喃道：「我看見幻覺了。」

神父歪著頭問：「*Sei Americano?*（你是美國人？）」

「對，幹嘛問？」

拉斯洛的眼角餘光有些動靜。更多木頭拖過磁磚的聲音。惡魔稍微移動了下身體，看見瑪姬和胖仔拖著另一張長椅走過他身旁，錐克佛姊弟真是一刻也不得閒。

他的目光向上飄，拉斯洛瞇起眼睛。他還在作夢嗎？還是天花板上布滿長著翅膀的胖小孩，在褪色的藍色天空上蹦蹦跳跳。

「他們到底有什麼問題？」他自言自語說。

神父也抬起頭來。他蹲在拉斯洛面前，一個三十出頭的男人，留著短髮和修剪整齊的棕色鬍鬚。「誰？」他說：「**凱魯畢尼**？」

「他們的BMI超標了。」

「我喜歡他們，」神父說：「一些快樂的小淘氣。」

「啊哈！你會說英文。」

「是呀，我曾經去舊金山求學。」他轉向瑪姬，她和胖仔回來查看拉斯洛的情況。

「妳的朋友需要醫生嗎？」

「醫生愛莫能助。」

「我能問妳為什麼要堵住門口嗎？」

「有人在追我們，」胖仔說：「呃，實際上，他們是在追他。」
三人都低頭看向拉斯洛。
「要我幫忙報警嗎？」
瑪姬搖搖頭。「他們也幫不上忙。」
神父看著錐克佛姊弟倆。「我不明白。」
「我們的朋友是個惡魔，」瑪姬說，蹲下來摸著拉斯洛的額頭。「他在被另一個更可怕的惡魔追殺。」
「那個鯰魚至少是六階惡魔，」拉斯洛急促地開口：「或許是七階，這不公平，她就像宙斯一樣可以投擲閃電，**我**甚至連神奇麵包都無法烤熟。」
神父大惑不解。「神奇麵包？」
「沒錯，我試過一次，甚至沒辦法讓麵包變成棕色，就這樣——**噗滋！**」拉斯洛抖動他的雙手，彷彿觸電一樣。
「我想叫醫生來對他最好。」神父告訴瑪姬。
她搖搖頭。「我知道這聽起來很瘋狂，但我說的是事實。有惡魔在追殺我們，神父，我覺得教堂可能是最安全的地方。」
拉斯洛嗤之以鼻。「這裡不是教堂。」
瑪姬和神父異口同聲地說：「不是教堂？」
「如果這裡是教堂，那我會痛苦地發出尖叫，而大天使之一的加百列、米迦勒——八成會是米迦勒，會用一把火焰劍刺向我的屁股。」
神父清了清嗓子。「先生，我可以保證你現在在一座教堂裡，這座教堂建於西元五世紀。」
他又哼了一聲。「惡魔進入教堂會被**焚燒**，老兄，如果這是一座教堂，為什麼我沒被焚燒？」
「我不知道，有沒有可能你不是惡魔？」
「那這你要怎麼解釋？」

拉斯洛褪去他的人類偽裝。

神父倒抽一口氣往後退，直到撞到一張長椅。當他坐下來揉著他的後腦勺時，拉斯洛坐起身子。一人一惡魔面面相覷。

「你的頭還好嗎？」拉斯洛問。

「很痛，你要殺了我嗎？」

「沒有，但你也不要太超過。」

「我不會。」

「作為一名神父，你的身手挺矯健的。」

「我讀 scuola superiore 時有打網球。」拉斯洛一臉困惑。「高中。」他補充道。

當瑪姬和胖仔把拉斯洛扶起來時，他整理了下思緒。他深吸一口氣，環顧整間教堂，不得不承認，這間教堂看起來不怎麼讓人嘆為觀止。

教堂很小，只有一間簡陋的穀倉那麼大。聖壇前方只有一列長椅，內部是一個樸素的祭壇，半圓形的後殿則有聖母瑪利亞的浮雕。牆上的畫作顯然非常古老；有些已經褪色及破裂，只能去猜其主題為何。

「其他人呢？」拉斯洛問。

神父站起來，拍了拍那身長袍。「傍晚我正準備關門，這位年輕的小姐便帶著你進來。」

年輕小姐向他自我介紹。「我是瑪姬．錐克佛，先生，這是我弟弟喬治，謝謝你的幫忙。」

神父輕輕鞠躬。「我是安傑洛神父。」

拉斯洛歪著頭。「你的教堂裡有一個惡魔，難道你不害怕嗎？」

安傑洛神父雙手一攤。「這個地方歡迎眾人，如果聖父同意接納你，我有什麼資格反對呢？我不過是祂的僕人罷了。我的朋友，你有名字嗎？」

「拉斯洛。」他打量著安傑洛神父。「所以……你不怕我？」

神父搖搖頭。「不，雖然我被你嚇了一跳，但我不怕你。」

惡魔恢復他的人類偽裝，轉向錐克佛姊弟。「這就是我要說的，三階惡魔基本上就是被過度美化的小妖魔。」

在他說話的同時，外頭颳起陣陣強風。其呼嘯聲很快轉為一種神祕的尖叫。一陣颶風似乎正朝教堂襲來。狂風呼嘯而過，吹得燭光搖曳不定，整棟建築都在搖晃。

胖仔放聲尖叫，小跑遠離正門口。前門的木板向內彎曲，木材逐漸繃緊，彷彿有個大漢壓在門板上。

拉斯洛吹了聲口哨。「**那**才是真正的惡魔！」

血慢慢從門縫滲進來，一個陰沉的聲音透過鑰匙孔說：「*Da mihi quod meum est, humilis servus Dei . . .*」

瑪姬臉色慘白，看向安傑洛神父。「她在說什麼？」

神父的臉色顯得同樣震驚。「『把屬於我的東西還給我，上帝卑微的奴隸。』」他低語道，呼息在昏暗的燈光下蒙上一層薄霧。

教堂內的溫度驟降。

拉斯洛呼出一口米白色的霧氣。「就像《大法師》一樣，我還以為那只是好萊塢電影的娛樂效果。」

安傑洛神父轉向他。「我的朋友，你可能說對了。」他接著沿著正廳跑向祭壇旁的一個房間。

現在血從門縫流進來，染紅了十幾公分的地板，然後汩汩地退回門外，又再次往裡流。門板發出可怕的嘎吱聲。一塊灰泥從天花板掉下來，砸在地板上，房內幾根蠟燭頓時熄滅。

拉斯洛轉向瑪姬，他手裡拿著僅剩的最後一個魔咒試管。「妳為什麼不把我帶去大教堂？這裡就像教堂版六號汽車旅館。」

安傑洛神父匆匆回來，手裡拿著一本皮革封面的書，一臉堅定的表情。當他發現在門檻周遭沸溢的血水，表情瞬間動搖，但他緊緊抓住他的十字架，指揮其他人躲到他身後，拉斯洛很樂意地照做了。

神父很快翻到他在找的段落。他挺直身子，伸出一隻手，做出拒絕的姿勢。

「*Crux sacra sit mihi lux,*（願神聖十字架照亮前方，）」他大喊：「*Non draco sit mihi dux! Vade retro Satana! Nunquam suade mihi vana. Sunt mala quae libas—ipse venena bibas!*（勿讓赤龍指引吾前行！滾吧，撒旦！永

遠不要以汝虛榮誘惑我。汝之所贈是邪物——自己喝下那毒藥吧！）」

他等了一會兒，又重複一樣的話。他的語氣堅定，門口的血水頓時如潮水般向後退去，然後再次湧出來——這次卻撞在一道無形的屏障上。

「*Vade retro Satana!*（滾吧，撒旦！）」安傑洛神父吼道。

這次，血跡完全消失，全然沒有留下任何痕跡。教堂裡的蠟燭再次閃爍燃起，房間也變得溫暖起來。門板不再向內彎，也沒有了爆炸的可能，回到了正常的位置。

但一道溫柔且陰沉的聲音傳入他們的耳中。「*Non potes effugere mortem,*」聲音低語道：「Ego ubique . . .」

「你無法逃脫死亡，」安傑洛神父翻譯道：「我無所不在……」

拉斯洛用手捲成杯狀大喊：「是嗎？那為什麼妳在**外面**，我們在**裡面**？」

「噓！」瑪姬小聲說：「不要激怒她！」

但他實在很難不幸災樂禍。拉斯洛用手搥胸，模仿人猿占據領地的類似動作。不幸的是，他忘記自己沒有薩基拉。

他發出一聲尖叫，彎下身。「沒事的，」安傑洛神父安慰拉斯洛，穩住他的身體。「不管在外面那是什麼，我想都已經消失了。」

「謝謝你，」拉斯洛說，露出些許謙卑。神父接受他的道謝。「你當神父多久了？」

「三年，我資歷尚淺。」

拉斯洛無力地拍拍他的肩膀。「噢，你還真是天殺的天才。」

神父表示拉斯洛是個好人，然後請求他不要妄稱天主，拉斯洛說他會盡量，但無法保證——畢竟他已經習慣了。

「先生？」瑪姬開口。

「叫我安傑洛神父就好，或是如果妳想，『安傑洛』也可以。」

「呃，謝謝你，」她頓了一下，「安傑洛神父……我們能在這裡過夜嗎？我們必須明天一早就出發，但我擔心那東西還在外面。」

安傑洛神父走去檢查門。「你們當然可以留下來，但離開可能會更困難。這座教堂是神簡陋的住所，這扇門是唯一的出入口。」

「我有個想法，」瑪姬說：「同時——真討厭問這個問題，但你這裡有吃的嗎？我們一直在逃命，從今天早上就沒有吃任何東西了。」

神父微微一笑。「我帶你們去全義大利最豪華的餐桌吧。」

餐桌位於大廳旁，就在神父拿書的那個房間中，整個房間不比一個狹窄的食品儲藏室大。裡面的家具很少，只有一雙桌椅、一張小床、書架、一盞燈、電爐和一臺小冰箱。

「你應該上街去罷工。」拉斯洛環顧四周說。

神父只是笑了笑，然後用電爐做了一大鍋拌著橄欖油的義大利麵。錐克佛姊弟坐在小床上吃晚餐，拉斯洛則坐在地上幫他們三個訂機票。

此時，週三大部分的航班都已滿員，唯一可選擇的是義大利航空上午九點三十分的班機，也就是說他們必須在週三下午抵達甘迺迪機場。然而，剩下的座位所剩無幾，價格也高得離譜。護照、機票、火車票、計程車、衣服、雞尾酒、三餐、皇家套房，以及和海爾嘉未能實現的約會，這次的短程旅行就花了拉斯洛將近三萬美元。閉上眼睛，他訂了機票，只希望他們有機會用到。

當他們用完餐後，安傑洛神父把餐盤堆到小小的水槽裡。這個房間讓拉斯洛想起了牢房。他開了類似的玩笑，但房間的主人只是笑著說，自己選擇待的地方就不會是牢房。當惡魔思索他的話時，安傑洛神父問他們怎麼來羅馬的。

瑪姬分享了錐克佛詛咒的重點資訊，以及他們拚命想在明晚之前打破這個詛咒。

神父難以置信地搖搖頭。「惡魔與詛咒。驅魔儀式！我從未想過我會需要求助於這些東西。」

「這個嘛，」拉斯洛說：「你應該把驅魔的事告訴你老闆，看來那些鬼話還真的有用。」

「他們永遠不會相信我。」安傑洛神父喃喃地說：「瑪姬，」他繼續說，指著拉斯洛。「你這位朋友又是如何參與其中？」

「拉斯洛負責看管這個詛咒，他是詛咒守護者。」

神父轉向拉斯洛。「這是一個令人嚮往的工作嗎？」

「這是為了謀生。」

安傑洛神父精明地看了他一眼。「正如我所理解的……你在**幫助**他們打破這個由你管理的詛咒？」

拉斯洛不喜歡這個精明的表情。神父身上帶有一點狄米崔的影子。還好，胖仔出聲救了他。

「拉斯洛一直很棒，」他滔滔不絕地說：「如果沒有他，我們絕對不可能走到這裡，我們幾乎拿到所有想要的東西！」

「很高興聽到這個消息。」神父看了拉斯洛一眼說。

「事實上，」瑪姬有點焦急地插嘴道：「我有件事想問你，安傑洛神父。」

神父把目光轉向她。

「我們現在還缺少一件物品。」她接著說：「本來我們打算用偷的，然後另一個惡魔就出現了。我們仍需要那東西，但我更希望能不用偷的，」她頓了一下，看向胖仔。「我弟弟算是讓我意識到了這一點。」

拉斯洛的兄姊從未用那種眼神看他，最接近的一次是在他姊姊阿薩貝爾將雙足龍借給他的時候。當時她正要去把鄰居剝皮，因為該鄰居的牛跑到她的土地上吃草。真是我的好老姊，阿薩貝爾。

「你們需要的東西什麼？」安傑洛神父問。

胖仔清了清嗓子。「聖髑。」

神父瞪著他。「教堂的聖髑？」

「對。」瑪姬插話道：「我不知道是否需要某間特定的教堂，或任何信仰都可以，但你說得沒錯，我們需要一個真正的聖髑。」

「我們做了一份清單，」胖仔補充道：「查閱羅馬每一件文物，試圖找到一個可以拿走，但不會造成太多人困擾的聖髑。」

拉斯洛咂了下舌。「你們兩個在我睡覺的時候做了所有的調查？真讓我敬佩！」

「不用很有名，」瑪姬說：「不需要什麼頭顱之類的。」

神父顯然不知所措。「呃，你們還真是考慮周到。」

「但我們**確實**需要一件聖髑，」她強調，「如果拿不到聖髑，我們家的情況會變得很糟糕，現在已經很慘了。」

瑪姬脫下外套，捲起她破爛且沾染血跡的左袖，給安傑洛神父看她的手臂。拉斯洛暗自感到震驚，從她的肩膀到手腕，整個區塊已成了一片火紅，前臂有兩排凹凸不平的洞，上面布滿閃閃發光的分泌物。值得慶幸的是，洞的居民——那些觸手、蠕蟲和卷鬚，不管是什麼都害羞地躲著不出來。他可不想把剛吃下肚的晚餐全吐出來。

瑪姬拉下袖子。「我們的父親情況更糟，」她急切地說：「糟糕透頂。你無法想像他遭受怎樣的折磨，我們這麼做都是為了他。」

「而我是為了瑪姬。」胖仔說。

拉斯洛退後一步，背靠在牆上。事情發生了不得了的轉變，很快就會有「你是最棒的！」和「不，**你**才是最棒的！」諸如此類的互相吹捧，**會**讓他噁心得想吐。神父好奇地看了他一眼，然後把注意力轉回瑪姬身上。

「村裡的人，」他說：「知道妳的情況嗎？他們有支持妳嗎？」

她冷笑了一聲。「沒有，神父，我沒辦法說他們支持我。」

她簡單地描述錐克佛一家幾個世紀以來如何作為暮光村的食罪者謀生。拉斯洛認為她表現出非凡的克制，他猜她是為了胖仔省去那些不那麼讓人愉快的細節。

即使如此，修飾過的版本還是讓安傑洛神父大為震驚。「我不是沒有聽過食罪文化，」他沉重地說：「但這是一種極其古老的習俗，鮮為人知。教會從好幾世紀以前便譴責這種文化。」

「是啊，」瑪姬說：「但沒人告訴法羅牧師。」

房間裡陷入一片沉默。神父再次開口時，語氣很溫柔。「**妳**相信自己迷失了方向嗎，瑪姬？妳相信妳的靈魂失去光澤，無法受到救贖嗎？」

她垂下眼看著她的鞋子。「我不知道我相信什麼。」

「聽我說，」安傑洛神父說：「妳是神的孩子，瑪姬．錐克佛，祂並未背棄妳。迷失方向的人，是那些將自己的罪行強加在無辜之人身上的人。」

接著又是一片沉默。然後瑪姬對上他的目光。「我很高興你跟我說這些，安傑洛神父，真的。但現在，我們需要你的幫忙。我通常不會開口詢問這種事，而且你已經幫我們很多了。但我們陷入了絕境。」她轉著手指上的戒指。「你知道任何可讓我們使用的聖髑嗎？我無法保證能歸還——我不知道是否有歸還的可能。」

安傑洛神父呼出一口氣，十指交接。「妳知道這是一個非常不尋常的請求，有些人會認為這樣是不敬的。我要考慮一下，但首先，告訴我——有這麼個邪靈等在外頭，你們打算怎麼離開這座教堂？妳說妳有想法，若是如此，我想聽聽看。」他的表情嚴肅。「如果不是好事，我可能需要通知梵蒂岡。」

「不行！」拉斯洛驚呼道。

惡魔花了點時間才意識到安傑洛神父的眼中閃爍著期盼的光芒。

當瑪姬說明她的想法時，拉斯洛因為自己沒有想到這個作法而感到惱怒。胖仔不是錐克佛一家中唯一的聰明人。

「很聰明。」安傑洛神父說：「今晚確實充滿奇蹟，你們打算何時離開？」

惡魔終於開口。「六點。有點早，但也不算太早，不然，我們的朋友可能有時間在機場逮到我們，她似乎有辦法追蹤我們的行跡。」

安傑洛神父點點頭，看向錐克佛姊弟倆。「休息一下吧，床雖然不大，但不會不舒服。同時，我想跟妳的同伴單獨說幾句話。」

拉斯洛以為瑪姬會反對，但她只是踢掉鞋子，躺到床上。胖仔依偎在她身旁。她飽受折磨，當神父帶著拉斯洛去外面時，她的眼睛早已閉上。

拉斯洛跟著神父重新檢查了下門口。他驚訝地發現門縫下沒有血跡，門板也沒有受到永久的損害。他說出心中疑問，懷疑這一切都只是幻覺。

「我也有同樣的想法。」安傑洛神父說：「但我也看到了瑪姬受到的折磨，那不是幻覺，也不像我所耳聞的任何疾病。當然，我現在還跟一個惡魔交談。」他發出難以置信的輕笑聲。「我不是瘋了，不然就得接受這是事實。」

「你後悔讓我們進來了？」拉斯洛問。

「恰恰相反。」

他們在一張長椅坐下來。半晌，安傑洛神父指了指祭壇。「我的使命是傳播信仰。」他解釋道：「在我遇見你或外頭那個邪靈前，我的信仰已很堅定，不需要這些經歷驅使我相信。」他轉向惡魔。「你為我帶來一份大禮，拉斯洛，我要感謝你。」

「很高興能幫上忙。」

安傑洛神父挑起一邊眉毛。「總愛耍嘴皮子啊？我感覺得到你內心的矛盾，拉斯洛。你在跟某個東西搏鬥。」他的目光再次變得精明起來。「告訴我，錐克佛姊弟相信你是否是明智的決定？」

拉斯洛將手臂靠在椅背上。「這聽起來像是一種指控，神父。」

「我不是在指控你，但若知道你在幫助他們會讓我感到欣慰。他們很關心你。」

拉斯洛冷哼一聲。「那小鬼或許是吧。」

「瑪姬也是，」神父說：「他們都指望著你，拉斯洛。」

拉斯洛的目光一直盯著一幅褪色的壁畫。「我知道，相信我。」

安傑洛神父動了一下身體，進入拉斯洛的視野中，目光銳利的看著他。「他們**應該**指望你嗎？」

「你聽到那小鬼說的了，沒有我，他們根本走不到這裡。」

「他確實說了。」

「你的語氣聽起來很懷疑呀，老兄，你是想說『他是惡魔，你不能相信他』」嗎？若是如此，省省力氣吧，我已聽過很多遍了。」

神父「嗯」的一聲：「我懂了，你知道『惡魔』這個詞怎麼來的嗎？」

「知道啦，」拉斯洛說：「希臘人發明的。」

「是的，但對希臘人而言，惡魔只是靈魂的一種，直到後來才與邪靈有所連結。」

「謝謝你告訴我。」

「回答我這個問題，」神父說：「你相信你的存在就是為了褻瀆和墮落嗎？難道你生來就是邪惡的存在嗎？」

拉斯洛雙手十指交叉在腦後，抬頭凝視著天使。「我不知道，」他思索道：「這個問題還真有趣，錐克佛姊弟的媽媽厭惡作為惡魔的我，我對她說這不公平——惡魔只是評價不佳、擁有自由思想的靈魂。」

「我想那是一種解釋。」神父贊同道。

「是呀，我一直在思考，」他頓了一下，尋找合適的說法。「我最近遇到一位女性——十分性感，想到她就讓我渾身顫慄，她讓我覺得我在過去一個世紀一直是個懦夫，義大利語的『懦夫』怎麼說？」

「*Pappamolle.*」

「很多詞用義大利語念起來好聽多了。」拉斯洛評論道。

「不管怎樣，她說我一直讓別人替我貼上標籤，告訴我該怎麼做。這句話擊中要害，因為她沒說錯。我的意思是，如果惡魔只是擁有自由思想的靈魂，那我想做什麼以及該如何做應該由**我**決定。也許我更喜歡去幼稚園工作或培育伯爾尼多德爾犬。」

「聽起來比管理詛咒好多了。」

「是啊，」拉斯洛說：「但我的出現伴隨著痛苦、絕望，還有人類的靈魂等等這些事。靈魂中蘊藏著力量。看看外面那個惡魔，如果她不吞噬幾個靈魂，根本沒辦法變得如此強大。」

神父思索著他的話。「如果對權力的渴望導致邪惡行為的產生，或許這並非有價值的目標。存在不僅僅是為了獲得極大的力量，對惡魔來說也是如此。」

拉斯洛聽了他的話問：「你幾歲了？」

「三十三。」

「該死，你比努斯鮑姆醫生還厲害。」

「他是誰？」

「我的心理諮商師。」

安傑洛神父微微一笑。「我會說一個會看心理諮商的惡魔是希望自己變得更好的惡魔。這讓我知道了很多事，拉斯洛……？抱歉——惡魔有姓氏嗎？」

「血統純正的惡魔有。如果你是從原始湯裡誕生，就只會被分配單一名字，很多都叫斯若克，別問我原因。」

「我懂了，所以你沒有姓氏？」

拉斯洛在心裡抗爭一番。「我有，我姓澤布，出自巴爾．澤布。」

拉斯洛重複了一遍。「嗯，聽起來有點像別西卜，你們有關係嗎？」

拉斯洛暗自嘆了口氣。綽號就像皰疹一樣，永遠無法擺脫。「也可以這麼說啦。」他輕快地帶過話題。「我的事說夠了，你一直都想成為神父嗎？」

對方笑了一下。「在我讀高中的時候，我只想打網球和泡妞。」

「真的？」拉斯洛說：「我以前也打過網球，你打得怎麼樣？」

「很爛。」神父的回答很直白。「你現在還打嗎？」

「好幾年沒打了。比約恩．伯格風靡的那段時期我開始打網球，把頭髮留長，綁著頭巾、穿短褲，全都做了。」

「你比我大膽，那打扮我駕馭不了。」

「噢，我可以，」拉斯洛說：「無論我的偽裝為何，顏值都很高。別人都說我像保羅．紐曼。」

「說實話，」神父微笑著承認道：「我沒打算說呢。你很虛榮，像是*pavone*——孔雀一樣。」

「大概吧，」拉斯洛微笑著說：「但我們都依賴著某事維生，我擁有的只有外貌。」

安傑洛神父嘖了一聲。「如果你說的是真的，我覺得你不會被允許進入這裡。」

拉斯洛花了些時間思考其中含意。「你的意思是，你那邊有人給了我通行證？」

神父聳聳肩。「我只知道現在你就坐在我身旁，那傢伙卻無法進入那扇門。」

「所以你是想說我很**特別**——」

神父大笑起來。「你願意這麼想的話。」

拉斯洛**確實**喜歡這個想法，他也發現現在的他感覺比先前好多了，更**充實**，也更像自己了。他在位子上扭動了下身體，深了個懶腰，環顧教堂的其他部分，包括告解室。「現在還有人會使用那個嗎？」

「有些人會。」安傑洛神父回答：「大部分是年長的教徒在使用。」

拉斯洛看了看告解室四周的鑲板和遮蓋懺悔室的布簾。「我可以試試看嗎？」

神父看著他。「拉斯洛．澤布，你真是充滿驚喜啊，你想向我告解？」

「當然，告解比看努斯鮑姆醫生便宜多了。」

「我猜你不是受洗過的天主教徒？」惡魔盯著他看。安傑洛神父兩手一攤。「那很遺憾，我沒辦法為你提供聖禮。但如果你願意進入告解室並卸下心中的重擔，那我願意傾聽你心中的話。」

拉斯洛不用他說，便從椅子上一躍而起，像準備去搭乘全世界最棒的雲霄飛車般快步衝向告解室。他坐在狹小的空間裡，享受這裡的氛圍，呼吸著木頭拋光劑的味道。安傑洛神父坐在拉著布簾的隔間中，透過金屬柵格可以看到他的輪廓。

「可以開始了嗎？」拉斯洛問。

「悉聽尊便，這不是正式的告解。」

「我懂、我懂。」拉斯洛花了一些時間整理思緒並準備敘述。他想讓自己聽起來像摩根．費里曼，這個演員敘述任何事都能讓人印象深刻。

他深吸一口氣。「這件事要從我在一二一二年三月十七日甦醒過來那天開始說起。隔天，我犯下第一條罪，當我違反十誡中的第四條時，你知道，我鄰居的妻子非常漂亮，然後……」

🔱

拉斯洛侃侃而談。時間一分一秒過去，當他終於離開告解室時，已經是凌晨五點了。安傑洛神父從布簾後方走出來，看起來頗為震驚。

「喔，拜託，」拉斯洛憤慨地說：「真有那麼糟糕嗎？」

神父不確定地點點頭。「大概吧，我需要查幾個術語。」

「是啊，」惡魔伸了伸懶腰。「但你不得不承認，我的告解基本上只是淫蕩、偷竊、褻瀆之類的事，我是說，誰有兩個拇指卻從未殺過任何人？」

「你？」

拉斯洛的臉色一沉。「所以你聽過那個笑話。」

「猜的。」安傑洛神父看了眼手表。「該叫醒他們了，在我們出發之前，我很想問你一個問題。」

「問吧。」

「你見過天使嗎？」神父的表情看起來很認真。

「在拉斯維加斯。」拉斯洛說：「她的藝名是夏布莉。」

「我不是在開玩笑。」

「我知道。」拉斯洛說：「你昨晚遇到一個惡魔，又驅除另一個，而現在你想知道善的那面是否存在？熾天使、智天使，那些有勇氣的神座是否真的存在？」

「結果呢？」安傑洛神父的臉充滿了期待。

拉斯洛把一隻手放到神父的肩上。「我想告訴你，真的。但……我不能說。」

對方發出一聲呻吟。「你在開玩笑嗎？為什麼不能？」

「因為你是有信仰的人，安傑洛，一個有信仰的人不需要問這個問題。」

說完，拉斯洛露出一個十分明智和自負的表情，然後大步離開去叫錐克佛姊弟起床。安傑洛神父用義大利話嘟囔了幾句，急忙跟上去。

錐克佛姊弟早已醒了，瑪姬正忙著重新塗抹仙靈精華，昏昏欲睡的胖仔則在小水槽旁刷牙。安傑洛神父用義大利語向他們道早安，便告知自己要失陪一會兒。拉斯洛問他們是否有睡著。

「睡了一下。」瑪姬說：「你感覺還好嗎？」

拉斯洛拍了拍他的薩基拉本該存在的位置。「驚訝的是，我感覺沒那麼糟了，跟安傑洛神父在一起很舒服。老實說，我本想早點告訴妳的，關於妳說的那個方法？跑、跳、碰？」

「怎樣？」

他把胖仔推到一旁，往他臉上潑了點水。「簡直棒呆了。」

瑪姬忍不住笑了。「謝了，但還是先看看能否有效吧。」

安傑洛神父拿著一個類似鹽瓶的罐子回來，然而，裡面的東西看起來不像是鹽，而是一綹白髮和其他東西。

「嗯，」拉斯洛說：「那些是……**指甲**嗎？」

「對，」安傑洛神父回道：「這些頭髮和指甲來自阿西西的聖女加辣，這是幾個世紀前送給這座教堂的禮物，作為友誼的象徵——其餘的則保存在她的大教堂裡。」神父抬頭看向天花板。「如果我把這些贈與他人是錯的，請上帝原諒我，但在我心裡，我相信這是一件好事。」他舉起罐子說：「這些頭髮和指甲就夠了嗎？」

瑪姬看起來快哭了。「對，如果這樣還不夠，那什麼都不夠。謝謝你，安傑洛神父，我不知道還能說什麼。」

她抱著神父，後者笑出聲，也接受來自胖仔的擁抱。他們一起打開聖髑盒，安傑洛神父用鑷子夾出三根頭髮和兩片風乾的指甲，放進一個塑膠的三明治袋裡。

瑪姬感激地接過去，讓胖仔把三明治袋放進他的眼鏡盒中。

「好了，」安傑洛神父說：「你們還要趕飛機，我也該開始今天的工作了。當你們打破詛咒了，就寫信給我，好嗎？」

「**如果**我們打破詛咒的話。」她糾正道。

「是**當**，」他堅持道：「保持信心，瑪姬。我會為你們祈禱。」

神父站到一旁，看著她從鞋盒裡拿出七桿拖鞋並穿上，並瀏覽昨晚飯後所畫的地圖。

她小心翼翼地不抬起腳，把臉面向南方。

「妳都記住了？」胖仔問，有點緊張。

瑪姬點頭。地圖上標示了二十七步，只要走二十七步就能帶著他們穿過西斯托橋去到台伯河，前往離這裡八百公尺的地方。一到那裡，他們就會搭上安傑洛神父為他們安排的計程車直奔機場。運氣好的話，鯰魚女士根本不會知道他們已經離開教堂。

「*Ciao.*（再見。）」瑪姬說，往前走了一步，她很快地消失了。

安傑洛神父立刻在胸口劃十字。他們三個安靜且緊張地等著瑪姬完成試跑。

兩分鐘後，她重新出現在離開前幾十公分的位置。沒有伴隨閃光，沒什麼引人注目或耀眼的花樣，就只是突然**出現**。

胖仔蹦蹦跳跳地問：「怎麼樣？」

「可以，」瑪姬氣喘吁吁地說：「只是需要精準的面向某個角度。我差點就掉到河裡了，你們準備好了嗎？」

他點點頭，更抓緊背包。她蹲下去，讓她弟弟爬到她背上，準備體驗全世界最詭異的背高高。

走一步——兩人便消失了。

安傑洛神父搖搖頭。「確實是奇怪的一晚。」

「沒有趣事的人生有什麼好的？」拉斯洛說：「謝啦，神父。如果你來紐約，跟我說一聲。我很榮幸能在網球場上把你打得屁滾尿流。」

「先不要這麼有自信，我的朋友，」神父勾起唇角。「與此同時，保重，拉斯洛，我對你有信心。是時候對自己有信心了。」

當他們握手時，拉斯洛直覺感到神父早已完整猜出他的計畫。可能只是純粹想太多，但他也確實內心開始有些搖擺不定。

拉斯洛無法解釋原因，但他希望得到這個人類的尊敬。

過了一會兒，瑪姬重新出現，身後沒有胖仔和他們的背包。她揉了揉脖子，用一種無可奈何的表情看著她的詛咒守護者。「快把這件事搞定吧。」

「妳確定可以背起我？」

瑪姬翻了個白眼。「快上來，閉上嘴。」

拉斯洛照做了，帶著他的詛咒公事包。他跳上瑪姬的背，她幾乎感覺不到他的重量。

等他調整好姿勢後，拉斯洛轉向神父。「快！安傑洛神父，拿你的手機拍張照——」

但太遲了。瑪姬往前走一步，他們便出現在教堂外的小巷中。一秒後，他們便現身在台伯河旁的街道上。每一步都讓他們離目的地靠近三十五公尺的距離。

偶爾，瑪姬和拉斯洛會出現在他人的視線範圍內，那些路人只是瞄到一眼，他們的身影便再次消失。那些路人會在往後的日子不斷告訴朋友，自己曾見過一個女孩的幽靈揹著一個男人的身影。當然，沒人會相信他們說的話。

再走三步，他們便到了西斯托橋上。接著往西北方轉並穿過好幾個平靜的街區後，抵達一座植物園。

一到那裡，瑪姬便脫下魔法拖鞋，重新換上她的運動鞋，等躲在附近幾棵樹後的胖仔過來時，把拖鞋塞進他的背包。

安傑洛神父幫他們叫的計程車就等在轉角處。

時間還很早，羅馬的街道很安靜，他們比預定的時間要早抵達。拉斯洛把護照遞給錐克佛姊弟，上面已抹上最後的仙靈精華。

在羅馬「李奧納多．達文西」機場，一名安檢人員對公爵冠冕很好奇，但瑪姬解釋這是他們買來演戲的道具，並額外給他看了七桿拖鞋。他微微一笑，祝他們旅行愉快，兩人一惡魔便通過登機門，緊張地注意四周是否有刺客的蹤跡。

鯰魚女士沒有出現。

到了早上九點，他們便登上班機。飛機的座位是滿的，他們三個分別坐在不同排的指定座位上，直到拉斯洛花了點錢將他們的座位安排到一起。胖仔坐在靠窗的座位，瑪姬靠走廊，拉斯洛則擠在中間。飛機還沒起飛，錐克佛姊弟便已進入夢鄉。他們讓拉斯洛想起兩個疲憊不堪的騎士打仗歸來，寶物則存放在上方的置物櫃中。

飛機一進入高空，拉斯洛便點了一杯紅酒。當女空服員把酒放到他的托盤上時，詢問是否有人說他很像保羅．紐曼。拉斯洛承認有一、兩次聽別人這麼說過。女人嘴角微微上揚，表示她會盡早並常常過來。

惡魔看著她走遠後，傳了封簡訊給安索，告訴他偽造的儀式不需要了。傳完簡訊後，拉斯洛慢慢啜飲著酒，把目光看向窗外。

他的計畫會成功。

當一切結束後，他將永遠不會原諒自己。

第二十九章

帶人類去上班日

在瑪姬看來，接下來的十小時過得非常平靜。一方面是她在飛行途中大部分時間都在睡覺，另一方面則是觸手沒有從她的皮膚出來見客，鯰魚女士也沒有找到他們，他們還帶著所需的材料返回美國。

當飛機降落甘迺迪機場時，她努力抑制自己興奮的心情。詛咒還需要額外的材料，但都是些更普通的私人物品。最困難的工作已經完成，他們甚至拿到了進行儀式的步驟。當然，說明書是由希臘文書寫，但拉斯洛已經拍了一張照片傳給克拉倫斯翻譯。

瑪姬在想不知道詛咒打破時會發生什麼事。會出現閃光嗎？她的父親會恢復成她記憶中的那個人嗎？錐克佛家族的祖先能就此安息嗎？

到了半夜，她就會知道了。

她最關心的是魔法石本身。根據貝拉絲卓夫人所述，裡面藏著一個遠古惡魔，他的力量可能比鯰魚女士大得多。那個刺客已經讓他們吃夠了苦頭。一旦武僧被釋放後會有何反應？那種情況真的會發生嗎？打破詛咒後，夫人對魔法石有自己的打算。瑪姬摸了摸項鍊，意識到自己很期待召喚夫人並再次見到她。

當然，還要拿回拉斯洛的薩基拉。

這趟飛行並沒有讓他恢復活力。他同樣睡了過去，卻因為作夢時不時抽搐，並發出呻吟。當瑪姬在飛機降落前叫醒他時，他頭腦昏沉地環視機艙，抹去臉上的汗。他擺手解釋這是因為他沒有薩基拉的關係，並向兩人，尤其是胖仔——保證，一旦拿回薩基拉，他就會沒事。

兩人一惡魔在飛機下降的過程中嚼著口香糖，拉斯洛和瑪姬交換了座位，讓她和胖仔擠在一起，對在他們下方舖展開來的曼哈頓驚嘆連連。一幢幢摩天大樓排列在一起的景象十分引人注目，中央公園從上而下形成一整片綠色矩形也是。瑪姬想像那個脾氣暴躁的狗頭人潛伏在他的熱狗車旁，對著路人皺眉，不由得露出微笑。

當飛機降落並滑行到登機門前時，瑪姬的身體因為興奮而抖得厲害。等他們通過海關，加入邊境保護局的冗長隊伍時，她的脈搏仍一顫一顫的。

「請出示護照。」

拉斯洛把護照遞給海關人員，後者把他們的護照刷過辨識機，接著查看她的電腦螢幕。「你們從義大利來的？」

「羅馬。」拉斯洛告訴她。

「你們上週六離開美國前往瑞士？」

「對。」

「工作還是旅遊？」

「旅遊。」拉斯洛輕鬆地答道：「我帶我的姪子和姪女去看他們祖母出生的地方，很好玩。」

「很開心。」瑪姬說，對女人微微一笑。「妳看過阿爾卑斯山嗎？」

女人嘆了口氣。「沒有。」然後再次回到電腦螢幕前。「有什麼要申報的嗎？」

拉斯洛提交了他們的海關申報單，她詢問他們是否攜帶任何動物、蔬菜或生物材料進入美國，包含病原體或植物種子。

「就我所知沒有。」他冷冷地說道：「我們可以走了嗎？」

「還不行，先生，請耐心等候。」

惡魔用手指敲著櫃檯桌面。

這是正常的嗎？瑪姬心想。他裝出一副愉快且漠不關心的樣子，但瑪姬不是傻瓜。

海關人員看著螢幕，皺起眉頭。然後她仔細打量他們三個，在鍵盤上敲了幾下。

不久，兩名身穿藍色制服和防彈背心的邊境保護局警官走了過來。海關人員給他們看她的電腦螢幕，用輕柔且緊迫的語氣說話。

一名警官轉向他們。「請跟我們來。」

「我不明白。」拉斯洛說：「有什麼問題嗎？」

另一名警官把手放在槍套上。「先生，我們需要你配合調查。」

「當然沒問題，但你們不能至少告訴我發——」

男人朝他的搭檔點點頭，搭檔命令拉斯洛把手放到身後。惡魔猶豫了一秒，還是照做了。瑪姬和胖仔嚇呆了，看到其他旅客相互竊竊私語，或踮起腳尖想看得更清楚些。

拉斯洛被戴上手銬後，其中一名警官朝瑪姬打了個響指，引起瑪姬的注意。「妳也要上銬嗎？」

「不用。」

「聰明，跟我們來。」

警官押著拉斯洛通過安全門，帶他們沿著走廊進入一間沒什麼家具的房間，他們被命令坐到一張普通木桌對面的折疊椅上。房間內唯一的裝飾是一個壁鐘。

其中一個男人坐在辦公桌前，他的搭檔則把錐克佛姊弟的行李扔到角落。

「所以到底是怎麼回事？」拉斯洛不耐煩地問。

「你們的護照有些狀況。」

拉斯洛輕笑出聲。「我們的護照才沒有問題，你這個全家得性病的笨蛋。」

瑪姬嚇得正著。「拉斯洛！」她語氣生硬地說：「他們是警察——」

「不是，他們是惡魔。」他勾起嘴角。「當他幫我銬上手銬時，我聞到半斤的味道。我在三公尺外就可以聞到八兩的氣味。他們只是安德羅沃另兩名手下。」

這番話似乎逗樂了其中一名警官。他和他的同事哈哈大笑。「手下！」他笑著說：「你說得我們好像傻子一樣。」

「你們是啊，噁心的馬屁精。」

「那現在戴著手銬的人是誰？」男人挑釁他。「是誰帶著**信標**在歐洲到處跑？」

拉斯洛瞇起眼睛。「你在說什麼？」

另一名警官把手伸進拉斯洛的西裝外套，拿出沙漏。他把沙漏像沙鈴一樣頑皮地晃了晃，然後放到桌上。沙漏頓時發出陰險的光芒。

「我們還打賭你什麼時候會發現呢。」桌子對面的惡魔愉悅地說：「這東西會發出紅光，而無論你在哪裡，我們的人都會出現。最終還是得讓你搞清楚，是吧？我猜你最晚週一會發現，但我的搭檔看穿你了。恭喜啦，奧斯陸，你贏了。」

奧斯陸露出一個比他人類偽裝還大的笑容。「謝啦，斯若克，我真棒！」

「天啊，**又一個**斯若克。」拉斯洛嘀咕道。

「那是什麼意思？」桌子對面的惡魔說。

「沒事，嘿，奧斯陸，」拉斯洛對另一個惡魔說：「給你一個忠故，去慶祝吧，吃點紅龍蝦，一些爆米花蝦，飽餐一頓。趁還可以的時候盡情享受。」

奧斯陸瞪著他。「你說『趁還可以』是什麼意思？」

拉斯洛聳聳肩。「因為幾個小時後你就會被活活剝皮，作為我兄姊的糧食。而我是說真的，你這隻癩皮猴。」

「少唬人了。」

「我沒有。」拉斯洛邊說，邊調整手銬。「我猜你知道我是誰。」

「當然知道，**閣下**，」斯若克冷笑道：「我還知道你父親已經受夠你了。」

「不盡然。」拉斯洛反駁道：「讓我們把話題回到沙漏上，看到上半部的沙粒了嗎？每一顆都屬於我父親的。**他**向安德羅沃提出為期一週的請求，而你老闆同意了。但現在你們告訴我這個沙漏只是一個追蹤器，安德羅沃打算**偷走**答應要給巴爾．澤布的時間？天啊！」

奧斯陸舔了舔嘴唇。「那又怎樣？那位大人怎麼會知道？」

「因為我跟我爸說我們今晚會結束一切。他計畫出席慶祝宴會，難道你不覺得他會好奇我為什麼沒出現嗎？」

奧斯陸焦急地看了斯若克一眼。「我們沒有向巴爾大人本人許諾，我們只是執行命令。」

「那祝你好運。」拉斯洛淡淡地說：「我爸或許沒那麼喜歡我，但作為清楚他脾氣的人，我可以向你們保證，當他發現有兩個三階蛆蟲干涉他的家族生意，他絕對會勃然大怒。兩位，你們確實有點膽量，我對此感到敬佩。雖然不是太久，但你們確實得到我的認可。」

一陣沉默。

兩個惡魔面面相覷，接著看向拉斯洛，又看了看錐克佛姊弟，最後目光再次移到彼此身上。瑪姬聽著時鐘的滴答聲，內心則對拉斯洛展現出漫不經心的傲慢感到敬佩。既讓人印象深刻又感到不安，他是一個頭腦很好的大騙子，很容易就做出欺騙的行為。每當她把他當作跳梁小丑時，他便會展現出讓她驚訝的才能。到底哪個才是真正的拉斯洛？

她真的有見過拉斯洛的真實面貌嗎？

斯若克搔著下巴上的一顆痘痘。「我們不能就這樣放你走，安德羅沃會熔解我們，他是督察。」

「而我父親是地獄領主。」拉斯洛冷冷地說：「選一種死法吧，兩位。站在你們的立場，我至少會給老闆打個電話，解釋一下情況。」

奧斯陸連忙向他的搭檔點了個頭。斯若克拿著手機，匆匆離開了房間。

奧斯陸立刻坐到辦公椅上，用他粗大的手指戳著拉斯洛。「別妄想騙我，甚至別想這麼快就逃脫。」

「我哪都不會去。」拉斯洛說：「老實說，我迫不及待想看看你們的下場。」他轉向錐克佛姊弟。「你們兩個怎麼樣？」

「還好。」胖仔的語氣讓人懷疑。

瑪姬沒有回答。她的目光一直盯著時鐘，已經快三點了。他們只有在午夜才能在魔法石舉行儀式。損失的每分每秒都像是一場災難。

「別擔心，」拉斯洛輕鬆地說：「我們有時間。」

瑪姬轉動著夫人的戒指。「你確定嗎？」

「沒錯。」

當斯若克回來後，看起來面色蒼白且大汗淋漓，幾乎沒有跟拉斯洛對視。「安德羅沃想見你。」

「太棒了，他要來這裡嗎？」

「不，我們要帶你去見他。」

「去辦公室？」拉斯洛爽朗地說：「噢，太好了！」

「我們也要去嗎？」瑪姬問。

斯若克咬著嘴唇。「我忘了問。」

「他們當然要一起來。」拉斯洛說：「今天是帶人類去上班日。對了，如果你們不介意幫我拿掉手銬的話，我覺得有點拘束……」

他們的綁架者**確實**介意且果斷地拒絕了，即使在拉斯洛解釋他沒有薩基拉後，依然未改變心意。當他們詢問他怎麼會弄丟薩基拉時，他向他們保證他絕不會把這個驚心動魄的故事告訴他們一個字。

心懷不滿的惡魔扛起所有行李，押著他們搭電梯到停車場，仍戴著手銬的拉斯洛和錐克佛姊弟緊接著被塞進一輛警車後座。

車子很快駛入曼哈頓，在警示燈和警笛聲的幫助下，奧斯陸穿梭於車陣中，沿著路肩緩慢向前行駛。儘管缺少薩基拉，拉斯洛還是設法活絡氣氛：問那些手下支持噴射機隊還是巨人隊？週日的比賽他們站哪邊？他們有遇過巴爾的大審判長嗎？他本人曾在家族度假時遇過審判長一次，並向他們保證審判長本人和傳言描述的不一樣。

「我的意思是，我們正在**度假**，他卻帶來一個解剖檯！」他笑著說：「誰**幹**的出這種事？還包含一堆工具！其中一組工具還裝著眼勺，你相信嗎？**眼**勺耶！如果那東西沒用就慘了，這就像挖冰淇淋的勺子上有……」

他們沿著第三大道行駛，在五十三街左轉。開了四條街後，奧斯陸關掉警笛，把車開進另一個停車場，朝更低層開去。

拉斯洛敲著前方的防彈隔板。「兩位，電梯在卸貨碼頭旁。」

斯若克笑了起來。「電梯是給無名小卒坐的。大人物有特殊管道。」

「什麼？」拉斯洛叫道：「沒人跟我說——」

當他看見那兩名手下享受他的憤怒時，拉斯洛靠到椅背上默默反省。警車逕直穿過看似堅硬的牆壁，沿著昏暗的坡道向下開，最後車子來到一個警衛室。斯若克朝一個面目猙獰的服務生出示證件。不知是什麼生物的傢伙按下按鈕，一扇門升了起來，就像車道閘門一樣。警車開了過去，沿著另一條坡道蜿蜒而下，這條路一直延伸到整座城市下方，比瑪姬想得還遠。

他們把車停在由綠光火把照亮的空地上。奧斯陸和斯若克把他們從後座拖下車，帶著他們走向一座石拱門。門楣上刻著奇怪的符號。

瑪姬看向拉斯洛，想尋求翻譯，但他嘴裡一直念著停車場、豪華轎車，以及他的一些同事顯然賺得比他多的事實。

胖仔也對銘文感到好奇。「那上面寫什麼？」

「『遠古地獄詛咒守護者協會』。」拉斯洛憑記憶背誦道：「『建於公元前五〇三六年，吾等的觸手永無止境，吾等的掌控永垂不朽——』**你他媽的在開我玩笑嗎？**」

瑪姬愣住了。「什麼？」

他們的詛咒守護者盯著一輛銀色的奧斯頓．馬丁，車牌上寫著「G8LN5RK」。

「車牌上寫的是『Goblin Shark』（歐氏尖吻鮫）嗎？」胖仔激動得幾乎渾身發抖。「你不是說克拉倫斯的頭是歐式尖吻鮫嗎？他在這裡嗎？我們可以見他嗎？」

「可以、可以，」拉斯洛抱怨道：「我和安德羅沃談話的時候，他可以帶你們參觀。」

瑪姬挑了挑眉。「我們不應該也跟安德羅沃談談嗎？」
「絕對不行。」
「那是因為？」
「你們想在今晚前回到家，對吧？」
「對。」
「那就讓我來應付他。」
拉斯洛確實知道該如何和同類打交道，而瑪姬知道他也一樣有必須去暮光村的動機。沙漏裡的沙粒已快漏光，惡魔迫切需要拿回他的薩基拉。
而只有瑪姬有能力實現這個目標。
他們穿過一對玻璃門進入大樓，通過幾條走廊，經過儲藏室、郵件室和其他擺滿垃圾回收箱的房間，直到最後抵達另一扇門，通向一個滿是小隔間的空間。
錐克佛姊弟盯著忙碌的辦公室及其職員：穿著門僮制服的小妖魔、長得像鳥的惡魔和形似哺乳動物的惡魔，有著長臂猿臉、渾身長滿鱗片的傢伙，以及一個伏在影印機上形似蝙蝠的生物，抓了抓他的燈芯絨褲。
當奧斯陸和斯若克領著他們往前時，人類進入這棟大樓的事情已經傳開。
大家紛紛想一睹為快。
瑪姬看到一個五十多歲、七顆球狀眼睛都戴著眼鏡、下半身是一堆藍色觸手的惡魔經過走道，手裡捧著一堆文件，聲音充滿驚駭。
「我、的、天。」
拉斯洛看見她。「史皮格女士！妳還好嗎？錐克佛姊弟，為你們介紹我的助手，芙蕾卡．史皮格。」
「**前**助手。」她糾正道：「你剛說『錐克佛』？你的**詛咒持有者**？」
「沒錯。」拉斯洛說：「我想是時候帶他們參觀我的辦公室了。」
胖仔朝她揮揮手並自我介紹。

史皮格女士微微地點頭，露出些許排斥的表情。考慮到她移動的方式，瑪姬覺得她有些緊張。

「**拉斯洛！**」一個聲音叫道。

然後是一陣急促的腳步聲。出現在奧斯陸身後的是她見過最奇特的生物——一個肥胖的人形生物，穿著一件淡紫色的襯衫和一整套西裝以搭配他與山羊或綿羊般的腿。往上看，他戴著一副夾鼻眼鏡，掛在一個尖細扁長的鼻子上，一口宛如指甲的牙齒。當他的口部向兩旁延展時，瑪姬覺得他是在微笑，他那圓滾滾的黑色眼珠閃爍著喜悅的光芒。

這個奇怪的生物與其說是擁抱拉斯洛，不如說是撞向他。拉斯洛隨即試圖掙脫他瘋狂且牢固的束縛。瑪姬聞到一陣濃重的古龍水味。這名惡魔的聲音令她感到很熟悉。「他們竟然給你**上銬！**」

「沒關係，」拉斯洛說，扭著自己身體，讓克拉倫斯無法檢查他的手銬。「真的，克拉倫斯，我沒事。」

克拉倫斯轉向奧斯陸和斯若克。「**你們這兩個暴徒！**」

「滾開，蠢豬，」奧斯陸吼道：「閣下還在等我們呢。」

「等一下，」拉斯洛說：「克拉倫斯，幫我照顧一下錐克佛姊弟，讓他們感到賓至如歸。」

克拉倫斯發出興奮的尖叫聲，直接從安德羅沃的兩個手下中間穿過，衝向瑪姬和胖仔。他握了握兩人的手，表示他很**高興見到他們**，並詢問兩位人類是否要來點蘋果酒或熱可可？

瑪姬說這聽起來還不賴，克拉倫斯便帶著他們前往休息室，裡面有一個小廚房和自動販賣機。那裡只有一個惡魔，他長著山魈的頭，邊喝茶邊讀著一本《經濟學人》。當他們吵吵鬧鬧地走進休息室時，惡魔從雜誌上抬起頭來，盯著眼前的人類，然後悄悄退出房間。

克拉倫斯開始翻箱倒櫃。「不敢相信我能親眼見到你們，我是說，我覺得我早就認識你們了——但，**噹噹**，你們來了。噢，我的明星。」

「我們要坐下嗎？」瑪姬問。

「**是的！**我的錯。」他有些尷尬地說：「你們絕不會想到我是專門待客的。」

瑪姬在自動販賣機旁的桌前坐下。「在你加入協會以前嗎？」

「噢，不是。」克拉倫斯的聲音從某個碗櫥裡傳來。「我在這裡待很久了。只是在連鎖餐廳橄欖園做兼職，為了那邊的棍子麵包。」

「真有趣。」瑪姬看了看牆上的時鐘，快要四點了。旁邊是一個布告欄，上面貼著一張緊急逃生路線圖和有關休息室禮儀的緊急通知。顯然，**有惡魔**偷吃了其他惡魔的午餐。這是**不能**容忍的。手寫的補充說明表示罪魁禍首是托德。

胖仔拍了拍瑪姬的手臂。「妳覺得我們要多少時間才能回到家？」

「三、四個小時吧。」

克拉倫斯又埋頭另一個碗櫥。「蘋果酒還是熱可可？」

「最方便的就行了。」瑪姬說。

「噢，一點也不麻煩。我們有這些機器，法式烘培？印度奶茶？或熱可可？想喝什麼一應俱全！方便性是我的夢想，但我不喜歡塑膠……」

幾分鐘後，惡魔端著三杯熱可可匆匆走過來，把馬克杯和餐巾分給大家，彷彿他們在開下午茶會似的。

「我想聽聽你們的冒險。」他低語道：「列支敦斯登、貝拉絲卓夫人還有**刺客**！你們怎麼逃脫的？我一直睡不著覺呢！」

「說來話長。」瑪姬說：「但首先——」

克拉倫斯倒抽一口氣，彷彿想起一件非常重要的事。「你們喜歡我的人類偽裝嗎？」他殷切地問：「我應該馬上問你們的，你們可能被我嚇到，但禮貌地什麼也沒說。」

「你看起來很好。」胖仔向他保證。「你喜歡？這是我女朋友送我的。她喜歡露營——應該說是**奢華露營**啦，眼前的歐式尖吻鮫臉色泛紅。「你的古龍水聞起來像蘋果木的味道。」

我覺得這個裝扮會讓她想到培根。我有看《魔戒》首部曲，當然是加長版，裡面有個哈比人煮培根的場景，那真的很愜意——」

克拉倫斯突然聞到某種氣味，猛地轉過頭，三個新來的惡魔正透過休息室的窗戶在觀察人類。

「**這裡不是動物園！**」

窗外的頭紛紛退去。

「他們不是故意沒禮貌的。」他解釋道：「只是我們這裡沒幾個人類。」

「沒關係。」胖仔說：「但你剛說到《魔戒》，你是托爾金的粉絲嗎？」

「**粉絲？**」克拉倫斯幾乎尖叫：「在你面前的可是美國托爾金協會的前初級祕書。」

「不會吧。」

「真的，*Pedil edhellen?*（你會講精靈語嗎？）」

胖仔的臉上綻放出笑容，用一連串聽起來毫無意義的字句回應他。

克拉倫斯高興地拍手。他一躍而起，熱情地朝他鞠躬，不小心讓鼻尖撞到了桌子。他也說了同樣令人摸不著頭緒的話，驅使胖仔跟著起身，莊嚴地向他一鞠躬，做出同樣的回應。

一人一惡魔立即陷入激烈的討論，話題包括炎魔是否有翅膀、藍袍巫師的目的以及樹鬚或湯姆．龐巴迪是否是中土世界最古老的生物。雖然這個話題很讓人著迷，但瑪姬覺得她可以趁機好好利用這段屬於自己的時間。一方面，她並不喜歡拉斯洛獨自行動，如果安德羅沃在詛咒打破前折磨他怎麼辦？從拉斯洛敘述情況的方式聽起來，這個安德羅沃已經掌握狀況，查閱了協會的書，並判定錐克佛家族的詛咒不再值得他們花時間。安德羅沃是瑪姬和胖仔試圖打破詛咒卻陷入困境的原因。

「抱歉，」她喝了一口可可說：「馬里尼斯．安德羅沃的辦公室在哪？」

克拉倫斯明顯心不在焉。「沿著走廊一直走到底。」他說：「在一臺液晶電視下方的青銅大門。」

她向他道謝。當她站起來時，他抬起頭問：「妳在幹什麼？」

「我要去那裡。」她回道。

「噢，但妳不行去，那位閣下對事前預約十分講究。妳永遠沒辦法繞過他的手下，他有一大群助手！」

瑪姬仔細思索他的話，然後走去研究緊急出口示意圖。「這地圖是等比繪製的嗎？」

克拉倫斯給她肯定的答覆後，又繼續回到跟胖仔的交談。「我認為如果你把史矛革從尾巴到鼻子展開，測量的結果是……」

她把示意圖從布告欄撕下來。兩個托爾金書迷沒發現她用A4紙張測量整個房間的尺寸。得到正確的數字後，她便查閱緊急出口示意圖，測量到安德羅沃辦公室的距離。

示意圖上有些難以被忽視的細節，例如標示著「靈魂處理」和「提升苦痛」的房間。儘管這裡有著行政風格的裝飾和休息室，這個遠古地獄協會卻是不折不扣的地獄前哨站。

設立的目的就是為了從人類的苦難中獲利。

這個認知令她毛骨悚然，但並未改變她當前的目標。瑪姬研究了一下示意圖，暗暗記下洗手間旁某個位置，距離安德羅沃的辦公室約三十五公尺。然後她把圖表釘回布告欄上，從背包取出七桿拖鞋。

「克拉倫斯？」她說。

惡魔正忙著向胖仔展示他的托爾金協會會員卡。「怎麼了？」

「我可以去上一下廁所嗎？」

「當然，我帶妳去。」

「不用，」瑪姬說：「我在地圖上找到了。」

「好。」

瑪姬手裡拿著魔法拖鞋，把房裡的一人一惡魔留下跟托爾金和熱可可作伴。

第三十章 謎題揭曉

拉斯洛不得不承認他的新老闆效率很高。短短五天內，這位督察便做出了許多改變，變化大到拉斯洛差點忍不住脫口而出《創世紀》，但鑑於他可能正步步走向死亡，現在可不是開玩笑的時候。

儘管如此，協會的轉變還是十分顯著。斯庫拉和柯茲羅斯基不是唯一消失的守護者，他暗自數了普利布、史泰佐、漢卓、格魯巴和戴夫幾個惡魔，上述都還只是他路過位置上沒人的隔間。整間辦公室充斥著新油漆、新成員，甚至新植物的氣味。每根柱子上都貼著勵志的標語：**成功孕育苦難！痛苦促進表現！讓凡人苦不堪言！**那傢伙顯然很喜歡押韻，還有驚嘆號！

最顯著的變化是安德羅沃辦公室外的牆壁。上週那面牆還鑲著桃花心木，現在看起來卻彷彿來到了時代廣場。明亮的螢幕覆蓋每一寸牆面，形成發光的馬賽克牆，拼湊出不斷變化的圖像和資訊。一個螢幕顯示人類靈魂遭受惡魔用肢刑架和旋指螺絲折磨的即時影像。另一個螢幕則顯示由魅魔主持的新聞節目，報導全球各地因詛咒而引發的悲劇。滾動資訊區即時播放每位員工的詛咒表現。他看到對各協會分支機構產出的凡人痛苦與絕望值的基準測量。紐約分部的產量低於全球分行，最近的表現卻有上升的趨勢。拉斯洛毫不懷疑這是因為有個頂著火焰鬃毛的惡魔現在正在最大的螢幕上接受採訪。

一道弧形牆面後方，至少有十幾名陌生惡魔坐在辦公桌前，將督察的辦公室圍了起來。每個惡魔都比消接線員還忙碌。

當他們走近時，一個戴著耳機、一身宛如錦鯉配色的女惡魔擋住那道牆唯一的缺口，示意他們停下。

「他在等我們。」斯若克告訴她。

藍芽小姐看了一眼他那雙矯正樂福鞋。「真好，但督察大人正在總結訪談，你們得稍等片刻。」

拉斯洛清了清嗓子。「現在情況有些**緊急**。」

對方對他露出在藥品說明書上會看到的那種微笑。「我知道——但不用擔心，守護者九二三。我們會讓你們的談話在五到七分鐘內結束。」

「我們要談的事可能需要更長的時間。」

「很抱歉，督察大人四點跟人有約。」

「誰？」拉斯洛追問道：「我有**重要**的事。」

「我無權透露督察的行程。」

拉斯洛踮起腳尖，伸長脖子看向辦公室。

「柴契爾去哪兒了？我想跟柴契爾談談，該死的！」

「我很抱歉，但柴契爾主管和顧問在一起。」

「**顧問？**」

「對，我們聘請了麥肯錫公司。他們正在和重要職員面談。」

「不會吧，他們需要跟我面談嗎？」

對方露出好笑的眼神。「沒那個必要。」

「妳還真冷漠，妳知道嗎？」助理聽了微微皺眉，重重地搖了搖頭。「妳騙不了我。」拉斯洛說。

但藍芽小姐沒有在聽。她輕輕彈了下耳機以改善連線不穩。「瑪利歐？瑪利歐，你在嗎？是我。那個新人搞砸了訂單，我想要一份**考伯**沙拉。對，考試的考、伯父的伯——培根加在一旁，謝啦，寶貝。」她結束了通話並看向拉斯洛。「抱歉，你剛有說話嗎？」他只是搖了搖頭。

有個東西擦過他的腿，他低下頭正好看到一個類似爬蟲類的尾巴溜過去。那條尾巴的主人是一條六公尺長的巨鱷。有一個面露焦慮的小妖魔正在——或說試圖用繫在鱷魚脖子上的尖刺項圈的皮帶控制這條野獸。當他們經過時，鱷魚發出嘶嘶聲，開始拔腿狂奔，拖著小妖魔一起急速左轉，衝進一排小隔間。片刻後，傳來一聲令人毛骨悚然的慘叫。

拉斯洛希望他能摀住耳朵。「那是什麼啊？」

「生產力鱷魚。」藍芽小姐說：「這是麥肯錫公司的提議。這些下水道爬行生物雖然看不見，但對周遭環境十分敏感，牠們可以分辨出潛在的食物是在打混摸魚，還是打瞌睡。我們把本地負債變成了資產。」她自豪地說：「時間盜竊率已下降百分之八十三。」

「噢，天啊。」拉斯洛說：「應該有人去告訴那個自以為是的食人魔，**人類**才應該受折磨，不是我們。」

藍芽小姐露出非常甜美的笑容。「你可以親口告訴他。」

此話一出，安德羅沃辦公室的門大開。

拉斯洛看到督察本人凌駕於記者和電視攝影人員上方。當安德羅沃向工作人員道別時，注意到了拉斯洛和他的兩名手下，並幾乎難以察覺地朝藍芽小姐點了個頭。

她站到一旁讓他們三個通過。「繼續走，三位，我馬上就到，所以別掉以輕心。」

拉斯洛暗自希望那隻生產力鱷魚能把牙齒刺進她的翹臀。

斯若克和奧斯陸帶著他走進一間形狀不規則的辦公室，內部裝潢讓蘇黎世的飯店都相形見絀。裡面有很多現代藝術和錦鯉池，還有由焦慮的斯堪地那維亞人設計的時尚家具。其中一面牆格外地引人注目，上面掛滿類似地震儀的儀器，整齊劃一地排列開來。

瑪里尼斯．安德羅沃爵士站在一張偌大的不鏽鋼辦公桌後方，桌面則是一片白色的大理石。拉斯洛抬頭凝視著他雄獅般的面孔和那圈由白色火焰圍出的鬃毛。這傢伙或許選了個荒謬的名字，但在外觀上，確實做出精明的選擇。

奧斯陸向安德羅沃鞠躬，然後把拉斯洛的沙漏和詛咒公事包放到桌上。「還有什麼吩咐嗎，老大？」

「沒有。解開他的束縛，去外面等。」

「您要我們解開他的手銬？」

督察一臉打趣的表情。「你在擔心我的安全嗎？」

「沒有，大人，當然不是，只是——」

「解開手銬並讓他坐下。守護者九二三看起來都快昏過去了。」

斯若克按指示照做。但他幫拉斯洛解開手銬，並推到安德羅沃辦公桌前的一張椅子上坐好的動作並不輕柔。

拉斯洛揉了揉他的手腕。「謝啦，警官，順便幫我拿一瓶氣泡水來，讓我補充一下活力。」斯若克瞪著他，但什麼也沒說。

當他和奧斯陸離開辦公室，關上沉重的門後，安德羅沃坐下來打量拉斯洛。

「我看你那張嘴還堪用，其他部位就不得而知了。發生什麼事了，九二三？倘若我不了解，我會說你這週過得很艱難。」

拉斯洛假裝環顧四周。「這週一直很忙，看來你也不遑多讓。」

「有人帶你參觀嗎？」

「沒有。順道一提，我喜歡那些生產力鱷魚，很時髦。」

對方發出一聲輕笑。「是啊，我感覺牠們會很愛你。」

「幸好我的辦公室有門。」

安德羅沃嘆了口氣，把桌上的一粒灰塵彈掉。「很遺憾必須通知你，你的辦公室已重新分配，史皮格女士也一樣。」

拉斯洛不會露出心煩意亂的表情，稱了他老闆的心意。「我不能說我很驚訝，你已經違背了我們的約定。」

督察嘖了一聲。「違背?怎麼回事?」

「拜託，」拉斯洛說：「打從一開始你的手下就一直跟蹤我。你答應要給我一週的時間，安德羅沃。雖然是**地獄**的一週，但還是一週。而你做了什麼?給我一個沙漏，讓他們得以追蹤我、騷擾我，**並**偷回你最初承諾要給我的時間。如果這些都還不算的話，你還雇用他媽的**刺客**在羅馬用白卜庭那招對付我。」

「白卜庭？」

「《星際大戰》。」

「我懂了。我承認，我確實聽到你發生的小意外。謠傳說你躲進教堂裡，我拒絕相信。**澤布**之子竟然選擇跟敵人站在一起？」惡魔嘆了口氣。「我只想說這樣看起來很不體面——」

「有人把我拖進去的。」拉斯洛說：「還有別轉移話題。你從一開始就在背後暗算我，當我**父親**發現後——」

安德羅沃舉起他有爪子的手。「我得打斷你。」

「為什麼？」

「你的處境已經夠可憐了，不用再把你父親搬出來。」

「是嗎？」拉斯洛說：「你以為當我父親發現你的所作所為後會不聞不問？」

「你錯了，我覺得他會不聞不問是因為他很**清楚**知道我的打算。」

這似乎成了讓人坐立難安的慣例。督察再次遞給他一張有著公爵戳印的羊皮紙。

瑪里尼斯爵士，

吾已收到汝的後續詢問。設下障礙是絕佳妙計——還有什麼更好的方式來測試吾兒的勇氣呢？我將支持汝的所有決定，包括更極端的手段。汝是否考慮將沙漏作為信標呢？只是建議……

拉斯洛閉上眼睛。說真的，他到底何必自找麻煩？

門外傳來敲門聲，藍芽小姐走了進來。

「抱歉打擾了，但Z先生正等著與您視訊會議。」

「讓他等。」安德羅沃吩咐道：「告訴他我會從傑夫或伊隆的會面抽出一些時間。」

「好的。」藍芽小姐說，把門關上。

「Z先生？」拉斯洛說。

「新的倡議。」安德羅沃慵懶地說：「研究顯示，有百分之八十的億萬富翁會用自己的靈魂做交易，這樣可讓其競爭對手遭受超自然的折磨。當然，率先行動的人有先天的優勢。一旦他們得知我們在與競爭對手交談，承諾的壓力就會驟升，這是基本的博弈論。」

「該死。」

督察攤開雙手。「我能說什麼呢？我有個願景，九二三。協會實際上壟斷了詛咒業界，但從未發揮影響力。我們明明可以拓展整個市場，為什麼只留在**管理**詛咒這方面呢？你知道有百分之二十的凡人願意在情緒極度焦慮的情況下，出賣靈魂達成詛咒嗎？華爾街的數據更高。他們為何不願意踏出這一步呢？答案很簡單，他們不知道自己可以這麼做！他們以為詛咒只存在電影和漫畫書中。我打算改變這一點。」

拉斯洛花了點時間思考他的話。「老實說，這太棒了。」

「你人真好。」

「你知道，我願意幫忙。」拉斯洛說：「我是天生的推銷員，人類都愛我。甚至有人說我很像《夏日春情》裡的保羅．紐曼。」

「你最近有照鏡子嗎？我覺得《大審判》更貼切。」

「曬黑一點就好了。」拉斯洛說：「但說真的，我當推銷員很**厲害**，尤其激勵措施豐厚的話。」

安德羅沃看了看手機上的通知。「目前不能再高了。」

「什麼意思？」

督察放下手機，全神貫注地看著拉斯洛。「跟我**推銷**吧，九二三，說服我不該在這時候熔解你。」

「沒問題。」拉斯洛伸出手指一條條地列舉。「首先，沙漏沒有漏完，所以現在熔解我等於違反我們的約定。其次，我將顛覆你的績效目標，最後一點，如果你將我熔解，你就會白白浪費從原始湯重生的絕佳機會。」

督察挑起他熊熊燃燒的眉毛。「你在說什麼？」

「你叫瑪里尼斯**爵士**，」拉斯洛打趣地說：「意思是地獄騎士？」

「不是騎士，」惡魔大吼道：「是從男爵。」

「有什麼差別？」

「從男爵的位階更高。」安德羅沃自豪地說。

「真好玩，」拉斯洛回道：「我總是搞不清楚，你說從男爵是不是**領主**呢？我是說，你是貴族的一員嗎？你在惡魔議會中有席位嗎？」

一個簡短的停頓。「沒有。」

「我懂了，也就是說你是平民，對嗎？只是殘渣罷了。」

督察語氣生硬地回答。「嚴格說來是這樣沒錯。」

「所以，**嚴格**說來，惡魔議會裡每位成員位階都比你高，無論他們多軟弱無能。」

瑪里尼斯．安德羅沃瞇起眼睛。「你想說什麼，九二三？」

拉斯洛掀開陷阱。「**這**就是我想說的，如果你和我**站**在一起，而非處於**對立**面，『瑪里尼斯**爵士**』就可以在下一次瓦爾普吉斯之夜變成『安德羅沃**領主**』。」

聽到這裡，督察大笑起來，笑得連他辦公桌上的紙鎮都震了起來。隨著他越笑越激烈，那圈閃爍的火焰開始沸騰起來，在他回過神來前，那圈鬃毛幾乎要把天花板燒焦了。「忘了推銷員吧，我應該讓你繼續當小丑。」

拉斯洛眨了眨眼。「抱歉，但什麼這麼好笑？」

「你說**你**可以讓**我**成為貴族。」

「不盡然。」他澄清道：「只有路西法能將你拔擢為貴族，但我保證，一旦路西法大人聽說了我提供給他的小祕密，就會很樂於這麼做。」

「那是什麼祕密呢，請解釋？」

「如果我現在把貨送出去，那我算哪門子的銷售員？」

「啊，但你失算了。」安德羅沃說：「一個好的銷售員會在合理的範圍內陳述事實。你太高估自己了，九二三。你連我交給你的基本任務都完成不了，卻在這裡承諾貴族爵位。」

「你是說凡人痛苦與絕望值嗎？」拉斯洛不贊同道：「嘖，那已經差不多大功告成了。」

「我已經笑夠十年的份了。」督察對他說：「請容許我帶你看看那些儀器，最上面那排，左邊數來第三個。」

拉斯洛瞇起眼睛看著那排地震儀，找到安德羅沃說的那個儀器。其細長的機器臂正忙著在底部軸線附近畫出兩條線。「那是錐克佛詛咒嗎？」

安德羅沃點頭。「雖然我覺得不可能，但你不知道怎麼做的，竟然設法降低他們的痛苦和絕望值，我們得用你做案例研究。」

拉斯洛再次揮手駁斥。「這都是計畫的一部分。」

桌子對頭傳來一聲輕笑。「我懂了，你有個『偉大戰略』，是嗎？」

「也沒那麼偉大啦。」

「跟我說說吧，九二三，你的目的是什麼？」

「很簡單。」拉斯洛說話的時候，臉上露出笑容。「我騙了我的持有者，讓他們相信只有一週的時間打破詛咒，不然詛咒就會被封存。他們相信了，所以在過去五天裡，我們拚命蒐集材料。他們所有材料都蒐集齊全了，閣下。最後只剩下你把我放了，然後我就可以帶我的傀儡去大獲全勝。」

安德羅沃敲著桌面。「如果他們取得所有材料，為什麼還會需要你？」

「因為我告訴他們必須有一名詛咒守護者在場『見證』詛咒被打破。他們認為沒有我，儀式就無法開始。」

對方發出一聲咕噥。「一旦儀式開始，你打算進行破壞。」

拉斯洛點點頭。「就在儀式的最後，閣下。等他們的希望值升到最高點……」

門外再次傳來敲門聲。門打開了，藍芽小姐那張充滿活力的臉從門縫探進來。

安德羅沃不耐煩地看了她一眼。「稍等。」

「但Z先——」

「**出去！**」

門關上了。拉斯洛注意到督察的態度改變了。

安德羅沃往後靠到椅背上，十指交疊，彷彿陷入沉思。「凡人痛苦與絕望值會飆升，」他喃喃道：「而且你還阻止了詛咒被打破……」

「正是如此。」拉斯洛說：「一石二鳥。你說我只要達到其中之一就行。」

安德羅沃頷首表示確有其事。他審視著拉斯洛，好像第一次窺見他的真面目。「九二三，我得承認你讓我驚訝，也許我誤判了你。」

「很多人都這麼說。」

「好吧。」安德羅沃說：「說回最重要的事，也就是我晉升爵位的事，你對路西法的吸引力有多大？」

「零，」拉斯洛說：「事實上可能小於零。路西法和我的家族關係並不密切。」

「那你要如何幫我呢？」

「簡單，我會證明巴爾．澤布欺騙了路西法和其他貴族，他利用這個騙局讓自己在整個議會占有一席之地。」

一陣沉默後。「**你在開玩笑吧**。」

「我沒開玩笑。當路西法得到證據後，就會利用那件事讓議會推翻我父親。有了他們的支持，他最終將獲得力量消滅對他統治最大的威脅。你能**想像**他會給予成就這一切的惡魔多少獎勵嗎？忘了從男爵吧，他會讓你成為伯爵，甚至公爵！」

瑪里尼斯．安德羅沃盯著拉斯洛整整一分鐘才開口。「你現在玩的是一場極其危險的遊戲，九二三。這遠遠超過你的能力範圍，我無法確定你是因為絕望透頂，還是極其瘋狂。」

「也許兩者都有，但這不代表我錯了。」

「那你偶然發現的這個『騙局』指的是什麼？」安德羅沃問。

拉斯洛搖晃著手指。「不行哦，在你讓我完成我的任務前，我不會透露一個字。我已經履行我方承諾，你得履行你的。」

「那是一種選擇。」督察咧開嘴露出那口利牙。「但若是我拷問你說出祕密呢？」

拉斯洛解開他的襯衫，展示他胸口的疤痕。「祝你好運，我失去了我的薩基拉，朋友。你隨便用個手旋螺絲，我就死了。」

對方頓時理解。「原來如此。我一直在想為什麼你看起來這麼死氣沉沉，你的薩基拉呢？」

「在某個人手裡。」

「你賣掉薩基拉是為了讓你的詛咒持有者獲得材料嗎？」安德羅沃說：「希望不是如此，九二三，那會違反《守護者手則》條例7A。」

「放輕鬆。我的詛咒持有者是自己獲得所有材料。我的薩基拉只是確保他們會支付最終款項的抵押品。當他們付款後，我就可拿回薩基拉。沒有傷害，沒有犯規。」

安德羅沃坐在那張超大轉椅上，轉向記錄凡人痛苦與絕望值那面牆，看起來陷入了沉思。最後，他用低沉渾厚的嗓音問了一個問題。

「我真的能相信你背叛了自己的父親？」

拉斯洛舉起安德羅沃給他看的信。「看情況。我們談論的是同意讓自己兒子被熔解或暗殺的**那位**父親嗎？」

「有道理。」儘管如此，督察看起來對整個事態發展不完全感到滿意。他一隻手摩娑著下巴。「我想明確地表示，我——瑪里尼斯．安德羅沃爵士，永遠不會背叛巴爾大人或高級議會的任何成員，但如果我發現有任何欺騙行為，無論大小，影響到路西法大人，我將竭盡全力揭露其罪行。」

這次輪到拉斯洛笑了。「你他媽的在說什麼？你以為我身上有竊聽器嗎？」

督察平靜地看著他。「不無可能。」

「要我脫掉衣服嗎？」拉斯洛說：「沒問題呀，我喜歡裸體。」

「請穿著褲子，椅子是新的。」

「好吧，只是我想跟你說，沒有人在偷聽。」安德羅沃審視擺滿儀器那面牆。「要我開誠布公嗎？」拉斯洛說：「說謊確實是我的老習慣，為了激怒別人或製造點笑料。但打從我踏進這裡就後沒說半句謊。你心知肚明。」

「你是在暗示我仰賴某種原始機器告訴我某人是否說實話？太荒唐了。」

拉斯洛指著那面牆。「向下數第五排，左邊數來第二排——測謊儀偽裝成和凡人痛苦與絕望值紀錄表融為一體？當你說你沒有使用測謊儀時，其指針根本沒有動作。所以要不是機器壞了，就是它被編程為忽略你的聲音。」

督察不發一語。

「聽著，」拉斯洛說：「時間一分一秒在過，而Z先生還在等。你可以現在就熔解我，或把我放了，達到你職業生涯中最高的凡人痛苦與絕望值率，還有讓瑪里尼斯**爵士**變成安德羅沃**領主**的情報。我知道要是我會怎麼選。」

拉斯洛靠到椅背上，感到無比輕鬆。他的理由很充分，而且提出了像安德羅沃這樣雄心勃勃的馬屁精最渴望的一件事：**晉升**。無論安德羅沃把紐約分部經營得多好，或者他接管協會所有的分部也無妨。他依舊是一名員工，一個平民，從原始湯中爬出來的殘渣。這些話絕對會激怒像督察這樣的人。如此強大，如此能幹，卻只是幫別人開船的船長。

當拉斯洛提到貴族身分的那一刻，他就知道自己找到了通往安德羅沃心中的那條路。沒什麼能與這個願望匹敵。現在火已經點燃，他知道勝券在握。已經沒什麼**能**將事情搞砸——

然後瑪姬．錐克佛出現了。

別的姑且不論，這女孩可真知道該怎麼粉墨登場。她憑空出現在督察辦公室裡的鯉魚池上空，隨著水花四濺和一聲尖叫，瑪姬緊接著跳出水面。可惜七桿拖鞋讓她來得快去得也快。

不一會兒，她又回來了。「抱歉！」她脫口而出：「我最好把這東西脫掉。」

她脫掉拖鞋，穿溼漉漉的襪子站在地上。她的視線首先看向拉斯洛，才落在從椅子上起身的瑪里尼斯‧安德羅沃身上。

當他完全站了起來，那圈鬃毛燃燒起來，瑪姬的臉色一下變得慘白。「我的天啊。」她喃喃道。

督察厲害的地方在於臉上完全沒有表現出一絲驚訝。他只是低頭看著她，帶著困惑而好奇的表情。「妳是？」

「瑪、瑪姬，」她結結巴巴地說：「我是說，**瑪格麗特**‧錐克佛。」

「我猜妳是人類是正確的嗎？」

「是的，先生。」

「我明白了。人類瑪格麗特，歡迎來到遠古地獄協會，謝謝妳發現一個安全漏洞，我們會解決這個問題。除此之外，有什麼可以為妳效勞的嗎？」

拉斯洛必須好好處理這個情況──轉移瑪姬的注意力，不要讓她說出任何可能破壞他計畫的話。「瑪姬，」他說，語氣既平靜而懇切。「我都解決了，回去找胖仔吧。」

他凝聚所有感情全神專注地看著她。**不要爭辯，不要爭辯，不要爭辯**……可惜，心靈感應是五階惡魔才有的能力。

瑪姬搖搖頭。「抱歉，拉斯洛，但我有話要說。」她轉向安德羅沃。「先生，很抱歉我突然闖入，但我可以暢所欲言嗎？」

要是拉斯洛拿回他的薩基拉，絕對會用鐵鎚把它敲爛。這一刻，全世界都在嘲笑他。

「當然。」安德羅沃說。

「謝謝你，」瑪姬說，挺直腰桿，一手抓著七桿拖鞋，另一手則在下方接著拖鞋滴下來的水。「先生，我知道你的組織認為我家族的詛咒不值得你們提供資源或關注，我也知道拉斯洛和你本人有些衝突。在我看來，他完全是自找的。」

有黑點在拉斯洛眼前游動，他抓住椅子兩側，不知道這種感覺只是因為頭暈，還是他的身體同意他自我毀滅的請求。

「從這週五開始，我們經歷了很多事。」瑪姬繼續說：「盡一切的努力想打破這個詛咒，而我希望能實現這個目標，並在你們的紀錄上標記成已完成管理週期的詛咒，這是一個雙贏的局面。」

安德羅沃饒有興致地看了拉斯洛一眼，但什麼也沒說。

「至於拉斯洛……」她補充道：「他有點像是我們的英雄，我不記得我有多少次罵他蠢貨，或是愛撒謊、懶惰的廢物，請原諒我用這個詞——」

「沒關係。」安德羅沃說。

「但他**改變**了。」她的語氣帶著一絲驚奇的成分。「**我**也改變了，不僅是詛咒在我身上造成可怕的變化。想到拉斯洛可以讓我變成一個更好的人就覺得很怪，但他做到了。我一直沒辦法相信別人，或許我不想，但我確實相信他。我弟弟也一樣。我只想要求你讓我們完成尚未完成的任務。我們很快就會從你的面前消失，你再也不會聽到有關錐克佛家族的事。我們之間的關係如此緊密，先生，這麼多年來緊緊相依在一起。**拜託了**。」

瑪姬的眼裡閃爍著淚光，她的請求非常真誠，甚至令人感動——最重要的是，她沒有提到拉斯洛的父親、魔法石，或失落的魔法師。總而言之，她的出現並不全然是一場災難。

至少還沒釀成災禍。拉斯洛不知道安德羅沃會對一個人類入侵者，突然現身他辦公室的錦鯉池旁作何反應。

督察從他的辦公桌後方走出來。瑪姬的臉色變得更加蒼白，但仍堅持自己的立場，堅定地注視著凌駕在她上方的惡魔。讓拉斯洛驚訝的是，安德羅沃單膝跪下，這樣就可直視瑪姬的眼睛。

「錐克佛小姐，」他緩慢而莊重地說：「妳是一位傑出的年輕女性，我希望妳能明白，儘管妳或妳的家人經由我們的手遭受苦難，但那絕無針個人之意。協會只是管理由他人引發的詛咒，我們盡最大的努力執行他們的指示，因為那正是我們的工作。雖然我們有專業的職責，但不代表當詛咒持有者表示他們已準備好履行義務、拋開詛咒並開始人生新篇章時，我們不能感到高興。妳**已經**準備好了，錐克佛小姐，我向妳致敬，因為妳不僅如此迅速便蒐集全部材料，還克服了我一路上為妳們設下的重重阻礙。正如妳所言，守護者九二三在激怒上級這件事上頗有天賦，我猜我一定很希望他能失敗，但那是不專業的，請接受我誠摯的道歉。」

瑪姬看起來就跟拉斯洛一樣震驚。「呃，當然，先生，我接受你的道歉。」

「謝謝。」安德羅沃說：「現在，我認為我能做的最好一件事就是退到一旁，讓妳完成任務，不要耽誤時間。」

「你會讓你的手下停止攻擊我們嗎？」她滿懷希冀地問。

「會，我甚至可以借警車給你們，如果遇到塞車，鳴幾下警笛會很方便。」

拉斯洛著迷地看著安德羅沃收起爪子，輕輕地握住瑪姬的手。這位督察隨即告知守護者九二三可以離開了。

過了一會兒，拉斯洛才反應過來，並搖晃著動了起來。當他將虛弱的身體從椅子上撐起來時，瑪姬走過來，從安德羅沃的桌子上抓起沙漏和詛咒公事包。

安德羅沃讓他們離開辦公室，無視藍芽小姐對突然出現的人類發出的疑問。他打了個響指，把奧斯陸叫過來，要他交出警車的鑰匙。奧斯陸照做了，明目張膽地怒視著拉斯洛，把鑰匙遞給他。

「謝啦，老兄，別放在心上。」說完，拉斯洛眨了眨眼睛。

一隻巨大的手放到他的肩頭，讓他差點往前跌。安德羅沃的聲音在他耳邊響起。「很高興我們能聊天，九二三，我很期待儀式。」

瑪姬抬頭看向督察。「你要來參加儀式，先生？」

拉斯洛肩上的那隻大手稍稍收緊了一些，僅僅這樣的力量暗示就令人震撼。如果安德羅沃願意，他可以像撕雞翅一般扯斷拉斯洛的手臂。

督察微笑地低頭看向瑪姬。「無論如何我都不會錯過。」

「太棒了，」拉斯洛說：「我把地址發給你。」

安德羅沃一臉玩味地敲著拉斯洛胸口的沙漏。「不需要。」

他稍稍地乾笑一聲，躲開安德羅沃的手，帶著瑪姬離開了。

拉斯洛無視一路上的目光，等著生產力鱷魚通過後，匆匆趕到休息室，發現胖仔和克拉倫斯正聊得口沫橫飛。

「拉斯洛！」克拉倫斯尖叫道。

胖仔看到瑪姬手上拿著正在滴水的拖鞋。

「妳去哪兒了？」

「路上再跟你解釋。」拉斯洛說：「胖仔，收拾一下走了。克拉倫斯，帶我們去你從未提起的停車場。」

克拉倫斯實在太高興了。他匆忙帶路，一路上喋喋不休，甚至為錐克佛姊弟開車門，彷彿化身他們的私人司機。拉斯洛坐上駕駛座，轉動鑰匙，警車強大的引擎轟隆隆地運轉起來。有警燈和警笛的幫助下，他們很快就會抵達卡茨基爾。

當克拉倫斯走過來道別時，拉斯洛降下車窗。這隻歐式尖吻鮫遞給他一張捲起來的羊皮紙。

「夫人的指示？」

「沒錯。」克拉倫斯說：「一切已翻譯完畢，準備就緒。我向胖仔保證，一旦詛咒打破，我會帶他參加下一次托爾金大會，我可以借他我的勒荷拉斯假髮。」

拉斯洛試圖把他帶假髮的畫面從腦中抹去。「那太棒了，聽著，克拉倫斯，我們得走了，我想讓你知道你實在幫了大忙。沒有你，我們不可能辦到。」

歐式尖吻鮫那張臉脹成了紅栗色。「唉，沒什麼啦。」

「不，我是說真的。而且善有善報，幫我一個忙，伸出你的手來。」

克拉倫斯期待顫抖地伸出手。當一隻老式手表落入他手心裡時，他的手停止顫抖。那雙小小的鯊魚眼困惑地盯著手上的物品。

「記得這個嗎？」拉斯洛說。

惡魔的尖叫聲迴盪在整座停車場。「我的**手表！**」克拉倫斯叫道：「噢，我親愛的寶璣表！你到底在哪找到的？」

拉斯洛把身體探出窗外，意有所指地低語道。「**安德羅沃的辦公室！**」

那張天真無邪的臉上慢慢浮現理解的表情，克拉倫斯用胖胖的手指握住手表，拳頭因憤怒而顫抖。

「**那個渾蛋**。」

第三十一章 月見草公主

他們在八點多抵達暮光村。十月的夜晚晴朗寒冷，一輪凸月高高掛在卡茨基爾山脈上方。村莊一如往常的安靜。除了偶爾經過的門廊燈和厄爾加油站招牌的霓虹燈，整個村子一片漆黑，甚至看不見路燈在路面灑下霧濛濛的光輝。

對瑪姬來說，這樣正好。她不想讓當地人好奇她為什麼會開警車。

胖仔坐在副駕駛座，讓拉斯洛可以獨占後座。才剛離開曼哈頓，惡魔就渾身發抖，牙齒都在打顫，連帶車身也開始晃動。瑪姬便讓他把車停路邊，自己來開車。

當車子駛離主幹道，開上通往女巫之森那條蜿蜒曲折的小路時，她打開了警車的大燈。即使蒙著眼睛，她也知道自己在哪裡。那裡有個地方要轉彎——它的角度、顛簸程度和輪胎輾過碎石的聲音，在在提醒瑪姬她**回家**了。這讓她想起小時候陪爸媽出差的情景，當時她的父親還能開車，也能走路，可以冒險去到公共場合。年幼的瑪姬會在回程路上打盹，像貓一樣蜷縮在溫暖的座位上。即使感覺到車轉彎暗示她已到家，她還是會假裝睡著，直到葛蕾蒂絲停下來後，雙親之一會把她抱起來。

但那都過去了。

現在已近午夜，而她還有事要做。

瑪姬知道，只要她把車停下來，她媽媽就會馬上要他們坐下接受審問。一旦聽完胖仔的證言後，她就會要求和瑪姬「私下談談」，如此她就可以用她冷酷、隱忍的方式表達對她帶走喬治的憤怒。拿自己的生命去冒險是一回事，但把一個**孩子**牽扯進來呢？

警車轟隆隆地駛上山坡，沿途揚起一陣塵埃。她眼角餘光可瞄到弟弟臉上的興奮與焦急，藏在那副新眼鏡後的表情一覽無遺。

「聽著，」瑪姬輕聲說：「媽會問一堆問題，但我們現在沒有時間，之後隨便她要問什麼都可以，但在那之前……」

「我知道，」他答道：「我明白。」

「我以你為傲。」她的語氣異常溫暖。「當我們發現你躲在後車廂時，我真想殺了你！我以為你只會拖累我們，但沒有你我們根本辦不到，胖仔，我說真的。」

瑪姬把手伸過去，握住他的手，胖仔臉上展露一抹淺笑。

一個顫抖且憤慨的聲音從後座傳來。「抱歉，有人提到我嗎？我頭暈到不行無法確定。那是瑪姬在為我的英勇和為他人做出**極其個人**的犧牲表達感激嗎？」

瑪姬透過後視鏡，看見一條腿屈起，手指敲著膝蓋。「你還可以啦。」她敷衍道。

「**還可以**？妳跟安德羅沃不是這麼說的！」

姊弟倆笑了起來

「你知道我是開玩笑的，」瑪姬說：「你是最棒的，拉斯洛。」

「哼。」

胖仔扭過身體面向後座。「事情結束後，也許你可以來找我們玩，留下來過聖誕節之類的。」

又是一聲冷哼。「**聖誕節**？你真好笑。請放心，當一切結束後，我也拿回我的薩基拉，我會直奔快樂主義二號。」

「那是什麼？」

「那是給思想開放的人和情侶的度假勝地。」

瑪姬皺起臉來。「老實說，拉斯洛……」

但胖仔的聲音聽起來很感興趣。「我可以去嗎？我沒去過度假村。」

「不行。」惡魔猛地回絕。「只有成年人可以，而且我需要遠離小孩一段時間，無意冒犯。」

「怎麼可能不冒犯，拉斯洛？」胖仔抗議道：「我是小孩呀！」

「好吧，我不會道歉。我他媽的一直是個聖人，我全身恐怕都可以算聖髑了，我的頭髮、指甲，就連——」

「我們懂了，」瑪姬打斷道：「在我吐之前別說了。」

車子拐過最後一個彎，到達山頂以及標示著女巫之森的高聳樹籬。

她在離告示牌差不多六公尺遠的地方把車停下來。那裡堆著拉斯洛從計程車裡扔出來的垃圾，感覺像是很久以前的事了！後方，就是標示著錐克佛家土地入口長滿青苔的巨石。她鼓起勇氣，踩下油門。

警車衝過缺口，開進一片漆黑的女巫之森中。車子顛簸地駛過凹凸不平的地面和樹根，車前大燈在樹木和小溪上晃動。瑪姬注意到自己雙手開始顫抖。我是否成長到不再需要父母的認可了呢？她悲傷地想著，也許血緣間的紐帶有其獨特的魔力，就像一個永遠無法解開的咒語。即使打破了詛咒，瑪姬仍會懷疑她和媽媽能否像從前一般親密。她已經快二十歲了，再也回不去九歲的時候。

農舍映入眼簾，門廊的燈是暗的，但窗戶沒有關，她可以看到屋內的火光和有人移動的身影。

前門打開來，伊莉莎白．錐克佛就站在那裡。她瞇著眼睛看向警車的大燈，表情冷淡而漠然，直到胖仔身影在車子停下來時僵住了。

推開副駕駛座的門下了車。

他開心地喊了一聲，蹦蹦跳跳地走上門廊。

錐克佛太太抓住了胖仔，緊緊地抱住他，彷彿再也不打算放開。當胖仔向她展示他的新眼鏡時，瑪姬幫拉斯洛打開警車後座的門，從後車廂卸下背包。當她進屋時，母親只是看著她。

她把背包扔到廚房的地板上，脫掉外套和襯衫，裡面只穿著一件吊帶背心，露出她完全被詛咒印記侵蝕的左臂。從肩膀到手腕的皮膚都在灼燒，內部的肌肉則隱隱作痛，不斷抽搐著。

該出發了。她在背包裡一個一個找到她需要的東西——七桿拖鞋、扁塌的公爵冠冕、裝著聖加辣的頭髮和指甲的塑膠袋。她一邊背誦材料清單，一邊把這些物品放到桌上。

「汝之所愛、汝之所恨、汝之發現、汝之宿命……」

「瑪姬？」她母親說。

「晚點再說。」她看也不看她便回道：「我們時間不多，妳收到明信片了？」

「收到了。」

「胖仔也有留字條，所以妳知道我們去了哪，還有想完成的目標。好消息是我們做到了，應該說快了。」

她母親的聲音很平靜。「瑪姬，妳還好嗎？妳的手——」

「醜陋如罪孽，痛苦如地獄，但妳會習慣的。」

「妳需要——」

「**專心？**」她突然說：「**對！**我需要專心，媽，等我們打破詛咒後，妳可以把妳想問的一次問個夠。在此之前，我要妳別來煩我。」

拉斯洛拖著腳進到屋裡來，手裡拿著一罐品客碳烤ＢＢＱ口味洋芋片和錐克佛詛咒公事包。他的外表很嚇人，就連瑪姬也被嚇到了。眼前惡魔的皮膚變得蠟黃，幾乎呈現半透明。濕漉漉的頭髮黏在額間，原本晶亮的眼眸成了毫無生氣的大理石，簡直像是一具行走的屍體。

「天啊，」瑪姬說：「你看起來糟透了。」

他的聲音低沉。「妳說話真客氣。」

「媽，」她對她母親說：「拉斯洛生病了，幫他找個地方躺下。還有，不要找他麻煩，沒有他，我們沒辦法完成這件事。」

她母親並未多說什麼，這讓瑪姬大大鬆了一口氣。「我會帶他去妳房間休息。」她說，領著拉斯洛往樓梯走去。

「很好。拉斯洛，我們準備好後就去叫你。」惡魔只是咳了一聲作回應。瑪姬隨即看向胖仔。「把我們家所有便攜燈或提燈拿來，還有穀倉裡的折疊桌。」她弟弟點點頭，匆忙走出門外。

她繼續回頭整理蒐集到的材料：**魔法**、**珠寶**、**聖髑**，**全都有了**。她現在只需要找齊尋常的物品。

瑪姬在返家三個小時的車程中，大部分時間都在思考這件事。這四樣物品的其中之一完全不需費心。

在縫紉室一個破舊的衣櫥裡，掛著各式各樣色彩黯淡的衣服，其歷史可追溯自殖民時期。錐克佛家代代都穿著這種衣服工作，大部分符合成人的尺寸，但也有幾套兒童的服裝。瑪姬伸手去拿一件羊毛洋裝，上面別著一條頭巾。

瑪姬把頭巾在手掌上攤平。她還記得第一次戴上這條頭巾的時候——當時是她十歲生日後不久，泰莎・穆德的祖母因為肺氣腫去世了。頭巾的邊緣有一處深色的污漬，讓她想起第一次作為村裡的食罪者外出。污漬是羅格・盧文弄的。之所以會知道，是因為在石頭擊中她髮際線的時候，她瞥見那人臉上流露出純粹的喜悅。他知道自己扔中了。瑪姬頭上仍留有疤痕。

她趕緊回到主屋，把頭巾放到拖鞋旁。找到她憎恨的東西很容易，家裡很多東西都可以代替頭巾。這棟錐克佛家族宅邸藏有許多東西都能喚起痛苦、憤怒或渴望復仇的記憶。

愛則困難的多。瑪姬想到了一本平裝書，她經常翻開來看，躲進書中世界感受快樂的時光。《黑神駒》、《簡愛》、《清秀佳人》、《局外人》、《尼羅河謀殺案》……但她越想就越不確定。這些小說她看了很多遍，也十分珍惜，但那算**愛**嗎？足以打破詛咒的愛？

胖仔帶著摺疊桌和幾盞煤油燈匆匆跑回來，放下東西便去了廚房，那裡還放著一些手電筒和裝電池的提燈。

他們的母親把拉斯洛安置在臥房後，下了樓，和瑪姬目光相接。

「爸在哪？」瑪姬簡短地問。

「在後面，希望他已經睡著了。這五天他過得很煎熬。」

「是嗎？這五天對我們所有人來說都很煎熬。」壁爐架上放著他們多年來蒐集的漂亮石頭和石英。**汝之發現？**瑪姬看了看最大那顆石頭，當胖仔帶著手電筒過來時，她拿起石頭。「這是我找到的，還是你找到的？」

她弟弟只是聳肩。

緊迫感逐漸變成了恐慌，她不顧一切地去獲取極其稀有的材料，現在卻在尋常物品上栽了跟頭。她有**五天**的時間絞盡腦汁，有五天可以決定**到底**該拿什麼東西，她本可以和胖仔、拉斯洛或夫人討論；她卻什麼都不說，相信自己會做出正確的抉擇。

瑪姬絕望地坐了下來，盯著壁爐的火光，不知道該哭還是該笑。

「怎麼了？」

她母親的聲音響起，平靜而好奇。

「別來煩我，媽，我需要想一下。」

「也許我能幫上忙，妳爸爸和我討論過了，然後——」

瑪姬抬起頭來。「我現在沒時間說這個！妳明白嗎？我需要選一個心愛的東西，但我什麼都不**愛**！我十九歲了，而我的生命中沒有任何東西——任何我有或能找到的東西可以讓我由衷地表示喜愛，真是可悲。」

她母親的語氣仍毫無波折。「我可以提議嗎？」

「妳的東西不行，」瑪姬疲倦地說：「妳沒有被詛咒。」

「我沒有，但妳爸爸有。」她頓了一下，回頭看向他臥室所在的位置。「妳不知道他受了多少苦。」

瑪姬回了句：「我是**唯**一知道的人。」

「那對我不公平，瑪姬。我跟妳說過，這是我的選擇。」

「是啊，妳就像他媽的烈士。」

伊莉莎白．錐克佛看著她女兒好一會兒，才回道：「當我得知妳和喬治離家時，我非常憤怒。」她平靜地說：「我從未這麼生氣過。」

瑪姬的視線盯著火光。「是嗎？有時候別人也可以做決定。」

她母親急於解釋。「不是那樣，是恐懼。因為恐懼——所以我才生氣，我很**害怕**，瑪姬。你們身陷危險，我卻無能為力。這是為人父母最可怕的惡夢。」

「但我不覺得抱歉。」瑪姬不帶感情地說：「而且是胖仔自己跟來的，我本來就不打算帶他。」

「我不是要妳道歉。」她母親說：「我只是想訴說我的感受。一開始，我整晚開車去找你們，即使我很清楚你們已經走遠了。妳父親和我感到……很無助，但然後——這是他的想法，我們意識到也許有些事是我們**能**做的，能幫上忙的事。」

瑪姬從壁爐轉過頭來，對上她母親的目光。「什麼事？」

「我們也聽過這份清單，」錐克佛太太說：「雖然我們沒辦法拿到珠寶或聖髑，但我們覺得可以幫忙集齊其他物品。」

瑪姬內心既感到不耐又顯得好奇。他們能找到什麼有用的東西？夠符合私物的特點嗎？「我不知道，媽，我在想也許要我個人的物品才行。」

「這是**錐克佛**詛咒，不是**瑪姬**詛咒。」她母親用帶著一絲往日刻薄的口吻說：「妳爸爸願意貢獻一些東西，我認為他有這個權利。」

「好吧，」瑪姬略顯尷尬地說：「那是什麼？」

「一些我們很久以前就收起來的東西，我不知道有沒有用，但我相信這是妳爸心愛的物品。」

她母親把一張舊照片推過桌面。照片已然褪色，色彩不再鮮明，影像卻十分清晰。照片中是兩個男孩，留著深淺不一的棕色頭髮，在樹籬後的路邊玩耍。較大的男孩看起來約九歲，用四輪搬運車拉著另一位男孩。他回頭望向他的乘客，那位年紀較小的男孩。後者臉上洋溢著只有五、六歲才能感受到的那種簡單的快樂。

瑪姬從未看過這張照片。年紀較大的男孩側對鏡頭，但不管在哪，她都能認出那張笑臉。那個微笑毫不吸引人，反而是有一種內斂的特質，安靜大度，會因為別人的喜悅而快樂。她感覺內心在隱隱作痛，她已經很多年沒見過這個笑容了。

「這是爸。」她輕聲說。

她母親點點頭。

「這是我第一次見到他的照片，妳知道嗎？」

「他藏起來了。妳可以想像，這張照片會喚起痛苦的回憶。他非常愛大衛。」坐在搬運車上的男孩是戴夫叔叔。這對錐克佛家的兄弟長得很像，但大衛的臉上總帶著一絲淘氣。只消一眼就會知道，如果他有機會過正常的人生，會是個讓人心碎且煩惱的傢伙。瑪姬看見他眼中的喜悅，耳邊幾乎能聽見他的歡呼聲。他的臉上充滿了生命力，閃爍著火花。

但當他到了瑪姬這個年紀時，火花熄滅了。大衛在發現錐克佛家族塵封的信件，並得知他的命運早已注定的那天，選擇親手把火花掐滅。

她母親打破了沉默。「妳覺得這個可以嗎？」

瑪姬眨了幾下眼睛後點點頭。「可以，謝謝。」

「我還想到別的。」錐克佛太太拿出一朵乾燥的黃花，顯然是某種紀念品。「記得這個嗎？」

瑪姬在六歲時，已經能辨識出女巫之森裡的每一種植物、花朵和樹木。「月見草。」

「對。」她母親說：「但這朵很特別。我想妳不記得了，但……我們兩個人以前常常去找這種花。我們會在太陽下山後去找，那時螢火蟲就會出來。有天晚上，我們一朵花也沒找到，正當我們準備放棄時，妳發現這朵花獨自開在一棵山梨樹下。妳很大聲的跟它打招呼，全村的人肯定都聽見了。總之，妳拒絕摘下這朵花，妳說它是一朵『仙花』，叫她月見草公主，她特地現身向妳表達敬意，因為她知道妳也是公主。我樂壞了，妳實在太好玩了。」

「有嗎？」她絕不會用**好玩**來形容自己。

她母親的臉色一亮，伊莉莎白．錐克佛看起來像突然年輕了十歲。「妳在開玩笑嗎？在妳會說話前便展現幽默的一面，這是妳與生俱來的能力。有時候發生某件事，妳這個包著尿布的小淘氣就會轉過來，愁眉苦臉地看著我，好似在確認我也覺得有趣。妳真的是個開心果！」

瑪姬小心翼翼地拿起那朵花。「那月見草公主怎麼會變成乾燥花？」

她母親嘆了口氣。「我們每晚都會去看她，但隨著日子一天天過去，我們的公主開始變得委靡不振。一天晚上，我把她摘下來擺到一旁，作為妳長大的紀念品。當妳問我她去哪的時候，我跟妳說她不能永遠待在這裡——月見草公主有自己的王國要管！這個說法似乎讓妳很滿意。」

瑪姬努力保持面無表情。「所以妳**騙**我。」

「對，我騙了妳。」

兩人笑成一團，共同分享好多年不曾有過的笑容。瑪姬感到肩上的重擔減輕了不少。她用手指轉著花莖，夾在照片上方。現在只剩**汝之宿命**的材料了。

她腦中幾乎立刻浮現一個念頭：**錐克佛詛咒箱！**她和媽媽一起把箱子從地窖抬出來。箱子一被抬上桌面——這個充斥無功而返和破碎人生的時間膠囊，瑪姬便在裡面翻來翻去，直到找到她要找的東西：安布羅斯·錐克佛留下來的首篇日記。

厄運已然降臨到我身上。當瑪姬重複這句話時，她突然意識到，自從安布羅斯判那名可憐的女人火刑那天起，每個錐克佛家的人都被這句話給支配。如信上所述，他本人及其後世子孫都注定走上一條無法逃離的道路。這封信就是他們命運的證明。這封信有用。

「這個就可以了。」瑪姬說，小心地把信和其他材料放在一起。

她從桌旁站起來，打量面前一系列物品：王冠、拖鞋、聖髑、頭巾、照片、花和信……在瑪姬看來，這些物品似乎很**恰當**，看起來也很**完整**。她將帶著這些武器投身戰鬥，用這些物品打破折磨她家族近四百年的魔咒。

該死的時間到了。

瑪姬打起精神，把思緒拉回當下，轉向她的母親。「我可以去看看爸媽？雖然我想帶他一起去，但妳和我一樣清楚，輪椅沒辦法把他推到那。」

錐克佛太太點點頭。「帶喬治去吧，我把這些收拾好就去看看拉斯洛的情況。」

胖仔站在門廊上，一臉肅穆地望著女巫之森。聽見瑪姬溫柔的叫喚，他轉過身，跟著她去到屋後，經過空輪椅和母親的小床前，來到一片懸掛在天花板的醫用窗簾前。

污跡斑斑的床墊鋪在老舊的煤渣磚上，父親側躺在上頭，面向著窗戶。窗戶是打開的，涼爽的夜風吹了進來。月光清楚地映出從他發燙的皮膚升起的縷縷蒸氣。每隔幾分鐘，他腫脹的軀幹就會像風箱一樣起伏。下半身蓋著床單，上半身卻裸露在外。

瑪姬和胖仔陷入沉默。

他們父親佝僂著身子，肌肉組織呈現詭異的打結狀。露在外面的皮膚有一半已經剝落，一塊塊肉裸露在外，散發出阿摩尼亞的氣味。剩下一點皮膚覆蓋著海綿狀的生長物，或類似櫻桃大小的膿瘡。沒有一個陌生人會覺得他們看到的是一個人類，他們可能會把比爾．錐克佛看作是一頭在屠宰場地上被宰了一半的病豬。

「爸？」瑪姬輕聲說。

床上發出微弱的咕噥聲。

「爸，是我們，我們回來了。」

一陣漫長的沉默後，比爾．錐克佛沒有轉過身看他的兒女，但還是朝他們伸出一隻手。瑪姬和胖仔抓住他的手，輕輕地握住。

「爸，我們做到了。」瑪姬低語道：「我們拿到了所有需要的東西，現在要去魔法石那裡阻止一切。你會變好的。」

「沒錯。」胖仔補充道：「我們要一起下棋，然後嘲笑洋基隊，我還要把在歐洲的所見所聞全告訴你。」

瑪姬靠近了一點，因父親身體散發的熱氣而皺起眉頭。「還有一件事，我們決定用你給媽的那張照片，你們會合力幫我們打破詛咒，你和戴夫叔叔。」

比爾．錐克佛的身體顫抖起來，傳出低沉的抽泣聲。兩個孩子又握著他的手一會兒，才拉上窗簾，悄悄離開。

同時，拉斯洛也下樓來，縮在壁爐前，剛好吃掉最後一片品客洋芋片。他們的母親把所有東西收進背包裡，包括摺疊桌、提燈和手電筒。

「他還好嗎？」錐克佛太太問。

瑪姬強作笑容。「還好，」她說：「我覺得他很開心我們決定用那張照片。」她挺直身體，全神貫注在目標上。「都準備好了嗎？」

她母親點點頭。

待所有人穿上外套後，瑪姬從背包裡取出貝拉絲卓夫人的卷軸、克拉倫斯的翻譯和最後剩下的魔咒試管。

當他們把行李放到卡車上時，她母親注意到那東西。「那是什麼？」

瑪姬把細長的小瓶子舉到月光下。「魔法。」

母親注視著在瓶裡旋轉的霧氣。「怎樣的魔法？」

「不知道。」瑪姬直白地說：「那正是樂趣的一部分。」

「妳要用這個來打破詛咒？」瑪姬搖搖頭。「那為什麼要帶這個去？」

他們的詛咒守護者已經坐上卡車，等待出發。她把魔咒試管塞進口袋，轉身凝視從女巫之森席捲而來的黑暗。「因為拉斯洛不會是今晚我們見到唯一的惡魔。」

第三十二章

神聖數字七

堅持住啊，拉斯洛，再一下就好……

惡魔在前往魔法石的路上不斷重複這句話。車在行駛的過程不是很舒服。首先，這輛卡車就是一堆生鏽的破銅爛鐵，比起把他們送到目的地，更可能會在途中解體。再者，拉斯洛被夾在錐克佛一家中間，能從後視鏡看到自己的模樣。他從未看起來如此糟糕過，就算是在艦隊週那期間也沒那麼慘。

當卡車上下搖晃、轟隆隆地駛過田野時，拉斯洛試圖把注意力集中在前方的女巫之森上。森林的暗處矗立著那座可怕的巨石，他已經可以感覺得到，只是這次的感覺不同。就好像魔法石在積極地排斥他，彷彿他與那座巨石是兩塊磁極相斥的磁鐵。卡車每往前行駛一公尺都像電池一樣吸取他的能量。拉斯洛不禁想著魔法石是否有感應能力，能知道他的意圖。

他沒想過會這樣。

「開快一點，」他聲音沙啞地說：「我快不行了。」

瑪姬嘟囔了一句他沒聽清楚，隨即踩了油門，卡車便向前衝去，但前進了一百公尺後，卡車嘎嘎作響的衝刺戛然而止。他們開到一片泥地上，導致車子側滑，她設法防止翻車，卡車停下來時，陷入一灘厚厚的泥水中，以至於輪胎——比威廉王子的禿頭還光滑的輪胎——沒辦法戰勝這灘泥水。無論瑪姬如何催油門，卡車就是不肯往前。

「我們得下車用走的。」錐克佛太太說：「喬治，去幫拉斯洛。」

她和她女兒揹起背包，拎著一張摺疊桌和幾盞謀油燈。惡魔靠在胖仔身上，一行人開始在臭氣熏天的泥濘中艱難前行，越過潺潺的溪流分支，爬上一個淺坡，往樹林走去。

他們上次走的不是這條路。為了讓拉斯洛好走，錐克佛一家選擇一條更長但更輕鬆的路線。他們繞了一圈，沿著接壤迷宮般的溪流的一小塊岩岸，從東北方前往魔法石，沿途減少了水花四濺和需要攀爬的情況。這次長途跋涉的過程雖然輕鬆不少，但也更加漫長。當他們艱難地穿過黑暗而寂靜的女巫之森時，拉斯洛試著不去注意時間。就連他們的腳步聲和踩在腳下嘎吱作響的樹枝也讓他有一種窒息的感覺，彷彿這地方會抑制聲響。

拉斯洛腳絆了一下，一邊膝蓋跪到地上，像病狗一般乾嘔，汗珠從鼻尖滴落。

瑪姬蹲到他身旁。「我們快到了，你可以做到！」

惡魔呆呆地點頭，抹掉下巴上的唾沫。過了一會兒，他再次點點頭，瑪姬毫不費力地把他拉起來。他第三次點頭向她道謝——但坦白說，被人類輕易地拉起來實在很丟臉。

他們又往前走了三十多公尺，拉斯洛透過樹林縫隙看到了那東西。

魔法石沐浴在寒冷秋月的光照下。那座巨石完全占據了山頭，隱隱約約顯現在錐克佛家族墳墓上方，像極了被受害者遺骸團團包圍的怪物。

從現在這個全新的角度看來——一堆扭曲的形體和尖塔，某個憤怒的大人物遭到冰凍，並轉化成一座黑曜巨石像。如果這件事是事實的話，魔法石就顯得更加險惡了。

這座巨石比貝拉絲卓夫人收藏的巨型石碑還令人不安。相較之下，女祭司顯得端莊得多。武僧呈現奇形怪狀，彷彿時間及其所蘊含的強大能量腐蝕了它的基本特徵。拉斯洛想像裡面封藏著一個瘋子，往束縛著自己的那道牆猛撞。當他們削弱咒語最後一層結界後，會發生什麼事？

魔法石承受得住嗎？

拉斯洛突然感到一陣恐懼，擔心他的計畫在最後、也是最關鍵的時刻分崩離析。絕望驅使著他往前，在胖仔的攙扶下，他渾身僵硬地朝魔法石走去。他毫不在乎自己是否會引起錐克佛家族的靈魂出現，鬼魂無法跟安德羅沃或他失去的薩基拉相提並論。從現在開始，每分每秒都很重要。

當他們抵達魔法石所在的山丘後，拉斯洛的皮膚就開始刺痛，好似接近一個開放式高爐；空氣像污泥一樣混濁，金屬味在他舌頭上暈開。他怕自己會渾身燃燒起來。他得靠在一塊墓碑上恢復力氣，慶幸墓碑的主人沒有提出抗議。

錐克佛一家似乎不像他一樣受到影響，他邊休息邊想著箇中原因。他屏住呼吸，用氣音示意他們開燈。

他們迅速將提燈擺成半圓形，圍繞著魔法石一側宛如血盆大口的大碗。光線照亮周圍的墳墓。

拉斯洛伸長脖子，看向在他們上方約十二公處高參差不齊的樹冠。武僧的體型不可能真的那麼龐大，對不對？巨石只是一個要塞，對吧？一個黑曜石繭。**天啊，但願如此……**

現在，錐克佛一家已經擺好桌子，並按照使用順序排列七種材料。拉斯洛搖晃著身體走向站在其中一盞提燈旁的瑪姬，後者正在研究克拉倫斯翻譯的夫人卷軸。

他帶著喘息說：「召喚她。」他懇求道：「召喚夫人，我可能撐不過去了。」

「他在說什麼？」錐克佛太太問。

「有人在羅馬幫了我們，」瑪姬解釋道：「咒語解除後她想拿走魔法石，我們向她承諾會召喚她來。」

她母親的眉頭皺了起來。「那個人是惡魔嗎？」

瑪姬點頭。在她母親追問之前，她閉上眼睛，摸著她被贈與的戒指。「夫人，時間到了，請到我們這裡來。」

漫長的時間一分一秒流逝，整座樹林似乎變得異常安靜，然後胖仔倒抽一口氣。

大約在十公尺外的地方，大地升起冉冉白煙，一個清晰可見的符號出現在地面上，彷彿是由燒得白熱的金屬絲畫成：一個六芒星嵌在一個六邊形內，六邊形內則有一個圓圈。隨著符文發光，七道身影慢慢顯現其上。一個形體位於符文中心，其餘六道形體位於六芒星的六個尖頂上。這些形體轉變為陰影，陰影再形成肉體。

拉斯洛和錐克佛一家就這麼看著貝拉絲卓夫人及其六名侍從。

這位女惡魔穿著漂亮的晚禮服和鑲滿鑽石的項圈，看起來一如既往地迷人。侍從全是身穿黑色西裝的高個子男人，抬著一個金屬架，上面擺著一個直徑約一公尺的拋光青銅圓盤。

夫人向瑪姬點了點頭。「妳能召喚我來太好了，我都開始擔心了。」

瑪姬向她鞠躬。「晚安，夫人，我很抱歉晚了一點。」

夫人離開圓圈後，像對待自己的女兒般擁抱了瑪姬。「沒關係，我們現在來了，對嗎？」她轉向胖仔。「你好嗎？我的小帥哥，喬治？」

男孩害羞地笑了笑。「我很好，夫人，好得不得了，我很興奮。」

拉斯洛想讓夫人注意到他，卻徒勞無功。

夫人撫摸著胖仔的臉頰，然後轉向錐克佛太太。「這是你們的母親？我願意在妳的顴骨上賜福……」她抓住錐克佛太太的肩膀，在她的臉頰吻了一下。「晚安，親愛的——我是貝拉絲卓夫人。你的兩個孩子讓我很開心，我很高興我沒有殺了他們，妳叫什麼？」

錐克佛太太花了好一會兒才找回自己的聲音。「伊莉莎白。」

女惡魔微微一笑。「很好聽。我們得找一天共進午餐——我會帶妳去我的俱樂部，但現在我得先處理生意的事，讓我的助手就定位。」

「定位？」瑪姬問：「他們到底要做什麼？」

「當然是制伏我們的朋友。」夫人轉向那座形狀詭譎的魔法石。「武僧看起來很渴望自由，不是嗎？他不會心甘情願進入另一個監牢中。」

「會有危險嗎？」瑪姬的聲音很不安。「也許我的家人應該先離開。」

「胡扯。」夫人指著她的手下布置在魔法石周圍的青銅圓盤。「這是代達洛斯的鏡子。」她解釋道：「當詛咒打破時，這些鏡子會將武僧困在一個太空迷宮中，牢牢控制住他，直到他被安然束縛為止。」

「妳確定嗎？」瑪姬說。

「當然。」

「聽起來有點殘酷。」胖仔邊說，邊扶著拉斯洛靠在一個墓碑上休息。

女惡魔笑了起來。「人類真是太讓人感動了。別擔心，親愛的，需要意識清醒才能感到痛苦，我們的朋友仍會以為他在作夢。」

「而這位『朋友』是誰呢?」一個低沉的聲音說。

瑪里尼斯．安德羅沃從樹林深處現身。夫人的侍從從外套下方拔出了槍，那些槍的外形很奇怪，槍管上蝕刻著發光的符文。拉斯洛覺得，無論他們使用怎樣的子彈，都無法在當地靶場找到。安德羅沃一眼掃過那些武器及其持有者，神情看起來毫不擔心。

貝拉絲卓夫人轉向拉斯洛。「他是誰?」她問。

這個外來者逕自回答。「我是瑪里尼斯．安德羅沃從男爵，是一名督察，同時是遠古地獄詛咒者協會北美分部的負責人。而妳是貝拉絲卓夫人，一個著名的走私犯、刺客和叛徒。」

「叛徒?」夫人嘲笑道:「沒有誰可以背叛自己從未承認的事情。」

「無所謂。」安德羅沃邊說邊向他們走來。「地獄領主統治著所有惡魔，而我是他們忠實的僕人。」督察停下腳步，冷冷地看了拉斯洛一眼。「你忘了提到這位……女士會加入我們。」

拉斯洛筋疲力盡，差點從墓碑旁滾下來。「拜託，」他喘著氣說:「我可以解釋。」

「你最好解釋一下，拉斯洛．澤布。」夫人說:「我很想把你抓來打屁股。」

好主意。他大聲說:「我保證會解釋，夫人，但首先我得請求你歸還我的薩基拉，瑪姬已兌現跟妳的交易。」

夫人憤怒地朝安德羅沃做了一個手勢。「但這個笨——」

「我不知道，」拉斯洛插嘴道:「至少在我們談話時還不知情。這是在我們回到紐約的時候，然後——」

他意味深長地看了一眼夫人，補充道:「瑪里尼斯爵士想要的東西與妳**無關**，他來這裡是為了觀察我對錐克佛詛咒的處理方式。」

她看著拉斯洛好一會兒，然後面向安德羅沃。她的聲音冷到極致。「干涉我的事，你會希望自己從未誕生，你這個可憐的殘渣。」

安德羅沃的鼻孔緩緩噴出白煙。「妳在威脅本督察嗎?」

夫人轉向瑪姬和胖仔。「這是我為你們上的第一課，」她說：「淺嘗權力的滋味是很危險的，我此生從未聽過這個混蛋，他現在卻站在這裡，擺著姿態彷彿他才是掌控一切的人。」女惡魔對安德羅沃說：「你一點也不重要，臭蟲子，你不存在，我可以純粹為了好玩殺你。」

「然後招致地獄的怒火？」安德羅沃生硬地說：「妳低估了我的重要性，夫人。」

夫人頓時露出令拉斯洛為之著迷的微笑，美麗而輕蔑。貝拉絲卓夫人笑了起來。「你覺得地獄會為了**你**發起戰爭？督察可是有上千位，小朋友，你就是可替代的代名詞。」

拉斯洛無力地揮揮手。「抱歉打擾了，但如果我不拿回我的薩基拉，我真的就要**死**了……」

「夫人，」瑪姬說：「**求求妳**。」

女惡魔注視著拉斯洛。「好吧，雖然我不喜歡驚喜，但也不可言而無信。」

感覺她花了很長時間才走到他身邊，從手提包裡取出一個用絲巾包裹的東西。她打開絲巾，把裡面的東西放在手心裡。拉斯洛的薩基拉看起來就像一塊鐵一樣冰冷、了無生氣。

拉斯洛從夫人手上抓過薩基拉，把手伸到襯衫下面，將其按在胸前。當薩基拉接觸到他的皮膚那一刻，惡魔感覺他的肋骨分開了；薩基拉像流沙般滲入他的肉體，它**知道**自己的歸處。

一旦薩基拉歸位後，他體內的細肌絲網絡便自動連接，將器官重新連結回需要供給的身體。拉斯洛因為體內傳來的一連串電流頻頻顫抖，彷彿一座火爐重新點燃火苗。

然後爐子燃燒起來。

力量再次湧回拉斯洛身上，渾身溫暖且令人愉悅。他的眼睛像月光下的珍珠般閃著光芒。他從墓碑上站起來，注意到錐克佛一家用恐懼和擔憂的目光看著他。拉斯洛朝瑪姬眨了眨眼，轉向在場的其他惡魔，舉止就像一位身經百戰的司儀。

「貝拉絲卓夫人，感謝妳遵守我們之間的協議。瑪里尼斯爵士，對於發生的任何誤解，我深表歉意。夫人的協助至關重要，我確信今晚將揭露我與那些遊走在階級制度外的惡魔打交道是合理的。我謙虛地請求休戰，或至少相互忍耐，直到一切塵埃落定。時間可不等人呢。」

安德羅沃和夫人瞪著對方，雖然這麼做會讓督察覺得不快，他還是微微向她鞠躬示意。夫人只是翻了個白眼，示意拉斯洛開始儀式。她的手下也退回鏡子旁的位置。

拉斯洛搓著雙手，小跑到錐克佛一家面前，他們站在一起，看上去相當緊張，一臉恐懼的表情。

他向在場所有人宣布：「各位先生、女士，男惡魔和女惡魔，我們即將迎來一個多麼美好的夜晚！今晚我們齊聚一堂，見證錐克佛家族詛咒的終結，其根源可追溯自一六六五年，這是一個重大的時刻，我的朋友。」

他手臂往錐克佛一家一揮。「容我為各位介紹我們的詛咒持有者，瑪格麗特·錐克佛和喬治·錐克佛，以及他們的母親伊莉莎白·錐克佛，舊姓坎貝爾。在家裡參與的是比爾·錐克佛，他因身體多處畸形和這裡地勢險峻而無法出席——」

「拉斯洛！」瑪姬斷聲說道。

惡魔舉起一隻手。「典禮很快就結束。」他向所有人保證。「開場咒語後，瑪格麗特將按照正確的順序將詛咒的七種材料放到魔法石的碗中，然後清晰而激勵人心地喊出**最後的咒語**來打破詛咒。」他的聲音低沉而激動。「瑪姬……準備好了嗎？」

她連忙點頭。「是的，我準備好了。」

拉斯洛擁抱了她。「放輕鬆，妳會做得很好的。」他輕聲說，捏了捏她的肩膀後，才走向其他人。「懇請各位在儀式進行期間不要說話、打斷或使用閃光燈。儀式進行期間，請把手機調成震動模式，如果剛好碰到有任何靈體活動，請忽略它。鬼魂的聲音可能很刺耳，舉止粗魯，但它們完全無害。」

說完，拉斯洛鞠躬後，走到錐克佛太太旁靠近材料桌的位置，讓那對姊弟發言。

瑪姬甩了甩她的手。「胖仔，我叫你拿什麼就拿給我，你知道哪個是哪個嗎？」

他點點頭，表情嚴肅到連那副滑稽的眼鏡都遮擋不住。

「那好。」瑪姬拿著克拉倫斯的翻譯稿，站在魔法石底部凸出來的碗旁。她深吸一口氣，大聲朗誦，聲音響徹整個空地。

神聖數字七
強大而永恆
這最後的儀式
徘徊在月升至午夜間
七件寶物，七聲祈請
七層屏障、七道封印
用於隱藏及綑綁
庇護和滋養
使汝免受敵人吞噬
在迫切需要之時
時光飛逝，魔法師啊
汝的侍從在此
將破除第七層禁錮
並獻上汝的長矛

祭壇的碗發出地獄般的光芒。一股熱浪從祭壇深處散發出來，十分灼熱，讓瑪姬不由自主地往後退。她打起精神，清了清嗓子，用響亮的聲音喊道。

「**汝之所愛！**」

胖仔遞給她那張照片，瑪姬很快地把照片扔進碗中。碗裡閃過一道磷光，冒出一縷紅煙。大地掀起一陣輕微搖晃，魔法石出現了一條裂縫，大約瑪姬手指那麼粗。從裡面發出紅色的光芒。

「**汝之所恨！**」瑪姬叫道。

她高舉著一塊沾著污漬的亞麻布。當她把頭巾扔進碗裡時，臉上對其的厭惡顯而易見。碗再次出現閃光，這次，橙色的煙霧盤繞在夜色中，腳下的地面一陣抖動。

鬼魂開始從四周的土地飄起——半透明的形體就像魔法石本身一樣扭曲。這些靈體的臉都像是被抹去般模糊。拉斯洛只能依照衣著區分性別。所有鬼魂靜靜地飄在一起，手牽著手，形成一條幽靈鏈，環繞著魔法石。

儘管儀式多了這些新來的參與者，瑪姬仍保持專注。「**汝之發現！**」她從胖仔手中接過乾燥花，一樣加入其他祭品中。四周響起一陣陣蛇信吞吐的聲音，碗冒出的煙霧變成了淡金色。當鬼魂以順時針的方向繞著魔法石旋轉時，開始竊竊私語，拉斯洛試著別開視線。

「**汝之宿命！**」

瑪姬將一張泛黃的羊毛紙扔進去，一道綠光閃過。魔法石出現更多裂痕，更多光線從內部溢出，翠綠色的火焰讓周圍的樹木沐浴在詭譎的光芒中。

「**聖人血軀！**」

當她獻上安傑洛神父贈與他們的禮物時，拉斯洛遮住了眼睛。頭髮和指甲被扔進碗裡時，發出鮮豔的藍光。鬼魂隊伍旋轉得很快，它們雙手緊握，四肢怪異地伸展，在魔法石周圍跳躍嬉戲。

「**國之財富！**」

這一幕讓拉斯洛很心痛——他忘了事先把精美的寶石從公爵冠冕上撬下來，現在為時已晚。他看著瑪姬獻上從列支敦斯登拿到的王冠。鬼火騰起，化為一縷紫色煙霧消失無蹤。

一聲爆裂聲響起，一條斷層線從魔法石中心劃開，光芒瞬間噴湧而出。一旁鬼魂的舞蹈變得幾近瘋狂，發出彷彿來自地獄的合唱，其嚎叫聲讓拉斯洛神經緊張。

對面的安德羅沃立於錐克佛家族墳墓上方。他的注意力沒有放在鬼魂或煙霧上，而是集中在詛咒守護者九二三身上。

他們的目光相遇，拉斯洛點了個頭。

瑪姬最後的叫聲很興奮。「**創造之火！**」

當她伸手準備接過胖仔遞過來的最後一件物品時，臉上充滿著喜悅。然而，當她轉過身時，發現她弟弟兩手空空，看起來就跟她一樣困惑。兩人一起在材料桌上尋找裝有七桿拖鞋的珠寶盒。

盒子就在桌上。

內容物卻消失了。

直到這時，他們的目光轉向拉斯洛，才發現他的手指勾著拖鞋晃呀晃的。

瑪姬惱怒地抿起嘴，匆忙跑過去拿。但當她伸出手時，惡魔只是一臉微笑地把拖鞋拿高，讓她無法搆到。

「這可不行，妳這個盲信的女人。」

第三十三章 痛苦不堪

瑪姬呆愣地眨著眼睛，看著那個嘻皮笑臉的惡魔。

拉斯洛是喜歡開玩笑沒錯——但這太超過了。她盯著他那英俊的臉龐，除了像貓一樣發光的眼睛，那張臉是如此像人類。

「拉斯洛，」她說：「把鞋子給我。」

他亮出那排完美的牙齒。「抱歉，殿下，現在是我的舞臺，不是妳的。」

瑪姬往前走一步。「這不好笑。」

「很好笑呀。」拉斯洛說：「妳一直以來都在跟著我的步調走，妳敞開心扉，吐露悲傷的小祕密，妳以為自己會成為打破錐克佛詛咒的英雄。老實跟妳說吧，我覺得真是太搞笑了。妳要**怎麼**跟爸爸說呢？」

瑪姬把手伸進口袋，卻發現口袋空無一物。

拉斯洛舉起她在找的魔咒試管。「千萬不要擁抱一個小偷，瑪姬，那是自討苦吃。」惡魔用拇指轉動小瓶子，試管便憑空消失。「妳還以為**我**是笨蛋呢！」

她的臉因為尷尬而脹紅。當她看過去時，她母親和弟弟似乎很震驚。

山丘上陷入一陣可怕的寂靜。魔法石仍閃爍著紫色的光芒，但錐克佛家好幾代的鬼魂已停止嚎叫，神情肅穆，沉默地注視整個過程。

瑪姬面向拉斯洛，口氣堅決地說：「你不能這麼做。」

「我**已經**做了。」

「我不相信你！」

拉斯洛將魔法拖鞋舉到月光下。「我的老闆也不相信我，他不相信有誰——甚至是人類——會輕信這個咒語已經『預定終止』。詛咒被**封存**？妳到底蠢到什麼程度？」

「所以一切都是騙人的？」胖仔聲音嘶啞地說，聽起來很崩潰。

拉斯洛輕輕笑了起來。「別太往心裡去，孩子。瑪里尼斯爵士抓住我的小辮子。說實話，在上個世紀，我一直是協會裡最令人頭疼的員工，疏忽職守的最佳典範。這位大人給了我六天的時間證明我可以讓我的詛咒持有者感到深深的痛苦。順便問一下，我做得怎麼樣呢？」

惡魔低頭對他微笑，胖仔說不出話來。

瑪姬只簡單問道：「**為什麼？**」

「很簡單。」拉斯洛說：「不管妳喜不喜歡，我都是**詛咒守護者**，瑪姬。這是我的工作，我怎麼可能允許一家子鄉巴佬打破我賴以為生的詛咒呢？妳的痛苦就是我吃飯的工具，妳覺得妳現在很痛苦？等著看詛咒對胖仔造成什麼影響，等妳開始孕育下一代的那天！」

瑪姬的反應近乎咆哮。「**絕不！**」

拉斯洛發出怒吼：「噢，瑪姬，難道妳忘了蘇黎世了嗎？那個銀行家？古柯鹼？妳渾身赤裸倚著洗手檯，祈求一個陌生人把妳的身體灌滿屬於他的東西。妳還不懂嗎？」

「他在說什麼？」她母親語氣尖銳地問。

但瑪姬沒辦法回答。她滿腦子都是當時的記憶，以及無法言喻的羞恥感。她感覺到胖仔的目光，卻無法對上他的視線。她母親持續追問答案。

「**瑪姬？**」

惡魔親自詳細說給他們聽。「妳女兒確實是匹桀驁難馴的野馬，小莉莎，我覺得那傢伙有考慮改變主意，但瑪姬不准他拒絕。她完全掌控他——這可**不是**隱喻，希望妳喜歡小孩！妳很快就要當外婆了。」

「**絕不！**」瑪姬怒火中燒。「我**絕對不會**生小孩！」

惡魔把頭歪向一邊。「妳以為那是**妳**可以決定的嗎？醒醒吧，小妹妹。**錐克佛**詛咒需要**繼承人**。給它一個月的時間，妳就會在一天晚上離家出走，回家後肚子裡裝著另一個詛咒持有者。一旦孩子斷奶後，妳就會爬上葛蕾蒂絲，出去再懷另一個。也許是某個請妳吃飯的好心人，或是在卡車休息站的垃圾箱後跟五個男人。關鍵在於，瑪姬，在這件事上妳別無選擇。妳將成為這具身體的囚犯，而且不會停止，妳會一遍一遍，不斷地**重蹈覆轍**……」

淚水順著瑪姬的臉頰流下來。「我才不會。」她低語道。

「別自欺欺人了。這個詛咒會讓妳生出錐克佛的後代，直到妳的身體完全變形到無法做那檔事，就連那些兄弟會的男生都不會想看妳一眼。」

她手指指甲陷進肉裡。「你真他媽的是個怪物。」

「抱歉哦，」拉斯洛說：「但**妳**才是在場唯一的怪物。我只是個惡魔，記得嗎？還是妳忽略了這個小細節？我發誓我告訴妳了。妳覺得我和其他惡魔有什麼**不同**？還是妳說服自己我們之間有什麼『特別的關係』，妳會是那個改變我的人？」他假裝憐憫地搖搖頭。「我說對了，不是嗎？妳知道關於驕傲和失敗有個詞是怎麼說的嗎？我不記得確切的說法，但我記得有『必』這個字，我喜歡這種預言性的字眼，」他提出自己的意見：「太符合聖經了。」

瑪姬後退一步——她就像隻走投無路的動物，因恐懼和絕望而近乎癲狂。

不過，就像美式足球結束前那記孤注一擲的長傳一樣，她也有**夫人**做靠山啊！這位女惡魔力量強大；比拉斯洛還強，甚至在安德羅沃之上。夫人曾想收瑪姬為學徒，他們已建立聯繫。她還給了瑪姬項鍊和戒指。對！夫人會幫她——

但她沒有在夫人的臉上看到一絲同情或安慰。那張美麗的臉龐猶如一副大理石面具。貝拉絲卓夫人站在遠處，雙臂抱胸，表情冷漠，甚至沒有看向瑪姬，而是越過她望著魔法石。

「夫人……」

那雙令人驚嘆的翠綠色眼眸十分冰冷。「那不關我的事，姑娘，我關心的是妳的魔法石。」

就在她回答的同時，拉斯洛繼續說下去，急於恢復他們單方面的對話。

「妳知道自己很自命清高嗎？」他說：「總愛覺得自己與眾不同——來自曝光村可憐無助的食罪者，但說真的，你們只是兩個平凡人，既愚蠢又幼稚，自負到老以為自己很特別，卻又蠢到相信惡魔。我還是不相信妳竟然信以為真。」

瑪姬的母親聽夠了他惡毒的話。「別說了！」

拉斯洛豎起一根手指在唇前。「噓，小莉莎，很快就輪到妳了。」

一股滿懷恨意的怒火在瑪姬心中燃燒。當拉斯洛漫步走向她時，觸手從她詛咒印記的洞裡竄出，像是好幾條蛇從左前臂滑到手腕。每條蛇身上都長著倒刺，能將那張笑臉上的肉撕下。而瑪姬**希望**如此，她這麼努力才走到這一步。她會在那些蛇纏住拉斯洛的時候，用右手搶走拖鞋，完成儀式。

不管有沒有守護者，她都要打破錐克佛詛咒。

拉斯洛離她約五步之遙。現在剩四步，瑪姬整個人都在期待中發抖。觸手僵直地等待時機，準備出擊，將其撕裂、殺戮。

三步……

兩步——

瑪姬左拳猛地揮向拉斯洛，與此同時，一半的觸手從她襯衫的袖口衝出；剩下一半則穿破外套的袖子，狠狠地纏上他的臉。

可惜事與願違。

瑪姬的手揮空了，用力過猛讓她失去平衡，身體一歪，摔在墓碑上。她一臉驚愕地趴在冰冷的地面上，直喘著氣。

「**我在這裡！**」拉斯洛慢條斯理地從魔法石後走出來，把拖鞋和試管當球扔來扔去。「不知道我能做到那種事，對嗎？」他說：「這個小把戲在列支敦斯登救了我一命。不過嘛，妳沒能看到——因為妳早就逃走了。這不是什麼厲害的技能，但只要發揮創意，就能創造奇蹟。」

緊接著，樹林裡傳來一聲含糊的叫喊聲。

「**救命！**」是她父親的聲音——聽起來承受了巨大的痛苦。他一個人是怎麼走到這裡的？她爬起身來，開始東張西望，視線掃過女巫之森，卻什麼也沒看見。

身後傳來一聲輕笑。「我同時也會說腹語哦。」

瑪姬轉過身，看見拉斯洛靠著一個墓碑，臉上掛著高傲的微笑。她罵了一聲，又朝他揍了一拳。觸手猛地戳向石頭，把石頭側面打碎了一大塊。

惡魔的身影消失了。

從她身後傳來清喉嚨的聲音，瑪姬轉過身，看見他們的詛咒守護者靠在六公尺外的另一個墓碑上。「竟然被同樣的手法騙兩遍？我太失望了。專業提示，與魔術師打交道，千萬不要被他分散注意力。」

瑪姬的眼角餘光出現一顆光球，光球在空中盤旋了一會兒，隨即像黃蜂一樣朝她衝來。她本能地躲開，在光球掠過她耳邊時揮了一拳。

然後她往拉斯洛的方向看去，但惡魔早已不見蹤影。當她把目光從他身上離開的那一刻起，他就消失了，就跟在蘭布洞穴的情形一樣。

「**膽小鬼！**」瑪姬的尖叫逐漸演變成啜泣。她全身力氣都被抽乾，癱倒在祖先墳頭潮溼的土壤上。

一聲怒吼貫穿了她的腦殼，胖仔朝再次現身的拉斯洛衝去。惡魔顯然覺得很有趣，耐心地等他衝來，並在最後一刻閃開，伸出一隻腳。胖仔被絆倒後，摔在瑪里尼斯．安德羅沃身旁的地上。他的眼鏡掉到地上，眨著眼睛看著那名惡魔黑色的腳蹄，然後抬起頭看向他那燃著熊熊火焰的頭正俯視著他。

「**不要傷害他！**」這聲尖叫來自伊莉莎白．錐克佛。她跑向胖仔，把他從安德羅沃身旁拉開，隨即抱起胖仔，急急忙忙回到瑪姬身邊。當拉斯洛朝他們走來時，錐克佛一家三口正蜷縮在墓碑旁。

他發光的眼睛緊直勾勾盯著瑪姬的母親。「妳想停止痛苦嗎？」他問：「希望妳的丈夫回來？還有妳的孩子？回到正常且幸福的生活？」

瑪姬感覺到她母親在顫抖。「我當然想！」

「很好，」拉斯洛說：「妳願意做什麼？」

「**任何事！**」

惡魔走上前。「這是真心話嗎，伊莉莎白？還是這只是母親不得不做出的承諾？之所以這麼問，是因為現在是要展現真誠的時刻。妳想拿回『任何東西』嗎？按下重置鍵？是時候說出真心話了。」

「你想做什麼？」錐克佛太太冷冷地說。

拉斯洛雙手各拿著一隻拖鞋，慢慢地將拖鞋放在一起。「等價交換。」他答道：「一個女巫的靈魂買下錐克佛詛咒，一個母親的靈魂可以還清。用妳的靈魂跟我交易，我就把拖鞋還給妳，扔進那個碗裡……然後，**噹噹！**詛咒就被打破了呢，妳就能奪回妳的家人。」

「不要！」瑪姬叫道：「他騙妳的。」

伊莉莎白．錐克佛贊同地點點頭。「我不會跟你交易，拉斯洛。」

惡魔勾起唇角。「我懂了，所以當妳說『任何事』的時候，真正的意思其實是『只要不付出任何代價，不會為我帶來不便，或以任何形式讓我不舒服的話，任何事都可以』，我說對了嗎？」

「不是這樣。」

拉斯洛繼續說著，彷彿沒有聽到她的回答。「我簡直不敢相信！妳只是對自己的兒女寄予『哀思和祈禱』嘛。我是說，我確實向妳提出能**拯救他們**的方法，讓妳的寶貝孩子能免受永恆的折磨，而妳根本不在乎！」

「我沒說——」錐克佛太太吼道。

「我試著要幫忙，」他壓過她的聲音。「我提醒過妳了，但妳還是執意如此，蒙騙自己相信妳說的是實話。現在妳親愛的兒女親眼目睹媽媽滿口謊言，只要沒人揭穿，妳就會向全世界許下承諾。我決定了，妳就是個他媽的偽君子。此時此地，妳要嘛挺身而出，不然就閉嘴。」

瑪姬眼見她母親開始動搖。「不要！」她懇求道：「他騙人。」

但錐克佛太太的注意力仍集中在拉斯洛身上。「我不能相信你。」

「用不著相信我，」他答道：「我有合約。」

惡魔憑空抽出某個東西——一張深紅色的卷軸旋即展開，連帶一隻金色鋼筆，扔給伊莉莎白．錐克佛。

她接過文件，仔細檢查一番，內容是用火紅的字體書寫：

為換取七桿拖鞋，我，伊莉莎白．錐克佛，特此將我的凡人靈魂交給拉斯洛．澤布。前述拖鞋將在本合約簽訂後交付。伊莉莎白．錐克佛的靈魂將從本人死亡那一刻起交付，拉斯洛．澤布作為利益相關方以此保證不以其他方式參與其中。

卷軸上有兩行簽名格，其中一行已簽上拉斯洛華麗的簽名，另一個則是空白。底部寫有一條免責聲明，以細小的銅板體印刷：

本合約由貝拉絲卓夫人代表拉斯洛．澤布起草。夫人保證協議條款的效力，不會對伊莉莎白．錐克佛提出任何要求，她的靈魂及任何用途均由拉斯洛．澤布自行決定。

在這份免責聲明旁是一條蛇銜著尾巴的蠟封。

瑪姬瞪著夫人，後者仍是面無表情。「這就是他的請求嗎？」她大叫道：「**交易我母親靈魂的契約？**而妳**答應**了？」

「別責怪夫人。」拉斯洛說：「惡魔契約是很嚴肅的魔法，遠遠超出我的能力範圍。」他轉向安德羅沃問：「如果我沒記錯的話，制定契約是五階惡魔的能力，我記得你在起草我們的契約是這麼說的？」

督察頷首。「確實如此，九二三。我很高興你能注意到。」

瑪姬的注意力仍放在夫人身上。「**妳怎麼可以這麼做？**」

女惡魔似乎對她的憤怒感到厭煩。「這就是生意，親愛的，我在羅馬就跟妳說過，魔法石是一個詛咒物，只有打破詛咒，我才能主張其所有權。打破詛咒會剝奪妳的守護者的生活，他需要靈魂作為補償，這是合理的交易。坦白說，我很驚訝妳母親竟然如此不情願，特別是考慮到時間緊迫。」

「恐怕夫人說得對，」拉斯洛說：「時間不等人呀，伊莉莎白。怎麼樣？筆就在妳手上……或者說眼前。」

錐克佛太太盯著那份契約。「我需要時間考慮一下。」

「但妳沒有時間了。」拉斯洛把手朝空地一揮，將她的視線引向魔法石，發光的碗，以及沉默注視著他們的鬼魂。「到了午夜，咒語就將恢復原狀，碗不再發光，鬼魂失望地返回墓地，魔法石再次生出苔蘚，妳兒女所做的一切將徒勞無功。」

「沒關係，」瑪姬執拗地說：「我們可以再試一次。」

惡魔笑了起來。「妳確定嗎，瑪姬？妳的身體正在變化。在過去的一週裡，妳手臂的印記已經進化成迷你九頭蛇。不要忘了妳的眼睛，當仙靈精華失效後，妳媽看了會嚇死的。過了一個月妳會變什麼樣子呢？一年後呢？妳我都清楚，詛咒正在加速侵蝕。」

她沒有回答。拉斯洛的話不過是再次驗證她從錐克佛家族信件中發現到的事實：每隔一代，詛咒出現的時間就越早，對持有者的影響也越嚴重。她想到了胖仔，他什麼時候會出現第一個印記？他們還剩多少時間可以外出？

「聽著，」拉斯洛持續他合理的推斷。「就算有我的幫助，要走到這一步也很困難，沒有我，妳根本沒有機會。妳怎麼旅行，瑪姬？為了賺錢妳會做什麼？妳該如何掩飾妳的外表？妳要去哪找王室珠寶和魔法物品？別費心問夫人了，一旦諾言得到兌現後，她就再也不會提供妳任何幫助。」

瑪姬看了一眼女惡魔，知道他說的是事實。

惡魔看著她的母親。「情況就是這樣，小莉莎，這是妳唯一的機會，只要簽下名字……拖鞋就是妳的了。」

伊莉莎白．錐克佛手裡拿著契約不斷發抖，瑪姬想開口，一道銳利的眼神卻讓她噤了聲。

伊莉莎白．錐克佛的眼眶盈滿淚水。這還是瑪姬印象中，第一次看到她母親哭。

她把她的一雙兒女拉近，用顫抖的聲音低語道：「聽媽媽說，我很願意為你們付出一**切**，問題不在這裡。我、我只是害怕這是陷阱，我怕我簽了，你們還是沒辦法獲得所需……」

胖仔也開始啜泣。「不要簽，我們沒事的！」

她母親猛地看向他。「但你**不會**沒事，我很清楚，喬治，我每天都目睹這一切。我不忍心看你和你爸爸一樣受苦，那會讓我崩潰，那是一種折磨！」

「有誰有手表嗎？」拉斯洛愉悅地說：「抱歉，我把手表給了一條歐式尖吻鮫，真蠢呀我。到午夜還有多久時間？」

「十六分鐘。」安德羅沃答道。

瑪姬握住母親的手腕。「媽，不要！」

錐克佛太太深深地看著她女兒的眼睛。「這是**我的**選擇，瑪姬，身為母親的選擇。」她頓了一下，「我的女兒，我比妳想的還愛妳。」她抬起頭對貝拉絲卓夫人說：「妳能保證契約履行嗎？」

女惡魔朝她鞠躬。「一字不差。」

伊莉莎白．錐克佛沉重地點頭，親吻一雙兒女的額頭後，開始動筆，她的簽名瞬間像著火一樣燃燒起來。

「**成交！**」拉斯洛叫道，契約飛到他伸出的手上。惡魔用腳跟轉了個身，朝安德羅沃揮舞著契約。然後，拉斯洛背對著錐克佛一家，彎著腰彷彿在跟什麼東西搏鬥的樣子。

「你在幹嘛？」瑪姬說。

「契約我簽了，」她母親說：「把拖鞋給我們。」

「等等，」惡魔嘟囔道：「真的塞得很擠！啊，有了……」

然後他轉過身把魔法拖鞋扔向錐克佛一家。他一鬆開拖鞋，瑪姬就感覺不對勁。當拖鞋在半空中翻滾時，那雙精致的鞋瞬間四分五裂，四條絲綢輕飄飄地落在泥土上。

瑪姬難以置信地瞪大眼睛。

兩隻拖鞋都被剪成兩半。

拉斯洛咧開了嘴，舉起一把裁縫刀。瑪姬立刻認出那把剪刀，是從她房間的針線包裡拿的，而他先前一直在那裡休息。

瑪姬內心深處有東西支離破碎。

這段時間所做的一切全白費了：那些在外奔波的時間，那麼多的體力活，甚至她母親難以想像的犧牲。他們每一次冒險，把握的每一次機會……全都毫無意義。

她隱約注意到她母親把地上的絲綢碎片集結起來，苦苦哀求夫人想想辦法。但瑪姬知道那都是白費力氣。嚴格來說，拉斯洛履行了契約，在取得伊莉莎白・錐克佛的簽名後，歸還了拖鞋。

契約上沒有寫拖鞋需保持完整。

他們竟然**愚蠢**到忽略這個破綻。瑪姬知道如果他們有機會剖析整份契約的內容，就能抓住這個漏洞。但他們**沒有**時間，那才是重點。拉斯洛看穿了這一點，他看穿了一切。

現在他在魔法石的陰影下幸災樂禍，他的臉沐浴在祭壇碗的光芒中。帶著勝利的喜悅，他向所有人展示這份契約，連帶安德羅沃的沙漏。

「各位先生、女士，現在還有另一件事要解決。上週五，我本人與瑪里尼斯爵士簽署了另一份不同的惡魔契約。」獅頭人身的惡魔點點頭。「他給了我六天的時間完成以下任務：使我的績效最大化、阻止詛咒打破，或者獲取人類靈魂。實現上述任何一項就可以挽救我的生命，而我就直接宣布我**三項**全達成了。」他朝督察揮舞著已簽署的契約。「閣下，你認同此結果嗎？」

安德羅沃得意地點點頭。「非常榮幸。如果我知道你是如此殘忍無情，絕不會把你的辦公室給別人。無所謂了，我會為你準備更大一間。」

「那我們的契約呢？」拉斯洛問。

督察張開他的大手，一張卷軸出現在他的手掌中央。他打開卷軸，禮貌地向拉斯洛深深一鞠躬，然後將卷軸撕成兩半。隨著他的動作，拉斯洛手中的沙漏也化為光點。

「就這麼說定了。」安德羅沃聲音低沉地說：「現在，你該兌現你的承諾了，九二三。」督察指向魔法石。

「這東西是什麼？它對等級制度造成威脅的『祕密』又為何？」

貝拉絲卓夫人不耐煩地說：「拉斯洛！時間！你忘記詛咒了嗎？」

拉斯洛舉起一根手指。「稍等，夫人，我確實給了他一個承諾，我向妳保證，這不會影響我們的協議。很好，瑪里尼斯爵士，終於到了揭曉這個有趣祕密的時候了——」

「別在那女人面前說。」安德羅沃吼道，用拇指指著夫人。

「閣下，這祕密就是她告訴我的。」

督察有些難為情。「噢……好吧，那說吧。」

「你曾聽過失落的魔法師嗎？」拉斯洛殷切地問。

安德羅沃思考了半晌。「聽起來很耳熟……」

「七名巫師。」拉斯洛試圖喚醒他的記憶。「住在埃及，力量強大——直到地獄領主決定消滅他們。」

「啊，是的，我想起來了。你父親手刃了其中一個傢伙，他叫什麼？畜生？」

「武僧。」拉斯洛疲倦地說：「我父親殺了武僧。」

「就是他，那又如何？」

「這個嘛——」拉斯洛的聲音變得很微妙。「——事實證明我爸可能稍微有點誇大事實。」他頓了一下。「武僧從未被殺，閣下。」

「你怎麼知道？」安德羅沃追問道。

「因為你就站在他旁邊。」

督察的震驚顯而易見，他開始遠離魔法石。「這、這不可能。」他結巴地說：「巴爾大人很久以前就殺死了武僧，他不可能在這種事上說謊，路西法知道了會——」

安德羅沃突然陷入沉默。然後，他轉過身，看著外面的夜色，臉上的表情漸漸蒙上一層不確定的恐懼。不一會兒，他單膝跪下，背誦出一些瑪姬聽不懂的話語。

自此，夫人的視線轉向山丘底那片濃密的樹林，其美麗的臉龐頓時失了血色，這位女惡魔握住她脖子上的項鍊，說出一聲指令後便化做一道綠色火焰消失不見。她的助手也跟著消失了，只剩下那些奇異的銅鏡，其中一個倒下來砸到墓碑上。

就連鬼魂也紛紛逃跑尋找掩護。這些靈體就像銀色的蒸氣般在地面飄動，每一縷煙都竄向不同的墓碑。當德芬娜．錐克佛（1793-1841）竄向她身體長眠的土地尋求庇護時，瑪姬拉著胖仔躲了開來。錐克佛太太衝回她的孩子身邊，緊緊地抱住他們，三人做好準備應對即將發生的事。

瑪姬驚訝地發現拉斯洛也靠了過來。

或者說**幾乎**靠了過來。惡魔的表情神祕莫測，他冷靜地站在錐克佛一家和正在靠近的物體中間。他背對他們站著，顯然十分泰然自若。

他在幹嘛？瑪姬心想。

但她沒時間去深思，力量的衝擊正朝他們湧來，讓她的詛咒印記灼燒，右眼眼窩疼痛難耐。在他們下方，整座女巫之森都在搖晃，彷彿暴風雨即將來臨。樹木扭曲的呻吟聲，枝椏的斷裂聲，樹幹甚至突然倒地，彷彿一臺巨大的戰鬥裝甲在森林中劃出一條路。

他們前方的樹木開始晃動、分裂，從土壤中竄出，像是一隻無形的手將樹木連根拔起。當一個更加黑暗的人形影子從一片漆黑中現身時，樹木便倒在一旁。那團黑影平穩地爬上魔法石所在的山丘上，速度不緊不慢。當影子接近山丘頂時，頓時凝固成血肉。

瑪姬的雙腿軟了下來，跪倒在地，她母親和弟弟也跪了下來。現在她明白在夫人花園裡看到的夜鷹是怎麼回事了。在死亡鄰近的當下，她根本無從逃脫，甚至無法動彈。

山丘頂上唯一還站著的人只剩拉斯洛。

當該存在靠近時，他仍一動也不動地佇立原地。那東西比一個人還高——至少有兩百四十公分，長著巨大的黑翼。恐懼先它而來，像是箭發射出去產生的氣波般。而不只恐懼，隨之而來的還有深沉、虔誠的敬畏。

黑影散發出的氣場灼燒著瑪姬，好似一根黑色蠟燭離其凡人肉體太近。她不敢直視那東西，那樣就等於盯著日蝕看。儘管如此，黑影還是給她一種高大英俊，卻又殘忍專橫的印象。這個惡魔跟拉斯洛沒什麼兩樣，卻是以更冰冷、宏偉的大理石鑿成。

那東西身穿一件戰鬥服，由細密的鱗片鍛造而成的鎧甲覆蓋著它肌肉發達的身體，就像蛇皮一樣。一手握著一把漆黑的大劍，劍刃燃燒著蒼白的火焰；另一手則抓著一顆被砍下的頭顱，輕蔑地隨手扔到地上。那可怕的東西滾到拉斯洛腳邊停了下來。

瑪姬一開始沒認出那顆頭，每次她看到那張臉時，都是一副異常平靜的模樣，現在卻帶著一絲僵硬的恐懼。

那是鯰魚女士的頭。

拉斯洛注意到了這件事，旋即單膝跪下。

「很高興見到你，父親。」

第三十四章 公爵

巴爾．澤布並未回應他兒子的問候，反倒用劍戳了戳鯰魚夫人的頭。他的語氣平淡，聽不出情緒起伏。

「這隻蟲子一直在監視，我猜它想殺你。」

「她是刺客，」拉斯洛說：「安德羅沃雇來的。」

巴爾對著跪著的督察說：「這是你的手下？」

「說不上手下，大人。我們的刺客都是透過附身低階惡魔行動，沒人知道它的真實身分。」

那顆頭露出一絲茫然和驚恐的神情。他們最初在狄米崔店裡看到她的時候，這個惡魔是否就已經被附身？還是那是後來才發生的事？她或許心狠手辣，但鯰魚女士不過是拉斯洛和安德羅沃之間的比賽中的另一顆棋子。

所有人都呈跪姿——錐克佛一家宛如囚犯，安德羅沃是教區居民，但拉斯洛的姿勢卻略有不同。他低著頭，一隻手臂放在膝上，另一隻手則英勇地置於身後。看起來就像是一名向少女效忠的騎士。瑪姬心想拉斯洛是否藉此來取笑他父親拘泥形式。

不一會兒，她意識到自己錯了。

拉斯洛背後那隻手裡握著某個東西。當巴爾把注意力移到安德羅沃身上時，那東西便出現在他手裡。重點是，拉斯洛把手來回擺動試圖引起瑪姬的注意。

可惜拉斯洛跪在墓碑的陰影下，她看不清楚他手裡拿的是什麼。事實上，他晃著那東西的動作就像一隻過度興奮的小狗搖頭擺尾，一點用也沒有。

「真是足智多謀的刺客，」巴爾冷冷地說：「也許我該饒了它一命。安德羅沃，我很好奇你如此大費周章是為了什麼。你覺得在這件事上，你算是公正的督察嗎？」

「大人？」

「你希望我兒子失敗嗎？」巴爾直截了當地問。

督察猶豫道：「大人，根據現有證據，我認為九二三不配擔當他的職務。」

「我問的不是這個。」

安德羅沃清了清嗓子。「我再三考慮，」他小心翼翼地說：「我確實希望他失敗，我不認為守護者九二三能為協會帶來榮譽，也不認為他配得上他崇高的血統。他還對我進行人身污辱，如果他不是大人的子嗣，我早就殺了他。」

巴爾咕噥道：「我欣賞你的坦承。」

「我活著的目的就是為了侍奉上級。」

「我看得出來。」這位大公說，目光直勾勾地落在他兒子身上。「那麼考慮到你給他設下的障礙，『守護者九二三』的表現如何？」

「超出了預期。」安德羅沃讚許地說：「這孩子的潛力很大。」

「你還真慷慨。」

從他父親轉身打量他的那一刻起，拉斯洛的身體完全僵直，瑪姬這才看清楚他手中的神祕物體。

那是一個卷軸。

她仔細地看了看，確認自己沒看錯——他手裡拿的確實是她母親靈魂的契約，但他為什麼要他們眼前揮舞卷軸呢？他是在嘲笑他們嗎？在今晚發生那些事後，似乎沒什麼不可能的。

拉斯洛的手瘋狂地揮動。

巴爾點點頭。「你做得很好，兒子。」

「謝謝你，父親。在我知道你簽署同意我面對這一切後，不可能的任務、手下、坩堝、刺客……你的讚美意味著全世界。」

「而你**存活**了下來。」巴爾帶著一絲嚴厲說道：「你克服了困境，證明自己比眾生認為的更有能力，包括我在內，我承認。」

「是的，我確實很興奮。」拉斯洛說，聲音有些乾澀。「可惜，我所得到的報酬只有好幾十年都無法觸及的靈魂——這個靈魂讓我必須向一個不苟言笑的傢伙背負沉重的債務，她才願意為我起草契約。我本可自己動手，但顯然惡魔契約是『進階魔法物品』，遠遠超出一個卑微的詛咒守護者能力範圍。」

巴爾握緊劍柄。「你大可來找我要契約。」

「我沒時間，」拉斯洛說：「請原諒我，父親，但哪個傻子會向一個簽署自己死契的惡魔乞求恩惠呢？」

「我將承擔你欠夫人的債務。」巴爾宣布：「從今晚起，我想她不會急於討還代價。至於你的位階，我會向上頭建議升到五階，並親自提供晉升所需的精華。」

「謝謝你，」拉斯洛說：「我很想試試製作屬於自己的進階魔法物品，這個體驗將很新奇。」

進階魔法物品。

瑪姬渾身一僵。她真想給自己一巴掌。她怎麼花了那麼長的時間才明白？在整個交談過程中，她一直在聽拉斯洛說話，對他的行為感到不解。他的發牢騷看似熟悉，但關於她母親契約的相關資訊卻很陌生；那很不尋常。

現在她意識到他提及這些細節不是為了他父親，而是說給**她**聽的。惡魔用最簡單的方式讓錐克佛一家知道，卷軸可以代替他毀掉的魔法拖鞋。

瑪姬感到措手不及。

今晚拉斯洛的所作所為——他極惡的背叛、言語的暴力，他所造成難以言喻的傷痛全是**故意**的。那個白癡！他比她想的要聰明多了。

偷走魔法物品擾亂儀式，逼迫母親簽下付出靈魂的契約。獲得靈魂後，再將其在尚未交出的情況下摧毀，這一招的殘酷境界簡直難以想像。這麼做肯定讓他的工作效率達到顛峰。

而現在拉斯洛已經保住自己的性命，這個瘋狂且令人憤怒的惡魔也試圖挽救他們的命。

瑪姬的心中重新燃起希望。
魔法石還散發著紫色的光芒，代表午夜尚未到來，咒語仍然有效，仍在等待最後的材料和收尾儀式。
有人捏了捏她的手臂，胖仔的目光落在別處，但顯然他也注意到了，並得出相同的結論。他轉動著手腕，讓瑪姬看到他手表發光的表盤。
十一點四十九分
巴爾的聲音再次響起。「晚安啊，錐克佛一家。」
當巴爾直接跟他們說話時，瑪姬渾身顫抖起來。她試著與惡魔對視，但她內心深處卻阻止她抬頭。
「抱歉，」他說：「我忘了我的光環對凡人造成的影響。」
從惡魔身上湧出的黑暗能量逐漸減弱，瑪姬的皮膚不再灼燒，她發現她可以看清楚那張可怕的臉孔了，如此英俊、沉穩，但終究藏有狡猾的一面。她知道她看到的並非『真正』的巴爾・澤布，這只是他的人類偽裝，是他造訪人界時戴上的面具。她懷疑無論他真實的樣貌為何，都會令人恐懼不已。
「這是我們第一次見面。」巴爾說道：「但我對你們家族很熟悉，自我得知在這片殖民地上有這座奇怪的紀念碑以來，我就已經觀察錐克佛家族好幾世紀了。」他看著魔法石。「告訴我，安德羅沃，你知道這是什麼嗎？」
惡魔沒有馬上回答。
巴爾嘖了一聲。「這可不行啊，督察必須絕對服從。」
「據我所知，這是一位古代魔法師，大人。」安德羅沃小心翼翼地回答：「據說是一位被稱為武僧的巫師。」
「正是如此。那你知道我和武僧的關係嗎？」
他再次謹慎地回覆。「您擊敗了他，大人，在一場戰鬥中手刃武僧。」
「確實如此。」巴爾說：「我也是這麼深信——願意以自己的性命擔保，但武僧欺騙了我。」他頓了一下，「我一直對自己未帶著勝利品凱旋歸來這點感到很懊惱。莉莉絲帶回法官的頭，瑪門有學者的手指，彼列的獵犬將牧羊人的屍身拖到整個議會前，我因為出於憤怒將我的敵人完全消滅，武僧沒有留下一點痕跡。根據我的證詞，沒有屍體或戰利品可以證明他的死亡。路西法一直對此不太滿意，我也一樣。」

拉斯洛鬆開手中的卷軸，使其輕輕掉到地上，朝瑪姬的方向滾了幾公分。她能拿到嗎？

「當然，我無法說出自身的疑慮。」巴爾繼續說：「我搜遍了沙漠，四處搜尋我的敵人，用我所有的偵查手段，結果什麼也沒發現——武僧的身影卻隱隱約約出現在我的夢中，就像地平線上的一個影子。這讓我很困惑，一個被我手刃的傢伙怎麼能持續折磨我？

「然後，關於這些『失落的魔法師』的傳說在亞歷山卓流傳開來，我們卻遍尋不著這些失落的魔法師。有人說他們藏在自己設計的避難所裡，堅不可摧，不會被惡魔察覺。這些傳聞引起了我的好奇心，也許這可以解釋武僧的失蹤。」

胖仔的手表顯示**十一點五十一分**——距離午夜還有九分鐘。

散發著紫光的碗距離她只有六公尺。她到底能不能拿到卷軸衝向那裡？瑪姬首先想到的是被砍下的頭顱，然後是巴爾那把駭人的劍。瑪姬可能會在抵達碗前就被那把劍刺穿，但……

巴爾繼續說著，他低沉的聲音在整個空地間迴盪。「其他領主部署了偵查兵，搜尋『女祭司』和『浪人』，大家都希望從路西法手中獲得獎賞。我撒下更大的網，派出去的小妖魔不限於歐亞非三洲。它們搜查世界各地，包含新舊世界，接獲命令報告**任何**暗示魔法師存在的東西。」

他的聲音越發驕傲。「於是我的一名偵查兵返回要求與我私下交談。他在新世界中發現一座奇怪的紀念碑，一個蘊含強大力量的奇異物品。我立刻猜測我的搜尋到了終點。當我親眼目睹這東西時，所有的疑慮都消失了，武僧就在**這裡**。」巴爾怒吼道：「就在我觸手可及的地方，我卻無法觸碰他！」

大公出奇不意地襲擊了魔法石。

他的巨劍速度之快，擊出的力量如此強大，讓瑪姬感到一陣反胃。她在想什麼啊？她根本別想越過他。

然而，儘管巴爾的劍擁有強大的力量，但剛才那擊甚至沒有傷到目標。劍峰被某種無形的力量擊退，在離魔法石幾釐米的地方猛地停下來。巴爾抑制住後座力，怒目而視，垂下他的劍。

「這座巨石上有很強大的魔法。」他陰沉地說：「不只武僧本身的結界，還有**人類**所施的咒語。我來晚了一個世紀，這座魔法石已經成了詛咒物。當然，我研究了這個詛咒及其守護者，一個名叫巴西利的廢渣。他很無害，一個榮譽員工，對魔法石的本質一無所知，只要詛咒存在，就不會有人看穿其本體。」

「所以你毀了我們。」瑪姬說。

她很確定她只有用**想**的，沒有打算說出來。這段卑微淺薄的話就這樣懸掛在夜空中。瑪姬不知道這句話是否會成為她的遺言。

令人驚訝的是，她的指控並未激怒巴爾。

「毫不費力，」他簡單地說：「一場偶然的大火，加上詭異的暴行。妳的祖先真是太感人了！我在他們的夢中植入願景，當詛咒蹂躪他們的身體時，讓他們相信內心深處也湧動著難以言喻的慾望是很輕而易舉的事。他們開始相信自己犯下了可怕的罪行：攻擊、謀殺、亂倫、同類相食。」他的語氣變得溫暖，甚至饒有興致。「這變成了一場遊戲，我可以為了好玩殺死一個村民，然後留下屍體讓錐克佛家族去尋找。目睹他們發現屍體讓我很高興，但令人欣慰的是，妳的祖先相信自己對此負有責任，他們的痛苦無與倫比！」

這些話就像一把刀插在她的心上，瑪姬回憶起她讀過的那些信，在那些令人震撼的陳述中，她的祖先承認下他們從未真正犯下的罪行。這些認知摧毀他們的內心，將其拖入深淵當中，直到他們懇求親人把自己關進一個無法逃脫的洞穴中。甚至連她的父親也開始懇求把他關起來，她叔叔大衛因為即將來臨的命運而自殺。

這個伎倆的殘酷超乎想像，幾個世紀以來，巴爾一直用這些手段戲弄錐克佛家的人。**他這麼做只是為了好玩**。恐懼和憤怒交織在一起時，吞噬了她，瑪姬的左臂隨著動作逐漸發燙。

大公嘆了口氣。「我得承認，隱藏武僧仍存活一事不夠上道，安德羅沃。但如你所見，這麼做沒有壞處。我接收的命令是消除對等級制度造成威脅的事物——我也照做了。我努力把武僧請出棋盤，只要錐克佛家族的詛咒仍在作用，他就會一直被困在自己設計的監牢中。儘管手段有些非正統，但等級制度的目的還是達成了。你覺得呢，瑪里尼斯爵士？」

這個問題帶點脅迫的味道。

督察收到了暗示。「我難以反駁，大人。」

巴爾輕輕笑了笑。「你是個政客，安德羅沃。難怪你崛起的這麼快，如果你未來能避開失誤，會有偉大的前景等著你，甚至可能獲得貴族爵位。」

安德羅沃明顯鬆了口氣，同時也隱隱感到高興。

顯然，他一直等著因得知大公的祕密而受到懲罰，甚至可能是處決。

若是瑪姬，她絕不會這樣就放下警惕。

「我們目前的困境都拜巴西利所賜。」巴爾繼續說：「如果他管好基本需求，就能好好活著，但那殘渣卻自發地去質疑詛咒隨著家族變遷而越發強烈的原因，擔心這樣可能會消磨持有者的意志，想方設法弄清魔法石是否為其根源。魔法石的力量越來越明顯，巴西利擔心它可能會放大詛咒的效果。從這一點說來，他是正確的。」

「可惜，他的聰明才智超越了他的判斷。一個有頭腦的守護者會意識到自己根本無計可施，不加以干涉，但巴西利很固執，他調查了魔法石的起源，諮詢協會的詛咒物專家，很顯然，干預是必須的。」

「所以你殺了他，」瑪姬說，不再那麼害怕。「在他拿走儀式資料後。」

巴爾聳聳肩。「倘若巴西利放任不管，魔法石就能確保詛咒牢不可破。他會保住自己的生命和工作，我也會因為知道武僧的避難所成了一座無法逃脫的監牢而滿意。但這個巴西利是個頑固的傢伙，就算這麼做會讓他與上級發生衝突，依舊故我。這是個致命的缺點，你不覺得嗎，安德羅沃？」

「是的，大人。」

「確實，巴西利離開後，我希望讓我的兒子取代他以解決兩個困境：我可以擺脫一個代價高的麻煩，他的懶惰和放蕩也能確保詛咒完好無損。」

拉斯洛回頭看向瑪姬。「然後妳竟然不懂我為什麼要去看心理諮商。」

巴爾勾起了唇角。「我的計畫非常完美。拉斯洛的表現正如預測的那樣，他忽視了詛咒，導致其持有者根本不知道他們還有個守護者。」他的笑容最終以一聲傷感的嘆息結束。「但美好的事物永遠不會長久，對不對？美國分支任命了一位督察來推動工作的進行，該惡魔對我兒的表現的看法比我還不仁慈。」

安德羅沃開口：「大人，如果我知道您的意願，絕不會出手干涉。」

巴爾打消他的擔憂。「你錯了。我們有不同的目標，安德羅沃。你的擔心完全合理，正如你寫給我的信件也是如此。」

「謝謝您，大人，我得再次重申，如果我知道——」

「但你**不**知道。」巴爾斬釘截鐵地說：「倘若我想阻止你採取行動，我就會明確表達我的意志。我選擇了一條不同的路，我想知道這是否是我這個倒楣兒子所需經歷的測試。絕望是很好的老師，安德羅沃，看看我們取得的成就。我們幾乎讓他成為了惡魔。」

拉斯洛清了清嗓子。「幾乎？」

「確實如此。」他父親回答：「你仍然是如此可笑的溫柔和多愁善感，此時此刻，你刻意設計一個偽裝遊戲，讓安德羅沃相信你是邪惡的天才，能帶給詛咒持有者難以想像的痛苦。」

「而我還**不是**邪惡的天才？」拉斯洛想知道。

「不，你是一個懶惰、聰明的無賴，對本應折磨的凡人產生了奇怪的依戀。」

拉斯洛聽起來很感動。「這可能是你對我說過最動聽的話了。」

巴爾低頭對他的兒子微笑。「我不是一個普通的殘渣，孩子，你騙不了我。」

安德羅沃一臉困惑。「騙您，大人？我很抱歉，但我不明白。」

「顯而易見。」巴爾說：「簡單來說，我兒子**要**了你，安德羅沃。他把你當成傻瓜耍得團團轉，相當優雅地通過你的測試，不是嗎？拉斯洛**不是**完成你開出的其中一項條件，而是完成**全部**。現在他贏了比賽，我兒子的目的是要羞辱你。」

督察愣住了。「是這樣嗎？他要如何實現這種事？」

「撤銷他做過的事情即可。」巴爾冷冷地回答：「當然，你必須了解，那份交換靈魂的惡魔契約可以替代那件被我兒子毀掉的魔法物品。如果那份契約以**某種方式**落入他的持有者手中，」他意有所指地說：「他們就能完成儀式。拉斯洛獲得了勝利，那些人類也是。唯一的失敗者就只有你了，安德羅沃。」

督察頭上那圈火焰頓時燃燒旺盛，那張獅子臉孔轉過來瞪著守護者九二三。「這是真的嗎？」

拉斯洛慚愧地垂下眼。「君子從不言說。」

「那當我知道你的小把戲時，你覺得會發生什麼事？」安德羅沃追問：「你期待我假裝沒看見嗎？」

「不是。」巴爾答道：「我兒子希望貝拉絲卓夫人在她的交易完成後，消滅你這個不受歡迎的見證者。」

拉斯洛嘆了口氣。「你這話聽起來好像我很會算計。」

「我是在稱讚你。」他父親回答。

安德羅沃感到越來越憤怒。「他的行為令人髮指！」他吼道：「巴爾大人，作為等級制度的高級官員，我要求讓我滿意的處置結果。守護者九二三或許是您的子嗣，但是——」

「沒有**但是**。」巴爾的聲音冰冷。「血緣說明一切，安德羅沃。你被打敗了，接受這個事實，從中學習，然後**進化**。」

對方頓了一下。「如果我做不到呢？」

「那麼一段充滿希望的生涯就會提前結束。無論如何，今晚之後，守護者九二三將不是你的問題，我對他有其他安排。」

「那錐克佛詛咒呢？」安德羅沃說。

作為回應，巴爾走過去，隨手撿起拉斯洛掉落的卷軸，將它遞給瑪姬。「這位年輕的女士會將其打破。」

瑪姬抬頭看著那張霸氣外露的臉，心想這又是一個詭計嗎？她看不出巴爾的目的為何，但要相信他是不可能的。接受這個只為了好玩而毀掉他們家族好幾代人的傢伙給的施捨，讓她感到深惡痛絕。

拉斯洛小聲催促她。「妳還在等什麼？時間只剩——」

「四十八秒。」巴爾冷靜地說：「午夜即將來臨。」

瑪姬接過卷軸。

她和魔法石發光的碗之間沒有任何阻礙。她最後看了一眼母親和胖仔，他們的臉色憔悴而焦躁，胖仔低聲要她快點。

終於到了這個時刻，為什麼她卻覺得接下來的行動出奇地困難？

她憑著意志力往前走，隱約注意到錐克佛家族的鬼魂再次從墳墓中現身，這次這些靈體沒有圍成一圈，只是看著他們的後裔走向獻祭的碗。

十月寒冷的氣溫、高亢的心情，加上揮之不去的恐懼都讓瑪姬瑟瑟發抖，擔心這又是一場騙局。當她抵達魔法石的祭壇時，她低頭朝碗看去，發現自己正盯著一堆泛著珠光的銀色液體。

她深吸一口氣。

隨即舉起惡魔契約。

叫道：「**創造之火！**」然後讓卷軸掉入碗中。

當這個可怕的東西被吞噬後，出現一道紅色的火焰和一股硫磺的氣味。

光芒和氣味消失後，淚流滿面的瑪姬用一個勝利的字眼完成整個儀式：*Eleftheria!*

自由！

單一個詞，卻意味著一切。

儘管這是為了結束武僧的監禁，但瑪姬知道這也是為了她。她是受惠者——瑪姬、她父親、胖仔，以及所有逝去的錐克佛家的人。Eleftheria意味著擺脫痛苦和孤獨，拋開那每天都比前一天更糟、令人發狂的恐懼。

話音剛落，魔法石的祭壇便射出白色的光輝。

瑪姬的左臂和右眼後方傳來一陣令人眩暈的疼痛。她腳步踉蹌地往後跌，當她要摔倒時，有人扶助了她，是拉斯洛，而她掙脫開來。

她母親和弟弟跑了過來，把她帶到墓碑前，讓她坐下。

「妳——瑪姬，妳怎麼了？」她母親問。

瑪姬無法回答。她的下巴無法移動，錐克佛詛咒逐漸消散的當下，她卻在泥地上打滾。胖仔也受到影響，儘管他的程度輕得多，他的手抓住瑪姬的肩膀，每當身體出現抽搐時，就會用力捏著她的肩膀。

錐克佛太太先把她的兒子從魔法石祭壇中拖出來，然後是她的女兒，魔法石上滿布的裂縫都散發著光芒。光束十分耀眼，一直延伸至樹林深處，光照在樹木上將其漂白成扭曲的骷髏。

在一陣陣疼痛中，瑪姬感受到某個細膩的觸感，柔軟如蛛絲，卻又冰冷無比。睜開眼睛，她發現身旁蹲著一個鬼影，它把手搭在她疼痛的肩上。其他鬼魂正慢慢靠近，就像微風中飄散的一片片薄霧。

慢慢地，她手臂和眼睛的疼痛消失了。

與此同時，魔法石表面出現數百道裂縫，大片黑曜石正在剝落，就像冰川中的冰塊一樣。這些碎片砸到地面，砸破附近的墓碑，或是插入土壤裡。隨著黑曜石不斷剝落，魔法石看起來不再像噩夢般的雕塑，更像是某個從蛋裡孵化的生物。石頭下方有層半透明的薄膜，薄膜下方則是一個布滿血管、有生命的組織。

巴爾矗立在這個可怕景象的前方。

這位公爵嗜血的慾望越發高漲，就像一隻關在籠中的老虎般在魔法石前踱步，其羽翼不斷抽動，劍身周圍的火焰猛地燃燒起來。熱能隨著他移動的步伐散發出來——地上落葉燒了起來，瑪姬擔心四周的樹可能會被點燃。

拉斯洛顯然也有同樣的擔憂，因為他遠離他父親，退到鬼魂聚集的地方，並對錐克佛一家說：「現在可能是逃跑的好時機。」

話音剛落，魔法石所在的山丘便竄起一圈火焰。火勢大到瑪姬無法看見遠處的樹林和風景。他們被困住了。

巴爾停止踱步，對他們說：「很久以前，武僧剝奪了我應有的勝利，今晚是長期被否定的復仇之夜，你們都得留下作我的見證人。當這一切結束，武僧流盡他最後一滴血時，我會將他的頭顱拋到路西法腳下，平息困擾我的謠言。」他把視線從他們身上移開，繼續守著剝落的魔法石。

瑪姬慢慢站起身，脫掉外套，枯萎且乾癟的觸手從她光裸的前臂垂下來；整條手臂看起來就像是覆蓋著壞死的肉一樣，呈現黑色，皮膚皺巴巴的。她碰了碰黑色的手臂，整隻手失去了知覺，她的眼睛也是，但至少她不再痛了。

他們被一陣涼爽且舒適的霧氣籠罩。瑪姬環顧四周，意識到那團霧氣其實是她的祖先。那群鬼魂將還在世的錐克佛家族的人團團圍住，靜靜地低聲訴說感激之情，試圖保護自己的後裔免受山丘上燃燒著的地獄之火的危害。

現在，魔法石的外層已經剝落了大部分，看起來就像一顆恐怖的心臟，座落在一堆破碎的黑曜石塊中。巨石高六公尺，隨著發光的液體在碗的邊緣晃動，產生脈動和漣漪。巴爾站在魔法石前，因其散發的光芒顯現出影子的輪廓。

惡魔再也無法抑制自己的怒吼，一劍朝魔法石砍去。這次，他的劍沒有被詛咒或防護咒擊退，而是砍斷了魔法石的薄膜和組織，在魔法石側面留下一條長二公尺多的缺口。缺口噴出液體，流了出來，劍身的火焰也讓心臟著火，蒼白的火焰燒著薄膜，吞噬薄薄的膜和下方的肉塊。

那顆巨大的心臟就像紙燈籠一樣崩毀了。

巴爾跳到黑曜石的邊緣，俯視魔法石的核心。漫天的煙霧和灰燼滾滾而起。他就像站在遭流星撞擊凹洞邊緣。巴爾用他粗壯的手臂一揮，驅散了煙霧。他高舉著劍，彷彿要以決定性的一擊消滅敵人。

劍卻沒有落下。惡魔的劍柄掉落了一小截，他頓時發出一聲淒厲的嚎叫，讓瑪姬心底發涼。

在她眼前，這位大公正在蛻變成另外一種東西。某種原始且肉食性的東西。她永遠不會把那可怕的叫聲與幾分鐘前跟他們講話彬彬有禮又專橫的人物聯繫起來。當叫聲逐漸變成笑聲後，她發起抖來。

「強大的武僧！」巴爾冷笑道。他將劍放入冒著煙的缺口，取出一個又大又笨重的東西。那是一個巨大的頭骨，頭頂上長著捲曲的角和一縷平直的白髮。那對角看起來就像山羊或公羊的角，但頭骨的大小有著一種史前的品質，彷彿冰河時代的遺跡。

巴爾讓頭骨掉入石頭缺口中，他一臉的不屑和失望，他一直渴望決鬥的機會再次被剝奪。

大公從黑曜石邊緣下來，收起劍後，向安德羅沃點點頭。「把骨頭、黑曜石和武僧的武器蒐集起來。他的武器充滿魔法，那些年輕的人類也是如此，他們會成為有用的僕人。」

僕人。

瑪姬聽錯了嗎？

她突然感受到巴爾強烈的目光。這位大公再次恢復光環，現在他把注意力都集中在她身上。瑪姬愣住了，她感到自己無法動彈。

安德羅沃站在存放武僧遺體的缺口，巴爾對瑪姬和胖仔的讚譽是這個令人失望的夜晚唯一的補償。

拉斯洛快步走向他父親，揮舞著雙臂。「爸，」他說：「等一下，你不會想要這兩個傢伙的，相信我。」

但巴爾已經大步朝錐克佛姊弟邁去。他們及其母親都僵在原地。瑪姬聽見自己一遍又一遍喃喃說著「不要」，彷彿試圖讓自己從惡夢中醒來。拉斯洛盡他最大的努力干預，在不同的情況下，這個景象可能會很滑稽，像是一隻狼的幼崽咬著成狼的後腿。

那頭成狼不為所動。當巴爾接近時，錐克佛家族的鬼魂蜂湧上來，試圖阻止他。惡魔毫不理睬，靈魂就像波浪般衝向他穿著鎧甲的胸口。他們重新集結，再次試圖形成屏障，但惡魔直接穿過他們。

當他快要走到瑪姬和胖仔身邊時，安德羅沃發出一聲驚呼。巴爾停下腳步，轉身面向魔法石的殘骸。與此同時，他對錐克佛一家的控制也被解除了。

瑪姬的目光掃向站在魔法石缺口邊的安德羅沃，他看起來一臉困擾。「大人，我覺得有什麼——」

一道纖細的銀光閃過，當一把刀刃掃過他的脖子時，安德羅沃渾身僵硬。他雙腿彎曲，從魔法石缺口摔了下來，一股熾熱的液體從他頭被砍斷的缺口噴湧而出。

第三十五章　劍與矛

那顆長角的頭骨再次升到巨石缺口上方。然而，這一次，頭骨附著於一個穿著破爛斗篷和長袍的人形骨架上。當該身影踏上魔法石邊緣時，瑪姬意識到那具骸骨肯定有三公尺高。該身影持有的武器像是一根青銅棍，兩端各有一根細長的矛頭。它用兩隻手交叉旋轉武器，劍刃劃破空氣，彷彿在重新熟悉那具身體的平衡。

巴爾的臉上浮現一個冰冷的笑容。他用一種古怪、彷彿蛇在吐信的聲音說話，顯然是某種宣戰。武僧的回應就是離開缺口，到了山丘下。

巴爾轉身離開錐克佛一家，從劍鞘中拔出他的巨劍，拔出來的瞬間被點燃。當他逼近敵人時，地獄之火從劍刃上竄出。

雙方兵刃交接震耳欲聾，劍與矛碰撞在一起，驅散了巴爾殘留的催眠術。瑪姬的腦袋頓時清醒萬分，不斷叫囂著要她遠離戰場。她帶著母親和弟弟連忙衝下山坡。那群鬼魂也跟著他們移動，或許能幫忙緩衝包圍山丘的熊熊火焰。她希望那層屏障能使他們順利逃脫。

但當他們靠近火焰時，瑪姬便看到鬼魂向後退而消散。顯然該火焰不只能燒傷肉體，還能燃燒靈體。錐克佛一家別無他法，只得躲到一個較大的墓碑後方。

他們唯一的希望就是武僧取得勝利。

一場大戰正在上方如火如荼地展開，四周是魔法石散落的殘骸。兵器碰撞的聲音在他們耳邊響起。瑪姬從墓碑後窺看，雙方都讓她感到敬畏。他們的武器快速飛動成一片模糊，每個攻勢都以超人般的速度和精準度執行——而武僧不過是一具會動的骸骨而已。

兩名惡魔不只用物理武器進行戰鬥。電弧劃過兩者中間，在他們的武器上竄動，使巴爾的盔甲冒出煙來。

在一片混亂中，瑪姬瞥見一個更小的身影——拉斯洛，正縮在安德羅沃屍身附近的一塊黑曜石後面。他雙手摀住耳朵，在他父親及武僧交戰使大地撼動之際，目光掃過山丘，彷彿在尋找錐克佛一家的蹤影。

瑪姬明知不該這麼做，還是揮手吸引他的注意。

他立刻看到了她，與此同時，武僧的長矛擊碎被他當做遮蔽物的黑曜石，拉斯洛依然蹲在後頭，整個身形滑稽地暴露在外，隨即像突破無人區的士兵般往山下衝。

當他來到錐克佛一家的躲藏處時，氣喘吁吁地停下來。「我不知道，」他喘著氣說：「我不知道他真的會來……」

瑪姬一臉疑惑，但惡魔只是搖搖頭，因為太過震驚或喘到無法解釋。他把一個東西塞到她手裡，然後飛快地閃到一個墓碑後方，邊跑邊躲，顯然決心盡可能遠離戰場。

一如往常，是個膽小鬼，瑪姬心想。她張開手，看到她的魔咒試管。拉斯洛幹嘛冒這麼大的危險把這個還給她？在他們頭頂的惡魔又不是狗頭人，也不是夜鴉；是創世以來最強大的存在之一耶。魔咒試管在這裡一點用也沒有，也許他這麼做是為了安撫自己的良心並滿足一些奇怪的個人原則：**我可能偷走了拖鞋、妳母親的靈魂和魔咒試管——但我也還妳了，妳不能生我的氣。**

拉斯洛不只是個膽小鬼，其所作所為還有著她無法理解的動機。當然，他是她認識唯一一個看心理諮商的惡魔。

她把小瓶子塞進口袋。

山頂傳來一聲怒吼。數十根觸手從地底竄出，纏住了巴爾。當瑪姬觀察戰況時，發現那些東西並非觸手，而是來自附近森林的樹根和藤蔓。巴爾幾乎動彈不得。

立於巨石缺口的武僧在施咒的過程中，肉體似乎也在重生。現在，他的肌肉組織和筋已附著在骨頭上，就像一具剛被剝皮的屍體。巴爾曾說這個地區充斥著魔法力量；武僧是否從這個囚禁他已久的地方汲取力量？

同時她也意識到，流淌在她和弟弟體內的力量不是魔法石的魔力，而是屬於武僧的力量。自從魔法石被破壞到可以掙脫的程度後，他們就一直在吸收他的能量。一種異樣的感情油然而生，她一心希望武僧能戰勝他們共同的敵人。

目前看來很有希望。武僧昂首挺胸地站在月光下，漆黑而殘酷，他舉著一隻手，手指像爪子一樣彎曲。樹根將巴爾的羽翼固定在身體兩側，他就像一頭抓狂的公牛般用鼻孔噴氣，頂著頭猛衝，試圖掙脫束縛，同時緊握著劍。

隨著樹根的卷鬚慢慢收緊，巴爾掙扎的力道越來越弱，漸漸沒了力氣，直到完全停止。惡魔一動也不動地躺在山坡上。

勝券在握。武僧從巨石缺口邊緣跳下，準備用武器刺穿對方。

但當他往下降時，一道火焰閃過，巴爾像扯斷蜘蛛網般，輕而易舉便掙脫束縛。這位大公的劍，劃出一條殺氣滿滿的弧線。瑪姬在劍刃擊中目標時驚呼出聲。黑色的鮮血噴灑出來，長矛從武僧的手中滑落，砸到夫人其中一面鏡子上。

巴爾凌駕在武僧上方喘著氣，他高舉著劍，以極為恐怖的力量砍在武僧的頭顱上。當那顆超自然的巨大長角頭骨破碎時，瑪姬放聲尖叫。

然後某個東西引起她的注意。

在差不多十公尺遠的地方，安德羅沃的無頭屍身猛地抽搐起來。確實，遭斬首的屍體可能引發不安，但她眼前的景像超出了書上讀到的任何知識。她接著發現，安德羅沃的雙手牢牢抓著正在悶燒的草。當無頭屍體從炙熱的血泊中站起來時，瑪姬既震驚又入迷。武僧的長矛飛到無頭屍體伸出的手上。

其聲響引起了巴爾的注意，轉過身面對這個新挑戰者。這位大公臉色一沉，朝被粉碎的頭骨啐了一口唾沫，用古怪的語言吼了句話。武僧則是將武器從一手換到另外一手，測試他的新身體。少了頭對他似乎不成問題。

女巫之森再次震顫起來，響起打鬥的聲音。雙方勢均力敵；巴爾無疑實力更勝一籌，但武僧顯然更有耐心和技巧。巴爾發動猛烈的攻勢，武僧則以驚人的速度和預判閃避或抵擋攻擊。當機會出現時，武僧那把長矛其中一端就會像蛇信般彈出，劃傷巴爾的臉或戳向他的盔甲——目的顯然不是為了傷害對手，而是要激怒他。

瑪姬感覺他們身後火焰的熱度逐漸減弱——巴爾正在召喚地獄火牆。一道道蒼白的火焰如活物般席捲整個山丘，將對手籠罩在一片螺旋的火海中。

她猛地拽著她母親的衣袖，提高音量蓋過火焰燃燒的聲音，大吼：「**機會來了！我們得快跑！**」

錐克佛一家趕緊動身。他們爬下斜坡，衝出那圈被燒得焦黑且冒著煙的地面。他們幾乎跑到最初那條溪流分支時，瑪姬才想起要尋找拉斯洛的身影。

但觸目所及的景象只有燃燒的山頂，以及巴爾正猛烈地攻擊他的敵人，使其屈服。

武僧被逼至角落。他蹲下身，迅速轉動的長矛化為殘影，擋開對手的攻擊。環繞巴爾的地獄之火是如此熾熱，將周遭一切熔化殆盡。他使出強勁的一擊，把對手撞向一塊滲入地面的黑曜石。他的身體陷了進去，就像猛瑪象陷入焦油坑似的。不出幾秒鐘，武僧那具無頭身體便被淹沒了一半。

巴爾後退了一步，周圍的火焰也隨之熄滅。惡魔用蛇吐信的聲音低語，一陣風從北方呼嘯而來，如此強烈和寒冷，可能直接來自北極。

錐克佛一家趴在地上，身體不斷發抖並護住自己的頭。

當冰冷的陣風席捲山丘時，溪流瞬間結冰，樹葉和樹枝被寒若刺骨的冷風捲起，在空中旋轉，打到他們的身上。瑪姬感覺她的耳朵發出砰的一聲。片刻後，氣壓驟降，令她難以呼吸。

山丘上，黑曜石全結成了冰，武僧被困在堅硬的石頭裡，無法掙脫束縛。當巴爾走向他時，武僧舉起了武器，無力地試圖抵擋即將到來的攻擊。長矛不費吹呼之力就被揮到一旁，武僧的斷手仍抓在那根矛上。

巴爾沒有停下來嘲笑他。這位大公昂首挺胸，扭轉劍身，將劍柄深深刺入武僧裸露而脆弱的胸口。

「**瑪姬！**」

胖仔和他母親站起身來，示意瑪姬跟他們走，她才踏出一步——

一股類似電流的衝擊力便猛地竄入她的身體，使她腳步踉蹌了下，抓住附近一棵小樹維持平衡。

痛，實在太痛了——一片灼熱的餘燼埋在她的胸口。這股痛楚讓她難以承受，痛到了極致，痛到她覺得自己會渾身起火。她聽見一聲尖叫，是她自己的聲音。

然後，那股疼痛奇蹟般地減弱到她可以忍受的程度。她上氣不接下氣，知道自己凡人的軀體已經緊繃到快要崩潰——但仍堅持了下來。現在，她感覺餘燼之火在她體內蔓延，使她的反應更加敏銳，身體充滿了非人類的力量。

另一個意識與她的意識融合在一起，古老而陌生，但沒有敵意。他們沒有共通的語言，瑪姬卻能感覺到這個外來者的想法。有別於錐克佛詛咒，武僧並不想支配或控制瑪姬；反倒令她感覺先前察覺到的那股親近感放大了一百倍。她再次意識到，只要她還活著，武僧就會一直存在她體內。這種結合只會更加深他們之間的羈絆。

瑪姬再次聽到自己的名字。「跑回卡車那裡，」她對母親和弟弟說：「能逃多遠就逃多遠。」

「妳在說什麼啊？」她母親喊道：「我們一起走！」

「去吧，」瑪姬告訴她：「我們會沒事的。」

她母親瞪著她。「『我們』是誰？」

瑪姬沒有回應，僅僅只是轉過身。

山頂在夜晚天空的映襯下顯得一片漆黑，所有提燈都已熄滅，火焰也被狂亂的風吹熄。悶燒的樹木上升起裊裊白煙。巴爾孤獨的身影就站在安德羅沃無頭的屍體上方。惡魔朝下伸出手，拔出插在安德羅沃屍身上的劍，好像那是把石中劍。

巴爾把武器扛在肩上，轉身用看著遠方星辰的眼神凝視整座山丘，最終目光落到了瑪姬身上。

「*Véya-sùl Monakós?*」

是你嗎，武僧？

瑪姬感覺空氣透著刺骨的寒冷。錐克佛的家族鬼魂再次圍上來。她感覺到他們的意圖並表示歡迎。這些靈體便一個接一個進入她的體內，與武僧和她本身的精華相結合。當他們和她處在同一軀殼裡時，瑪姬感受到一種深刻的決心和團結。

在那座山頂上，佇立著導致他們所有痛苦和迫害的罪魁禍首。幾個世紀以來，錐克佛家族在強大的敵軍前一直孤立無援、日日惶恐不安，無能為力。這個家族缺少的只是一個堅強的容器能容納他們集體的愛和希望，以及擊敗這名永恆敵人所缺少的力量。

現在終於有了這個激發他們挺身反抗的器皿，其名為瑪姬．錐克佛。

巴爾重複他的問題。「*Véya-sül Monakós?*（是你嗎，武僧？）」

當瑪姬開口時，聲音有男有女，不分老少，語氣平靜而有禮。

「*Sül-aveska Maëda.*」

是我們。

瑪姬伸出手臂，武僧的長矛便飛到她的手上。當她接住武器時，長矛自動縮短成更適合人類的尺寸。矛的重量和平衡感都讓她感到熟悉，彷彿她這輩子都在用矛訓練。

巴爾從山頂高高躍起。有那麼一瞬間，他似乎懸在她上方二十五公尺的高空中。當惡魔躍至頂峰時，羽翼向外展開，遮住遠方的星光然後向下俯衝，像猛禽般的加速。當他快要到達山頂時，惡魔突然傾身朝瑪姬飛去，伸出劍掠過墓碑，宛如一名騎士騎著馬撞向步兵。

瑪姬站穩腳跟，向前伸出手臂，舉起長矛等待敵方來襲。大公朝她發出怒吼，當他快到瑪姬上方時，她猛地揮動長矛，一個發光的印記出現在她面前的空中，約有三公尺寬，周圍環繞著符號。

當巴爾擊中印記時，氣勢瞬間逆轉。他的身體被往後震開，粉碎一塊墓碑，撞到了山坡上。有那麼一會兒，他呆愣地躺在花崗岩的殘骸中，但很快便恢復過來。

巴爾轉向瑪姬，怒目而視，伸出了手。電流從惡魔的指尖竄出，跟羅馬刺客一樣的招式，但那股能量未能消滅目標，而是全數被武僧的武器吸收；兩端的矛頭就像一對避雷針，將電流導引至長矛的握柄上。力量再次通過長矛湧向瑪姬體內，與先前那團餘燼不同，這股力量溫暖舒適，令人心曠神怡。她看到巴爾再次站起身來。他有一部分力量被汲取成為他們自身的能量。

瑪姬打算使用這股能量。

巴爾重返肉搏戰，以驚人的勇猛力量向她襲來。但瑪姬體內有武僧在引導她，她發現自己使用長矛的技巧就像先前從遠方觀戰時一樣驚人，簡直就像習慣般自然。

他們來回過招好幾回——巴爾進攻，瑪姬防守，左右手交互揮舞長矛，或雙手並用。她佯裝攻擊，進行格擋，而後反擊。和先前一樣，武僧的技巧高超，但巴爾的實力已說明一切。當她發現自己不由得退到森林裡時，已是滿身大汗。

當他們環繞在樹林間時，月亮和星光消失得無影無蹤。四周一片漆黑，但在這樣的環境下，又為她贏得超出常人的優勢。占據她體內一部分的錐克佛鬼魂使她的視野擴大。她像靈體一樣感知周遭環境，他們眼中的世界呈現著永恆的暮色，有灰色的草、蒼白的樺樹和銀色的溪流。

巴爾就這麼穿過這片景色。一股黑暗的能量包圍著他，迫使樹木枝椏都被推到一旁，猛烈地被扭開折斷。惡魔來到瑪姬跟前。她在巨劍從她頭頂掃過時俯身躲開，劍刃嵌在樹木上，使其瞬間著火。巴爾把劍拔出來，再次往下一揮。瑪姬擋住劍身，衝擊力卻讓她的右手腕彎曲，將她撞入灌木叢中。巴爾一腳踢過去，瑪姬整個人向後飛，越過河岸，重重砸在多岩石的溪流中。

她愣愣地在水中躺了一會兒，趕緊爬向溪流對岸。大公緊追而至，他一踏足溪流，溪水便發出嘶嘶聲並開始沸騰。他往前跨了兩大步，追趕著瑪姬，後者則拚命擺脫樹木的束縛。

她需要空間進行巧妙的移動，巴爾過於強大，近距離戰鬥對她不利。

當她抵達樹林邊緣時，她看見她母親和胖仔就在大概一百公尺遠的地方，穿過泥濘的草坪朝跑向葛蕾蒂絲。胖仔跌跌撞撞地往前跑，渾身疲憊不堪，嚇得魂飛魄散。他絆到腳跌在地上，他們的母親停下來拉他。

瑪姬體內的腎上腺素迅速飆升。

受死吧。

當巴爾朝她襲來時，瑪姬轉過身，她的武器牢牢擊中惡魔的肩膀，刺穿他盔甲的鱗片。沒等他反應過來，瑪姬便舉起另一邊的鋒刃狠狠砍了下去。如果沒有驟然閃開，他可能就會身首異處。即便如此，長矛仍劃破他的下巴，刺進骨頭裡，巴爾踉蹌地往後退，摀著他的臉，傷口處燃起火焰。

他的目光越過瑪姬，望向遠處開闊的田野，瞬間他明白了。

明白瑪姬在保護什麼。

她猛地衝向前想刺穿敵人的身體，但由於一邊手腕扭傷，她只能用一隻手。此番攻擊比方才稍慢，長矛只刺穿了岩石。

大公越過瑪姬，把她拋在後頭。她猛地回過身來，正好目睹眼前的景象，不禁尖叫出聲。

巴爾已升到空中，像滑翔機般安靜地飛行，迅速接近她的母親和弟弟。錐克佛太太已走到葛蕾蒂絲旁，試圖啟動卡車。胖仔一跛一跛地朝她走去，就像一隻受傷的兔子，毫無意識自己被一隻老鷹當成獵物。

瑪姬追在大公身後，腳程比任何人類還快。她叫著自己弟弟的名字，當巴爾抓住他的衣領時，他恰好轉過身。胖仔邊踢邊掙扎，但都徒勞無益。當巴爾掠過地面上方時，他的身體就懸在離地面幾十公分的地方，隨即往上傾斜飛到夜空中。

瑪姬扔出武僧的長矛，用力到肩膀幾乎脫臼的地步。這是一個反射動作，純粹的本能，不管危不危險。她根本沒想過自己有可能不小心射到胖仔。長矛就像導彈一般飛向目標。

片刻之後，長矛擊中了要害，幾乎刺穿巴爾的肩膀及其背後的黑色羽翼。他發出痛苦的咆哮，甩開他的俘虜，試圖在從空中跌落的同時把矛拔出來。

但瑪姬的注意力在她弟弟身上。胖仔像從摩天大樓落下的物體般垂直墜落，而她距離太遠了——絕對不可能及時接住他。

瑪姬感覺武僧控制了她的身體，她邊跑邊向空中揮動手臂，喊出比地球本身還古老的語言。一個強大風柱在夜色中捲向空中，吞沒了胖仔，使他整個人在空中翻滾，撕扯掉他的外套，減緩了他降落的速度。幾秒鐘後，他重重地摔在一片離葛蕾蒂絲不遠的灌木叢中。

錐克佛太太已經從卡車下來，胖仔滾到一邊，摀著膝蓋。當瑪姬跑過去時，看見她弟弟少了幾顆牙齒，鼻子也折斷了。但不幸中的萬幸是他還活著，處於半昏迷狀態。他們的母親問他能否扭動腳趾。當他照做時，她抽泣著把他抱進懷裡。

她母親扶著胖仔回到車上，瑪姬又重返戰鬥中。

她再次面向女巫之森，舉起未受傷的手臂。武僧的長矛從黑暗中咻的一聲朝她飛來。

「哇塞！」一個聲音輕聲說。

瑪姬接住武器的同時，看見拉斯洛四肢攤開躺在地上，就在長矛飛行的路徑上。

瑪姬冷冷地看著他。「還以為你會逃跑。」

拉斯洛咳了一聲。「我也想呀，是你們這些白癡不讓我走。」

「走吧，」她厲聲說：「別讓我們凡人阻擋你。」

拉斯洛的語氣變得急切。「妳不明白，我父親還會再回來，他不會停手。」

「我認為我們勢均力敵。」

惡魔幾乎苦苦哀求。「瑪姬，你贏不了這場戰鬥。」

瑪姬嘆了口氣。「做點有用的事，去幫胖仔。」

儘管拉斯洛抱怨他要逃跑，但還是幫了她一把，讓她弟弟坐上葛蕾蒂絲後座。錐克佛太太發動了引擎。他們都聽到從女巫之森傳來的騷動：瘋狂的鳥叫聲和樹枝折斷的聲音。數百隻烏鴉從遠處的樹梢飛起。有什麼從森林裡衝了出來，不是長著黑翼的人形，而是一頭巨狼。牠奔過空曠的原野朝他們急速衝來，速度比賽馬還快。

拉斯洛一看到那頭狼，隨即拔腿就跑。但他這次並不是跑離危險，而是向其**逼近**。瑪姬震驚地看著惡魔揮舞的手臂，試圖攔截那頭巨獸。越是靠近，她越能感受到牠驚人的速度。

她大叫著要她母親別動，試圖逃跑毫無意義；葛蕾蒂絲永遠跑不過那東西，最好待在原地堅持抵抗。

瑪姬邁開步伐，手裡拿著武器，試圖保持冷靜。當然，武僧還在她體內，但她感到有些猶豫不決。武僧自己的身體已被摧毀。失去身體，這位魔法師虛弱到無法擊敗像巴爾如此強大的存在。然而，如果武僧繼續使用凡人的身體當容器，她可能無法存活。

當狼注意到拉斯洛出現在牠行進的路上時，放慢了速度，最終在遠處停了下來。拉斯洛的身高甚至不及狼的肩膀，但他仍往前走去，舉起雙手，做出請求和投降的姿勢。惡魔的語速很快，瑪姬聽不懂在他講什麼。那頭狼齜牙咧嘴，火焰宛如唾液從牠嘴裡流下來。她這才意識到那狼不過是團火而已，披著狼皮的地獄之火。

拉斯洛越來越沮喪，他提高聲音。「父親，可以**拜託**你聽我說嗎？你不需要——」

那頭狼咆哮一聲，一掌打上牠的子嗣。那一掌並非要殺他，而是訓誡。即便如此，其力道還是讓拉斯洛像布娃娃般往後翻滾，在十公尺外的地方停下，一動也不動。

巨獸從喉嚨深處發出低吼，朝瑪姬逼近。當牠靠近時，她發現其外表雖然像狼，但體格更重，口鼻更短，下顎處伸出野豬般的獠牙，爪子更像熊而非狼科或犬科動物。瑪姬更加篤定，這隻生物**不是**狼。

而是夢魘。

這個夢魘沒有奔跑或躍入空中，而是像一艘戰艦緩慢前進，深知自己帶來的恐怖以及削弱獵物的能力。

牠在距離六公尺處停了下來。

牠注視著瑪姬，那雙圓眼閃爍著勝利的光芒，聲音充滿殺氣。

「*Monakós.*（武僧）」

這句話首先是一聲召喚，下達處死命令，但其中也帶有尊重之意，對一個可敬對手的尊重。巴爾．澤布會獎勵他即刻死亡，武僧值得這種死法。

武僧動了動作為回應，這位魔法師早已疲憊不堪，長期禁錮在魔法石中又進一步削弱他的力量。巴爾表示會**終結**一切，這不是什麼幸福或勝利的結局，但已成定局……而且並非毫無尊嚴。

瑪姬不同意。

一個女人因你而死，她惡狠狠地說：**村民稱她為女巫。但我不知道她的確切身分，我甚至不知道她叫什麼名字，那個女人出賣自己靈魂確保你能回來。她因你而被燒死，她相信你，你不會躺著等死向她致敬。你會逃跑，你會存活下來。當你再次變強大時，你會讓她死得其所。**

武僧有些猶豫，他不關心自己的事；他只關心他的主人及其家人。

瑪姬搖搖頭，**你真的相信你死後，他會饒過我們嗎？走啊，快逃！我會盡我所能為你搶得先機**。

瑪姬胸口那股令人安心的熱度銳減，然後消失了。錐克佛家的鬼魂依舊在她體內。但隨著武僧的離開，那古老的力量和無窮的技巧已然消失。過了半晌，其他東西取代其位置，填補了空白，那是與武僧截然不同的力量，溫暖而熟悉，無疑是典型的**人類**力量。

瑪姬發現她在哭。

有什麼握住她的手，她回頭一看，發現失去軀體的武僧站在她身旁，他的靈體以一種扭曲的空氣熱浪顯現。

對面傳來一陣咆哮聲。狼低頭睥睨著武僧，飢腸轆轆且滿懷期待。「上前來。」牠粗聲粗氣地說。

但往前踏出一步的是瑪姬。她眼眶含淚地抬頭看著那頭巨獸。「還沒完。」她輕聲說：「我和你還沒完。」

蒼白的火焰從狼的下顎滴到地面上。「**沒完？**」狼咆哮道：「**妳？**沒有了武僧，妳什麼也不是。妳是誰，膽敢反抗地獄領主？」

女孩舉起一個小瓶子。

「我是瑪姬．錐克佛。」

當她把魔咒試管砸碎時，整個人就像一個行走炸彈般炸裂，能量從她身體和靈魂爆發出來。一道充斥著憤怒和悲傷的海嘯襲來：向這個折磨其家人的惡魔復仇的渴望。是巴爾，讓錐克佛一家為他自身的失敗付出代價。巴爾毒害了他們的思想、利用他們的痛苦，使他們難以承受的苦難不斷延續下去。

如此罪行是有代價的——而還債的時候到了。

魔法的後座力讓瑪姬向後撞上葛蕾蒂絲，但這跟她前方的破壞相比根本算不了什麼。爆炸的衝擊夷平了方圓數百公尺的所有事物，包括魔法石所在的山丘。放眼望去只剩燃燒的樹樁和冒煙的河床。

四周看不見巴爾或拉斯洛的蹤跡，甚至連靈體形象的武僧也消失無蹤。瑪姬摔破玻璃瓶的瞬間，巴爾便向後飛去，像一隻被捲入颶風中的風箏般翻滾而去。至於拉斯洛，她最後一次看到他時，他正臉朝下趴在草地上，現在卻不見他的蹤影。

錐克佛家的鬼魂也消失了。瑪姬在引爆是管的那一刻起，就感覺它們消失了。她說不準它們是被毀滅還是釋放。但就在今晚，她的祖先從折磨它們好幾世紀的罪孽中得到釋懷，他們是無辜的，也宣示復仇。瑪姬猜測這麼做就足以帶給任何人和平，甚至是鬼魂。

當瑪姬倚靠在葛蕾蒂絲的車側踏板上時，鮮血流進她的眼睛。她試圖眨眼，讓血流出來，然後頭往後仰，用拇指把血抹掉。當她的視野變得清晰後，看到數公里外矗立著一個熾熱的身影，有如深空的彗星般閃耀。

當第二顆彗星出現時，她母親正在照顧她。瑪姬看著它劃過午夜的天空，追擊著它追了超過兩千多年的敵人。

第三十六章 信

瑪姬睜開眼睛，發現她正盯著房間的天花板。眼前的景象她憑記憶就可畫出——發黑的橫梁，一部分的油漆剝落，看起來很像澳洲大陸。她在這樣的畫面下醒來已不下七千多次，但這還是她第一次覺得眼前的景相很美。

外面的光線告訴她現在已是晌午。她嘗試坐起身來，但她的右手腕扭傷，肌肉正式對她發出抗議。長久以來堆積的疲倦和疼痛，就是精疲力盡也難以形容。

「妳可以繼續睡，」一個聲音說：「不用急著起來。」

她母親坐在床腳。

瑪姬費了很大的力氣，強迫自己坐起身來，不確定要怎麼提起昨晚的事。

「妳還好嗎？」她開口：「沒受傷吧？」

「我很好。」她母親說：「只有一些割傷和擦傷。」

「胖仔呢？」

「他傷勢雖然比較嚴重，但精神還算好。我從沒見他這麼高興過。」瑪姬勉強擠出微笑，張嘴想繼續追問。「喬治沒事，瑪姬。」她母親告訴她：「我覺得妳該看一下妳的手臂。」

她猶豫了半晌。然後，見她母親鼓勵地點頭，她把手臂從被子裡伸出來。

她上次檢查自己的手臂時，皮膚已經變黑壞死，觸手的殘骸疲軟地垂著。如今她的皮膚光滑白皙，散布著些許雀斑，詛咒印記消失了，沒有纖毛，潛伏著觸手的孔洞也不見了。瑪姬沉默地看著自己的手臂好一會兒，才向她母親要來她的手拿鏡。

她母親把鏡子拿來，瑪姬默默地凝視著自己的倒影。整整過去一分鐘，她才把鏡子放下，靠到枕頭上。

她那雙樸素的藍眸從未如此迷人。

瑪姬不想哭，不是因為她覺得哭有什麼不好，或覺得丟臉，而是她知道眼淚會釋放她內心積壓的大量情緒。她寧願暫時忍住情緒，不要宣洩出來。

她母親則一臉異常緊張的模樣。

「怎麼了？」瑪姬說：「**我們打破詛咒**，我恢復了正常，妳不開心嗎？」

「我當然開心。」她母親把床單鋪平。「只是——妳知道感情有多複雜，特別是錐克佛家人間的情感。我已經在這裡坐一個小時了，不知道該說什麼才好。」

「關於什麼？」

錐克佛太太無力地聳聳肩。「關於我們，」她說：「還有我們的生活，從現在開始該怎麼辦。」她頓了一下，「我們一直以來都過得不容易，瑪姬，好多年了。當然不用我說妳也知道，但我確實想跟妳談點別的事。當妳開始為法羅牧師辦事後……我不知道我是怎麼了，但這對妳不公平，妳是我女兒——我卻在妳最需要我的時候丟下妳。」說這話時，瑪姬的母親閉上眼睛，顫抖地慢慢呼出一口氣。「我不指望妳能原諒我，」她平靜地說：「我犯了不可饒恕的錯誤。」

瑪姬保持沉默，聽她母親解釋。她知道這對她而言絕非易事；伊莉莎白．錐克佛不是那種會承認錯誤的人，更別說坦露心跡。一部分的瑪姬想出聲消除尷尬，並釋出善意，但有什麼阻止了她——跟先前阻止她情緒爆發的情形一樣。這種事急不得。

兩人呆坐在床上，瑪姬聽見外面傳來飛往南方過冬的大雁的叫聲。

「我不知道接下來會發生什麼事，」最後她母親說：「既然現在我們有機會做些……不一樣的事，我想我們只能先看看情況再做決定。但在我們下樓前，我想跟妳說——以同為女性的角度，妳昨晚的表現不同凡響。」瑪姬不自在地動了一下。「妳為這個家挺身而出——為妳的父親和弟弟，為我們所有人，展現出超乎我想像的勇氣。」她母親深深吸了一口氣。「瑪格麗特．錐克佛，妳是我認識**最勇敢**的人，妳從小時候，就一直很勇敢。無論之後發生什麼事，我都想讓妳知道。」

抑制瑪姬情緒的大壩終於潰堤。「該死，」她小聲說，擦著她濕透的臉頰。

瑪姬把她媽媽拉近，狠狠地擁抱她好一段時間。最終兩人放開彼此時，都不得不抹乾眼淚。瑪姬猶豫了半晌，問了一個她一直不敢問的問題。

「有拉斯洛的消息嗎？」

她母親輕輕地搖搖頭。「我很遺憾。」

瑪姬靠回枕頭上，這是她預料中的答案，但從別人口中得知才讓她徹底接受這個顯而易見的結果。在此之前，一點可能性，以及隨之而來的希望都還存在。但現已消失不見。

想起拉斯洛讓瑪姬不得不解開自己內心對他的糾結感情。但這個過程同樣需要時間和一點隱私。目前她兩樣都沒有。

「妳想起來嗎？」她母親問：「我知道有幾個人很想看看妳。」

瑪姬點點頭，閉上眼睛。現在本該是一個歡樂的時刻——經過數百年，錐克佛詛咒終於被打破。她的手已經痊癒，胖仔永遠不會遭受折磨，還有她的父親……

當然要好好慶祝一番啦！她想，**真希望我可以從床上一躍而起，然後跑下樓，跟胖仔在聖誕節早上做的一樣**。那種純粹的喜悅感覺一定很棒，但不符合她的個性。

也許有一天，她能夠享受這樣的時刻，不再處處警惕或感到內疚。但她花了十九年的時間養成這些情緒，不是短時間內就能改掉的。

瑪姬知道眼下她還有重要的事要做，要弄清楚到底發生什麼事，學習如何邁向前方。她不介意面對未來的難關，事實上，她會開心迎接挑戰。她只希望她有拉斯洛的心理諮商師的電話號碼。

最後，她和媽媽下了樓。

還沒見到她爸爸，就先聽到他的聲音。他和胖仔正在門廊上，胖仔把他們的冒險經歷講得口沫橫飛。當瑪姬鼓起勇氣走出門外時，胖仔正說到狗頭人、當鋪、客房服務，以及在列支敦斯登碰到的怪鳥。任何無意間聽到他說話的人都會認為他病得不輕。

她打開門，她爸爸和弟弟正坐在被陽光曬得發白的戶外木椅上，中間擺著一個棋盤。對一個看起來像被犀牛踩過的孩子來說，胖仔確實容光煥發。「**瑪姬！**」

看著他露出缺牙的笑容，瑪姬也報以微笑。「你在說故事嗎？」

「是呀，」他說：「而且這次全是真的。」

比爾．錐克佛慢慢地從椅子上起身，彷彿一位臥床多年的病人。瑪姬認真地看了看他，將眼前的男人和她印象中的那個人做比較。他的頭髮已然花白，而且比她記憶中瘦很多。他穿在身上的襯衫——那件母親從未改過的舊襯衫，鬆垮垮的掛在他身上。他臉上仍留有當食罪者時留下的疤痕，也因為久居家中而皮膚蠟黃。但他的眼神說明了一切。那雙眼眸閃爍著光芒，流露出熱烈激昂的火花，任何石頭或藐視都無法將之熄滅。

瑪姬一言不發地走向他，把頭靠在他的肩上，聞到汗水和法蘭絨的氣味，而她願意永遠徜徉其中。「我好想你。」

「那可真奇怪，」她父親開玩笑地說：「我可以發誓我從沒離開過家。」

她試著讓自己笑，但笑出來的聲音卻夾雜著鼻音和抽泣聲。

「嘿，」他抬起瑪姬的下巴，凝視她的眼睛。「無論我在哪裡，我都不再是那個模樣了。我回到了屬於我的地方，瑪姬。」他親吻她的額頭。「這都要感謝妳。」

胖仔很生氣。「那我呢？」

比爾．錐克佛笑了。「還有你，鬼靈精。雖然我對你吃掉我的主教不太滿意。」

胖仔笑了起來，審視著棋盤。「瑪姬在羅馬遇到了一位主教，那時我剛好去尿尿，但……」

錐克佛一家終於坐下來共進一頓很長的午餐，期間瑪姬和胖仔把過去六天發生的一些重點當笑料說給父母聽——無論是跟詛咒有關，還是其他趣事。胖仔把故事說得活靈活現，卻常常前言不答後語；瑪姬負責糾錯並補充說明，讓故事得以連貫。她還設法引導弟弟跳過她當下不想談論的話題，包括她欠貝拉絲卓夫人的恩情，以及他們從魔法石上汲取的魔力。

由於魔法石和武僧都消失了，瑪姬想知道她的魔力是否會減弱，或者會像曬傷一樣變淡。她內心深處希望它不會消失。至於夫人，她不確定這位女惡魔會不會聯繫她，還是乾脆把錐克佛一家和在女巫之森的慘敗拋諸腦後？瑪姬摸了摸手上的戒指。她不怪夫人在那時遠離戰場，她來到這裡是為了那位陷入沉睡的武僧，沒有料到會遇到憤怒的地獄領主。

想到這裡……瑪姬很確信巴爾沒有死，但除此之外，任何情況都有可能。假設他沒有擊潰武僧，他的祕密就會洩漏出去。巴爾會因此來找瑪姬和她的家人復仇嗎？可以想見。但巴爾當前肯定有一個更大的問題要先處理，其名為路西法。改天再來擔心巴爾也不遲。

在午餐時間，故事講完後，錐克佛一家四口一致決定要盡快離開暮光村。

他們住的地方離最近的鄰居家很遠，女巫之森也被樹籬遮擋，但不知道村民昨晚會不會目擊或聽到什麼。即使如此，瑪姬也不覺得警察會找上門來。卡茨基爾山脈偏遠地區一帶的每個人都知道錐克佛家族。他們聽過所有古老的傳說，在心血來潮或酒精上頭時，甚至還會自己編造故事。這群村民不是那種會通報政府機關的類型，政府機關是**局外人**，局外人比錐克佛一家更會引發恐懼和懷疑。瑪姬一家人或許是惡魔，但也是**暮光村**的惡魔，法羅牧師知道該怎麼讓他們乖乖聽話。

但暮光村的居民從未原諒，或忘記發生在女巫之森的任何離奇事件。每個村民都會在下次葬禮上多帶一、兩顆石頭，這是他們神聖的職責。

不幸的是，他們可能需要一個新的替罪羔羊。因為暮光村的食罪者剛決定要退休。

今晚，瑪姬會把裝有家族祖先信件，及他們各種古怪收藏的雪松箱燒掉。她一開始打算把這些東西埋在殘留的家族墳墓旁，但後來打消了這個念頭。錐克佛詛咒已經消亡，有些事情也不值得留念。

那天下午，錐克佛一家制定了計畫的細節。他們會在黎明前出發，在任何人發現之前就走得遠遠的。他們只會打包極少的物品：必要的衣服，以及特殊書籍或紀念品。「我們要輕裝出發，」她父親說：「能留下的東西就留下來。」錐克佛一家不是搬離女巫之森，而是把女巫之森套在他們身上的枷鎖移除。

他們的目的地尚未確定。胖仔提議羅馬，但這個想法似乎不切實際，即使他對那裡的甜點讚不絕口。他們的父親建議往西走，他一直對加州有著諸多想像。他受到詛咒的那段灰暗歲月，經常在腦海描繪潮間帶、海獺以及海浪毫不間斷拍打海灘的聲音。錐克佛太太表示他們還不用下任何決定——目前只要逃離暮光村就夠了。

瑪姬沒有特別想去的地方，她對任何事物都充滿熱情，無論是羅馬、加州或廷布克圖。全都不錯。在過去的六天裡，她旋風般地見識到暮光村以外的世界。從現在起，直到她嚥下最後一口氣，她打算看看剩下的世界。

這個想法令她忙得不可開交。她把要帶的東西放到一旁——衣服和書；幾本刊有故事、詩集和雜七雜八文章的期刊；還有放在壁爐上的玫瑰石英。床上只放了一小堆物品讓她感到既好笑又悲慘，十九年的人生只能勉強裝滿一個行李箱。

當她看到那封信時，她正在整理桌子。

信紙折了三折，夾在一本物理學的書中。當瑪姬瞥見她的名字時，不得不坐了下來。她不確定自己是否想碰那封信，更不用說閱讀其內容。

這封信肯定是拉斯洛留給她的，應該是在他在這裡休息時寫的。瑪姬想像惡魔坐在她的書桌前，在她滿屋子地找尋剩下材料時，邊咬著筆，邊匆匆寫下這封信。

瑪姬盯著這封信看了整整一分鐘，才把信從書頁中抽出來。她捏著信的一角，彷彿可能會有蠍子爬出來。發生了那麼多事後，再看這封信似乎有點蠢，但她對拉斯洛的直覺始終處於高度戒備的狀態。這封信的墨水剛乾不久，寫信者就把瑪姬的心狠狠挖出來，踩在腳下。這個惡魔對該從哪裡下刀，該從何處往下挖有很奇特的本領——顯然這是他與生俱來的寶貴能力。不論拉斯洛做的事有多複雜，也不論事情結果如何，他都造成了真正的傷害。

據她所知，這封信應該是某個宏偉計畫的一部分，一枚備用子彈，以取得安德羅沃的信任，以防萬一。

瑪姬不確定她能否承受拉斯洛帶來的更多痛苦。

最終，好奇心戰勝了謹慎。她打開了信，在床頭燈的光線下閱讀。溫暖的煤油燈，加上惡魔完美無瑕的字稿，使這封信看起來像博物館或古董店會找到的東西。

然而，信上的遣詞用字，卻將這封信牢牢置於現代。

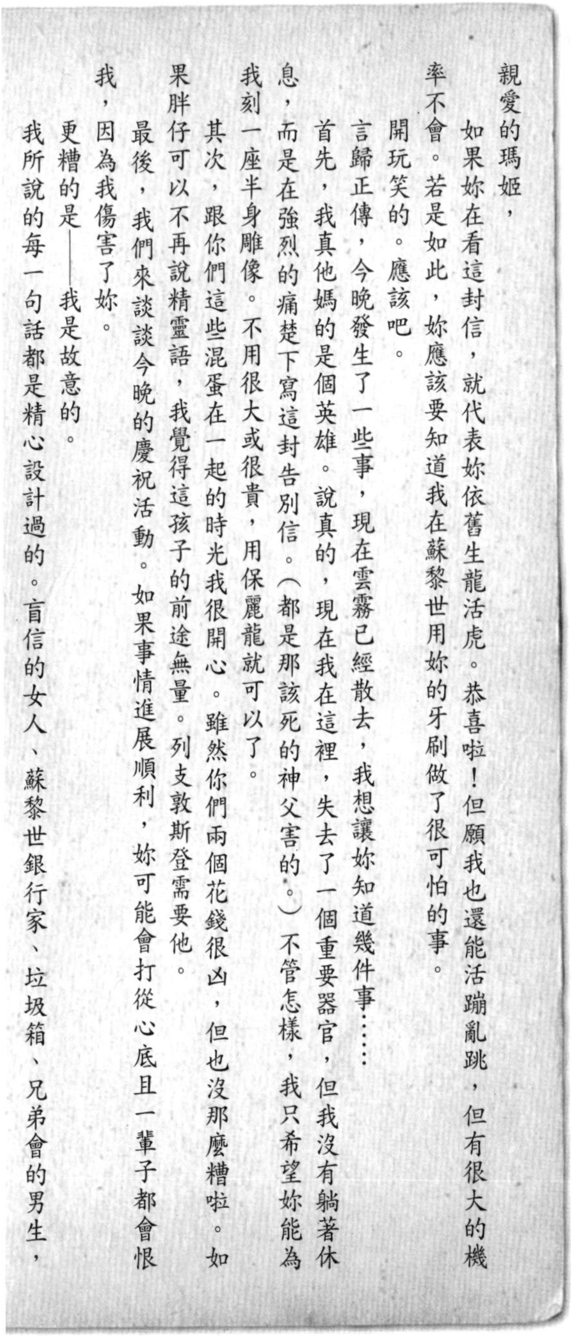

親愛的瑪姬，

如果妳在看這封信，就代表妳依舊生龍活虎。恭喜啦！但願我也還能活蹦亂跳，但有很大的機率不會。若是如此，妳應該要知道我在蘇黎世用妳的牙刷做了很可怕的事。

開玩笑的。應該吧。

言歸正傳，今晚發生了一些事，現在雲霧已經散去，我想讓妳知道幾件事……

首先，我真他媽的是個英雄。說真的，現在我在這裡，失去了一個重要器官，但我沒有躺著休息，而是在強烈的痛楚下寫這封告別信。（都是那該死的神父害的。）不管怎樣，我只希望妳能為我刻一座半身雕像。不用很大或很貴，用保麗龍就可以了。

其次，跟你們這些混蛋在一起的時光我很開心。雖然你們兩個花錢很凶，但也沒那麼糟啦。如果胖仔可以不再說精靈語，我覺得這孩子的前途無量。列支敦斯登需要他。

最後，我們來談談今晚的慶祝活動。如果事情進展順利，妳可能會打從心底且一輩子都會恨我，因為我傷害了妳。

更糟的是——我是故意的。

我所說的每一句話都是精心設計過的。盲信的女人、蘇黎世銀行家、垃圾箱、兄弟會的男生，一切的一切。話很難聽，但我知道能擊中要害。我騙了妳，瑪姬。這遊戲的名稱就叫觀察人類。我有五天的時間研究妳，知道講什麼話能傷害妳——我也這麼做了。

我不指望妳能原諒我。事實上，當妳發現這封信時，我敢說妳會坐在那裡，一臉鬱悶，不曉得要不要打開信。（我猜對了，對嗎？）

不管怎樣，我不是要妳原諒我，因為我不後悔，一丁點後悔也沒有。我做了我該做的事。我只希望妳能明白為什麼我要這麼做。如果妳能明白我的苦心，也許有一天我們可以冰釋前嫌，我不知道這是什麼意思，但我在某首詩上看到這個成語，我知道這麼寫會讓妳印象深刻。

瑪姬，我得停筆了。我聽到妳和妳媽在樓下哭，代表我們要準備出發了。祝今晚好運。

如果我的計畫順利，我們都會得到彼此想要的結果。如果沒有，妳又看了這封信，那可能妳單打獨鬥。那也沒關係——若說有誰能讓一切塵埃落定，就是妳了。

再見了，朋友。

拉斯洛

PS：把那條項鍊拿去估價吧。布魯姆街上有個人會知道該怎麼處理。他可能不記得妳，但妳記得他，你們可以以此建立關係……

瑪姬不解地解下夫人的項鍊，就著光線簡單地檢查一下。她又看了兩遍信，然後把信折好，放到她要帶走的東西中。

然後，她便下樓去和家人一起吃晚餐。

他們一家人玩了一輪傷心小棧。那是一種有趣的卡牌遊戲，四個人玩最好玩。

而這是瑪姬．錐克佛有史以來第一次打出豬羊變色。

尾聲

一年後

瑪姬盯著那個提問不下一百次了，不過才短短幾句話怎麼會讓她這麼焦慮？

回想某人為你做的一件事，讓你出乎意料地高興或感激。這份感激如何影響或激勵了你？

她打了一些字又刪掉，再次試著回答。把咖啡喝光後，她看向玻璃櫥窗外的計程車和行人，接著看了眼時間，快兩點了，或說快到蘇西所謂的無人區，也就是午餐和當地學校放學時間的間歇期。不到一小時，桑葚甜點店就會開始擠滿人，瑪姬就得讓出座位。

蘇西提著咖啡壺進來。「我能問嗎？」

「不能。」當蘇西為她加咖啡時，瑪姬嘆了口氣。「妳不用幫我倒咖啡，我可以自己來。」

「今天妳休息，小妞。」

「那我堅持付錢。」

「妳不用付——錢……」蘇西用歌劇般的顫音唱出這句話，這總是讓瑪姬會心一笑。蘇西回到櫃檯後面調整萬聖節的展示品。瑪姬在這家店工作的六個月裡，還沒看過她老闆重複任何陳列裝飾。蘇西是糖果界的喬治亞．歐姬芙。

瑪姬繼續回到論文上。當客人進來時，門上的鈴鐺叮噹作響。他一言不發地坐在瑪姬對面的椅子上，把一頂氈帽放到桌上。

她清了清嗓子。「帽子不錯，一九六二年生產的？」

「我也希望。」

瑪姬抬起頭，看向坐在她對面的身影。「你……看起來很好。」

「妳也是，我喜歡妳的刺青。」

她整隻手都刺滿刺青，從左肩到手腕。那是一幅旋轉、滾動式的全景圖，包括山脈、森林、嬉戲的狗頭人、不詳的夜鴉、粥鍋、皺巴巴的王冠、絲綢拖鞋、一座羅馬教堂和埃及象形文字；魔法石被刺在詛咒最初在她皮膚上留下疤痕的地方。瑪姬對她身上的藝術作品感到十分自豪。她委託一位有名的刺青師設計，雖然價格不菲，卻很值得。

這位外來者念叨起他被排除的這件事，這反應也不負瑪姬所望。他失望地吹了聲口哨。「唉，真是無情啊。」

瑪姬翻了個白眼，露出她的左肩，整個肩頭都刺著一幅肖像畫，惡魔般的人物露出頑皮的邪笑。

「有了，」她的同桌說：「帥氣的惡魔，但他的眼神太陰險了。」

瑪姬聳了聳肩。讓捲起的袖子滑下來。「我覺得畫得很棒呀。」

蘇西慢慢走了過來，小心地說：「呃，瑪姬，妳認識這個人嗎？」

「沒事，」她告訴老闆：「他是我的一位故友。」

蘇西打量著這個男人，似乎有點難以置信。瑪姬沒有責怪她，說他剛從蒙地卡羅的一艘遊艇上岸也不意外。「那，這位朋友，要來點什麼嗎？」

「巧克力奶昔。」他語氣親切地回答。

「杯型？」

瑪姬替他回答。「大杯，只有優柔寡斷的女人才會買中杯。」

蘇西眉毛挑得老高。「**什麼？**」

「這是我們之間的玩笑。」

「噢！我們家的小妞真善談呢，誰知道呢？」蘇西笑了笑。「好的，朋友先生，一杯絕對不適合女人的大杯奶昔馬上就來。」

朋友先生向她道謝。那雙閃亮的藍眸打量著瑪姬的脖子，脖子上留有夏天曬黑的痕跡，沒有戴任何首飾。

「我猜妳看到信了？」她點頭後，他問：「狄米崔願意幫忙嗎？」

「當然，他聯繫了一位收藏家從中協商這筆交易，連傭金都沒收。」

朋友先生好奇地敲著手指。「多少？」

「一千三百萬。」

他的手頓時停住。「妳在開玩笑吧。」

「沒。誰知道這麼一枚小小的硬幣值那麼多錢呢？」瑪姬說。

「靠，我真該偷走項鍊的。」

瑪姬無奈地聳聳肩。「唉，沒辦法。」

朋友先生嘆了口氣，凝視著窗外。「妳現在住哪？」

「就在轉角。」瑪姬答道：「我們在狄米崔那棟大樓買了一套公寓，地方不錯，有廁所，什麼都有。」

朋友先生看著一名郵差騎著自行車行經窗邊。「我都不知道狄米崔擁有房地產。」

「狄米崔擁有諾麗塔區一半地產。」

「好吧，我想我可以不用再對那些魔咒試管感到愧疚了。妳沒告訴他吧？」

「不用我說，他早就知道了。」

她的同桌揚起一邊眉毛。「怎麼會？他吃了那些記憶洗滌劑啊。」

瑪姬放慢語速，確保他理解她說的話。「在二十一世紀，店家會安裝叫作『監視器』的東西。我和胖仔一走進去，狄米崔就認出我們了。」

朋友先生拉長了臉。「他有生氣嗎？」

「還好，」瑪姬說：「狄米崔說那是認識你的代價，他很開心那些試管能有所貢獻。」

「確實，」朋友先生說：「你們聽起來感情不錯。」

瑪姬讓筆電進入睡眠狀態。「是啊。他有時會過來吃晚餐，胖仔會去店裡幫忙，他很喜歡那裡。」

對面傳來頗有興致的嘟囔。「是啊，胖仔還好嗎？」

「在我們說話的當下，輾壓整個六年級。」瑪姬答道：「他還參加一些學士課程，實際上，是學校付錢讓他去參加。」

「我毫不意外。」朋友先生說：「那孩子課餘時間都在看高架渠的書。妳家人還好嗎？」

「很好，媽去讀了郊區的師範學院，並在胖仔的學校幫忙。爸一直和狄米崔那裡的承包商工作，主要是木工，他好像很喜歡。」

朋友先生點點頭，然後指著瑪姬的刺青和鼻環。「妳媽對妳的新造型有什麼看法？」

「她什麼也沒說。我已經成年了，只要我高興她就高興。」

蘇西帶著朋友先生點的奶昔回來，連同吸管和奶昔一起放在桌上。她正準備離開，卻偏過頭，瞇著眼睛看向他。「有人說過你很像保羅．紐曼嗎？」

對方露出笑容，迷人程度可以為整座城市供電。「妳是第一個。」

她笑了起來。「我才不信，介意我幫你拍張照片嗎？我妻子很欣賞保羅．紐曼。」

當蘇西打開手機時，他的笑容頓時僵硬不少。瑪姬一直扳著臉，直到她老闆回到櫃檯後面。

朋友先生嘆了口氣，攪拌著奶昔。「我想我是自找的。」

「沒錯。」

他指著她的筆電。「妳是在寫什麼偉大美國小說嗎？」

「大學論文。」

對方發出一陣輕呼聲。「不會吧，哪所大學——哈佛還是耶魯？」

「我又不是胖仔。」

「當然，」他回道：「妳是瑪姬．錐克佛。」朋友先生眼神中閃爍著頑皮的光芒。

瑪姬困惑的看了他一眼。「那很好笑嗎？」

「當然不是。不過說真的——妳有什麼想法？」

她轉著手上的玉戒指。「我想待在這裡，待在這座城市，紐約大學似乎更適合我，也許是新學院，但傑森希望我申請哥倫比亞大學。」

朋友先生歪著頭。「傑森是誰？」

「你記得的呀，那個男生。我在羅馬車站遇到的。」

朋友先生差點被奶昔噎到。「那個**詩人**？天啊，瑪姬……」

「他**不是**詩人，他在讀建築系。」

「最好是，大家都說自己讀建築。」

「他幹嘛騙人？」

「因為聽起來『很有行情』。」

他做了個空氣引號。「是嗎？」瑪姬說：「我可以向你保證，他讀建築不是為了『很有行情』。」

「很好，因為這樣沒用，請不要跟我說妳——」

他話沒說完，瑪姬就搖搖頭。「我們只是朋友，蘇黎世結束後……我還沒準備好接受那種事。」

朋友先生點點頭，品嘗他的奶昔。「還不錯，」他說：「如果妳需要推薦信之類的，就跟我說。我可以說妳『面對超自然的逆境擁有非凡的勇氣。』」

「你真搞笑。」她諷刺地說。

「噢，別這樣，」他斥道：「妳其實可以笑一笑。」

她沒有回答，朋友先生看向窗外，一輛計程車正試圖超過一輛送貨卡車。他的語氣聽起來有些暴躁。「天啊，我還以為妳會很開心見到我，妳不開心我還活著嗎？」

瑪姬湊近他，小聲罵道：「我**早就知道**你沒死，你這混蛋！這就是為什麼你走進來時我沒昏倒。」

拉斯洛看起來很生氣。「誰跟妳說的？」

「夫人。」

他嘖了一聲。「所以她一直跟妳有聯繫。」

「她來這裡參加時裝週，」瑪姬說：「我們去吃午餐，她問我你過得怎樣。我還沒告訴她你**死**了，她就說在羅馬見過你。顯然當時你在送一輛貨車，裡面裝滿四千多公斤充滿魔力的黑曜石。」

拉斯洛抱怨道：「送貨簡直就是惡夢，就跟每個禮拜送花給伊莎貝拉・德・卡斯提諾一樣糟糕。」

「但顯然你想辦法擺平事情了。」瑪姬說：「夫人跟我說你委託創作詩的事了。她很高興——還說義大利每家報紙都刊登了那首詩。」

「是啊，妳知道那花了我多少錢嗎？」拉斯洛說。惡魔搖搖頭，再次把視線看向瑪姬的脖子。「夫人介意妳賣了嗎？」

「項鍊？完全不會。夫人是很務實的人。」

「是啊，所以我敢說你們共進午餐不純粹是為了聯絡感情，她有事找妳幫忙，對嗎？」

瑪姬喝了口咖啡。「吃甜點。」

「當然，我可以問問她要妳幫什麼忙嗎？」

「不可以。」

「好吧，」拉斯洛說，繼續凝視著窗外。他們彷彿回到了阿爾卑斯山在欣賞風景。

瑪姬敲了敲桌子。「哈囉……？」

惡魔舉起了奶昔。「嗨。」

瑪姬再也裝不下去了。「這一定是在開玩笑吧。」她喃喃道，拿起餐巾架。「這裡有什麼隱藏攝影機嗎？一定有吧。」

拉斯洛一臉饒有興致的樣子。「妳在說什麼？」

瑪姬看了看蘇西是否有過來，但她的老闆已經離開櫃檯去了後方的儲藏室。「拉斯洛，拜託，我絕對要殺了你！你到底去哪了？我最後一次見到你的時候你臉埋在草地裡，就在我——」

「爆炸？」他提示道。

「不管你怎麼說！不要轉移話題！除非你回答我的問題，不然就不要說**該死的話**，懂了嗎？」

他鞠躬道：「是的，女士。」

「你怎麼活下來的？」瑪姬追問道：「我們都找不到你！」

拉斯洛放下他的奶昔。「我可以示範一下嗎，警官？」

她雙臂抱胸。「示範吧。」

拉斯洛從胸前的口袋掏出一包韓國香菸，然後遞給瑪姬，要她把香菸盒立在桌上。她照做了，然後期待地盯著那盒香菸。

十秒鐘過去了。

「你不是說要示範？」瑪姬說。拉斯洛用手指彈了下香菸盒，盒子往後倒。瑪姬翻了個白眼。「你可能要排練一下。」

惡魔沒理她，用手指在菸盒上摩娑三遍，然後打了個響指。「**噠噠！**」

瑪姬盯著仍放在桌面上的菸盒。「不要去拉斯維加斯表演。」

拉斯洛輕輕笑了起來。「真難取悅。」

「我是誠實。」

「這樣才會起作用。」

她把視線從香菸轉向他。「你在說什麼？」

惡魔舉起了手，一包韓國香菸便出現在他的拇指和食指之間。

瑪姬眨了眨眼，然後戳了戳桌上的菸盒。菸盒的幻象在她的觸碰下消失。「哇靠。」

拉斯洛勾起唇角。「若是有地獄領主分散大家的注意力，效果更明顯。」

他把菸盒丟給瑪姬。她接住菸盒，在手掌上翻過來，它摸起來堅固無比。「所以，在我打破試管時……你就已經逃走了。」

「跑得跟傑西·歐文斯一樣快。」

她把菸盒推回對面。「好吧，但那不能解釋你這段時間失蹤的原因。」瑪姬試圖克制聲音中的情緒，但卻忍不住。「你為什麼不連絡我？」她問：「為什麼不讓我知道你還活著？」

惡魔聳聳肩。「我得保持低調觀察情況。安德羅沃的失蹤引發一些波瀾，當武僧還活著的謠言傳出來後……」拉斯洛吹了聲口哨並搖搖頭。

瑪姬感到一陣欣喜。「這麼說來，武僧還活著！你父親沒有抓住他。」

「沒，」拉斯洛說：「他還到處跑，可能正在用全新的身體四處閒晃。妳該慶幸他沒保留妳的身體。」

「他才不會，」瑪姬堅定地說：「武僧很慈悲。」

「最好是，他惹了一屁股麻煩。」拉斯洛再次搖頭。「當路西法發現後，他氣炸了，召集了議會，要求我父親交出一大堆土地和頭銜。」

瑪姬挑起眉來。「他照做了？」

對方微微一笑。「巴爾·澤布是不可能交出土地和頭銜的。我爸是箇中好手，也許是最厲害的。其他領主也不太喜歡他，但更不喜歡路西法。在上面坐越久，位子就越危險。」

瑪姬猶豫了會兒。「那會發生戰爭嗎？」她問。

拉斯洛挑起一邊眉毛。「妳是說會不會像出動軍隊打仗那樣？不會，地獄領主不會讓這種事發生，代價太高了。」

「那會怎麼樣？」

惡魔聳聳肩。「結盟、暗殺，許多事都是祕密進行。妳應該知道惡魔很多事都可以談判。」

「是啊，我知道。」

「妳的語氣聽起來像覺得這是件壞事，但它有它的優點。」拉斯洛再次把手伸進外套裡，拿出一根約十五公分長的雕刻銀管，從桌面上遞給瑪姬。瑪姬拿起管子打開蓋子，裡面有一個卷軸。「那寶貝公證過了，小心別弄丟。」

瑪姬好奇地把卷軸從管裡取了出來，接著展開，其內容簡明扼要。

巴爾・澤布閣下大人特此放棄對瑪格麗特・錐克佛以及錐克佛家族所有成員及其後裔的一切宿怨。為此，閣下保證，從今天起到世界末日來臨那天，不會對上述受益人造成任何形式上的傷害，無論是直接、間接、個人或透過第三方。

卷軸底部是大公的簽名和蓋章，以及另外七名證人——拉斯洛及其兄姊的簽名和蓋章。

瑪姬吹了聲口哨，又讀了一遍。「這上面寫的是我希望的那樣嗎？」

他點點頭。「妳可以不用再擔心受怕了，我是過來人，一點也不好玩。」

瑪姬身上似乎卸下無形的重量。在過去一年裡，她無法裝作巴爾從未出現在她的腦海和惡夢中。她又讀了一遍卷軸。「你花了什麼代價？」

拉斯洛抿了一口奶昔，漠然地盯著窗外。「不是什麼重要的。」

瑪姬觀察著他，即使只看著他的臉，也知道他在說謊。「那到底是什麼？」

「晉升。」他聳聳肩。「我爸保留他的精華，我依然是三階惡魔。」

「靠，」她咕噥道：「我知道你有多想晉升。」

他拒絕接受任何同情。「沒關係，說不定我會喝得醉醺醺，選了個像安德羅沃這樣愚蠢的名字——『杜屎・斯棒吃』之類的。」

「好吧，我很高興你沒那麼做。我沒辦法把那個名字跟我的手臂聯想在一起。」

他們交換了一個眼神，然後笑了起來。一旦開始笑，瑪姬就停不下來，她笑到眼淚都流出來。在此之前，她實在太生氣，一直沒有意識到自己有多想他。

拉斯洛快把她逼瘋，但也讓她的生活變得有趣。

這才稱得上是最好的朋友，不管對方是人類或其他種族。

瑪姬用餐巾擦去眼淚。「那現在呢？又回去協會工作？」

他再次擺擺手阻止她說下去。「當然沒有，我受夠了那地方，都是一群恐龍。事實上，我覺得是時候跟那群混蛋來場競賽了。」

「你在說什麼？」

惡魔顯然一直在等這一刻。他像魔術師一樣，從桌面上滑過一個東西。瑪姬拿起來。

拉斯洛顧問公司

詛咒顧問

拉斯洛・澤布　所有者兼創辦人

她歪著頭問：「什麼顧門？」

「什麼？」拉斯洛把名片拿回來檢查。「這是在網路上製作的，該死。」

他拿出筆，趕緊修改錯字。「我發覺這個世界上多得是沒用的人，他們根本不知道怎麼打破詛咒。他們需要建議、鼓勵，還有一位經驗豐富的專業人士提供專業的指引。當然，需要支付可觀費用。」

「當然。」

拉斯洛喝了一口奶昔。「克拉倫斯也是公司的一員，他是情報人員。」

「因為實力不行？」

「很好笑。所以妳意下如何？」

惡魔的盼望如此明顯，讓瑪姬幾乎再次笑出聲來。

「好吧，」她說：「作為一個很了解被詛咒的生活是怎樣的人，我祝你和克拉倫斯好運。」

「妳肯定沒聽懂我的暗示。」拉斯洛又遞給她第二張名片。

瑪姬把名片翻過來，研究了一會兒。

拉斯洛顧問公司

詛咒顧問

瑪姬・錐克佛　助理

瑪姬咂了一下舌。「又有錯字了。」

對方發出一聲呻吟。「妳一定是在開玩笑吧，在哪？」

她的手指撫過她的職位名稱。「這裡應該寫合夥人。」

拉斯洛舉起一隻手。「等一下，一家受人尊敬的公司不會有二十歲的合夥人，克拉倫斯快一千歲了，他對『助理』這個頭銜很滿意。」

「就算叫克拉倫斯幫你擦皮鞋他都樂意。」

「但說真的，妳還有很多事情要學。」

「沒關係呀，」瑪姬說：「夫人說我學東西很快。」

拉斯洛的奶昔杯飛過桌子。瑪姬的視線沒有從他臉上移開，便接住杯子，懶洋洋地喝了一大口。不論是她舌尖上的巧克力，還是拉斯洛的表情，很難說哪個令她更滿意。

放下杯子，瑪姬安靜地闔上筆電，論文可以晚點在寫。

惡魔的提議擺在桌上，談判才正要開始。

銘謝

我在疫情期間著手寫這本書，當時我十分渴望——甚至可以說是拚了命，想要寫一個能消除自身孤獨和焦慮的故事。乍看之下，選擇一個與詛咒相關的題材似乎很奇怪，但這次寫作經驗竟帶給我一股奇妙的療癒感。每當我想抱怨或對世界揮舞拳頭時，瑪姬的困境都能讓我正確看待事情。如果我的心情變差，拉斯洛或克拉倫斯的存在總能讓我開懷大笑。隨著故事情節發展，《我的工作是惡魔》（*The Witchstone*）中其他角色也開始提供他們獨一無二的慰藉。他們是一群色彩鮮明的人物，我深深感謝他們。

但當然，這些角色是虛構出來的人物（至少我是這麼認為的）。一本書問世絕對離不開眾多才華洋溢、孜孜不倦的人幫助。為此，我要感謝我的經紀人Caitlin Mahony和William Morris Endeavor的團隊願意讓《我的工作是惡魔》這本書落腳；還有Daniel Ehrenhaft和Blackstone Publishing欣然接受這個故事，並冒著失去聲譽的風險，創造這個有點可愛的惡魔。馴服這份手稿的任務落到了Sharyn November頭上，她經驗豐富的直覺做出了巨大的貢獻。文案編輯由Riam Griswold負責，他對細節有著非凡的洞察力，找出許多大大小小的錯誤，比我願意承認的還多。

最後，我想感謝在疫情期間陪伴在我身邊的人。我的妻子Danielle和我們出色的兒子Chalrlie和James，我永遠無法充分表達我的感激。你們的溫暖和陪伴、幽默和無條件的愛，造就了所有驚人的變化。沒有你們，這一切都不會實現。

Hit
暢／小說
119

我的工作是惡魔

The Witchstone

●原著書名：The Witchstone ●作者：亨利・內夫（Henry. H. Neff）●翻譯：陳思華●排版：張彩梅●美術設計：Dinner Illustration●責任編輯：林奕慈●主編：徐凡●國際版權：吳玲緯、楊靜●行銷：闕志勳、吳宇軒、余一霞●業務：李再星、李振東、陳美燕●總編輯：巫維珍●編輯總監：劉麗真●出版社：麥田出版／城邦文化事業股份有限公司／115台北市南港區昆陽街16號4樓／電話：(02) 25000888／傳真：(02) 25001951●發行：英屬蓋曼群島商家庭傳媒股份有限公司城邦分公司／115台北市南港區昆陽街16號8樓／書虫客戶服務專線：(02) 25007718；25007719／24小時傳真服務：(02) 25001990；25001991／讀者服務信箱：service@readingclub.com.tw／劃撥帳號：19863813／戶名：書虫股份有限公司●香港發行所：城邦（香港）出版集團有限公司／香港灣仔駱克道193號東超商業中心1樓／電話：(852) 25086231／傳真：(852) 25789337●馬新發行所／城邦（馬新）出版集團【Cite(M) Sdn. Bhd.】／41, Jalan Radin Anum, Bandar Baru Sri Petaling, 57000 Kuala Lumpur, Malaysia.／電話：+603-9056-3833／傳真：+603-9057-6622／讀者服務信箱：services@cite.my●印刷：前進彩藝有限公司●2025年7月初版一刷 ●定價540元

國家圖書館出版品預行編目資料

我的工作是惡魔／亨利・內夫（Henry. H. Neff）著；陳思華譯. -- 初版. -- 臺北市：麥田出版，城邦文化事業股份有限公司出版：英屬蓋曼群島商家庭傳媒股份有限公司城邦分公司發行，2025.07
面；　公分. --（Hit暢小說；119）
譯自：The Witchstone
ISBN 978-626-310-883-7（平裝）
EISBN 978-626-310-882-0（EPUB）

874.57　　114005118

城邦讀書花園
www.cite.com.tw